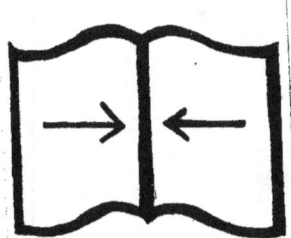

RELIURE SERREE
Absence de marges
intérieures

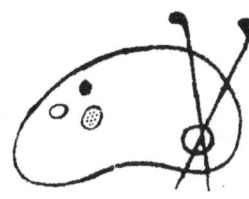

Début d'une série de documents
en couleur

LES TROIS VILLES

LOURDES

PAR

ÉMILE ZOLA

SOIXANTIÈME MILLE

PARIS

BIBLIOTHÈQUE-CHARPENTIER

G. CHARPENTIER et E. FASQUELLE, ÉDITEURS

11, RUE DE GRENELLE, 11

1894

LES TROIS VILLES

LOURDES

PAR

ÉMILE ZOLA

SOIXANTIÈME MILLE

PARIS

BIBLIOTHÈQUE-CHARPENTIER

G. CHARPENTIER ET E. FASQUELLE, ÉDITEURS

11, RUE DE GRENELLE, 11

1894

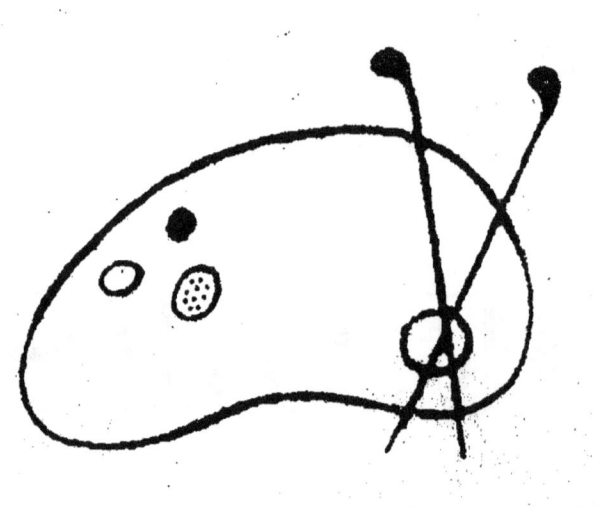

Fin d'une série de documents
en couleur

LOURDES

LES TROIS VILLES

LOURDES

PAR

ÉMILE ZOLA

SOIXANTIÈME MILLE

PARIS

BIBLIOTHÈQUE-CHARPENTIER

G. CHARPENTIER et E. FASQUELLE, ÉDITEURS

11, RUE DE GRENELLE, 11

1894

LOURDES

PREMIÈRE JOURNÉE

I

Dans le train en marche, comme les pèlerins et les malades, entassés sur les dures banquettes du wagon de troisième classe, achevaient l'*Ave maris stella*, qu'ils venaient d'entonner au sortir de la gare d'Orléans, Marie, à demi soulevée de sa couche de misère, agitée d'une fièvre d'impatience, aperçut les fortifications.

— Ah ! les fortifications ! cria-t-elle d'un ton joyeux, malgré sa souffrance. Nous voici hors de Paris, nous sommes partis enfin !

Devant elle, son père, M. de Guersaint, sourit de sa joie ; tandis que l'abbé Pierre Froment, qui la regardait avec une tendresse fraternelle, s'oublia à dire tout haut, dans sa pitié inquiète :

— En voilà pour jusqu'à demain matin, nous ne serons à Lourdes qu'à trois heures quarante. Plus de vingt-deux heures de voyage !

Il était cinq heures et demie, le soleil venait de se lever, radieux, dans la pureté d'une admirable matinée. C'était un vendredi, le 19 août. Mais déjà, à l'horizon, de petits nuages lourds annonçaient une terrible journée de

1

chaleur orageuse. Et les rayons obliques enfilaient les
compartiments du wagon, qu'ils emplissaient d'une poussière d'or dansante.

Marie, retombée à son angoisse, murmura :

— Oui, vingt-deux heures. Mon Dieu ! que c'est long
encore !

Et son père l'aida à se recoucher dans l'étroite caisse,
la sorte de gouttière, où elle vivait depuis sept ans. On
avait consenti à prendre exceptionnellement, aux bagages,
les deux paires de roues qui se démontaient et s'y
adaptaient, pour la promener. Serrée entre les planches
de ce cercueil roulant, elle occupait trois places de la
banquette ; et elle demeura un instant les paupières
closes, la face amaigrie et terreuse, restée d'une délicate enfance pour ses vingt-trois ans, charmante quand
même au milieu de ses merveilleux cheveux blonds, des
cheveux de reine que la maladie respectait. Vêtue très
simplement d'une robe de petite laine noire, elle avait,
pendue au cou, la carte qui l'hospitalisait, portant son
nom et son numéro d'ordre. Elle-même avait exigé cette
humilité, ne voulant d'ailleurs rien coûter aux siens,
peu à peu tombés à une grande gêne. Et c'était ainsi
qu'elle se trouvait là, en troisième classe, dans le train
blanc, le train des grands malades, le plus douloureux
des quatorze trains qui se rendaient à Lourdes, ce jour-
là, celui où s'entassaient, outre les cinq cents pèlerins
valides, près de trois cents misérables, épuisés de faiblesse, tordus de souffrance, charriés à toute vapeur d'un
bout de la France à l'autre.

Mécontent de l'avoir attristée, Pierre continuait à la
regarder, de son air de grand frère attendri. Il venait
d'avoir trente ans, pâle, mince, avec un large front. Après
s'être occupé des moindres détails du voyage, il avait tenu
à l'accompagner, il s'était fait recevoir membre auxiliaire
de l'Hospitalité de Notre-Dame de Salut ; et il portait, sur

sa soutane, la croix rouge, lisérée d'orange, des brancardiers. M. de Guersaint, lui, n'avait, épinglée à son veston de drap gris, que la petite croix écarlate du pèlerinage. Il paraissait ravi de voyager, les yeux au dehors, ne pouvant tenir en place sa tête d'oiseau aimable et distrait, d'aspect très jeune, bien qu'il eût dépassé la cinquantaine.

Mais, dans le compartiment voisin, malgré la trépidation violente qui arrachait des soupirs à Marie, sœur Hyacinthe s'était levée. Elle remarqua que la jeune fille était en plein soleil.

— Monsieur l'abbé, tirez donc le store... Voyons, voyons! il faut nous installer et faire notre petit ménage.

Dans sa robe noire de sœur de l'Assomption, égayée par la coiffe blanche, la guimpe blanche, le grand tablier blanc, sœur Hyacinthe souriait, d'une activité vaillante. Sa jeunesse éclatait sur sa bouche petite et fraîche, au fond de ses beaux yeux bleus, toujours tendres. Elle n'était peut-être pas jolie, mais adorable, fine, élancée, avec une poitrine de garçon sous la bavette du tablier, de bon garçon au teint de neige, débordant de santé, de gaieté et d'innocence.

— Mais il nous dévore déjà, ce soleil! Je vous en prie, madame, tirez aussi votre store.

Occupant le coin, près de la sœur, madame de Jonquière avait gardé son petit sac sur les genoux. Elle tira lentement le store. Brune et forte, elle était encore agréable, quoiqu'elle eût une fille de vingt-quatre ans, Raymonde, qu'elle avait fait monter, par convenance, avec deux dames hospitalières, madame Désagneaux et madame Volmar, dans un wagon de première classe. Elle, directrice d'une salle de l'Hôpital de Notre-Dame des Douleurs, à Lourdes, ne quittait pas ses malades; et, à la porte du compartiment, en dehors, se balançait la pancarte réglementaire, où étaient inscrits, au-dessous de

son nom, ceux des deux sœurs de l'Assomption qui l'accompagnaient. Restée veuve d'un mari ruiné, vivant médio-
crement, avec sa fille, de quatre à cinq mille francs de
rentes, au fond d'une cour de la rue Vaneau, elle était
d'une charité inépuisable, elle donnait tout son temps à
l'œuvre de l'Hospitalité de Notre-Dame de Salut, dont
elle portait, elle aussi, la croix rouge sur sa robe de pope-
line carmélite, et dont elle était une des zélatrices les
plus actives. De tempérament un peu fier, aimant à être
flattée et aimée, elle se montrait heureuse de ce voyage
annuel, où elle contentait sa passion et son cœur.

— Vous avez raison, ma sœur, nous allons nous organiser. Je ne sais pas pourquoi je m'embarrasse de ce
sac.

Et elle le mit près d'elle, sous la banquette.

— Attendez, reprit sœur Hyacinthe, vous avez le broc
d'eau dans les jambes. Il vous gêne.

— Mais non, je vous assure. Laissez-le donc. Il faut
bien qu'il soit quelque part.

Alors, toutes deux firent, comme elles disaient, leur
ménage, pour vivre là le plus commodément possible, un
jour et une nuit, avec leurs malades. L'ennui était qu'elles
n'avaient pu prendre Marie dans leur compartiment,
celle-ci ayant voulu garder près d'elle Pierre et son père;
mais, par-dessus la cloison basse, on communiquait, on
voisinait à l'aise. Et, d'ailleurs, tout le wagon, les cinq
compartiments de dix places ne formaient qu'une même
chambrée, comme une salle mouvante et commune, qu'on
enfilait d'un regard. C'était, entre les boiseries nues et
jaunes des parois, sous le lambrissage peint en blanc du
plafond, une véritable salle d'hôpital, dans un désordre,
dans un pêle-mêle d'ambulance improvisée. A demi cachés sous la banquette, traînaient des vases, des bassins,
des balais, des éponges. Puis, le train ne prenant pas de
bagages, les colis s'entassaient un peu partout, des va-

lises, des boîtes en bois blanc, des cartons à chapeaux,
des sacs, un amas lamentable de pauvres choses usées,
raccommodées avec des ficelles; et l'encombrement recommençait en l'air, des vêtements, des paquets, des paniers,
pendus à des patères de cuivre, et qui se balançaient
sans repos. Au milieu de cette friperie, les grands
malades, sur leurs étroits matelas, occupant plusieurs
places, oscillaient, emportés par les secousses grondantes
des roues; tandis que ceux qui pouvaient rester assis,
s'adossaient aux cloisons, s'appuyaient à des oreillers, la
face blême. Réglementairement, il devait y avoir par
compartiment une dame hospitalière. A l'autre bout, se
trouvait une deuxième sœur de l'Assomption, sœur Claire
des Anges. Des pèlerins valides se levaient, buvaient et
mangeaient déjà. Même, au fond, il y avait un compartiment entier de femmes, dix pèlerines serrées les unes
contre les autres, des jeunes, des vieilles, toutes de la
même laideur pitoyable et triste. Et, comme on n'osait
baisser les glaces, à cause des phtisiques qui étaient là,
la chaleur commençait, une odeur insupportable que peu
à peu semblaient dégager les cahots de la marche, à
toute vitesse.

A Juvisy, on avait dit le chapelet. Et six heures sonnaient, on passait devant la gare de Brétigny, en tempête,
lorsque sœur Hyacinthe se leva. C'était elle qui dirigeait
les exercices de piété, dont la plupart des pèlerins suivaient le programme, dans un petit livre à couverture
bleue.

— L'Angélus, mes enfants, dit-elle avec son sourire,
de son air de maternité, que sa grande jeunesse rendait
si charmant et si doux.

De nouveau, les *Ave* se succédèrent. Et, comme ils
finissaient, Pierre et Marie s'intéressèrent à deux femmes
qui occupaient les deux autres coins de leur compartiment. L'une, celle qui se trouvait aux pieds de Marie,

1.

était une blonde mince, d'apparence bourgeoise, âgée de
trente et quelques années, fanée avant l'âge. Elle s'effaçait, ne tenait pas de place, avec sa robe sombre, ses
cheveux décolorés, sa figure longue et douloureuse, qui
respirait un abandon sans bornes, une infinie tristesse.
En face d'elle, l'autre, celle qui était sur la banquette
de Pierre, une ouvrière du même âge, en bonnet noir, le
visage ravagé de misère et d'inquiétude, tenait sur ses
genoux une fillette de sept ans, si pâle, si diminuée,
qu'elle en paraissait à peine quatre. Le nez pincé, les
paupières bleuies, fermées dans sa face de cire, l'enfant
ne pouvait parler; et elle n'avait qu'une petite plainte, un
gémissement doux, qui chaque fois déchirait le cœur de
la mère, penchée sur elle.

— Mangerait-elle un peu de raisin? offrit timidement
la dame, muette jusque-là. J'en ai, dans mon panier.

— Merci, madame, répondit l'ouvrière. Elle ne prend
que du lait, et encore... J'ai eu soin d'en emporter une
bouteille.

Et, cédant au besoin de confidence des misérables, elle
dit son histoire. Elle s'appelait madame Vincent, elle
avait perdu son mari, doreur de son état, emporté par la
phtisie. Restée seule avec sa petite Rose, qui était sa
passion, elle avait travaillé jour et nuit de son métier de
couturière, pour l'élever. Mais la maladie était venue.
Depuis quatorze mois, elle la gardait ainsi sur les bras,
de plus en plus douloureuse et réduite, tombée à rien.
Un jour, elle qui n'allait jamais à la messe, était entrée
dans une église, poussée par le désespoir, implorant la
guérison de sa fille; et, là, elle avait entendu une voix
qui lui disait de l'emmener à Lourdes, où la sainte Vierge
la prendrait en pitié. Ne connaissant personne, ne sachant
même pas comment s'organisaient les pèlerinages, elle
n'avait eu qu'une idée : travailler, économiser l'argent du
voyage, prendre un billet, et partir avec les trente sous

qui lui restaient, et n'emporter qu'une bouteille de lait
pour l'enfant, sans même songer à s'acheter pour elle
un morceau de pain.

— Quelle maladie a-t-elle donc, la chère petite? reprit
la dame.

— Oh! madame, c'est bien sûr le carreau. Mais les
médecins ont des noms à eux... D'abord, elle n'a eu que
des petits maux de ventre. Ensuite, le ventre s'est gonflé,
et elle souffrait, oh! si fort, à vous arracher les larmes
des yeux. Maintenant, le ventre s'est aplati; seulement,
elle n'existe plus, elle n'a plus de jambes, tant elle est
maigre; et elle s'en va en sueurs continuelles...

Puis, comme Rose avait gémi en ouvrant les paupières,
la mère se pencha, bouleversée, pâlissante.

— Mon bijou, mon trésor, qu'est-ce que tu as?... Veux-
tu boire?

Mais déjà la fillette, dont on venait de voir les yeux
vagues, d'un bleu de ciel brouillé, les refermait; et elle
ne répondit même pas, retombée à son anéantissement,
toute blanche dans sa robe blanche, une coquetterie
suprême de la mère, qui avait voulu cette dépense inutile,
dans l'espoir que la Vierge serait plus douce pour une
petite malade bien mise et toute blanche.

Au bout d'un silence, madame Vincent reprit :

— Et vous, madame, c'est pour vous que vous allez à
Lourdes?... On voit bien que vous êtes malade.

Mais la dame s'effara, rentra douloureusement dans
son coin, en murmurant :

— Non, non! je ne suis pas malade... Plût à Dieu que
je fusse malade! Je souffrirais moins.

Elle se nommait madame Maze, avait au cœur un inguérissable chagrin. Après avoir fait un mariage d'amour
avec un gros garçon réjoui, la lèvre en fleur, elle s'était
vue abandonnée, au bout d'un an de lune de miel. Toujours en tournée, voyageant pour la bijouterie, son mari,

qui gagnait beaucoup d'argent, disparaissait pendant des
six mois, la trompait d'une frontière à l'autre de la
France, emmenait même avec lui des créatures. Et elle
l'adorait, elle en souffrait si affreusement, qu'elle s'était
jetée dans la religion. Enfin, elle venait de se décider
à se rendre à Lourdes, pour supplier la Vierge de convertir son mari et de le lui rendre.

Madame Vincent, sans comprendre, sentit pourtant là
une grande douleur morale; et toutes deux continuèrent
à se regarder, la femme abandonnée qui agonisait dans
sa passion, et la mère qui se mourait de voir mourir son
enfant.

Cependant, Pierre avait écouté, ainsi que Marie. Il
intervint, il s'étonna que l'ouvrière n'eût pas fait hospitaliser sa petite malade. L'Association de Notre-Dame de
Salut avait été fondée par les Pères Augustins de l'Assomption, après la guerre, dans le but de travailler au salut de
la France et à la défense de l'Église, par la prière commune et par l'exercice de la charité; et c'étaient eux qui,
provoquant le mouvement des grands pèlerinages, avaient
particulièrement créé, et sans cesse élargi depuis vingt
ans, le pèlerinage national qui se rendait chaque année à
Lourdes, vers la fin du mois d'août. Toute une organisation
savante s'était ainsi peu à peu perfectionnée, des aumônes
considérables recueillies par le monde entier, des malades enrôlés dans chaque paroisse, des traités passés
avec les compagnies de chemins de fer; sans compter
l'aide si active des petites sœurs de l'Assomption et la
création de l'Hospitalité de Notre-Dame de Salut, vaste
affiliation de tous les dévouements, où des hommes et
des femmes, du beau monde pour la plupart, placés sous
les ordres du directeur des pèlerinages, soignaient les
malades, les transportaient, assuraient la bonne discipline. Les malades devaient faire une demande écrite
pour obtenir l'hospitalisation, qui les défrayait des

moindres dépenses du voyage et du séjour; on les prenait à leur domicile et on les y ramenait; ils n'avaient donc qu'à emporter quelques vivres de route. Le plus grand nombre étaient, à la vérité, recommandés par des prêtres ou par des personnes charitables, qui veillaient à l'enquête, à la formation du dossier, les pièces d'identité nécessaires, les certificats des médecins. Après quoi, les malades n'avaient plus à s'occuper de rien, n'étaient plus que de la triste chair à souffrance et à miracles, entre les mains fraternelles des hospitaliers et des hospitalières.

— Mais, madame, expliquait Pierre, vous n'auriez eu qu'à vous adresser au curé de votre paroisse. Cette pauvre enfant méritait toutes les sympathies. On l'aurait acceptée immédiatement.

— Je ne savais pas, monsieur l'abbé.

— Alors comment avez-vous fait?

— Monsieur l'abbé, je suis allée prendre un billet à un endroit que m'avait indiqué une voisine qui lit les journaux.

Elle parlait des billets, à prix très réduit, qu'on distribuait aux pèlerins qui pouvaient payer. Et Marie, écoutant, était prise d'une grande pitié et d'un peu de honte : elle qui n'était pas absolument sans ressources, avait réussi à se faire hospitaliser, grâce à Pierre, tandis que cette mère et sa triste enfant, après avoir donné leurs pauvres économies, restaient sans un sou.

Mais une secousse plus rude du wagon lui arracha un cri.

— Oh! père, je t'en prie, soulève-moi un peu. Je ne puis plus rester sur le dos.

Et, lorsque M. de Guersaint l'eut assise, elle soupira profondément. On venait à peine de dépasser Étampes, à une heure et demie de Paris, et la fatigue déjà commençait, avec le soleil plus chaud, la poussière et le bruit. Madame de Jonquière s'était mise debout, pour

encourager la jeune fille d'une bonne parole, par-dessus
la cloison. Sœur Hyacinthe se leva de nouveau, elle aussi,
tapa gaiement dans ses mains, afin de se faire entendre
et obéir, d'un bout du wagon à l'autre.

— Allons, allons! ne songeons pas à nos bobos. Prions
et chantons, la sainte Vierge sera avec nous.

Elle-même entama le Rosaire, d'après les paroles de
Notre-Dame de Lourdes; et tous les malades et les pèlerins
la suivirent. C'était le premier chapelet, les cinq mystères
joyeux, l'Annonciation, la Visitation, la Nativité, la Purification et Jésus retrouvé. Puis, tous entonnèrent le cantique : « Contemplons le céleste archange... » Les voix se
brisaient dans le grondement des roues, on n'entendait
que la houle assourdie de ce troupeau, qui étouffait au
fond du wagon fermé, roulant sans fin.

Bien qu'il pratiquât, M. de Guersaint ne pouvait jamais
aller jusqu'au bout d'un cantique. Il se levait, se rasseyait.
Il finit par s'accouder à la cloison et par causer, à demi-
voix, avec un malade assis contre cette cloison même,
dans le compartiment voisin. M. Sabathier était un homme
d'une cinquantaine d'années, trapu, la tête grosse et bonne,
complètement chauve. Depuis quinze ans, il était frappé
d'ataxie, ne souffrant que par accès, mais les jambes
prises, complètement perdues; et sa femme, qui l'accompagnait, les lui déplaçait comme des jambes mortes,
quand elles finissaient par trop lui peser, pareilles à des
lingots de plomb.

— Oui, monsieur, tel que vous me voyez, je suis un
ancien professeur de cinquième du lycée Charlemagne.
D'abord, j'ai cru à une simple sciatique. Puis, j'ai eu les
douleurs fulgurantes, vous savez, les coups d'épée rouge
dans les muscles. Pendant près de dix années, j'ai été peu
à peu envahi, j'ai consulté tous les médecins, je suis allé
à toutes les eaux imaginables; et, maintenant, je souffre
moins, mais je ne peux plus bouger de mon fauteuil...

Alors, moi qui avais vécu sans religion, j'ai été ramené à Dieu par cette idée que j'étais trop misérable et que Notre-Dame de Lourdes ne pourrait pas faire autrement que d'avoir pitié de moi.

Pierre, intéressé, s'était accoudé à son tour, et il écoutait.

— N'est-ce pas, monsieur l'abbé, la souffrance est le meilleur réveil des âmes? Voici la septième année que je vais à Lourdes, sans désespérer de ma guérison. Cette année, j'en suis convaincu, la sainte Vierge me guérira. Oui, je compte bien marcher encore, je ne vis désormais que dans cet espoir.

M. Sabathier s'interrompit, voulut que sa femme lui poussât les jambes plus à gauche; et Pierre le regardait, s'étonnait de trouver cet entêtement de la foi chez un intellectuel, chez un de ces universitaires si voltairiens d'habitude. Comment la croyance au miracle avait-elle pu germer et s'implanter dans ce cerveau? Ainsi qu'il le disait lui-même, une grande douleur seule expliquait ce besoin de l'illusion, cette floraison de l'éternelle consolatrice.

— Et, vous le voyez, ma femme et moi sommes habillés comme des pauvres, car j'ai désiré cette année n'être qu'un pauvre, je me suis fait hospitaliser par humilité, pour que la sainte Vierge me confondît avec les malheureux, ses enfants... Seulement, ne voulant pas prendre la place d'un pauvre véritable, j'ai versé cinquante francs à l'Hospitalité, ce qui, vous ne l'ignorez pas, donne le droit d'avoir un malade à soi, au pèlerinage... Je le connais même, mon malade. On me l'a présenté tout à l'heure, à la gare. C'est un tuberculeux, paraît-il, et il m'a paru bien bas, bien bas...

Il y eut un nouveau silence.

— Enfin, que la sainte Vierge le sauve aussi, elle qui peut tout, et je serai si heureux, elle m'aura comblé!

Les trois hommes continuèrent à causer entre eux, s'isolant, parlant d'abord médecine, puis glissant à une discussion sur l'architecture romane, au sujet d'un clocher aperçu sur un coteau, et que tous les pèlerins avaient salué d'un signe de croix. Au milieu de ce pauvre monde souffrant, de ces simples d'esprit hébétés de misère, le jeune prêtre et ses deux compagnons s'oubliaient, repris par les habitudes de leur intelligence cultivée. Une heure s'écoula, deux autres cantiques venaient d'être chantés, on avait franchi les stations de Toury et des Aubrais, lorsque, à Beaugency, ils cessèrent enfin leur conversation, en entendant sœur Hyacinthe qui, après avoir tapé dans ses mains, commençait elle-même, de sa voix fraîche et sonore :

— *Parce, Domine, parce populo tuo...*

Et le chant reprit, toutes les voix s'unirent, ce flot sans cesse renaissant de prières, qui engourdissait la douleur, exaltait l'espoir, envahissait peu à peu tout l'être harassé de la hantise des grâces et des guérisons, qu'on allait chercher si loin.

Mais, comme Pierre se rasseyait, il vit Marie très pâle, les yeux fermés ; et, pourtant, à la contraction douloureuse de son visage, il comprenait bien qu'elle ne dormait pas.

— Est-ce que vous souffrez davantage ?

— Oh ! oui, affreusement. Jamais je n'irai au bout. Ce sont ces cahots continuels...

Elle gémit, rouvrit les paupières. Et elle restait sur son séant, défaillante, à regarder les autres malades. Justement, dans le compartiment voisin, en face de M. Sabathier, la Grivotte, jusque-là étendue sans un souffle, comme morte, venait de se soulever. C'était une grande fille qui avait dépassé la trentaine, déhanchée, singulière, au visage rond et ravagé, que ses cheveux crépus et ses yeux de flamme rendaient presque belle. Elle était phtisique au troisième degré.

— Hein? mademoiselle, dit-elle en s'adressant à Marie
de sa voix enrouée, à peine distincte, on serait bien heureuse de s'assoupir un petit peu. Mais pas moyen, toutes
ces roues vous tournent dans la tête.

Malgré la fatigue qu'elle éprouvait à parler, elle s'entêta, donna des détails sur elle-même. Elle était mate-
lassière, elle avait longtemps, avec une de ses tantes,
fait des matelas, de cour en cour, à Bercy; et c'était aux
laines empestées, cardées par elle, dans sa jeunesse,
qu'elle attribuait son mal. Depuis cinq ans, elle faisait le
tour des hôpitaux de Paris. Aussi parlait-elle familièrement des grands médecins. Les sœurs de Lariboisière, en
la voyant passionnée des cérémonies religieuses, avaient
achevé de la convertir et de la convaincre que la Vierge
l'attendait, à Lourdes, pour la guérir.

— Bien sûr que j'en ai besoin, ils disent comme ça que
j'ai un poumon perdu et que l'autre ne vaut guère mieux.
Des cavernes, vous savez... D'abord, je n'avais mal
qu'entre les épaules et je crachais de la mousse. Puis,
j'ai maigri, une vraie pitié. Maintenant, je suis toujours
en sueur, je tousse à m'arracher le cœur, je ne puis plus
cracher, tant c'est épais... Et, vous voyez, je ne me tiens
pas debout, je ne mange pas...

Un étouffement l'arrêta, elle devenait livide.

— N'importe, j'aime mieux encore être dans ma peau
que dans celle du frère qui occupe l'autre compartiment,
derrière vous. Il a ce que j'ai, mais il est plus avancé que
moi.

Elle se trompait. Il y avait là, en effet, adossé à Marie,
un jeune missionnaire, le frère Isidore, couché sur un
matelas, et qu'on ne voyait point, parce qu'il ne pouvait
même soulever un doigt. Mais il n'était pas phtisique, il
se mourait d'une inflammation du foie, prise au Sénégal.
Très long, très maigre, il avait une face jaune, sèche et
morte comme un parchemin. L'abcès qui s'était formé au

foie, avait fini par percer à l'extérieur, et la suppuration l'épuisait, dans un grelottement continu de fièvre, des vomissements et du délire. Seuls, ses yeux vivaient encore, des yeux d'amour inextinguible, dont la flamme éclairait son visage expirant de Christ en croix, un visage commun de paysan que la foi et la passion rendaient par moments sublime. Il était Breton, dernier enfant chétif d'une famille trop nombreuse, ayant laissé, là-bas, le peu de terre à ses aînés. Et une de ses sœurs l'accompagnait, Marthe, sa cadette de deux ans, venue en service à Paris, si dévouée dans son insignifiance de bonne à tout faire, qu'elle avait quitté sa place pour le suivre, et qu'elle mangeait ses maigres économies.

— J'étais par terre, sur le quai, quand on l'a fourré dans le wagon, reprit la Grivotte. Quatre hommes le tenaient...

Mais elle ne put en dire davantage. Un accès de toux la secoua, la renversa sur la banquette. Elle suffoquait, les pommettes roses de ses joues devenaient bleues. Et, tout de suite, sœur Hyacinthe lui souleva la tête, lui essuya les lèvres avec un linge, qui se tachait de rouge. Madame de Jonquière, au même instant, donnait des soins à la malade qu'elle avait en face d'elle. On la nommait madame Vêtu, elle était la femme d'un petit horloger du quartier Mouffetard, qui n'avait pu fermer la boutique, pour l'accompagner à Lourdes. Aussi s'était-elle fait hospitaliser, afin d'être certaine d'avoir des soins. La peur de la mort la ramenait à l'église, où elle n'avait pas remis les pieds depuis sa première communion. Elle se savait condamnée, rongée par un cancer à l'estomac; et, déjà, elle avait le masque hagard et orangé des cancéreux, elle en était aux déjections noires, comme si elle eût rendu de la suie. De tout le voyage, elle n'avait pas encore dit un mot, les lèvres murées, souffrant abominablement. Puis, un vomissement l'avait prise, et elle avait perdu connaissance. Dès qu'elle ouvrait la bouche, une odeur épouvantable, une pestilence à faire tourner les cœurs, s'exhalait.

— Ce n'est plus possible, murmura madame de Jonquière qui se sentait défaillir, il faut donner un peu d'air.

Sœur Hyacinthe achevait de recoucher la Grivotte sur ses oreillers.

— Certainement, ouvrons pour quelques minutes. Mais pas de ce côté-ci, j'aurais peur d'un nouvel accès de toux... Ouvrez de votre côté.

La chaleur augmentait toujours, on étouffait, au milieu de l'air lourd et nauséabond; et ce fut un soulagement que le peu d'air pur qui entra. Pendant un moment, il y eut d'autres soins, tout un nettoyage : la sœur remuait les vases, les bassins, dont elle jeta par la portière le contenu ; tandis que la dame hospitalière, avec une éponge, essuyait le plancher que la trépidation secouait durement. Il fallut tout ranger. Ce fut ensuite un nouveau souci, la quatrième malade, celle qui n'avait pas bougé encore, une fille mince dont le visage était enveloppé dans un fichu noir, disait qu'elle avait faim.

Déjà, madame de Jonquière s'offrait, avec son tranquille dévouement.

— Ne vous en inquiétez pas, ma sœur. Je vais lui couper son pain en petits morceaux.

Marie, dans son besoin de distraction, s'était intéressée à cette figure immobile, ainsi cachée sous ce voile noir. Elle soupçonnait bien quelque plaie à la face. On lui avait dit simplement que c'était une bonne. La malheureuse, une Picarde du nom d'Élise Rouquet, avait dû quitter sa place et vivait, à Paris, chez une sœur qui la rudoyait, aucun hôpital n'ayant voulu la prendre, car elle n'était pas autrement malade. D'une grande dévotion, elle avait, depuis des mois, l'ardent désir d'aller à Lourdes.

Et Marie attendait, avec une sourde peur, que le fichu
s'écartât.

— Sont-ils assez petits comme cela? demandait madame de Jonquière, maternellement. Pourrez-vous les
fourrer dans votre bouche?

Sous le fichu noir, une voix rauque grognait.

— Oui, oui, madame.

Enfin, le fichu tomba, et Marie eut un frisson d'horreur.
C'était un lupus, qui avait envahi le nez et la bouche,
peu à peu grandi là, une ulcération lente s'étalant sans
cesse sous les croûtes, dévorant les muqueuses. La tête
allongée en museau de chien, avec ses cheveux rudes et
ses gros yeux ronds, était devenue affreuse. Maintenant,
les cartilages du nez se trouvaient presque mangés, la
bouche s'était rétractée, tirée à gauche par l'enflure de la
lèvre supérieure, pareille à une fente oblique, immonde
et sans forme. Une sueur de sang, mêlée à du pus, coulait
de l'énorme plaie livide.

— Oh! voyez donc, Pierre! murmura Marie tremblante.

Le prêtre frémit à son tour, en regardant Elise Rouquet glisser avec précaution les petits morceaux de pain
dans le trou saignant qui lui servait de bouche. Tout le
wagon avait blêmi devant l'abominable apparition. Et la
même pensée montait de toutes ces âmes gonflées d'espoir. Ah! Vierge sainte, Vierge puissante, quel miracle,
si un pareil mal guérissait!

— Mes enfants, ne songeons pas à nous, si nous voulons bien nous porter, répéta sœur Hyacinthe.

Et elle fit dire le second chapelet, les cinq mystères
douloureux : Jésus au Jardin des Oliviers, Jésus flagellé,
Jésus couronné d'épines, Jésus portant sa croix, Jésus
mourant sur la croix. Puis, le cantique suivit : « Je mets
ma confiance, Vierge, en votre secours... »

On venait de traverser Blois, on roulait déjà depuis
trois grandes heures. Et Marie, détournant les yeux

d'Élise Rouquet, les arrêtait maintenant sur un homme qui occupait un coin de l'autre compartiment, à sa droite, celui où gisait le frère Isidore. A plusieurs reprises, elle l'avait remarqué, très pauvrement vêtu d'une vieille redingote noire, jeune encore, avec une barbe rare, grisonnante déjà; et il semblait souffrir beaucoup, petit et amaigri, le visage décharné, couvert de sueur. Pourtant, il restait immobile, rentré dans son coin, ne parlant à personne, regardant fixement devant lui de ses yeux grands ouverts. Et, brusquement, elle s'aperçut que les paupières retombaient, et qu'il s'évanouissait.

Alors, elle attira l'attention de sœur Hyacinthe.

— Ma sœur, on dirait que ce monsieur se trouve mal.

— Où donc, ma chère enfant?

— Là-bas, celui qui a la tête renversée.

Ce fut une émotion, tous les pèlerins valides se mirent debout, pour voir. Et madame de Jonquière eut l'idée de crier à Marthe, la sœur du frère Isidore, de taper dans les mains de l'homme.

— Questionnez-le, demandez-lui où il souffre.

Marthe le secoua, lui posa des questions. Mais l'homme ne répondait pas, râlait, les yeux toujours clos.

Une voix effrayée s'éleva, disant :

— Je crois bien qu'il va passer.

La peur grandit, des paroles se croisèrent, des conseils étaient donnés d'un bout à l'autre du wagon. Personne ne connaissait l'homme. Il n'était sûrement pas hospitalisé, car il ne portait pas au cou la carte blanche, couleur du train. Quelqu'un raconta qu'il l'avait vu arriver trois minutes seulement avant le départ, se traînant, et qu'il s'était jeté dans ce coin où il se mourait, d'un air d'immense fatigue. Puis, il n'avait plus soufflé. On aperçut d'ailleurs son billet, passé dans le ruban de son vieux chapeau haute forme, accroché près de lui.

Sœur Hyacinthe eut une exclamation.

2.

— Ah! le voilà qui respire! Demandez-lui son nom.

Mais, questionné de nouveau par Marthe, l'homme exhala seulement une plainte, ce cri à peine balbutié :

— Oh! je souffre!

Et, dès lors, il n'eut que cette réponse. A tout ce qu'on voulait savoir, qui il était, d'où il venait, quelle était sa maladie, quels soins on pouvait lui donner, il ne répondait pas, il jetait ce continuel gémissement :

— Oh! je souffre!... Oh! je souffre!

Sœur Hyacinthe s'agitait d'impatience. Si elle s'était au moins trouvée dans le même compartiment! Et elle se promettait de changer de place. Seulement, il n'y avait pas d'arrêt avant Poitiers. Cela devenait terrible, d'autant plus que la tête de l'homme se renversa de nouveau.

— Il passe, il passe, répéta la voix.

Mon Dieu! qu'allait-on faire? La sœur savait qu'un père de l'Assomption, le père Massias, était dans le train, avec les Saintes Huiles, tout prêt à administrer les mourants; car on perdait chaque année du monde en route. Mais elle n'osait faire jouer le signal d'alarme. Il y avait aussi le fourgon de la cantine, desservi par la sœur Saint-François, et dans lequel était un médecin, avec une petite pharmacie. Si le malade allait jusqu'à Poitiers, où l'on devait s'arrêter une demi-heure, tous les soins possibles lui seraient donnés. L'atroce était qu'il mourût avant Poitiers. On se calma pourtant. L'homme respirait d'une façon plus régulière, et il semblait dormir.

— Mourir avant d'y être, murmura Marie frissonnante, mourir devant la terre promise...

Et, comme son père la rassurait :

— Je souffre, je souffre tant, moi aussi!

— Ayez confiance, dit Pierre, la sainte Vierge veille sur vous.

Elle ne pouvait plus rester sur son séant, il fallut qu'on la recouchât, dans son étroit cercueil. Son père et le prêtre durent y mettre des précautions infinies, car le moindre heurt lui arrachait un gémissement. Et elle demeura sans un souffle, ainsi qu'une morte, avec son visage d'agonie, au milieu de sa royale chevelure blonde. Depuis bientôt quatre heures, on roulait, on roulait toujours. Si le wagon était secoué à ce point, dans un mouvement de lacet insupportable, c'était qu'il se trouvait en queue : les liens d'attache criaient, les roues grondaient furieusement. Par les fenêtres, qu'on était forcé de laisser entr'ouvertes, la poussière entrait, âcre et brûlante; et surtout la chaleur devenait terrible, une chaleur dévorante d'orage, sous un ciel fauve, peu à peu envahi de gros nuages immobiles. Les compartiments surchauffés se changeaient en fournaise, ces cases roulantes où l'on mangeait, où l'on buvait, où les malades satisfaisaient tous leurs besoins, dans l'air vicié, parmi l'étourdissement des plaintes, des prières et des cantiques.

Et Marie n'était pas la seule dont l'état eût empiré, les autres également souffraient du voyage. Sur les genoux de sa mère désespérée, qui la regardait de ses grands yeux obscurcis de larmes, la petite Rose ne remuait plus, d'une telle pâleur, que deux fois madame Maze s'était penchée, pour lui toucher les mains, avec la crainte de les trouver froides. A chaque instant, madame Sabathier devait changer de place les jambes de son mari, car leur poids était si lourd, disait-il, qu'il en avait les hanches arrachées. Le frère Isidore venait de pousser des cris, dans son habituelle torpeur; et sa sœur n'avait pu le soulager qu'en le soulevant et en le gardant entre ses bras. La Grivotte paraissait dormir, mais un hoquet obstiné l'agitait, un mince filet de sang coulait de sa bouche. Madame Vêtu avait rendu encore un flot noir et pestilentiel. Élise Rouquet ne songeait plus à cacher l'affreuse plaie béante de sa face. Et l'homme, là-bas, continuait à râler, d'un souffle dur, comme si, à chaque seconde, il eût expiré. Vainement, madame de Jonquière et sœur Hyacinthe se prodiguaient, elles n'arrivaient pas à soulager tant de maux. C'était un enfer, que ce wagon de misère et de douleur, emporté à toute vitesse, secoué par le roulis qui balançait les bagages, les vieilles hardes accrochées, les paniers usés, raccommodés avec des ficelles; tandis que, dans le compartiment du fond, les dix pèlerines, les vieilles et les jeunes, toutes d'une laideur pitoyable, chantaient sans arrêt, d'un ton aigu, lamentable et faux.

Alors, Pierre songea aux autres wagons du train, de ce train blanc qui transportait particulièrement les grands malades : tous roulaient dans la même souffrance, avec leurs trois cents malades et leurs cinq cents pèlerins. Puis, il songea aux autres trains qui partaient de Paris, ce matin-là, au train gris et au train bleu qui avaient précédé le train blanc, au train vert, au train jaune, au train rose, au train orangé, qui le suivaient. D'un bout à l'autre de la ligne, c'étaient des trains lancés toutes les heures. Et il songea aux autres trains encore, à ceux qui partaient le même jour d'Orléans, du Mans, de Poitiers, de Bordeaux, de Marseille, de Carcassonne. La terre de France, à la même heure, se trouvait sillonnée en tous sens par des trains semblables, se dirigeant tous, là-bas, vers la Grotte sainte, amenant trente mille malades et pèlerins aux pieds de la Vierge. Et il songea que le flot de foule de ce jour-là se ruait aussi les autres jours de l'année, que pas une semaine ne se passait sans que Lourdes vît arriver un pèlerinage, que ce n'était pas la France seule qui se mettait en marche, mais l'Europe entière, le monde entier, que certaines années de grande religion il y avait eu trois cent mille et jusqu'à cinq cent mille pèlerins et malades.

Pierre croyait les entendre, ces trains en branle, ces trains venus de partout, convergeant tous vers le même

creux de roche, où flamboyaient des cierges. Tous grondaient, parmi des cris de douleur et l'envolement des
cantiques. C'étaient les hôpitaux roulants des maladies
désespérées, la ruée de la souffrance humaine vers l'espoir
de la guérison, un furieux besoin de soulagement, au travers des crises accrues, sous la menace de la mort hâtée,
affreuse, dans une bousculade de cohue. Ils roulaient, ils
roulaient encore, ils roulaient sans fin, charriant la misère
de ce monde, en route pour la divine illusion, santé des
infirmes et consolatrice des affligés.

Et une immense pitié déborda du cœur de Pierre, la
religion humaine dé tant de maux, de tant de larmes dévorant l'homme faible et nu. Il était triste à mourir, et une
ardente charité brûlait en lui, comme le feu inextinguible
de sa fraternité pour toutes les choses et pour tous les
êtres.

A dix heures et demie, lorsqu'on quitta la gare de Saint-
Pierre-des-Corps, sœur Hyacinthe donna le signal, et l'on
récita le troisième chapelet, les cinq mystères glorieux,
la Résurrection de Notre-Seigneur, l'Ascension de Notre-
Seigneur, la Mission du Saint-Esprit, l'Assomption de
la Très Sainte Vierge, le Couronnement de la Très Sainte
Vierge. Puis, on chanta le cantique de Bernadette, l'infinie
complainte de six dizaines de couplets, où la Salutation
angélique revient sans cesse en refrain, bercement pro-
longé, lente obsession qui finit par envahir tout l'être et
par l'endormir du sommeil extatique, dans l'attente délicieuse du miracle.

II

Maintenant, les vertes campagnes du Poitou défilaient, et l'abbé Pierre Froment, les yeux au dehors, regardait fuir les arbres, que peu à peu il cessa de distinguer. Un clocher apparut, disparut : tous les pèlerins se signèrent. On ne devait être à Poitiers qu'à midi trente-cinq, le train continuait à rouler, dans la fatigue croissante de la lourde journée d'orage. Et le jeune prêtre, tombé à une profonde rêverie, n'entendait plus le cantique que comme un bercement ralenti de houle.

C'était un oubli du présent, un éveil du passé envahissant tout son être. Il remonta dans ses souvenirs, aussi loin qu'il put remonter. Il revoyait, à Neuilly, la maison où il était né, qu'il habitait encore, cette maison de paix et de travail, avec son jardin planté de quelques beaux arbres, qu'une haie vive, renforcée d'une palissade, séparait seule du jardin de la maison voisine, toute semblable. Il avait trois ans, quatre ans peut-être ; et, un jour d'été, il revoyait, assis autour d'une table, à l'ombre du gros marronnier, son père, sa mère et son frère aîné, qui déjeunaient. Son père, Michel Froment, n'avait pas de visage distinct, il le voyait effacé et vague, avec son renom de chimiste illustre et son titre de membre de l'Institut, se cloîtrant dans le laboratoire qu'il s'était fait installer, au fond de ce quartier désert. Mais il retrouvait nettement son frère Guillaume, alors âgé de quatorze ans, sorti du lycée le matin pour quelque congé, et surtout sa

mère, si douce, si peu bruyante, les yeux si pleins d'une
bonté active. Plus tard, il avait su les angoisses de cette
âme religieuse, de cette croyante qui s'était résignée, par
estime et par reconnaissance, à épouser un incrédule,
plus âgé qu'elle de quinze ans, dont sa famille avait reçu
de grands services. Lui, enfant tardif de cette union, venu
au monde lorsque son père touchait déjà à la cinquantaine,
n'avait connu sa mère que respectueuse et conquise devant
son mari, qu'elle s'était mise à aimer ardemment, avec le
tourment affreux de le savoir en état de perdition. Et, tout
d'un coup, un autre souvenir le saisit, le souvenir terrible
du jour où son père était mort, tué dans son laboratoire
par un accident, l'explosion d'une cornue. Il avait cinq ans
alors, il se rappelait les moindres détails, le cri de sa
mère, lorsqu'elle avait trouvé le corps fracassé, au milieu
des débris, puis son épouvante, ses sanglots, ses prières,
à l'idée que Dieu venait de foudroyer l'impie, damné à
jamais. N'osant brûler les papiers et les livres, elle s'était
contentée de fermer le cabinet, où personne n'entrait plus.
Puis, dès ce moment, hantée par la vision de l'enfer,
elle n'avait eu qu'une idée, s'emparer de son fils cadet,
si jeune, l'élever dans une religion stricte, en faire la
rançon, le pardon du père. Déjà, l'aîné, Guillaume, avait
cessé de lui appartenir, grandi au collège, gagné par le
siècle ; tandis que celui-là, le petit, ne quitterait pas la
maison, aurait un prêtre pour précepteur ; et son rêve
secret, son espoir brûlant était de le voir un jour prêtre
lui-même, disant sa première messe, soulageant les âmes
en souffrance d'éternité.

Une autre image vive se dressa, entre des branches
vertes, criblées de soleil. Pierre aperçut brusquement
Marie de Guersaint, telle qu'il l'avait vue un matin, par
un trou de la haie qui séparait les deux propriétés voisines. M. de Guersaint, de petite noblesse normande, était
un architecte mâtiné d'inventeur, qui s'occupait alors

de la création de cités ouvrières, avec église et école :
grosse affaire, mal étudiée, dans laquelle il risquait ses
trois cent mille francs de fortune, avec son impétuosité
habituelle, son imprévoyance d'artiste manqué. C'était
une égale foi religieuse qui avait rapproché madame de
Guersaint et madame Froment ; mais, chez la première,
nette et rigide, il y avait une maîtresse femme, une main
de fer qui seule empêchait la maison de glisser aux catastrophes ; et elle élevait ses deux filles, Blanche et Marie,
dans une dévotion étroite, l'aînée surtout déjà grave
comme elle, la cadette très pieuse, adorant le jeu cependant, d'une vie intense qui l'emportait en beaux rires
sonores. Depuis leur bas âge, Pierre et Marie jouaient
ensemble, la haie était continuellement franchie, les
deux familles se mêlaient. Et, par ce matin de clair soleil
où il la revoyait ainsi, écartant les branches, elle avait
dix ans déjà. Lui, qui en avait seize, devait, le mardi suivant, entrer au séminaire. Jamais elle ne lui avait semblé si belle. Ses cheveux d'or pur étaient si longs, que,
lorsqu'ils se dénouaient, ils la vêtaient tout entière. Il
retrouvait son visage d'alors, avec une extraordinaire pré-
cision, ses joues rondes, ses yeux bleus, sa bouche rouge,
l'éclat surtout de sa peau de neige. Elle était gaie et
brillante comme le soleil, un éblouissement ; et elle avait
des pleurs au bord des paupières, car elle n'ignorait pas
son départ. Tous deux s'étaient assis à l'ombre de la haie,
au fond du jardin. Leurs doigts se joignaient, ils avaient
le cœur très gros. Pourtant, dans leurs jeux, jamais ils
n'avaient échangé de serments, tellement leur innocence
était absolue. Mais, à la veille de la séparation, leur tendresse leur montait aux lèvres, ils parlaient sans savoir,
se juraient de penser continuellement l'un à l'autre, de
se retrouver un jour, comme on se retrouve au ciel, pour
être bienheureux. Puis, sans s'expliquer comment, ils
s'étaient pris entre les bras, à s'étouffer, ils se baisaient

le visage, en pleurant des larmes chaudes. Et il y avait là
un souvenir délicieux que Pierre avait emporté partout,
qu'il sentait encore vivant en lui, après tant d'années et
tant de douloureux renoncements.

Un cahot plus violent l'éveilla de sa songerie. Il regarda
dans le wagon, entrevit de vagues êtres de souffrance,
madame Maze immobile, anéantie de chagrin, la petite
Rose jetant son doux gémissement sur les genoux de sa
mère, la Grivotte étranglée d'une toux rauque. Un instant,
la gaie figure de sœur Hyacinthe domina, dans la blancheur de sa guimpe et de sa cornette. C'était le dur voyage
qui continuait, avec le rayon de divin espoir, là-bas. Puis,
peu à peu, tout se confondit sous un nouveau flot lointain, venu du passé ; et il ne resta encore que le cantique
berceur, des voix indistinctes de songe qui sortaient de
l'invisible.

Désormais, Pierre était au séminaire. Nettement, les
classes, le préau avec ses arbres, s'évoquaient. Mais,
soudain, il ne vit plus, comme dans une glace, que la
figure du jeune homme qu'il était alors ; et il la considérait, il la détaillait, ainsi que la figure d'un étranger.
Grand et mince, il avait un visage long, avec un front très
développé, haut et droit comme une tour, tandis que les
mâchoires s'effilaient, se terminaient en un menton très
fin. Il apparaissait tout cerveau ; la bouche seule, un peu
forte, restait tendre. Quand la face, sérieuse, se déten-
dait, la bouche et les yeux prenaient une tendresse infinie, une faim inapaisée d'aimer, de se donner et de vivre.
Tout de suite, d'ailleurs, la passion intellectuelle revenait, cette intellectualité qui l'avait toujours dévoré du
souci de comprendre et de savoir. Et, ces années de séminaire, il ne se les rappelait qu'avec surprise. Comment
avait-il donc pu accepter si longtemps cette rude discipline de la foi aveugle, cette obéissance à tout croire,
sans examen ? On lui avait demandé le total abandon

                                                    3

de sa raison, et il s'y était efforcé, il était parvenu à
étouffer en lui le torturant besoin de la vérité. Sans doute,
il était amolli des larmes de sa mère, il n'avait que
le désir de lui donner le grand bonheur rêvé. A cette
heure, pourtant, il se souvenait de certains frémissements
de révolte, il retrouvait au fond de sa mémoire des
nuits passées à pleurer, sans qu'il sût pourquoi, des
nuits peuplées d'images indécises, où galopait la vie libre
et virile du dehors, où la figure de Marie revenait sans
cesse, telle qu'il l'avait vue un matin, éblouissante et
trempée de pleurs, le baisant de toute son âme. Et cela
seul demeurait maintenant, les années de ses études
religieuses, avec leurs leçons monotones, leurs exercices
et leurs cérémonies semblables, s'en étaient allées dans
une même brume, un demi-jour effacé, plein d'un mortel
silence.

Puis, comme on venait de franchir une station à toute
vapeur, dans le coup de vacarme de la course, ce fut
en lui une succession de choses confuses. Il remarqua un grand clos désert, il crut s'y revoir à vingt
ans. Sa rêverie s'égarait. Une indisposition assez grave,
en le retardant dans ses études, l'avait jadis fait envoyer
à la campagne. Il était resté longtemps sans revoir
Marie : deux fois, pendant des vacances passées à
Neuilly, il n'avait pu la rencontrer, car elle était continuellement en voyage. Il la savait très souffrante, à la
suite d'une chute de cheval qu'elle avait faite, à treize ans,
au moment où elle allait devenir femme ; et sa mère, désespérée, en proie aux consultations contradictoires des
médecins, la conduisait chaque année à une station d'eau
différente. Puis, il avait appris le coup de foudre, la mort
brusque de cette mère si sévère, mais si utile aux siens,
et dans des circonstances tragiques : une fluxion de poitrine qui l'avait emportée en cinq jours, prise un soir
de promenade, à la Bourboule, comme elle retirait son

manteau pour le jeter sur les épaules de Marie, amenée là en traitement. Le père avait dû partir, ramener sa fille à demi folle et le corps de sa femme morte. Le pis était que, depuis la disparition de la mère, les affaires de la famille périclitaient, s'embarrassaient de plus en plus, aux mains de l'architecte, qui jetait sa fortune sans compter, dans le gouffre de ses entreprises. Marie ne bougeait plus de sa chaise longue, et il ne restait que Blanche pour diriger la maison, prise elle-même par ses derniers examens, des diplômes qu'elle s'entêtait à obtenir, dans la prévision du pain qu'il lui faudrait certainement gagner un jour.

Pierre, tout d'un coup, eut la sensation d'une vision claire, qui se dégageait de l'amas de ces faits troubles, à demi oubliés. C'était pendant un congé que le mauvais état de sa santé l'avait encore forcé de prendre. Il venait d'avoir vingt-quatre ans, il était très en retard, n'ayant reçu jusque-là que les quatre ordres mineurs ; mais, dès sa rentrée, il allait recevoir le sous-diaconat, ce qui l'engagerait à jamais, par un serment inviolable. Et la scène se reconstituait précise, dans ce petit jardin de Neuilly, celui des Guersaint, où il était venu jouer si souvent autrefois. On avait roulé sous les grands arbres du fond, près de la haie mitoyenne, la chaise longue de Marie ; et ils étaient seuls au milieu de la paix triste de l'après-midi d'automne, et il voyait Marie en grand deuil de sa mère, à demi allongée, les jambes inertes ; tandis que lui, vêtu également de noir, en soutane déjà, était assis sur une chaise de fer, près d'elle. Depuis cinq ans, elle souffrait. Elle avait dix-huit ans, pâlie et amaigrie, sans cesser d'être adorable, avec ses royaux cheveux d'or que la maladie respectait. D'ailleurs, il croyait la savoir à jamais infirme, condamnée à n'être jamais femme, frappée dans son sexe même. Les médecins, qui ne s'entendaient pas, l'abandonnaient. Sans doute, par cette morne après-

midi, où les feuilles jaunies pleuvaient sur eux, elle lui
disait ces choses. Mais il ne se rappelait pas les paroles,
il avait seuls présents son sourire pâle, son visage de
jeunesse, si charmant encore, désespéré déjà par le
regret de la vie. Puis, il avait compris qu'elle évoquait le
jour lointain de leur séparation, à cette place même,
derrière la haie criblée de soleil ; et tout cela était comme
mort, leurs larmes, leur embrassement, leur promesse
de se retrouver un jour, dans une certitude de félicité.
Ils se retrouvaient, mais à quoi bon maintenant? puisqu'elle était comme morte, et que lui allait mourir à la
vie de ce monde. Du moment que les médecins la con-
damnaient, qu'elle ne serait plus femme, ni épouse ni
mère, il pouvait bien lui aussi renoncer à être un homme,
s'anéantir en Dieu, auquel sa mère le donnait. Et il sentait la douce amertume de cette entrevue dernière, Marie
souriant douloureusement de leurs anciens enfantillages,
lui parlant du bonheur qu'il goûterait sûrement dans le
service de Dieu, si émue à cette pensée, qu'elle lui avait
fait promettre de la convier à entendre sa première
messe.

A la station de Sainte-Maure, il y eut un brouhaha qui
ramena un instant l'attention de Pierre dans le wagon. Il
crut à quelque crise, à un évanouissement nouveau. Mais
les faces de douleur qu'il rencontra, restaient les mêmes,
gardaient la même expression contractée, l'attente anxieuse
du secours divin, si lent à venir. M. Sabathier tâchait de
caser ses jambes, le frère Isidore jetait une petite plainte
continue d'enfant mourant, tandis que madame Vêtu, en
proie à un accès terrible, l'estomac dévoré, ne soufflait
même pas, serrant les lèvres, la face décomposée, noire et
farouche. C'était madame de Jonquière, qui, en nettoyant
un vase, venait de laisser tomber le broc de zinc. Et,
malgré leurs tourments, cela avait égayé les malades,
ainsi que des âmes simples, que la souffrance rendait

puériles. Tout de suite, sœur Hyacinthe, qui avait raison
de les appeler ses enfants, des enfants qu'elle menait d'un
mot, leur fit reprendre le chapelet, en attendant l'Angélus
qu'on devait dire à Châtellerault, selon le programme
arrêté. Les *Ave* se succédèrent, ce ne fut plus qu'un murmure, un marmottement perdu dans le bruit des ferrailles et le grondement des roues.

Pierre avait vingt-six ans, et il était prêtre. Quelques
jours avant son ordination, des scrupules tardifs lui étaient
venus, la sourde conscience qu'il s'engageait sans s'être
interrogé nettement. Mais il avait évité de le faire, il vivait
dans l'étourdissement de sa décision, croyant avoir, d'un
coup de hache, coupé en lui toute humanité. Sa chair
était bien morte avec l'innocent roman de son enfance,
cette blanche fille aux cheveux d'or, qu'il ne revoyait
plus que couchée sur un lit d'infirme, la chair morte
comme la sienne. Et il avait fait ensuite le sacrifice
de sa raison, ce qu'il croyait alors d'une facilité plus
grande, espérant qu'il suffisait de vouloir pour ne pas
penser. Puis, il était trop tard, il ne pouvait reculer au
dernier moment; et, si, à l'heure de prononcer le dernier
serment solennel, il s'était senti agité d'une terreur
secrète, d'un regret indéterminé et immense, il avait
oublié tout, récompensé divinement de son effort, le jour
où il avait donné à sa mère la grande joie, si longtemps
attendue, de lui entendre dire sa première messe. Il
l'apercevait encore, sa pauvre mère, dans la petite église
de Neuilly, qu'elle avait choisie elle-même, l'église où les
obsèques du père s'étaient célébrées; il l'apercevait, par
ce froid matin de novembre, presque seule dans la chapelle sombre, agenouillée et la face entre les mains,
pleurant longuement, pendant qu'il élevait l'hostie. Elle
avait goûté là son dernier bonheur, car elle vivait solitaire
et triste, ne voyant pas son fils aîné, qui s'en était allé,
acquis à des idées autres, depuis que son frère se desti-

naît à la prêtrise. On disait que Guillaume, chimiste
de grand talent comme son père, mais déclassé, jeté
aux rêveries révolutionnaires, habitait une petite maison
de la banlieue, où il se livrait à des études dangereuses
sur les matières explosibles; et l'on ajoutait, ce qui avait
achevé de briser tout lien entre lui et sa mère, si pieuse,
si correcte, qu'il vivait maritalement avec une femme,
sortie on ne savait d'où. Depuis trois ans, Pierre, qui
avait adoré Guillaume dans son enfance, comme un
grand frère paternel, bon et rieur, ne l'avait pas revu.

Alors, son cœur se serra affreusement, il revit sa mère
morte. C'était encore le coup de foudre, une maladie de
trois jours à peine, une disparition brusque, comme celle
de madame de Guersaint. Il l'avait trouvée un soir, après
une course folle à la recherche d'un médecin, morte pendant son absence, immobile, toute blanche; et ses lèvres,
à jamais, avaient gardé le goût glacé du dernier baiser.
Il ne se souvenait plus du reste, ni de la veillée, ni des
préparatifs, ni du convoi. Tout cela s'était perdu dans le
noir de son hébètement, une douleur si atroce, qu'il avait
failli en mourir, agité au retour du cimetière d'un frisson, pris d'une fièvre muqueuse qui, pendant trois
semaines, l'avait tenu délirant, entre la vie et la mort.
Son frère était venu, l'avait soigné, puis s'était occupé des
questions d'intérêt, partageant la petite fortune, lui laissant la maison et une modeste rente, prenant lui-même
sa part en argent; et, dès qu'il l'avait vu hors de danger,
il s'en était allé de nouveau, rentrant dans son inconnu.
Mais quelle longue convalescence, au fond de la maison
déserte! Pierre n'avait rien fait pour retenir Guillaume,
car il comprenait qu'un abîme était entre eux. D'abord,
il avait souffert de la solitude. Ensuite, elle lui était devenue très douce, dans le grand silence des pièces que les
rares bruits de la rue ne troublaient pas, sous les ombrages discrets de l'étroit jardin, où il pouvait passer les

journées entières sans voir une âme. Son lieu de refuge
était surtout l'ancien laboratoire, le cabinet de son père,
que pendant vingt années sa mère avait tenu fermé soigneusement, comme pour y murer le passé d'incrédulité
et de damnation. Peut-être, malgré sa douceur, sa sou-
mission respectueuse de jadis, aurait-elle fini un jour par
anéantir les papiers et les livres, si la mort n'était venue
la surprendre. Et Pierre avait fait rouvrir les fenêtres,
épousseter le bureau et la bibliothèque, s'était installé
dans le grand fauteuil de cuir, y passait délicieusement
les heures, comme régénéré par la maladie, ramené à sa
jeunesse, goûtant à lire les livres qui lui tombaient sous
les mains, une extraordinaire joie intellectuelle.

Pendant ces deux mois de lent rétablissement, il ne se
rappelait avoir reçu que le docteur Chassaigne. C'était un
ancien ami de son père, un médecin de réelle valeur, qui
se renfermait modestement dans son rôle de praticien,
ayant l'unique ambition de guérir. Il avait soigné en vain
madame Froment ; mais il se vantait d'avoir tiré le jeune
prêtre d'un mauvais cas ; et il revenait le voir de temps à
autre, causant, le distrayant, lui parlant de son père, le
grand chimiste, sur lequel il ne tarissait pas en anecdotes
charmantes, en détails tout brûlants encore d'une ardente
amitié. Peu à peu, dans sa faiblesse alanguie de conva-
lescent, le fils avait ainsi vu se dresser une figure d'adorable simplicité, de tendresse et de bonhomie. C'était son
père tel qu'il était, et non l'homme de dure science qu'il
s'imaginait autrefois, à entendre sa mère. Jamais, certes,
elle ne lui avait enseigné autre chose que le respect, pour
cette chère mémoire ; mais n'était-il pas l'incrédule,
l'homme de négation qui faisait pleurer les anges, l'arti-
san d'impiété qui allait contre l'œuvre de Dieu? Et
il était ainsi resté la vision assombrie, le spectre de damné
qui rôdait par la maison ; tandis que, maintenant, il
en devenait la claire lumière souriante, un travailleur

éperdu du désir de la vérité, qui n'avait jamais voulu que l'amour et le bonheur de tous. Le docteur Chassaigne, lui, Pyrénéen de naissance, né au fond d'un village où l'on croyait aux sorcières, aurait plutôt penché vers la religion, bien qu'il n'eût pas remis les pieds dans une église, depuis quarante ans qu'il vivait à Paris. Mais sa certitude était absolue : s'il y avait un ciel quelque part, Michel Froment s'y trouvait, et sur un trône, à la droite du bon Dieu.

Et Pierre revécut, en quelques minutes, l'effroyable crise qui, pendant deux mois, l'avait dévasté. Ce n'était pas qu'il eût trouvé, dans la bibliothèque, des livres de discussion antireligieuse, ni que son père, dont il classait les papiers, fût jamais sorti de ses recherches techniques de savant. Mais, peu à peu, malgré lui, la clarté scientifique se faisait, un ensemble de phénomènes prouvés qui démolissaient les dogmes, qui ne laissaient rien en lui des faits auxquels il devait croire. Il semblait que la maladie l'eût renouvelé, qu'il recommençât à vivre et à apprendre, tout neuf, dans cette douceur physique de la convalescence, cette faiblesse encore, qui donnait à son cerveau une pénétrante lucidité. Au séminaire, sur le conseil de ses maîtres, il avait toujours refréné l'esprit d'examen, son besoin de savoir. Ce qu'on lui enseignait le surprenait bien ; mais il arrivait à faire le sacrifice de sa raison, qu'on exigeait de sa piété. Et voilà qu'à cette heure, tout ce laborieux échafaudage du dogme se trouvait emporté, dans une révolte de cette raison souveraine, qui clamait ses droits, qu'il ne pouvait plus faire taire. La vérité bouillonnait, débordait, en un tel flot irrésistible, qu'il avait compris que jamais plus il ne parviendrait à refaire l'erreur en son cerveau. C'était la ruine totale et irréparable de la foi. S'il avait pu tuer la chair en lui, en renonçant au roman de sa jeunesse, s'il se sentait le maître de sa sensualité, au point de n'être plus un homme, il savait

maintenant que le sacrifice impossible allait être celui de
son intelligence. Et il ne se trompait pas, c'était son père
qui renaissait au fond de son être, qui finissait par l'emporter, dans cette dualité héréditaire, où, pendant si
longtemps, sa mère avait dominé. Le haut de sa face, le
front droit, en forme de tour, semblait s'être haussé encore, tandis que le bas, le menton fin, la bouche tendre
se noyaient. Cependant, il souffrait, il était éperdu de la
tristesse de ne plus croire, du désir de croire encore, à
certaines heures du crépuscule, lorsque sa bonté, son
besoin d'amour se réveillaient; et il fallait que la lampe
arrivât, qu'il vît clair autour de lui et en lui, pour retrouver l'énergie et le calme de sa raison, la force du martyre,
la volonté de sacrifier tout à la paix de sa conscience.

La crise, alors, s'était déclarée. Il était prêtre, et il ne
croyait plus. Cela, brusquement, venait de se creuser devant ses pas, comme un gouffre sans fond. C'était la fin
de sa vie, l'effondrement de tout. Qu'allait-il faire? La
simple probité ne lui commandait-elle pas de jeter la soutane, de retourner parmi les hommes? Mais il avait
vu des prêtres renégats, et il les avait méprisés. Un prêtre
marié, qu'il connaissait, l'emplissait de dégoût. Sans
doute, ce n'était là qu'un reste de sa longue éducation
religieuse: il gardait l'idée de l'indébilité de la prêtrise,
cette idée que, lorsqu'on s'était donné à Dieu, on ne pouvait se reprendre. Peut-être aussi se sentait-il trop marqué, trop différent déjà des autres, pour ne pas craindre
d'être gauche et mal venu au milieu d'eux. Du moment
qu'on l'avait châtré, il voulait rester à part, dans sa fierté
douloureuse. Et, après des journées d'angoisse, après des
luttes sans cesse renaissantes, où se débattaient son besoin
de bonheur et les énergies de sa santé revenue, il prit
l'héroïque résolution de rester prêtre, et prêtre honnête.
Il aurait la force de cette abnégation. Puisque, s'il
n'avait pu mater le cerveau, il avait maté la chair, il se

jurait de tenir son serment de chasteté ; et c'était là l'inébranlable, la vie pure et droite qu'il avait l'absolue certitude de vivre. Qu'importait le reste, s'il était seul à souffrir, si personne au monde ne soupçonnait les cendres de son cœur, le néant de sa foi, l'affreux mensonge où il agoniserait ! Son ferme soutien serait son honnêteté, il ferait son métier de prêtre en honnête homme, sans rompre aucun des vœux qu'il avait prononcés, en continuant selon les rites son emploi de ministre de Dieu, qu'il prêcherait, qu'il célébrerait à l'autel, qu'il distribuerait en pain de vie. Qui donc oserait lui faire un crime d'avoir perdu la foi, si même ce grand malheur un jour était connu ? Et que pouvait-on lui demander davantage, son existence entière donnée à son serment, le respect de son ministère, l'exercice de toutes les charités, sans l'espoir d'une récompense future ? Ce fut ainsi qu'il se calma, debout encore et la tête haute, dans cette grandeur désolée du prêtre qui ne croit plus et qui continue à veiller sur la foi des autres. Et il n'était certainement pas le seul, il se sentait des frères, des prêtres ravagés, tombés au doute, qui restaient à l'autel, comme des soldats sans patrie, ayant quand même le courage de faire luire la divine illusion, au-dessus des foules agenouillées.

Dès sa guérison complète, Pierre avait repris son service à la petite église de Neuilly. Il y disait sa messe chaque matin. Mais il était décidé à refuser toute situation, tout avancement. Des mois, des années s'écoulèrent : il s'entêtait à n'y être qu'un prêtre habitué, le plus inconnu, le plus humble de ces prêtres qu'on tolère dans une paroisse, qui paraissent et disparaissent, après s'être acquittés de leur devoir. Toute dignité acceptée lui aurait semblé une aggravation de son mensonge, un vol fait à de plus méritants. Et il devait se défendre contre des offres fréquentes, car son mérite ne pouvait passer inaperçu : on s'était étonné, à l'archevêché, de cette obstinée modestie, on aurait voulu utiliser la force qu'on devinait en lui. Parfois seulement, il avait l'amer regret de n'ètre pas utile, de ne pas s'employer à quelque grande œuvre, à la pacification de la terre, au salut et au bonheur des peuples, comme l'enflammé besoin l'en tourmentait. Heureusement, ses journées étaient libres, et il se consolait dans une rage de travail, tous les volumes de la bibliothèque de son père dévorés, puis toutes ses études reprises et discutées, une préoccupation ardente de l'histoire des nations, un désir d'aller au fond du mal social et religieux, pour tâcher de voir s'il était vraiment sans remèdes.

C'était un matin, en fouillant dans un des grands tiroirs, en bas de la bibliothèque, que Pierre avait découvert un dossier sur les apparitions de Lourdes. Il y avait là des documents très complets, des copies donnant les interrogatoires de Bernadette, les procès-verbaux administratifs, les rapports de police, la consultation des médecins, sans compter des lettres particulières et confidentielles du plus vif intérêt. Il était resté surpris de sa trouvaille, il avait questionné le docteur Chassaigne, qui s'était souvenu que son ami, Michel Froment, avait en effet étudié un instant avec passion le cas de Bernadette; et lui-même, né dans un village voisin de Lourdes, avait dû s'entremettre pour procurer au chimiste une partie de ce dossier. Pierre, à son tour, s'était alors passionné, pendant un mois, infiniment séduit par la figure droite et pure de la voyante, mais révolté de tout ce qui avait poussé ensuite, le fétichisme barbare, les superstitions douloureuses, la simonie triomphante. Dans sa crise d'incrédulité, certes, cette histoire ne paraissait faite que pour hâter la ruine de sa foi. Mais elle en était venue aussi à irriter sa curiosité, il aurait voulu faire une enquête, établir la vérité scientifique indiscutable, rendre au christianisme pur le service de le débarrasser de cette scorie, de ce conte de fée si touchant et si enfantin. Puis,

il avait abandonné son étude, reculant devant la nécessité d'un voyage à la Grotte, éprouvant les difficultés
les plus grandes à obtenir les renseignements qui lui
manquaient; et il n'était demeuré en lui que sa tendresse
pour Bernadette, à laquelle il ne pouvait songer sans un
charme délicieux et une infinie pitié.

Les jours s'écoulaient, et Pierre vivait de plus en plus
seul. Le docteur Chassaigne venait de partir pour les
Pyrénées, dans un coup de mortelle inquiétude : il abandonnait sa clientèle, il emmenait à Cauterets sa femme
malade, que lui et sa fille, une grande fille adorable,
regardaient avec angoisse s'éteindre un peu chaque jour.
Dès lors, la petite maison de Neuilly était tombée à un
silence, à un vide de mort. Pierre n'avait plus eu d'autre
distraction que d'aller voir de temps à autre les Guersaint, déménagés de la maison voisine, retrouvés par lui
au fond d'une rue misérable du quartier, dans un étroit
logement. Et le souvenir de sa première visite était si
vivant encore, qu'il en eut un élancement au cœur, en se
rappelant son émotion devant la triste Marie.

Il s'éveilla, regarda, et il aperçut Marie allongée sur
la banquette, telle qu'il l'avait retrouvée alors, déjà dans
sa gouttière, clouée dans ce cercueil, auquel on adaptait
des roues, pour la promener. Elle, si débordante de vie
autrefois, toujours à remuer et à rire, se mourait là
d'inaction et d'immobilité. Elle n'avait gardé que ses
cheveux qui la vêtaient d'un manteau d'or, elle était
si amaigrie, qu'elle en semblait diminuée, retournée à la
taille d'une enfant. Et ce qu'il y avait de navrant, dans ce
visage pâle, c'étaient les regards vides et fixes, la continuelle hantise, une expression d'absence, d'anéantissement au fond de son mal. Pourtant, elle remarqua qu'il
la regardait, elle voulut lui sourire; mais des plaintes
lui échappaient, et quel sourire de pauvre créature
frappée, convaincue qu'elle va expirer avant le miracle!

Il en fut bouleversé, il n'entendait plus qu'elle, il ne voyait plus qu'elle, au milieu des autres douleurs dont le wagon était plein, comme si elle les eût résumées toutes, dans la longue agonie de sa beauté, de sa gaieté et de sa jeunesse.

Et, peu à peu, sans quitter Marie des yeux, Pierre retourna aux jours passés, il goûta les heures d'amer et triste charme qu'il avait vécues près d'elle, lorsqu'il montait lui tenir compagnie, dans le petit logement pauvre. M. de Guersaint venait d'achever sa ruine, en rêvant de rénover l'imagerie religieuse, dont la médiocrité l'irritait. Ses derniers sous s'étaient engloutis dans la faillite d'une maison d'impression en couleurs; et distrait, imprévoyant, s'en remettant au bon Dieu, avec la continuelle illusion de son âme puérile, il ne s'apercevait pas de la gêne atroce qui grandissait, il en était à chercher la direction des ballons, sans même voir que sa fille aînée, Blanche, devait faire des prodiges d'activité pour arriver à gagner le pain de son petit monde, de ses deux enfants, comme elle nommait son père et sa sœur. C'était Blanche qui, en donnant des leçons de français et de piano, en courant Paris du matin au soir, dans la poussière et dans la boue, trouvait encore l'argent nécessaire aux continuels soins que Marie réclamait. Et celle-ci se désespérait souvent, éclatant en larmes, s'accusant d'être la cause première de la ruine, depuis tant d'années qu'on payait des médecins, qu'on la promenait à toutes les eaux imaginables, la Bourboule, Aix, Lamalou, Amélie-les-Bains. Maintenant, les médecins l'avaient abandonnée, après dix années de diagnostics et de traitements contradictoires : les uns croyaient à la rupture des ligaments larges, les autres à la présence d'une tumeur, d'autres à une paralysie venant de la moelle; et, comme elle refusait tout examen, dans une révolte de vierge, qu'ils n'osaient même pas nettement questionner, ils s'en

4

tenaient chacun à son explication, déclarant qu'elle ne
pouvait guérir. D'ailleurs, elle ne comptait que sur l'aide
de Dieu, devenue d'une dévotion étroite depuis qu'elle
souffrait. Son grand chagrin était de ne plus aller à
l'église, et elle lisait la messe tous les matins. Ses jambes
inertes semblaient mortes, elle tombait à une faiblesse
telle, que, certains jours, sa sœur devait la faire manger.

Pierre, à ce moment, se rappela. C'était un soir encore,
avant qu'on eût allumé la lampe. Il se trouvait assis près
d'elle, dans l'ombre ; et, tout d'un coup, Marie lui avait
dit qu'elle voulait se rendre à Lourdes, qu'elle était certaine d'en revenir guérie. Il avait éprouvé un malaise,
s'oubliant, criant que c'était une folie de croire à de
pareils enfantillages. Jamais il ne causait religion avec
elle, ayant refusé non seulement de la confesser, mais
de la diriger même dans ses petits scrupules de dévote.
Il y avait là, en lui, une pudeur et une pitié, car il aurait
souffert de lui mentir, à elle, et il se serait d'autre part
regardé comme un criminel, s'il avait terni d'un souffle
cette grande foi pure, qui la rendait forte contre la souffrance. Aussi, mécontent du cri qu'il n'avait pu retenir,
était-il resté affreusement troublé, lorsqu'il avait senti la
petite main froide de la malade prendre la sienne ; et,
doucement, encouragée par l'ombre, d'une voix brisée,
elle avait osé lui faire entendre qu'elle connaissait son
secret, qu'elle savait son malheur, cette effroyable misère
pour un prêtre de ne plus croire. Dans leurs entretiens,
il avait tout dit malgré son vouloir, elle avait pénétré au
fond de sa conscience, par une délicate intuition d'amie
souffrante. Elle s'en inquiétait horriblement pour lui,
jusqu'à le plaindre plus qu'elle, de sa mortelle maladie
morale. Puis, comme, saisi, il ne trouvait rien à répondre,
confessant la vérité par son silence, elle s'était remise à
parler de Lourdes. elle ajoutait très bas qu'elle voulait
le confier, lui aussi, à la sainte Vierge, en la suppliant

de lui rendre la foi. Et, à partir de ce soir-là, elle n'avait plus cessé, répétant que, si elle allait à Lourdes, elle serait guérie. Mais il y avait la question d'argent qui l'arrêtait, dont elle n'osait même pas parler à sa sœur. Deux mois s'écoulèrent, elle s'affaiblissait de jour en jour, s'épuisait en rêves, les yeux tournés, là-bas, vers le flamboiement de la Grotte miraculeuse.

Alors, Pierre passa de mauvaises journées. Il avait d'abord refusé nettement à Marie de l'accompagner. Ensuite, le premier ébranlement de sa volonté vint de cette pensée que, s'il se décidait au voyage, il pourrait l'utiliser en continuant son enquête sur Bernadette, dont la figure, si charmante, restait dans son cœur. Et, enfin, il sentit une douceur, une espérance inavouée le pénétrer, à l'idée que Marie avait raison peut-être, que la Vierge pourrait le prendre en pitié, lui aussi, en lui rendant la foi aveugle, la foi du petit enfant qui aime et ne discute pas. Oh! croire de toute son âme, s'abîmer dans la croyance! Il n'y avait sans doute pas d'autre bonheur possible. Il aspirait à la foi, de toute la joie de sa jeunesse, de tout l'amour qu'il avait eu pour sa mère, de toute l'envie brûlante qu'il éprouvait d'échapper au tourment de comprendre et de savoir, de s'endormir à jamais au fond de la divine ignorance. C'était délicieux et lâche, cet espoir de ne plus être, de n'être plus qu'une chose entre les mains de Dieu. Et il en arriva ainsi au désir de tenter la suprême expérience.

Huit jours plus tard, le voyage à Lourdes était décidé. Mais Pierre avait exigé une dernière consultation de médecins, pour savoir si Marie était réellement transportable; et c'était là encore une scène qui s'évoquait, dont il revoyait certains détails avec persistance, tandis que d'autres s'effaçaient déjà. Deux des médecins, qui avaient soigné la malade anciennement, l'un croyant à une rupture des ligaments larges, l'autre diagnostiquant une pa-

ralysie due à une lésion de la moelle, avaient fini par
tomber d'accord sur cette paralysie, avec des accidents,
peut-être, du côté des ligaments : tous les symptômes
y étaient, le cas leur semblait si évident, qu'ils n'avaient
point hésité à signer des certificats presque conformes,
d'une affirmation décisive. D'ailleurs, ils croyaient le
voyage possible, quoique très douloureux. Cela devait
déterminer Pierre, car il trouvait ces messieurs très
prudents, très soucieux de la vérité. Il ne lui restait
qu'un souvenir trouble du troisième médecin, Beauclair,
un petit cousin à lui, un jeune homme d'une vive intelligence, encore peu connu et qu'on disait bizarre. Celui-ci,
après avoir longuement considéré Marie, s'était inquiété
de ses ascendants, l'air intéressé par ce qu'on lui contait
de M. de Guersaint, cet architecte mâtiné d'inventeur, à
l'esprit faible et exubérant; puis, il avait voulu mesurer
le champ visuel de la malade, il s'était assuré, en la
palpant, discrètement, que la douleur avait fini par se
localiser à l'ovaire gauche, et que, lorsqu'on appuyait
là, cette douleur semblait remonter vers la gorge, en
une masse lourde qui l'étouffait. Il paraissait ne tenir
aucun compte de la paralysie des jambes. Et, dès lors,
sur une question directe, il s'était écrié qu'il fallait la
mener à Lourdes, qu'elle y serait sûrement guérie, si
elle était certaine de l'être. Il parlait de Lourdes sérieusement : la foi suffisait, deux de ses clientes, très pieuses,
envoyées par lui l'année d'auparavant, étaient revenues
éclatantes de santé. Même il annonçait comment se produirait le miracle, en coup de foudre, dans un réveil, une
exaltation de tout l'être, tandis que le mal, ce mauvais
poids diabolique qui étouffait la jeune fille, remonterait
une dernière fois et s'échapperait, comme s'il lui sortait
par la bouche. Mais il refusa absolument de signer un
certificat. Il ne s'était pas entendu avec ses deux confrères qui le traitaient d'un air froid, en jeune esprit

aventureux; et Pierre, confusément, avait gardé des phrases de la discussion, recommencée devant lui, des lambeaux de la consultation donnée par Beauclair : une luxation de l'organe, avec de légères déchirures des ligaments, à la suite de la chute de cheval, puis une lente réparation, un rétablissement des choses en leur place, auquel avaient succédé des accidents nerveux consécutifs, de sorte que la malade n'aurait plus été que sous l'obsession de la peur première, l'attention localisée sur le point lésé, immobilisée dans la douleur croissante, incapable d'acquérir des notions nouvelles, si ce n'était sous le coup de fouet d'une violente émotion. Du reste, il admettait aussi des accidents de la nutrition, encore mal étudiés, dont il n'osait lui-même dire la marche et l'importance. Seulement, cette idée que Marie rêvait son mal, que les affreuses souffrances qui la torturaient venaient d'une lésion guérie depuis longtemps, avait paru si paradoxale à Pierre, lorsqu'il la regardait agonisante et les jambes déjà mortes, qu'il ne s'y était pas arrêté, heureux simplement de voir que les trois médecins étaient d'accord pour autoriser le voyage à Lourdes. Il lui suffisait qu'elle pût guérir, il l'aurait accompagnée au bout de la terre.

Ah! ces derniers jours de Paris, dans quelle bousculade il les avait vécus! Le pèlerinage national allait partir, il avait eu l'idée de faire hospitaliser Marie, afin d'éviter les gros frais. Ensuite, il avait dû courir pour entrer lui-même dans l'Hospitalité de Notre-Dame de Salut. M. de Guersaint était enchanté, car il aimait la nature, il brûlait du désir de connaître les Pyrénées; et il ne se préoccupait de rien, acceptait parfaitement que le jeune prêtre lui payât son voyage, se chargeât de lui à l'hôtel, là-bas, comme d'un enfant; et, sa fille Blanche lui ayant glissé un louis, à la dernière minute, il s'était cru riche. Cette pauvre et héroïque Blanche avait une cachette, cinquante

4.

francs d'économie, qu'il avait bien fallu qu'on acceptât,
car elle se fâchait, elle voulait aider aussi à la guérison
de sa sœur, puisqu'elle ne pouvait être du voyage, retenue
par ses leçons à Paris, dont elle allait continuer à battre
le dur pavé, pendant que les siens s'agenouilleraient au
loin, parmi les enchantements de la Grotte. Et l'on était
parti, et l'on roulait, l'on roulait toujours.

A la station de Châtellerault, un éclat brusque des
voix secoua Pierre, chassa l'engourdissement de sa rêverie. Quoi donc? est-ce qu'on arrivait à Poitiers? Mais il
n'était que midi à peine, c'était sœur Hyacinthe qui
faisait dire l'Angélus, les trois *Ave* répétés trois fois. Les
voix se brisaient, un nouveau cantique monta et se prolongea, en une lamentation. Encore vingt-cinq grandes
minutes avant d'être à Poitiers, où il semblait que l'arrêt
d'une demi-heure allait soulager toutes les souffrances.
On était si mal à l'aise, si rudement cahoté dans ce wagon
empesté et brûlant! C'était trop de misère, de grosses
larmes roulaient sur les joues de madame Vincent, un
sourd juron avait échappé à M. Sabathier, si résigné d'habitude, tandis que le frère Isidore, la Grivotte et madame Vêtu semblaient ne plus être, pareils à des épaves
emportées dans le flot. Les yeux fermés, Marie ne répondait plus, ne voulait plus les rouvrir, poursuivie par
l'horrible vision de la face d'Élise Rouquet, cette tête
trouée et béante, qui était pour elle l'image de la mort.
Et, pendant que le train hâtait sa vitesse, charriant cette
désespérance humaine, sous le ciel lourd, au travers des
plaines embrasées, il y eut encore une épouvante.
L'homme ne soufflait plus, une voix cria qu'il expirait.

III

A Poitiers, dès que le train se fut arrêté, sœur Hyacinthe se hâta de descendre, au milieu de la cohue des hommes d'équipe qui ouvraient les portières et des pèlerins qui se précipitaient.

— Attendez, attendez, répétait-elle. Laissez-moi passer la première, je veux voir si tout est fini.

Puis, lorsqu'elle fut remontée dans l'autre comparti-ment, elle souleva la tête de l'homme, crut d'abord en effet qu'il avait passé, en le voyant si blême et les yeux vides. Mais elle sentit un petit souffle.

— Non, non, il respire. Vite, il faut se dépêcher.

Et, se tournant vers l'autre sœur, celle qui était à ce bout du wagon :

— Je vous en prie, sœur Claire des Anges, courez cher-cher le père Massias qui doit être dans la troisième ou la quatrième voiture. Dites-lui que nous avons un malade en grand danger, et qu'il apporte tout de suite les Saintes Huiles.

Sans répondre, la sœur disparut, parmi la bousculade. Elle était petite, fine et douce, l'air recueilli, avec des yeux de mystère, très active pourtant.

Pierre qui suivait la scène, debout dans l'autre com-partiment, se permit une réflexion.

— Si l'on allait aussi chercher le médecin ?

— Sans doute, j'y songeais, répondit sœur Hyacinthe. Oh ! monsieur l'abbé, que vous seriez gentil d'y courir vous-même !

Justement, Pierre se proposait d'aller, au fourgon de la cantine, demander un bouillon pour Marie. Soulagée un peu, depuis qu'elle n'était plus secouée, la malade avait rouvert les yeux et s'était fait asseoir par son père. Elle aurait bien voulu qu'on la descendît un instant sur le quai, dans son ardente soif d'air pur. Mais elle sentit que ce serait trop demander, qu'on aurait trop de peine pour la remonter ensuite. M. de Guersaint, qui avait déjeuné dans le train, ainsi que la plupart des pèlerins et des malades, demeura sur le trottoir, près de la portière ouverte, à fumer une cigarette, pendant que Pierre courait au fourgon de la cantine, où se trouvait également le médecin de service, avec une petite pharmacie.

Dans le wagon, d'autres malades aussi restèrent, qu'on ne pouvait songer à remuer. La Grivotte étouffait et délirait; et elle retint même madame de Jonquière, qui avait donné rendez-vous, au buffet, à sa fille Raymonde, à madame Volmar et à madame Désagneaux, pour y déjeuner toutes les quatre. Comment laisser seule, sur la dure banquette, cette malheureuse qu'on aurait cru à l'agonie? Marthe non plus n'avait pas bougé, ne quittant pas son frère, le missionnaire, dont la plainte faible continuait. Cloué à sa place, M. Sabathier attendait madame Sabathier, qui était allée lui chercher une grappe de raisin. Les autres, ceux qui marchaient, venaient de se bousculer pour descendre, ayant la hâte de fuir un moment ce wagon de cauchemar, où leurs membres s'engourdissaient, depuis sept grandes heures déjà qu'on était parti. Madame Maze, tout de suite, s'écarta, gagna l'un des bouts déserts de la gare, égarant là sa mélancolie. Hébétée de souffrance, madame Vêtu, après avoir eu la force de faire quelques pas, se laissa tomber sur un banc, au grand soleil, dont elle ne sentait pas la brûlure; pendant qu'Élise Rouquet, qui s'était remmailloté la face dans son fichu noir, cherchait partout une fontaine, dévorée d'un désir d'eau fraîche. A pas ralentis, madame Vincent promenait sur ses bras sa petite Rose, tâchant de lui sourire, de l'égayer en lui montrant des images violemment coloriées, que l'enfant, grave, regardait sans voir.

Cependant, Pierre avait toutes les peines du monde à se frayer un chemin, au milieu de la foule qui noyait le quai. C'était inimaginable, le flot vivant, les éclopés et les gens valides, que le train avait vidé là, plus de huit cents personnes qui couraient, s'agitaient, s'étouffaient. Chaque wagon avait lâché sa misère, ainsi qu'une salle d'hôpital qu'on évacue; et l'on jugeait quelle somme effrayante de maux transportait ce terrible train blanc, qui finissait par avoir, sur son passage, une légende d'effroi. Des infirmes se traînaient, d'autres étaient portés, beaucoup restaient en tas sur le trottoir. Il y avait des poussées brusques, de violents appels, une hâte éperdue vers le buffet et la buvette. Chacun se pressait, allait à son affaire. C'était si court, cet arrêt d'une demi-heure, le seul qu'on dût avoir avant Lourdes! Et l'unique gaieté, au milieu des soutanes noires, des pauvres gens en vêtements usés, sans couleur précise, était la blancheur riante des petites sœurs de l'Assomption, toutes blanches et actives, avec leur cornette, leur guimpe et leur tablier de neige.

Lorsque, enfin, Pierre arriva au fourgon de la cantine, vers le milieu du train, il le trouva déjà assiégé. Un fourneau à pétrole était là, ainsi que toute une petite batterie de cuisine, sommaire. Le bouillon, fait avec des jus concentrés, chauffait dans des bassines de fer battu; et le lait réduit, en boîtes d'un litre, n'était délayé et utilisé qu'au fur et à mesure des besoins. Quelques autres provisions occupaient une sorte d'armoire, des biscuits, des fruits, du chocolat. Mais, devant les mains avides qui se tendaient, la sœur Saint-François, chargée du service, une femme de quarante-cinq ans, courte et grasse, à

bonne figure fraîche, perdait un peu la tête. Elle dut continuer sa distribution, en écoutant Pierre qui appelait
le médecin, installé dans un autre compartiment du fourgon, avec sa pharmacie de voyage. Puis, comme le jeune
prêtre donnait des explications, parlait du malheureux
qui se mourait, elle se fit remplacer, elle voulut aller
le voir, elle aussi.

— Ma sœur, c'est que je venais vous demander un
bouillon pour une malade.

— Eh bien! monsieur l'abbé, je vais le porter. Marchez
devant.

Ils se dépêchèrent, les deux hommes échangeant des
questions et des réponses rapides, suivis par la sœur
Saint-François qui portait le bol de bouillon, pleine de
prudence, au milieu des coudoiements de la foule. Le
médecin était un garçon brun, d'environ vingt-huit ans,
robuste, très beau, avec une tête de jeune empereur ro-
main, comme il en pousse encore aux champs brûlés de
Provence. Dès que sœur Hyacinthe l'aperçut, elle eut une
surprise, une exclamation.

— Comment! c'est vous, monsieur Ferrand?

Tous deux restaient ébahis de la rencontre. Les sœurs
de l'Assomption ont la mission brave de soigner les malades, uniquement les malades pauvres, ceux qui ne
peuvent payer, qui agonisent dans les mansardes; et elles
passent ainsi leur existence avec les indigents, s'éta-
blissent près du grabat, dans l'étroite pièce, donnent les
soins les plus intimes, font la cuisine, le ménage, vivent
là en servantes et en parentes, jusqu'à la guérison ou
jusqu'à la mort. C'était de la sorte que sœur Hyacinthe,
si jeune, avec son visage de lait où ses yeux bleus riaient
sans cesse, s'installa un jour chez ce garçon, alors étu-
diant, en proie à une fièvre typhoïde, et d'une telle pauvreté, qu'il habitait rue du Four une espèce de grenier,
en haut d'une échelle, sous les toits. Elle ne l'avait plus

quitté, l'avait sauvé, avec sa passion de ne vivre que
pour les autres, en fille trouvée autrefois à la porte
d'une église, n'ayant d'autre famille que celle des souffrants, à qui elle se vouait, de tout son brûlant besoin
d'aimer. Et quel mois adorable, quelle exquise cama-
raderie ensuite, dans cette pure fraternité de la souffrance ! Quand il l'appelait « ma sœur », c'était vraiment
à 'sa sœur qu'il parlait. Elle était une mère aussi, le
levait, le couchait comme son enfant, sans que rien
autre chose grandît entre eux qu'une pitié suprême, le
divin attendrissement de la charité. Toujours elle se
montrait gaie, sans sexe, sans autre instinct que de soulager et de consoler; et lui l'adorait, la vénérait, et il
avait gardé d'elle le plus chaste et le plus passionné des
souvenirs.

— Oh ! sœur Hyacinthe ! sœur Hyacinthe ! murmura-t-il,
ravi.

Un hasard seul les remettait face à face, car Ferrand
n'était pas un croyant, et s'il se trouvait là, c'était qu'à
la dernière minute, il avait bien voulu remplacer un ami,
brusquement empêché de partir. Depuis une année bientôt, il était interne à la Pitié. Ce voyage à Lourdes, dans
des conditions si particulières, l'intéressait.

Mais la joie de se revoir leur faisait oublier l'homme.
Et la sœur se reprit.

— Voyez donc, monsieur Ferrand, c'est pour ce pauvre
homme. Nous l'avons cru mort un instant... Depuis Amboise, il nous donne bien des craintes, et je viens d'envoyer chercher les Saintes Huiles... Est-ce que vous le
trouvez si bas ? Est-ce que vous ne pourriez pas le ranimer un peu ?

Déjà, le jeune médecin l'examinait; et les autres
malades, restés dans le wagon, se passionnèrent, regardèrent. Marie, à qui la sœur Saint-François avait donné le
bol de bouillon, le tenait d'une main si vacillante, que

Pierre dut le prendre et essayer de la faire boire ; mais
elle ne pouvait avaler, elle n'acheva pas le bouillon, les
yeux fixés sur l'homme, attendant, comme s'il se fût agi
de sa propre existence.

— Dites, demanda de nouveau sœur Hyacinthe, comment le trouvez-vous ? Quelle maladie a-t-il ?

— Oh ! quelle maladie ? murmura Ferrand. Il les a
toutes !

Puis, il tira une petite fiole de sa poche, essaya d'introduire quelques gouttes, à travers les dents serrées du
malade. Celui-ci poussa un soupir, souleva les paupières,
les laissa retomber ; et ce fut tout, il ne donna pas d'autre
signe de vie.

Sœur Hyacinthe, si calme d'habitude, qui ne désespérait jamais, eut une impatience.

— Mais c'est terrible ! et sœur Claire des Anges qui
ne reparaît pas ! Je lui ai pourtant bien indiqué le wagon
du père Massias... Mon Dieu ! qu'allons-nous devenir ?

Voyant qu'elle ne pouvait être utile, sœur Saint-François allait retourner au fourgon. Auparavant, elle demanda si l'homme, peut-être, ne se mourait pas de faim,
tout simplement ; car cela arrivait, et elle n'était
venue que pour offrir ses provisions. Puis, comme elle
partait, elle promit, dans le cas où elle rencontrerait sœur
Claire des Anges, de la faire se hâter ; et elle n'était
pas à vingt mètres, qu'elle se retourna, en montrant
d'un grand geste la sœur qui revenait seule, de sa marche
discrète et menue.

Penchée à la portière, sœur Hyacinthe multipliait les
appels.

— Arrivez donc, arrivez donc !... Eh bien ! et le père
Massias ?

— Il n'est pas là.

— Comment ! il n'est pas là ?

— Non. J'ai eu beau me presser, on ne peut pas

avancer vite, parmi tout ce monde. Lorsque je suis arrivée
au wagon, le père Massias était déjà descendu et sorti de
la gare, sans doute.

Elle expliqua que le père, selon ce qu'on racontait,
devait avoir un rendez-vous avec le curé de Sainte-Radegonde. Les autres années, le pèlerinage national s'arrêtait
pendant vingt-quatre heures : on mettait les malades à
l'hôpital de la ville, on se rendait à Sainte-Radegonde
en procession. Mais, cette année-là, un obstacle s'était
produit, le train allait filer droit sur Lourdes ; et le père
était sûrement par là, avec le curé, causant, ayant quelque
affaire ensemble.

— On m'a bien promis de faire la commission, de l'envoyer *ici* avec les Saintes Huiles, dès qu'on le retrouvera.

C'était un véritable désastre pour sœur Hyacinthe.
Puisque la science ne pouvait rien, peut-être les Saintes
Huiles auraient-elles soulagé le malade. Souvent, elle
avait vu cela.

— Oh ! ma sœur, ma sœur, que j'ai de peine !... Vous
ne savez pas, si vous étiez bien gentille, vous retourneriez
là-bas, vous guetteriez le père, de façon à me l'amener,
dès qu'il paraîtra.

— Oui, ma sœur, répondit docilement sœur Claire des
Anges, *qui repartit de son air grave et mystérieux, en se*
glissant parmi la foule, avec une souplesse d'ombre.

Ferrand regardait toujours l'homme, désolé de ne
pouvoir faire à sœur Hyacinthe le plaisir de le ranimer.
Et, comme il avait un geste d'impuissance, elle le supplia
encore.

— Monsieur Ferrand, restez avec moi, attendez que le
père soit venu... Je serai un peu plus tranquille.

Il resta, il l'aida à remonter l'homme, qui glissait sur
la banquette. Puis, elle prit un linge et lui essuya la face,
qui se couvrait continuellement d'une épaisse sueur.

5

Et l'attente se prolongea, au milieu du malaise des malades demeurés dans le wagon, et de la curiosité des gens
du dehors, qui commençaient à s'attrouper.

Une jeune fille, vivement, écarta la foule ; et, montant
sur le marchepied, elle interpella madame de Jonquière.

— Quoi donc, maman ? ces dames t'attendent au
buffet.

C'était Raymonde de Jonquière, un peu mûre déjà pour
ses vingt-cinq ans sonnés, qui ressemblait à sa mère éton-
namment, très brune, avec son nez fort, sa bouche grande,
sa figure grasse et agréable.

— Mais, mon enfant, tu le vois, je ne puis pas quitter
cette pauvre femme.

Et elle montrait la Grivotte, prise maintenant d'un accès
de toux, qui la secouait affreusement.

— Oh ! maman, est-ce fâcheux ! Madame Désagneaux et
madame Volmar qui se faisaient une fête de ce petit déjeuner à nous quatre !

— Que veux-tu, ma pauvre enfant ?... Commencez toujours sans moi. Dis à ces dames que, dès que je le pourrai, je m'échapperai pour les rejoindre.

Puis, ayant une idée :

— Attends, il y a là le médecin, je vais tâcher de lui
confier ma malade... Va-t'en, je te suis. Et tu sais que
je meurs de faim !

Raymonde retourna lestement au buffet, tandis que
madame de Jonquière suppliait Ferrand de monter près
d'elle, pour voir s'il ne pourrait pas soulager la Grivotte.
Déjà, sur le désir de Marthe, il avait examiné le frère Isidore, dont la plainte ne cessait point ; et il avait dit de nouveau son impuissance, d'un geste navré. Il s'empressa
pourtant, souleva la phtisique qu'il voulut asseoir, espérant arrêter la toux, qui en effet cessa peu à peu. Ensuite,
il aida la dame hospitalière à lui faire avaler une gorgée
de potion calmante. Dans le wagon, la présence du mé-

decin continuait à remuer les malades. M. Sabathier, qui mangeait lentement la grappe de raisin que sa femme était allée lui chercher, ne le questionnait pas, connaissant à l'avance sa réponse, las d'avoir consulté, comme il le disait, tous les princes de la science; mais il n'en éprouvait pas moins un bien-être, à le voir remettre debout cette pauvre fille, dont le voisinage le gênait. Et Marie elle-même le regardait faire avec un intérêt croissant, tout en n'osant l'appeler pour elle-même, certaine, elle aussi, qu'il ne pouvait rien.

Sur le quai, la bousculade augmentait. On n'avait plus qu'un quart d'heure. Comme insensible, les yeux ouverts et ne voyant rien, madame Vêtu endormait son mal sous la brûlure du grand soleil; pendant que, devant elle, du même pas berceur, madame Vincent promenait toujours sa petite Rose, d'un poids si léger d'oiseau malade, qu'elle ne la sentait pas sur ses bras. Beaucoup de gens couraient à la fontaine remplir des brocs, des bidons, des bouteilles. Madame Maze, très soigneuse et délicate, eut l'idée d'aller s'y laver les mains; mais, comme elle arrivait, elle y trouva Élise Rouquet en train de boire, elle recula devant le monstre, cette tête de chien au museau rongé qui tendait la fente oblique de sa plaie, la langue sortie et lapant; et c'était, chez tous, le même frémissement, la même hésitation à emplir les bouteilles, les brocs et les bidons, à cette fontaine où elle avait bu. Un grand nombre de pèlerins s'étaient mis à manger le long du quai. On entendait les béquilles rythmées d'une femme allant et venant sans fin, au milieu des groupes. Par terre, un cul-de-jatte se traînait péniblement, en quête d'on ne savait quoi. D'autres, assis en tas, ne remuaient plus. Tout ce déballage d'un instant, cet hôpital roulant vidé là pour une demi-heure, prenait l'air parmi l'agitation ahurie des gens valides, d'une pauvreté et d'une tristesse affreuses, sous la pleine lumière de midi.

Pierre ne quittait plus Marie, car M. de Guersaint avait disparu, attiré par la verdoyante échappée de paysage, qu'on apercevait, au bout de la gare. Et le jeune prêtre, inquiet de voir qu'elle n'avait pu achever le bouillon, s'efforçait, d'un air souriant, de tenter la gourmandise de la malade, en offrant d'aller lui acheter une pêche ; mais elle refusait, elle souffrait trop, rien ne lui faisait plaisir. Elle le regardait de ses grands yeux navrés, partagée entre son impatience de cet arrêt, qui retardait la guérison possible, et sa terreur d'être secouée de nouveau, le long de ce dur chemin interminable.

Un gros monsieur s'approcha, toucha le bras de Pierre. Il grisonnait, portait toute sa barbe, la face large et paterne.

— Pardon, monsieur l'abbé, n'est-ce pas dans ce wagon qu'il y a un malheureux malade à l'agonie ?

Et, comme le prêtre répondait affirmativement, il devint tout à fait bonhomme et familier.

— Je m'appelle monsieur Vigneron, je suis sous-chef au ministère des Finances, et j'ai demandé un congé pour accompagner, avec ma femme, notre fils Gustave à Lourdes... Le cher enfant met tout son espoir dans la sainte Vierge, que nous prions pour lui matin et soir... Nous sommes là, dans le wagon qui est avant le vôtre, où nous occupons un compartiment de deuxième classe.

Puis, il se retourna, appela son monde, d'un geste de la main.

— Approchez, approchez, c'est bien là. Le malheureux malade est en effet au plus mal.

Madame Vigneron était petite, le visage long et blême, d'une pauvreté de sang, dans sa correction de bonne bourgeoise, qui reparaissait terrible chez son fils Gustave. Celui-ci, âgé de quinze ans, en paraissait à peine dix, déjeté, d'une maigreur de squelette, la jambe droite anémiée, réduite à rien, ce qui l'obligeait à marcher avec une

béquille. Il avait une mince petite figure, un peu de travers, où il ne restait guère que les yeux, mais des yeux de
clarté pétillant d'intelligence, affinés par la douleur,
voyant sûrement clair jusqu'au fond des âmes.

Une vieille dame suivait, le visage empâté, traînant les
jambes difficilement; et M. Vigneron, se rappelant qu'il
l'avait oubliée, revint vers Pierre, pour achever la pré-
sentation.

— Madame Chaise, la sœur aînée de ma femme, qui a
voulu aussi accompagner Gustave, qu'elle aime beaucoup.

Et, se penchant, à voix basse, d'un air de confidence :

— C'est madame Chaise, la veuve du marchand de soie,
immensément riche. Elle a une maladie de cœur qui lui
donne de grandes inquiétudes.

Alors, toute la famille, massée en un groupe, consi-
déra avec une curiosité vive ce qui se passait dans le
wagon. Du monde s'attroupait sans cesse, et le père, pour
que son fils pût voir, l'éleva un instant dans ses bras,
pendant que la tante tenait la béquille et que la mère
se haussait, elle aussi, sur la pointe des pieds.

Dans le wagon, c'était toujours le même spectacle,
l'homme sur son séant, occupant le coin, raidi et la tête
contre la dure paroi de chêne. Il était livide, les paupières
closes, la bouche tirée par l'agonie, baigné de cette
sueur glacée que sœur Hyacinthe épongeait, de temps à
autre, avec un linge ; et celle-ci ne parlait plus, ne s'impatientait plus, revenue à sa sérénité, comptant sur le
ciel, jetant simplement parfois un coup d'œil le long du
quai, pour voir si le père Massias n'arrivait pas.

— Regarde bien, Gustave, dit M. Vigneron à son fils,
ça doit être un phtisique.

L'enfant, que la scrofule rongeait, la hanche dévorée
d'un abcès froid, avec un commencement de nécrose des
vertèbres, semblait s'intéresser passionnément à cette

5.

agonie. Il n'avait pas peur, il souriait d'un sourire infiniment triste.

— Oh! c'est affreux! murmura madame Chaise, que pâlissait la crainte de la mort, dans sa continuelle terreur d'une crise brusque qui l'emporterait.

— Dame! reprit philosophiquement M. Vigneron, chacun son tour, nous sommes tous mortels.

Et le sourire de Gustave, alors, prit une sorte de moquerie douloureuse, comme s'il eût entendu d'autres paroles, un souhait inconscient, l'espoir que la vieille tante mourrait avant lui, et qu'il hériterait des cinq cent mille francs promis, et que lui-même ne gênerait pas longtemps sa famille.

— Mets-le par terre, dit madame Vigneron à son mari. Tu le fatigues, à le tenir par les jambes.

Elle s'empressa ensuite, ainsi que madame Chaise, pour éviter toute secousse à l'enfant. Ce pauvre mignon avait besoin d'être tant soigné! A chaque minute, on craignait de le perdre. Le père fut d'avis qu'on ferait mieux de le remonter tout de suite dans le compartiment. Et, comme les deux femmes l'emportaient, il ajouta, très ému, en se tournant de nouveau vers Pierre :

— Ah! monsieur l'abbé, si le bon Dieu nous le reprenait, ce serait notre vie qui s'en irait avec lui... Je ne parle pas de la fortune de sa tante qui passerait à d'autres neveux. Et ce serait, n'est-ce pas? contre nature qu'il partît avant elle, surtout dans l'état de santé où elle est... Que voulez-vous! nous sommes tous entre les mains de la Providence, et nous comptons sur la sainte Vierge, qui va faire sûrement pour le mieux.

Enfin, madame de Jonquière, rassurée par le docteur Ferrand, put quitter la Grivotte. Mais elle eut le soin de dire à Pierre :

— Je meurs de faim, je cours un instant au buffet...

Seulement, je vous en prie, si la toux de ma malade recommence, venez me chercher.

Au buffet, quand elle eut réussi à traverser le quai, à grand'peine, elle tomba dans une autre bousculade. Les pèlerins aisés avaient pris d'assaut les tables, beaucoup de prêtres surtout se hâtaient, au milieu du tapage des fourchettes, des couteaux et de la vaisselle. Trois ou quatre garçons ne parvenaient pas à assurer le service, d'autant plus qu'une foule les entravait, se pressait au comptoir, achetait des fruits, des petits pains, de la viande froide. Et c'était là, au fond de la salle, que Raymonde déjeunait, à une petite table, avec madame Désagneaux et madame Volmar.

— Ah! maman, enfin! cria-t-elle. J'allais retourner te chercher. Il faut bien qu'on te laisse manger pourtant!

Elle riait, très animée, très heureuse des aventures du voyage, de ce repas fait à la diable, dans un coup de vent.

— Tiens! je t'ai gardé ta part de truite à la sauce verte, et voici une côtelette qui t'attend... Nous autres, nous en sommes déjà aux artichauts.

Alors, ce fut charmant. Il y avait là un coin de gaieté qui faisait plaisir à voir.

La jeune madame Désagneaux, surtout, était adorable. Une blonde délicate, avec des cheveux jaunes, fous et envolés, une petite figure de lait, ronde, trouée de fossettes, et très rieuse, et très bonne. Richement mariée, elle laissait depuis trois ans son mari à Trouville, au beau milieu d'août, pour accompagner le pèlerinage national, en qualité de dame hospitalière : c'était sa grande passion, une pitié frissonnante, un besoin de se donner tout entière aux malades pendant cinq jours, une véritable débauche d'absolu dévouement, dont elle revenait brisée et ravie. Son seul chagrin était de n'avoir pas

d'enfant encore, et elle regrettait parfois, avec un emportement comique, d'avoir méconnu sa vocation de sœur de
charité.

— Ah ! ma chérie, dit-elle vivement à Raymonde, ne
plaignez donc pas votre mère d'être prise par ses malades.
Au moins, ça l'occupe.

Et, s'adressant à madame de Jonquière :

— Si vous saviez comme nous trouvons les heures
longues, dans notre beau compartiment de première ! On
ne peut pas même travailler à un petit ouvrage, c'est
défendu... J'avais prié qu'on me mît avec des malades ;
mais toutes les places étaient données, et je vais en
être réduite à tâcher de dormir dans mon coin, cette
nuit.

Elle riait, elle ajouta :

— N'est-ce pas ? madame Volmar, nous dormirons,
puisque la conversation a l'air de vous fatiguer.

Celle-ci, qui devait avoir dépassé la trentaine, très
brune, avec un visage long, les traits fins et tirés, avait
des yeux larges, magnifiques, des brasiers sur lesquels,
par moments, passait, comme un voile, une moire qui
semblait les éteindre. Elle n'était point belle au premier
coup d'œil ; et, à mesure qu'on la regardait, elle devenait troublante, conquérante, désirable jusqu'à la passion
et à l'inquiétude. D'ailleurs, elle s'efforçait de disparaître, très modeste, s'effaçant, s'éteignant, toujours en
noir et sans un bijou, bien qu'elle fût la femme d'un
marchand de diamants et de perles.

— Oh ! moi, murmura-t-elle, pourvu qu'on ne me
bouscule pas trop, je suis contente.

En effet, elle était allée déjà deux fois à Lourdes,
comme dame auxiliaire, et pourtant on ne la voyait guère
là-bas, à l'Hôpital de Notre-Dame des Douleurs, prise
d'une telle fatigue, dès son arrivée, qu'elle se trouvait,
disait-elle, forcée de garder la chambre.

Madame de Jonquière, directrice de la salle, se montrait du reste pour elle d'une aimable tolérance.

— Ah! mon Dieu! mes pauvres amies, vous avez bien le temps de vous dépenser. Dormez donc, si vous le pouvez, et ce sera votre tour ensuite, lorsque je ne me tiendrai plus debout.

Puis, s'adressant à sa fille :

— Toi, ma mignonne, tu feras bien de ne pas trop t'exciter, si tu veux garder ta tête solide.

Mais Raymonde la regarda d'un air de reproche, avec un sourire.

— Maman, maman, pourquoi dis-tu ça?... Est-ce que je ne suis pas raisonnable?

Et elle devait ne pas se vanter, car une volonté ferme, une résolution de faire sa vie elle-même, apparut dans ses yeux gris, sous son air de jeunesse insoucieuse, simplement heureuse de vivre.

— C'est vrai, confessa la mère avec un peu de confusion, cette petite fille a parfois plus de raison que moi... Tiens! passe-moi la côtelette, et je t'assure qu'elle est la bienvenue. Seigneur! que j'avais faim!

Le déjeuner continua, égayé par les continuels rires de madame Désagneaux et de Raymonde. Celle-ci s'animait, et son visage, que l'attente du mariage jaunissait déjà légèrement, retrouvait l'éclat rose de la vingtième année. On mettait les morceaux doubles, car on n'avait plus que dix minutes. Dans toute la salle, c'était un brouhaha grandissant de convives qui craignaient de ne pas avoir le temps de prendre leur café.

Mais Pierre parut : de nouveau, la Grivotte se trouvait en proie à des étouffements; et madame de Jonquière acheva son artichaut, puis retourna au wagon, après avoir embrassé sa fille, qui lui disait bonsoir, d'une façon plaisante. Cependant, le prêtre venait de réprimer un mouvement de surprise, en apercevant madame Volmar, avec la croix

rouge des dames hospitalières sur son corsage noir. Il
la connaissait, il faisait encore de rares visites à la vieille
madame Volmar, la mère du marchand de diamants, une
ancienne connaissance de sa mère à lui : la plus terrible
des femmes, d'une religion outrée, d'une dureté, d'une
sévérité à fermer les persiennes pour que sa belle-fille ne
regardât pas dans la rue. Et il savait l'histoire, la jeune
femme emprisonnée dès le lendemain du mariage, entre
sa belle-mère qui la terrorisait, et son mari, un monstre
d'une laideur basse, qui allait jusqu'à la battre, fou de
jalousie, bien qu'il entretînt des filles au dehors. On
ne la laissait sortir un instant que pour assister à la
messe. Pierre, un jour, à la Trinité, avait même surpris
son secret, en la voyant, derrière l'église, échanger une
parole rapide avec un monsieur correct, l'air distingué : la
chute inévitable et si pardonnable, la faute aux bras de
l'ami discret qui s'est trouvé là, la passion cachée et
dévorante, qu'on ne peut satisfaire et qui brûle, le rendez-vous qu'on a eu tant de peine à rendre possible, qu'il
faut attendre des semaines, dont on profite goulûment,
dans une brusque flambée de désir.

Elle s'était troublée, elle lui tendit sa petite main
longue et tiède.

— Tiens ! quelle rencontre ! monsieur l'abbé... Il y a si
longtemps qu'on ne s'est vu !

Et elle expliqua que c'était la troisième année qu'elle
allait à Lourdes, que sa belle-mère l'avait forcée à faire
partie de l'Association de Notre-Dame de Salut.

— C'est surprenant que vous ne l'ayez pas aperçue, à la
gare. Elle me met dans le train, et elle revient me chercher, au retour.

Cela était dit très simplement, mais avec une telle pointe
de sourde ironie, que Pierre crut deviner. Il la savait sans
religion aucune, ne pratiquant que pour s'assurer une
heure de liberté, de temps à autre ; et il eut la soudaine

intuition qu'elle était attendue là-bas. Ce devait être à
sa passion qu'elle courait ainsi, de son air effacé et ardent,
avec ses yeux de flamme qu'elle éteignait sous un voile
de morte indifférence.

— Moi, dit-il à son tour, j'accompagne une amie d'enfance, une pauvre jeune fille malade... Je vous la recom-
mande, vous la soignerez...

Alors, elle rougit un peu, il ne douta plus. D'ailleurs,
Raymonde réglait l'addition, avec l'assurance d'une petite
personne qui se connaît aux chiffres ; et madame Désagneaux emmena madame Volmar. Les garçons s'affolaient
davantage, les tables se vidaient, tout le monde s'était
précipité, en entendant sonner une cloche.

Pierre, lui aussi, se hâtait de retourner à son wagon,
lorsqu'il fut arrêté de nouveau.

— Ah! monsieur le curé! s'écria-t-il, je vous ai vu au
départ, mais je n'ai pu vous rejoindre pour vous serrer
la main.

Et il tendait la sienne au vieux prêtre, qui le regardait
en souriant, de son air de brave homme. L'abbé Judaine
était curé de Saligny, une petite commune de l'Oise.
Grand, fort, il avait une large face rose, encadrée de
boucles blanches ; et on le sentait un saint homme, que
jamais la chair ni l'intelligence n'avaient tourmenté. D'une
innocence tranquille, il croyait fermement, absolument,
sans lutte aucune, avec sa foi aisée d'enfant, qui ignorait
les passions. Depuis que la Vierge, à Lourdes, l'avait guéri
d'une maladie d'yeux, par un miracle retentissant dont on
parlait toujours, sa croyance était devenue encore plus
aveugle et plus attendrie, comme trempée d'une divine
gratitude.

— Je suis content de vous avoir avec nous, mon ami,
dit-il doucement, parce que les jeunes prêtres ont beaucoup à gagner dans ces pèlerinages... On m'assure qu'il y
a parfois en eux un esprit de révolte. Eh bien! vous allez

voir tous ces pauvres gens prier, c'est un spectacle qui vous arrachera des larmes... Comment ne pas se remettre aux mains de Dieu, devant tant de souffrance guérie ou consolée !

Lui aussi accompagnait une malade. Il montra un compartiment de première classe, où était attachée une pancarte, portant : *M. l'abbé Judaine, réservé*. Et, baissant la voix :

— C'est madame Dieulafay, vous savez, la femme du grand banquier. Leur château, un domaine royal, est sur ma paroisse ; et, quand ils ont su que la sainte Vierge avait bien voulu me faire une insigne grâce, ils m'ont supplié d'intercéder pour la pauvre malade. Déjà, j'ai dit des messes, et je fais des vœux ardents... Tenez ! voyez-la, par terre. Elle a voulu absolument qu'on la descendît un instant, malgré la peine qu'on aura à la remonter.

Sur le quai, à l'ombre, se trouvait en effet, dans une sorte de caisse longue, une femme dont le beau visage, à l'ovale pur, aux yeux admirables, ne portait pas plus de vingt-six ans. Elle était atteinte d'une effroyable maladie, la disparition des sels calcaires qui entraînait le ramollissement du squelette, la lente destruction des os. Il y avait deux ans déjà, après être accouchée d'un enfant mort, elle s'était senti de vagues douleurs dans la colonne vertébrale. Puis, peu à peu, les os s'étaient raréfiés et déformés, les vertèbres s'affaissaient, les os du bassin s'aplatissaient, ceux des jambes et des bras se rapetissaient ; et, diminuée, comme fondue, elle était devenue une loque humaine, une chose fluide et sans nom qu'on ne pouvait mettre debout, qu'on transportait avec mille soins, de crainte de la voir fuir entre les doigts. La tête gardait sa beauté, une tête immobile, l'air stupéfié et imbécile. Et, devant ce reste lamentable de femme, ce qui achevait de serrer le cœur, c'était le grand luxe qui l'entourait, la caisse capitonnée de soie bleue, les dentelles précieuses dont elle était couverte, la coiffe de valenciennes qu'elle portait, une richesse qui s'étalait jusque dans l'agonie.

— Ah! quelle pitié! reprit l'abbé Judaine à demi-voix, dire qu'elle est si jeune, si jolie, riche à millions! Et si vous saviez comme on l'aimait, de quelle adoration on l'entoure encore!... C'est son mari, ce grand monsieur qui est près d'elle ; et voici sa sœur, madame Jousseur, cette dame élégante.

Pierre se souvint d'avoir lu souvent, dans les journaux, le nom de madame Jousseur, femme d'un diplomate, et très lancée parmi la haute société catholique de Paris. Une histoire de grande passion combattue et vaincue avait même circulé. Elle était d'ailleurs très jolie, mise avec un art de simplicité merveilleux, s'empressant d'un air de dévouement parfait, autour de sa triste sœur. Quant au mari, qui venait, à trente-cinq ans, d'hériter la colossale maison de son père, c'était un bel homme, le teint clair, très soigné, serré dans une redingote noire ; mais il avait les yeux pleins de larmes, car il adorait sa femme ; et il avait voulu l'emmener à Lourdes, quittant ses affaires, mettant son dernier espoir dans cet appel à la miséricorde divine. ·

Certes, depuis le matin, Pierre voyait bien des maux épouvantables, dans ce douleureux train blanc. Aucun ne lui avait bouleversé l'âme autant que ce misérable squelette de femme qui se liquéfiait, au milieu de ses dentelles et de ses millions.

— La malheureuse! murmura-t-il en frissonnant.

Alors, l'abbé Judaine eut un geste de sereine espérance.

— La sainte Vierge la guérira, je l'ai tant priée!

Mais il y eut encore une volée de cloche, et cette fois c'était bien le départ. On avait deux minutes. Une dernière poussée se produisit, des gens revenaient avec de la nourriture dans des papiers, avec les bouteilles et les bidons qu'ils avaient remplis à la fontaine. Beaucoup s'ef-

6

faraient, ne retrouvaient plus leur wagon, couraient éperdument, le long du train; tandis que les malades se traînaient, au milieu d'un bruit précipité de béquilles, et que
d'autres, ceux qui marchaient difficilement, tâchaient de
hâter le pas, au bras de dames hospitalières. Quatre
hommes avaient une peine infinie à remonter madame
Dieulafay dans son compartiment de première classe.
Déjà, les Vigneron, qui se contentaient de voyager en
seconde, s'étaient réinstallés chez eux, parmi un amas
extraordinaire de paniers, de caisses, de valises, qui per-
mettaient à peine au petit Gustave d'allonger ses pauvres
membres d'insecte avorté. Puis, toutes reparurent : madame Maze se glissant de son air muet; madame Vincent
haussant à bouts de bras sa chère fillette, avec la terreur
de l'entendre jeter un cri; madame Vêtu qu'il fallut
pousser, après l'avoir réveillée de l'hébètement de sa
torture; Élise Rouquet, toute trempée de s'être obstinée
à boire, en train d'essuyer encore sa face de monstre.
Et, pendant que chacun reprenait sa place et que le wagon
se retrouvait plein, Marie écoutait son père, ravi d'être allé
au bout de la gare, jusqu'à un poste d'aiguilleur, d'où l'on
découvrait un paysage vraiment agréable à voir.

— Voulez-vous que nous vous recouchions tout de
suite? demanda Pierre, que le visage angoissé de la malade désolait.

— Oh! non, non, tout à l'heure! répondit-elle. J'ai
bien le temps d'entendre ces roues gronder dans ma
tête, comme si elles me broyaient les os!

Sœur Hyacinthe venait de supplier Ferrand de voir encore l'homme, avant de retourner au fourgon de la cantine. Elle attendait toujours le père Massias, étonnée de
ce retard inexplicable; et elle ne désespérait pourtant
pas, car sœur Claire des Anges n'avait point reparu.

— Monsieur Ferrand, je vous en prie, dites-moi si ce
malheureux est vraiment en danger immédiat.

De nouveau, le jeune médecin regarda, écouta, palpa. Puis, il eut un geste découragé ; et, à voix basse :

— Ma conviction est que vous ne le mènerez pas vivant à Lourdes.

Toutes les têtes se tendaient, anxieuses. Encore, si l'on avait su le nom de l'homme, d'où il venait, qui il était ! Mais ce misérable inconnu, dont on n'arrivait pas à tirer un mot, et qui allait mourir, là, dans ce wagon, sans que personne pût mettre un nom sur sa figure !

L'idée vint à sœur Hyacinthe de le fouiller. Il n'y avait vraiment aucun mal à cela, en la circonstance.

— Monsieur Ferrand, voyez donc dans ses poches.

Avec précaution, celui-ci fouilla l'homme. Dans les poches, il ne trouva qu'un chapelet, un couteau et trois sous. On n'en sut jamais davantage.

Une voix, à ce moment, annonça sœur Claire des Anges et le père Massias. Celui-ci, simplement, s'était attardé à causer avec le curé de Sainte-Radegonde, dans une salle d'attente. Il y eut une émotion vive, tout parut un instant sauvé. Mais le train allait partir, les employés fermaient déjà les portières, il fallait expédier l'extrême-onction en grande hâte, si l'on ne voulait pas occasionner un trop long retard.

— Par ici, mon révérend père ! criait sœur Hyacinthe. Oui, oui, montez ! notre malheureux malade est là.

Le père Massias, de cinq ans plus âgé que Pierre, qui l'avait eu cependant au séminaire pour condisciple, avait un grand corps maigre, avec une figure d'ascète, qu'une barbe pâle encadrait, et où brûlaient des yeux étincelants. Il n'était ni le prêtre ravagé de doute, ni le prêtre à la foi d'enfant, mais un apôtre que la passion emportait, toujours prêt à lutter et à vaincre, pour la pure gloire de la Vierge. Sous la pèlerine noire à grand capuchon, coiffé du chapeau velu aux larges ailes, il resplendissait de cette continuelle ardeur du combat.

Tout de suite, il avait tiré de sa poche la boîte d'argent des Saintes Huiles. Et la cérémonie commença, au milieu des derniers claquements de portières, dans le galop des pèlerins attardés; tandis que le chef de gare, inquiet, consultait l'horloge du regard, voyant bien qu'il lui faudrait accorder quelques minutes de grâce.

— *Credo in unum Deum...*, murmurait vivement le père.

— *Amen*, répondirent sœur Hyacinthe et tout le wagon.

Ceux qui avaient pu s'étaient agenouillés sur les banquettes. Les autres joignaient les mains, multipliaient les signes de croix; et quand, au balbutiement des prières, succédèrent les litanies du rituel, les voix s'élevèrent, un ardent désir vola avec les *Kyrie eleison*, pour la rémission des péchés, la guérison physique et spirituelle de l'homme. Que toute sa vie, qu'on ignorait, lui fût pardonnée, et qu'il entrât, inconnu et triomphant, dans le royaume de Dieu!

— *Christe, exaudi nos.*

— *Ora pro nobis, sancta Dei Genitrix.*

Le père Massias avait sorti l'aiguille d'argent, à laquelle tremblait une goutte d'huile sainte. Il ne pouvait, dans la bousculade, dans l'attente de tout le train, où les gens surpris mettaient la tête aux portières, songer à faire les onctions d'usage sur les organes divers des sens, ces portes qui laissent entrer le mal. Comme la règle l'autorisait, lorsque le cas était pressant, il devait se contenter d'une onction unique; et il la fit sur la bouche, sur cette bouche livide, entr'ouverte, d'où s'exhalait à peine un petit souffle, pendant que la face, aux paupières closes, semblait déjà comme effacée, rentrée dans la cendre de la terre.

— *Per istam sanctam unctionem, et suam piissimam misericordiam, indulgeat tibi Dominus quidquid per visum, auditum, odoratum, gustum, tactum, deliquisti.*

Le reste de la cérémonie fut perdu, bousculé et emporté dans le départ. Le père eut à peine le temps d'essuyer la goutte avec le petit morceau d'ouate, que sœur Hyacinthe tenait tout prêt. Et il dut quitter le wagon, regagner le sien au plus vite, en remettant en ordre la boîte des Saintes Huiles, pendant que les assistants achevaient l'oraison finale.

— Nous ne pouvons attendre davantage, c'est impossible! répétait le chef de gare hors de lui. Voyons, voyons, qu'on se dépêche!

Enfin, on allait se remettre en marche. Tout le monde se rasseyait, rentrait dans son coin. Madame de Jonquière, que l'état de la Grivotte continuait à tourmenter, avait changé de place, se rapprochant d'elle, en face de M. Sabathier, qui attendait, résigné et silencieux. Sœur Hyacinthe, elle, n'était pas revenue dans son compartiment, décidée à rester près de l'homme, pour le veiller et l'assister; d'autant plus que, là aussi, elle était plus à portée pour soigner le frère Isidore, dont Marthe ne savait comment soulager la crise. Et Marie, pâlissante, sentait déjà, au fond de sa triste chair, les cahots du train, avant même qu'il eût repris sa course sous le soleil de plomb, charriant sa charge de malades, dans l'étouffement et l'empoisonnement des wagons surchauffés.

Il y eut un grand coup de sifflet, la machine souffla, et sœur Hyacinthe se leva pour dire :

— Le *Magnificat*, mes enfants!

IV

Comme le train s'ébranlait, la portière se rouvrit, et un employé poussa une fillette de quatorze ans, dans le compartiment où étaient Marie et Pierre.

— Tenez! il y a une place, dépêchez-vous!

Déjà, les faces s'allongeaient, on allait protester. Mais sœur Hyacinthe s'était écriée :

— Comment! c'est vous, Sophie! Vous revenez donc voir la sainte Vierge qui vous a guérie, l'année dernière?

Et madame de Jonquière disait en même temps :

— Ah! ma petite amie Sophie, c'est très bien, d'avoir de la reconnaissance!

— Mais oui, ma sœur! mais oui, madame! répondit gentiment la fillette.

D'ailleurs, la portière s'était refermée, et il fallait bien accepter cette nouvelle pèlerine, comme tombée du ciel, au moment où partait le train, qu'elle avait failli manquer. Elle était mince, elle ne tiendrait pas beaucoup de place. Puis, ces dames la connaissaient, tous les yeux des malades s'étaient fixés sur elle, en entendant dire que la sainte Vierge l'avait guérie. Mais on était sorti de la gare, la machine soufflait dans le branle croissant des roues, et sœur Hyacinthe répéta, en tapant dans ses mains :

— Allons, allons, mes enfants, le *Magnificat!*

Pendant que le chant d'allégresse montait au milieu des secousses, Pierre regardait Sophie. C'était visible-

ment une petite paysanne, une fille de cultivateurs
pauvres des environs de Poitiers, que ses parents gâtaient
et traitaient en demoiselle, depuis qu'elle était une miraculée, une élue, que les curés de l'arrondissement venaient voir. Elle avait un chapeau de paille, avec des
rubans roses, une robe de laine grise, garnie d'un volant.
Et sa figure ronde n'était pas jolie, mais aimable, très
fraîche, éclairée par de clairs yeux futés, qui lui donnaient un air souriant et modeste.

Lorsqu'on eut fini le *Magnificat*, Pierre ne put résister
au désir de questionner Sophie. Une enfant de cet âge,
d'une apparence si candide, et qui ne semblait pas être
une menteuse, cela l'intéressait vivement.

— Alors, mon enfant, vous avez failli manquer le
train?

— Oh! monsieur l'abbé, j'en aurais été bien confuse...
J'étais à la gare depuis midi. Et voilà que j'ai aperçu
monsieur le curé de Sainte-Radegonde, qui me connaît
bien et qui m'a appelée pour m'embrasser, en me disant
que j'étais une bonne petite fille, de retourner à Lourdes.
Alors, il paraît que le train partait, et je n'ai eu que le
temps de courir... Oh! j'ai couru!

Elle riait, encore un peu essoufflée, avec le repentir
pourtant d'avoir été sur le point de commettre une faute
d'étourderie.

— Et comment vous appelez-vous, mon enfant?

— Sophie Couteau, monsieur l'abbé.

— Vous n'êtes pas de Poitiers même?

— Non, bien sûr... Nous sommes de Vivonne, à sept
kilomètres. Mon père et ma mère ont un peu de biens; et
ça n'irait tout de même pas mal, s'il n'y avait pas huit
enfants, à la maison... Moi, je suis la cinquième. Heureusement que les quatre premiers commencent à travailler.

— Et vous, mon enfant, qu'est-ce que vous faites?

— Moi, oh! monsieur l'abbé, je ne suis pas de grand
secours... Depuis l'année dernière, depuis que je suis
rentrée guérie, on ne m'a pas laissé un jour tranquille,
parce que, vous comprenez, on est venu me voir, on m'a
menée chez monseigneur, et puis dans les couvents, et
puis partout... Et, avant ça, j'ai été longtemps malade,
je ne pouvais marcher sans un bâton, je criais à chaque
pas, tant mon pied me faisait du mal. ·

— Alors, c'est d'un mal au pied que la sainte Vierge
vous a guérie?

Sophie n'eut pas le temps de répondre. Sœur Hyacinthe,
qui écoutait, intervint.

— D'une carie des os du talon gauche, datant de trois
ans. Le pied était gonflé, déformé, et il y avait des fis-
tules donnant issue à une suppuration continuelle.

Du coup, tous les malades du wagon commencèrent à
se passionner. Ils ne quittaient plus des yeux la miraculée, ils cherchaient en elle le prodige. Ceux qui pouvaient se mettre debout, se levaient pour la mieux voir ;
et les autres, les infirmes allongés sur des matelas,
tâchaient de se hausser et de tourner la tête. Dans la
souffrance qui venait de les reprendre, au départ de
Poitiers, terrifiés par les quinze heures qu'ils avaient à
rouler encore, l'arrivée brusque de cette enfant, élue par
le ciel, était comme un soulagement divin, le rayon d'espoir où ils puiseraient la force d'aller jusqu'au bout du
voyage. Déjà, les plaintes cessaient un peu, et toutes les
faces se tendaient, dans le besoin ardent de croire.

Marie, surtout, ranimée, soulevée à demi, joignit ses
mains tremblantes, supplia doucement Pierre.

— Je vous en prie, questionnez-la, demandez-lui de
tout nous dire... Guérie, mon Dieu! guérie d'un mal si
affreux!

Madame de Jonquière, émue, s'était penchée pour
embrasser l'enfant, par-dessus la cloison.

— Certainement, notre petite amie va nous dire...
N'est-ce pas, ma mignonne, que vous allez nous raconter
ce que la sainte Vierge a fait pour vous?

— Oh! bien sûr, madame... Tant que vous voudrez.

Et elle avait son air souriant et modeste, avec ses yeux
luisant d'intelligence. Tout de suite, elle voulut commencer, en levant sa main droite en l'air, dans un geste
gentil qui commandait l'attention. Évidemment, elle avait
pris déjà l'habitude du public.

Mais on ne la voyait pas de toutes les places du wagon,
et sœur Hyacinthe eut une idée.

— Montez sur la banquette, Sophie, et parlez un peu
fort, à cause du bruit.

Cela l'amusa, elle dut retrouver son sérieux pour commencer.

— Alors, comme ça, mon pied était perdu, je ne pouvais seulement plus me rendre à l'église, et il fallait toujours l'envelopper dans du linge, parce qu'il coulait des
choses qui n'étaient guère propres... Monsieur Rivoire,
le médecin, qui avait fait une coupure, pour voir dedans,
disait qu'il serait forcé d'enlever un morceau de l'os, ce
qui m'aurait sûrement rendue boiteuse... Et, alors, après
avoir bien prié la sainte Vierge, je suis allée tremper
mon pied dans l'eau, avec une si bonne envie de guérir,
que je n'ai pas même pris le temps d'enlever le linge...
Et, alors, tout est resté dans l'eau, mon pied n'avait plus
rien du tout, quand je l'ai sorti.

Un murmure s'éleva et courut, fait de surprise, d'émerveillement et de désir, à ce beau conte prodigieux, si
doux aux désespérés. Mais la petite n'avait pas fini. Elle
prit un temps, puis termina, avec un nouveau geste, les
deux bras un peu écartés.

— A Vivonne, quand monsieur Rivoire a revu mon
pied, il a dit : « Que ce soit le bon Dieu ou le diable qui

ait guéri cette enfant, ça m'est égal ; mais la vérité est qu'elle est guérie. »

Cette fois, des rires éclatèrent. Elle récitait trop, ayant tant de fois répété son histoire, qu'elle la savait par cœur. Le mot du médecin était d'un effet sûr, elle en riait elle-même d'avance, certaine qu'on allait rire. Et elle restait ingénue et touchante.

Cependant, elle devait avoir oublié un détail, car sœur Hyacinthe, qui avait annoncé d'un coup d'œil à l'auditoire le mot du docteur, lui souffla doucement :

— Sophie, et votre mot à madame la comtesse, la directrice de votre salle?

— Ah! oui... Je n'avais pas emporté beaucoup de linge, pour mon pied ; et je lui ai dit : « La sainte Vierge a été bien bonne de me guérir le premier jour, car le lendemain ma provision allait être épuisée. »

De nouveau, ce fut une joie. On la trouvait si gentille, d'avoir été guérie ainsi! Elle dut encore, sur une question de madame de Jonquière, raconter l'histoire des bottines, de belles bottines toutes neuves, que madame la comtesse lui avait données, et avec lesquelles, ravie, elle avait couru, sauté, dansé. Songez donc! des bottines, elle qui, depuis trois ans, ne pouvait pas mettre une pantoufle!

Devenu grave, pâli par le sourd malaise qui l'envahissait, Pierre continuait à la regarder. Et il lui adressa d'autres questions. Elle ne mentait décidément pas, il soupçonnait seulement en elle une lente déformation de la vérité, un embellissement bien explicable, dans sa joie d'avoir été soulagée et d'être devenue une petite personne d'importance. Qui savait, maintenant, si la prétendue cicatrisation instantanée, complète, en quelques secondes, n'avait pas mis des jours à se produire? Où étaient les témoins?

— J'étais là, racontait justement madame de Jon-

quière. Elle ne se trouvait pas dans ma salle, mais je
l'avais rencontrée, le matin même, qui boitait...

Vivement, Pierre l'interrompit.

— Ah! vous avez vu son pied, avant et après l'immersion?

— Non, non, je ne crois pas que personne ait pu le
voir, car il était enveloppé de compresses... Elle vous a
dit elle-même que les compresses étaient tombées dans
la piscine...

Et, se tournant vers l'enfant :

— Mais elle va vous le montrer, son pied.... N'est-ce
pas, Sophie? Défaites votre soulier.

Celle-ci, déjà, ôtait son soulier, retirait son bas, avec
une promptitude et une aisance qui montraient la grande
habitude qu'elle en avait prise. Et elle allongea son pied,
très propre, très blanc, soigné même, avec des ongles
roses bien coupés, le tournant d'un air de complaisance,
pour que le prêtre pût l'examiner commodément. Il y
avait là, au-dessous de la cheville, une longue cicatrice
dont la couture blanchâtre, très nette, témoignait de la
gravité du mal.

— Oh! monsieur l'abbé, prenez le talon, serrez-le de
toutes vos forces : je ne sens plus rien !

Pierre eut un geste, et l'on put croire que le pouvoir
de la sainte Vierge le ravissait. Il restait inquiet dans son
doute. Quelle force ignorée avait agi? ou plutôt quel faux
diagnostic du médecin, quel concours d'erreurs et d'exa-
gérations avaient abouti à ce beau conte?

Mais les malades voulaient tous voir le pied miraculeux, cette preuve visible de la guérison divine, qu'il
allaient tous chercher. Et ce fut Marie, la première, qui
le toucha, assise sur son séant, souffrant déjà moins.
Puis, madame Maze, tirée de sa mélancolie, le passa à
madame Vincent, qui l'aurait baisé, pour l'espoir qu'il lui
rendait. M. Sabathier avait écouté, d'un air béat; madame

Vêtu, la Grivotte, le frère Isidore lui-même rouvraient les yeux, s'intéressaient; et la face d'Élise Rouquet était devenue extraordinaire, transfigurée par la foi, presque belle : une plaie ainsi disparue, n'était-ce pas sa plaie à elle fermée, effacée, son visage ne gardant qu'une faible cicatrice, redevenant le visage de tout le monde? Sophie, toujours debout, devait se tenir à une des tringles de fer et poser son pied sur le bord de la cloison, à gauche, à droite, sans se lasser, très heureuse et très fière des exclamations qu'on poussait, de l'admiration frémissante et du religieux respect qu'on témoignait à ce petit bout de sa personne, à ce petit pied qui était comme sacré maintenant.

— Il faut sans doute une grande foi, pensa Marie tout haut, il faut avoir l'âme toute blanche...

Et, s'adressant à M. de Guersaint :

— Père, je sens que je guérirais, si j'avais dix ans, si j'avais l'âme toute blanche d'une petite fille.

— Mais tu as dix ans, ma chérie! N'est-ce pas, Pierre, que les fillettes de dix ans n'ont pas une âme plus blanche?

Lui, avec son esprit chimérique, adorait les histoires de miracles. Et le prêtre, profondément ému par l'ardente pureté de la jeune fille, ne chercha pas à discuter, la laissa s'abandonner au souffle de consolante illusion qui passait.

Depuis le départ de Poitiers, le temps était plus lourd, un orage montait dans le ciel de cuivre, et il semblait que le train roulât au travers d'une fournaise. Les villages défilaient, mornes et déserts sous le brûlant soleil. A Couhé-Verac, on avait redit le chapelet, puis chanté un cantique. Mais les exercices de piété se ralentissaient un peu. Sœur Hyacinthe, qui n'avait pu déjeuner encore, s'était décidée à manger vivement un petit pain avec des fruits, tout en continuant à soigner l'homme, dont le souffle pénible paraissait plus régulier depuis un instant. Et ce fut seulement à Ruffec, à trois heures, qu'on récita les vêpres de la sainte Vierge.

— *Ora pro nobis, sancta Dei Genitrix.*

— *Ut digni efficiamur promissionibus Christi.*

Comme on finissait, M. Sabathier, qui avait regardé la petite Sophie remettre son bas et son soulier, se tourna vers M. de Guersaint.

— Sans doute, le cas de cette enfant est intéressant. Mais ce n'est rien, monsieur, il y a bien plus fort que cela... Connaissez-vous l'histoire de Pierre de Rudder, un ouvrier belge?

Tout le monde s'était remis à écouter.

— Cet homme avait eu la jambe cassée par la chute d'un arbre. Après huit ans, les deux fragments de l'os ne s'étaient pas soudés, on voyait les deux bouts, au fond d'une plaie, en continuelle suppuration; et la jambe, molle, pendait, allait dans tous les sens... Eh bien! il lui a suffi de boire un verre de l'eau miraculeuse, sa jambe a été refaite d'un coup; et il a pu marcher sans béquilles, et le médecin le lui a bien dit: « Votre jambe est comme celle d'un enfant qui vient de naître.» Parfaitement! une jambe toute neuve!

Personne ne parla, il n'y eut qu'un échange de regards extasiés.

— Et, tenez! continua M. Sabathier, c'est comme l'histoire de Louis Bouriette, un carrier, un des premiers miracles de Lourdes. La connaissez-vous?... Il avait été blessé, dans une explosion de mine. L'œil droit était complètement perdu, il se trouvait même menacé de perdre l'œil gauche... Or, un jour, il envoya sa fille prendre une bouteille de l'eau boueuse de la source, qui jaillissait à peine. Puis, il lava son œil avec cette boue, il pria ardemment. Et il jeta un cri, il voyait, monsieur, il voyait aussi bien que vous et moi... Le médecin qui le soignait en a

7

écrit un récit circonstancié, il n'y a pas le moindre doute
à avoir.

— C'est merveilleux, murmura M. de Guersaint, ravi.

— Voulez-vous un autre exemple, monsieur? Il est
célèbre, c'est celui de François Macary, le menuisier de
Lavaur... Depuis dix-huit ans, il avait, à la partie interne
de la jambe gauche, un ulcère variqueux profond, accompagné d'un engorgement considérable des tissus. Il ne
pouvait plus bouger, la science le condamnait à une infir-
mité perpétuelle... Et le voilà, un soir, qui s'enferme avec
une bouteille d'eau de Lourdes. Il ôte ses bandages, il se
lave les deux jambes, il boit le reste de la bouteille. Puis,
il se couche, s'endort; et, quand il se réveille, il se tâte,
regarde : plus rien! la varice, les ulcères, tout avait disparu... La peau du genou, monsieur, était redevenue aussi
lisse, aussi fraîche qu'elle devait l'être à vingt ans.

Cette fois, il y eut une explosion de surprise et d'admiration. Les malades et les pèlerins entraient dans le pays
enchanté du miracle, où l'impossible se réalise au coude
de chaque sentier, où l'on marche à l'aise de prodige en
prodige. Et chacun d'eux avait son histoire à dire, brûlant
d'apporter sa preuve, d'appuyer sa foi et son espoir d'un
exemple.

Madame Maze, la silencieuse, fut emportée jusqu'à
parler la première.

— Moi, j'ai une amie qui a connu la veuve Rizan, cette
dame dont la guérison a fait aussi tant de bruit... Depuis
vingt-quatre ans, elle était paralysée de tout le côté
gauche. Elle rendait ce qu'elle mangeait, elle n'était
plus qu'une masse inerte qu'on retournait dans le lit; et,
à la longue, le frottement des draps lui avait usé la
peau... Un soir, le médecin annonça qu'elle mourrait
avant le jour. Deux heures plus tard, elle sortit de sa
torpeur, en demandant d'une voix faible à sa fille d'aller
lui chercher un verre d'eau de Lourdes, chez une voisine.

Mais, le lendemain matin seulement, elle put avoir ce verre d'eau, elle cria: « Oh! ma fille, c'est la vie que je bois, lave-moi le visage, le bras, la jambe, tout le corps! » Et, à mesure que l'enfant lui obéissait, elle voyait l'enflure énorme s'affaisser, les membres paralysés reprendre leur souplesse et leur aspect naturel... Ce n'est pas tout, madame Rizan criait qu'elle était guérie, qu'elle avait faim, qu'elle voulait du pain et de la viande, elle qui n'en avait pas mangé depuis vingt-quatre ans. Et elle se leva, et elle s'habilla, pendant que sa fille répondait aux voisines qui la croyaient orpheline, en la voyant bouleversée: « Non, non! maman n'est pas morte, elle est ressuscitée! »

Des larmes étaient montées aux yeux de madame Vincent. Mon Dieu! si elle avait pu voir Rose se relever ainsi, et manger de bon appétit, et courir! Un autre cas, celui d'une jeune fille, qu'on lui avait conté à Paris et qui était pour beaucoup dans sa décision de mener à Lourdes sa petite malade, lui revint à la mémoire.

— Moi aussi, je connais l'histoire d'une paralytique, Lucie Druon, la pensionnaire d'un orphelinat, toute jeune encore, qui ne pouvait plus même s'agenouiller. Ses membres s'étaient tordus en cerceaux; sa jambe droite, plus courte, avait fini par s'enrouler autour de la gauche; et, quand une de ses camarades la portait, on voyait ses pieds, comme morts, se balancer dans le vide... Remarquez qu'elle n'est pas allée à Lourdes. Elle a fait simplement une neuvaine; mais elle a jeûné pendant les neuf jours, et son désir de guérir était si grand, qu'elle passait les nuits en prières... Enfin, le neuvième jour, comme elle buvait un peu d'eau de Lourdes, elle eut dans les jambes une violente commotion. Elle se leva, retomba, se releva et marcha. Toutes ses compagnes, étonnées, presque effrayées, criaient: «Lucie marche! Lucie marche! » Et c'était vrai, ses jambes étaient rede-

venues en quelques secondes droites, saines et fortes. Elle
traversa la cour, put monter à la chapelle, où toute la
communauté, transportée de reconnaissance, chanta le
Magnificat... Ah! la chère enfant, elle devait être heureuse, bien heureuse!

Deux larmes achevèrent de couler de ses joues sur le
visage pâle de sa fille, qu'elle baisa éperdument.

Mais l'intérêt grandissait toujours, la joie ravie de ces
beaux contes, où le ciel à tous coups triomphait des
réalités humaines, exaltait ces âmes d'enfant, au point
que les plus malades se redressaient, à leur tour, et
retrouvaient la parole. Et, derrière le récit de chacun,
il y avait la préoccupation de son mal, la confiance qu'il
guérirait, puisqu'une maladie identique s'était effacée
comme un vilain songe, au souffle divin.

—Ah! bégaya madame Vêtu, la bouche empâtée de souffrance, il y en avait une, Antoinette Thardivail, dont l'estomac était dévoré comme le mien. On aurait dit que des
chiens le lui mangeaient, et il devenait parfois plus gros
que la tête d'un enfant. Des tumeurs y poussaient, pareilles
à des œufs de poule, si bien que, pendant huit mois, elle
avait vomi du sang... Elle aussi allait expirer, la peau
collée sur les os, mourant de faim, lorsqu'elle but de l'eau
de Lourdes et s'en fit laver le creux de l'estomac. Trois
minutes après, son médecin qui l'avait quittée, la veille,
agonisante, sans souffle, la trouva levée, assise au coin de
son feu, se régalant avec appétit d'une aile de poulet bien
tendre. Elle n'avait plus de tumeurs, elle riait comme
à vingt ans, son visage venait de reprendre l'éclat de la
jeunesse... Ah! manger ce qui vous plaît, redevenir jeune,
ne plus souffrir!

— Et la guérison de sœur Julienne! dit la Grivotte, qui
se releva sur un coude, les yeux brillants de fièvre. Ça
l'avait prise par un mauvais rhume, comme moi; puis,
elle s'était mise à cracher le sang. Tous les six mois, elle

retombait, il lui 1 llait reprendre le lit. La dernière fois, on avait bien vu (qu'elle y resterait. Vainement, on avait essayé de tous les remèdes, l'iode, les vésicatoires, les pointes de feu. Enfin, une vraie phtisique, celle-là, que six médecins avaient reconnue comme telle... Bon! la voilà qui vient à Lourdes, et Dieu sait au milieu de quelles souffrances! à tel point qu'à Toulouse, on crut un instant qu'elle passait. Les sœurs la portaient dans leurs bras. A la piscine, les dames hospitalières ne voulaient pas la baigner. C'était une morte... Eh bien! on l'a déshabillée, on l'a plongée sans connaissance et toute couverte de sueur, on l'a retirée si pâle, qu'on l'a déposée par terre, en pensant que c'était bien fini cette fois. Brusquement, ses joues se sont colorées, ses yeux se sont ouverts, elle a respiré fortement. Elle était guérie, elle s'est rhabillée seule, et elle a fait un bon repas, après être allée à la Grotte remercier la sainte Vierge... Hein? on ne peut pas dire, en voilà une de phtisique! et guérie radicalement, comme avec la main!

Alors, le frère Isidore voulut parler; mais il ne le put; et il se contenta de dire péniblement à sa sœur :

— Marthe, raconte donc l'histoire de sœur Dorothée, que le curé de Saint-Sauveur nous a dite.

— Sœur Dorothée, commença gauchement la paysanne, se leva un matin avec une jambe engourdie; et, à partir de ce moment, elle perdit la jambe, qui devint froide et pesante comme une pierre. Avec ça, elle avait très mal dans le dos. Les médecins n'y comprenaient rien. Elle en voyait une demi-douzaine, qui lui enfonçaient des épingles et lui brûlaient la peau avec un tas de drogues. Mais c'était comme s'ils chantaient... Sœur Dorothée avait compris que, seule, la sainte Vierge trouverait le remède; et la voilà qui part pour Lourdes; et la voilà qui se fait mettre dans la piscine. D'abord, elle crut bien en mourir, tant c'était froid. Puis, l'eau devint si douce, qu'elle lui

7.

sembla tiède, délicieuse comme du lait. Jamais elle
n'avait trouvé quelque chose de si bon : ses veines s'ouvraient et l'eau y entrait. Vous comprenez, la vie lui revenait dans le corps, du moment que la sainte Vierge s'en
était mêlée... Elle n'avait plus le moindre mal, elle se
promena, mangea tout un pigeon le soir, dormit toute la
nuit comme une bienheureuse. Gloire à la sainte Vierge!
reconnaissance éternelle à la Mère puissante et à son
divin Fils!

Élise Rouquet aurait bien voulu placer, elle aussi, un
miracle qu'elle savait. Seulement, elle parlait si mal, avec
sa bouche déformée, qu'elle n'avait pu encore prendre son
tour. Il y eut un silence, elle en profita, écartant un peu
le fichu qui cachait l'horreur de sa plaie.

— Oh! moi, ce qu'on m'a raconté, ce n'est pas à propos
d'une grosse maladie, mais c'est si drôle... Il s'agit d'une
femme, Célestine Dubois, qui s'était entré une aiguille
dans la main, en faisant un savonnage. Pendant sept ans,
elle la garda, aucun médecin n'étant parvenu à la retirer. Sa main, qui s'était contractée, ne pouvait plus s'ouvrir... Elle arrive, elle la plonge dans la piscine. Mais,
tout de suite, elle la retire, en jetant des cris. On la
remet de force dans l'eau, on l'y maintient, pendant
qu'elle sanglote, la figure couverte de sueur. Trois fois,
on la replonge, et l'on voit chaque fois marcher l'aiguille,
qui sort enfin par l'extrémité du pouce... Naturellement,
si elle criait, c'était que l'aiguille marchait dans sa
chair, comme si quelqu'un l'avait poussée, pour l'ôter...
Jamais plus Célestine n'a souffert, sa main n'a gardé
qu'une petite cicatrice, à la seule fin de montrer le travail de la sainte Vierge.

Cette anecdote produisit plus d'effet encore que les
miracles des grosses guérisons. Une aiguille qui marchait,
comme si quelqu'un l'avait poussée! Cela peuplait l'invisible, montrait à chaque malade son ange gardien derrière

lui, prêt à l'assister, sur un ordre du ciel. Puis, comme cela était joli et enfantin, cette aiguille qui s'en allait, dans l'eau miraculeuse, après s'être entêtée sept ans! Et tous s'exclamaient, amusés, riant d'aise, rayonnants de voir que rien n'était impossible au ciel, que si le ciel l'avait voulu, ils seraient tous redevenus bien portants, jeunes et superbes. Il suffisait de croire et de prier ardemment, pour que la nature fût confondue et que l'incroyable se réalisât. Ensuite, il n'y avait plus qu'une affaire de bonne chance, car le ciel semblait choisir.

— Oh! père, que c'est beau! murmura Marie qui avait écouté jusque-là, ranimée par la passion, muette de saisissement. Tu te souviens de ce que tu m'as conté toi-même, cette Joachine Dehaut qui était venue de Belgique, qui avait traversé toute la France, avec sa jambe tordue, couverte d'un ulcère, dont la mauvaise odeur écartait le monde... D'abord, l'ulcère fut guéri : on pouvait serrer le genou, elle ne sentait rien, il ne restait qu'une petite rougeur... Puis, ce fut le tour de la luxation. Dans l'eau, elle hurla, il lui sembla qu'on lui brisait les os, qu'on lui arrachait la jambe; et, en même temps, elle et la femme qui la baignait virent le pied difforme se redresser avec la régularité d'une aiguille marchant sur un cadran. La jambe s'étendait, les muscles s'allongeaient, le genou se remettait en place, au milieu d'une douleur si forte, que Joachine avait fini par s'évanouir. Mais, quand elle revint à elle, elle s'élança droite et agile, pour porter ses béquilles à la Grotte.

M. de Guersaint, lui aussi, riait d'émerveillement, confirmait du geste ce récit, qu'il tenait d'un père de l'Assomption. Il aurait pu, disait-il, raconter vingt cas semblables, plus touchants, plus extraordinaires les uns que les autres. Il en appelait au témoignage de Pierre; et celui-ci, qui ne croyait pas, se contentait de hocher la tête. D'abord, ne voulant point affliger Marie, il s'était

efforcé de se distraire, de regarder, au dehors, les
champs, les arbres, les maisons qui défilaient. On venait
de dépasser Angoulême, des prairies s'élargissaient, des
lignes de peupliers fuyaient, dans le mouvement d'éventail continu de la vitesse. Sans doute, on était en retard,
car le train, lancé à toute vapeur, grondait sous l'orage,
au travers de l'air en feu, dévorant les kilomètres. Et
Pierre, malgré lui, entendait quand même des bouts de
récit, s'intéressait à ces histoires extravagantes, que berçaient les durs cahots des roues, comme si la locomotive, éperdue et lâchée, les eût tous conduits au divin
pays des rêves. On roulait, on roulait toujours, et il finit
par cesser de regarder au dehors, par s'abandonner à
l'air lourd et endormeur du wagon, où grandissait une
extase, loin de ce monde réel, qu'on traversait d'une
course si rapide. Le visage ranimé de Marie le pénétrait de
joie. Il lui abandonna sa main, qu'elle avait prise, pour
lui dire, dans une étreinte, toute la confiance qui renaissait en elle. Pourquoi donc l'aurait-il découragée par son
doute, puisqu'il souhaitait sa guérison ? Aussi gardait-il
avec une tendresse infinie, cette petite main moite de
malade, bouleversé de fraternité souffrante, voulant croire
à la pitié des choses, à une bonté supérieure qui ména-
geait la douleur aux désespérés.

— Oh ! Pierre, répéta-t-elle, que c'est beau, que c'est
beau ! Et quelle gloire, si la sainte Vierge veut bien se
déranger pour moi !... Vraiment, croyez-vous que j'en
sois digne ?

— Certes, s'écria-t-il, vous êtes la meilleure et la plus
pure, une âme toute blanche, comme disait votre père,
et il n'y a pas assez de bons anges dans le paradis pour
vous faire escorte.

Mais ce n'était pas fini. Sœur Hyacinthe et madame de
Jonquière, maintenant, disaient tous les miracles qu'elles
savaient, la longue suite des miracles qui, depuis plus

de trente ans, fleurissaient à Lourdes, comme la floraison
ininterrompue des roses sur le rosier mystique. On les
comptait par milliers, ils repoussaient chaque année,
avec une verdeur de sève prodigieuse, plus éclatants à
chaque saison. Et les malades, écoutant ces merveilles
dans une fièvre croissante, étaient pareils aux petits enfants, qui, après un beau conte de fée, en veulent un autre,
et un autre, et un autre encore. Oh ! encore, encore des
histoires, où la réalité mauvaise est bafouée, où l'injuste
nature est souffletée, où le bon Dieu intervient comme
le guérisseur suprême, celui qui se moque de la science
et qui fait du bonheur à sa guise !

Ce furent d'abord les sourds et les muets qui entendaient
et qui voyaient : Aurélie Bruneau, incurable, le tympan
brisé, qui tout d'un coup est ravie par les sons célestes
d'un harmonium ; Louise Pourchet, muette depuis quarante-cinq ans, qui, en prière devant la Grotte, s'écrie soudain : « Je vous salue, Marie ! » ; et d'autres, des centaines
d'autres qui sont radicalement guéries, pour avoir versé
quelques gouttes d'eau dans leurs oreilles ou sur leur
langue. Puis, les aveugles défilèrent : le père Hermann,
qui sentit la main douce de la sainte Vierge lui enlever
le voile qu'il avait sur les yeux ; mademoiselle de Pont-
briant, menacée de perdre les deux yeux et recouvrant
une vue meilleure que jamais, à la suite d'une simple
prière ; un autre, un enfant de douze ans, dont les cor-
nées ressemblaient à des billes de marbre, et qui retrouva,
en trois secondes, des yeux clairs et profonds, où les
anges semblaient sourire. Mais, surtout, ce sont les
paralytiques qui abondent, les misérables perclus des
deux jambes, les infirmes gisant sur leur lit de misère,
auxquels le Seigneur dit : « Lève-toi et marche ! » Delau-
noy, ataxique, cautérisé, brûlé, pendu, rentré quinze fois
dans les hôpitaux de Paris, d'où il rapporte les diagnostics
concordants de douze médecins, sent une force qui le

soulève sur le passage du Saint-Sacrement, et se met à le suivre, les jambes saines. Marie-Louise Delpon, âgée de quatorze ans, dont la paralysie avait raidi les jambes, rétracté les mains, tiré la bouche de côté, voit ses membres se dénouer, la contorsion de sa bouche disparaître, comme si une main invisible coupait les affreux liens qui la déformaient. Marie Vachier, clouée depuis dix-sept ans dans son fauteuil par la paraplégie, non seulement court et vole au sortir de la piscine, mais ne retrouve même plus la trace des plaies dont sa longue immobilité avait couvert son corps. Et Georges Hanquet, atteint de ramollissement à la moelle épinière, d'une insensibilité absolue, passe sans transition de l'agonie à une santé parfaite. Et Léonie Charton, une autre ramollie de la moelle, dont les vertèbres font une saillie considérable, sent fondre sa bosse comme par enchantement, pendant que ses jambes se redressent, des jambes neuves et vigoureuses.

Ensuite, ce furent toutes sortes de maux. D'abord, les accidents de la scrofule, encore des jambes perdues et refaites : Marguerite Gehier, malade d'une coxalgie depuis vingt-sept ans, la hanche dévorée par le mal, le genou droit ankylosé, tombant brusquement à genoux, pour remercier la sainte Vierge de sa guérison ; Philomène Simonneau, la jeune Vendéenne, la jambe gauche trouée par trois plaies horribles, au fond desquelles les os cariés, à découvert, laissaient tomber des esquilles, et dont les os, la chair et la peau se reforment. Puis vinrent les hydropiques : madame Ancelin, dont les pieds, les mains, le corps entier se dégonfla, sans qu'on pût savoir où toute l'eau était passée ; mademoiselle Montagnon, dont on avait retiré à plusieurs reprises vingt-deux litres d'eau, et qui, enflée de nouveau, se vida sous la simple application d'une compresse trempée à la source miraculeuse, sans qu'on retrouvât non plus rien, ni dans le lit, ni sur le plancher. Et, de même, pas une maladie de l'estomac ne résiste, toutes disparaissent au premier verre. C'est Marie Souchet qui vomit du sang noir, d'une maigreur de squelette, et qui dévore, qui retrouve son embonpoint en deux jours. C'est Marie Jarland qui s'est brûlé l'estomac, en buvant par erreur un verre d'eau de cuivre, et qui sent la tumeur, venue à la suite, se fondre. Du reste, les plus grosses tumeurs s'en vont de la sorte, dans la piscine, sans laisser la moindre trace. Mais ce qui frappe les yeux davantage, ce sont les ulcères, les cancers, toutes les horribles plaies apparentes, qu'un souffle d'en haut cicatrise. Un juif, un comédien, la main dévorée par un ulcère, n'eut qu'à la tremper et fut guéri. Un jeune étranger, immensément riche, affligé au poignet droit d'une loupe grosse comme un œuf de poule, la vit se dissoudre. Rose Duval qui, par suite d'une tumeur blanche, avait au coude gauche un trou à y loger une noix, put suivre le travail prompt de la chair neuve qui comblait ce trou. La veuve Fromond, dont la lèvre était à moitié détruite par un cancer, n'eut qu'à se la lotionner, et il ne resta pas même une couture. Marie Moreau, souffrant affreusement d'un cancer au sein, s'endormit, après avoir appliqué un linge imbibé d'eau de Lourdes ; et, quand elle se réveilla, deux heures plus tard, la douleur avait cessé, la chair était nette, d'une fraîcheur de rose.

Enfin, sœur Hyacinthe entama les cures immédiates et radicales de phtisie, et c'était le triomphe, la terrible maladie qui ravageait l'humanité, que les incrédules défiaient la sainte Vierge de guérir, qu'elle guérissait pourtant, disait-on, d'un seul geste de son petit doigt. Cent cas, plus extraordinaires les uns que les autres, se pressaient, débordaient. Marguerite Coupel, phtisique depuis trois ans, le sommet des poumons mangé par les tubercules, se lève et s'en va, éclatante de santé. Madame de la Rivière, qui crache le sang, couverte d'une continuelle sueur froide, et dont les ongles sont violacés,

sur le point d'exhaler son dernier souffle, n'a besoin que
de boire une petite cuillerée d'eau qu'on verse entre ses
dents : tout de suite, le râle cesse, elle s'assoit, répond
aux litanies, demande un bouillon. Il faut à Julie Jadot
quatre cuillerées; mais elle ne soutenait déjà plus sa
tête, elle était d'une constitution si délicate, que le mal
semblait l'avoir fondue : en quelques jours, elle devient
très grasse. Anna Catry, au degré le plus avancé, le poumon gauche à moitié détruit par une caverne, est plongée
cinq fois dans l'eau froide, contrairement à toute prudence, et elle est guérie, le poumon est sain. Une autre,
une jeune fille poitrinaire, condamnée par quinze médecins, n'a rien demandé, s'est simplement agenouillée à la
Grotte, par hasard, toute surprise ensuite d'avoir été guérie
ainsi au passage, au raccroc, sans doute à l'heure où la
sainte Vierge apitoyée laisse tomber le miracle de ses
mains invisibles.

Des miracles, des miracles encore! ils pleuvaient
comme des fleurs du rêve, par un ciel clair et doux. Il y
en avait de touchants, il y en avait d'enfantins. Une vieille
femme qui, la main ankylosée, ne pouvait plus la remuer
depuis trente ans, se lave et fait le signe de la croix. La
sœur Sophie qui aboyait comme une chienne, se plonge
dans l'eau, en sort la voix pure, chantant un cantique.
Mustapha, un Turc, invoque la Dame blanche, et recouvre
l'œil droit, en y appliquant une compresse. Un officier de
turcos a été protégé à Sedan, un cuirassier de Reichshoffen
serait mort d'une balle au cœur, si cette balle, qui avait
traversé son portefeuille, ne s'était arrêtée devant une
image de Notre-Dame de Lourdes. Et les enfants, les
pauvres petits qui souffrent, eux aussi trouvaient grâce :
un gamin de cinq ans, paralytique, déshabillé et tenu pendant cinq minutes sous le jet glacé de la fontaine, se leva
et marcha; un autre, de quinze ans, qui ne poussait
dans son lit qu'un grognement de bête, s'élança de la pis-

cine en criant qu'il était guéri ; un autre, de deux ans, un tout petit celui-là, qui n'avait jamais marché, resta un quart d'heure dans l'eau froide, puis ragaillardi, souriant, ainsi qu'un petit homme, fit ses premiers pas. Et, pour tous, pour les petits comme pour les grands, les douleurs étaient vives, pendant que le miracle opérait ; car le travail de réparation ne pouvait se faire sans une secousse extraordinaire de toute la machine humaine : les os se régénéraient, la chair repoussait, le mal chassé s'échappait en une convulsion dernière. Mais quel bien-être ensuite ! Les médecins n'en croyaient pas leurs yeux, leur étonnement éclatait à chaque guérison, en voyant leurs malades courir, sauter, manger avec un appétit dévorant. Toutes ces élues, ces femmes guéries faisaient trois kilomètres, s'attablaient devant un poulet, dormaient douze heures à poings fermés. Aucune convalescence du reste, une saute brusque de l'agonie à la pleine santé, les membres remis à neuf, les plaies bouchées, les organes rétablis dans leur intégrité, l'embonpoint revenu, tout cela en un coup de foudre. La science était bafouée, on ne prenait pas même les précautions les plus simples, baignant les femmes à toutes les époques du mois, plongeant les phtisiques en sueur dans l'eau glacée, laissant les plaies à leur putréfaction, sans aucun soin antiseptique. Puis, à chaque miracle, quel cantique d'allégresse, quel cri de reconnaissance et d'amour ! La miraculée se jette à genoux, tout le monde pleure, des conversions s'opèrent, des protestants et des juifs embrassent le catholicisme, autres miracles de la foi dont le ciel triomphe. Les habitants du village vont en foule attendre la miraculée sur la route, pendant que les cloches sonnent à la volée ; et, quand on la voit sauter lestement de la voiture, des cris, des sanglots de joie éclatent, on entonne le *Magnificat*. Gloire à la sainte Vierge ! reconnaissance et tendresse éternelles à la Mère de Dieu !

De toutes ces espérances réalisées, de toutes ces ardentes actions de grâces, ce qui se dégageait, c'était cette
gratitude à la Mère très pure, à la Mère admirable. Elle
était la grande passion de toutes les âmes, la Vierge puissante, la Vierge clémente, le Miroir de justice, le Trône
de sagesse. Toutes les mains se tendaient vers elle, Rose
mystique dans l'ombre des chapelles, Tour d'ivoire à
l'horizon du rêve, Porte du ciel ouvrant sur l'infini. Dès
l'aurore de chaque journée, elle luisait, claire Étoile du
matin, gaie de jeune espoir. N'était-elle pas encore la
Santé des infirmes, le Refuge des pécheurs, la Consolatrice des affligés? La France avait toujours été son pays
aimé, on l'y adorait d'un culte fervent, le culte même de la
femme et de la mère, dans une envolée de tendresse
brûlante; et c'était en France surtout qu'elle se plaisait
à se montrer aux petites bergères. Elle était si bonne
aux petits! elle s'occupait continuellement d'eux, on ne
s'adressait si volontiers à elle que parce qu'on la savait l'in-
termédiaire d'amour entre la terre et le ciel. Chaque soir,
elle pleurait des larmes d'or, aux pieds de son divin
Fils, pour obtenir de lui des grâces; et c'étaient les miracles qu'il lui permettait de faire, ce beau champ fleuri
de miracles, odorants comme les roses du paradis, si
prodigieux d'éclat et de parfum.

Le train roulait, roulait toujours. On venait de traverser Coutras, il était six heures. Et sœur Hyacinthe, se
levant, tapa dans ses mains, en répétant une fois encore:

— L'Angélus, mes enfants!

Jamais les *Ave* ne s'étaient envolés dans une foi plus
vive, plus attisée par le désir d'être entendu du ciel. Et
Pierre, alors, comprit brusquement, eut l'explication
nette de ces pèlerinages, de tous ces trains qui roulaient par le monde entier, de ces foules accourues, de
Lourdes flamboyant là-bas comme le salut des corps et
des âmes. Ah! les pauvres misérables qu'il voyait, depuis

le matin, râler de souffrance, traîner leur triste carcasse
dans la fatigue d'un tel voyage! Ils étaient tous des
condamnés, des abandonnés de la science, las d'avoir consulté les médecins, d'avoir tenté la torture des remèdes
inutiles. Et comme on comprenait que, brûlant du désir
de vivre encore, ne pouvant se résigner sous l'injuste et
indifférente nature, ils fissent le rêve d'un pouvoir surhumain, d'une divinité toute-puissante, qui peut-être
allait, en leur faveur, arrêter les lois établies, changer
le cours des astres et revenir sur sa création! Dieu ne
leur restait-il pas, si la terre leur manquait? La réalité,
pour eux, était trop abominable, il leur naissait un immense besoin d'illusion et de mensonge. Oh! croire qu'il
y a quelque part un justicier suprême qui redresse les
torts apparents des êtres et des choses, croire qu'il y a un
rédempteur, un consolateur qui est le maître, qui peut
faire remonter les torrents à leur source, rendre la jeunesse aux vieillards, ressusciter les morts! Se dire, quand
on est couvert de plaies, qu'on a les membres tordus, le
ventre enflé de tumeurs, les poumons détruits, se dire
que cela n'importe pas, que tout peut disparaître et
renaître sur un signe de la sainte Vierge, et qu'il suffit
de prier, de la toucher, d'obtenir d'elle la grâce d'être
choisi! Et, alors, quelle fontaine céleste d'espérance,
lorsque se mettait à couler le flot prodigieux de ces belles
histoires de guérison, de ces contes de fée adorables, qui
berçaient, qui grisaient l'imagination enfiévrée des malades
et des infirmes! Depuis que la petite Sophie Couteau, avec
son pied blanc guéri, était montée dans ce wagon, ouvrant
le ciel illimité du divin et du surnaturel, comme l'on
comprenait le souffle de résurrection qui passait, soulevant
peu à peu les plus désespérés de leur couche de misère,
faisant luire les yeux de tous, puisque la vie était encore
possible pour eux, et qu'ils allaient peut-être la recommencer!

Oui, c'était bien cela. Si ce train lamentable roulait, roulait toujours, si ce wagon était plein, si les autres étaient pleins ; si la France et le monde, du plus loin de la terre, étaient sillonnés par des trains pareils ; si des foules de trois cent mille croyants, charriant avec elles des milliers de malades, se mettaient en branle d'un bout de l'année à l'autre : c'était que, là-bas, la Grotte flambait dans sa gloire comme un phare d'espoir et d'illusion, comme la révolte et le triomphe de l'impossible sur l'inexorable matière. Jamais roman plus passionnant n'avait été écrit pour exalter les âmes, au-dessus des rudes conditions de l'existence. Rêver ce rêve, là était le grand bonheur ineffable. Les pères de l'Assomption n'avaient vu, d'année en année, s'élargir le succès de leurs pèlerinages, que parce qu'ils vendaient aux peuples accourus de la consolation, du mensonge, ce pain délicieux de l'espérance dont l'humanité souffrante a une continuelle faim, que rien n'apaisera jamais. Et ce n'étaient pas seulement les plaies physiques qui criaient du besoin d'être guéries, tout l'être moral et intellectuel clamait sa misère, dans un désir insatiable de bonheur. Être heureux, mettre la certitude de sa vie dans la foi, s'appuyer jusqu'à la mort sur ce solide bâton de voyage, tel était le désir qui sortait de toutes les poitrines, qui faisait s'agenouiller toutes les douleurs morales, demandant la continuation de la grâce, la conversion des êtres chers, le salut spirituel de soi-même et de ceux qu'on aime. L'immense cri se propageait, montait, emplissait l'espace : être heureux à jamais, dans la vie et dans la mort !

Et Pierre les avait bien vus tous, les souffrants qui l'entouraient, ne plus sentir les cahots des roues, retrouver des forces, à chaque lieue dévorée qui les rapprochait du miracle. Madame Maze, elle-même, devenait bavarde, dans la certitude que la sainte Vierge lui rendrait son mari. Madame Vincent, souriante, berçait doucement la

petite Rose, en la trouvant bien moins malade que ces
enfants à demi morts qu'on plongeait dans l'eau glacée
et qui jouaient. M. Sabathier plaisantait avec M. de Guersaint, lui expliquait qu'en octobre, quand il aurait des
jambes, il irait faire un tour à Rome, un voyage qu'il
remettait depuis quinze ans. Madame Vêtu, calmée, l'estomac tiraillé seulement, croyant qu'elle avait faim,
demandait à madame de Jonquière de lui laisser tremper
des mouillettes de biscuit dans un verre de lait; tandis
qu'Élise Rouquet, oubliant sa plaie, mangeait une grappe
de raisin, à visage découvert. Et la Grivotte, assise sur
son séant, et le frère Isidore, qui avait cessé de se
plaindre, gardaient de tous ces beaux contes une telle
fièvre heureuse, qu'ils s'inquiétaient de l'heure, ayant
l'impatience de la guérison. Mais l'homme surtout, pendant une minute, ressuscita. Comme sœur Hyacinthe
essuyait de nouveau la sueur froide de son visage, il
ouvrit les paupières, tandis qu'un sourire éclairait un
instant sa face. Une fois encore, il avait espéré.

Marie gardait, dans sa petite main tiède, la main de
Pierre. Il était sept heures, on ne devait être à Bordeaux
qu'à sept heures et demie; et le train en retard, pour
rattraper les minutes perdues, hâtait de plus en plus sa
marche, dans une vitesse folle. L'orage avait fini par
couler, une douceur infiniment pure tombait du grand
ciel clair.

— Oh! Pierre, que c'est beau, que c'est beau! répéta
de nouveau Marie, en lui serrant la main de toute sa
tendresse.

Et, se penchant vers lui, à demi-voix:

— Pierre, j'ai vu la sainte Vierge, tout à l'heure, et
c'est votre guérison que j'ai demandée et obtenue.

Le prêtre, comprenant, fut bouleversé par les yeux de
divine lumière qu'elle fixait sur les siens. Elle s'était
oubliée, elle avait demandé sa conversion; et ce souhait

8.

de foi, qui sortait candide de cette créature souffrante
et si chère, lui retournait l'âme. Pourquoi donc ne croi-
rait-il pas, un jour ? Lui-même restait éperdu de tant de
récits extraordinaires. La chaleur étouffante du wagon
l'avait étourdi, la vue des misères entassées là faisait
saigner sa chair pitoyable. Et la contagion agissait, il ne
savait plus bien où s'arrêtaient le réel et le possible, incapable, au milieu de cet amas de faits stupéfiants, de faire
le partage, d'expliquer les uns et de rejeter les autres.
Un moment, comme un cantique de nouveau s'élevait,
l'emportait au fil entêté de son obsession, il ne s'appartint
plus, il s'imagina qu'il finissait par croire, dans le vertige
halluciné de cet hôpital roulant, roulant toujours, à toute
vapeur.

V

Le train quitta Bordeaux après un arrêt de quelques minutes, durant lequel ceux qui n'avaient pas dîné, se hâtèrent d'acheter des provisions. D'ailleurs, les malades ne cessaient de boire un peu de lait, de réclamer un biscuit, comme des enfants. Et, tout de suite, dès qu'on fut de nouveau en marche, sœur Hyacinthe tapa dans ses mains.

— Allons, dépêchons-nous, la prière du soir!

Alors, pendant près d'un quart d'heure, il y eut un bourdonnement confus, des *Pater*, des *Ave*, un examen de conscience, un acte de contrition, un abandon de soi-même à Dieu, à la sainte Vierge et aux saints, tout un remerciement de l'heureuse journée, que termina une prière pour les vivants et pour les fidèles trépassés.

— Au nom du Père, et du Fils, et du Saint-Esprit... Ainsi soit-il!

Il était huit heures dix, le crépuscule noyait déjà la campagne, une plaine immense, prolongée par les brumes du soir, et où s'allumaient, au loin, dans les maisons perdues, des étincelles vives. Les lampes du wagon vacillaient, éclairaient d'une lumière jaune l'entassement des bagages et des pèlerins, secoués par un mouvement de lacets continu.

— Vous savez, mes enfants, reprit sœur Hyacinthe, restée debout, que je ferai faire le silence à Lamothe, à environ une heure d'ici. Vous avez donc une heure pour

vous amuser; mais soyez sages, ne vous excitez pas trop.
Et, après Lamothe, vous entendez bien, plus un mot,
plus un souffle, je veux que vous dormiez tous!

Cela les fit rire.

— Ah! mais, c'est la règle, vous êtes sûrement trop
raisonnables pour ne pas obéir.

Depuis le matin, en effet, ils avaient rempli ponctuelle-
ment le programme des exercices religieux, indiqués
heure par heure. Maintenant que toutes les prières
avaient été dites, les chapelets récités, les cantiques
chantés, c'était la journée finie, une courte récréation
avant le repos. Mais ils ne savaient que faire.

— Ma sœur, proposa Marie, si vous vouliez bien autoriser monsieur l'abbé à nous faire une lecture? Il lit parfaitement, et j'ai justement là un petit livre, une histoire
de Bernadette si jolie...

On ne la laissa pas achever, tous crièrent, avec une passion éveillée d'enfants auxquels on promet un beau conte:

— Oh! oui, ma sœur, oh? oui, ma sœur!

— Sans doute, dit la religieuse, je permets, du moment qu'il s'agit d'une bonne lecture.

Pierre dut consentir. Mais il voulait être sous la lampe,
et il lui fallut changer de place avec M. de Guersaint, que
cette annonce d'une histoire avait ravi autant que les malades. Et, quand le jeune prêtre, enfin installé, déclarant
qu'il verrait assez clair, ouvrit le livre, un frémissement
de curiosité courut d'un bout du wagon à l'autre, toutes
les têtes s'allongèrent, recueillies, les oreilles tendues.
Heureusement, il avait la voix claire, il put dominer les
roues, dont le bruit n'était plus qu'un roulement assourdi,
dans cette plaine immense et plate.

Mais, avant de commencer, Pierre examinait le livre.
C'était un de ces petits livres de colportage, sortis des
presses catholiques, répandus à profusion par toute la
chrétienté. Mal imprimé, de papier humble, il portait,

sur sa couverture bleue, une Notre-Dame de Lourdes, une naïve image d'une grâce raidie et gauche. Une demi-heure suffirait certainement pour le lire, sans hâte.

Et Pierre commença, de sa belle voix nette, au timbre doux et pénétrant.

— « C'était à Lourdes, petite ville des Pyrénées, le jeudi 11 février 1858. Le temps était froid et un peu couvert. On manquait de bois pour préparer le dîner, dans la maison du pauvre, mais honnête meunier François Soubirous. Sa femme, Louise, dit à sa seconde fille, Marie : « Va ramasser du bois sur le bord du Gave ou dans les communaux. » Le Gave est le nom d'un torrent qui traverse Lourdes.

« Marie avait une sœur aînée, nommée Bernadette, récemment arrivée de la campagne, où de braves villageois l'avaient employée comme bergère. C'était une enfant frêle et délicate, d'une grande innocence, mais dont toute la science consistait à savoir dire le chapelet. Louise Soubirous hésitait à l'envoyer au bois avec sa sœur, à cause du froid ; cependant, sur les instances de Marie et d'une petite voisine, nommée Jeanne Abadie, elle la laissa partir.

« Les trois compagnes, descendant le long du torrent pour recueillir des débris de bois mort, se trouvèrent en face d'une grotte, creusée dans un grand rocher que les gens du pays appelaient Massabielle... »

Mais, arrivé à ce point de la lecture, comme il tournait la page, Pierre s'arrêta, laissant retomber le petit livre. L'enfantillage du récit, les phrases toutes faites et vides l'impatientaient. Lui qui avait entre les mains le dossier complet de cette histoire extraordinaire, qui s'était passionné à en étudier les moindres détails, et qui gardait au fond du cœur une tendresse délicieuse, une infinie pitié pour Bernadette ! Il venait de se dire que l'enquête qu'il rêvait autrefois d'aller faire à Lourdes, il pourrait

la commencer le lendemain même. C'était une des raisons
qui l'avaient décidé au voyage. Et toute sa curiosité se
réveillait sur la voyante, qu'il aimait, parce qu'il la sentait
une candide, une véridique et une malheureuse, mais
dont il aurait voulu analyser et expliquer le cas. Certes,
elle ne mentait pas, elle avait eu sa vision, entendu des
voix comme Jeanne d'Arc, et comme Jeanne d'Arc elle
délivrait la France, au dire des catholiques. Quelle était
donc la force qui l'avait produite, elle et son œuvre?
Comment la vision avait-elle pu grandir chez cette enfant
misérable, et bouleverser toutes les âmes croyantes jusqu'à renouveler les miracles des temps primitifs, et fonder
presque une religion nouvelle, au milieu d'une ville
sainte, bâtie à coups de millions, envahie par des foules
qu'on n'avait pas vues si exaltées ni si nombreuses depuis
les croisades?

Alors, cessant de lire, il raconta ce qu'il savait, ce qu'il
avait deviné et rétabli, dans cette histoire si obscure encore, malgré les flots d'encre qu'elle a fait couler. Il
connaissait le pays, les mœurs, les coutumes, à la suite de
ses longues conversations avec son ami, le docteur Chassaigne. Et il avait une facilité charmante de parole, une
émotion exquise, des dons remarquables d'orateur sacré,
qu'il se connaissait depuis le séminaire, mais dont il
n'usait jamais. Dans le wagon, quand on vit qu'il savait
l'histoire bien mieux, bien plus longuement que le petit
livre, et qu'il la disait d'un air si doux, si passionné, il y
eut une recrudescence d'attention, un élan de ces âmes
douloureuses, affamées de bonheur, qui se donnaient
toutes à lui.

D'abord, ce fut l'enfance de Bernadette, à Bartrès. Elle
grandissait là chez sa mère nourrice, la femme Lagûes,
qui, ayant perdu un nouveau-né, avait rendu aux Soubirous, très pauvres, le service de nourrir et de garder
leur enfant. Ce village de quatre cents âmes, à une lieue

environ de Lourdes, se trouvait comme au désert, loin de toute route fréquentée, caché parmi des verdures. Le chemin dévale, les quelques maisons s'espacent, au milieu des herbages coupés de haies, plantés de noyers et de châtaigniers; tandis que des ruisseaux clairs qui ne se taisent jamais, suivent les pentes, le long des sentiers, et que, seule, la vieille petite église romane domine sur un tertre, envahi par les tombes du cimetière. De toutes parts, des coteaux boisés ondulent et montent : c'est un trou dans les herbes d'une fraîcheur délicieuse, des herbes au vert intense, que baigne un dessous trempé d'eau, les éternelles nappes souterraines descendues des montagnes. Et Bernadette, qui, depuis qu'elle était grande fille, payait sa nourriture en gardant les agneaux, les menait paître pendant des saisons entières, perdue sous ces feuillages, où elle ne rencontrait pas une âme. Parfois seulement, du sommet d'un coteau, elle apercevait les montagnes au loin, le pic du Midi, le pic de Viscos, masses éclatantes ou assombries selon la couleur du temps, et que d'autres pics décolorés prolongeaient, des apparitions à demi évanouies de visionnaire, comme il en passe dans les rêves. Puis, c'était la maison des Lagûes, où son berceau se trouvait encore, une maison isolée, la dernière du village. Un pré s'étendait, planté de poiriers et de pommiers, séparé seulement de la pleine campagne par une source mince, qu'on pouvait franchir d'un saut. Dans l'habitation basse, il n'y avait, à droite et à gauche de l'escalier de bois menant au grenier, que deux vastes pièces, dallées de pierre, contenant chacune quatre ou cinq lits. Les fillettes couchaient ensemble, s'endormaient en regardant le soir les belles images, collées aux murs, pendant que la grande horloge, dans sa caisse de sapin, battait l'heure gravement, au milieu du grand silence.

Ah ! ces années de Bartrès, dans quelle douceur ravie

Bernadette les avait vécues! Elle poussait chétive, toujours malade, souffrant d'un asthme nerveux qui l'étouffait
aux moindres sautes du vent; et, à douze ans, elle ne
savait ni lire ni écrire, ne parlant que le patois, restée
enfantine, retardée dans son esprit ainsi que dans son
corps. C'était une bonne petite fille, très douce, très sage,
d'ailleurs une enfant comme une autre, pas causeuse
pourtant, plus contente d'écouter que de parler. Bien
qu'elle ne fût guère intelligente, elle montrait souvent
beaucoup de raison naturelle, avait même parfois la
répartie prompte, une sorte de gaieté simple qui faisait
rire. On avait eu une peine infinie à lui apprendre le
chapelet. Quand elle le sut, elle parut vouloir borner là
sa science, elle le récita d'un bout de la journée à l'autre,
si bien qu'on ne la rencontrait plus, avec ses agneaux, que
son chapelet aux doigts, égrenant les *Pater* et les *Ave*.
Et que d'heures elle vécut ainsi au penchant herbu des
coteaux, noyée et comme hantée dans le mystère des
feuilles, ne voyant par instants du monde que les cimes
des montagnes lointaines, envolées dans la lumière, d'une
légèreté de songe! Les journées se succédaient, et elle ne
promenait toujours que son rêve étroit, l'unique prière
qu'elle répétait, qui ne lui donnait d'autre compagne et
amie que la sainte Vierge, parmi cette solitude si fraîche,
si naïve d'enfance. Puis, que de belles soirées elle passa,
l'hiver, dans la salle de gauche, où il y avait du feu! Sa
mère nourrice avait un frère qui était prêtre et qui faisait
parfois des lectures admirables, des histoires de sainteté, des aventures prodigieuses à faire trembler de
peur et de joie, des apparitions du paradis sur la terre,
tandis que le ciel entr'ouvert laissait apercevoir la splendeur des anges. Les livres qu'il apportait étaient souvent
pleins d'images, le bon Dieu au milieu de sa gloire, Jésus
si délicat et si joli, avec son visage de lumière, la sainte
Vierge surtout qui revenait sans cesse, resplendissante,

vêtue de blanc, d'azur et d'or, si aimable, qu'elle la revoyait parfois dans ses rêves. Mais la Bible était encore le livre qu'on lisait le plus souvent, une vieille Bible jaunie par l'usage, depuis plus de cent ans dans la famille ; et, chaque soir de veillée, le père nourricier, qui seul avait appris à lire, prenait une épingle, la plantait au hasard, commençait la lecture en haut de la page de droite, au milieu de la profonde attention des femmes et des enfants, qui finissaient par savoir et qui auraient pu continuer, sans se tromper d'un mot.

Bernadette préférait les livres pieux, où la sainte Vierge passait avec son accueillant sourire. Pourtant, une lecture l'amusa aussi, celle de la merveilleuse histoire des Quatre Fils Aymon. Sur la couverture jaune du petit livre, tombé là de la balle de quelque colporteur égaré, on voyait, en une gravure naïve, les quatre preux, Renaud et ses frères, montés tous les quatre sur Bayard, leur fameux cheval de bataille, dont la fée Orlande leur avait fait le royal cadeau. Et c'étaient des combats sanglants, des constructions et des sièges de forteresse, des coups d'épée terribles entre Roland et Renaud, qui allait enfin délivrer la Terre Sainte, sans oublier le magicien Maugis aux merveilleux enchantements, ni la princesse Clarisse, sœur du roi d'Aquitaine, plus belle que le jour. L'imagination frappée, Bernadette avait parfois de la peine à s'endormir, surtout les soirs où, délaissant les livres, quelqu'un de la compagnie disait une histoire de sorcier. Elle était très superstitieuse, jamais on ne l'aurait fait passer, après le coucher du soleil, près d'une tour du voisinage, hantée par le diable. Toute la contrée, d'ailleurs, dévote et simple d'esprit, était comme peuplée de mystères, des arbres qui chantaient, des pierres où perlait le sang, des carrefours où il fallait dire trois *Pater* et trois *Ave*, si l'on ne voulait pas rencontrer la bête aux sept cornes, qui emportait les filles à la perdition. Et quelle richesse de

contes terrifiants! Il y en avait des centaines, on ne se
serait plus arrêté, le soir, quand on les entamait. D'abord,
c'étaient les aventures des loups-garous, ces misérables
hommes forcés par le démon à entrer dans la peau des
chiens, les grands chiens blancs des montagnes : si l'on
tire un coup de fusil sur le chien et qu'un seul plomb le
touche, l'homme est délivré; mais, si le plomb ne touche
que l'ombre, l'homme meurt immédiatement. Puis, défilaient les sorciers et les sorcières, à l'infini. Une de ces
histoires passionnait Bernadette, celle d'un greffier de
Lourdes qui voulait voir le diable et qu'une sorcière
menait dans un champ vague, à minuit, le vendredi saint.
Le diable arrivait, magnifiquement habillé de rouge. Tout
de suite, il proposait au greffier de lui acheter son âme,
ce que celui-ci feignait d'accepter. Justement, le diable
tenait sous son bras le registre où avaient signé les gens
de la ville qui s'étaient déjà vendus. Mais le greffier,
malin, tirait de sa poche une prétendue bouteille d'encre,
qui n'était autre qu'une bouteille d'eau bénite ; et il asper-
geait le diable, lequel poussait des cris affreux, pendant
que lui prenait la fuite, en emportant le registre. Alors,
une course folle commençait, qui pouvait durer la soirée
entière, par les monts, par les vaux, au travers des forêts
et des torrents. « Rends-moi le registre! — Non, tu ne
l'auras pas! » Et cela recommençait toujours. « Rends-
moi le registre! — Non, tu ne l'auras pas! » Le greffier,
enfin, qui avait son idée, hors d'haleine, près de succomber, se jetait dans le cimetière, en terre bénite, d'où il
narguait le diable, en agitant le registre, ayant ainsi sauvé
les âmes de tous les malheureux qui avaient signé. Et,
ces soirs-là, avant de s'abandonner au sommeil, Bernadette disait mentalement un chapelet, heureuse de voir
l'enfer bafoué, tremblante cependant à l'idée qu'il reviendrait sûrement rôder autour d'elle, dès qu'on aurait
soufflé la lampe.

Tout un hiver, les veillées se firent dans l'église. Le curé Ader l'avait permis, et beaucoup de familles venaient là, pour économiser la lumière ; sans compter qu'on avait plus chaud, à être ainsi tous ensemble. On lisait la Bible, on disait des prières en commun. Les enfants finissaient par s'endormir. Seule, Bernadette luttait jusqu'au bout, si contente d'être chez le bon Dieu, dans cette nef étroite, dont les minces nervures étaient peintes en rouge et en bleu. Au fond, l'autel, peint également et doré, avec ses colonnes torses, avec ses retables, Marie chez Anne et la Décollation de saint Jean, se dressait, d'une richesse fauve et un peu barbare. Et l'enfant, dans la somnolence qui l'envahissait, devait voir se lever la vision mystique de ces images violemment coloriées, le sang couler des plaies, les auréoles flamboyer, la Vierge revenir toujours et la regarder de ses yeux couleur du ciel, de ses yeux vivants, tandis qu'elle lui semblait sur le point d'ouvrir ses lèvres de vermillon, pour lui adresser la parole. Pendant des mois, elle vécut de la sorte ses soirées, dans ce demi-sommeil, en face de l'autel vague et somptueux, dans ce commencement de rêve divin qu'elle emportait, pour l'achever au lit, dormant sans un souffle, sous la garde de son bon ange.

Et ce fut aussi dans cette vieille église, si humble et si pleine de foi ardente, que Bernadette commença à suivre le catéchisme. Elle allait avoir quatorze ans, il était grand temps qu'elle fît sa première communion. Sa mère nourrice, qui passait pour avare, ne l'envoyait pas à l'école, l'utilisant dans la maison du matin au soir. M. Barbet, l'instituteur, ne la vit jamais à sa classe. Mais, un jour qu'il faisait la leçon de catéchisme, en remplacement de l'abbé Ader, indisposé, il la remarqua pour sa piété et sa modestie. Le prêtre aimait beaucoup Bernadette ; et il parlait souvent d'elle à l'instituteur, il lui disait qu'il ne pouvait la regarder, sans songer aux enfants de la Salette,

car ces enfants avaient dû être simples, bons et pieux
comme elle, pour que la sainte Vierge leur fût apparue.
Un autre matin, les deux hommes, en dehors du village,
l'ayant vue de loin, avec son petit troupeau, se perdre
parmi les grands arbres, le prêtre se retourna, à plusieurs
reprises, en disant de nouveau : « J'ignore ce qui se passe
en moi, mais toutes les fois que je rencontre cette enfant,
il me semble apercevoir Mélanie, la petite bergère, la compagne du petit Maximin. » Certainement, il était obsédé
par cette pensée singulière, qui se trouva être une prédic-
tion. Et, un jour, après le catéchisme, ou même un soir, à
la veillée de l'église, n'avait-il pas conté la merveilleuse
histoire, vieille de douze années déjà, la Dame à la robe
éblouissante qui marchait sur l'herbe sans la courber, la
sainte Vierge qui s'était montrée à Mélanie et à Maximin,
sur la montagne, au bord d'un ruisseau, pour leur confier
un grand secret et leur annoncer la colère de son Fils?
Depuis ce jour, une source, née des larmes de la Vierge,
guérissait toutes les maladies, tandis que le secret, confié
à un parchemin scellé de trois cachets de cire, dormait
à Rome. Sans doute, cette histoire admirable, Bernadette
l'avait écoutée passionnément, de son air muet de dor-
meuse éveillée, puis l'avait emportée au désert de
feuilles où elle passait les jours, pour la revivre derrière
ses agneaux, pendant que, grain à grain, son chapelet
glissait entre ses doigts frêles.

Et telle s'écoula l'enfance, à Bartrès. Ce qui ravissait,
chez cette Bernadette chétive et pauvre, c'étaient les yeux
d'extase, les beaux yeux de visionnaire, où, comme des
oiseaux dans un ciel pur, passait le vol des rêves. La
bouche était grande et trop forte, indiquant la bonté ; la
tête, carrée, au front droit, aux épais cheveux noirs,
aurait paru commune, sans son charme de doux entêtement. Mais qui n'entrait pas dans son regard, ne la remarquait pas : elle n'était plus qu'une enfant quelconque, la

pauvresse des routes, la fillette poussée à regret, d'une
humilité craintive. Et c'était dans son regard que l'abbé
Ader avait sûrement lu avec trouble tout ce qui allait
fleurir en elle, le mal étouffant dont souffrait sa triste chair
de gamine, la solitude de verdure où elle avait grandi,
la douceur bêlante de ses agneaux, la Salutation angélique
promenée sous le ciel, répétée jusqu'à l'hallucination, et
les prodigieuses histoires entendues chez sa mère nourrice, et les veillées passées devant les retables vivants de
l'église, et tout l'air de primitive foi qu'elle avait respiré
dans ce pays lointain, barré de montagnes.

Le 7 janvier, Bernadette venait d'avoir quatorze ans, et
ses parents, les Soubirous, voyant qu'elle n'apprenait
rien à Bartrès, résolurent de la reprendre définitivement
chez eux, à Lourdes, pour qu'elle y suivît le catéchisme
avec assiduité, de manière à préparer sérieusement sa
première communion. Et elle était donc à Lourdes depuis
quinze à vingt jours, lorsque, par un temps froid et un
peu couvert, le 11 février, un jeudi...

Mais Pierre dut s'interrompre, sœur Hyacinthe s'était
levée, tapant vigoureusement dans ses mains.

— Mes enfants, il est plus de neuf heures... Le silence!
le silence!

On venait en effet de dépasser Lamothe, le train roulait
avec son ronflement sourd dans une mer de ténèbres, au
travers des plaines sans fin des Landes, submergées par
la nuit. Depuis dix minutes déjà, on aurait dû ne plus
souffler dans le wagon, dormir ou souffrir, sans une parole. Et il y eut pourtant une révolte.

— Oh! ma sœur, s'écria Marie, dont les yeux étincelaient, un petit quart d'heure encore! Nous en sommes
au moment le plus intéressant.

Dix voix, vingt voix s'élevèrent.

— Oui, de grâce! encore un petit quart d'heure!

Tous voulaient entendre la suite, brûlant de curiosité,

9.

comme s'ils n'avaient pas connu l'histoire, tellement ils
étaient pris par les détails d'humanité attendrie et souriante que donnait le conteur. Les regards ne le quittaient
plus, les têtes se tendaient vers lui, bizarrement éclairées,
sous les lampes fumeuses. Et il n'y avait pas que les malades, les dix femmes du compartiment du fond, elles
aussi, se passionnaient, tournaient leurs pauvres faces
laides, belles de naïve croyance, heureuses de ne pas
perdre un mot.

— Non, je ne peux pas! déclara d'abord sœur Hyacinthe. Le programme est formel, il faut faire silence.

Cependant, elle fléchissait, si intéressée elle-même,
qu'elle en avait un battement de cœur, sous sa guimpe.
Marie insista de nouveau, suppliante; tandis que son
père, M. de Guersaint, qui écoutait d'un air très amusé,
déclarait qu'on allait en être malade, si l'on ne continuait
pas; et, comme madame de Jonquière souriait d'un air
indulgent, la sœur finit par céder.

— Eh bien! voyons, encore un petit quart d'heure,
mais rien qu'un petit quart d'heure, n'est-ce pas? parce
que je serais fautive.

Pierre avait attendu paisiblement, sans intervenir. Et
il continua de la même voix pénétrante, où le doute
s'attendrissait de pitié pour ceux qui souffrent et qui
espèrent.

Maintenant, le récit reprenait à Lourdes, rue des Petits-
Fossés, une rue morne, étroite et tortueuse, qui descend
entre des maisons pauvres et des murs grossièrement
crépis. Au rez-de-chaussée d'une de ces tristes demeures,
au bout d'une allée noire, les Soubirous occupaient une
chambre unique, où sept personnes s'entassaient, le père,
la mère et les cinq enfants. On voyait à peine clair, la
cour intérieure, toute petite et humide, s'éclairait d'un
jour verdâtre. On dormait là, en tas; on y mangeait, quand
on avait du pain. Depuis quelque temps, le père, meunier

de son état, trouvait difficilement du travail chez les autres. Et c'était de ce trou obscur, de cette misère basse, que, par ce froid jeudi de février, Bernadette, l'aînée, s'en était allée ramasser du bois mort, avec Marie, sa sœur cadette, et Jeanne, une petite amie du voisinage.

Alors, longuement, le beau conte se déroula : comment les trois fillettes étaient descendues au bord du Gave, de l'autre côté du Château, comment elles avaient fini par se trouver dans l'île du Chalet, en face du rocher de Massabielle, dont les séparait seulement l'étroit chenal du moulin de Sàvy. C'était un lieu sauvage, où le berger commun conduisait souvent les porcs du pays, qui, par les averses brusques, s'abritaient sous ce rocher de Massabielle, que creusait à sa base une sorte de grotte peu profonde, obstruée d'églantiers et de ronces. Le bois mort était rare, Marie et Jeanne traversèrent le chenal, en apercevant, de l'autre côté, tout un glanage de branches, charriées et laissées là par le torrent ; tandis que Bernadette, plus délicate, un peu demoiselle, restait sur la rive à se désespérer, n'osant se mouiller les pieds. Elle avait de la gourme à la tête, sa mère lui avait bien recommandé de s'envelopper avec soin dans son capulet, un grand capulet blanc qui tranchait sur sa vieille robe de laine noire. Quand elle vit que ses compagnes refusaient de l'aider, elle se résigna à quitter ses sabots et à retirer ses bas. Il était environ midi, les neuf coups de l'Angélus devaient sonner à la paroisse, dans ce grand ciel calme d'hiver, voilé d'un fin duvet de nuages. Et ce fut alors qu'un grand trouble monta en elle, soufflant dans ses oreilles avec un tel bruit de tempête, qu'elle crut entendre passer un ouragan, descendu des montagnes : elle regarda les arbres, elle fut stupéfaite ; car pas une feuille ne remuait. Puis, elle pensa s'être trompée, et elle allait ramasser ses sabots, lorsque, de nouveau, le grand souffle la traversa ; mais, cette fois, le trouble des oreilles ga-

gnait les yeux, elle ne voyait plus les arbres, elle était
éblouie par une blancheur, une sorte de clarté vive, qui
lui parut se fixer contre le rocher, en haut de la grotte,
dans une fente mince et haute, pareille à une ogive de
cathédrale. Effrayée, elle tomba sur les genoux. Qu'était-ce
donc, mon Dieu? Parfois, aux vilains temps, lorsque son
asthme l'oppressait davantage, elle rêvait pendant des
nuits entières, des rêves souvent pénibles, dont elle gardait l'étouffement au réveil, même lorsqu'elle ne se
souvenait de rien. Des flammes l'entouraient, le soleil
passait devant sa face. Avait-elle ainsi rêvé, la nuit précédente? Était-ce la continuation de quelque songe oublié?
Puis, peu à peu, une forme s'indiqua, elle crut reconnaître une figure, que la vive lumière faisait toute blanche.
Dans la crainte que ce ne fût le diable, la cervelle hantée
d'histoires de sorcières, elle s'était mise à dire son chapelet. Et, quand, la lumière éteinte peu à peu, elle eut
rejoint Marie et Jeanne, après avoir traversé le chenal,
elle fut surprise que ni l'une ni l'autre n'eussent rien vu,
pendant qu'elles ramassaient du bois devant la grotte. Et,
en revenant à Lourdes, les trois fillettes causèrent : elle
avait donc vu quelque chose, elle? Mais elle ne voulait
pas répondre, inquiète et un peu honteuse; enfin, elle
dit qu'elle avait vu quelque chose habillé de blanc.

Dès lors, la rumeur partit de là et grandit. Les Soubirous, mis au courant, s'étaient fâchés de ces enfantillages, en défendant à leur fille de retourner au rocher de
Massabielle. Mais tous les enfants du quartier se répétaient
déjà l'histoire, les parents durent céder, le dimanche,
et laisser Bernadette aller à la grotte, avec une bouteille
d'eau bénite, pour savoir décidément si l'on n'avait pas
affaire au diable. Elle revit la clarté, la figure qui se com-
plétait, qui souriait, sans avoir peur de l'eau bénite. Et,
le jeudi encore, elle revint, accompagnée d'autres personnes, et ce fut ce jour-là seulement que la Dame au vif

éclat s'incarna au point de lui adresser enfin la parole :
« Faites-moi la grâce de venir ici pendant quinze jours. »
Peu à peu, la Dame s'était ainsi précisée, le quelque chose
habillé de blanc devenait une Dame plus belle qu'une
reine, comme on n'en voit que sur les images. D'abord,
devant les questions dont le voisinage l'accablait du matin
au soir, Bernadette s'était montrée hésitante, agitée de
scrupules. Puis, il avait semblé que, sous la suggestion
même de ces interrogatoires, la figure se faisait plus
nette, prenait une vie définitive, des lignes et des couleurs dont l'enfant, dans ses descriptions, ne devait
jamais plus s'écarter. Les yeux étaient bleus et très doux,
la bouche rose et souriante, l'ovale du visage avait à la
fois une grâce de jeunesse et de maternité. On voyait
à peine, sous le bord du voile qui couvrait la tête et descendait jusqu'aux talons, la frisure discrète d'une admirable chevelure blonde. La robe, toute blanche, éclatante, devait être d'une étoffe inconnue à la terre, tissée
de soleil. L'écharpe, couleur du ciel, mollement nouée,
laissait pendre deux longs bouts flottants, d'une légèreté
d'air matinal. Le chapelet, passé au bras droit, avait des
grains d'une blancheur de lait, tandis que les chaînons et
la croix étaient d'or. Et, sur les pieds nus, sur les adorables pieds de neige virginale, fleurissaient deux roses
d'or, les roses mystiques de cette chair immaculée de
mère divine. Où donc Bernadette l'avait-elle vue, cette
sainte Vierge, si traditionnelle dans sa composition sim-
pliste, sans un bijou, d'une grâce primitive de peuple
enfant? dans quel livre à images du frère de sa mère
nourrice, le bon prêtre qui faisait de si belles lectures?
dans quelle statuette, dans quel tableau, dans quel vitrail
de l'église peinte et dorée où elle avait grandi? Surtout,
ces roses d'or sur les pieds nus, cette délicieuse imagination d'amour, cette floraison dévote de la chair de la
femme, de quel roman de chevalerie venait-elle, de

quelle histoire contée au catéchisme par l'abbé Ader, de quel rêve inconscient promené sous les ombrages de Bartrès, en répétant sans fin les obsédantes dizaines de la Salutation angélique ?

La voix de Pierre s'était encore attendrie ; car, s'il ne disait pas toutes ces choses aux simples d'esprit qui l'écoutaient, l'explication humaine que son doute, au fond de lui, tentait de donner à ces prodiges, rendait son récit frémissant d'une sympathique fraternité. Il aimait Bernadette davantage pour le charme de son hallucination, cette Dame d'un abord si gracieux, parfaitement aimable, pleine de politesse pour apparaître et disparaître. La grande lumière se montrait d'abord, puis la vision se formait, allait, venait, se penchait, se remuait dans un flottement insensible et léger ; et, quand elle s'évanouissait, la lumière persistait un instant encore, puis s'éteignait comme un astre qui meurt. Aucune Dame de ce monde ne pouvait avoir un visage si blanc et si rose, si beau de la beauté enfantine des images de première communion. L'églantier de la grotte ne blessait même pas ses pieds nus adorés, fleuris d'or.

Et Pierre, tout de suite, raconta les autres apparitions. La quatrième et la cinquième eurent lieu le vendredi et le samedi ; mais la Dame au vif éclat, qui n'avait point encore dit son nom, se contenta de sourire et de saluer, sans prononcer une parole. Le dimanche, elle pleura, elle dit à Bernadette : « Priez pour les pécheurs. » Le lundi, elle lui fit le grand chagrin de ne pas se montrer, voulant l'éprouver sans doute. Mais, le mardi, elle lui confia un secret personnel, qui ne devait jamais être divulgué ; puis, elle lui indiqua enfin la mission dont elle la chargeait : « Allez dire aux prêtres qu'il faut bâtir ici une chapelle. » Le mercredi, elle murmura à plusieurs reprises le mot : « Pénitence ! pénitence ! pénitence ! » que l'enfant répéta en baisant la terre. Le jeudi, elle dit : « Allez boire à la fontaine et vous y laver, et vous mangerez de l'herbe qui est à côté ». paroles que Bernadette finit par comprendre, lorsqu'une source eut jailli sous ses doigts, au fond de la grotte ; et ce fut le miracle de la fontaine enchantée. Ensuite, la seconde semaine se déroula : elle ne parut pas le vendredi, elle fut exacte les cinq jours suivants, répétant ses ordres, regardant avec son sourire l'humble fille de son choix, qui, à chaque apparition, récitait le chapelet, baisait la terre, montait sur les genoux jusqu'à la source, pour boire et se laver. Enfin, le jeudi 4 mars, dernier jour des mystiques rendez-vous, elle demanda plus instamment la construction d'une chapelle, pour que les peuples s'y rendissent en procession, de tous les points de la terre. Cependant, jusque-là, à toutes les demandes elle avait refusé de répondre qui elle était ; et ce fut seulement le jeudi 25 mars, trois semaines plus tard, que la Dame, joignant les mains, levant les yeux au ciel, dit : « Je suis l'Immaculée Conception. » Deux fois encore, à plus de trois mois d'intervalle, le 7 avril et le 16 juillet, elle apparut : la première fois pour le miracle du cierge, ce cierge au-dessus duquel l'enfant laissa longtemps sa main par mégarde, sans la brûler ; la seconde fois pour l'adieu, le dernier sourire et le dernier salut de gentille politesse. Cela faisait dix-huit apparitions bien comptées, et plus jamais elle ne se montra.

Pierre s'était comme dédoublé. Tandis qu'il continuait son beau conte bleu, si doux aux misérables, il évoquait pour lui cette Bernadette pitoyable et chère, dont la fleur de souffrance avait fleuri si joliment. Selon le mot brutal d'un médecin, cette fillette de quatorze ans, tourmentée dans sa puberté tardive, déjà ravagée par un asthme, n'était en somme qu'une irrégulière de l'hystérie, une dégénérée à coup sûr, une enfantine. Si les crises violentes manquaient, si elle n'avait pas dans les accès la raideur

des muscles, si elle gardait le souvenir précis de ses
rêves, c'était simplement qu'elle apportait le très curieux
document de son cas spécial ; et l'inexpliqué seul constitue
le miracle, la science sait encore si peu de chose, au
milieu de la variété infinie des phénomènes, selon les
êtres ! Que de bergères, avant Bernadette, avaient ainsi
vu la Vierge, dans le même enfantillage ! N'était-ce pas
toujours la même histoire, la Dame vêtue de lumière, le
secret confié, la source qui jaillit, la mission à remplir,
les miracles dont l'enchantement va convertir les foules ?
Et toujours le rêve d'une enfant pauvre, la même enlu-
minure de paroissien, l'idéal fait de beauté traditionnelle,
de douceur et de politesse, la naïveté des moyens et
l'identité du but, des délivrances de peuples, des constructions d'églises, des processions de fidèles ! Puis,
toutes les paroles tombées du ciel se ressemblaient, des
appels à la pénitence, des promesses de secours divin ; et
il n'y avait ici de nouveau que cette déclaration extraordinaire : « Je suis l'Immaculée Conception », qui éclatait
là comme l'utile reconnaissance par la sainte Vierge
elle-même du dogme promulgué en cour de Rome, trois
années plus tôt. Ce n'était pas la Vierge Immaculée qui
apparaissait, mais l'Immaculée Conception, l'abstraction
elle-même, la chose, le dogme, de sorte qu'on pouvait se
demander si la Vierge aurait parlé ainsi. Les autres paroles, il était possible que Bernadette les eût entendues
et gardées dans un coin inconscient de sa mémoire. Mais
celle-ci, d'où venait-elle donc, pour apporter au dogme
encore discuté le prodigieux appui du témoignage de la
Mère conçue sans péché ?

A Lourdes, l'émotion était immense, des foules accouraient, des miracles commençaient à se produire, tandis
que se déclaraient les inévitables persécutions, qui
assurent le triomphe des religions nouvelles. Et l'abbé
Peyramale, le curé de Lourdes, un grand honnête homme,

d'esprit droit et vigoureux, pouvait dire avec raison qu'il ne connaissait pas cette enfant, qu'on ne l'avait pas encore vue au catéchisme. Où était donc la pression, la leçon apprise? Il n'y avait toujours que l'enfance à Bartrès, les premiers enseignements de l'abbé Ader, des conversations peut-être, des cérémonies religieuses en l'honneur du dogme récent, ou simplement le cadeau d'une de ces médailles qu'on avait répandues à profusion. Jamais l'abbé Ader ne devait reparaître, lui qui avait prophétisé la mission de Bernadette. Il allait rester absent de cette histoire, après avoir été le premier à sentir éclore la petite âme entre ses mains pieuses. Et toutes les forces ignorées du village perdu, de ce coin de verdure borné et superstitieux, continuaient pourtant à souffler, troublant les cervelles, élargissant la contagion du mystère. On se souvenait qu'un berger d'Argelès, en parlant du rocher de Massabielle, avait prédit que de grandes choses se passeraient là. D'autres enfants tombaient en extase, les yeux grands ouverts, les membres secoués de convulsions; mais eux voyaient le diable. Un vent de folie semblait passer sur la contrée. Place du Porche, à Lourdes, une vieille dame déclarait que Bernadette n'était qu'une sorcière et qu'elle avait vu dans son œil la patte de crapaud. Pour les autres, pour les milliers de pèlerins accourus, elle était une sainte, dont ils baisaient les vêtements. Des sanglots éclataient, une frénésie soulevait les âmes, lorsqu'elle tombait à genoux devant la grotte, un cierge allumé dans sa main droite, égrenant de la gauche son chapelet. Elle devenait très pâle, très belle, transfigurée. Les traits remontaient doucement, s'allongeaient en une expression de béatitude extraordinaire, pendant que les yeux s'emplissaient de clarté et que la bouche entr'ouverte remuait, comme si elle eût prononcé des paroles qu'on n'entendait pas. Et il était bien certain qu'elle n'avait plus de volonté

10

propre, envahie par son rêve, possédée à ce point par lui,
dans le milieu étroit et spécial où elle vivait, qu'elle le
continuait même éveillée, qu'elle l'acceptait comme la
seule réalité indiscutable, prête à la confesser au prix
de son sang, la répétant sans fin et s'y obstinant, avec
des détails invariables. Elle ne mentait pas, car elle ne
savait pas, ne pouvait pas, ne voulait pas vouloir autre
chose.

Pierre, maintenant, s'oubliait à faire une peinture
charmante de l'ancien Lourdes, de cette petite ville
pieuse, endormie au pied des Pyrénées. Autrefois, le
Château, bâti sur son rocher au carrefour des sept vallées du Lavedan, était la clef des montagnes. Mais,
aujourd'hui, démantelé, il n'était plus qu'une masure
tombant en ruine, à l'entrée d'une impasse. La vie moderne
venait buter là, contre le formidable rempart des grands
pics neigeux; et, seul, le chemin de fer transpyrénéen, si
on l'avait construit, aurait pu établir une active circulation de la vie sociale, dans ce coin perdu, où elle stagnait
comme une eau morte. Oublié donc, Lourdes sommeillait, heureux et lent, au milieu de sa paix séculaire, avec
ses rues étroites, pavées de cailloux, ses maisons noires,
aux encadrements de marbre. Les vieilles toitures se massaient toutes encore à l'est du Château; la rue de la
Grotte, qui s'appelait la rue du Bois, n'était qu'un chemin
désert, impraticable; aucune maison ne descendait jusqu'au Gave, roulant alors ses eaux écumeuses à travers
l'absolue solitude des saules et des hautes herbes. Sur la
place du Marcadal, on voyait de rares passants en
semaine, des ménagères qui se hâtaient, des petits ren-
tiers promenant leurs loisirs; et il fallait attendre le
dimanche ou les jours de foire, pour trouver, au Champ
commun, la population endimanchée, la foule des éle-
veurs descendue des lointains plateaux, avec leurs bêtes.
Pendant la saison des Eaux, le passage des baigneurs de

Cauterets et de Bagnères donnait aussi quelque animation, des diligences traversaient la ville deux fois par jour ; mais elles arrivaient de Pau par une route détestable, et il fallait passer à gué le Lapaca, qui débordait souvent ; puis, on montait la raide chaussée de la rue Basse, on longeait la terrasse de l'église, ombragée de grands ormeaux. Et quelle paix autour de cette vieille église, dans cette vieille église, à demi espagnole, pleine d'anciennes sculptures, des colonnes, des retables, des statues, peuplée de visions d'or et de chairs peintes, cuites par le temps, comme entrevues à la lueur de lampes mystiques! Toute la population venait là pratiquer, s'emplir les yeux de ce rêve du mystère. Il n'y avait pas d'incrédules, c'était le peuple de la foi primitive, chaque corporation marchait sous la bannière de son saint, des confréries de toutes sortes réunissaient la cité entière, aux matins de fête, en une seule famille chrétienne. Aussi, comme une fleur exquise poussée dans un vase d'élection, une grande pureté de mœurs régnait-elle. Les garçons ne trouvaient même pas pour se perdre un lieu de débauche, toutes les filles grandissaient en parfum et en beauté d'innocence, sous les yeux de la sainte Vierge, Tour d'ivoire et Trône de sagesse.

Et comme l'on comprenait que Bernadette, née de cette terre de sainteté, y eût fleuri telle qu'une rose naturelle, éclose sur les églantiers du chemin! Elle était la floraison même de ce pays ancien de croyance et d'honnêteté, elle n'aurait certainement pas poussé ailleurs, elle ne pouvait se produire et se développer que là, dans cette race attardée, au milieu de la paix endormie d'un peuple enfant, sous la discipline morale de la religion. Et quel amour avait tout de suite éclaté autour d'elle! quelle foi aveugle en sa mission, quelle consolation immense et quel espoir, dès les premiers miracles! Un long cri de soulagement venait d'accueillir les guérisons du vieux Bour-

riette, recouvrant la vue, et du petit Justin Bouhohorts,
ressuscitant dans l'eau glacée de la fontaine. Enfin, la
sainte Vierge intervenait en faveur des désespérés, forçait la nature marâtre à être juste et charitable. C'était
le règne nouveau de la toute-puissance divine, qui bouleversait les lois du monde pour le bonheur des souffrants
et des pauvres. Les miracles se multipliaient, ils éclataient
plus extraordinaires de jour en jour, comme les preuves
indéniables de la véracité de Bernadette. Et elle était bien
la rose du parterre divin, dont l'œuvre embaume, qui voit
naître autour d'elle toutes les autres fleurs de la grâce et
du salut.

Pierre en était arrivé là, disait de nouveau les miracles,
allait continuer par le prodigieux triomphe de la Grotte,
lorsque sœur Hyacinthe, réveillée en sursaut du charme
où le récit la tenait, se mit vivement debout.

— En vérité, il n'y a pas de bon sens... Onze heures
vont bientôt sonner...

C'était vrai. On avait dépassé Morcenx, on arrivait à
Mont-de-Marsan. Et elle tapa dans ses mains.

— Le silence, mes enfants, le silence !

Cette fois, on n'osa pas se révolter, car elle avait raison,
ce n'était guère sage. Mais quel regret ! ne pas entendre
la suite, rester ainsi au beau milieu de l'histoire ! Les dix
femmes, dans le compartiment du fond, laissèrent même
entendre un murmure de désappointement ; tandis que
les malades, la face toujours tendue, les yeux grands
ouverts sur la clarté d'espoir, là-bas, semblaient écouter
encore. Ces miracles, qui revenaient sans cesse, finissaient
par les hanter d'une joie énorme et surnaturelle.

— Et, ajouta la religieuse gaiement, que je n'en
entende plus une souffler, autrement je la mets en pénitence !

Madame de Jonquière eut un rire de bonhomie.

— Obéissez, mes enfants, dormez, dormez gentiment,

pour avoir la force, demain, de prier de tout votre cœur, à la Grotte.

Alors, le silence se fit, personne ne parla plus ; et il n'y eut plus que le grondement des roues, les secousses du train, emporté à toute vapeur, dans la nuit noire.

Pierre ne put dormir. A côté de lui, M. de Guersaint ronflait déjà légèrement, l'air bienheureux, malgré la dureté de la banquette. Longtemps, le prêtre avait vu les yeux de Marie grands ouverts, pleins encore de l'éclat des merveilles qu'il venait de conter. Elle les tenait ardemment sur lui ; et puis, elle les avait fermés ; et il ne savait pas si elle sommeillait ou si elle revivait, paupières closes, le continuel miracle. Maintenant, des malades rêvaient tout haut, avaient des rires que des plaintes coupaient, inconscientes. Peut-être voyaient-ils les archanges fendre leur chair, pour en arracher le mal. D'autres, pris d'insomnie, se retournaient, étouffaient un sanglot, regardaient l'ombre fixement. Et Pierre, frémissant de tout le mystère évoqué, éperdu et ne se retrouvant pas, dans ce milieu délirant de fraternité souffrante, finissait par détester sa raison, en communion étroite avec ces humbles, résolu à croire comme eux. A quoi bon cette enquête physiologique sur Bernadette, si compliquée, si pleine de lacunes ? Pourquoi ne pas l'accepter ainsi qu'une messagère de l'au-delà, une élue de l'inconnu divin ? Les médecins n'étaient que des ignorants, de mains brutales, tandis qu'il serait si doux de s'endormir dans la foi des petits enfants, aux jardins enchantés de l'impossible ! Il eut enfin un délicieux moment d'abandon, ne cherchant plus à rien s'expliquer, acceptant la voyante avec son cortège somptueux de miracles, s'en remettant tout entier à Dieu pour penser et vouloir à sa place. Et il regardait au dehors par la glace, qu'on n'osait baisser, à cause des phtisiques ; et il voyait la nuit immense, baignant la campagne, au travers de

10.

laquelle le train fuyait. L'orage devait avoir éclaté là,
le ciel était d'une pureté nocturne admirable, comme
lavé par les grandes eaux. De larges étoiles luisaient, sur
ce velours sombre, éclairant seules d'une mystérieuse
lueur les champs rafraîchis et muets, qui déroulaient à
l'infini la noire solitude de leur sommeil. Par les landes,
par les vallées, par les coteaux, le wagon de misère et de
souffrance roulait, roulait toujours, surchauffé, empesté,
lamentable et vagissant, au milieu de la sérénité de cette
nuit auguste, si belle et si douce.

A une heure du matin, on avait passé à Riscle. Le
silence continuait, pénible, halluciné, parmi les cahots.
A deux heures, à Vic de Bigorre, il y eut des plaintes
sourdes : le mauvais état de la voie secouait les malades,
dans une trépidation insupportable. Et ce fut seulement
après Tarbes, à deux heures et demie, qu'on rompit enfin
le silence et qu'on récita les prières du matin, encore en
pleine nuit noire. C'était le *Pater* et l'*Ave*, c'était le
Credo, c'était l'appel à Dieu, pour lui demander le
bonheur d'une journée glorieuse. O mon Dieu ! donnez-
moi assez de force pour éviter tout le mal, pour pratiquer
tout le bien, pour souffrir toutes les peines !

Maintenant, on ne devait plus s'arrêter qu'à Lourdes.
Encore trois quarts d'heure à peine, et Lourdes flambait,
avec son immense espoir, au fond de cette nuit si cruelle
et si longue. Le réveil pénible en était enfiévré, une agitation dernière montait, au milieu du malaise matinal,
dans l'abominable souffrance qui recommençait.

Mais sœur Hyacinthe, surtout, s'inquiétait de l'homme,
dont elle n'avait pas cessé d'éponger la face, couverte de
sueur. Il avait vécu jusque-là, elle le veillait, n'ayant pas
fermé les yeux un instant, écoutant son petit souffle, avec
l'entêté désir de le mener au moins jusqu'à la Grotte.

Elle eut peur brusquement ; et, s'adressant à madame
de Jonquière :

— Je vous en prie, faites-moi vite passer la bouteille de vinaigre... Je ne l'entends plus souffler.

En effet, depuis un instant, l'homme n'avait plus son petit souffle. Ses yeux étaient toujours fermés, sa bouche, entr'ouverte; mais sa pâleur n'avait pu croître, il était froid, couleur de cendre. Et le wagon roulait avec son bruit de ferrailles secouées, la vitesse du train semblait grandir.

— Je vais lui frotter les tempes, reprit sœur Hyacinthe. Aidez-moi.

L'homme, tout d'un coup, à un cahot plus rude, tomba la face en avant.

— Ah! mon Dieu! aidez-moi, ramassez-le donc!

On le ramassa, il était mort. Et il fallut le rasseoir dans son coin, le dos contre la cloison. Il restait droit, le torse raidi, il n'avait qu'un petit balancement de la tête, à chaque secousse. Le train continuait à l'emporter, dans le même grondement de tonnerre, tandis que la locomotive, heureuse d'arriver sans doute, poussait des sifflements aigus, toute une fanfare de joie déchirante, à travers la nuit calme.

Alors, pendant une interminable demi-heure, le voyage s'acheva, avec ce mort. Deux grosses larmes avaient roulé sur les joues de sœur Hyacinthe; puis, les mains jointes, elle s'était mise en prière. Tout le wagon frémissait, dans la terreur de ce terrible compagnon, qu'on amenait trop tard à la sainte Vierge. Mais l'espérance était plus forte que la douleur, tous les maux entassés là avaient beau se réveiller, s'accroître, s'irriter sous l'écrasante fatigue, un chant d'allégresse n'en sonnait pas moins l'entrée triomphale sur la terre du miracle. Les malades venaient d'entonner l'*Ave maris stella*, au milieu des pleurs que la souffrance leur arrachait, exaspérés et hurlants, dans une clameur croissante où les plaintes s'achevaient en cris d'espoir.

Marie reprit la main de Pierre, entre ses petits doigts fiévreux.

— Oh! mon Dieu! cet homme qui est mort, et moi qui craignais tant de mourir, avant d'arriver!... Et nous y sommes, nous y sommes enfin!

Le prêtre tremblait d'une émotion infinie.

— C'est que vous devez guérir, Marie, et que je guérirai moi-même, si vous priez pour moi.

La locomotive sifflait plus violente, au fond des ténèbres bleues. On arrivait, les feux de Lourdes brillaient à l'horizon. Et tout le train chantait un cantique encore, l'histoire de Bernadette, l'infinie complainte de six dizaines de couplets, où la Salutation angélique revient sans cesse en refrain, obsédante, affolante, ouvrant le ciel de l'extase.

DEUXIÈME JOURNÉE

I

L'horloge de la gare, dont un réflecteur éclairait le cadran, marquait trois heures vingt. Et, sous la marquise qui couvrait le quai, long d'une centaine de mètres, des ombres allaient et venaient, résignées à l'attente. Au loin, dans la campagne noire, on ne voyait que le feu rouge d'un signal.

Deux des promeneurs s'arrêtèrent. Le plus grand, un père de l'Assomption, le révérend père Fourcade, directeur du pèlerinage national, arrivé de la veille, était un homme de soixante ans, superbe sous la pèlerine noire à long capuchon. Sa belle tête aux yeux clairs et dominateurs, à l'épaisse barbe grisonnante, était celle d'un général qu'enflamme la volonté intelligente de la conquête. Mais il traînait un peu la jambe, pris subitement d'un accès de goutte, et il s'appuyait à l'épaule de son compagnon, le docteur Bonamy, le médecin attaché au bureau de la constatation des miracles, un petit homme trapu, à la figure rasée, aux yeux ternes et comme brouillés, dans de gros traits paisibles.

Le père Fourcade avait interpellé le chef de gare, qui sortait de son bureau en courant.

— Monsieur, est-ce que le train blanc a beaucoup de retard ?

— Non, mon révérend père, dix minutes au plus. Il
sera ici à la demie... Mais ce qui m'inquiète, c'est le train
de Bayonne, qui devrait être passé.

Et il reprit sa course, pour donner un ordre; puis, il
revint, maigre et nerveux, agité, dans ce coup de fièvre
qui le tenait debout, durant des nuits et des jours, au
moment des grands pèlerinages. Ce matin-là, il attendait,
en dehors du service habituel, dix-huit trains, plus de
quinze mille voyageurs. Le train gris et le train bleu,
partis les premiers de Paris, étaient déjà arrivés, à l'heure
réglementaire. Mais le retard du train blanc aggravait
tout, d'autant plus que l'express de Bayonne, lui non
plus, n'était pas signalé; et l'on comprenait la continuelle
surveillance nécessaire, l'alerte de chaque seconde, où
vivait le personnel.

— Dans dix minutes, alors? répéta le père Fourcade.

— Oui, dans dix minutes, à moins qu'on ne soit obligé
de fermer la voie! jeta le chef de gare, qui courait au
télégraphe.

Lentement, le religieux et le médecin reprirent leur
promenade. Leur étonnement était qu'il ne fût jamais
arrivé d'accident sérieux, au milieu d'une telle bousculade.
Autrefois surtout, régnait un incroyable désordre. Et le
père se plut à rappeler le premier pèlerinage qu'il avait
organisé et conduit, en 1875 : le terrible, l'interminable
voyage, sans oreillers, sans matelas, avec des malades à
demi morts, qu'on ne savait comment ranimer; puis,
l'arrivée à Lourdes, le déballage pêle-mêle, pas le
moindre matériel préparé, ni bretelles, ni brancards, ni
voitures. Aujourd'hui, existait une organisation puissante,
des hôpitaux attendaient les malades, qu'on n'était plus
réduit à coucher sous des hangars, dans de la paille.
Quelle secousse pour ces misérables! Quelle force de
volonté chez l'homme de foi qui les menait au miracle!
Et le père souriait doucement à l'œuvre qu'il avait faite.

Il questionnait maintenant le docteur, tout en s'appuyant à son épaule.

— Combien avez-vous eu de pèlerins, l'année dernière?

— Deux cent mille environ. Cette moyenne se maintient... L'année du couronnement de la Vierge, le nombre s'est élevé à cinq cent mille. Mais il fallait une occasion exceptionnelle, un effort de propagande considérable. Naturellement, de pareilles foules ne se retrouvent pas.

Il y eut un silence, puis le père murmura :

— Sans doute... L'œuvre est bénie, elle prospère de jour en jour, nous avons réuni près de deux cent cinquante mille francs d'aumônes pour ce voyage; et Dieu sera avec nous, vous aurez demain des guérisons nombreuses à constater, j'en suis convaincu.

Puis, s'interrompant :

— Est-ce que le père Dargelès n'est pas venu?

Le docteur Bonamy eut un geste vague, pour dire qu'il l'ignorait. Ce père Dargelès était chargé de la rédaction du *Journal de la Grotte*. Il appartenait à l'ordre des pères de l'Immaculée-Conception, installés à Lourdes par l'évêché, et qui étaient les maîtres absolus. Mais, lorsque les pères de l'Assomption amenaient de Paris le pèlerinage national, auquel se joignaient les fidèles des villes de Cambrai, Arras, Chartres, Troyes, Reims, Sens, Orléans, Blois, Poitiers, ils mettaient une sorte d'affectation à disparaître complètement : on ne les voyait plus, ni à la Grotte, ni à la Basilique; ils semblaient livrer toutes les clefs, avec toutes les responsabilités. Leur supérieur, le père Capdebarthe, un grand corps noueux, taillé à coups de serpe, une sorte de paysan dont le visage fruste gardait le reflet roux et morne de la terre, ne se montrait même pas. Il n'y avait que le père Dargelès, petit et insinuant, qu'on rencontrait partout, en quête de notes pour le journal. Seulement, si les pères de l'Immaculée-Conception disparaissaient, on les sentait quand même derrière tout le vaste décor, ainsi que la force cachée et souveraine, qui battait monnaie, qui travaillait sans relâche à la prospérité triomphale de la maison. Ils utilisaient jusqu'à leur humilité.

— Il est vrai, reprit le père Fourcade gaiement, qu'il a fallu se lever de bonne heure, à deux heures... Mais je voulais être là. Qu'auraient dit mes pauvres enfants?

Il appelait ainsi les malades, la chair à miracles; et jamais il n'avait manqué de se trouver à la gare, quelle que fût l'heure, pour l'arrivée du train blanc, ce train lamentable, aux grandes souffrances.

— Trois heures vingt-cinq, encore cinq minutes, dit le docteur Bonamy, qui étouffa un bâillement en regardant l'horloge, très maussade au fond, malgré son air obséquieux, d'avoir quitté son lit de si grand matin.

Sur le quai, pareil à un promenoir couvert, la lente promenade continuait, au milieu de l'épaisse nuit, que les becs de gaz éclairaient de nappes jaunes. Des gens vagues, par petits groupes, des prêtres, des messieurs à redingote, un officier de dragons, allaient et venaient sans cesse, avec de discrets murmures de voix. D'autres, assis le long de la façade, sur des bancs, causaient aussi ou patientaient, les regards perdus en face, dans la campagne ténébreuse. Les bureaux et les salles d'attente, vivement éclairés, découpaient leurs portes claires; et, déjà, tout flambait dans la buvette, dont on apercevait les tables de marbre, le comptoir chargé de corbeilles de pain et de fruits, de bouteilles et de verres.

Mais, surtout, à droite, au bout de la marquise, il y avait un grouillement confus de monde. C'était de ce côté, par une porte des messageries, qu'on sortait les malades. Tout un encombrement de brancards et de petites voitures, parmi des tas de coussins et de matelas, barrait le large trottoir. Et trois équipes de brancardiers étaient là, des hommes de toutes les classes, spécialement des jeunes gens du meilleur monde, portant sur leur vêtement la croix rouge lisérée d'orange et la bretelle de cuir jaune. Beaucoup avaient adopté le béret, la coiffure commode du pays. Quelques-uns, équipés comme pour une expédition lointaine, avaient de belles guêtres montant jusqu'aux genoux. Et les uns fumaient, tandis que les autres, installés dans leurs petites voitures, dormaient ou lisaient un journal, à la lueur des becs de gaz voisins. Il y en avait un groupe, à l'écart, qui discutaient une question de service.

Brusquement, les brancardiers saluèrent. Un homme paterne arrivait, tout blanc, à la figure épaisse et bonne, aux gros yeux bleus d'enfant crédule. C'était le baron Suire, une des grandes fortunes de Toulouse, président de l'Hospitalité de Notre-Dame de Salut.

— Où est Berthaud? demandait-il à chacun d'un air affairé, où est Berthaud? Il faut que je lui parle.

Chacun répondait, donnait un renseignement contraire. Berthaud était le directeur des brancardiers. Les uns venaient de voir monsieur le directeur avec le révérend père Fourcade, d'autres affirmaient qu'il devait être dans la cour de la gare, à visiter les voitures d'ambulance.

— Si monsieur le président désire que nous allions chercher monsieur le directeur...

— Non, non, merci! je le trouverai bien moi-même.

Et, pendant ce temps, Berthaud, qui venait de s'asseoir sur un banc, à l'autre extrémité de la gare, causait avec son jeune ami Gérard de Peyrelongue, en attendant l'arrivée du train. C'était un homme d'une quarantaine d'années, à belle figure large et régulière, qui avait gardé ses favoris soignés de magistrat. Appartenant à une famille légitimiste militante, et lui-même d'opinions très réactionnaires, il était procureur de la république dans une ville du Midi, depuis le 24 mai, lorsque, au lendemain des dé-

11

crets contre les congrégations, il s'était démis, bruyamment,
par une lettre insultante, adressée au ministre de la justice. Et il n'avait pas désarmé, il s'était mis de l'Hospitalité de Notre-Dame de Salut en manière de protestation,
il venait chaque année manifester à Lourdes, convaincu
que les pèlerinages étaient désagréables et nuisibles à la
république, et que la sainte Vierge seule pouvait rétablir
la monarchie, dans un de ces miracles qu'elle prodiguait
à la Grotte. Au demeurant, il avait un grand bon sens,
riait volontiers, se montrait d'une charité joviale, pour
les pauvres malades dont il avait à assurer le transport,
pendant les trois jours du pèlerinage national.

— Alors, mon bon Gérard, disait-il au jeune homme
assis près de lui, c'est pour cette année, ton mariage?

— Sans doute, si je trouve la femme qu'il me faut, répondait celui-ci. Voyons, cousin, donne-moi un bon conseil!

Gérard de Peyrelongue, petit, maigre, roux, avec un
nez accentué et des pommettes osseuses, était de Tarbes,
où son père et sa mère venaient de mourir, en lui laissant
au plus sept à huit mille francs de rentes. Très ambitieux,
il n'avait pas découvert dans sa province la femme qu'il
voulait, bien apparentée, capable de le pousser loin et
haut. Aussi s'était-il mis de l'Hospitalité et se rendait-il
chaque année à Lourdes, avec l'espoir vague qu'il y dé-
couvrirait, dans la foule des fidèles, parmi le flot des
dames et des jeunes filles bien pensantes, la famille dont
il avait besoin pour faire son chemin en ce bas monde.
Seulement, il demeurait perplexe; car, s'il avait déjà plusieurs jeunes filles en vue, aucune ne le satisfaisait complètement.

— N'est-ce pas? cousin, toi qui es un homme d'expérience, conseille-moi... Il y a mademoiselle Lemercier,
qui vient ici avec sa tante. Elle est fort riche, plus d'un
million, à ce qu'on raconte. Mais elle n'est pas de notre
monde, et je la crois bien écervelée.

Berthaud hochait la tête.

— Je te l'ai dit, moi je prendrais la petite Raymonde, mademoiselle de Jonquière.

— Mais elle n'a pas le sou !

— C'est vrai, à peine de quoi payer sa nourriture. Mais elle est suffisamment bien de sa personne, correctement élevée, surtout sans goût de dépense ; et c'est décisif, car à quoi bon prendre une fille riche, si elle te mange ce qu'elle t'apporte ? Et puis, vois-tu, je connais beaucoup ces dames, je les rencontre l'hiver dans les salons les plus puissants de Paris. Et, enfin, n'oublie pas l'oncle, le diplomate, qui a eu le triste courage de rester au service de la république et qui fera de son neveu tout ce qu'il voudra.

Ébranlé un instant, Gérard retomba dans sa perplexité.

— Pas le sou, pas le sou, non ! c'est impossible... Je veux bien y réfléchir encore, mais vraiment j'ai trop peur !

Cette fois, Berthaud se mit à rire franchement.

— Allons, tu es ambitieux, il faut oser. Je te dis que c'est un secrétariat d'ambassade... Ces dames sont dans le train blanc, que nous attendons. Décide-toi, fais ta cour.

— Non, non !... Plus tard, je veux réfléchir.

A ce moment, ils furent interrompus. Le baron Suire, qui était passé une fois déjà devant eux, sans les apercevoir, tellement l'ombre les enveloppait, dans ce coin écarté, venait de reconnaître le rire bon enfant de l'ancien procureur de la république. Et, tout de suite, avec la volubilité d'un homme dont la tête éclate aisément, il lui donna plusieurs ordres concernant les voitures, les transports, déplorant qu'on ne pût conduire les malades à la Grotte, dès l'arrivée, à cause de l'heure vraiment trop matinale. On irait les installer à l'Hôpital de Notre-Dame des Douleurs, ce qui leur permettrait de prendre quelque repos, après un si dur voyage.

Pendant que le baron et le chef des brancardiers s'en-

tendaient ainsi sur les mesures à prendre, Gérard serrait
la main à un prêtre, qui était venu s'asseoir près de lui,
sur le banc. L'abbé Des Hermoises, âgé de trente-huit ans
à peine, avait une tête jolie d'abbé mondain, peigné
avec soin, sentant bon, adoré des femmes. Très aimable,
il venait à Lourdes en prêtre libre, comme beaucoup s'y
rendaient, pour leur plaisir; et il gardait, au fond de
ses beaux yeux, la vive étincelle, le sourire d'un scep-
tique, supérieur à toute idolâtrie. Certes, il croyait, il
s'inclinait; mais l'Église ne s'était pas prononcée sur les
miracles; et il semblait prêt à les discuter. Il avait vécu
à Tarbes, il connaissait Gérard.

— Hein? lui dit-il, est-ce assez impressionnant, cette
attente des trains, dans la nuit!... Je suis ici pour une
dame, une de mes anciennes pénitentes de Paris; mais je
ne sais pas bien par quel train elle arrivera; et, vous le
voyez, je reste, tant ça me passionne.

Puis, un autre prêtre, un vieux prêtre de campagne,
étant venu également s'asseoir, il se mit à causer indul-
gemment avec lui, en lui parlant de la beauté de ce
pays de Lourdes, du coup de théâtre, tout à l'heure,
quand les montagnes apparaîtraient, au lever du
soleil.

De nouveau, il y eut une brusque alerte. Le chef de
gare courait, criait des ordres. Et le père Fourcade,
malgré sa jambe goutteuse, quitta l'épaule du docteur
Bonamy, pour s'approcher vivement.

— Eh! c'est cet express de Bayonne, qui est resté en
détresse, répondit le chef de gare aux questions. Je
voudrais être renseigné, je ne suis pas tranquille.

Mais des sonneries retentirent, un homme d'équipe
s'enfonça dans les ténèbres, en balançant une lanterne,
tandis qu'un signal, au loin, manœuvrait. Et le chef de
gare s'écria :

— Ah! cette fois, c'est le train blanc. Espérons que

nous aurons le temps de débarquer les malades, avant le passage de l'express.

Il reprit sa course, disparut. Berthaud appelait Gérard, qui était chef d'une équipe de brancardiers; et tous deux, de leur côté, se hâtèrent de rejoindre leur personnel, que le baron Suire activait déjà. Les brancardiers revenaient de toutes parts, s'agitaient, commençaient à traîner les petites voitures, au travers des voies, jusqu'au quai de débarquement, un quai à découvert, en pleine obscurité. Il se fit bientôt là un entassement de coussins, de matelas, de brancards, qui attendaient; tandis que le père Fourcade, le docteur Bonamy, les prêtres, les messieurs, l'officier de dragons, traversaient, eux aussi, pour assister à la descente des malades. Et l'on ne voyait encore, très lointaine, au fond de la campagne noire, que la lanterne de la locomotive, pareille à une étoile rouge qui grandissait. Des coups de sifflet stridents déchiraient la nuit. Ils se turent, il n'y eut plus que le halètement de la vapeur, le sourd grondement des roues, se ralentissant peu à peu. Alors, distinctement, on entendit le cantique, la complainte de Bernadette, que le train entier chantait, avec les *Ave* obsédants du refrain. Et ce train de souffrance et de foi, ce train gémissant et chantant, qui faisait son entrée à Lourdes, s'arrêta.

Tout de suite, les portières furent ouvertes, la cohue des pèlerins valides et des malades qui pouvaient marcher, descendit, encombra le quai. Les rares becs de gaz n'éclairaient que faiblement cette foule pauvre, aux vêtements neutres, embarrassée de paquets de toutes sortes, de paniers, de valises, de caisses de bois; et, au milieu des coups de coude, parmi ce troupeau effaré, cherchant de quel côté tourner pour trouver la sortie, s'élevaient des exclamations, des cris de familles perdues qui s'appelaient, des embrassades de gens attendus là par des parents ou des amis. Une femme déclarait d'un air de

11.

satisfaction béate : « J'ai bien dormi. » Un curé s'en allait
avec sa valise, en disant à une dame estropiée : « Bonne
chance! » La plupart avaient la figure ahurie, fatiguée et
joyeuse des gens qu'un train de plaisir jette dans une
gare inconnue. Enfin, la bousculade devenait telle, la
confusion s'aggravait à ce point, au fond des ténèbres,
que les voyageurs n'entendaient pas les employés qui
s'enrouaient à crier : « Par ici! par ici! », pour hâter le
déblaiement du quai.

Lestement, sœur Hyacinthe était descendue du wagon,
en laissant l'homme mort sous la garde de sœur Claire
des Anges; et elle courut au fourgon de la cantine, perdant un peu la tête, avec l'idée que Ferrand l'aiderait.
Heureusement, elle trouva devant le fourgon le père
Fourcade, auquel, tout bas, elle conta l'accident. Il retint
un geste de contrariété, il appela le baron Suire qui
passait, se pencha à son oreille. Pendant quelques
secondes, il y eut des chuchotements. Puis, le baron
Suire s'élança, fendit la foule, avec deux brancardiers qui
portaient une civière couverte. Et l'homme fut emporté,
ainsi qu'un malade simplement évanoui, sans que la foule
des pèlerins s'occupât de lui davantage, dans l'émotion de
l'arrivée; et les deux brancardiers, précédés du baron,
allèrent le déposer, en attendant, dans une salle des messageries, derrière des tonneaux. L'un des deux, un petit
blond, le fils d'un général, resta près du corps.

Sœur Hyacinthe, cependant, était retournée au wagon,
après avoir prié sœur Saint-François de l'attendre dans
la cour de la gare, près de la voiture réservée, qui devait
les conduire à l'Hôpital de Notre-Dame des Douleurs.
Et, comme elle parlait, avant de partir, d'aider ses malades
à descendre, Marie ne voulut pas qu'on la touchât.

— Non, non! ne vous occupez pas de moi, ma sœur.
Je resterai la dernière... Mon père et l'abbé Froment
sont allés chercher les roues, au fourgon; et je les

attends, ils savent comment tout ça se remonte, ils m'emmèneront, soyez tranquille.

De même, M. Sabathier et le frère Isidore désiraient qu'on ne les bougeât point, tant que la foule ne se serait pas un peu écoulée. Madame de Jonquière, qui se chargeait de la Grivotte, promettait de veiller aussi à ce que madame Vêtu fût transportée dans une voiture d'ambulance.

Alors, sœur Hyacinthe résolut de partir immédiatement, pour tout préparer à l'Hôpital. Elle emmenait avec elle la petite Sophie Couteau, ainsi qu'Élise Rouquet, dont elle enveloppa la face, soigneusement. Madame Maze les précédait, tandis que madame Vincent se débattait dans la foule, en emportant sa fillette évanouie dans ses bras, n'ayant plus que l'idée fixe de courir, d'aller la déposer à la Grotte, aux pieds de la sainte Vierge. Maintenant, la cohue s'écrasait à la porte de sortie. Il fallut ouvrir les portes de la salle des bagages, pour faciliter l'écoulement de tout ce monde; et les employés, ne sachant comment recevoir les billets, tendaient leurs casquettes, des casquettes qui s'emplissaient de la pluie des petits cartons.

Dans la cour, une grande cour carrée que bordaient sur trois côtés les bâtiments bas de la gare, c'était aussi un brouhaha extraordinaire, un pêle-mêle de véhicules de toutes sortes. Les omnibus des hôtels, acculés contre la bordure du trottoir, portaient, sur leurs grandes pancartes, les noms les plus vénérés, ceux de Marie et de Jésus, de Saint-Michel, du Rosaire, du Sacré-Cœur. Puis, s'enchevêtraient des voitures d'ambulance, des landaus, des cabriolets, des tapissières, de petites charrettes à âne, dont les cochers criaient, juraient, au milieu du tumulte accru par l'obscurité, que trouaient les lueurs vives des lanternes. L'orage avait duré une partie de la nuit, une mare de boue liquide s'éclaboussait sous les pieds des chevaux ; et les piétons pataugeaient jusqu'à la cheville. M. Vigneron, que madame Vigneron et madame Chaise suivaient, éperdues, souleva Gustave pour l'installer, avec sa béquille, dans l'omnibus de l'hôtel des Apparitions, où ces dames et lui-même montèrent ensuite. Madame Maze, avec un petit frisson de chatte soigneuse qui craint de se salir le bout des pattes, fit signe au cocher d'un vieux coupé, monta, disparut discrètement, en donnant pour adresse le couvent des Sœurs bleues. Et sœur Hyacinthe, enfin, put s'installer avec Élise Rouquet et Sophie Couteau, dans un vaste char à bancs, que déjà occupaient Ferrand et les sœurs Saint-François et Claire des Anges. Les cochers fouettaient leurs petits chevaux vifs, les voitures partaient d'un train d'enfer, parmi les cris du monde et les rejaillissements de la boue.

Mais, devant le flot qui se ruait, madame Vincent hésitait à passer, avec son cher fardeau. Il y avait, par moments, des rires autour d'elle. Ah ! ce gâchis ! et toutes se retroussaient, s'en allaient. Puis, la cour se vidant un peu, elle se risqua. Quelle terreur de glisser dans les flaques, de tomber, par cette nuit noire ! Comme elle arrivait à la route qui dévale, elle remarqua des groupes de femmes du pays, aux aguets, offrant des chambres à louer, le lit et la table, selon les bourses.

— Madame, demanda-t-elle à une vieille femme, le chemin pour aller à la Grotte, s'il vous plaît ?

Celle-ci ne répondit pas, proposa une chambre pas chère.

— Tout est plein, vous ne trouverez rien dans les hôtels... Peut-être encore mangerez-vous, mais vous n'aurez certainement pas un trou pour coucher.

Manger, coucher, ah ! mon Dieu, est-ce que madame Vincent y songeait, elle qui était partie avec trente sous dans sa poche, tout ce qui lui était resté, après les dépenses qu'elle avait dû faire !

— Madame, le chemin pour aller à la Grotte, s'il vous plaît.

Il y avait là, parmi les femmes qui raccolaient, une grande et forte fille, vêtue en belle servante, l'air très propre, les mains soignées. Elle haussa doucement les épaules. Et, comme un prêtre passait, de poitrine large, le sang au visage, elle se précipita, lui offrit une chambre meublée, continua à le suivre, en chuchotant à son oreille.

— Tenez! finit par dire à madame Vincent une autre fille apitoyée, descendez par cette route, vous tournerez à droite et vous arriverez à la Grotte.

Sur le quai de débarquement, à l'intérieur de la gare, la bousculade continuait. Pendant que les pèlerins valides et les malades ayant encore des jambes pouvaient s'en aller, déblayant un peu le trottoir, les grands malades s'attardaient là, difficiles à descendre et à emporter. Et, surtout, les brancardiers s'effaraient, couraient follement avec leurs brancards et leurs voitures, au milieu de cette débordante besogne, qu'ils ne savaient par quel bout commencer.

Comme Berthaud, suivi de Gérard, passait en gesticulant, il aperçut deux dames et une jeune fille, debout près d'un bec de gaz, et qui paraissaient attendre. Il reconnut Raymonde, il arrêta vivement son compagnon du geste.

— Ah! mademoiselle, que je suis heureux de vous voir! Madame votre mère se porte bien, vous avez fait un bon voyage, n'est-ce pas?

Puis, sans attendre:

— Mon ami, monsieur Gérard de Peyrelongue.

Raymonde regardait fixement le jeune homme, de ses yeux clairs, souriants.

— Oh! j'ai le plaisir de connaître un peu monsieur. Nous nous sommes déjà rencontrés à Lourdes.

Alors, Gérard, trouvant que son cousin Berthaud menait les choses trop rondement, bien résolu à ne pas se laisser engager ainsi, se contenta de saluer d'un air de grande politesse.

— Nous attendons maman, reprit la jeune fille. Elle est très occupée, elle a de gros malades.

La petite madame Désagneaux, avec sa jolie tête blonde aux cheveux fous, se récria, dit que c'était bien fait, que madame de Jonquière avait refusé ses services ; et elle piétinait d'impatience, elle brûlait de s'en mêler, d'être utile ; tandis que madame Volmar, effacée, muette, se désintéressait, tâchait simplement de percer l'ombre, comme si elle eût cherché quelqu'un, de ses yeux magnifiques, voilés d'ordinaire, où s'allumait un brasier.

Mais, à ce moment, il y eut une poussée. On descendait madame Dieulafay de son compartiment de première classe ; et madame Désagneaux ne put retenir une plainte de pitié.

— Ah ! la pauvre femme !

C'était navrant, en effet, cette jeune femme, parmi son grand luxe, couchée avec ses dentelles comme en un cercueil, si fondue, qu'elle semblait une loque, et gisant sur ce trottoir, dans l'attente d'être emportée. Son mari et sa sœur restaient debout près d'elle, tous les deux très élégants et très tristes ; pendant qu'un domestique courait avec des valises, allait s'assurer que la grande calèche, commandée par télégramme, était bien dans la cour. L'abbé Judaine, lui aussi, assistait la malade ; et, quand deux hommes la soulevèrent, il se pencha, lui dit au revoir, prononça quelques bonnes paroles, qu'elle parut ne pas entendre. Puis, la regardant partir, il ajouta, en s'adressant à Berthaud qu'il connaissait :

—Les pauvres gens! s'ils pouvaient acheter la guérison ! Je leur ai dit que l'or le plus précieux, auprès de la sainte

Vierge, était la prière; et j'espère bien avoir assez prié moi-même pour que le ciel se laisse toucher... Ils n'en apportent pas moins un magnifique présent, une lanterne d'or pour la Basilique, une véritable merveille, enchâssée de pierreries... Que Marie Immaculée daigne en sourire !

Beaucoup de cadeaux étaient apportés ainsi, d'énormes bouquets venaient de passer, un surtout, une sorte de triple couronne de roses, montée sur un pied en bois. Et le vieux prêtre expliqua qu'il voulait, avant de quitter la gare, se faire remettre une bannière, don de la belle madame Jousseur, la sœur de madame Dieulafay.

Mais madame de Jonquière qui arrivait, aperçut Berthaud et Gérard.

— Je vous en supplie, messieurs, allez à ce wagon, là, tout près. On a besoin d'hommes, il y a trois ou quatre malades qu'il faut descendre... Moi, je me désespère, je ne puis rien.

Déjà, après avoir salué Raymonde, Gérard courait, tandis que Berthaud conseillait à madame de Jonquière de ne pas rester davantage sur ce trottoir, en lui jurant qu'on n'avait nullement besoin d'elle, qu'il se chargeait de tout et qu'elle aurait ses malades là-bas, à l'Hôpital, avant trois quarts d'heure. Elle finit par céder, elle prit une voiture en compagnie de Raymonde et de madame Désagneaux. Au dernier moment, madame Volmar venait de disparaître, comme cédant à une brusque impatience. On l'avait vue s'approcher d'un monsieur inconnu, sans doute pour lui demander un renseignement. D'ailleurs, on allait la retrouver à l'Hôpital.

Devant le wagon, Berthaud rejoignit Gérard, au moment où celui-ci, aidé de deux autres camarades, travaillait à descendre M. Sabatier. C'était une rude besogne, car il était très gros, très lourd, et l'on croyait bien que jamais il ne sortirait par la portière du compartiment. Pourtant, il était entré. Deux brancardiers encore durent

faire le tour par l'autre portière, on réussit enfin à le
déposer sur le quai de débarquement. Le jour se levait,
un petit jour pâle ; et ce quai apparaissait lamentable,
avec son déballage d'ambulance improvisée. Déjà, la
Grivotte sans connaissance gisait là, sur un matelas, en
attendant qu'on vînt la prendre ; tandis qu'on avait dû
asseoir contre un bec de gaz madame Vêtu, souffrant
d'une telle crise, qu'elle jetait un cri à la moindre
secousse. Des hospitaliers, les mains gantées, roulaient
difficilement, dans leurs petites voitures, de pauvres
femmes sordides, ayant à leurs pieds de vieux cabas;
d'autres ne pouvaient dégager leurs brancards, où s'allongeaient des corps raidis, de tristes corps muets, aux
yeux d'angoisse; et des infirmes, cependant, des estropiés
parvenaient à se glisser, un jeune prêtre boiteux, un
petit garçon avec des béquilles, bossu et amputé d'une
jambe, qui se traînait parmi les groupes, pareil à un
gnôme. Tout un embarras s'était fait devant d'un homme
courbé en deux, tordu par une paralysie, à ce point, qu'il
fallait le transporter, plié ainsi, sur une chaise renversée,
les jambes et la tête en bas.

Alors, l'effarement fut à son comble, lorsque le chef de
gare se précipita, criant :

— L'express de Bayonne est signalé... Dépêchons!
dépêchons ! Vous avez trois minutes.

Le père Fourcade, dominant la cohue, au bras du docteur Bonamy, l'air gai, encourageant les plus malades,
appela d'un geste Berthaud, pour lui dire :

— Finissez de les descendre tous, vous les emporterez
bien ensuite.

Le conseil était plein de sagesse, on acheva le déballage. Dans le wagon, il ne restait que Marie, qui attendait
patiemment. M. de Guersaint et Pierre venaient enfin de
reparaître, avec les deux paires de roues; et, en hâte,
Pierre descendit la jeune fille, aidé seulement de Gérard.

Elle était d'une légèreté de pauvre oiseau frileux, il n'y eut que la caisse qui leur donna du mal. Puis, les deux hommes la posèrent sur les paires de roues, qu'ils boulonnèrent. Et Pierre aurait pu emmener Marie, la rouler tout de suite, sans la foule qui l'entravait.

— Dépêchons, dépêchons! répétait le chef de gare.

Lui-même aidait, donnait un coup de main, soutenait les pieds d'un malade, pour qu'on le tirât plus vite d'un compartiment. Il poussait les petites voitures, déblayait le bord du trottoir. Mais, dans un wagon de seconde, une femme, la dernière à descendre, était prise d'une atroce crise nerveuse. Elle hurlait, se débattait. On ne pouvait songer à la toucher en ce moment. Et cet express qui arrivait, que signalait le tintement ininterrompu des sonneries électriques! Il fallut se décider, refermer la portière, conduire le train sur la voie de garage, où il allait rester tout formé pendant trois jours, en attendant de reprendre son chargement de pèlerins et de malades. Tandis qu'il s'éloignait, on entendit encore les cris de la misérable, qui, seule, avait dû y rester avec une religieuse, des cris de plus en plus faibles, des cris d'enfant sans force, qu'on finit par calmer.

— Bon Dieu! murmura le chef de gare, il était temps!

En effet, l'express de Bayonne arrivait à toute vapeur, et il passa dans un coup de foudre, le long de ce trottoir pitoyable, où traînait la douloureuse misère d'une débâcle d'hôpital. Les petites voitures, les brancards en furent secoués; mais il n'y eut pas d'accident, les hommes d'équipe veillaient, écartaient des voies le troupeau affolé qui continuait à se bousculer pour sortir. D'ailleurs, la circulation se rétablit aussitôt, les brancardiers purent achever le transport des malades, avec une lenteur prudente.

Le jour augmentait, une aube limpide qui blanchissait le ciel, dont le reflet éclairait la terre, noire encore. On commençait à distinguer les gens et les choses.

— Non, tout à l'heure! répétait Marie à Pierre, qui cherchait à se dégager. Attendons que le flot s'écoule.

Et elle s'intéressa à un homme de soixante ans environ, d'aspect militaire, qui se promenait parmi les malades. La tête carrée, les cheveux blancs et taillés en brosse, il aurait eu l'air solide encore, s'il n'avait point traîné le pied gauche, qu'il jetait en dedans, à chaque pas. Il s'appuyait, de la main gauche, sur une grosse canne.

M. Sabathier, qui venait depuis sept ans, l'aperçut et s'égaya.

— Ah! c'est vous, Commandeur!

Peut-être s'appelait-il M. Commandeur. Mais, comme il était décoré et qu'il portait un large ruban rouge, peut-être le surnommait-on ainsi, à cause de sa décoration, bien qu'il fût simple chevalier. Personne ne savait au juste son histoire; et il devait avoir encore de la famille quelque part, des enfants sans doute; mais ces choses restaient vagues. Depuis trois ans déjà, il était à la gare, chargé d'une surveillance aux messageries, une simple occupation, une petite place qu'on lui avait donnée par grande faveur, et dont le maigre salaire lui permettait de vivre parfaitement heureux. Frappé d'une première attaque d'apoplexie à cinquante-cinq ans, il en avait eu une seconde deux ans plus tard, qui lui avait laissé un peu de paralysie du côté gauche. Maintenant, il attendait la troisième, d'un air d'absolue tranquillité. Comme il le disait, il était au bon plaisir de la mort, ce soir, demain, à l'instant même. Et tout Lourdes le connaissait bien, pour sa manie, au moment des pèlerinages, l'habitude qu'il avait prise d'aller, tirant le pied et s'appuyant sur sa canne, à chaque train qui arrivait, s'étonner violemment et reprocher aux malades la rage qu'ils avaient de vouloir guérir.

Il voyait depuis trois ans M. Sabathier, toute sa colère tomba sur lui.

— Comment! vous voilà encore? Vous tenez donc bien à vivre cette exécrable vie?... Mais, sacrebleu! mourez donc tranquillement chez vous, dans votre lit! Est-ce que ce n'est pas ce qu'il y a de meilleur au monde?

M. Sabathier riait, sans se fâcher, brisé pourtant par la façon rude dont il avait fallu le descendre.

— Non, non, j'aime mieux guérir!

— Guérir, guérir, ils demandent tous cela! Faire des centaines de lieues, arriver en morceaux, hurlant de souffrance, et pour guérir, et pour recommencer toutes les peines, toutes les douleurs!... Voyons, vous, monsieur, à votre âge, avec votre corps en ruine, vous seriez bien attrapé, si votre sainte Vierge vous rendait les jambes. Qu'est-ce que vous en feriez, mon Dieu? Quelle joie trouveriez-vous à prolonger, pendant quelques années encore, l'abomination de la vieillesse?... Eh! pendant que vous y êtes, mourez donc tout de suite! C'est le bonheur!

Et il disait cela, non pas en croyant qui aspire à la récompense de l'autre vie, mais en homme las qui compte tomber au néant, à la grande paix éternelle de n'être plus.

Pendant que M. Sabathier haussait les épaules, comme s'il avait eu affaire à un enfant, l'abbé Judaine, qui venait enfin de retrouver sa bannière, s'arrêta au passage pour gronder doucement le Commandeur, qu'il connaissait, lui aussi.

— Ne blasphémez pas, cher monsieur, c'est offenser le ciel, que de refuser la vie et que de ne pas aimer la santé. Vous-même, si vous m'aviez cru, vous auriez déjà demandé à la sainte Vierge la guérison de votre jambe.

Alors, le Commandeur s'emporta.

— Ma jambe! elle n'y peut rien, je suis tranquille! Et que la mort vienne donc, et que ce soit fini, à jamais!... Quand il faut mourir, on se tourne contre le mur, et l'on meurt, c'est si simple!

Mais le vieux prêtre l'interrompit. Il lui montra Marie, qui les écoutait, étendue dans sa caisse :

— Vous renvoyez tous nos malades mourir chez eux, même mademoiselle, n'est-ce pas? qui est en pleine jeunesse et qui veut vivre.

Marie, ardemment, ouvrait ses grands yeux, dans son désir d'être, de prendre sa part du vaste monde; et le Commandeur, s'étant approché, la regardait, saisi brusquement d'une profonde émotion, qui fit trembler sa voix.

— Si mademoiselle guérit, je lui souhaite un autre miracle, celui d'être heureuse.

Et il s'en alla, continua sa promenade de philosophe courroucé, au milieu des malades, en traînant le pied et en tapant les dalles du fer de sa grosse canne.

Peu à peu, le trottoir se déblayait, on avait emporté madame Vêtu et la Grivotte; et ce fut Gérard qui emmena M. Sabathier dans une petite voiture; tandis que le baron Suire et Berthaud donnaient déjà des ordres, pour le train suivant, le train vert, qu'on attendait. Il n'y avait plus là que Marie, dont Pierre se chargeait jalousement. Mais il s'était attelé, il l'avait traînée dans la cour de la gare, lorsqu'ils remarquèrent que, depuis un instant, M. de Guersaint avait disparu. Tout de suite, d'ailleurs, ils l'aperçurent en grande conversation avec l'abbé Des Hermoises, dont il venait de faire la connaissance. Une égale admiration de la nature les avait rapprochés. Le jour achevait de paraître, les montagnes environnantes se montraient dans leur majesté. Et M. de Guersaint poussait des cris de ravissement.

— Quel pays, monsieur ! Voici trente ans que je désire visiter le cirque de Gavarnie. Mais c'est encore loin, et si cher, que je ne pourrai sûrement faire cette excursion.

— Monsieur, vous vous trompez, rien n'est plus faisable. En se mettant à plusieurs, la dépense est modique.

Et, justement, je compte y retourner, cette année, de
sorte que si vous voulez bien être des nôtres...

— Comment donc, monsieur!... Nous en recauserons.
Mille fois merci!

Sa fille l'appelait, il la rejoignit, après un cordial
échange de saluts. Pierre avait décidé qu'il traînerait
Marie jusqu'à l'Hôpital, pour lui éviter le transbordement
dans une autre voiture. Les omnibus, les landaus, les
tapissières revenaient déjà, obstruant de nouveau la cour,
attendant le train vert; et il eut quelque peine à gagner
la route, avec le petit chariot, dont les roues basses
entraient dans la boue, jusqu'aux moyeux. Des agents
de police, chargés du service d'ordre, pestaient contre
cet affreux gâchis qui éclaboussait leurs bottes. Seules, les
raccoleuses, les vieilles et les jeunes, brûlant de louer
leurs chambres, se moquaient des flaques, les traversaient
avec leurs sabots, à la poursuite des pèlerins.

Comme le chariot roulait plus librement sur la route
en pente, Marie leva la tête pour demander à M. de Guersaint, qui marchait près d'elle :

— Père, quel jour sommes-nous aujourd'hui?

— Samedi, ma mignonne.

— C'est vrai, samedi, le jour de la sainte Vierge...
Est-ce aujourd'hui qu'elle me guérira?

Et, derrière elle, furtivement, sur une civière couverte,
deux porteurs descendaient le cadavre de l'homme, qu'ils
étaient allés prendre au fond de la salle des messageries, dans l'ombre des tonneaux, pour le conduire en un
lieu secret que le père Fourcade venait de désigner.

II

L'Hôpital de Notre-Dame des Douleurs, bâti par un chanoine charitable, et inachevé, faute d'argent, est un vaste bâtiment de quatre étages, beaucoup trop haut, où il est difficile de monter les malades. D'ordinaire, une centaine de vieillards infirmes et pauvres l'occupent. Mais, pendant le pèlerinage national, ces vieillards sont abrités ailleurs pour trois jours, et l'Hôpital est loué aux pères de l'Assomption, qui parfois y installent jusqu'à cinq et six cents malades. On a beau, d'ailleurs, les y entasser, les salles sont insuffisantes. On distribue les trois ou quatre centaines de malades qui restent, les hommes à l'Hôpital du Salut, les femmes à l'Hospice de la ville.

Ce matin-là, sous le soleil levant, la confusion était grande, dans la cour sablée, devant la porte que gardaient deux prêtres. Depuis la veille, le personnel de la Direction temporaire avait pris possession des bureaux, avec un luxe de registres, de cartes, de formules imprimées. On voulait faire beaucoup mieux que l'année précédente: les salles du bas devaient être réservées aux malades impotents; d'autre part, la distribution des cartes, portant le nom de la salle et le numéro du lit, serait contrôlée avec soin, car des erreurs d'identité s'étaient produites. Mais, devant le flot de grands malades que le train blanc venait d'amener, toutes les bonnes intentions s'effaraient, et les formalités nouvelles compliquaient tellement les choses, qu'il avait fallu prendre le parti de déposer les malheureux dans la cour, au fur et à mesure qu'ils arrivaient, en attendant de pouvoir les admettre avec un peu d'ordre. C'était le déballage de la gare qui recommençait, le pitoyable campement en plein air, tandis que les brancardiers et que les employés du secrétariat, de jeunes séminaristes, couraient de toutes parts, d'un air éperdu.

— On a voulu trop bien faire! criait désespérément le baron Suire.

Et le mot était juste, jamais on n'avait pris tant de précautions inutiles, on s'apercevait qu'on avait classé dans les salles du haut les malades les plus difficiles à remuer, par suite d'erreurs inexplicables. Il était impossible de refaire le classement, tout allait de nouveau s'organiser au petit bonheur; et la distribution des cartes commença, pendant qu'un jeune prêtre écrivait sur un registre les noms et les adresses, pour le contrôle. Chaque malade, d'ailleurs, devait produire sa carte d'hospitalité, de la couleur du train, portant son nom, son numéro d'ordre, et sur laquelle on inscrivait le nom de la salle et le numéro du lit. Cela éternisait le défilé des admissions.

Alors, de bas en haut du vaste bâtiment, au travers des quatre étages, ce fut un piétinement sans fin. M. Sabathier se trouva un des premiers installés, dans une salle du rez-de-chaussée, la salle dite des ménages, où les hommes malades étaient autorisés à garder leurs femmes près d'eux. On n'admettait du reste que des femmes, dans les autres salles, à tous les étages. Et, bien que le frère Isidore fût avec sa sœur, on consentit à les considérer comme un ménage, on le plaça près de M. Sabathier, dans le lit voisin. La chapelle se trouvait à côté, encore blanche de plâtre, les baies fermées par de simples planches. D'autres salles aussi restaient inachevées, garnies quand même de matelas, où les malades s'entassaient rapidement. Mais, déjà, la foule de celles qui pouvaient

marcher, assiégeait le réfectoire, une longue galerie
dont les fenêtres ouvraient sur une cour intérieure ; et
les sœurs Saint-Frai, les desservantes habituelles de
l'Hôpital, demeurées à leur poste pour faire la cuisine,
distribuaient des bols de café au lait et de chocolat à
toutes ces pauvres femmes, épuisées par le terrible voyage.

— Reposez-vous, prenez des forces, répétait le baron
Suire, qui se prodiguait, se montrait partout à la fois.
Vous avez trois bonnes heures. Il n'est pas cinq heures et
les révérends pères ont donné l'ordre de n'aller à la
Grotte qu'à huit heures, pour éviter la trop grande
fatigue.

En haut, au second étage, madame de Jonquière avait
pris, une des premières, possession de la salle Sainte-
Honorine, dont elle était la directrice. Elle avait dû laisser
en bas sa fille Raymonde, qui était attachée au service du
réfectoire, le règlement interdisant aux jeunes filles de
pénétrer dans les salles, où elles auraient pu voir des
choses malséantes et trop affreuses. Mais la petite madame
Désagneaux, simple dame hospitalière, n'avait pas quitté
la directrice, à qui elle demandait déjà des ordres, ravie
de pouvoir se dévouer enfin.

— Madame, est-ce que tous ces lits sont bien faits ? Si
je les refaisais avec sœur Hyacinthe ?

La salle, peinte en jaune clair, mal éclairée sur la cour
intérieure, contenait quinze lits, alignés sur deux rangs,
le long des murs.

— Tout à l'heure, nous verrons, répondit madame de
Jonquière, l'air absorbé.

Elle comptait les lits, elle examinait cette salle longue
et étroite. Puis, à demi-voix :

— Jamais je n'aurai assez de place. On m'a annoncé
vingt-trois malades, et il va falloir mettre des matelas par
terre.

Sœur Hyacinthe, qui avait suivi ces dames, après avoir

laissé sœur Saint-François et sœur Claire des Anges s'installer dans une petite pièce voisine, transformée en lingerie, soulevait les couvertures, examinait la literie. Et elle rassura madame Désagneaux.

— Oh ! les lits sont bien faits, tout est propre. On voit que les sœurs Saint-Frai ont passé par là... Seulement, la réserve des matelas est tout à côté, et si madame veut me donner un coup de main, nous pouvons, sans attendre, en mettre une rangée, ici, entre les lits.

— Mais certainement ! cria la jeune femme, exaltée par l'idée de porter des matelas, avec ses bras frêles de jolie blonde.

Il fallut que madame de Jonquière la calmât.

— Tout à l'heure, rien ne presse. Attendons que nos malades soient là... Je n'aime pas beaucoup cette salle, qu'il est difficile d'aérer. L'année dernière, j'avais la salle Sainte-Rosalie, au premier étage... Enfin, nous allons nous organiser tout de même.

D'autres dames hospitalières arrivaient, une ruche débordante d'abeilles travailleuses, pressées de se mettre à la besogne. C'était même une cause de confusion de plus, ce trop grand nombre d'infirmières, venues du grand monde et de la bourgeoisie, avec une ferveur de zèle où il se mêlait un peu de vanité. Elles étaient plus de deux cents. Comme chacune, à son entrée dans l'Hospitalité de Notre-Dame de Salut, devait faire un don, on n'osait en refuser aucune, de crainte de tarir les aumônes ; et leur nombre croissait d'année en année. Heureusement, il y en avait, parmi elles, à qui il suffisait de porter au corsage la croix de drap rouge, et qui, dès leur arrivée à Lourdes, partaient en excursions. Mais celles qui se dévouaient étaient vraiment méritoires, car elles passaient cinq jours d'abominable fatigue, dormant à peine deux heures par nuit, vivant au milieu des spectacles les plus terribles et les plus répugnants. Elles assistaient aux agonies, elles pansaient les plaies empestées, elles vidaient les cuvettes et les vases, changeaient de linge les gâteuses, retournaient les malades, toute une besogne atroce, écrasante, dont elles n'avaient pas l'habitude. Aussi en sortaient-elles courbaturées, mortes, avec des yeux de fièvre, brûlant de cette joie de la charité qui les exaltait.

— Et madame Volmar ? demanda madame Désagneaux. Je croyais la retrouver ici.

Doucement, madame de Jonquière coupa court, comme si elle était au courant et qu'elle eût voulu faire le silence, par une indulgence de femme tendre aux misères humaines.

— Elle n'est pas forte, elle se repose à l'hôtel. Il faut la laisser dormir.

Puis, elle partagea les lits entre ces dames, donna deux lits à chacune. Et toutes achevèrent de prendre possession du local, allant et venant, montant et descendant, pour se rendre compte où étaient l'administration, la lingerie, les cuisines.

— Et la pharmacie ? demanda encore madame Désagneaux.

Mais il n'y avait pas de pharmacie. Aucun personnel médical n'était même là. A quoi bon ? puisque les malades étaient des abandonnées de la science, des désespérées qui venaient demander à Dieu une guérison que les hommes impuissants ne pouvaient leur promettre. Tout traitement, pendant le pèlerinage, se trouvait logiquement interrompu. Si quelque malheureuse entrait en agonie, on l'administrait. Et, seul, le jeune médecin qui accompagnait d'ordinaire le train blanc, était là, avec sa petite boîte de secours, pour tenter de la soulager un peu, dans le cas où une malade le réclamerait, pendant une crise.

Justement, sœur Hyacinthe amenait Ferrand, que la sœur Saint-François avait gardé avec elle, dans un cabi-

net voisin de la lingerie, où il se proposait de se tenir en
permanence.

— Madame, dit-il à madame de Jonquière, je suis à
votre entière disposition. En cas de besoin, vous n'aurez
qu'à m'envoyer chercher.

Elle l'écoutait à peine, se querellait avec un jeune
prêtre de l'administration, parce qu'il n'y avait que sept
vases de nuit pour toute la salle.

— Certainement, monsieur, s'il nous fallait une potion
calmante...

Mais elle n'acheva pas, retourna à sa discussion.

— Enfin, monsieur l'abbé, tâchez de m'en avoir encore
quatre ou cinq... Comment voulez-vous que nous fassions ?
C'est déjà si pénible !

Et Ferrand écoutait, regardait, effaré de ce monde
extraordinaire, où un hasard l'avait fait tomber, depuis la
veille. Lui qui ne croyait pas, qui n'était là que par
dévouement, s'étonnait de l'effroyable bousculade de tant
de misère et de souffrance, se ruant à l'espoir du bonheur.
Surtout, ses idées de jeune médecin étaient bouleversées,
devant cette insouciance de toutes précautions, ce mépris
des plus simples indications de la science, dans la certitude que, si le ciel le voulait, la guérison se produirait
avec l'éclat d'un démenti aux lois mêmes de la nature.
Alors, pourquoi cette dernière concession au respect
humain, d'emmener un médecin qu'on employait si mal ?
Il retourna dans son cabinet, vaguement honteux, en se
sentant inutile et un peu ridicule.

— Préparez tout de même des pilules d'opium, lui
dit sœur Hyacinthe qui l'avait accompagné jusqu'à la lingerie. On vous en demandera, nous avons des malades
qui m'inquiètent.

Elle le regardait de ses grands yeux bleus, si doux, si
bons, au continuel et divin sourire. Le mouvement qu'elle
se donnait, rosait d'un sang vif sa peau éclatante de jeu-

nesse. Et, en bonne amie qui consentait à partager avec
lui les besognes de son cœur :

— Puis, si j'ai besoin de quelqu'un pour lever ou coucher une malade, vous me donnerez bien un coup de
main?

Alors, il fut content d'être venu, d'être là, à l'idée qu'il
lui serait utile. Il la revoyait à son chevet, lorsqu'il avait
failli mourir, le soignant avec des mains fraternelles,
d'une bonne grâce rieuse d'ange sans sexe, où il y avait
du camarade et de la femme.

— Mais tant que vous voudrez, ma sœur! Je vous
appartiens, je serai si heureux de vous servir! Vous
savez quelle dette de reconnaissance j'ai à payer envers
vous?

Gentiment, elle mit un doigt sur ses lèvres, pour le
faire taire. Personne ne lui devait rien. Elle n'était que
la servante des souffrants et des pauvres.

A ce moment, une première malade faisait son entrée
dans la salle Sainte-Honorine. C'était Marie, que Pierre,
aidé de Gérard, venait de monter, couchée au fond de sa
caisse de bois. Partie la dernière de la gare, elle arrivait
ainsi avant les autres, grâce aux complications sans fin,
qui, après les avoir toutes arrêtées, les libéraient maintenant, au hasard de la distribution des cartes. M. de Guersaint, devant la porte de l'Hôpital, avait dû quitter sa
fille, sur le désir de celle-ci : elle s'inquiétait de l'encombrement des hôtels, elle voulait qu'il s'assurât immédiatement de deux chambres, pour lui et pour Pierre. Et
elle était si lasse, qu'après s'être désespérée de ne pas
être conduite à la Grotte tout de suite, elle consentit à ce
qu'on la couchât un instant.

— Voyons, mon enfant, répétait madame de Jonquière,
vous avez trois heures devant vous. Nous allons vous mettre
sur votre lit. Cela vous reposera, de n'être plus dans cette
caisse.

Elle la souleva par les épaules, tandis que sœur Hyacinthe tenait les pieds. Le lit se trouvait au milieu de la
salle, près d'une fenêtre. Un moment, la malade demeura
les yeux clos, comme épuisée, d'avoir été remuée
ainsi. Puis, il fallut que Pierre rentrât, car elle s'énervait,
disait avoir des choses à lui expliquer.

— Ne vous en allez pas, mon ami, je vous en conjure.
Emportez cette caisse sur le palier, mais restez là, parce
que je veux être descendue, dès qu'on m'en donnera la
permission.

— Êtes-vous mieux, couchée? demanda le jeune prêtre.

— Oui, oui, sans doute... Et, d'ailleurs, je ne sais
pas... J'ai une telle hâte, mon Dieu! d'être là-bas, aux
pieds de la sainte Vierge!

Pourtant, lorsque Pierre eut emporté la caisse, elle
fut distraite par l'arrivée successive des malades. Madame
Vêtu, que deux brancardiers avaient montée en la soutenant sous les bras, fut posée par eux, toute habillée, sur
le lit voisin; et elle y resta immobile, sans un souffle,
avec son masque jaune et lourd de cancéreuse. On n'en
déshabillait aucune, on se contentait de les allonger, en
leur conseillant de s'assoupir, si elles le pouvaient. Celles
qui n'étaient point alitées, s'asseyaient au bord de leur
matelas, causaient entre elles, rangeaient leurs petites
affaires. Déjà, Élise Rouquet, qui était également près de
Marie, à gauche, défaisait son panier, pour en tirer un
fichu propre, très ennuyée de n'avoir pas de glace. Et,
en moins de dix minutes, tous les lits se trouvèrent
occupés, de sorte que, lorsque la Grivotte parut, à demi
portée par sœur Hyacinthe et sœur Claire des Anges, il
fallut commencer à mettre des matelas par terre.

— Tenez! en voici un! criait madame Désagneaux. Elle
sera très bien, à cette place, loin du courant d'air de la
porte.

Bientôt, sept autres matelas furent ajoutés à la file,

13

occupant toute l'allée centrale. On ne pouvait plus cir-
culer, il fallait prendre des précautions pour suivre les
sentiers étroits, ménagés autour des malades. Chacune
gardait son paquet, son carton, sa valise; et c'était, au
pied des couches improvisées, un entassement de pauvres
choses, de loques traînant parmi les draps et les couvertures. On aurait dit une ambulance pitoyable, organisée à
la hâte après quelque grande catastrophe, un incendie,
un tremblement de terre, qui aurait jeté à la rue des
centaines de blessés et de pauvres.

Madame de Jonquière allait d'un bout de la salle à
l'autre, répétant toujours :

— Voyons, mes enfants, ne vous excitez pas, tâchez de
dormir un peu.

Mais elle n'arrivait pas à les calmer, et elle-même,
ainsi que les dames hospitalières, placées sous ses ordres,
augmentaient la fièvre, par leur effarement. Il fallait
changer de linge plusieurs malades, d'autres avaient
des besoins. Une, qui souffrait d'un ulcère à la jambe,
poussait de telles plaintes, que madame Désagneaux
avait entrepris de refaire le pansement; mais elle était
malhabile, et malgré tout son courage d'infirmière passionnée, elle manquait de s'évanouir, tant l'insupportable odeur l'incommodait. Les mieux portantes demandaient du bouillon, des bols circulaient, au milieu des
appels, des réponses, des ordres contradictoires qu'on ne
savait comment exécuter. Et, très gaie, lâchée à travers
cette bousculade, la petite Sophie Couteau, qui demeurait
avec les sœurs, se croyait en récréation, courait, dansait,
sautait à cloche-pied, appelée par toutes, aimée et cajo-
lée, pour l'espoir du miracle qu'elle apportait à chacune.

Les heures pourtant s'écoulaient, dans cette agitation.
Sept heures venaient de sonner, lorsque l'abbé Judaine
entra. Il était aumônier de la salle Sainte-Honorine, et
la difficulté de trouver un autel libre pour dire sa messe,

l'avait seule attardé. Dès qu'il parut, un cri d'impatience s'éleva de tous les lits.

— Oh! monsieur le curé, partons, partons tout de suite !

Un désir ardent les soulevait, accru, irrité de minute en minute, comme si une soif de plus en plus vive les eût brûlées, que, seule, pouvait calmer la fontaine miraculeuse. Et la Grivotte, surtout, assise sur son matelas, joignait les mains, implorait, pour qu'on l'emmenât à la Grotte. N'était-ce pas un commencement de miracle, ce réveil de sa volonté, ce besoin fiévreux de guérison qui la redressait? Arrivée évanouie, inerte, elle était sur son séant, tournant de tous côtés ses regards noirs, guettant l'heure bienheureuse où l'on viendrait la chercher; et son visage livide se colorait, elle ressuscitait déjà.

— De grâce! monsieur le curé, dites qu'on m'emporte! Je sens que je vais être guérie.

L'abbé Judaine, avec sa bonne face, son sourire de père tendre, les écoutait, trompait leur impatience par d'aimables paroles. On allait partir dans un petit moment. Mais il fallait être raisonnable, laisser aux choses le temps de s'organiser ; et puis, la sainte Vierge, elle non plus, n'aimait pas qu'on la bousculât, attendant son heure, distribuant ses faveurs divines aux plus sages.

Comme il passait devant le lit de Marie, et qu'il l'aperçut, les mains jointes, bégayante de supplications, il s'arrêta de nouveau.

— Vous aussi, ma fille, vous êtes si pressée! Soyez tranquille, il y aura des grâces pour toutes.

— Mon père, murmura-t-elle, je me meurs d'amour. Mon cœur est trop gros de prières, il m'étouffe.

Il fut très touché de cette passion, chez cette pauvre enfant amaigrie, si durement frappée dans sa beauté et dans sa jeunesse. Il voulut l'apaiser, il lui montra sa voisine, madame Vêtu, qui ne bougeait pas, les yeux grands ouverts pourtant, fixés sur les gens qui passaient. '

— Voyez donc, madame, comme elle est tranquille! Elle se recueille, elle a bien raison de s'abandonner ainsi qu'un petit enfant, entre les mains de Dieu.

Mais, d'une voix qu'on n'entendait pas, d'un souffle à peine, madame Vêtu bégayait :

— Oh! je souffre, je souffre!

Enfin, à huit heures moins un quart, madame de Jonquière avertit les malades qu'elles feraient bien de se préparer. Elle-même, aidée de sœur Hyacinthe et de madame Désagneaux, reboutonna des robes, rechaussa des pieds impotents. C'était une véritable toilette, car toutes désiraient paraître à leur avantage devant la sainte Vierge. Beaucoup eurent la délicatesse de se laver les mains. D'autres déballaient leurs chiffons, mettaient du linge propre. Élise Rouquet avait fini par découvrir un miroir de poche, entre les mains d'une de ses voisines, une femme énorme, hydropique, très coquette de sa personne; elle se l'était fait prêter, elle l'avait posé debout contre son traversin; et, absorbée, avec un soin infini, elle nouait le fichu élégamment autour de sa tête, pour cacher sa face de monstre, à la plaie saignante. Droite devant elle, l'air intéressé profondément, la petite Sophie la regardait faire.

Ce fut l'abbé Judaine qui donna le signal du départ pour la Grotte. Il y voulait accompagner ses chères filles de souffrance en Dieu, comme il disait; tandis que ces dames de l'Hospitalité et les sœurs resteraient là, afin de mettre un peu d'ordre dans la salle. Tout de suite, la salle se vida, les malades furent descendues, au milieu d'un nouveau tumulte. Pierre, qui avait replacé sur les roues la caisse où Marie était couchée, prit la tête du cortège, formé d'une vingtaine de petites voitures et de brancards. Les autres salles se vidaient également, la cour était

pleine, le défilé s'organisait en grande confusion. Bientôt
il y eut une queue interminable, descendant la pente assez
raide de l'avenue de la Grotte, de sorte que Pierre arrivait déjà au plateau de la Merlasse, lorsque les derniers
brancards quittaient à peine la cour de l'Hôpital.

Il était huit heures, le soleil déjà haut, un soleil d'août
triomphal, flambait dans le grand ciel d'une pureté admirable. Lavé par l'orage de la nuit, il semblait que le bleu
de l'air fût tout neuf, d'une fraîcheur d'enfance. Et l'effrayant défilé, cette cour des miracles de la souffrance
humaine, roulait sur le pavé en pente, dans l'éclat de
la radieuse matinée. Cela ne finissait pas, la queue des
abominations s'allongeait toujours. Aucun ordre, le pêle-
mêle de tous les maux, le dégorgement d'un enfer où l'on
aurait entassé les maladies monstrueuses, les cas rares
et atroces, donnant le frisson. C'étaient des têtes mangées
par l'eczéma, des fronts couronnés de roséole, des nez et
des bouches dont l'éléphantiasis avait fait des groins
informes. Des maladies perdues ressuscitaient, une vieille
femme avait la lèpre, une autre était couverte de lichens,
comme un arbre qui se serait pourri à l'ombre. Puis, passaient des hydropiques, des outres gonflées d'eau, le
ventre géant sous les couvertures; tandis que des mains
tordues par les rhumatismes pendaient hors des civières,
et que des pieds passaient, enflés par l'œdème, méconnaissables, tels que des sacs bourrés de chiffons. Une
hydrocéphale, assise dans une petite voiture, balançait un
crâne énorme, trop lourd, retombant à chaque secousse.
Une grande fille, atteinte de chorée, dansait de tous ses
membres, sans arrêt, avec des sursauts de grimaces,
qui tiraient la moitié gauche de son visage. Une plus jeune,
derrière, avait un aboiement, une sorte de cri plaintif de
bête, chaque fois que le tic douloureux dont elle était
torturée, lui tordait la bouche. Puis, venaient des phtisiques, tremblant la fièvre, épuisées de dysenterie, d'une

13.

maigreur de squelettes, la peau livide, couleur de la terre
où elles allaient bientôt dormir ; et il y en avait une, la
face très blanche, avec des yeux de flamme, pareille à une
tête de mort dans laquelle on aurait allumé une torche.
Puis, toutes les difformités des contractures se succédaient, les tailles déjetées, les bras retournés, les cous
plantés de travers, les pauvres êtres cassés et broyés,
immobilisés en des postures de pantins tragiques : une
surtout dont le poing droit s'était rejeté derrière les
reins, tandis que la joue gauche se renversait, collée sur
l'épaule. Puis, de pauvres filles rachitiques étalaient leur
teint de cire, leur nuque frêle, rongée d'humeurs froides ;
des femmes jaunes avaient la stupeur douloureuse des
misérables dont le cancer dévore les seins ; d'autres
encore, couchées et leurs tristes yeux au ciel, semblaient
écouter en elles le choc des tumeurs, grosses comme des
têtes d'enfant, qui obstruaient leurs organes. Et il y en
avait toujours, il en arrivait toujours de plus épouvantables, celle-ci qui suivait celle-là augmentait le frisson.
Une enfant de vingt ans, à la tête écrasée de crapaud,
laissait pendre un goitre si énorme, qu'il descendait jusqu'à
sa taille, ainsi que la bavette d'un tablier. Une aveugle
s'avançait, la figure d'une pâleur de marbre, avec les
deux trous de ses yeux enflammés et sanglants, deux
plaies vives qui ruisselaient de pus. Une vieille folle, frappée d'imbécillité, le nez emporté par quelque chancre,
la bouche noire, riait d'un rire terrifiant. Et, tout d'un
coup, une épileptique se convulsa, écuma sur son brancard, sans que le cortège ralentît sa marche, comme
fouetté par le vent de la course, dans cette fièvre de
passion qui l'emportait vers la Grotte.

Les brancardiers, les prêtres, les malades elles-mêmes
venaient d'entonner un cantique, la complainte de Bernadette, et tout roulait au milieu de l'obsession des *Ave*,
et les petites voitures, les brancards, les piétons descen-

daient la pente de la rue, en un ruisseau grossi et débordant, charriant ses flots à grand bruit. Au coin de la rue Saint-Joseph, près du plateau de la Merlasse, une famille d'excursionnistes, des gens qui arrivaient de Cauterets ou de Bagnères, restaient plantés au bord du trottoir, dans un étonnement profond. Ce devaient être de riches bourgeois, le père et la mère très corrects, les deux grandes filles vêtues de robes claires, avec des visages riants d'heureuses personnes qui s'amusent. Mais, à la surprise première du groupe, succédait une terreur croissante, comme s'ils avaient vu s'ouvrir une maladrerie des temps anciens, un de ces hôpitaux de la légende qu'on aurait vidé, après quelque grande épidémie. Et les deux filles pâlissaient, le père et la mère demeuraient glacés, devant le défilé ininterrompu de tant d'horreurs, dont ils recevaient le vent empesté à la face. Mon Dieu! tant de laideur, tant de saleté, tant de souffrance! Était-ce possible, sous ce beau soleil si radieux, sous ce grand ciel de lumière et de joie, où montait la fraîcheur du Gave, où le vent du matin apportait l'odeur pure des montagnes!

Lorsque Pierre, en tête du cortège, déboucha sur le plateau de la Merlasse, il se sentit baigné par ce soleil si clair, par cet air si vif et si embaumé. Il se retourna, sourit doucement à Marie; et tous deux, dans la splendeur du matin, comme ils arrivaient au centre de la place du Rosaire, furent enchantés par l'admirable horizon qui se déroulait autour d'eux.

En face, à l'est, c'était le vieux Lourdes, couché dans un large pli de terrain, de l'autre côté de son rocher. Le soleil se levait, derrière les monts lointains, et ses rayons obliques découpaient en lilas sombre ce roc solitaire, que couronnaient la tour et les murs croulants de l'antique Château, jadis la clef redoutable des sept vallées. Dans la poussière d'or volante, on ne voyait guère que des arêtes

fières, des pans de constructions cyclopéennes, puis de
vagues toitures au delà, les toits décolorés et perdus de
l'ancienne ville; tandis qu'en deçà du Château, débordant à droite et à gauche, la ville nouvelle riait parmi les
verdures, avec ses façades blanches d'hôtels, de maisons
garnies, de beaux magasins, toute une cité riche et
bruyante, poussée là en quelques années, comme par
miracle. Le Gave passait au pied du roc, roulant le tracas
de ses eaux limpides, vertes et bleues, profondes sous le
vieux pont, bondissantes sous le pont neuf, construit par
les Pères, pour relier la Grotte à la gare et au boulevard
ouvert récemment. Et, comme fond à ce tableau délicieux,
à ces eaux fraîches, à ces verdures, à cette ville rajeunie,
éparse et gaie, se dressaient le petit Gers et le grand
Gers, deux croupes énormes de roche nue et d'herbe rase,
qui, dans l'ombre portée où elles baignaient, prenaient
des teintes délicates, un mauve et un vert pâlis qui se
mouraient dans du rose.

Puis, au nord, sur la rive droite du Gave, au delà des
coteaux que suit la ligne du chemin de fer, montaient les
hauteurs du Buala, des pentes boisées, noyées de clartés
matinales. C'était de ce côté que se trouvait Bartrès. Plus
à gauche, la serre de Julos se dressait, dominée par le
Miramont. D'autres cimes, très loin, s'évaporaient dans
l'éther. Et, au premier plan, s'étageant parmi les vallon-
nements herbus, de l'autre côté du Gave, la gaieté de ce
point de l'horizon était les couvents nombreux qu'on avait
bâtis. Ils semblaient avoir grandi comme une végétation
naturelle et prompte sur cette terre du prodige. Il y avait
d'abord un Orphelinat, créé par les Sœurs de Nevers, et
dont les vastes bâtiments resplendissaient au soleil. Puis,
c'étaient les Carmélites, en face de la Grotte, sur la
route de Pau; et les Assomptionnistes, plus haut, au
bord du chemin de Poueyferré; et les Dominicaines,
perdues au désert, ne montrant qu'un angle de leurs

toitures; et enfin les sœurs de l'Immaculée-Conception, celles qu'on appelait les sœurs Bleues, qui avaient fondé, tout au bout du vallon, une maison de retraite, où elles prenaient en pension les dames seules, les pèlerines riches, désireuses de solitude. A cette heure des offices, toutes les cloches de ces couvents sonnaient d'allégresse, à la volée, dans l'air de cristal; pendant que, de l'autre bout de l'horizon, au midi, des cloches d'autres couvents leur répondaient, avec le même éclat de joie argentine. Près du Pont-Vieux, surtout, la cloche des Clarisses égrenait une gamme de notes si claires, qu'on aurait dit le caquetage d'un oiseau. De ce côté de la ville, des vallées encore se creusaient, des monts dressaient leurs flancs nus, toute une nature tourmentée et souriante, une houle sans fin de collines, parmi lesquelles on remarquait les collines de Visens, moirées précieusement de carmin et de bleu tendre.

Mais, lorsque Marie et Pierre tournèrent les yeux vers l'ouest, ils restèrent éblouis. Le soleil frappait en plein le grand Bèout et le petit Bèout, aux coupoles d'inégale hauteur. C'était comme un fond de pourpre et d'or, un mont éblouissant, où l'on ne distinguait que le chemin qui serpente et monte au Calvaire, parmi des arbres. Et là, sur ce fond ensoleillé, rayonnant ainsi qu'une gloire, se détachaient les trois églises superposées, que la voix grêle de Bernadette avait fait surgir du roc, à la louange de la sainte Vierge. En bas, d'abord, était l'église du Rosaire, écrasée et ronde, taillée à demi dans la roche, au fond de l'esplanade qu'enserraient les bras immenses, les rampes colossales s'élevant en pente douce jusqu'à la Crypte. Il y avait là un travail énorme, toute une carrière de pierres remuées et taillées, des arches hautes comme des nefs, deux avenues de cirque géant, pour que la pompe des processions se déroulât et que la petite voiture d'une enfant malade pût monter à Dieu, sans peine. Puis, c'était

la Crypte, l'église souterraine, qui montrait seulement sa
porte basse, par-dessus l'église du Rosaire, dont la toiture
dallée, aux vastes promenoirs, continuait les rampes.
Et, enfin, la Basilique s'élançait, un peu mince et frêle,
trop neuve, trop blanche, avec son style amaigri de fin
bijou, jaillie des roches de Massabielle ainsi qu'une prière,
une envolée de colombe pure. La flèche si menue,
au-dessus des rampes gigantesques, n'apparaissait que
comme la petite flamme droite d'un cierge, parmi l'immense horizon, la houle sans fin des vallées et des
montagnes. A côté des verdures épaisses de la colline du
Calvaire, elle avait une fragilité, une candeur pauvre de
foi enfantine; et l'on songeait aussi au petit bras blanc,
à la petite main blanche de la chétive fillette qui montrait
le ciel, dans une crise de sa misère humaine. On ne voyait
pas la Grotte, dont l'ouverture se trouvait à gauche, au
bas du rocher. Derrière la Basilique, on n'apercevait plus
que l'habitation des Pères, un lourd bâtiment carré, puis
le palais épiscopal, beaucoup plus loin, au milieu du vallon
ombreux qui s'élargissait. Et les trois églises flambaient
dans le soleil du matin, et la pluie d'or des rayons battait
la campagne entière, pendant que la volée sonnante des
cloches semblait être la vibration même de la clarté, le
réveil chanteur de ce beau jour naissant.

De la place du Rosaire, qu'ils traversaient, Pierre et
Marie jetèrent un coup d'œil sur l'Esplanade, le jardin à
la longue pelouse centrale, que bordent deux allées
parallèles, et qui va jusqu'au nouveau pont. Là se trouvait, tournée vers la Basilique, la grande Vierge couronnée. Et toutes les malades, en passant, se signaient. Et
l'effrayant cortège roulait toujours, emporté dans son
cantique, au travers de la nature en fête. Sous le ciel
éclatant, parmi les monts de pourpre et d'or, dans la
santé des arbres centenaires, dans l'éternelle fraîcheur
des eaux courantes, le cortège roulait ses damnés des

maladies de la peau, à la chair rongée, ses hydropiques
enflées comme des outres, ses rhumatisantes, ses paralytiques, tordues de souffrance ; et les hydrocéphales défilaient, et les danseuses de Saint-Guy, et les phtisiques, les
rachitiques, les épileptiques, les cancéreuses, les goi-
treuses, les folles, les imbéciles. *Ave, ave, ave, Maria!*
La complainte obstinée s'enflait davantage, charriait vers
la Grotte le flot abominable de la pauvreté et de la douleur
humaines, dans l'effroi et l'horreur des passants, qui restaient plantés sur leurs jambes, glacés devant ce galop de
cauchemar.

Pierre et Marie, les premiers, passèrent sous l'arcade
haute d'une des rampes. Puis, comme ils suivaient le quai
du Gave, tout d'un coup, ce fut la Grotte. Et Marie, que
Pierre poussait le plus possible près de la grille, ne put
que se soulever dans son chariot, en murmurant :

— O très sainte Vierge... Bien-aimée Vierge...

Elle n'avait rien vu, ni les édicules des piscines, ni la
fontaine aux douze canons, devant lesquels elle venait de
passer ; et elle ne distinguait pas davantage, à gauche la
boutique des articles de sainteté, à droite la chaire de
pierre, qu'un religieux occupait déjà. Seule, la splendeur de la Grotte l'éblouissait, cent mille cierges lui semblaient brûler là, derrière la grille, emplissant d'un éclat
de fournaise l'ouverture basse, mettant dans un rayonnement d'astre la statue de la Vierge, posée, plus haut, au
bord d'une excavation étroite, en forme d'ogive. Et rien
n'était, en dehors de cette glorieuse apparition, ni les béquilles dont on avait tapissé une partie de la voûte, ni les
bouquets jetés en tas, se fanant parmi les lierres et les
églantiers, ni l'autel lui-même placé au centre, à côté
d'un petit orgue roulant, couvert d'une housse. Mais,
comme elle levait les yeux, elle retrouva, au sommet du
rocher, dans le ciel, la mince Basilique blanche, qui se
présentait de profil maintenant, avec la fine aiguille

de sa flèche, perdue au bleu de l'infini, ainsi qu'une prière.

— O Vierge puissante... Reine des vierges... Sainte Vierge des vierges...

Cependant, Pierre avait réussi à pousser le chariot de Marie au premier rang, en avant des bancs de chêne, qui s'alignaient très nombreux, au plein air, comme dans la nef d'une église. Déjà, ces bancs se trouvaient complètement garnis de malades qui pouvaient s'asseoir. Les espaces vides s'emplissaient de brancards posés à terre, de petites voitures dont les roues s'enchevêtraient, d'un entassement d'oreillers et de matelas, où pêle-mêle voisinaient tous les maux. Et il avait reconnu, en arrivant, les Vigneron, avec leur triste enfant Gustave, le long d'un banc; tandis que, sur les dalles, il venait d'apercevoir le lit garni de dentelles de madame Dieulafay, au chevet de qui son mari et sa sœur priaient, agenouillés. D'ailleurs, tous les malades du wagon se rangeaient là, M. Sabathier et le frère Isidore côte à côte, madame Vêtu affaissée dans une voiture, Élise Rouquet assise, la Grivotte exaltée, se soulevant sur les deux poings. Il retrouva même madame Maze, à l'écart, anéantie dans une prière; pendant que, tombée à genoux, madame Vincent, qui avait gardé sur les bras sa petite Rose, la présentait ardemment à la Vierge, d'un geste éperdu de mère, pour que la Mère de la divine grâce eût pitié. Et la foule des pèlerins, autour de cette enceinte réservée, grandissait toujours, une cohue qui se pressait, qui débordait peu à peu jusqu'au parapet du Gave.

— O Vierge clémente, continuait Marie à demi-voix, ô Vierge fidèle... Vierge conçue sans péché...

Et, défaillante, les lèvres agitées encore par une oraison intérieure, elle regardait Pierre éperdument. Celui-ci crut qu'elle avait un désir à lui exprimer. Il se pencha.

— Voulez-vous que je reste ici, à votre disposition, pour vous conduire tout à l'heure aux piscines ?

Mais, quand elle eut compris, elle refusa d'un signe de tête. Puis, fiévreuse :

— Non, non ! je ne veux pas être baignée ce matin... Il me semble qu'il faut être si digne, si pure, si sainte, avant de tenter le miracle !... Cette matinée entière, je veux le solliciter à mains jointes, je veux prier, prier de toute ma force, de toute mon âme...

Elle suffoquait, elle ajouta :

— Ne venez me reprendre qu'à onze heures, pour retourner à l'Hôpital. Je ne bougerai pas d'ici.

Pierre, pourtant, ne s'éloigna pas, demeura près d'elle. Un instant, il se prosterna ; et il aurait voulu, lui aussi, prier avec cette foi brûlante, demander à Dieu la guérison de cette enfant malade, qu'il aimait d'une si fraternelle tendresse. Mais, depuis qu'il était devant la Grotte, il sentait un singulier malaise le gagner, une sourde révolte qui gênait l'élan de sa prière. Il voulait croire, il avait espéré toute la nuit que la croyance allait refleurir en son âme, comme une belle fleur d'ignorance et de naïveté, dès qu'il s'agenouillerait sur la terre du miracle. Et il n'éprouvait là que gêne et inquiétude, en face de ce décor, de cette statue dure et blafarde dans le faux jour des cierges, entre la boutique aux chapelets, pleine d'une bousculade de clientes, et la grande chaire de pierre, d'où un père de l'Assomption lançait des *Ave* à pleine voix. Son âme était-elle donc desséchée à ce point ? Aucune rosée divine ne pourrait-elle donc la tremper d'innocence, la rendre pareille à ces âmes de petits enfants, qui se donnent tout entières à la moindre caresse de la légende ?

Puis, sa distraction continua, il reconnut le père Massias, dans le religieux qui occupait la chaire. Il l'avait rencontré autrefois, il restait troublé par cette sombre

14

ardeur, cette face maigre, aux yeux étincelants, à la grande bouche éloquente, violentant le ciel pour le faire descendre sur la terre. Et, comme il l'examinait, étonné de se sentir si différent, il aperçut, au pied de la chaire, le père Fourcade, en grande conférence avec le baron Suire. Ce dernier semblait perplexe ; pourtant, il finit par approuver, d'un branle complaisant de la tête. Il y avait également là l'abbé Judaine, qui arrêta le père un instant encore : sa large face paterne exprimait, elle aussi, une sorte d'effarement ; puis, il s'inclina à son tour.

Tout d'un coup, le père Fourcade parut dans la chaire, debout, redressant sa haute taille, que l'accès de goutte dont il souffrait courbait un peu ; et il n'avait pas voulu que le père Massias, son frère bien-aimé, préféré entre tous, descendît tout à fait : il le retenait sur une marche de l'étroit escalier, il s'appuyait à son épaule.

D'une voix pleine et grave, avec une autorité souveraine qui fit régner le plus profond silence, il parla.

— Mes chers frères, mes chères sœurs, je vous demande pardon d'interrompre vos prières ; mais j'ai à vous faire une communication, j'ai à réclamer l'aide de toutes vos âmes fidèles... Ce matin, nous avons eu à déplorer un bien triste accident, un de nos frères est mort dans un des trains qui vous ont amenés, comme il touchait à la terre promise...

Il s'arrêta quelques secondes. Il semblait grandir encore, son beau visage se mit à rayonner, dans le flot royal de sa longue barbe.

— Eh bien ! mes chers frères, mes chères sœurs, malgré tout, l'idée me vient que nous ne devons pas désespérer... Qui sait si Dieu n'a pas voulu cette mort, afin de prouver au monde sa toute-puissance ?... Une voix me parle, qui me pousse à monter ici, à vous demander vos prières pour l'homme, pour celui qui n'est plus et dont le salut est quand même aux mains de la très sainte Vierge, qui peut toujours implorer son divin Fils... Oui ! l'homme est là, j'ai fait apporter le corps, et il dépend peut-être de vous qu'un miracle éclatant éblouisse la terre, si vous priez avec assez d'ardeur pour toucher le ciel... Nous plongerons le corps dans la piscine, nous supplierons le Seigneur, maître du monde, de le ressusciter, de nous donner cette marque extraordinaire de sa bonté souveraine...

Un souffle glacé, venu de l'invisible, passa sur l'assistance. Tous étaient devenus pâles ; et, sans que personne eût ouvert les lèvres, il sembla qu'un murmure courait dans un frisson.

— Mais, reprit violemment le père Fourcade, qu'une réelle foi soulevait, de quelle ardeur ne faut-il pas prier ! Mes chers frères, mes chères sœurs, c'est toute votre âme que je veux, c'est une prière où vous allez mettre votre cœur, votre sang, votre vie, avec ce qu'elle a de plus noble et de plus tendre... Priez de toute votre force, priez jusqu'à ne plus savoir qui vous êtes, ni où vous êtes, priez comme on aime, comme on meurt ; car ce que nous allons demander là est une grâce si précieuse, si rare, si étonnante, que la violence de notre adoration peut seule obliger Dieu à nous répondre... Et, pour que nos prières soient efficaces, pour qu'elles aient le temps de s'élargir et de monter aux pieds de l'Éternel, ce ne sera que cette après-midi, à trois heures, que nous descendrons le corps dans la piscine... Mes chers frères, mes chères sœurs, priez, priez la très sainte Vierge, la Reine des Anges, la Consolatrice des affligés !

Et lui-même, éperdu d'émotion, reprit le rosaire, pendant que le père Massias éclatait en sanglots. Le grand silence anxieux fut rompu, une contagion gagna la foule, l'emporta en cris, en larmes, en des bégaiements désordonnés de supplication. Ce fut comme un délire

qui soufflait, abolissant les volontés, ne faisant plus de
tous ces êtres qu'un être, exaspéré d'amour, lancé au
désir fou de l'impossible prodige.

Pierre, un moment, avait cru que la terre manquait
sous lui, qu'il allait tomber et s'évanouir. Il se releva
péniblement, il s'écarta.

III

Comme Pierre s'éloignait, dans son malaise, envahi d'une invincible répugnance à rester là davantage, il aperçut M. de Guersaint agenouillé près de la Grotte, l'air absorbé, priant de toute sa foi. Il ne l'avait pas revu depuis le matin, il ignorait s'il était parvenu à louer deux chambres; et son premier mouvement fut de le rejoindre. Puis, il hésita, ne voulut point troubler son recueillement, pensant qu'il priait sans doute pour sa fille, qu'il adorait, malgré ses continuelles distractions de cervelle inquiète. Et il passa, il s'enfonça sous les arbres. Neuf heures sonnaient, il avait deux heures devant lui.

Là, de la berge sauvage, où paissaient autrefois les pourceaux, on avait fait, à coups d'argent, une avenue superbe, longeant le Gave. Il avait fallu en reculer le lit, pour gagner du terrain et établir un quai monumental, que bordait un large trottoir défendu par un parapet. L'avenue allait buter contre un coteau, à deux ou trois cents mètres; et c'était ainsi comme une promenade fermée, garnie de bancs, ombragée d'arbres magnifiques. Personne n'y passait, le trop-plein de la foule y débordait seul. Il s'y trouvait encore des coins de solitude, entre le mur gazonné qui l'isolait au midi et les vastes champs qui se déroulaient au nord, de l'autre côté du Gave, des pentes boisées, égayées par les façades blanches des couvents. Pendant les brûlantes journées d'août, on

14.

goûtait là une fraîcheur délicieuse, sous les ombrages, au bord des eaux courantes.

Et Pierre, tout de suite, se sentit reposé, comme au sortir d'un rêve pénible. Il s'interrogeait, s'inquiétait de ses sensations. Le matin, n'était-il donc pas arrivé à Lourdes avec le désir de croire, l'idée que déjà il recommençait à croire, ainsi qu'aux années dociles de son enfance, lorsque sa mère lui faisait joindre les mains, en lui apprenant à craindre Dieu? Et, dès qu'il s'était trouvé devant la Grotte, voilà que l'idolâtrie du culte, la violence de la foi, l'assaut contre la raison, venaient de l'incommoder jusqu'à la défaillance ! Qu'allait-il donc devenir? Ne pourrait-il même tenter de combattre son doute, en utilisant son voyage, de façon à voir et à se convaincre? C'était un début décourageant, dont il restait troublé ; et il fallait ces beaux arbres, ce torrent si limpide, cette avenue si calme et si fraîche, pour le remettre de la secousse.

Puis, comme Pierre atteignait le bout de l'allée, il fit une rencontre imprévue. Depuis quelques secondes, il regardait un grand vieillard qui venait à lui, boutonné étroitement dans une redingote, coiffé d'un chapeau à bords plats ; et il cherchait à se rappeler ce visage pâle, au nez d'aigle, aux yeux très noirs et pénétrants. Mais la longue barbe blanche, les boucles blanches des longs cheveux, le déroutaient. Le vieillard s'arrêta, l'air étonné, lui aussi.

— Comment! Pierre, c'est vous, à Lourdes!

Et, brusquement, le jeune prêtre reconnut le docteur Chassaigne, l'ami de son père, son vieil ami à lui-même, qui l'avait guéri, puis réconforté, dans sa terrible crise physique et morale, au lendemain de la mort de sa mère.

— Ah! mon bon docteur, que je suis content de vous voir !

Tous deux s'embrassèrent, avec une grande émotion.

Maintenant, devant cette neige des cheveux et de la barbe,
devant cette marche lente, cet air infiniment triste, Pierre
se rappelait l'acharnement du malheur qui avait vieilli
cet homme. Quelques années à peine s'étaient écoulées,
et il le retrouvait foudroyé par le destin.

— Vous ne saviez point que j'étais resté à Lourdes,
n'est-ce pas? C'est vrai, je n'écris plus, je ne suis plus
avec les vivants, car j'habite au pays des morts.

Des larmes parurent dans ses yeux ; et il reprit, la voix
brisée :

— Tenez! venez vous asseoir sur ce banc, ça me fera
tant plaisir, de revivre un instant avec vous, comme
autrefois!

A son tour, le prêtre sentit un sanglot le suffoquer. Il
ne trouvait rien, il ne put que murmurer :

— Ah! mon bon docteur, mon vieil ami, je vous ai
plaint de tout mon cœur, de toute mon âme!

C'était le désastre, le naufrage d'une vie. Le docteur
Chassaigne et sa fille Marguerite, une grande, une adorable
fille de vingt ans, étaient venus installer à Cauterets
madame Chassaigne, l'épouse, la mère d'élection, dont la
santé leur donnait des inquiétudes ; et, au bout de quinze
jours, elle allait beaucoup mieux, elle projetait des
excursions, lorsque, brutalement, un matin, on l'avait
trouvée morte dans son lit. Atterrés sous le coup terrible,
le père et la fille restèrent comme étourdis par la trahison
du sort. Le docteur, originaire de Bartrès, avait, dans le
cimetière de Lourdes, une sépulture de famille, un
tombeau qu'il s'était plu à faire construire, et où repo-
saient déjà ses parents. Aussi voulut-il que le corps de sa
femme y vînt dormir, à côté de la case vide, où il comptait
bientôt la rejoindre. Et il s'attardait là, depuis une semaine, avec Marguerite, quand celle-ci, prise d'un grand
frisson, s'alita un soir, et mourut le surlendemain, sans
que son père égaré pût se rendre un compte exact de la

maladie. Ce fut la fille, florissante de jeunesse, rayonnante de beauté et de santé, que l'on coucha au cimetière, dans la case vide, près de la mère. L'homme heureux de la veille, l'homme aidé, adoré, qui avait à lui deux chères créatures dont la tendresse lui tenait chaud au cœur, n'était plus qu'un vieil homme misérable, bégayant et perdu, que la solitude glaçait. Toute la joie de sa vie avait croulé, il enviait les cantonniers qui cassaient les pierres sur les routes, quand il voyait des femmes et des gamines leur apporter la soupe, pieds nus. Et il s'était refusé à quitter Lourdes, il avait tout abandonné, ses travaux, sa clientèle de Paris, pour vivre là, près de cette tombe où sa femme et sa fille dormaient leur dernier sommeil.

— Ah ! mon vieil ami, répéta Pierre, comme je vous ai plaint ! Quelle affreuse douleur !... Mais pourquoi n'avoir pas compté un peu sur ceux qui vous aiment ? pourquoi vous être enfermé ici, dans votre chagrin ?

Le docteur eut un geste qui embrassait l'horizon.

— Je ne puis m'en aller, elles sont là, elles me gardent... C'est fini, j'attends de les rejoindre.

Et le silence retomba. Derrière eux, dans les arbrisseaux du talus, des oiseaux voletaient ; tandis qu'ils entendaient, en face, le grand murmure du Gave. Au flanc des coteaux, le soleil s'alourdissait, en une lente poussière d'or. Mais, sous les beaux arbres, sur ce banc écarté, la fraîcheur restait délicieuse ; et ils étaient comme au désert, à deux cents pas de la foule, sans que personne s'arrachât de la Grotte, pour s'égarer jusqu'à eux.

Longtemps, ils causèrent. Pierre lui avait conté dans quelles circonstances il était arrivé le matin à Lourdes, avec le pèlerinage national, en compagnie de M. de Guersaint et de sa fille. Puis, à certaines phrases, il eut un sursaut d'étonnement.

— Eh quoi ! docteur, vous croyez maintenant le mi-

racle possible ? vous, grand Dieu ! vous que j'ai connu
incrédule, ou tout au moins d'une complète indifférence !

Il le regardait, stupéfait de ce qu'il lui entendait dire de
la Grotte et de Bernadette. Lui, une tête si solide, un
savant d'une intelligence si exacte, dont il avait tant ad-
miré autrefois les puissantes facultés d'analyse ! Comment
un esprit de cette nature, élevé et clair, dégagé de toute
foi, nourri dans la méthode et l'expérience, en était-il
arrivé à admettre les guérisons miraculeuses, opérées par
cette divine fontaine, que la sainte Vierge avait fait jaillir
sous les doigts d'une enfant?

— Mais, mon bon docteur, rappelez-vous donc ! C'est
vous-même qui aviez fourni des notes à mon père sur
Bernadette, votre petite payse, ainsi que vous la nommiez ;
et c'est vous, plus tard, lorsque toute cette histoire m'a
passionné un instant, qui m'avez parlé longuement d'elle.
Pour vous, elle n'était qu'une malade, une hallucinée,
une enfantine à demi inconsciente, incapable de vouloir...
Souvenez-vous de nos causeries, de mes doutes, de la
saine raison que vous m'avez aidé à reconquérir !

Et il s'émotionnait, car n'était-ce pas la plus étrange
des aventures? lui, prêtre, autrefois résigné à la croyance,
ayant achevé de perdre la foi, au contact de ce médecin
alors incroyant, qu'il retrouvait maintenant converti,
gagné au surnaturel, lorsque lui-même agonisait du tourment de ne plus croire !

— Vous qui n'acceptiez que les faits exacts, qui basiez
tout sur l'observation !... Renoncez-vous donc à la
science?

Alors, Chassaigne, paisible et tristement souriant
jusque-là, eut un geste de violence et de souverain
mépris.

— La science! est-ce que je sais quelque chose, est-ce
que je peux quelque chose ?... Vous me demandiez tout à
l'heure de quoi ma pauvre Marguerite était morte. Mais je

n'en sais rien ! Moi qu'on imagine si savant, si armé contre
la mort, je n'y ai rien compris, je n'ai rien pu, pas même
prolonger d'une heure la vie de ma fille. Et ma femme,
que j'ai trouvée froide dans son lit, lorsqu'elle s'était couchée la veille mieux portante et si gaie, est-ce que j'ai été
capable seulement de prévoir ce qu'il aurait fallu faire ?...
Non, non ! pour moi, la science a fait faillite. Je ne veux
plus rien savoir, je ne suis qu'une bête et qu'un pauvre
homme.

Il disait cela, dans une révolte furieuse contre tout son
passé d'orgueil et de bonheur. Puis, lorsqu'il se fut
apaisé :

— Tenez ! je n'ai plus qu'un remords affreux. Oui, il
me hante, il me pousse sans cesse par ici, à rôder au
milieu de ces gens qui prient... C'est de n'être pas venu
d'abord m'humilier devant cette Grotte, en y amenant
mes deux chères créatures. Elles se seraient agenouillées
comme toutes ces femmes que vous voyez, je me serais
simplement agenouillé avec elles, et la sainte Vierge me
les aurait peut-être guéries et conservées... Moi, imbécile, je n'ai su que les perdre. C'est ma faute.

Des larmes, maintenant, ruisselaient de ses yeux.

— Dans mon enfance, à Bartrès, je me souviens que
ma mère, une paysanne, me faisait joindre les mains, pour
demander chaque matin le secours de Dieu. Cette prière
m'est nettement revenue à la mémoire, lorsque je me suis
retrouvé seul, aussi faible et perdu qu'un enfant. Que
voulez-vous, mon ami ? mes mains se sont jointes comme
autrefois, j'étais trop misérable, trop abandonné, je sentais trop vivement le besoin d'un secours surhumain,
d'une puissance divine qui pensât, qui voulût pour moi,
qui me berçât et m'emportât dans sa prescience éternelle...
Ah ! les premiers jours, quelle confusion, quel égarement
au fond de ma triste tête, sous l'effroyable coup de massue
qu'elle venait de recevoir ! J'ai passé vingt nuits sans

dormir, espérant que j'allais devenir fou. Toutes sortes
d'idées se battaient, j'avais des révoltes pendant lesquelles
je montrais le poing au ciel, je tombais ensuite à des
humilités, suppliant Dieu de me prendre à mon tour...
Et c'est enfin une certitude de justice, une certitude
d'amour qui m'a calmé, en me rendant la foi. Voyons,
vous avez connu ma fille, si grande, si belle, si éclatante
de vie : ne serait-ce pas la plus monstrueuse injustice, si,
pour elle qui n'a pas vécu, il n'y avait rien au delà du
tombeau ? Elle doit revivre, j'en ai l'absolue conviction,
car je l'entends encore parfois, elle me dit que nous
nous retrouverons, que nous nous reverrons. Oh ! les
êtres chers qu'on a perdus, ma chère fille, ma chère
femme, les revoir, revivre ailleurs avec elles, l'unique
espérance est là, l'unique consolation à toutes les douleurs de ce monde !... Je me suis donné à Dieu, puisque
Dieu seul peut me les rendre.

Un petit grelottement de vieillard débile l'agitait, et
Pierre comprenait enfin, rétablissait ce cas de conversion :
le savant, l'intellectuel vieilli, qui retournait à la croyance,
sous l'empire du sentiment. D'abord, ce qu'il n'avait pas
soupçonné jusque-là, il découvrait une sorte d'atavisme
de la foi, chez ce Pyrénéen, ce fils de paysans montagnards, élevé dans la légende, et que la légende reprenait, même lorsque cinquante années d'études positives
avaient passé sur elle. Puis, c'était la lassitude humaine,
l'homme auquel la science n'a pas donné le bonheur, et
qui se révolte contre la science, le jour où elle lui paraît
bornée, impuissante à empêcher ses larmes. Et, enfin, il y
avait encore là du découragement, un doute de toutes
choses qui aboutissait à un besoin de certitude, chez le
vieil homme, attendri par l'âge, heureux de s'endormir
dans la crédulité.

Pierre ne protestait pas, ne raillait pas, car ce grand
vieillard foudroyé, avec sa sénilité douloureuse, lui

déchirait le cœur. Sous de tels coups, n'est-ce pas une pitié que de voir les plus forts, les plus clairs, redevenir enfants?

— Ah! soupira-t-il très bas, si je souffrais assez pour faire taire aussi ma raison, et m'agenouiller là-bas, et croire à toutes ces belles histoires!

Le pâle sourire qui, parfois encore, passait sur les lèvres du docteur Chassaigne, reparut.

— Les miracles, n'est-ce pas? Vous êtes prêtre, mon enfant, et je sais votre malheur... Les miracles vous paraissent impossibles. Qu'en savez-vous? Dites-vous donc que vous ne savez rien, et que l'impossible, selon nos sens, se réalise à chaque minute... Et, tenez! nous avons causé longtemps, onze heures vont sonner, et il faut que vous retourniez à la Grotte. Mais je vous attends à trois heures et demie, je vous mènerai au bureau médical des constatations, où j'espère vous montrer des choses qui vous surprendront... N'oubliez pas, à trois heures et demie.

Il le renvoya, il resta seul sur le banc. La chaleur s'était encore accrue, les coteaux au loin brûlaient, dans l'éclat de fournaise du soleil. Et il s'oubliait, rêvant sous le petit jour verdâtre des ombrages, écoutant le murmure continu du Gave, comme si une voix de l'au-delà, une voix chère, lui avait parlé.

Tout de suite, Pierre se hâta de rejoindre Marie. Il put le faire sans trop de peine: la foule s'éclaircissait, beaucoup de monde déjà allait déjeuner. Près de la jeune fille, tranquillement assis, il aperçut le père, M. de Guersaint, qui voulut immédiatement s'expliquer sur sa longue absence. Pendant plus de deux heures, le matin, il avait battu Lourdes dans tous les sens, frappé à la porte de vingt hôtels, sans pouvoir trouver la moindre soupente, où coucher: les chambres de bonnes elles-mêmes étaient louées, on n'aurait pas découvert un matelas, pour s'étendre dans un corridor. Puis, comme il se désespérait, il était tombé sur deux chambres, étroites à la vérité, mais dans un bon hôtel, l'hôtel des Apparitions, un des mieux fréquentés de la ville. Les personnes qui les avaient retenues venaient de télégraphier que leur malade était mort. Enfin, une chance inouïe, dont il semblait tout égayé.

Onze heures sonnaient, le lamentable cortège se remit en marche, par les places, par les rues ensoleillées ; et, quand elle fut à l'Hôpital de Notre-Dame des Douleurs, Marie supplia son père et le jeune prêtre d'aller déjeuner tranquillement à l'hôtel, puis de se reposer un peu, avant de revenir la prendre vers deux heures, au moment où l'on devait reconduire les malades à la Grotte. Mais, à l'hôtel des Apparitions, après le déjeuner, les deux hommes étant montés dans leurs chambres, M. de Guersaint, brisé de fatigue, s'endormit d'un si profond sommeil, que Pierre n'eut pas le cœur de le réveiller. A quoi bon ? sa présence n'était point indispensable. Et il retourna seul à l'Hôpital, le cortège redescendit l'avenue de la Grotte, fila le long du plateau de la Merlasse, traversa la place du Rosaire, au milieu de la foule sans cesse accrue, qui frémissait et se signait, dans la joie de l'admirable journée d'août. C'était l'heure glorieuse d'un beau jour.

De nouveau installée devant la Grotte, Marie demanda :

— Mon père va nous rejoindre ?

— Oui, il se repose un instant.

Elle eut un geste, disant qu'il avait bien raison. Et, d'une voix pleine de trouble :

— Écoutez, Pierre, ne venez me chercher que dans une heure, pour me conduire aux piscines... Je ne suis pas assez en état de grâce, je veux prier, prier encore.

Après avoir désiré si ardemment être là, une terreur l'agitait, des scrupules la rendaient hésitante, au moment

15

de tenter le miracle ; et, comme elle racontait qu'elle
n'avait pu rien manger, une jeune fille s'approcha.

— Ma chère demoiselle, si vous vous sentiez trop faible,
vous savez que nous avons ici du bouillon.

Elle reconnut Raymonde. Des jeunes filles étaient ainsi
employées à la Grotte, pour distribuer des tasses de bouillon et de lait aux malades. Même certaines, les années
précédentes, s'étaient livrées à une telle coquetterie de
fins tabliers de soie, garnis de dentelle, qu'on leur avait
imposé un tablier d'uniforme, une modeste toile à carreaux
blancs et bleus. Et Raymonde, malgré tout, avait réussi à
se faire charmante dans cette simplicité, avec sa jeunesse
et son air empressé de bonne petite ménagère.

— N'est-ce pas ? répéta-t-elle, faites-moi un signe, et
je vous servirai.

Marie remercia, dit qu'elle ne prendrait sûrement rien;
puis, se retournant vers le prêtre :

— Une heure, une heure encore, mon ami.

Alors, Pierre voulut rester près d'elle. Mais toute la
place devait être réservée aux malades, on ne tolérait pas
la présence des brancardiers. Entraîné par le flot mouvant de la foule, il se trouva porté vers les piscines, il
tomba sur un spectacle extraordinaire, qui le retint. Devant les trois édicules, où étaient les baignoires, trois par
trois, six pour les femmes et trois pour les hommes, il y
avait un long espace, sous les arbres, qu'une grosse corde,
nouée aux troncs, fermait et laissait libre ; des malades,
dans de petites voitures ou sur des brancards, y attendaient leur tour, à la file ; tandis que, de l'autre côté
de la corde, se pressait une cohue immense, exaltée. A ce
moment, un capucin, debout au milieu de l'espace libre,
dirigeait les prières. Des *Ave* se succédaient, que la foule
balbutiait, d'un grand murmure confus. Puis, tout d'un
coup, comme madame Vincent, qui depuis longtemps
attendait, pâle d'angoisse, entrait enfin, avec son cher

fardeau, sa fillette pareille à un Jésus de cire, le capucin
se laissa tomber sur les genoux, les bras en croix, criant :
« Seigneur, guérissez nos malades ! » Et il répéta ce cri
dix fois, vingt fois, avec une furie croissante, et la foule
le répéta chaque fois, s'exaltant davantage à chaque cri,
sanglotant, baisant la terre. Ce fut un vent de délire qui
passa, abattant tous les fronts. Pierre demeura bouleversé par le sanglot de souffrance qui montait des entrailles de ce peuple, une prière d'abord, de plus en
plus haute, où éclatait bientôt une exigence, une voix
d'impatience et de colère, assourdissante et acharnée,
pour faire violence au ciel. « Seigneur, guérissez nos
malades !... Seigneur, guérissez nos malades !... » Et le
cri ne cessait pas.

Mais il y eut un incident. La Grivotte pleurait à chaudes
larmes, parce qu'on ne voulait pas la baigner.

— Ils disent comme ça que je suis phtisique et qu'ils
ne peuvent pas tremper les phtisiques dans l'eau froide...
Ce matin encore, ils en ont trempé une, je l'ai vue. Alors,
pourquoi pas moi ?... Je me tue à leur jurer depuis une
demi-heure qu'ils font de la peine à la sainte Vierge. Je
vais être guérie, je le sens, je vais être guérie...

Comme elle commençait à faire scandale, un des
aumôniers des piscines s'approcha, tâcha de la calmer.
On verrait tout à l'heure, on allait demander l'avis des
révérends pères. Si elle était bien sage, on la baignerait
peut-être.

Le cri continuait : « Seigneur, guérissez nos malades !...
Seigneur, guérissez nos malades !... » Et Pierre, qui
venait d'apercevoir madame Vêtu, attendant elle aussi
devant les piscines, ne pouvait détourner les yeux de cette
face torturée d'espoir, les yeux fixés sur la porte, d'où
les bienheureuses, les élues, sortaient guéries. Ce fut
au milieu d'un redoublement de prières, d'une frénésie
de supplications, que madame Vincent reparut avec sa

fillette sur les bras, sa misérable et adorée fillette qu'on
avait plongée évanouie dans l'eau froide, et dont la pauvre
petite figure, mal essuyée encore, restait aussi pâle,
les yeux fermés, plus douloureuse et plus morte. La
mère, crucifiée par cette longue agonie, désespérée du
refus de la sainte Vierge, insensible au mal de son enfant, sanglotait. Et, de nouveau, lorsque madame Vêtu
entra à son tour, avec un emportement de mourante qui
va boire la vie, le cri obsédant éclata, sans découragement
ni lassitude : « Seigneur, guérissez nos malades !... Seigneur, guérissez nos malades !... » Le capucin s'était
abattu la face contre le sol, et la foule, les bras en croix,
hurlante, mangeait la terre de baisers.

Pierre voulut rejoindre madame Vincent, pour lui dire
une bonne parole de consolation ; mais un flot de pèlerins
l'empêcha de passer, le rejeta vers la fontaine, qu'une
autre cohue assiégeait. C'était toute une construction
basse, un long mur de pierre, au chaperon taillé ; et,
malgré les douze robinets, qui coulaient dans l'étroit bassin, des queues avaient dû s'établir. Beaucoup emplissaient là des bouteilles, des bidons de fer-blanc, des
cruches de grès. Pour éviter la trop grande perte d'eau,
chaque robinet ne fonctionnait que sous l'action d'un
bouton. Aussi, avec leurs frêles mains, des femmes s'at-
tardaient-elles, en s'inondant les pieds. Celles qui
n'avaient pas de bidons à remplir, venaient boire et se laver
le visage. Pierre remarqua un jeune homme qui buvait
sept petits verres et qui se lavait sept fois les yeux, sans
s'essuyer. D'autres buvaient dans des coquillages, des
timbales d'étain, des poches de cuir. Et il fut surtout
intéressé par le spectacle d'Élise Rouquet qui, jugeant
inutile d'aller aux piscines, pour la plaie affreuse dont sa
face était rongée, se contentait, depuis le matin, de se
lotionner à la fontaine, toutes les heures. Elle s'agenouillait, écartait le fichu, appliquait longuement sur la

plaie un mouchoir qu'elle imbibait, comme une éponge ; et, autour d'elle, la foule se ruait dans une telle fièvre, que les gens ne remarquaient plus son visage de monstre, se lavaient et buvaient au canon même où elle mouillait son mouchoir.

Mais, à ce moment, Gérard qui passait, traînant aux piscines M. Sabathier, appela Pierre, qu'il voyait inoccupé. Et il lui demanda de le suivre, pour donner un coup de main ; car l'ataxique n'allait pas être commode à remuer et à descendre dans l'eau. Ce fut ainsi que Pierre demeura près d'une demi-heure dans la piscine des hommes, où il était resté avec le malade, pendant que Gérard retournait à la Grotte en chercher un autre. Cette piscine lui parut bien aménagée. Elle consistait en trois cases, en trois baignoires, où l'on descendait par des marches, et que séparaient des cloisons : l'entrée de chacune était garnie d'un rideau de toile, qu'on pouvait tirer pour isoler le malade. En avant, se trouvait une salle commune, une pièce dallée, meublée seulement d'un banc et de deux chaises, qui servait de salle d'attente. Les malades s'y déshabillaient, se rhabillaient ensuite, avec une hâte gauche, un souci inquiet de pudeur. Un homme était là, nu encore, s'enveloppant à demi dans le rideau, pour remettre un bandage, de ses mains tremblantes. Un autre, un phtisique, d'une effrayante maigreur, grelottait avec un râle, la peau grise, zébrée de taches violettes. Mais Pierre frémit en voyant le frère Isidore qu'on retirait d'une baignoire : il était inanimé, on le crut mort, puis il recommença à pousser des plaintes ; et c'était une pitié affreuse, ce grand corps desséché par la souffrance, pareil à un lambeau humain jeté sur l'étal, troué à la hanche d'une plaie. Les deux hospitaliers qui venaient de le baigner, avaient toutes les peines du monde à lui remettre sa chemise, car ils craignaient de le voir s'éteindre, dans une secousse trop brusque.

15.

— Monsieur l'abbé, vous allez m'aider, n'est-ce pas? demanda l'hospitalier qui déshabillait M. Sabathier.

Tout de suite, Pierre s'empressa ; et, en le regardant, il reconnut, dans cet infirmier aux fonctions si humbles, le marquis de Salmon-Roquebert, que M. de Guersaint lui avait montré, en descendant de la gare. C'était un homme d'une quarantaine d'années, au grand nez chevaleresque, dans une figure longue. Dernier représentant d'une des plus anciennes et des plus illustres familles de France, il avait une fortune considérable, un hôtel royal à Paris, rue de Lille, des terres immenses, en Normandie. Chaque année, il venait ainsi à Lourdes, pendant les trois jours du pèlerinage national, par charité, sans aucun zèle religieux, car il pratiquait uniquement en homme de bonne compagnie. Et il s'entêtait à ne rien être, il voulait rester simple hospitalier, baignant cette année-là les malades, les bras cassés de fatigue, les mains occupées du matin au soir à remuer des loques, à ôter et à remettre des pansements.

— Faites attention, recommanda-t-il, enlevez les bas sans vous presser. Tout à l'heure, pour ce pauvre homme qu'on rhabille là, la chair est venue.

Et, comme il quittait un instant M. Sabathier, afin d'aller rechausser le malheureux, il sentit, sous ses doigts, que le soulier gauche était mouillé à l'intérieur. Il regarda : du pus avait coulé, emplissant le bout du soulier ; et il dut aller le vider dehors, avant de le remettre au pied du malade, avec d'infinies précautions, en évitant de toucher à la jambe, que dévorait un ulcère.

— Maintenant, dit-il à Pierre, en revenant à M. Sabathier, tirez avec moi sur le caleçon, pour que nous l'ayons d'un coup.

Il n'y avait, dans la petite salle, que les malades et les hospitaliers chargés du service. Un aumônier aussi était présent, récitant des *Pater* et des *Ave*, car les prières ne

devaient pas cesser une minute. D'ailleurs, un simple
rideau volant fermait la porte, sur le large espace, que
les cordes protégeaient ; et les supplications de la foule
arrivaient en une clameur continue, tandis qu'on entendait la voix perçante du capucin répéter sans relâche :
« Seigneur, guérissez nos malades !... Seigneur, guérissez
nos malades !... » Des fenêtres hautes laissaient tomber
une froide lumière, et il régnait là une continuelle humidité, une odeur fade de cave trempée d'eau.

Enfin, M. Sabathier était nu. On ne lui avait noué, sur
le ventre, qu'un tablier étroit, pour la décence.

— Je vous en prie, dit-il, ne me descendez dans
l'eau que peu à peu.

L'eau froide le terrifiait. Il racontait encore que, la
première fois, il avait éprouvé un saisissement si atroce,
qu'il s'était juré de ne recommencer jamais. A l'entendre, il n'y avait pas de pire torture. Puis, l'eau, comme
il le disait, n'était guère engageante ; car, de crainte
que le débit de la source ne pût suffire, les pères de
la Grotte ne faisaient alors changer l'eau des baignoires
que deux fois par jour ; et, comme il passait dans la
même eau près de cent malades, on s'imagine quel
terrible bouillon cela finissait par être. Il s'y rencontrait
de tout, des filets de sang, des débris de peau, des croûtes,
des morceaux de charpie et de bandage, un affreux consommé de tous les maux, de toutes les plaies, de toutes
les pourritures. Il semblait que ce fût une véritable culture des germes empoisonneurs, une essence des con-
tagions les plus redoutables, et le miracle devait être
que l'on ressortît vivant de cette boue humaine.

— Doucement, doucement, répétait M. Sabathier à
Pierre et au marquis, qui l'avaient saisi par-dessous les
cuisses, pour le porter à la baignoire.

Et il regardait l'eau avec une terreur d'enfant, cette
eau épaisse et d'aspect livide, sur laquelle des plaques

luisantes, louches, flottaient. Il y avait au bord, à gauche,
un caillot rouge, comme si un abcès avait crevé à cette
place. Des bouts de linge nageaient ainsi que des chairs
mortes. Mais son épouvante de l'eau froide était si grande,
qu'il préférait pourtant ces bains souillés de l'après-
midi, parce que tous les corps qui s'y trempaient, finissaient par les réchauffer un peu.

— Nous allons vous laisser glisser sur les marches,
expliqua le marquis à demi-voix.

Puis, il recommanda à Pierre de le soutenir fortement
par les aisselles.

— Ne craignez rien, dit le prêtre, je ne lâcherai pas.

Lentement, M. Sabathier fut descendu. On ne voyait
plus que son dos, un pauvre dos de douleur, qui se balançait, se gonflait, se moirait d'un frisson. Et, quand il
fut plongé, la tête se renversa dans un spasme, on entendit
comme un craquement des os, pendant qu'il étouffait,
d'un souffle éperdu.

L'aumônier, debout devant la baignoire, avait repris,
avec une ferveur nouvelle :

— Seigneur, guérissez nos malades !... Seigneur,
guérissez nos malades !

M. de Salmon-Roquebert répéta le cri, qui était
réglementaire pour les hospitaliers, à chaque immersion.
Pierre dut également le jeter, et sa pitié devant tant de
souffrance était si grande, qu'il retrouvait un peu de sa
foi : depuis bien longtemps, il n'avait pas prié ainsi, souhaitant qu'il y eût au ciel un Dieu, dont la toute-puissance
pût soulager l'humanité misérable. Mais, au bout de trois
ou quatre minutes, lorsqu'ils retirèrent de la baignoire, à
grand'peine, M. Sabathier, blême et grelottant, il éprouva
une tristesse plus désespérée, à voir l'ataxique si malheureux, comme anéanti, de ne sentir aucun soulagement :
encore une tentative inutile ! la sainte Vierge n'avait pas
daigné l'entendre, pour la septième fois. Il fermait les

yeux, deux grosses larmes coulaient de ses paupières
closes, tandis qu'on le rhabillait.

Pierre, ensuite, reconnut le petit Gustave Vigneron qui
entrait, avec sa béquille, pour prendre son premier bain.
A la porte, la famille venait de s'agenouiller, le père, la
mère, la tante, madame Chaise, tous les trois cossus et
d'une dévotion exemplaire. On chuchotait dans la toule,
on disait que c'était un employé supérieur du ministère des
Finances. Mais, comme l'enfant commençait à se déshabiller, il y eut une rumeur, le père Fourcade et le père
Massias parurent, en donnant l'ordre de suspendre les
immersions. Le grand miracle allait être tenté, la faveur
extraordinaire sollicitée ardemment depuis le matin, la
résurrection de l'homme.

Dehors, les prières continuaient, un furieux appel de
voix qui se perdaient au ciel, dans la chaude après-midi
d'été. Et une civière couverte entra, que les deux brancardiers déposèrent au milieu de la salle. Le baron Suire,
président de l'Hospitalité, suivait, ainsi que Berthaud, un
des chefs de service; car l'aventure remuait tout le personnel, et il y eut quelques mots échangés à voix basse,
entre ces messieurs et les deux pères de l'Assomption.
Puis, ceux-ci tombèrent à genoux, les bras en croix,
priant, la face illuminée, transfigurée par leur brûlant
désir de voir se manifester l'omnipotence de Dieu.

— Seigneur, écoutez-nous!... Seigneur, exaucez-nous!

On venait d'emporter M. Sabathier, il n'y avait plus là
d'autres malades que le petit Gustave, à moitié dévêtu,
oublié sur une chaise. Les rideaux de la civière furent
tirés, le cadavre de l'homme apparut, déjà rigide, comme
réduit et aminci, avec ses grands yeux qui étaient restés
obstinément ouverts. Mais il fallait le déshabiller, car il
avait encore ses vêtements, et cette besogne terrible fit
hésiter un moment les hospitaliers. Pierre remarqua
que le marquis de Salmon-Roquebert, si dévoué aux

vivants, sans répugnance, s'était mis à l'écart, s'age-
nouillant lui aussi, pour ne pas toucher à ce corps.
Et il l'imita, se prosterna près de lui, afin d'avoir une
contenance.

Peu à peu, le père Massias s'exaltait, d'une voix si
haute, qu'elle couvrait celle de son supérieur, le père
Fourcade.

— Seigneur, rendez-nous notre frère !... Seigneur,
faites cela pour votre gloire !

Déjà, un des hospitaliers s'était décidé à tirer sur le
pantalon de l'homme ; mais les jambes ne cédaient pas,
il aurait fallu soulever le corps ; et l'autre hospitalier,
qui déboutonnait la vieille redingote, fit, à demi-voix, la
réflexion qu'il serait plus court de tout couper, avec des
ciseaux. Autrement, jamais on ne viendrait à bout de la
besogne.

Berthaud se précipita. Il avait consulté le baron
Suire, d'un mot rapide. Lui, au fond, en homme politique, désapprouvait le père Fourcade d'avoir tenté une
pareille aventure. Seulement, il n'était plus possible de
ne pas aller jusqu'au bout : la foule attendait, suppliait
le ciel depuis le matin. Et la sagesse était d'en finir tout
de suite, le plus respectueusement qu'on pourrait envers
le mort. Aussi, plutôt que de le trop secouer pour le
mettre nu, Berthaud pensait qu'il valait mieux le plonger
tout habillé dans la piscine. Il serait toujours temps de le
changer, s'il ressuscitait ; et, dans le cas contraire, peu
importait, mon Dieu ! Vivement, il dit ces choses aux
hospitaliers, il les aida à passer des sangles sous les
cuisses et sous les épaules de l'homme.

Le père Fourcade avait approuvé d'un signe de tête,
pendant que le père Massias redoublait de ferveur.

— Seigneur, soufflez sur lui et il renaîtra !... Seigneur, rendez-lui son âme pour qu'il vous glorifie !

D'un effort, les deux hospitaliers soulevèrent l'homme

sur les sangles, le portèrent au-dessus de la baignoire,
le descendirent dans l'eau lentement, tourmentés de
la crainte qu'il ne leur échappât. Alors, Pierre, saisi
d'horreur, vit très bien le corps s'immerger, avec ses
pauvres vêtements, dont l'étoffe se collait aux os, dessi-
nant le squelette. Il flottait comme un noyé. Puis,
l'abominable, ce fut que la tête, malgré la rigidité cada-
vérique, retombait en arrière ; et elle était sous l'eau,
les hospitaliers s'efforçaient vainement de relever la
sangle des épaules. Un moment, l'homme faillit glisser
au fond de la baignoire. Comment aurait-il pu retrouver
son souffle, puisqu'il avait la bouche pleine d'eau, avec
ses yeux grands ouverts, qui semblaient, sous ce voile,
mourir une seconde fois ?

Pendant les trois interminables minutes qu'on le
trempa, les deux pères de l'Assomption, ainsi que l'aumônier, dans un paroxysme de désir et de foi, s'efforcèrent
de violenter le ciel.

— Seigneur, regardez-le seulement, et il ressusci-
tera !... Seigneur, qu'il se lève à votre voix pour convertir la terre !... Seigneur, vous n'avez qu'un mot à dire,
le monde entier célébrera votre nom !

Comme si un vaisseau se fût brisé dans sa gorge, le père
Massias s'abattit sur les coudes, suffoquant, n'ayant plus
que la force de baiser les dalles. Et, du dehors, arriva
la clameur de la foule, le cri sans cesse répété, que le
capucin lançait toujours : « Seigneur, guérissez nos
malades !... Seigneur, guérissez nos malades !... » Cela
tombait si singulièrement, que Pierre retint un cri de
révolte. Près de lui, il sentait le marquis frémir. Aussi
fut-ce un soulagement général, lorsque Berthaud, décidément fâché de l'aventure, dit d'une voix brusque aux
hospitaliers :

— Retirez-le, retirez-le donc !

On retira l'homme, on le déposa sur la civière, avec

ses loques de noyé collées à ses membres. Ses cheveux
s'égouttaient, des ruisseaux coulaient, inondaient la salle.
Et le mort restait mort.

Tous s'étaient levés, le regardaient, au milieu d'un
silence pénible. Puis, comme on le recouvrait et qu'on
l'emportait, le père Fourcade le suivit, appuyé à l'épaule
du père Massias, traînant sa jambe goutteuse, dont il
avait oublié un moment la douloureuse pesanteur. Il
retrouvait déjà toute sa forte sérénité, on l'entendit qui
disait à la foule, pendant un silence :

— Mes chers frères, mes chères sœurs, Dieu n'a pas
voulu nous le rendre. C'est que, sans doute, dans son
infinie bonté, il le garde parmi ses élus.

Et ce fut tout, il ne fut plus question de l'homme. De
nouveau, on amenait des malades, les deux autres baignoires étaient occupées. Cependant, le petit Gustave, qui
avait suivi la scène de son œil fin et curieux, sans
terreur, achevait de se déshabiller. Son misérable corps
d'enfant scrofuleux apparut, avec ses côtes saillantes et
l'arête épineuse de son échine, d'une maigreur qui faisait
ressembler ses jambes à des cannes, la gauche surtout,
desséchée, réduite à l'os; et il avait deux plaies, l'une à
la cuisse, l'autre aux reins, affreuse celle-ci, la chair à
nu. Il souriait pourtant, si affiné par le mal, qu'il semblait avoir la raison et la philosophie brave d'un homme,
pour ses quinze ans qui en paraissaient à peine dix.

Le marquis de Salmon-Roquebert, l'ayant pris délicatement dans ses bras, refusa l'aide de Pierre.

— Merci, il ne pèse pas plus qu'un oiseau... Et n'aie
pas peur, mon cher petit, j'irai doucement.

— Oh! monsieur, je ne crains pas l'eau froide, vous
pouvez me plonger.

Il fut plongé ainsi dans la baignoire où l'on avait
trempé l'homme. A la porte, madame Vigneron et madame
Chaise, qui ne pouvaient entrer, s'étaient remises à

genoux et priaient dévotement; tandis que le père, M. Vigneron, admis dans la salle, faisait de grands signes de croix.

Pierre s'en alla, puisqu'il n'était plus utile. L'idée que trois heures étaient sonnées depuis longtemps, et que Marie devait l'attendre, le fit se hâter. Mais, comme il tentait de fendre la foule, il vit arriver la jeune fille, traînée dans son chariot par Gérard, qui n'avait pas cessé d'amener des malades aux piscines. Elle s'était impatientée, soudainement envahie par la certitude qu'elle se trouvait enfin en état de grâce. Et elle eut un mot de reproche.

— Oh! mon ami, vous m'avez donc oubliée!

Il ne trouva rien à répondre, il la regarda disparaître dans les piscines des femmes, et il tomba à genoux, mortellement triste. C'était ainsi qu'il voulait l'attendre prosterné, pour la reconduire à la Grotte, guérie certainement, chantant des louanges. Puisqu'elle était certaine d'être guérie, ne devait-elle pas l'être? D'ailleurs, lui-même cherchait en vain des mots de prière, au fond de son être bouleversé. Il restait sous le coup des choses terribles qu'il venait de voir, écrasé de fatigue physique, le cerveau déprimé, ne sachant plus ce qu'il voyait, ni ce qu'il croyait. Seule, sa tendresse éperdue pour Marie restait, le jetait à un besoin de sollicitations et d'humilité, dans cette pensée que les tout petits, quand ils aiment bien et qu'ils supplient les puissants, finissent par obtenir des grâces. Et il se surprit à répéter avec la foule, d'une voix de détresse, sortie du fond de son être:

— Seigneur, guérissez nos malades!... Seigneur, guérissez nos malades!...

Cela dura dix minutes, un quart d'heure peut-être. Puis, Marie reparut, dans son chariot. Elle avait sa face désespérée et pâle, ses beaux cheveux noués en un lourd paquet d'or, que l'eau n'avait pas touché. Et elle n'était pas guérie. Une stupeur d'infini découragement fermait sa bouche, tandis que ses yeux se détournaient, comme pour ne pas rencontrer ceux du prêtre, qui, saisi, le cœur glacé, se décida à reprendre la poignée du timon, afin de la reconduire devant la Grotte.

Et le cri des fidèles, à genoux, les bras en croix, baisant la terre, reprenait dans la folie croissante, fouetté par la voix aiguë du capucin.

— Seigneur, guérissez nos malades!... Seigneur, guérissez nos malades!...

Devant la Grotte, comme Pierre la réinstallait, Marie eut une défaillance. Tout de suite, Gérard qui était là, vit accourir Raymonde, avec une tasse de bouillon; et ce fut dès lors, entre eux, un assaut de zèle, autour de la malade. Raymonde, surtout, insistait pour faire accepter son bouillon, tenant gentiment la tasse, prenant des airs câlins de bonne infirmière; tandis que Gérard la trouvait tout de même charmante, cette fille sans fortune, déjà experte aux choses de la vie, prête à conduire un ménage d'une main ferme, sans cesser d'être aimable. Berthaud devait avoir raison, c'était la femme qu'il lui fallait.

— Mademoiselle, désirez-vous que je la soulève un peu?

— Merci, monsieur, je suis bien assez forte... Et puis, je la ferai boire à la cuiller, cela ira mieux.

Mais Marie, obstinée dans son silence farouche, revenait à elle, refusait le bouillon du geste. Elle voulait qu'on la laissât tranquille, qu'on ne lui parlât pas. Ce fut seulement lorsque les deux autres s'éloignèrent, en se souriant, qu'elle dit au prêtre, d'une voix sourde:

— Mon père n'est donc pas venu?

Pierre, après avoir hésité un moment, dut confesser la vérité.

— J'ai laissé votre père endormi, et il ne se sera pas réveillé.

Alors, Marie, retombant à son anéantissement, le renvoya lui-même, du geste dont elle écartait tout secours. Immobile, elle ne priait plus, elle regardait de ses grands yeux fixes la Vierge de marbre, la statue blanche, dans le flamboiement de la Grotte. Et, comme quatre heures sonnaient, Pierre, le cœur meurtri, s'en alla au bureau des constatations, en se rappelant le rendez-vous que lui avait donné le docteur Chassaigne.

IV

Le docteur Chassaigne attendait Pierre devant le bureau médical des constatations. Mais il y avait là une foule compacte, fiévreuse, guettant les malades qui entraient, les questionnant, les acclamant à la sortie, lorsque se répandait la nouvelle du miracle, un aveugle qui voyait, une sourde qui entendait, une paralytique qui retrouvait des jambes neuves. Et Pierre eut grand'peine à traverser cette cohue.

— Eh bien! demanda-t-il au docteur, allons-nous avoir un miracle, mais un vrai, incontestable?

Le docteur sourit, indulgent dans sa foi nouvelle.

— Ah! dame, un miracle ne se fait pas sur commande. Dieu intervient quand il veut.

Des hospitaliers gardaient sévèrement la porte. Tous le connaissaient, et ils s'écartèrent respectueusement, ils le laissèrent entrer, avec son compagnon. Ce bureau, où les guérisons étaient constatées, se trouvait installé fort mal dans une misérable cabane en planches, qui se composait de deux pièces, une étroite antichambre et une salle commune de réunion, insuffisante. D'ailleurs, il était question d'améliorer ce service, en le logeant plus au large, tout un vaste local, sous une des rampes du Rosaire, et dont on préparait déjà l'aménagement.

Dans l'antichambre, où il n'y avait qu'un banc de bois, Pierre aperçut deux malades assises, attendant leur tour, sous la surveillance d'un jeune hospitalier. Mais, lorsqu'il pénétra dans la salle commune, le nombre des personnes, entassées là, le surprit ; tandis que la suffocante chaleur amassée entre les murs de bois, que le soleil surchauffait, lui brûlait la face. C'était une pièce carrée, peinte en jaune clair, nue, avec une seule fenêtre, aux carreaux brouillés de blanc, afin que la foule, qui s'écrasait dehors, ne pût rien voir. On n'osait pas même ouvrir la fenêtre, pour donner de l'air ; car, aussitôt, un flot de têtes curieuses entraient. Et le mobilier restait rudimentaire : deux tables de sapin, d'inégale hauteur, placées bout à bout, qu'on n'avait seulement pas recouvertes d'un tapis ; une sorte de grand casier, encombré de paperasses mal tenues, de dossiers, de registres, de brochures ; enfin, des chaises de paille, une trentaine, tenant tout le plancher, et deux vieux fauteuils déloquetés, pour les malades.

Tout de suite, le docteur Bonamy s'était empressé au-devant du docteur Chassaigne, qui était une des dernières et une des plus glorieuses conquêtes de la Grotte. Il lui trouva une chaise, fit asseoir également Pierre, dont il salua la soutane. Puis, de son ton de grande politesse :

— Mon cher confrère, vous me permettez de continuer... Nous étions en train d'examiner mademoiselle.

Il s'agissait d'une sourde, une paysanne de vingt ans, assise dans l'un des fauteuils. Mais, au lieu d'écouter, Pierre, les jambes lasses, la tête bourdonnante encore, se contentait de regarder, tâchait de se rendre compte du personnel qui se trouvait là. On pouvait être une cinquantaine, beaucoup se tenaient debout, adossés contre le mur. Devant les deux tables, ils étaient cinq : le chef du service des piscines au milieu, penché sur un gros registre ; puis, un père de l'Assomption et trois jeunes séminaristes, qui servaient de secrétaires, écrivant, passant les dossiers, les reclassant, après chaque examen. Et Pierre s'intéressa un instant à un père de l'Immaculée-

16.

Conception, le père Dargelès, rédacteur en chef du
Journal de la Grotte, qu'on lui avait montré le matin.
Sa petite figure mince, aux yeux clignotants, au nez
pointu et à la bouche fine, souriait toujours. Il était
assis modestement au bout de la plus basse des deux
tables, et il prenait parfois des notes, pour son journal. Lui seul, de toute la congrégation, paraissait,
pendant les trois jours du pèlerinage national. Mais,
derrière lui, on devinait les autres, comme une force
lentement accrue et cachée, organisant tout et ramassant
tout.

Ensuite, l'assistance ne comptait guère que des curieux,
des témoins, une vingtaine de médecins et quatre ou
cinq prêtres. Les médecins, venus d'un peu partout, gardaient pour la plupart un absolu silence ; quelques-uns
se hasardaient à poser des questions ; et ils échangeaient
par moments des regards obliques, plus préoccupés de
se surveiller entre eux que de constater les faits soumis
à leur examen. Qui pouvaient-ils être ? Des noms étaient
prononcés, entièrement inconnus. Un seul avait causé
une émotion, celui d'un docteur célèbre d'une uni-
versité catholique.

Mais, ce jour-là, le docteur Bonamy, qui ne s'asseyait
jamais, menant la séance, interrogeant les malades,
gardait surtout son amabilité pour un petit monsieur
blond, un écrivain de quelque talent, rédacteur influent
d'un des journaux les plus lus de Paris, et qu'un hasard
venait de faire tomber à Lourdes, le matin même.
N'était-ce pas un incrédule à convertir, une influence et
une publicité à utiliser ? Et le docteur l'avait installé
dans le second fauteuil, et il affectait une bonhomie souriante, lui donnait la grande représentation, déclarait
qu'on n'avait rien à cacher, tout se passant au grand
jour.

— Nous ne demandons que la lumière, répétait-il.

Nous ne cessons de provoquer l'examen des hommes de bonne volonté.

Puis, comme la prétendue guérison de la sourde se présentait fort mal, il la rudoya un peu.

— Allons, allons, ma fille, il n'y a qu'un commencement... Vous repasserez.

Et, à demi-voix :

— Si on les écoutait, toutes seraient guéries. Mais nous n'acceptons que les guérisons prouvées, éclatantes comme le soleil... Remarquez que je dis guérisons, et non pas miracles; car, nous médecins, nous ne nous permettons pas d'interpréter, nous sommes là simplement pour constater si les malades, soumis à notre examen, n'offrent plus aucune trace de maladie.

Il se carrait, tirait du jeu son honnêteté, pas plus sot ni menteur qu'un autre, croyant sans croire, sachant la science si obscure, si pleine de surprises, que l'impossible y était toujours réalisable; et, sur le tard de sa vie de praticien, il s'était ainsi fait à la Grotte une situation à part, qui avait ses inconvénients et ses avantages, fort douce et heureuse en somme.

Maintenant, sur une question du journaliste de Paris, il expliquait sa façon de procéder. Chaque malade du pèlerinage arrivait avec un dossier, dans lequel se trouvait presque toujours un certificat du médecin qui le soignait; parfois même, il y avait plusieurs certificats de médecins différents, des bulletins d'hôpitaux, tout un historique de la maladie. Et, dès lors, quand une guérison venait à se produire, et que la personne guérie se présentait, il suffisait de se reporter à son dossier. de lire les certificats, pour connaître le mal dont elle souffrait, et pour constater, en l'examinant, si ce mal avait bien réellement disparu.

Pierre écoutait, attentif. Depuis qu'il était là, assis, au repos, il se calmait, il retrouvait son intelligence nette.

La chaleur seule l'incommodait maintenant. Aussi, intéressé par les explications du docteur Bonamy, désireux
de se faire une opinion, aurait-il pris la parole, sans la
robe qu'il portait. Cette soutane le condamnait à un perpétuel effacement. Et il fut ravi d'entendre le petit
monsieur blond, l'écrivain influent, formuler les objec-
tions qui, tout de suite, se présentaient. Cela ne semblait-
il pas désastreux que ce fût un médecin qui diagnostiquât
la maladie, et un autre médecin qui en constatât la guérison ? Il y avait certainement là une continuelle source
d'erreurs possibles. Le mieux aurait dû être qu'une
commission médicale examinât tous les malades, dès
leur arrivée à Lourdes, rédigeât des procès-verbaux,
auxquels la même commission se serait reportée, à
chaque cas de guérison. Mais le docteur Bonamy se récriait,
disant avec justesse que jamais une commission ne suffirait à une si gigantesque besogne : pensez donc ! mille
cas divers à examiner dans une matinée ! et que de
théories différentes, que de discussions, que de diagnostics contradictoires, augmentant l'incertitude ! L'examen
préalable, d'une réalisation presque impossible, offrait
en effet des causes d'erreurs tout aussi grandes. Dans
la pratique, il fallait s'en tenir à ces certificats délivrés
par les médecins, qui prenaient dès lors une importance capitale, décisive. On feuilleta des dossiers sur
l'une des tables, on fit lire des certificats au journaliste
de Paris. Beaucoup étaient d'une brièveté fâcheuse.
D'autres, mieux rédigés, spécifiaient nettement les maladies. Quelques signatures de médecins étaient même léga-
lisées par les maires des communes. Seulement, les
doutes restaient sans nombre, invincibles : quels étaient
ces médecins ? avaient-ils l'autorité scientifique nécessaire ? n'avaient-ils pas cédé à des circonstances ignorées,
à des intérêts purement personnels ? On était tenté de
réclamer une enquête sur chacun d'eux. Du moment que

tout se basait sur le dossier apporté par le malade, il aurait fallu un contrôle très soigneux des documents, car tout croulait, dès qu'une critique sévère n'avait pas établi l'absolue certitude des faits.

Très rouge, suant, le docteur Bonamy se démenait.

— Mais c'est ce que nous faisons, c'est ce que nous faisons !... Dès qu'un cas de guérison nous paraît inexplicable par les voies naturelles, nous procédons à une enquête minutieuse, nous prions la personne guérie de revenir se faire examiner... Et vous voyez bien que nous nous entourons de toutes les lumières. Ces messieurs qui nous écoutent sont presque tous des médecins, accourus des points les plus opposés de la France. Nous les conjurons de nous dire leurs doutes, de discuter les cas avec nous, et un procès-verbal très détaillé est dressé de chaque séance... Vous entendez, messieurs, protestez, si quelque chose ici blessait en vous la vérité.

Pas un des assistants ne bougea. Le plus grand nombre des médecins présents, qui devaient être des catholiques, s'inclinaient, naturellement. Et quant aux autres, les incrédules, les savants purs, ils regardaient, s'intéressaient à certains phénomènes, évitaient par courtoisie d'entrer dans des discussions, inutiles d'ailleurs ; puis, ils s'en allaient, quand leur malaise d'hommes raisonnables devenait trop grand, et qu'ils se sentaient près de se fâcher.

Alors, personne ne soufflant mot, le docteur Bonamy triompha. Et, comme le journaliste lui demandait s'il était seul, pour un si gros travail :

— Absolument seul. Ma fonction de médecin de la Grotte n'est pas si compliquée, car elle consiste simplement, je le répète, à constater les guérisons, lorsqu'il s'en produit.

Il se reprit pourtant, il ajouta avec un sourire :

— Ah ! j'oubliais, j'ai Raboin, qui m'aide à mettre ici un peu d'ordre.

Et il désignait du geste un gros homme d'une quarantaine d'années, grisonnant, à la face épaisse, à la
mâchoire de dogue. Lui était un croyant exaspéré, un
exalté qui ne permettait pas qu'on mît en doute les miracles. Aussi souffrait-il de sa fonction au bureau des
constatations médicales, toujours prêt à gronder de
colère, dès qu'on discutait. L'appel aux médecins l'ayant
jeté hors de lui, le docteur dut le calmer.

— Allons, Raboin, mon ami, taisez-vous ! Toutes les
opinions sincères ont le droit de se produire.

Mais les malades défilaient. On amena un homme dont
un eczéma couvrait le torse entier ; et, quand il ôtait sa
chemise, une farine grise tombait de sa peau. Il n'était
pas guéri, il affirmait seulement qu'il venait chaque
année à Lourdes et qu'il en repartait chaque fois soulagé.
Puis, ce fut une dame, une comtesse, d'une maigreur
effrayante, dont l'histoire était extraordinaire : guérie
une première fois par la sainte Vierge d'une tuberculose,
sept années auparavant, elle avait eu quatre enfants, puis
elle était retombée à la phtisie, morphinomane à cette
heure, mais déjà ranimée par son premier bain, se pro-
posant, dès le soir, d'assister à la procession aux flambeaux, avec les vingt-sept personnes de sa famille,
amenées par elle. Ensuite, il y eut une femme atteinte
d'aphonie nerveuse, qui, après des mois de mutité
absolue, venait de recouvrer subitement la voix, au
moment de la procession de quatre heures, sur le passage du Saint Sacrement.

— Messieurs, déclara le docteur Bonamy, avec la
bonne grâce affectée d'un savant aux idées larges,
vous savez que nous ne retenons pas les cas, dès qu'il
s'agit d'une affection nerveuse. Remarquez pourtant que
cette femme a été soignée pendant six mois à la Salpê-
trière et qu'elle a dû venir ici pour voir sa langue se délier tout d'un coup.

Cependant, il montrait quelque impatience, car il aurait voulu servir au monsieur de Paris un beau cas, comme il s'en produisait parfois pendant cette procession de quatre heures, qui était l'heure de grâce et d'exaltation, où la sainte Vierge intercédait pour ses élues. Jusque-là, les guérisons qui avaient défilé, restaient douteuses et sans intérêt. Et, au dehors, on entendait le piétinement, le grondement de la foule, fouettée de cantiques, enfiévrée par le besoin du miracle, s'énervant de plus en plus dans l'attente.

Mais une fillette poussa la porte, souriante et modeste, avec des yeux clairs, luisant d'intelligence.

— Ah! cria joyeusement le docteur, voici notre petite amie Sophie... Une guérison remarquable, messieurs, qui s'est produite à pareille époque, l'année dernière, et dont je demande la permission de vous montrer les résultats.

Pierre avait reconnu Sophie Couteau, la miraculée qui était montée dans son compartiment, à Poitiers. Et il assista à une répétition de la scène déjà jouée devant lui. Le docteur Bonamy donnait maintenant les explications les plus précises au petit monsieur blond, très attentif: une carie des os du talon gauche, un commencement de nécrose qui nécessitait la résection, une plaie affreuse, suppurante, guérie en une minute, à la première immersion dans la piscine.

— Sophie, racontez à monsieur.

La fillette eut son geste gentil, qui commandait l'attention.

— Alors, comme ça, mon pied était perdu, je ne pouvais seulement plus me rendre à l'église, et il fallait toujours l'envelopper dans du linge, parce qu'il coulait des choses qui n'étaient guère propres... Monsieur Rivoire, le médecin, qui avait fait une coupure, pour voir dedans, disait qu'il serait forcé d'enlever un morceau de l'os, ce qui m'aurait bien sûr rendue boiteuse... Et, alors, après

avoir bien prié la sainte Vierge, je suis allée tremper
mon pied dans l'eau, avec une si bonne envie de guérir,
que je n'ai pas même pris le temps d'enlever le linge...
Et, alors, tout est resté dans l'eau, mon pied n'avait
plus rien du tout, quand je l'ai sorti.

Le docteur Bonamy approuvait chaque mot, d'un
branle de la tête.

— Et, Sophie, répétez-nous le mot de votre médecin.

— Chez nous, quand monsieur Rivoire a vu mon pied,
il a dit : « Que ce soit le bon Dieu ou le diable qui ait
guéri cette enfant, ça m'est égal ; mais la vérité est qu'elle
est guérie. »

Des rires éclatèrent, le mot était d'un effet sûr.

— Et, Sophie, votre mot à madame la comtesse, la
directrice de votre salle.

— Ah! oui... Je n'avais pas emporté beaucoup de
linge, pour mon pied ; et je lui ai dit : « La sainte Vierge
a été bien bonne de me guérir le premier jour, car le
lendemain ma provision allait être épuisée. »

Il y eut de nouveaux rires, une satisfaction générale, à
la voir si gentille, récitant un peu trop son histoire,
qu'elle savait par cœur, mais très touchante et l'air véridique.

— Sophie, ôtez votre soulier, montrez votre pied à ces
messieurs... Il faut qu'on touche, il faut que personne ne
puisse douter.

Lestement, le petit pied apparut, très blanc, très
propre, même soigné, avec la cicatrice au-dessous de la
cheville, une longue cicatrice dont la couture blanchâtre
témoignait de la gravité du mal. Quelques médecins
s'étaient approchés, regardaient en silence. D'autres, qui
avaient leur conviction faite sans doute, ne se dérangèrent
pas. Un des premiers, d'un air très poli, demanda
pourquoi la sainte Vierge, pendant qu'elle y était, n'avait
pas refait un pied tout neuf, ce qui ne lui aurait pas

coûté davantage. Mais le docteur Bonamy répondit vivement que, si la sainte Vierge avait laissé une cicatrice,
c'était sûrement pour qu'il existât une trace, une preuve
du miracle. Il entrait dans des détails techniques, démontrait qu'un fragment d'os et de la chair avaient dû être
refaits instantanément, ce qui restait inexplicable par les
voies naturelles.

— Mon Dieu! interrompit le petit monsieur blond, il
n'y a pas besoin de tant d'affaires! Qu'on me montre seulement un doigt entaillé d'un coup de canif et qui sorte
cicatrisé de l'eau : le miracle sera aussi grand, je m'in-
clinerai.

Puis, il ajouta :

— Si j'avais, moi, une source qui refermât ainsi les
plaies, je voudrais bouleverser le monde. Je ne sais pas
comment, mais j'appellerais les peuples, et les peuples
viendraient. Je ferais constater les miracles avec une
telle évidence, que je serais le maître de la terre. Songez donc à cette puissance souveraine, toute divine!...
Mais il faudrait que pas un doute ne restât, il faudrait
une vérité aussi éclatante que le soleil. La terre entière
verrait et croirait.

Et il discuta les moyens de contrôle avec le docteur. Il
avait admis que tous les malades ne pouvaient être exa-
minés à l'arrivée. Seulement, pourquoi ne créait-on pas,
à l'Hôpital, une salle particulière, réservée aux plaies
apparentes? On aurait là une trentaine de sujets au plus,
qu'on soumettrait à l'examen préalable d'une commission.
Des procès-verbaux de constat seraient dressés, on pho-
tographierait même les plaies. Ensuite, si une guérison
venait à se produire, la commission n'aurait qu'à la constater, dans un nouveau procès-verbal. Et là il ne s'agirait
plus d'une maladie interne, dont le diagnostic est difficile, toujours discutable. L'évidence se ferait.

Un peu embarrassé, le docteur Bonamy répétait :

17

— Sans doute, sans doute, nous ne demandons que la lumière... Le difficile serait de composer cette commission. Si vous saviez comme on s'entend peu !... Enfin, il y a certainement là une idée.

Il fut secouru par l'arrivée d'une nouvelle malade. Pendant que la petite Sophie Couteau se rechaussait, déjà oubliée, Élise Rouquet parut, avec sa face de monstre, qu'elle étala, en ôtant son fichu. Depuis le matin, elle se lotionnait avec des linges, à la fontaine, et il lui semblait bien, disait-elle, que sa plaie, si avivée, commençait à sécher et à pâlir. C'était vrai, Pierre constatait, très surpris, que l'aspect en était moins horrible. Ce fut un nouvel aliment à la discussion sur les plaies apparentes; car le petit monsieur blond s'entêtait dans son idée de la création d'une salle spéciale : en effet, si l'on avait constaté, le matin même, l'état de cette fille, et si elle guérissait, quel triomphe pour la Grotte d'avoir ainsi guéri un lupus! Le miracle ne serait plus niable.

Jusque-là, le docteur Chassaigne s'était tenu à l'écart, immobile et muet, comme s'il eût voulu laisser les faits seuls agir sur Pierre. Brusquement, il se pencha, pour lui dire à demi-voix :

— Les plaies apparentes, les plaies apparentes... Ce monsieur ne se doute pas qu'aujourd'hui nos savants médecins soupçonnent beaucoup de ces plaies d'être d'origine nerveuse. Oui, l'on découvre qu'il y aurait là simplement une mauvaise nutrition de la peau. Ces questions de la nutrition sont encore si mal étudiées !... Et l'on arrive à prouver que la foi qui guérit peut parfaitement guérir les plaies, certains faux lupus entre autres. Alors, je vous demande quelle certitude il obtiendrait, ce monsieur, avec sa fameuse salle des plaies apparentes! Un peu plus de confusion et de passion dans l'éternelle querelle... Non, non! la science est vaine, c'est la mer de l'incertitude.

Il souriait douloureusement, tandis que le docteur

Bonamy engageait Élise Rouquet à continuer les lotions et à revenir chaque jour se faire examiner. Puis, il répéta, de son air prudent et affable :

— Enfin, messieurs, il y a un commencement, ce n'est pas douteux.

Mais le bureau fut bouleversé. La Grivotte venait d'entrer en coup de vent, d'une allure dansante, criant à voix pleine :

— Je suis guérie... Je suis guérie...

Et elle racontait qu'on ne voulait d'abord pas la baigner, qu'elle avait dû insister, supplier, sangloter, pour qu'on se décidât à le faire, sur une permission formelle du père Fourcade. Et elle l'avait bien dit à l'avance : elle n'était pas plongée dans l'eau glacée, depuis trois minutes, toute suante, avec son enrouement de phtisique, qu'elle avait senti les forces lui revenir, comme dans un grand coup de fouet qui lui cinglait tout le corps. Une exaltation, une flamme l'agitait, piétinante et radieuse, ne pouvant tenir en place.

— Je suis guérie, mes bons messieurs... Je suis guérie...

Stupéfait cette fois, Pierre la regardait. Était-ce donc cette fille que, la nuit dernière, il avait vue anéantie sur la banquette du wagon, toussant et crachant le sang, la face terreuse? Il ne la reconnaissait pas, droite, élancée, les joues en feu, les yeux étincelants, avec toute une volonté et une joie de vivre qui la soulevaient.

— Messieurs, déclara le docteur Bonamy, le cas me paraît très intéressant... Nous allons voir...

Il demanda le dossier de la Grivotte. Mais, parmi l'entassement des paperasses sur les deux tables, on ne le trouvait pas. Les secrétaires, les jeunes séminaristes fouillaient tout; et il fallut que le chef du service des piscines, assis au milieu, se levât, allât regarder dans le casier. Enfin, lorsqu'il eut repris sa chaise, il découvrit

le dossier sous le registre qu'il gardait grand ouvert
devant lui. Il contenait jusqu'à trois certificats de
médecin, dont lui-même donna lecture. Tous les trois, du
reste, concluaient à une phtisie avancée, que des accidents nerveux compliquaient et rendaient particulière.

Le docteur Bonamy eut un geste, pour dire qu'un tel
ensemble ne laissait aucun doute. Puis, il ausculta longuement la malade. Et il murmurait :

— Je n entends rien..., je n'entends rien...

Il se reprit.

— Ou presque rien.

Ensuite, il se tourna vers les vingt-cinq à trente médecins qui se tenaient là, silencieux.

— Messieurs, si quelques-uns d'entre vous veulent bien
me prêter leurs lumières... Nous sommes ici pour étudier
et discuter.

D'abord, pas un ne remua. Puis, il y en eut un qui
osa se risquer. Il ausculta à son tour la jeune femme ;
mais il ne se prononçait pas, réfléchissait, avait un branle
soucieux de la tête. Finalement, il bégaya que, pour lui,
il fallait rester dans l'expectative. Mais un autre, tout de
suite, le remplaça, et celui-ci fut catégorique : il n'entendait rien du tout, jamais cette femme-là n'avait été
phtisique. D'autres encore le suivirent, tous finirent par
défiler, excepté cinq ou six qui gardaient une attitude
fermée, finement souriante. Et la confusion fut à son
comble, car chacun donnait son avis, sensiblement différent ; de sorte que, dans le brouhaha des voix, on ne s'entendait même plus parler. Seul, le père Dargelès montrait
un calme d'absolue sérénité, car il avait flairé un de ces
cas qui passionnent et qui sont la gloire de Notre-Dame
de Lourdes. Déjà, il prenait des notes sur un coin de la
table.

Alors, à l'écart, grâce à l'éclat des voix, Pierre et le
docteur Chassaigne purent causer sans être entendus.

— Oh ! ces piscines que je viens de voir ! dit le jeune prêtre, ces piscines dont on renouvelle l'eau si rarement ! Quelle saleté, quel bouillon de microbes !... La manie, la fureur de précautions antiseptiques où nous sommes, reçoit là un fameux soufflet. Comment se fait-il qu'une même peste n'emporte pas tous ces malades? Les adversaires de la théorie microbienne doivent bien rire.

Le docteur l'arrêta.

— Mais non, mon enfant... Si les bains ne sont guère propres, ils n'offrent aucun danger. Remarquez que l'eau ne monte pas au-dessus de dix degrés, et il en faut vingt-cinq pour la culture des germes. Puis, les maladies contagieuses ne viennent guère à Lourdes, ni le choléra, ni le typhus, ni la variole, ni la rougeole, ni la scarlatine. Nous ne voyons ici que certaines maladies organiques, les paralysies, la scrofule, les tumeurs, les ulcères, les abcès, le cancer, la phtisie ; et cette dernière n'est pas transmissible par l'eau des bains. Les vieilles plaies qu'on y trempe, ne craignent rien et n'offrent aucun risque de contagion... Je vous assure que, sur ce point, la sainte Vierge n'a pas même besoin d'intervenir.

— Alors, docteur, autrefois, dans votre service, vous auriez ainsi fait tremper tous vos malades dans l'eau glacée, les femmes à n'importe quelle époque du mois, les rhumatisants, les cardiaques, les phtisiques ?... Cette malheureuse fille, à demi morte, en sueur, vous l'auriez baignée ?

— Certainement non !... Il y a des moyens héroïques que, couramment, on n'ose pas. Un bain glacé peut à coup sûr tuer un phtisique ; mais savons-nous si, dans de certaines circonstances, il ne peut pas le sauver?... Moi qui ai fini par admettre qu'un pouvoir surnaturel agissait ici, je conviens très volontiers que des guérisons doivent se produire naturellement, grâce à cette immersion dans

17.

l'eau froide qui nous paraît imbécile et barbare... Ah! ce
que nous ignorons, ce que nous ignorons...

Il retombait à sa colère, à sa haine de la science, qu'il
méprisait, depuis qu'elle l'avait laissé effaré et impuissant,
devant l'agonie de sa femme et de sa fille.

— Vous demandez des certitudes, ce n'est sûrement
pas la médecine qui vous les donnera... Écoutez un instant ces messieurs et soyez édifié. N'est-ce pas beau, une
si parfaite confusion, où tous les avis se heurtent? Certes,
il est des maladies que l'on connaît admirablement,
jusque dans les plus petites phases de leur évolution ;
il est des remèdes dont on a étudié les effets avec le soin
le plus scrupuleux ; mais ce qu'on ne sait pas, ce qu'on
ne peut savoir, c'est la relation du remède au malade,
car autant de malades, autant de cas, et chaque fois l'expérience recommence. Voilà pourquoi la médecine reste un
art, parce qu'elle ne saurait avoir une rigueur expéri-
mentale : toujours la guérison dépend d'une circonstance
heureuse, de la trouvaille de génie du médecin... Et,
alors, comprenez donc que les gens qui viennent discuter ici me font rire, quand ils parlent au nom des
lois absolues de la science. Où sont-elles ces lois, en
médecine? Qu'on me les montre !

Il voulut n'en pas dire davantage. Mais sa passion l'emporta.

— Je vous ai dit que j'étais devenu croyant... Seulement, en vérité, je comprends très bien que ce brave
docteur Bonamy ne s'émeuve guère et qu'il appelle les
médecins du monde entier pour étudier ses miracles.
Plus il y aurait de médecins, moins la vérité se ferait, au
milieu de la bataille des diagnostics et des méthodes de
traitement. Si l'on ne s'entend pas sur une plaie apparente, ce n'est pas pour s'entendre sur une lésion intérieure, que les uns nient, quand les autres l'affirment.
Et pourquoi, dès lors, tout ne deviendrait-il pas miracle?

Car, au fond, que ce soit la nature qui agisse ou une puissance surnaturelle, les médecins n'en restent pas moins
surpris le plus souvent, devant des terminaisons qu'ils
ont rarement prévues... Sans doute, les choses sont fort
mal organisées ici. Ces certificats de médecins qu'on ne
connaît pas n'ont aucune valeur sérieuse. Il faudrait un
contrôle des documents très sévère. Mais admettez une
rigueur scientifique absolue, vous êtes bien naïf, mon
cher enfant, si vous croyez que la conviction se ferait,
éclatante pour tous. L'erreur est dans l'homme, et il n'y
a pas de besogne plus héroïque que d'établir la plus
petite des vérités.

Pierre, alors, commença à comprendre ce qui se passait
à Lourdes, l'extraordinaire spectacle auquel le monde
assistait depuis des années, parmi l'adoration dévote des
uns et la risée insultante des autres. Évidemment, des
forces mal étudiées encore, ignorées même, agissaient :
auto-suggestion, ébranlement préparé de longue main,
entraînement du voyage, des prières et des cantiques,
exaltation croissante ; et surtout le souffle guérisseur, la
puissance inconnue qui se dégageait des foules, dans la
crise aiguë de la foi. Aussi lui sembla-t-il désormais peu
intelligent de croire à des supercheries. Les faits étaient
beaucoup plus hauts et beaucoup plus simples. Les pères
de la Grotte n'avaient pas à se noircir la conscience de
mensonges, il leur suffisait d'aider à la confusion, d'utiliser l'universelle ignorance. Même, on pouvait admettre
que tous étaient sincères, les médecins sans génie qui
délivraient les certificats, les malades consolés qui se
croyaient guéris, les témoins passionnés qui juraient avoir
vu. Et, de tout cela, sortait, évidente, l'impossibilité de
prouver que le miracle était ou n'était pas. Dès ce
moment, le miracle ne devenait-il pas une réalité, pour
le plus grand nombre, pour tous ceux qui souffraient et
qui avaient besoin d'espoir ?

Comme le docteur Bonamy s'était approché d'eux, en
les voyant causer à l'écart, Pierre lui demanda :

— Dans quelles proportions les guérisons se produisent-
elles?

— Environ le dix pour cent, répondit-il.

Puis, lisant une surprise dans les yeux du jeune prêtre,
il ajouta avec une bonhomie parfaite :

— Oh! nous en obtiendrions davantage... Mais, il faut
bien le dire, je ne suis ici que pour faire un peu la police
des miracles. Ma vraie fonction est d'arrêter les zèles
trop grands, de ne pas laisser tomber dans le ridicule les
choses saintes... En somme, mon bureau n'est qu'un
bureau de visa, quand les guérisons constatées semblent
sérieuses.

Il fut interrompu par de sourds grondements. C'était
Raboin qui se fâchait.

— Les guérisons constatées, les guérisons constatées...
A quoi bon? Le miracle est continuel... Pour les croyants,
à quoi bon constater? Ils n'ont qu'à s'incliner et à croire.
Pour les incroyants, à quoi bon encore? Jamais on ne los
convaincra... C'est des bêtises, ce que nous faisons ici.

Sévèrement, le docteur Bonamy lui ordonna de se taire.

— Raboin, vous êtes un révolté... Je dirai au père Capdebarthe que je ne veux plus de vous, puisque vous semez
la désobéissance.

Il avait pourtant raison, ce garçon qui montrait les dents,
toujours prêt à mordre, lorsqu'on touchait à sa foi ; et
Pierre le regarda avec sympathie. Toute cette besogne du
bureau des constatations, si mal faite d'ailleurs, était en
effet inutile : blessante pour les dévots, insuffisante pour
les incrédules. Est-ce que le miracle se prouve? Il faut y
croire. Il n'y a plus à comprendre, dès que Dieu intervient.
Dans les siècles de réelle croyance, la science ne se mêlait
pas d'expliquer Dieu. Que venait-elle faire ici? Elle entravait la foi et se diminuait elle-même. Non, non! se jeter

par terre, baiser la terre et croire. Ou bien s'en aller. Il n'y avait pas de compromis possible. Du moment que l'examen commençait, il ne devait plus s'arrêter, il aboutissait fatalement au doute.

Mais Pierre, surtout, souffrait des extraordinaires conversations qu'il entendait. Les croyants qui étaient dans la salle, parlaient des miracles avec une aisance, une tranquillité inouïes. Les faits stupéfiants les laissaient pleins de sérénité. Encore un miracle, encore un miracle! et ils racontaient des imaginations de démence avec un sourire, sans la moindre protestation de leur raison. Ils vivaient évidemment dans un tel milieu de fièvre visionnaire, que rien ne les étonnait plus. Et ce n'étaient pas seulement des simples, des enfantins, des illettrés, des hallucinés, tels que Raboin; mais des intellectuels se trouvaient là, des savants, le docteur Bonamy et d'autres. C'était inimaginable. Aussi Pierre sentait-il grandir en lui un malaise, une sourde colère qui aurait fini par éclater. Sa raison se débattait, ainsi qu'un pauvre être qu'on aurait jeté à l'eau, que de toutes parts le flot prendrait et étoufferait; et il pensait que les cerveaux, comme le docteur Chassaigne par exemple, qui sombrent dans la croyance aveugle, doivent d'abord traverser ce malaise et cette lutte, avant le naufrage définitif.

Il le regarda, il le vit infiniment triste, foudroyé par le destin, d'une faiblesse d'enfant qui pleure, seul au monde désormais. Et, pourtant, il ne put retenir le cri de protestation qui lui montait aux lèvres.

— Non, non! si l'on ne sait pas tout, si même l'on ne sait jamais tout, ce n'est pas un argument pour cesser d'apprendre. Il est mauvais que l'inconnu bénéficie de ce que nous ignorons. Au contraire, notre éternel espoir doit être d'expliquer un jour l'inexpliqué; et nous ne saurions avoir sainement un idéal, en dehors de cette marche à l'inconnu pour le connaître, de cette victoire

lente de la raison, au travers des misères de notre
corps et de notre intelligence... Ah! la raison, c'est
par elle que je souffre, c'est d'elle aussi que j'attends toute
ma force ! Quand elle périt, l'être périt tout entier. Quitte
à y laisser le bonheur, je n'ai que l'ardente soif de la
contenter toujours davantage.

Des larmes parurent dans les yeux du docteur Chassaigne. Le souvenir de ses chères mortes venait de passer
sans doute. Et, à son tour, il murmura :

— La raison, la raison, oui, certainement, c'est une
grande fierté, la dignité même de vivre... Mais il y a
l'amour, qui est la toute-puissance de la vie, l'unique bien
à reconquérir, quand on l'a perdu...

Sa voix se brisait dans un sanglot étouffé. Et, comme,
machinalement, il feuilletait les dossiers sur la table, il
trouva celui qui portait, en grosses lettres, le nom de
Marie de Guersaint. Il l'ouvrit, lut les certificats des deux
médecins concluant à une paralysie de la moelle. Et il
reprit :

— Voyons, mon enfant, vous avez, je le sais, une vive
affection pour mademoiselle de Guersaint... Que diriez-
vous, si elle était guérie ici ? Je découvre là des certificats,
signés de noms honorables, et vous savez que les paralysies de cette nature sont incurables... Eh bien ! si cette
jeune personne, brusquement, courait et sautait, comme
j'en ai vu tant d'autres, ne seriez-vous pas bien heureux,
n'admettriez-vous pas enfin l'intervention d'une puissance
surnaturelle ?

Pierre allait répondre, lorsqu'il se rappela la consultation de son cousin Beauclair, le miracle prédit, en coup
de foudre, dans un réveil, une exaltation de tout l'être;
et il sentit croître son malaise, il se contenta de dire :

— En effet, je serais bien heureux... Et je pense
comme vous, il n'y a sans doute que la volonté du bonheur, dans toute l'agitation de ce monde.

Mais il ne pouvait plus rester là. La chaleur devenait telle, que la sueur ruisselait des visages. Le docteur Bonamy dictait à un des séminaristes le résultat de l'examen de la Grivotte; tandis que le père Dargelès, surveillant les expressions, se haussait parfois à son oreille, pour lui faire modifier une phrase. D'ailleurs, le tumulte continuait autour d'eux, la discussion des médecins avait dévié, portait maintenant sur des points techniques, d'un intérêt nul dans le cas spécial mis à l'étude. On ne respirait plus entre les murs de planches, une nausée y faisait tourner les cœurs et les cerveaux. Le petit monsieur blond, l'écrivain influent de Paris, s'en était allé, mécontent de n'avoir pas vu un vrai miracle.

Pierre dit au docteur Chassaigne :

— Sortons, je vais me trouver mal.

Ils sortirent en même temps que la Grivotte, que l'on congédiait. Et, tout de suite, à la porte, ils retombèrent dans un flot de foule qui se ruait, qui s'écrasait pour voir la miraculée. Le bruit du miracle avait dû déjà se répandre, c'était à qui s'approcherait de l'élue, la questionnerait, la toucherait. Et elle, avec ses joues empourprées, ses yeux de flamme, ne savait que répéter, de son air dansant :

— Je suis guérie... Je suis guérie...

Des cris couvraient sa voix, elle était noyée, emportée dans les remous de la cohue. Un moment, on la perdit des yeux, comme si elle avait sombré ; puis, elle reparut subitement, tout près de Pierre et du docteur, qui tâchaient de se dégager. Ils venaient de trouver là le Commandeur, dont une des manies était de descendre aux piscines et à la Grotte, pour s'y fâcher. Sanglé militairement dans sa redingote, il s'appuyait sur sa canne à pomme d'argent, en traînant un peu la jambe gauche, qu'un reste de paralysie, depuis sa deuxième attaque, raidissait. Et sa face rougit, ses yeux flambèrent de colère,

204 LES TROIS VILLES.

lorsque la Grivotte le bouscula pour passer, en répétant, au milieu de l'enthousiasme déchaîné de la foule :

— Je suis guérie... Je suis guérie...

— Eh bien ! cria-t-il, pris d'une fureur brusque, tant pis pour vous, ma fille !

On s'exclama, on se mit à rire, car on le connaissait, on lui pardonnait sa passion maniaque de la mort. Pourtant, comme il bégayait des paroles confuses, disant que c'était pitié, quand on n'avait ni beauté, ni fortune, de vouloir vivre, et que cette fille aurait dû préférer mourir tout de suite, plutôt que de souffrir encore, on commençait à gronder autour de lui, lorsque l'abbé Judaine, qui passait, vint le tirer d'affaire. Il l'entraîna à l'écart.

— Taisez-vous donc ! C'est scandaleux... Pourquoi vous insurgez-vous contre la bonté de Dieu qui fait grâce parfois à nos misères, en les soulageant ?... Vous devriez tomber à genoux vous-même, je vous le répète, et le supplier de vous rendre votre jambe, de vous laisser vivre dix ans encore.

Alors, il s'étrangla.

— Moi, moi ! demander dix ans de vie, lorsque mon plus beau jour sera le jour où je partirai ! Être aussi plat, aussi lâche, que ces milliers de malades que je vois défiler ici, dans une basse terreur de la mort, hurlant leur faiblesse, la passion inavouable qu'ils ont de vivre ! Ah ! non, je me mépriserais trop !... Que je crève donc ! et tout de suite, ce sera si bon de ne plus être !

Il se retrouvait près du docteur Chassaigne et de Pierre, enfin hors de la bousculade des pèlerins, au bord du Gave. Et il s'adressa au docteur, qu'il rencontrait souvent.

— Est-ce qu'ils n'ont pas, tout à l'heure, essayé de ressusciter un homme ! On m'a conté ça, j'ai failli en étouffer... Hein ? docteur, comprenez-vous ? Un homme

qui avait la joie d'être mort et qu'ils se sont permis de
tremper dans leur eau, avec le criminel espoir de le faire
revivre ! Mais, s'ils avaient réussi, si leur eau l'avait ranimé, ce misérable, car on ne sait jamais dans ce drôle
de monde, croyez-vous que l'homme n'aurait pas été en
droit de leur cracher sa colère à la face, à ces raccommo-
deurs de cadavres ?... Est-ce que ce mort les avait priés de
le réveiller ? Est-ce qu'ils savaient s'il n'était pas content
d'être mort ? On consulte les gens, au moins... Les voyez-
vous me faire cette sale farce, à moi, quand je dormirai
enfin le bon grand sommeil ? Ah ! je les recevrais bien !
Mêlez-vous donc de ce qui vous regarde ! Et ce que je
m'empresserais de remourir !

Il était si singulier, dans son emportement, que l'abbé
Judaine et le docteur ne purent s'empêcher de sourire.
Mais Pierre restait grave, glacé par le grand frisson qui
passait. N'étaient-ce pas les imprécations désespérées de
Lazare qu'il venait d'entendre ? Souvent, il avait imaginé
que Lazare, sorti du tombeau, criait à Jésus : « Oh ! Seigneur, pourquoi m'avoir réveillé à cette abominable vie ?
Je dormais si bien de l'éternel sommeil sans rêve, je
goûtais enfin un si bon repos, dans les délices du néant !
J'avais connu toutes les misères et toutes les douleurs,
les trahisons, les fausses espérances, les défaites, les
maladies ; j'avais payé à la souffrance ma dette affreuse
de vivant, car j'étais né sans savoir pourquoi, j'avais
vécu sans savoir comment ; et voilà, Seigneur, que vous
me faites payer double, en me condamnant à recommencer mon temps de bagne !... Ai-je donc commis
quelque inexpiable faute, que vous la punissez d'un si
cruel châtiment ? Revivre, hélas ! se sentir mourir un
peu chaque jour dans sa chair, n'avoir d'intelligence
que pour douter, de volonté que pour ne pas pouvoir,
de tendresse que pour pleurer ses peines ! Et c'était fini,
je venais de passer le pas terrifiant de la mort, cette

18

seconde si horrible, qu'elle suffit à empoisonner toute
l'existence. J'avais senti la sueur de l'agonie me mouiller, le sang se retirer de mes membres, le souffle m'échapper, s'en aller en un dernier hoquet. Cette détresse, vous
voulez donc que je la connaisse deux fois, vous voulez
que je meure deux fois, et que ma misère humaine passe
celle de tous les hommes!... Ah! Seigneur, que ce soit
tout de suite! Oui, je vous en conjure, faites cet autre
grand miracle, recouchez-moi dans ce tombeau, rendormez-moi sans souffrir de mon éternel sommeil interrompu. Par grâce, ne m'infligez pas le tourment de revivre,
ce tourment effroyable auquel vous n'avez encore osé
condamner aucun être. Je vous ai toujours aimé et servi,
ne faites pas de moi le plus grand exemple de votre
colère, qui épouvanterait les générations. Soyez bon et
doux, Seigneur, rendez-moi le sommeil que j'ai bien
gagné, rendormez-moi dans les délices de votre néant. »

Cependant, l'abbé Judaine avait emmené le Commandeur, qu'il finissait par calmer; et Pierre serrait la main
du docteur Chassaigne, en se souvenant qu'il était plus
de cinq heures et que Marie devait l'attendre. Puis,
comme il retournait enfin à la Grotte, il fit une nouvelle
rencontre, l'abbé Des Hermoises en grande conversation
avec M. de Guersaint, qui venait seulement de quitter sa
chambre d'hôtel, ragaillardi par un bon somme. Tous
deux admiraient la beauté extraordinaire que l'exaltation
de la foi donnait à certains visages de femmes. Et ils
causaient aussi de leur projet d'excursion au cirque de
Gavarnie.

D'ailleurs, M. de Guersaint suivit immédiatement Pierre,
dès qu'il sut que Marie avait pris un premier bain sans
résultat. Ils trouvèrent la jeune fille dans la même stupeur douloureuse, les yeux fixés toujours sur la sainte
Vierge, qui ne l'avait pas écoutée. Elle ne répondit
point aux paroles de tendresse que son père lui adressa,

elle le regarda seulement de ses grands yeux navrés, puis les reporta sur la statue de marbre, toute blanche dans le rayonnement des cierges. Et, tandis que Pierre attendait debout, pour la reconduire à l'Hôpital, M. de Guersaint s'était dévotement agenouillé. D'abord, il pria avec passion pour la guérison de sa fille. Ensuite, il sollicita, pour lui-même, la faveur de trouver un commanditaire, qui lui donnerait le million nécessaire à ses études sur la direction des ballons.

V

Vers onze heures du soir, laissant M. de Guersaint dans sa chambre de l'hôtel des Apparitions, Pierre eut l'idée de retourner un instant à l'Hôpital de Notre-Dame des Douleurs, avant de se coucher lui-même. Il avait quitté Marie si désespérée, muette d'un si farouche silence, qu'il était plein d'inquiétude. Et, dès qu'il eut fait demander madame de Jonquière, à la porte de la salle Sainte-Honorine, il s'inquiéta davantage, car les nouvelles n'étaient pas bonnes : la directrice lui apprit que la jeune fille n'avait toujours pas desserré les lèvres, ne répondant à personne, refusant même de manger. Aussi voulut-elle absolument que Pierre entrât. Les salles de femmes étaient interdites aux hommes, la nuit ; mais un prêtre n'est pas un homme.

— Elle n'aime que vous, elle n'écoutera que vous. Je vous en prie, entrez vous asseoir près de son lit, et attendez l'abbé Judaine. Il doit venir, vers une heure du matin, donner la communion aux plus malades, à celles qui ne peuvent bouger et qui mangent dès le jour. Vous l'assisterez.

Pierre, alors, suivit madame de Jonquière ; et elle l'installa au chevet de Marie.

— Chère enfant, je vous amène quelqu'un qui vous aime bien... N'est-ce pas ? vous allez causer et être raisonnable.

Mais la malade, en reconnaissant Pierre, le regardait

de son air de souffrance exaspérée, le visage noir et dur
de révolte.

— Voulez-vous qu'il vous fasse une lecture, une de ces
belles lectures qui soulagent, comme il nous en a fait une
dans le wagon ?... Non, cela ne vous amuserait pas, vous
n'y avez pas le cœur. Eh bien ! nous verrons plus tard...
Je vous laisse avec lui. Je suis convaincue que vous serez
très gentille dans un instant.

Vainement, Pierre lui parla à voix basse, lui dit tout
ce que sa tendresse trouvait de bon et de caressant, en la
suppliant de ne pas se laisser ainsi tomber au désespoir.
Si la sainte Vierge ne l'avait pas guérie le premier jour,
c'était qu'elle la réservait pour quelque miracle éclatant.
Mais elle avait détourné la tête, elle ne semblait même
plus l'écouter, la bouche amère et violente, les yeux
irrités, perdus dans le vide. Et il dut se taire, il regarda
la salle autour de lui.

C'était un spectacle affreux. Jamais son cœur ne s'était
soulevé, dans une telle nausée de pitié et de terreur.
On avait dîné depuis longtemps ; des portions, montées
de la cuisine, traînaient encore sur les draps ; et, jusqu'au
petit jour, il y en avait ainsi qui mangeaient, tandis que
d'autres geignaient, suppliant qu'on les retournât ou
qu'on les posât sur le vase. A mesure que la nuit s'avançait, une sorte de vague délire les envahissait toutes.
Très peu dormaient tranquilles, quelques-unes désha-
billées sous les couvertures, le plus grand nombre simplement allongées sur les lits, si difficiles à dévêtir,
qu'elles ne changeaient même pas de linge, pendant les
cinq jours du pèlerinage. Et l'encombrement de la salle,
dans les demi-ténèbres, semblait s'être aggravé : les
quinze lits rangés le long des murs, les sept matelas qui
emplissaient l'allée centrale, d'autres qu'on venait d'ajouter, un entassement de loques sans nom, parmi lequel
s'écroulaient les bagages, les vieux paniers, les caisses,

18.

les valises. On ne savait plus où mettre le pied. Deux
lanternes fumeuses éclairaient à peine ce campement
de moribonds, et l'odeur surtout devenait épouvantable,
malgré les deux fenêtres entr'ouvertes, par où n'entrait
que la lourde chaleur de la nuit d'août. Des ombres, des
cris de cauchemar passaient, peuplaient cet enfer, dans
l'agonie nocturne de tant de souffrances.

Cependant, Pierre reconnut Raymonde, qui, son service
fini, avait voulu embrasser sa mère, avant de monter se
coucher dans une des mansardes, réservées aux sœurs.
Madame de Jonquière, elle, prenant à cœur sa fonction
de directrice, ne fermait pas les yeux, des trois nuits.
Elle avait bien un fauteuil, pour s'y allonger ; mais elle
ne pouvait s'y asseoir un instant, sans être dérangée tout
de suite. Du reste, elle était vaillamment secondée par
la petite madame Désagneaux, d'un zèle si exalté, que
sœur Hyacinthe lui avait dit en souriant : « Pourquoi ne
vous faites-vous pas religieuse ? » Et elle avait répondu,
d'un air de surprise effarée : « Je ne peux pas, je suis
mariée, et j'adore mon mari ! » Madame Volmar n'avait
pas reparu. On racontait qu'elle s'était couchée, tellement elle souffrait d'une atroce migraine ; ce qui faisait
dire à madame Désagneaux qu'on ne venait pas soigner
les malades, quand on n'était pas soi-même plus solide.
Pourtant, elle finissait par avoir les jambes et les bras
cassés, sans vouloir en convenir, accourant à la moindre
plainte, toujours prête à donner un coup de main. Elle,
qui, dans son appartement, à Paris, aurait sonné un domestique plutôt que de déranger un flambeau de place,
promenait les vases et les cuvettes, vidait les bassins,
soulevait les malades, tandis que madame de Jonquière
leur glissait des oreillers derrière le dos. Mais, comme
onze heures sonnaient, elle fut foudroyée. Ayant eu
l'imprudence de s'allonger un instant dans le fauteuil,
elle s'endormit sur place, sa jolie tête roulée sur une

épaule, au milieu de l'ébouriffement de ses adorables
cheveux blonds. Et ni les plaintes, ni les appels, aucun
bruit ne la réveilla plus.

Doucement, madame de Jonquière était revenue dire
au jeune prêtre :

— J'avais bien l'idée d'envoyer chercher monsieur Ferrand, vous savez, l'interne qui nous accompagne : il aurait
donné à la pauvre demoiselle quelque chose pour la
calmer. Seulement, il est occupé en bas, dans la salle des
ménages, près du frère Isidore. Et puis, nous ne soignons
pas ici, nous ne venons que pour remettre nos chères
malades entre les mains de la sainte Vierge.

Sœur Hyacinthe, qui passait la nuit avec la directrice,
s'approcha.

— Je remonte de la salle des ménages, où j'avais promis
de porter des oranges à monsieur Sabathier, et j'ai vu
monsieur Ferrand, qui a ranimé le frère Isidore... Voulez-vous que je redescende le chercher?

Mais Pierre s'y opposa.

— Non, non, Marie va être raisonnable. Tout à l'heure,
je lui lirai quelques belles pages, et elle se reposera.

Marie resta muette encore, obstinée. L'une des deux
lanternes se trouvait là, contre le mur ; et Pierre voyait
très nettement sa face mince, immobile. Puis, à droite,
dans le lit suivant, il apercevait la tête d'Élise Rouquet,
profondément endormie, sans fichu, avec sa face de
monstre en l'air, dont l'horrible plaie continuait pourtant
à pâlir. Et, à sa gauche, il avait madame Vêtu, épuisée,
condamnée, qui ne pouvait s'assoupir, secouée d'un continuel frisson. Il lui dit quelques bonnes paroles. Elle le
remercia, elle ajouta, faiblement :

— Il y a eu plusieurs guérisons aujourd'hui, j'en ai été
très contente.

La Grivotte, en effet, couchée sur un matelas, au pied
même du lit, ne cessait de se relever, dans une fièvre

d'activité extraordinaire, pour répéter sa phrase à tout
venant :

— Je suis guérie... Je suis guérie...

Et elle racontait qu'elle avait dévoré la moitié d'un
poulet, elle qui ne mangeait plus depuis des mois. Puis,
pendant près de deux heures, elle avait suivi à pied la
procession aux flambeaux. Elle aurait dansé sûrement
jusqu'au jour, si la sainte Vierge avait donné un bal.

— Je suis guérie, oh! guérie, tout à fait guérie.

Alors, avec une sérénité enfantine, une souriante et parfaite abnégation, madame Vêtu put dire encore :

— La sainte Vierge a eu raison de la guérir, celle-là,
qui est pauvre. Ça me fait plus de plaisir que si c'était
moi, parce que j'ai ma petite boutique d'horlogerie, et
que je puis attendre... Chacune son tour, chacune son
tour.

Presque toutes montraient cette charité, cet incroyable
bonheur de la guérison des autres. Elles étaient rarement jalouses, elles cédaient à une sorte d'épidémie
heureuse, à l'espoir contagieux d'être guéries, le lendemain, si la sainte Vierge le voulait. Il ne fallait pas la
mécontenter, se montrer trop impatiente; car elle avait
sûrement son idée, elle savait pourquoi elle commençait
par celle-ci plutôt que par celle-là. Aussi les malades les
plus gravement atteintes priaient-elles pour leurs voisines, dans cette fraternité de la souffrance et de l'espoir.
Chaque miracle nouveau était un gage du miracle prochain. Leur foi renaissait toujours, inébranlable. On racontait l'histoire d'une fille de ferme, paralytique, qui
avait marché, à la Grotte, avec une force de volonté
extraordinaire; puis, à l'Hôpital, elle s'était fait redescendre, voulant retourner aux pieds de Notre-Dame de
Lourdes; mais, dès la moitié du chemin, elle avait chan-
celé, haletante, livide; et, rapportée sur un brancard,
elle était morte, guérie, disaient ses voisines de salle.

Chacune son tour, la sainte Vierge n'oubliait **aucune** de ses filles aimées, à moins que son dessein ne fût d'octroyer le paradis à une élue, tout de suite.

Brusquement, au moment où Pierre se penchait **vers** elle, pour lui offrir de nouveau une lecture, Marie éclata en furieux sanglots. Elle avait abattu sa tête sur l'épaule de son ami, elle disait sa colère d'une voix basse, terrible, au milieu des ombres vagues de l'effroyable salle. C'était, *chez elle, comme il arrivait rarement,* une perte de la foi, un manque soudain de courage, toute une révolte de l'être souffrant qui ne pouvait plus attendre. Et elle **en** arrivait au sacrilège.

— Non, non, elle est méchante, elle est injuste. J'étais si certaine qu'elle m'exaucerait aujourd'hui, et je l'avais tant priée ! Jamais je ne guérirai, maintenant que cette première journée va finir. C'était un samedi, j'étais convaincue qu'elle me guérirait un samedi... Oh ! Pierre, je ne voulais plus parler, empêchez-moi de parler, parce que mon cœur est trop gros et que j'en dirais trop long !

Vivement, *il lui avait saisi la tête d'une étreinte frater-* nelle, il tâchait d'étouffer le cri de sa rébellion.

— Marie, taisez-vous ! Il ne faut pas qu'on vous en- tende... Vous, si pieuse ! Voulez-vous donc scandaliser toutes les âmes ?

Mais elle ne pouvait se taire, **malgré** son effort.

— J'étoufferais, il faut que je parle... Je ne l'aime plus, je ne crois plus en elle. Ce sont des mensonges, tout ce qu'on raconte ici : il n'y a rien, elle n'existe même pas, puisqu'elle n'entend pas, quand on l'appelle et qu'on pleure. Si vous saviez tout ce que je lui ai dit !... C'est fini, Pierre, je veux m'en aller à l'instant. Emmenez-moi, emportez-moi, pour que j'achève de mourir dans la rue, où du moins les passants auront pitié de ma souffrance.

Elle s'affaiblissait, elle était retombée sur le dos, bé- gayante, puérile.

— Et puis, personne ne m'aime. Mon père lui-même
n'était pas là. Vous, mon pauvre ami, vous m'aviez abandonnée. Quand j'ai vu que c'était un autre qui me menait
à la piscine, je me suis senti au cœur un grand froid. Oui!
ce froid du doute, que j'ai souvent éprouvé à Paris... Et,
la chose est certaine, c'est que j'ai douté, si elle ne m'a
pas guérie. J'aurai mal prié, je ne suis pas assez
sainte...

Déjà, elle ne blasphémait plus, elle trouvait des excuses
au ciel. Mais son visage restait violent, dans cette lutte
contre la puissance supérieure, tant aimée et tant sup-
pliée, qui ne lui avait pas obéi. Lorsque, parfois, un coup
de rage passait, et qu'il y avait de la sorte des révoltes
dans les lits, des désespoirs et des sanglots, des jurons
même, les dames hospitalières et les sœurs, un peu effa-
rouchées, se contentaient de tirer les rideaux. La grâce
s'était retirée, il fallait attendre qu'elle revînt. Et tout
s'apaisait, se mourait après des heures, au milieu du
grand silence lamentable.

— Calmez-vous, calmez-vous, je vous en conjure, répétait Pierre très doucement à Marie, en voyant qu'une
autre crise la prenait, celle du doute de soi-même, de la
crainte de n'être pas digne.

Sœur Hyacinthe s'était approchée de nouveau.

— Vous ne pourrez pas communier tout à l'heure, ma
chère enfant, si vous vous entretenez dans un état pareil...
Voyons, puisque nous autorisons monsieur l'abbé à vous
faire une lecture, pourquoi n'acceptez-vous pas?

Elle eut un geste fatigué, disant qu'elle acceptait, et
Pierre s'empressa de prendre, dans la valise, au pied
du lit, le petit livre à couverture bleue, où était contée
naïvement l'histoire de Bernadette. Mais, comme la nuit
précédente, pendant que le train roulait, il ne s'en tint
pas au texte écourté de la brochure, il improvisa; tandis
que le raisonneur, l'analyste, au fond de lui, ne pouvait

se défendre de rétablir la vérité, refaisait humaine cette
légende dont le continuel prodige aidait à la guérison des
malades. Bientôt, de tous les matelas voisins, des femmes
se soulevèrent, voulant connaître la suite de l'histoire;
car l'attente passionnée de la communion les empêchait
presque toutes de dormir.

Alors, sous la lueur pâle de la lanterne pendue au
mur, au-dessus de lui, Pierre haussa peu à peu la voix,
afin d'être entendu de toute la salle.

— « Dès les premiers miracles, les persécutions commencèrent. Bernadette, traitée de menteuse et de folle, fut
menacée d'être conduite en prison. L'abbé Peyramale,
curé de Lourdes, et monseigneur Laurence, évêque de
Tarbes, ainsi que son clergé, restaient à l'écart, attendaient avec la plus grande prudence; tandis que les autorités civiles, le préfet, le procureur impérial, le maire,
le commissaire de police, se livraient contre la religion
à des excès de zèle déplorables... »

Tout en continuant de la sorte, Pierre voyait se lever
pour lui seul l'histoire vraie, avec une force invincible. Il
revenait un peu en arrière, il retrouvait Bernadette au
moment des premières apparitions, si candide, si adorable d'ignorance et de bonne foi, dans sa souffrance. Et
elle était la voyante, la sainte, dont le visage, durant la
crise d'extase, prenait une expression de surhumaine
beauté : le front rayonnait, les traits semblaient remonter, les yeux se baignaient de lumière, pendant que la
bouche, entr'ouverte, brûlait d'amour. Puis, c'était une
majesté de sa personne entière, des signes de croix très
nobles, très lents, qui avaient l'air d'emplir l'horizon.
Les vallées voisines, les villages, les villes, ne causaient
que de Bernadette. Bien que la Vierge ne se fût pas nommée encore, on la reconnaissait, on disait : « C'est elle,
c'est la sainte Vierge. » Le premier jour de marché, il y
eut tant de monde, que Lourdes déborda. Tous voulaient

voir l'enfant bénie, l'élue de la Reine des Anges, qui devenait si belle, lorsque les cieux s'ouvraient à ses yeux
ravis. Chaque matin, la foule augmentait, au bord du
Gave ; et des milliers de personnes finissaient par s'installer là, en se bousculant pour ne rien perdre du spectacle.
Dès que Bernadette paraissait, un murmure de ferveur
courait : « Voici la sainte, la sainte, la sainte! » On se
précipitait, on baisait ses vêtements. C'était le Messie,
l'éternel Messie que les peuples attendent, dont le besoin
renaît sans cesse, au travers des générations. Toujours la
même aventure recommençait : une apparition de la Vierge
à une bergère, une voix qui exhortait le monde à la pénitence, une source qui jaillissait, des miracles qui étonnaient et ravissaient les foules accourues, de plus en plus
énormes.

Ah! ces premiers miracles de Lourdes, quelle floraison
printanière de consolation, au cœur des misérables que
dévoraient la pauvreté et la maladie! L'œil guéri du
vieux Bourriette, l'enfant Bouhohorts ressuscité dans
l'eau glacée, des sourds qui entendaient, des boiteux
qui marchaient, et tant d'autres, Blaise Maumus, Bernade
Soubies, Auguste Bordes, Blaisette Soupenne, Benoite
Cazeaux, sauvés des pires souffrances, devenaient les
sujets de conversations sans fin, exaltaient l'espoir de
tous ceux qui souffraient dans leur âme ou dans leur
chair. Le jeudi, 4 mars, dernier jour des quinze visites
demandées par la Vierge, il y avait plus de vingt mille
personnes devant la Grotte, la montagne entière était descendue. Et cette foule immense trouvait là ce dont elle
était affamée, l'aliment du divin, le festin du merveilleux, assez d'impossible pour contenter sa croyance à
une puissance supérieure daignant s'occuper des pauvres
hommes, intervenant d'une façon retentissante dans les
lamentables affaires d'ici-bas, afin d'y rétablir un peu de
justice et de bonté. Le cri de charité céleste éclatait, la

main *invisible* et secourable s'étendait, pansait l'éternelle plaie humaine. Ah! ce rêve que chaque génération refaisait à son tour, avec quelle énergie indestructible il repoussait chez les déshérités, dès qu'il avait trouvé un terrain favorable, préparé par les circonstances ! Et, depuis des siècles peut-être, tous les faits ne s'étaient pas réunis de la sorte, pour embraser, comme à Lourdes, le foyer mystique de la foi.

Une religion nouvelle allait se fonder, et tout de suite les persécutions se déclarèrent, car les religions ne poussent qu'au milieu des tourments et des révoltes. Comme autrefois, à Jérusalem, lorsque le bruit se répandit que des miracles fleurissaient sous les pas du Sauveur attendu, les autorités civiles s'émurent, le procureur impérial, le juge de paix, le maire, surtout le préfet de Tarbes. Celui-ci était justement un catholique sincère, pratiquant, d'honorabilité absolue, mais une tête solide d'administrateur, passionné défenseur du bon ordre, adversaire déclaré du fanatisme, d'où naissent les émeutes et les perversions religieuses. Il y avait à Lourdes, sous ses ordres, un commissaire de police ayant le légitime désir de prouver ses dons de sagacité adroite. La lutte commença, ce fut ce commissaire qui, le premier dimanche de carême, dès les premières visions, fit amener Bernadette devant lui, pour l'interroger. Vainement, il se montra affectueux, puis emporté, menaçant : il ne tira toujours de la fillette que les mêmes réponses. L'histoire qu'elle contait, avec des détails lentement accrus, s'était peu à peu fixée dans son cerveau d'enfantine, irrévocable. Et, chez cette irrégulière de l'hystérie, ce n'était pas un mensonge, c'était la hantise inconsciente, une volonté morte qui ne pouvait se dégager de l'hallucination première. Ah! la triste enfant, la chère enfant, si douce, dès lors perdue à la vie, crucifiée par l'idée fixe, dont on n'aurait pu la tirer qu'en la changeant de

19

milieu, en la rendant au grand air libre, dans quelque pays de plein jour et d'humaine tendresse! Mais elle était l'élue, elle avait vu la Vierge, elle allait en souffrir toute l'existence, et en mourir.

Pierre, qui connaissait bien Bernadette, et qui gardait à sa mémoire une pitié fraternelle, la ferveur qu'on a pour une sainte humaine, une créature simple, droite et charmante dans le supplice de sa foi, laissa voir son émotion, les yeux humides, la voix tremblante. Et il y eut une interruption, Marie qui était restée raidie jusque-là, avec sa face dure de révoltée, dénoua ses mains, eut un vague geste pitoyable.

— La pauvre petite, murmura-t-elle, toute seule contre ces magistrats, et si innocente, si fière, si convaincue!

De tous les lits, la même sympathie souffrante montait. L'enfer de cette salle, dans sa détresse nocturne, avec son air empesté, son entassement de grabats douloureux, son fantômal va-et-vient d'hospitalières et de religieuses brisées de fatigue, semblait s'éclairer d'un éclat de divine charité. Pauvre, pauvre Bernadette! Toutes s'indignaient des persécutions qu'elle avait endurées, pour défendre la réalité de sa vision.

Alors, Pierre, reprenant, dit ce que Bernadette eut à souffrir. Après l'interrogatoire du commissaire de police, elle dut encore comparaître en la chambre du Tribunal. La magistrature entière s'acharnait, voulait lui arracher une rétractation. Mais l'entêtement de son rêve était plus fort que la raison de toutes les autorités civiles réunies. Deux docteurs, envoyés par le préfet, pour l'examiner, conclurent honnêtement, comme n'importe quel médecin l'aurait fait, à des troubles nerveux, dont l'asthme était une indication certaine, et qui pouvaient avoir déterminé des hallucinations, en de certaines circonstances; ce qui faillit la faire interner dans un hôpital de Tarbes. Pourtant, on n'osa l'enlever, on craignit l'exas-

pération populaire. Un évêque était venu s'agenouiller
devant elle. Des dames voulaient lui acheter des grâces
au poids de l'or. Des foules croissantes de fidèles l'ac-
cablaient de visites. Elle s'était réfugiée chez les sœurs
de Nevers, qui desservaient l'Hospice de la ville; et elle
y avait fait sa première communion, elle y apprenait
difficilement à lire et à écrire. Comme la sainte Vierge
semblait ne l'avoir choisie que pour le bonheur des
autres, et qu'elle ne la guérissait point elle-même de
son étouffement chronique, on s'était décidé sagement
à la conduire aux eaux de Cauterets, si voisines, qui
ne lui firent du reste aucun bien. Et, dès son retour
à Lourdes, le tourment des interrogatoires, des adorations de tout un peuple, recommença, s'aggrava, lui
donna de plus en plus l'horreur du monde. C'était
bien fini, d'être la gamine joueuse, la jeune fille rêvant
d'un mari, la jeune femme baisant sur les joues de gros
enfants. Elle avait vu la Vierge, elle était l'élue et la
martyre. La Vierge, disaient les croyants, ne lui avait
confié trois secrets, l'armant de cette triple armure, que
pour la soutenir au milieu des épreuves.

Longtemps, le clergé s'était abstenu, plein de doute
lui-même et d'inquiétude. Le curé de Lourdes, l'abbé
Peyramale, était un homme rude, d'une infinie bonté,
d'une droiture et d'une énergie admirables, quand il
croyait être dans le bon chemin. La première fois qu'il
reçut la visite de Bernadette, il accueillit, presque aussi
durement que le commissaire de police, cette enfant
élevée à Bartrès, qu'on n'avait pas vue encore au catéchisme; il refusa de croire à son histoire, lui commanda
avec quelque ironie de prier la Dame de faire avant tout
fleurir l'églantier qui était à ses pieds, ce que la Dame
ne fit pas d'ailleurs; et, si, plus tard, il finit par prendre
l'enfant sous sa garde, en bon pasteur qui défend son
troupeau, ce fut lorsque les persécutions commencèrent

et qu'on parla d'emprisonner cette chétive, aux clairs
yeux si francs, au récit entêté dans sa douceur modeste.
Puis, pourquoi donc aurait-il continué à nier le miracle,
après en avoir simplement douté, en curé prudent, peu
désireux de mêler la religion à une aventure louche? Les
livres saints sont pleins de prodiges, tout le dogme est
basé sur le mystère. Dès lors, aux yeux d'un prêtre, rien
ne s'opposait à ce que la Vierge eût chargé cette enfant
pieuse d'un message pour lui, en lui faisant dire de bâtir
une église, où les fidèles se rendraient en procession. Et
ce fut ainsi qu'il se mit à aimer et à défendre Bernadette,
pour son charme, tout en se tenant correctement à l'écart,
dans l'attente de la décision de son évêque.

Cet évêque, Mgr Laurence, semblait s'être enfermé au
fond de son évêché de Tarbes, sous de triples verrous,
gardant le plus absolu silence, comme s'il ne se passait
à Lourdes aucun fait de nature à l'intéresser. Il avait
donné à son clergé des ordres sévères, et pas un prêtre
ne s'était montré encore parmi les grandes foules qui
passaient les journées devant la Grotte. Il attendait, il
laissait dire au préfet, dans les circulaires administra-
tives, que l'autorité civile marchait d'accord avec l'autorité religieuse. Au fond, il ne devait pas croire aux apparitions, il ne voyait là sans doute, comme les médecins, que l'hallucination d'une fillette malade. L'aventure, qui révolutionnait le pays, était d'assez grosse importance, pour qu'il la fît étudier soigneusement, au jour
le jour; et la façon dont il s'en désintéressa si longtemps, prouve combien peu il admettait le prétendu
miracle, n'ayant que l'unique souci de ne pas compromettre l'Église, avec une histoire destinée à mal finir.
Mgr Laurence, très pieux, était une intelligence froide et
pratique, qui apportait un grand bon sens, dans le gouvernement de son diocèse. A l'époque, les impatients,
les ardents, le surnommèrent Saint-Thomas, pour la

persistance de son doute, jusqu'au jour où il eut la main
forcée par les faits. Il refusait d'entendre et de voir, bien
résolu à ne céder que si la religion n'avait rien à y perdre.

Mais les persécutions allaient s'accentuer. *Le ministre
des cultes, à Paris, prévenu, exigeait que tout désordre
cessât ; et le préfet venait de faire occuper militairement
les abords de la Grotte. Déjà, le zèle des fidèles, la
reconnaissance des personnes guéries, l'avaient ornée de
vases de fleurs. On y jetait des pièces de monnaie, les
cadeaux affluaient pour la sainte Vierge. C'étaient aussi
des aménagements rudimentaires, qui s'organisaient
d'eux-mêmes : des carriers avaient taillé une sorte de
réservoir, afin de recevoir l'eau miraculeuse ; d'autres
enlevaient les grosses pierres, traçaient un chemin au
flanc du coteau. Et ce fut devant le flot grossissant de la
foule, que le préfet, après avoir renoncé à l'arresta-
tion de Bernadette, prit la grave détermination de défendre l'approche de la Grotte, en la bouchant à l'aide
d'une forte palissade. Des faits fâcheux s'étaient produits,
des enfants prétendaient avoir vu le diable, les uns
coupables de simulation, les autres cédant à de véritables attaques, dans la contagion de folie qui soufflait.
Mais quelle affaire que le déménagement de la Grotte !
Le commissaire trouva seulement vers le soir une fille
qui consentit à lui louer une charrette ; et, deux heures
plus tard, cette fille étant tombée, se brisa net une côte.
De même, un homme qui avait prêté une hache, eut, le
lendemain, le pied écrasé par la chute d'une pierre. Au
crépuscule enfin, le commissaire emporta sous les huées
les pots de fleurs, les quelques cierges qui brûlaient,
les sous et les cœurs d'argent jetés sur le sable. On
serrait les poings, on le traitait sourdement de voleur et
d'assassin. Puis, il y eut les pieux de la palissade
plantés, les planches clouées, tout un travail qui fermait
le mystère, barrait l'inconnu, mettait en prison le mi-*

19.

racle. Et les autorités civiles eurent la naïveté de croire
que c'était fini, que ces quelques planches allaient
arrêter les pauvres gens, affamés d'illusion et d'espoir.

Dès qu'elle fut proscrite, traquée par la loi comme
un délit, la religion nouvelle brûla d'une flamme inextinguible, au fond de toutes les âmes. Les croyants venaient quand même, en plus grand nombre, s'agenouillaient à distance, sanglotaient en face du ciel défendu.
Et les malades, les pauvres malades surtout, auxquels
un arrêté barbare interdisait la guérison, se ruaient malgré les défenses, se glissaient par les trous, franchissaient
les obstacles, dans l'unique et ardent désir de voler de
l'eau. Comment! il y avait là une eau prodigieuse qui rendait la vue aux aveugles, qui redressait les estropiés, qui
soulageait instantanément toutes les maladies, et il s'était
trouvé des hommes en place assez cruels pour mettre
cette eau sous clef, afin qu'elle cessât de guérir le pauvre
monde! Mais c'était monstrueux! un cri d'exécration
montait du petit peuple, de tous les déshérités qui avaient
besoin de merveilleux autant que de pain, pour vivre.
D'après l'arrêté, des procès-verbaux devaient être dressés
aux délinquants, et ce fut ainsi qu'on put voir, devant le
tribunal, un lamentable défilé de vieilles femmes,
d'hommes éclopés, coupables d'avoir puisé à la fontaine
de vie. Ils bégayaient, suppliaient, ne comprenaient pas,
quand on les frappait d'une amende. Et, dehors, la foule
grondait, une furieuse impopularité grandissait contre ces
magistrats si durs à la misère d'ici-bas, ces maîtres sans
pitié qui, après avoir pris toute la richesse, ne voulaient
pas même permettre aux pauvres le rêve de l'au-delà,
la croyance qu'une puissance supérieure et bonne s'occupait d'eux maternellement. Par un triste matin, une
bande de miséreux et de malades s'en alla trouver le
maire; ils s'agenouillèrent dans la cour, ils le conju-
rèrent avec des sanglots de faire rouvrir la Grotte; et

ce qu'ils disaient était si pitoyable, que tout le monde pleurait. Une mère présentait son enfant à demi mort : est-ce qu'on le laisserait s'éteindre ainsi à son cou, lorsqu'une source était là qui avait sauvé les enfants des autres mères? Un aveugle montrait ses yeux troubles, un pâle garçon scrofuleux étalait les plaies de ses jambes, une femme paralytique tâchait de joindre ses mains tordues : voulait-on leur mort, leur refuserait-on la chance divine de vivre, puisque la science des hommes les abandonnait? Et la détresse des croyants était aussi grande, de ceux qui étaient convaincus qu'un coin du ciel venait de s'ouvrir, dans la nuit de leur morne existence, et qui s'indignaient qu'on leur enlevât cette joie de la chimère, ce suprême soulagement à leur souffrance humaine et sociale, de croire que la sainte Vierge était descendue leur apporter l'infinie douceur de son intervention. Le maire n'avait pu rien promettre, et la foule s'était retirée pleurante, prête à la rébellion, comme sous le coup d'une grande injustice, d'une cruauté imbécile envers les petits et les simples, dont le ciel tirerait vengeance.

Pendant plusieurs mois, la lutte continua. Et ce fut un spectacle extraordinaire que ces hommes de bon sens, le ministre, le préfet, le commissaire de police, animés certainement des meilleures intentions, se battant contre la foule toujours croissante des désespérés, qui ne voulaient pas qu'on leur fermât la porte du rêve. Les autorités exigeaient l'ordre, le respect d'une religion sage, le triomphe de la raison; tandis que le besoin d'être heureux emportait le peuple au désir exalté du salut, dans ce monde et dans l'autre. Oh! ne plus souffrir, conquérir l'égalité du bonheur, ne plus marcher que sous la protection d'une Mère juste et bonne, ne mourir que pour se réveiller au ciel! Et c'était forcément ce désir brûlant des multitudes, cette folie sainte de l'uni-

verselle joie, qui devait balayer la rigide et morose conception d'une société bien réglée, où les crises épidé-
miques des hallucinations religieuses sont condamnées,
comme attentatoires au repos des esprits sains.

A cette heure, la salle Sainte-Honorine elle-même se
révoltait. Pierre, de nouveau, dut interrompre un instant
sa lecture, devant les exclamations étouffées qui traitaient
le commissaire de Satan et d'Hérode. La Grivotte s'était
levée sur son matelas, bégayante.

— Ah! les monstres! la bonne sainte Vierge qui m'a
guérie!

Et madame Vêtu, elle aussi, reprise d'espérance, dans
la sourde certitude qu'elle allait mourir, se fâchait, à
cette idée que, si le préfet l'avait emporté, la Grotte
n'existerait pas.

— Alors, il n'y aurait pas de pèlerinages, nous ne
serions pas là, nous ne guéririons pas par centaines
chaque année?

Une suffocation la saisit, et il fallut que sœur Hyacinthe
vînt l'asseoir sur son séant. Madame de Jonquière profitait de l'interruption pour passer le bassin à une jeune
femme atteinte d'une maladie de la moelle. Deux autres
femmes, qui ne pouvaient rester sur leur lit, tant la chaleur était intolérable, rôdaient à petits pas silencieux,
toutes blanches dans les ombres fumeuses; et il y avait,
au bout de la salle, sortant des ténèbres, un souffle
pénible qui n'avait pas cessé, accompagnant la lecture
d'un bruit de râle. Seule, étendue sur le dos, Élise
Rouquet dormait paisible, étalant sa plaie affreuse en
train de se sécher.

Il était minuit un quart, et d'un moment à l'autre
l'abbé Judaine pouvait arriver, pour la communion. La
grâce rentrait au cœur de Marie, elle était convaincue
maintenant que, si la sainte Vierge avait refusé de la
guérir, la faute en était sûrement à elle, qui avait eu un

doute, en descendant dans la piscine. Et elle se repentait
de sa rébellion, comme d'un crime : pourrait-elle jamais
être pardonnée? Sa face pâlie s'était affaissée parmi ses
beaux cheveux blonds, ses yeux s'emplissaient de larmes,
elle regardait Pierre avec une tristesse éperdue.

— Oh! mon ami, que j'ai été mauvaise! Et c'est en
écoutant les crimes d'orgueil de ce préfet et de ces
magistrats que j'ai compris ma faute... Il faut croire,
mon ami, il n'y a pas de bonheur en dehors de la foi
et de l'amour.

Puis, comme Pierre voulait s'arrêter là, toutes s'excla-
mèrent, exigèrent la suite. Et il dut promettre d'aller
jusqu'au triomphe de la Grotte.

La palissade la barrait toujours, il fallait venir de
nuit, en cachette, lorsqu'on voulait prier et emporter une
bouteille de l'eau volée. Cependant, les craintes d'émeute
grandissaient, on racontait que les villages de la montagne devaient descendre, pour délivrer Dieu. C'était la
levée en masse des humbles, une poussée si irrésistible des affamés du miracle, que le simple bon sens,
le simple bon ordre allaient être balayés comme paille.
Et ce fut M⁰ʳ Laurence, dans son évêché de Tarbes, qui
dut se rendre le premier. Toute sa réserve, tous ses
doutes, se trouvaient débordés par le mouvement populaire. Il avait pu, pendant cinq grands mois, se tenir à
l'écart, empêcher son clergé de suivre les fidèles à la
Grotte, défendre l'Église contre ce vent déchaîné de
superstition. Mais à quoi bon lutter davantage? Il sentait
si grande la misère de son peuple de fidèles, qu'il se
résignait à lui donner le culte idolâtre dont il le sentait
avide. Pourtant, par un reste de prudence, il rendit
simplement une ordonnance qui nommait une commission, chargée de procéder à une enquête : c'était l'ac-
ceptation des miracles à une échéance plus ou moins
lointaine. Si M⁰ʳ Laurence était l'homme de saine culture,

de raison froide qu'on s'imagine, ne peut-on se représenter son angoisse, le matin du jour où il signa cette
ordonnance? Il dut s'agenouiller dans son oratoire,
supplier le Dieu souverain du monde de lui dicter sa
conduite. Il ne croyait pas aux apparitions, il avait des
manifestations de la divinité une idée plus haute, plus
intellectuelle. Seulement, n'était-ce pas pitié et miséricorde que de faire taire les scrupules de son intelligence, les noblesses de son culte, devant la nécessité de
ce pain du mensonge, dont la pauvre humanité a besoin
pour vivre heureuse? « O mon Dieu, pardonnez-moi, si
je vous fais descendre de la puissance éternelle où vous
êtes, si je vous rabaisse à ce jeu enfantin des miracles
inutiles. C'est vous faire injure que de vous risquer dans
cette aventure pitoyable, où il n'y a que maladie et
déraison. Mais, ô mon Dieu, ils souffrent tant, ils ont une
si grande faim de merveilleux, de contes de fée, pour
distraire leur douleur de vivre! Vous-même, s'ils étaient
vos ouailles, vous aideriez à les tromper. Que l'idée de
votre divinité y perde, et qu'ils soient consolés sur
cette terre ! » Et l'évêque en larmes avait ainsi fait le
sacrifice de son Dieu à sa charité frémissante de pasteur,
pour le lamentable troupeau humain.

Puis, l'empereur, le maître, à son tour, se rendit. Il
était alors à Biarritz, on le renseignait journellement sur
cette affaire des apparitions, dont tous les journaux de
Paris s'occupaient; car la persécution n'aurait pas été
complète, si l'encre des journalistes voltairiens ne s'y
était mêlée. Et l'empereur, pendant que son ministre,
son préfet, son commissaire de police, se battaient pour
le bon sens et pour le bon ordre, gardait ce grand silence
de rêveur éveillé, où personne n'était jamais descendu.
Des pétitions arrivaient quotidiennement; et il se taisait.
Des évêques venaient l'entretenir, de grands personnages,
de grandes dames de son entourage guettaient, l'emme-

naient à l'écart ; et il se taisait. Tout un combat sans
trêve se livrait autour de sa volonté, d'une part les
croyants, ou simplement les têtes chimériques que passionnait le mystère, de l'autre les incrédules, les hommes
de gouvernement, qui se défient des troubles de l'imagination ; et il se taisait. Brusquement, dans sa décision
de timide, il parla. Le bruit courut qu'il s'était décidé,
devant les supplications de l'impératrice. Elle intervint
sans doute, mais il y eut surtout, chez l'empereur, un
réveil de son ancien rêve humanitaire, un retour de sa
pitié réelle pour les déshérités. Comme l'évêque, il ne
voulut pas fermer aux misérables la porte de l'illusion,
en maintenant l'arrêté impopulaire du préfet qui défendait d'aller boire la vie à la fontaine sainte. Et il envoya
une dépêche, l'ordre bref d'abattre la palissade, pour que
la Grotte fût libre.

Alors, ce fut l'hosanna, ce fut le triomphe. On cria le
nouvel arrêté, sur les places de Lourdes, aux roulements
du tambour, aux fanfares de la trompette. Le commissaire de police, en personne, dut procéder à l'enlèvement
de la palissade. Ensuite, on le déplaça, ainsi que le
préfet. Les populations arrivaient de toutes parts, on
organisait le culte, à la Grotte. Et un cri d'allégresse
divine montait : Dieu avait vaincu. Dieu ? hélas, non !
mais la misère humaine, l'éternel besoin de mensonge,
cet espoir du condamné qui s'en remet, pour son salut,
aux mains d'une toute-puissance invisible, plus forte que
la nature, seule capable d'en briser les lois inexorables.
Et ce qui avait vaincu encore, c'était la pitié souveraine
des conducteurs du troupeau, l'évêque et l'empereur misé-
ricordieux laissant aux grands enfants malades le fétiche qui
consolait les uns et qui parfois même guérissait les autres.

Dès le milieu de novembre, la commission épiscopale
vint procéder à l'enquête dont elle était chargée. Elle
interrogea Bernadette une fois de plus, elle étudia un

grand nombre de miracles. Pourtant, elle ne retint que
trente guérisons, pour que l'évidence fût absolue. Et
M⁰ʳ Laurence se déclara convaincu. Il fit preuve cependant d'une prudence dernière, il attendit trois années
encore, avant de déclarer, dans un mandement, que la
sainte Vierge était réellement apparue, à la Grotte de
Massabielle, et que des miracles nombreux s'y étaient
ensuite produits. Il avait acheté de la ville de Lourdes,
au nom de l'Évêché, la Grotte, avec le vaste terrain qui
l'entourait. Des travaux s'exécutèrent, modestes d'abord,
bientôt de plus en plus importants, à mesure que l'argent
affluait de toute la chrétienté. On aménageait la Grotte,
on la fermait d'une grille. Le Gave était rejeté au loin,
dans un lit nouveau, pour établir de larges approches,
des gazons, des allées, des promenades. Enfin, l'église
que la sainte Vierge avait demandée, la Basilique, commençait à sortir de terre, au sommet de la roche même.
Depuis le premier coup de pioche, le curé de Lourdes,
l'abbé Peyramale, dirigeait tout, avec un zèle excessif,
car la lutte avait fait de lui le croyant le plus ardent, le
plus sincère de l'œuvre. Avec sa paternité un peu rude,
il s'était mis à adorer Bernadette, il se donnait corps
et âme à la réalisation des ordres qu'il avait reçus du
ciel, par la bouche de cette innocente. Et il s'épuisait
en efforts dominateurs, et il voulait que tout fût très
beau, très grand, digne de la Reine des Anges, qui avait
daigné visiter ce coin de montagnes. La première cérémonie religieuse n'eut lieu que six ans après les apparitions, le jour où l'on installa en grande pompe, dans
la Grotte, une statue de la Vierge, à l'endroit où celle-
ci était apparue. Ce matin-là, par un temps magnifique,
Lourdes s'était pavoisé, toutes les cloches sonnaient.
Cinq ans plus tard, en 1869, la première messe fut
dite dans la crypte de la Basilique, dont la flèche n'était
point terminée. Les dons augmentaient sans cesse, un

fleuve d'or coulait, une ville entière allait pousser du sol.
C'était la religion nouvelle qui achevait de se fonder. Le
désir de guérir guérissait, la soif du miracle faisait le
miracle. Un Dieu de pitié et d'espoir sortait de la souffrance de l'homme, de ce besoin d'illusion consolatrice,
qui, à tous les âges de l'humanité, a créé les merveilleux
paradis de l'au-delà, où une toute-puissance rend la
justice et distribue l'éternel bonheur.

Aussi, les malades de la salle Sainte-Honorine ne
voyaient-ils, dans la victoire de la Grotte, que leurs
espérances de guérison triomphantes. Et il y eut, le long
des lits, un frémissement de joie, lorsque Pierre, le cœur
remué par tous ces pauvres visages qui se tendaient vers
lui, avides de certitude, répéta :

— Dieu avait vaincu, et les miracles n'ont pas cessé
depuis ce jour, et ce sont les plus humbles créatures qui
sont les plus soulagées.

Il posa le petit livre. L'abbé Judaine entrait, la communion allait commencer. Mais Marie, reprise par la
fièvre de la foi, les mains brûlantes, se pencha.

— Mon ami, oh ! rendez-moi le grand service d'écouter
l'aveu de ma faute et de m'absoudre. J'ai blasphémé, je
suis en état de péché mortel. Si vous ne venez à mon
aide, je ne pourrai recevoir la communion, et j'ai tant
besoin d'être consolée et raffermie !

Le jeune prêtre refusait du geste. Jamais il n'avait
voulu confesser cette amie, la seule femme qu'il eût
aimée et désirée, aux saines et rieuses années de jeunesse.
Mais elle insistait.

— Je vous en conjure, c'est au miracle de ma guérison
que vous aiderez.

Et il céda, il reçut l'aveu de sa faute, de la révolte
impie de sa souffrance contre la Vierge, restée sourde à
ses prières; puis, il lui donna l'absolution, avec les paroles sacramentelles.

20

Déjà, l'abbé Judaine avait posé le ciboire sur une petite
table, entre deux flambeaux allumés, deux étoiles
tristes dans la demi-obscurité de la salle. On venait de se
décider à ouvrir toutes grandes les fenêtres, tellement
l'odeur de ces corps souffrants et de ces loques entassées
était devenue insupportable; mais il n'entrait aucun air,
la cour étroite, pleine de nuit, ressemblait à un puits
embrasé. Pierre s'offrit comme servant, et il récita le
Confiteor. Puis, l'aumônier, en aube, après avoir dit
le *Misereatur* et l'*Indulgentiam*, éleva le ciboire :
« Voici l'Agneau de Dieu qui efface les péchés du monde.»
Chacune des femmes qui attendaient impatiemment la
communion, tordues de maux, comme le moribond attend
la vie d'une potion nouvelle, lente à venir, répétait par
trois fois cet acte d'humilité, à bouche fermée: « Seigneur,
je ne suis pas digne que vous entriez chez moi, mais dites
seulement une parole, et mon âme sera guérie. » L'abbé
Judaine avait commencé à faire le tour des lits lamentables, suivi de Pierre, tandis que madame de Jonquière
et sœur Hyacinthe les accompagnaient, chacune un
flambeau à la main. La sœur désignait celles des malades
qui devaient communier; et le prêtre se penchait,
déposait l'hostie sur la langue, un peu au hasard, en
murmurant les paroles latines. Toutes se soulevaient,
les yeux grands ouverts et luisants, au milieu du désordre
de l'installation trop prompte. Il fallut pourtant en réveiller deux qui s'étaient profondément endormies. Beaucoup geignaient sans en avoir conscience, recommençaient à geindre après avoir reçu Dieu. Au fond de la
salle, le râle de celle qu'on ne voyait pas, continuait.
Et rien n'était plus mélancolique que le petit cortège
dans les demi-ténèbres, étoilées par les deux taches
jaunes des cierges.

Mais ce fut une apparition divine que le visage de Marie,
rendue à l'extase. On avait refusé la communion à la Gri-

votte, qui devait communier le matin au Rosaire, affamée
du pain de vie ; et madame Vêtu, muette, venait de recevoir l'hostie sur sa langue noire, dans un hoquet.
Maintenant, Marie était là, sous la lueur pâle des flambeaux, si belle parmi ses cheveux blonds, avec ses yeux
élargis, ses traits transfigurés par la foi, que tous l'ad-
mirèrent. Elle communia éperdument, le ciel descendait
visiblement en elle, dans son pauvre corps de jeunesse,
réduit à une telle misère physique. Un instant encore,
elle retint Pierre par la main.

— Oh ! mon ami, elle me guérira, elle vient de me le
dire... Allez vous reposer. Moi je vais dormir d'un si bon
sommeil !

Lorsqu'il se retira avec l'abbé Judaine, Pierre aperçut
le petite madame Désagneaux, dans le fauteuil où la fatigue
l'avait comme foudroyée. Rien n'avait pu la réveiller. Il
était une heure et demie du matin. Et madame de Jonquière, aidée de sœur Hyacinthe, allait toujours, retournait les malades, les nettoyait, les pansait. Mais la salle
se calmait cependant, tombait à une lourdeur obscure
plus douce, depuis que Bernadette y avait passé, avec son
charme. La petite ombre de la voyante errait à présent
parmi les lits, triomphale, ayant fait son œuvre, appor-
tant un peu du ciel à chaque déshéritée, à chaque désespérée de cette terre ; et, pendant que toutes glissaient au
sommeil, elles la voyaient qui se penchait, elle si chétive,
si malade aussi, et qui les baisait en souriant.

TROISIÈME JOURNÉE

I

Par ce matin de beau dimanche d'août, chaud et clair, M. de Guersaint, dès sept heures, se trouva levé et tout vêtu, dans l'une des deux petites chambres qu'il avait eu la bonne chance de louer, au troisième étage de l'hôtel des Apparitions, rue de la Grotte. Il s'était couché dès onze heures, il se réveillait très gaillard; et, tout de suite, il passa dans l'autre chambre, celle que Pierre occupait. Mais celui-ci, rentré à deux heures du matin, le sang brûlé par l'insomnie, ne s'était assoupi qu'au jour et dormait encore. Sa soutane, jetée au travers d'une chaise, ses autres vêtements épars, disaient sa fatigue et son trouble.

— Eh bien! quoi donc, paresseux? cria gaiement M. de Guersaint. Vous n'entendez pas les cloches sonner?

Pierre s'éveilla en sursaut, surpris de se voir dans cette étroite chambre d'hôtel, que le soleil inondait. En effet, par la fenêtre laissée ouverte, entrait le branle joyeux des cloches, toute la ville sonnante et heureuse.

— Jamais nous n'aurons le temps d'être avant huit heures à l'Hôpital, pour prendre Marie, car nous allons déjeuner, n'est-ce pas?

— Sans doute, commandez vivement deux tasses de chocolat. Et je me lève, je ne serai pas long.

20

Quand il fut seul, Pierre, malgré la courbature dont ses membres étaient brisés, sauta du lit, se hâta. Il avait encore la face au fond de la cuvette, se trempant d'eau froide, lorsque M. de Guersaint, qui ne pouvait rester seul, reparut.

— C'est fait, on va nous monter ça... Ah! cet hôtel! Avez-vous vu le propriétaire, le sieur Majesté, tout de blanc vêtu, et si digne, dans son bureau? Il paraît qu'ils sont débordés, jamais ils n'ont eu tant de monde... Aussi quel bruit infernal! Trois fois, ils m'ont réveillé, cette nuit. Je ne sais pas ce qu'on peut bien faire dans la chambre voisine de la mienne : tout à l'heure encore, il y a eu un coup dans le mur, et puis des chuchotements, et puis des soupirs...

Il s'interrompit, pour demander :

— Vous avez bien dormi, vous?

— Mais non, répondit Pierre. J'étais écrasé de lassitude, et il m'a été impossible de fermer les yeux. Sans doute, c'est tout ce vacarme dont vous parlez.

A son tour, il dit les cloisons minces, la maison bondée et craquante de ce monde qu'on y empilait. C'étaient des heurts inexplicables, des courses brusques dans les couloirs, des pas pesants, de grosses voix qui montaient on ne savait d'où; sans compter les gémissements des malades, les toux, les horribles toux qui, de toutes parts, semblaient sortir des murailles. Évidemment, d'un bout de la nuit à l'autre, des gens rentraient et ressortaient, se levaient et se recouchaient; car il n'y avait plus d'heures, on vivait dans le dérèglement des secousses passionnées, allant à la dévotion comme on serait allé au plaisir.

— Et Marie, comment l'avez-vous laissée, hier soir? demanda de nouveau M. de Guersaint.

— Beaucoup mieux, dit le prêtre. Après une terrible crise de désespoir, elle a retrouvé tout son courage et toute sa foi.

Il y eut un silence.

— Oh! je ne suis pas inquiet, reprit le père, avec son optimisme tranquille. Vous verrez que ça marchera très bien... Moi, je suis ravi. J'avais demandé à la sainte Vierge sa protection pour mes affaires, vous savez, ma grande invention des ballons dirigeables. Eh bien, si je vous disais qu'elle m'a déjà témoigné sa faveur! Oui, hier soir, comme je causais avec l'abbé Des Hermoises, est-ce qu'il ne m'a pas offert de me trouver un bailleur de fonds à Toulouse, un de ses amis immensément riche, qui s'intéresse à la mécanique! Tout de suite, j'ai vu là le doigt de Dieu.

Et il riait de son rire d'enfant. Puis, il ajouta :

— Un homme si charmant, cet abbé Des Hermoises! Je vais me renseigner pour savoir si nous ne pourrions pas faire ensemble l'excursion du cirque de Gavarnie, à bon compte.

Pierre, qui voulait tout payer, l'hôtel et le reste, le poussa amicalement.

— Sans doute, ne manquez pas cette occasion de visiter les montagnes, puisque vous le désirez tant. Votre fille sera si heureuse de vous savoir heureux!

Mais ils furent interrompus, une servante leur apportait les deux tasses de chocolat, avec deux petits pains, sur un plateau garni d'une serviette; et, comme elle avait laissé la porte ouverte, on apercevait une partie du couloir, en enfilade.

— Tiens! on fait déjà la chambre de mon voisin, remarqua M. de Guersaint, curieux. Il est marié, n'est-ce pas?

La servante s'étonna.

— Oh! non, il est tout seul.

— Comment, tout seul! mais il n'a pas cessé de remuer, et l'on causait, l'on soupirait chez lui, ce matin!

— Ce n'est pas possible, il est tout seul... Il vient de descendre, après avoir donné l'ordre qu'on fasse sa

chambre vivement. Et il n'y a bien qu'une pièce, avec
un grand placard, dont il a emporté la clef... Sans doute
qu'il a serré là des valeurs...

Elle s'oubliait à bavarder, en disposant les deux tasses
de chocolat sur la table.

— Oh! un monsieur si comme il faut!... L'année
dernière, il avait retenu un des petits pavillons isolés
que monsieur Majesté loue, dans la ruelle voisine. Mais,
cette année, il s'y est pris trop tard, il a dû se contenter
de cette chambre, ce qui l'a désespéré vraiment... Comme
il ne veut pas manger avec tout le monde, il se fait servir
chez lui, il boit du bon vin, mange de bons morceaux.

— C'est ça, conclut gaiement M. de Guersaint, il aura
trop bien dîné tout seul, hier soir.

Pierre avait écouté.

— Et, de mon côté, à moi, est-ce qu'il n'y a pas deux
dames avec un monsieur et un enfant qui a une béquille?

— Oui, monsieur l'abbé, je les connais... La tante,
madame Chaise, a pris l'une des deux chambres; tandis
que monsieur et madame Vigneron, avec leur fils Gustave,
ont dû s'entasser dans l'autre... C'est la seconde année
qu'ils viennent. Oh! des gens tout à fait bien aussi!

Pendant la nuit, Pierre avait en effet cru reconnaître la
voix de M. Vigneron, que la chaleur devait incommoder.
Puis, la bonne étant lancée, elle indiqua les autres locataires du couloir : à gauche, un prêtre, une mère avec
ses trois filles, un ménage de vieilles gens; à droite, un
autre monsieur seul, une jeune dame seule, toute une
famille encore, cinq enfants en bas âge. L'hôtel était plein
jusqu'aux mansardes. Les bonnes, qui avaient abandonné
leurs chambres aux clients, dormaient toutes en tas dans la
buanderie. On avait mis, la nuit dernière, des lits de
sangle sur les paliers de chaque étage. Même un honorable
ecclésiastique s'était vu forcé de coucher sur un billard.

Quand la servante se fut enfin retirée, et que les deux

hommes eurent pris leur chocolat, M. de Guersaint s'en
alla dans sa chambre se laver de nouveau les mains, car
il était très soigneux de sa personne ; et Pierre, resté seul,
attiré par le clair soleil du dehors, sortit un instant sur
l'étroit balcon. Toutes les chambres du troisième étage,
de ce côté de l'hôtel, se trouvaient ainsi pourvues d'un
balcon, à balustrade de bois découpé. Mais sa surprise
fut extrême. Sur un balcon voisin, celui qui correspondait
à la chambre occupée par le monsieur tout seul, il venait
de voir une femme allonger la tête, et il avait reconnu
madame Volmar : c'était bien elle, son visage long, ses
traits fins et tirés, ses yeux larges, magnifiques, des
brasiers où, par moments, passait comme un voile, une
moire qui semblait les éteindre. Elle avait eu un sursaut
de peur en le reconnaissant. Lui-même, très gêné, désolé
de la bouleverser ainsi, s'était retiré en hâte. Et il comprenait tout, dans une clarté brusque : le monsieur n'ayant
pu louer que cette chambre, y cachant sa maîtresse à tous
les yeux, l'enfermant dans le vaste placard pendant qu'on
faisait le ménage, la nourrissant des repas qu'on lui
montait, buvant avec elle au même verre ; et les bruits de
la nuit s'expliquaient, et ce seraient ainsi pour elle trois
jours d'absolu emprisonnement, d'affolée passion, au fond
de cette pièce murée. Sans doute, le ménage fini, elle
s'était risquée à rouvrir le placard de l'intérieur, à allonger la tête, afin de regarder dans la rue, si son ami ne
revenait pas. C'était donc pour ça qu'on ne l'avait pas vue
à l'Hôpital, où la petite madame Désagneaux la demandait
sans cesse ! Pierre, immobile, le cœur troublé, fut envahi
d'une rêverie inquiète, en songeant à cette existence de
femme qu'il connaissait, cette torture de la vie conjugale
à Paris, entre une belle-mère farouche et un mari indigne, puis ces trois seuls jours d'entière liberté par an,
cette brusque flambée d'amour, sous le prétexte sacrilège
de venir à Lourdes servir Dieu. Des larmes qu'il ne s'ex-

pliquait même pas, des larmes montées du plus profond de son être, de sa chasteté volontaire, lui avaient empli les yeux, dans un sentiment d'immense tristesse.

— Eh bien! y sommes-nous? cria joyeusement M. de Guersaint, en reparaissant, ganté, serré dans son veston de drap gris.

— Oui, oui, nous partons, dit Pierre, qui se détourna, cherchant son chapeau, pour s'essuyer les yeux.

Et, comme ils sortaient, ils entendirent à gauche une voix grasse qu'ils reconnurent, la voix de M. Vigneron, en train de réciter, très haut, les prières du matin. Mais une rencontre les intéressa : ils suivaient le couloir, lorsqu'ils se croisèrent avec un monsieur d'une quarantaine d'années, fort et trapu, la face encadrée de favoris corrects. D'ailleurs, il gonfla le dos, il passa si vite, qu'ils ne purent distinguer ses traits. Il portait un paquet à la main, ficelé soigneusement. Et il glissa la clef, referma la porte, disparut comme une ombre, sans bruit.

M. de Guersaint s'était retourné.

— Tiens! le monsieur seul... Il doit revenir du marché, il se rapporte des gourmandises.

Pierre feignit de ne pas entendre, car il jugeait son compagnon trop léger pour le mettre dans la confidence d'un secret qui n'était pas le sien. Puis, une gêne lui venait, une sorte de terreur pudique, à l'idée de cette revanche de la chair, qu'il savait là désormais, au milieu de la mystique exaltation dont il se sentait enveloppé.

Ils arrivèrent à l'Hôpital, juste au moment où l'on descendait les malades pour les conduire à la Grotte. Et ils trouvèrent Marie très gaie, ayant bien dormi. Elle embrassa son père, le gronda, quand elle sut qu'il n'avait pas encore décidé son excursion à Gavarnie. S'il n'y allait pas, il lui ferait beaucoup de chagrin. D'ailleurs, elle disait, de son air reposé et souriant, qu'elle ne serait pas guérie ce jour-là. Ensuite, elle supplia Pierre de lui obtenir la permission de passer la nuit suivante devant la Grotte : c'était une faveur, souhaitée ardemment de toutes, qu'on accordait avec quelque peine, aux seules protégées. Après s'être récrié, inquiet pour sa santé d'une nuit entière à la belle étoile, il dut lui promettre de faire la démarche, en la voyant subitement très malheureuse. Sans doute, elle n'espérait se faire entendre de la sainte Vierge que seule à seule, dans la paix souveraine des ténèbres. Et, ce matin-là, à la Grotte, lorsque tous les trois y eurent entendu une messe, elle se trouva si perdue parmi les malades, qu'elle voulut être ramenée à l'Hôpital dès dix heures, en se plaignant d'avoir les yeux fatigués par le grand jour.

Quand son père et le prêtre l'eurent réinstallée dans la salle Sainte-Honorine, elle leur donna congé pour la journée entière.

— Non, ne venez pas me chercher, je ne retournerai pas à la Grotte cette après-midi, c'est inutile... Mais, ce soir, dès neuf heures, vous serez là pour m'emmener, n'est-ce pas, Pierre? C'est convenu, vous m'avez donné votre parole.

Il répéta qu'il tâcherait d'obtenir la permission, qu'il s'adresserait au père Fourcade, s'il le fallait.

— Alors, mignonne, à ce soir, dit à son tour M. de Guersaint en l'embrassant.

Et ils la laissèrent très tranquille dans son lit, l'air absorbé, avec ses grands yeux rêveurs et souriants, perdus au loin.

Lorsqu'ils rentrèrent à l'hôtel des Apparitions, il n'était pas dix heures et demie. M. de Guersaint, que le beau temps ravissait, parla de déjeuner tout de suite, pour se lancer le plus tôt possible au travers de Lourdes. Mais il tint cependant à remonter dans sa chambre; et, comme Pierre l'avait suivi, ils tombèrent au milieu d'un drame. La porte des Vigneron était grande ouverte, on apercevait

le petit Gustave allongé sur le canapé, qui lui servait de
lit. Il était livide, il venait d'avoir un évanouissement, qui
avait fait croire un instant au père et à la mère que c'était
la fin. Madame Vigneron, affaissée sur une chaise, restait
hébétée de la peur qu'elle avait eue ; tandis que, lancé
par la chambre, M. Vigneron bousculait tout, en prépa-
rant un verre d'eau sucrée, dans lequel il versait des
gouttes d'un élixir. Mais comprenait-on cela ? Un garçon
encore très fort, s'évanouir de la sorte, devenir blanc
comme un poulet ! Et il regardait madame Chaise, la
tante, debout devant le canapé, l'air bien portant, ce
matin-là ; et ses mains tremblaient davantage, à l'idée
sourde que, si cette bête de crise avait emporté son fils,
l'héritage de la tante, à cette heure, n'aurait plus été à
eux. Il était hors de lui, il desserra les dents de l'enfant,
lui fit boire de force tout le verre. Pourtant, lorsqu'il
l'entendit soupirer, sa bonhomie paternelle reparut, il
pleura, l'appela son petit homme. Alors, madame Chaise
s'étant approchée, Gustave la repoussa, d'un geste de haine
brusque, comme s'il avait compris la perversion inconsciente où l'argent de cette femme jetait ses parents.
Blessée, la vieille dame s'assit à l'écart, pendant que
le père et la mère, maintenant rassurés, remerciaient la
sainte Vierge de leur avoir conservé ce mignon, qui leur
souriait de son sourire fin et si triste, sachant les choses,
n'ayant plus, à quinze ans, le goût de vivre.

— Pouvons-nous vous être utiles ? demanda Pierre
obligeamment.

— Non, non, merci bien, messieurs, répondit M. Vigneron, qui sortit un instant dans le couloir. Oh ! nous
avons eu une alerte ! Songez donc, un fils unique, et qui
nous est si cher !

Autour d'eux, l'heure du déjeuner mettait en branle la
maison entière. Toutes les portes tapaient, les couloirs et
l'escalier résonnaient de continuelles cavalcades. Trois

grandes filles passèrent, dans le vent de leurs jupes. Des enfants en bas âge pleuraient, au fond d'une chambre voisine. Puis, c'étaient de vieilles gens affolés, des prêtres éperdus, sortant de leur caractère, soulevant leurs soutanes à pleines mains pour courir plus vite. Du bas en haut, les planchers tremblaient, sous la charge trop lourde des gens entassés. Et une servante, qui portait tout un déjeuner sur un grand plateau, étant venue frapper à la porte du monsieur seul, cette porte mit longtemps à s'ouvrir ; enfin, elle s'entre-bâilla, laissa voir la chambre calme, où le monsieur était seul, tournant le dos ; et, quand la servante se retira, elle se referma sur elle, discrètement.

— Oh ! j'espère bien que c'est fini et que la sainte Vierge va le guérir, répétait M. Vigneron, qui ne lâchait plus ses deux voisins. Nous allons déjeuner, car je vous avoue que ça m'a creusé l'estomac, j'ai une faim terrible.

Lorsque Pierre et M. de Guersaint descendirent, ils eurent le désagrément de ne pas trouver le moindre bout de table libre, dans la salle à manger. La plus extraordinaire des cohues s'entassait là, et les quelques places vides encore étaient retenues. Un garçon leur déclara que, de dix heures à une heure, la salle ne désemplissait pas, sous l'assaut des appétits, aiguisés par l'air vif des montagnes. Ils durent se résigner à attendre, en priant le garçon de les prévenir, dès qu'il y aurait deux couverts vacants. Et, ne sachant que faire, ils allèrent se promener sous le porche de l'hôtel, béant sur la rue, où défilait sans arrêt toute une population endimanchée.

Mais le propriétaire de l'hôtel des Apparitions, le sieur Majesté en personne, apparut, tout vêtu de blanc ; et, avec une grande politesse :

— Si ces messieurs voulaient attendre au salon?

C'était un gros homme de quarante-cinq ans, qui s'efforçait de porter royalement son nom. Chauve, glabre, les

yeux bleus et ronds dans un visage de cire, aux trois men-
tons étagés, il montrait une grande dignité. Il était venu
de Nevers, avec les sœurs qui desservaient l'Orphelinat,
et il avait épousé une femme de Lourdes, petite et noire.
A eux deux, en moins de dix ans, ils avaient fait de
leur hôtel une des maisons les plus cossues, les mieux fré-
quentées de la ville. Depuis quelques années, il y avait
joint un commerce d'articles religieux, qui occupait, à
gauche, tout un vaste magasin, et que tenait une jeune
nièce, sous la surveillance de madame Majesté.

— Ces messieurs pourraient s'asseoir au salon? répéta
l'hôtelier, que la soutane de Pierre rendait très prévenant.

Mais tous deux préféraient marcher, attendre debout,
au grand air. Et, alors, Majesté ne les quitta pas, voulut
causer un instant avec eux, comme il le faisait d'habitude
avec les clients qu'il désirait honorer. La conversation
roula d'abord sur la procession aux flambeaux du soir,
qui promettait d'être superbe, par ce temps admirable.
Il y avait plus de cinquante mille étrangers dans Lourdes,
des promeneurs étaient venus de toutes les stations d'eaux
voisines; et cela expliquait l'encombrement des tables
d'hôte. Peut-être la ville allait-elle manquer de pain,
comme cela était arrivé l'année d'auparavant.

— Vous voyez la bousculade, conclut Majesté, nous ne
savons où donner de la tête. Ce n'est vraiment pas de ma
faute, si l'on vous fait attendre un peu.

A ce moment, le facteur arriva, avec un courrier
considérable, un paquet de journaux et de lettres qu'il
posa sur une table, dans le bureau. Puis, comme il avait
gardé à la main une dernière lettre, il demanda :

— Vous n'avez pas ici madame Maze ?

— Madame Maze, madame Maze, répéta l'hôtelier. Non,
non, certainement.

Pierre avait entendu. et il s'approcha, pour dire :

— Madame Maze, il y en a une qui doit être descendue chez les sœurs de l'Immaculée-Conception, les Sœurs bleues, comme on les appelle ici, je crois.

Le facteur remercia et s'en alla. Mais un sourire amer était monté aux lèvres de Majesté.

— Les Sœurs bleues, murmura-t-il, ah! les Sœurs bleues...

Il jeta un coup d'œil oblique sur la soutane de Pierre, puis s'arrêta net, dans la crainte d'en trop dire. Son cœur pourtant débordait, il aurait voulu se soulager, et ce jeune prêtre de Paris, qui avait l'air d'être d'esprit libre, ne devait pas faire partie de la bande, comme il nommait tous les servants de la Grotte, tous ceux qui battaient monnaie avec Notre-Dame de Lourdes. Peu à peu, il se risqua.

— Monsieur l'abbé, je vous jure que je suis bon catholique. Ici, d'ailleurs, nous le sommes tous. Et je pratique, je fais mes Pâques... Mais, en vérité, je dis que des religieuses ne devraient pas tenir un hôtel. Non, non, ce n'est pas bien!

Et il exhala sa rancune de commerçant atteint par une concurrence déloyale. Est-ce que ces sœurs de l'Immaculée-Conception, ces Sœurs bleues, n'auraient pas dû s'en tenir à leur vrai rôle, la fabrication des hosties, l'entretien et le blanchissage des linges sacrés? Mais non! elles avaient transformé leur couvent en une vaste hôtellerie, où les dames seules trouvaient des chambres séparées, mangeaient en commun, quand elles ne préféraient pas se faire servir à part. Tout cela était très propre, très bien organisé, et pas cher, grâce aux mille avantages dont elles jouissaient. Aucun hôtel de Lourdes ne travaillait autant.

— Enfin, est-ce que c'est convenable? des religieuses se mêler de vendre de la soupe! Ajoutez que la supérieure est une maîtresse femme. Lorsqu'elle a vu la fortune

venir, elle l'a voulue pour sa maison seule, elle s'est séparée résolument des pères de la Grotte, qui s'efforçaient
de mettre la main sur elle. Oui, monsieur l'abbé, elle
est allée jusqu'à Rome, elle a eu gain de cause, elle
empoche maintenant tout l'argent des additions. Des religieuses, des religieuses, mon Dieu! louer des chambres
garnies et tenir une table d'hôte!

Il levait les bras au ciel, il suffoquait.

— Mais, finit par objecter doucement Pierre, puisque
votre maison regorge, puisque vous n'avez plus de libre
ni un lit ni une assiette, où mettriez-vous donc les voyageurs, s'il vous en arrivait encore?

Majesté se récria vivement.

— Ah! monsieur l'abbé, on voit bien que vous ne connaissez pas le pays. Pendant le pèlerinage national, c'est
vrai, nous travaillons tous, nous n'avons pas à nous
plaindre. Mais cela ne dure que quatre ou cinq jours; et,
dans les temps ordinaires, le courant est moins fort... Oh!
moi, Dieu merci! je suis toujours satisfait. La maison
est connue, elle vient sur le même rang que l'hôtel de
la Grotte, où il s'est fait déjà deux fortunes... N'importe!
c'est vexant de voir ces Sœurs bleues écrémer la clientèle,
nous prendre des dames de la bourgeoisie qui passent
à Lourdes des quinze jours, des trois semaines; et cela
aux époques tranquilles, quand il n'y a pas beaucoup de
monde : vous comprenez, n'est-ce pas? des personnes
bien élevées qui détestent le bruit, qui vont prier à la
Grotte toutes seules, pendant des journées entières, et
qui payent largement, sans marchander jamais.

Madame Majesté, que Pierre et M. de Guersaint n'avaient
pas aperçue, penchée sur un registre, où elle additionnait
des comptes, intervint alors de sa voix aiguë.

— L'année dernière, messieurs, nous avons gardé une
voyageuse comme ça pendant deux mois. Elle allait à
la Grotte, en revenait, y retournait, mangeait, se cou-

chait. Et jamais un mot, toujours un sourire content. Elle a payé sa note sans même la regarder... Ah! des voyageuses pareilles, ça se regrette.

Elle s'était levée, petite, maigre, très brune, toute vêtue de noir, avec un mince col plat. Et elle fit ses offres.

— Si ces messieurs désirent emporter quelques petits souvenirs de Lourdes, il ne faut pas qu'ils nous oublient. Nous avons à côté un magasin, où ils trouveront un grand choix des objets les plus demandés... Les personnes qui descendent à l'hôtel, veulent bien, d'habitude, ne pas s'adresser autre part que chez nous.

Mais Majesté, de nouveau, hochait la tête, de son air de bon catholique attristé par les scandales du temps.

— Certes, je ne voudrais pas manquer de respect aux révérends pères, et pourtant, il faut bien le dire, ils sont trop gourmands... Vous avez vu la boutique qu'ils ont installée près de la Grotte, cette boutique toujours pleine, où l'on vend des articles de piété et des cierges. Beaucoup de prêtres déclarent que c'est une honte et qu'il faut de nouveau chasser les vendeurs du temple... A ce qu'on raconte aussi, les pères commanditent le grand magasin qui est en face de chez nous, dans la rue, et qui approvisionne les petits détaillants de la ville. Enfin, si l'on écoutait les bruits, ils auraient la main dans tout le commerce des objets religieux, ils prélèveraient un tant pour cent sur les millions de chapelets, de statuettes et de médailles, qui se débitent par an à Lourdes...

Il avait baissé la voix, car ses accusations se précisaient, et il finissait par trembler de se confier ainsi à des étrangers. La douce figure attentive de Pierre le rassurait pourtant; et il continua, dans sa passion de concurrent blessé, décidé à aller jusqu'au bout.

— Je veux bien qu'il y ait de l'exagération en tout ceci. Il n'en est pas moins vrai que c'est un grand dom-

mage pour la religion, de voir les révérends pères tenir
boutique, comme le dernier de nous... Moi, n'est-ce pas?
je ne vais pas partager l'argent de leurs messes, ni demander mon tant pour cent sur les cadeaux qu'ils reçoivent?
Alors, pourquoi se mettent-ils à vendre de ce que je
vends? Notre dernière année a été médiocre, à cause
d'eux. Nous sommes déjà trop, tout le monde trafique
du bon Dieu à Lourdes, si bien qu'on n'y trouve même
plus du pain à manger et de l'eau à boire... Ah!
monsieur l'abbé, la sainte Vierge a beau être avec
nous autres, il y a des instants où les choses vont très
mal!

Un voyageur le dérangea, mais il reparut, au moment
où une jeune fille venait chercher madame Majesté.
C'était une fille de Lourdes, très jolie, petite et grasse,
avec de beaux cheveux noirs et une figure un peu large,
d'une gaieté claire.

— Notre nièce Appoline, reprit Majesté. Elle tient
depuis deux ans notre magasin. Elle est la fille d'un
frère pauvre de ma femme, elle gardait les troupeaux à
Bartrès, lorsque, frappés de sa gentillesse, nous nous
sommes décidés à la prendre ici; et nous ne nous en
repentons pas, car elle a beaucoup de mérite, elle est
devenue une très bonne vendeuse.

Ce qu'il ne disait pas, c'était que des bruits assez légers
couraient sur Appoline. On l'avait vue, avec des jeunes
gens, s'égarer le soir, le long du Gave. Mais, en effet,
elle était précieuse, elle attirait la clientèle, peut-être à
cause de ses grands yeux noirs qui riaient si volontiers.
L'année d'auparavant, Gérard de Peyrelongue ne quittait
pas la boutique; et, seules, ses idées de mariage l'empêchaient sans doute de revenir. Il semblait remplacé
par le galant abbé Des Hermoises, qui amenait beaucoup
de dames faire des emplettes.

— Ah! vous parlez d'Appoline, dit madame Majesté, de

retour du magasin. Messieurs, vous n'avez pas remarqué
une chose, son extraordinaire ressemblance avec Bernadette... Tenez! il y a là, au mur, une photographie de
cette dernière, quand elle avait dix-huit ans.

Pierre et M. de Guersaint s'approchèrent, tandis que
Majesté s'écriait :

— Bernadette, parfaitement! c'était Appoline, mais en
beaucoup moins bien, en triste et en pauvre.

Enfin, le garçon parut et annonça qu'il avait une petite
table libre. Deux fois, M. de Guersaint était allé jeter
vainement un coup d'œil dans la salle à manger, car il
brûlait du désir de déjeuner et d'être dehors, par ce beau
dimanche. Aussi s'empressa-t-il, sans écouter davantage
Majesté, qui faisait remarquer, avec un sourire aimable,
que ces messieurs n'avaient pas attendu trop longtemps.
La petite table se trouvait au fond, ils durent traverser
la salle, d'un bout à l'autre.

C'était une longue salle, décorée en chêne clair, d'un
jaune huileux, mais dont les peintures s'écaillaient déjà,
éclaboussées de taches. On y sentait l'usure et la souillure
rapides, sous le galop continu des gros mangeurs qui s'y
attablaient. Tout le luxe consistait en une garniture de
cheminée, la pendule reluisante d'or, flanquée des deux
candélabres maigres. Il y avait aussi des rideaux de
guipure aux cinq fenêtres, ouvrant sur la rue, en plein
soleil. Des stores baissés laissaient quand même entrer
des flèches ardentes. Et, au milieu, quarante personnes
étaient tassées à la table d'hôte, longue de huit mètres,
et qui pouvait, avec peine, en contenir trente ; tandis que,
aux petites tables, à droite et à gauche, le long des
murs, une quarantaine d'autres convives se serraient,
bousculés au passage de chacun des trois garçons. Dès
l'entrée, on restait assourdi d'un brouhaha extraordinaire, d'un bruit de voix, de fourchettes et de vaisselle ; et il semblait qu'on pénétrât dans un four humide,

le visage fouetté d'un buée chaude, chargée d'une odeur
suffocante de nourriture.

Pierre, d'abord, n'avait rien distingué. Puis, quand
il se trouva installé à leur petite table, une table de
jardin, rentrée pour la circonstance, et où les deux
couverts se touchaient, il fut troublé, un peu écœuré
même, par le spectacle de la table d'hôte, qu'il enfilait
d'un regard. Depuis une heure, on y mangeait, deux four-
nées de voyageurs s'y étaient succédé, et les couverts
s'en allaient à la débandade, des taches de vin et de sauce
salissaient la nappe. On ne s'inquiétait déjà plus de la
symétrie des compotiers, décorant la table. Mais, surtout, le malaise venait de la cohue des convives, des
prêtres énormes, des jeunes filles grêles, des mamans
débordantes, des messieurs très rouges et seuls, des
familles à la file, alignant des générations d'une laideur
aggravée et pitoyable. Tout ce monde suait, avalait glou-
tonnement, assis de biais, les bras collés au corps, les
mains maladroites. Et, dans ces gros appétits décuplés
par la fatigue, dans cette hâte à s'emplir pour retourner
plus vite à la Grotte, il y avait, au centre de la table,
un ecclésiastique corpulent qui ne se pressait pas, qui
mangeait de chaque plat avec une sage lenteur, d'un
broiement digne de mâchoires, ininterrompu.

— Fichtre ! dit M. de Guersaint, il ne fait pas froid ici !
Je vais quand même manger volontiers ; car, je ne sais
pas, depuis que je suis à Lourdes, je me sens toujours
l'estomac dans les talons... Et vous, avez-vous faim ?

— Oui, oui, je mangerai, répondit Pierre, qui avait le
cœur sur les lèvres.

Le menu était copieux : du saumon, une omelette, des
côtelettes à la purée de pommes de terre, des rognons
sautés, des choux-fleurs, des viandes froides, et des tartes
aux abricots ; le tout trop cuit, noyé de sauce, d'une
fadeur relevée de graillon. Mais il y avait d'assez beaux

fruits sur les compotiers, des pêches superbes. Et les convives, d'ailleurs, ne semblaient pas difficiles, sans goût, sans nausée. Une délicate jeune fille, charmante, avec ses yeux tendres et sa peau de soie, serrée entre un vieux prêtre et un monsieur barbu, fort sale, mangeait d'un air ravi les rognons, délavés dans l'eau grise qui leur servait de sauce.

— Ma foi! reprit M. de Guersaint lui-même, il n'est pas mauvais, ce saumon... Ajoutez donc un peu de sel, c'est parfait.

Et Pierre dut manger, car il fallait bien se soutenir. A une petite table, près de la leur, il venait de reconnaître madame Vigneron et madame Chaise. Ces dames attendaient, descendues les premières, assises face à face ; et, bientôt, M. Vigneron et son fils Gustave parurent, ce dernier pâle encore, s'appuyant plus lourdement sur sa béquille.

— Assieds-toi près de ta tante, dit-il. Moi, je vais me mettre à côté de ta mère.

Puis, apercevant ses deux voisins, il s'approcha.

— Oh! il est complètement remis. Je viens de le frictionner avec de l'eau de Cologne, et tantôt il pourra prendre son bain à la piscine.

Il s'attabla, dévora. Mais quelle alerte! il en reparlait tout haut, malgré lui, tellement la terreur de voir partir son fils avant la tante l'avait secoué. Celle-ci racontait que, la veille, agenouillée devant la Grotte, elle s'était sentie brusquement soulagée ; et elle se flattait d'être guérie de sa maladie de cœur, elle donnait des détails précis, que son beau-frère écoutait, avec des yeux ronds, involontairement inquiets. Certes, il était un bon homme, il n'avait jamais souhaité la mort de personne : seulement, une indignation lui venait, à l'idée que la sainte Vierge pouvait guérir cette femme âgée, en oubliant son fils, si jeune. Il en était déjà aux côtelettes, il engloutissait de

la purée de pommes de terre, à fourchette pleine, lorsqu'il crut s'apercevoir que madame Chaise boudait son
neveu.

— Gustave, dit-il tout à coup, est-ce que tu as
demandé pardon à ta tante?

Le petit, étonné, ouvrit ses grands yeux clairs, dans sa
face amincie.

— Oui, tu as été méchant, tu l'as repoussée, là-haut,
quand elle s'est approchée de toi.

Madame Chaise, très digne, se taisait, attendait; tandis
que Gustave, qui achevait sans faim la noix de sa côtelette
coupée en petits morceaux, restait les yeux baissés sur
son assiette, s'entêtant cette fois à se refuser au triste
métier de tendresse qu'on lui imposait.

— Voyons, Gustave, sois gentil, tu sais combien ta
tante est bonne et tout ce qu'elle compte faire pour toi.

Non, non! il ne céderait pas. Il l'exécrait, en ce moment,
cette femme qui ne mourait pas assez vite, qui lui gâtait
l'affection de ses parents, au point qu'il ne savait plus,
quand il les voyait s'empresser autour de lui, si c'était lui
qu'ils voulaient sauver ou bien l'héritage que son existence
représentait.

Mais madame Vigneron, si digne, se joignit à son mari.

— Vraiment, Gustave, tu me fais beaucoup de peine.
Demande pardon à ta tante, si tu ne veux pas me fâcher
tout à fait.

Et il céda. Pourquoi lutter? ne valait-il pas mieux que
ses parents eussent cet argent? lui-même ne mourrait-il
pas à son tour, plus tard, puisque cela arrangeait les
affaires de la famille? Il savait cela, il comprenait tout,
même les choses qu'on taisait, tellement la maladie lui
avait donné des oreilles subtiles, qui entendaient les
pensées.

— Ma tante, je vous demande pardon de n'avoir pas été
gentil avec vous, tout à l'heure.

Deux grosses larmes roulèrent de ses yeux, tandis qu'il souriait de son air d'homme tendre et désabusé, ayant beaucoup vécu. Tout de suite, madame Chaise l'embrassa, en lui disant qu'elle n'était pas fâchée ; et, dès lors, la joie de vivre des Vigneron s'étala, en toute bonhomie.

— Si les rognons ne sont pas fameux, dit M. de Guersaint à Pierre, voici vraiment des choux-fleurs qui ont du goût.

Et, d'un bout à l'autre de la salle, la mastication formidable continuait. Jamais Pierre n'avait vu manger à ce point, et dans une telle sueur, dans un tel étouffement de buanderie ardente. L'odeur de la nourriture s'épaississait, ainsi qu'une fumée. Pour s'entendre, il fallait crier, car tous les convives causaient très haut, pendant que les garçons, ahuris, remuaient la vaisselle, à la volée ; sans compter le bruit des mâchoires, un broiement de meule qu'on saisissait distinctement. Ce qui blessait de plus en plus le jeune prêtre, c'était la promiscuité extraordinaire de cette table d'hôte, où les hommes, les femmes, les jeunes filles, les ecclésiastiques se tassaient, au petit bonheur de la rencontre, assouvissant leur faim comme une meute lâchée, qui happe les morceaux en hâte. Les corbeilles de pain circulaient, se vidaient. Il y eut un massacre des viandes froides, tous les débris des viandes de la veille, du gigot, du veau, du jambon, entourés d'un éboulement de gelée claire. On avait déjà trop mangé, et ces viandes pourtant réveillaient les appétits, dans la pensée qu'il ne fallait laisser de rien. Le prêtre beau mangeur, au milieu de la table, s'attardait aux fruits, en était à sa troisième pêche, des pêches énormes, qu'il pelait lentement et avalait par tranches, avec componction.

Mais une émotion agita la salle, un garçon distribuait le courrier, dont madame Majesté avait achevé le tri.

— Tiens! dit M. Vigneron, une lettre pour moi! C'est surprenant, je n'ai donné mon adresse à personne.

Puis, il se souvint.

— Ah! si, ça doit être de Sauvageot, qui me remplace aux Finances.

Et, la lettre ouverte, ses mains se mirent à trembler, il eut un cri.

— Le chef est mort!

Madame Vigneron, bouleversée, ne sut pas retenir sa langue.

— Alors, tu vas être nommé!

C'était leur rêve caché, caressé : la mort du chef de bureau, pour que lui, sous-chef depuis dix ans, pût enfin monter au grade suprême, son maréchalat. Et sa joie était si forte, qu'il lâcha tout.

— Ah! ma bonne amie, la sainte Vierge est décidément avec moi... Ce matin encore, je lui ai demandé mon avancement, et elle m'exauce!

Soudain, il sentit qu'il ne fallait pas triompher ainsi, en rencontrant les yeux de madame Chaise, fixés sur les siens, et en voyant son fils Gustave sourire. Chacun, dans la famille, faisait sûrement ses affaires, demandait à la Vierge les grâces personnelles dont il avait besoin. Aussi se reprit-il, de son air de brave homme :

— Je veux dire que la sainte Vierge nous aime bien tous, et qu'elle nous renverra tous satisfaits... Ah! ce pauvre chef, ça me fait de la peine. Il va falloir que j'envoie une carte à sa veuve.

Malgré son effort, il exultait, il ne doutait plus de voir accomplis enfin ses plus secrets désirs, ceux mêmes qu'il ne s'avouait pas. Et les tartes aux abricots furent fêtées, Gustave eut la permission d'en manger une petite part.

— C'est surprenant, fit remarquer à Pierre M. de Guersaint qui s'était fait servir une tasse de café, c'est

surprenant qu'on ne voie pas ici plus de malades. Ce tas
de monde m'a l'air, vraiment, d'avoir un riche appétit.

Cependant, en dehors de Gustave, qui ne mangeait
que des miettes comme un petit poulet, il avait fini par
découvrir un goitreux assis à la table d'hôte, entre deux
femmes, dont l'une était certainement une cancéreuse.
Plus loin, une jeune fille semblait si maigre, si pâle,
qu'on devait soupçonner une phtisique. Et, en face, il
y avait une idiote, qui était entrée, soutenue par deux
parentes, et qui, les yeux vides, le visage mort, avalait
maintenant sa nourriture à la cuiller, en bavant sur sa
serviette. Peut-être se trouvait-il encore d'autres malades,
noyés au milieu de ces faims bruyantes, des malades que
le voyage fouettait, qui mangeaient comme ils n'avaient
pas mangé depuis longtemps. Les tartes aux abricots, le
fromage, les fruits, tout s'engouffrait, dans la débandade
du couvert, et il n'allait rester que les taches de sauce
et de vin, élargies sur la nappe.

Il était près de midi.

— Nous retournerons tout de suite à la Grotte, n'est-ce
pas? dit M. Vigneron.

On n'entendait d'ailleurs que ces mots : A la Grotte! à
la Grotte! Les bouches pleines se dépêchaient, revenaient
aux prières et aux cantiques.

— Ma foi! déclara M. de Guersaint à son compagnon,
puisque nous avons l'après-midi devant nous, je vous
propose de visiter un peu la ville; et je vais m'occuper
de trouver une voiture pour mon excursion à Gavarnie,
puisque ma fille le désire.

Pierre, qui suffoquait, fut heureux de quitter la salle à
manger. Sous le porche, il respira. Mais il y avait là un
flot nouveau de convives, faisant queue, attendant des
places; et on se disputait les petites tables, le moindre
trou à la table d'hôte se trouvait immédiatement occupé.
Pendant plus d'une heure encore, l'assaut continuerait,

le menu défilerait et s'engloutirait, au milieu du bruit des mâchoires, de la chaleur et de la nausée croissantes.

— Ah! pardon, il faut que je remonte, dit Pierre, j'ai oublié ma bourse.

Et, en haut, dans le silence de l'escalier et des couloirs déserts, il entendit un léger bruit, comme il arrivait à la porte de sa chambre. C'était, au fond de la pièce voisine, un rire tendre, qui avait suivi le choc trop vif d'une fourchette. Puis, il y eut, insaisissable, plutôt deviné que perçu, le frisson d'un baiser, des lèvres se posant sur d'autres lèvres, pour les faire taire. Le monsieur seul, lui aussi, déjeunait.

II

Dehors, Pierre et M. de Guersaint marchèrent lentement, au milieu du flot sans cesse accru de la foule endimanchée. Le ciel était d'un bleu pur, le soleil embrasait la ville ; et il y avait dans l'air une gaieté de fête, cette joie vive des grandes foires qui mettent au plein jour la vie de tout un peuple. Quand ils eurent descendu le trottoir encombré de l'avenue de la Grotte, ils se trouvèrent arrêtés au coin du plateau de la Merlasse, tellement la cohue y refluait, parmi le continuel défilé des voitures.

— Nous ne sommes pas pressés, dit M. de Guersaint. Mon idée est de monter à la place du Marcadal, dans la vieille ville ; car la servante de l'hôtel m'y a indiqué un coiffeur, dont le frère loue des voitures à bon compte... Ça ne vous fait rien d'aller par là ?

— Moi ! s'écria Pierre. Mais où vous voudrez, je vous suis !

— Bon ! et, par la même occasion, je me ferai raser.

Ils arrivaient à la place du Rosaire, devant les gazons qui s'étendent jusqu'au Gave, lorsqu'une rencontre les arrêta de nouveau. Madame Désagneaux et Raymonde de Jonquière étaient là, qui causaient gaiement avec Gérard de Peyrelongue. Toutes deux avaient des robes claires, des robes légères de plage, et leurs ombrelles de soie blanche luisaient au grand soleil. C'était une note jolie,

un coin de caquetage mondain, avec des rires frais de
jeunesse.

— Non, non! répétait madame Désagneaux, nous
n'allons bien sûr pas visiter votre popote comme ça, au
moment où tous vos camarades mangent!

Gérard insistait, très galant, se tournant surtout vers
Raymonde, dont la face un peu épaisse s'éclairait, ce
jour-là, d'un charme rayonnant de santé.

— Mais je vous assure, c'est très curieux à voir, vous
seriez admirablement reçues... Mademoiselle, vous pouvez
vous confier à moi ; et, d'ailleurs, nous trouverions là
certainement mon cousin Berthaud, qui serait enchanté
de vous faire les honneurs de notre installation.

Raymonde souriait, disait de ses yeux vifs qu'elle voulait bien. Et ce fut alors que Pierre et M. de Guersaint
s'approchèrent, pour saluer ces dames. Tout de suite, ils
furent mis au courant. On nommait « la popote » une
sorte de restaurant, de table d'hôte, que les membres de
l'Hospitalité de Notre-Dame de Salut, les brancardiers,
les hospitaliers de la Grotte, des piscines et des hôpitaux,
avaient fondée, pour manger en commun, à bon marché.
Comme beaucoup d'entre eux n'étaient pas riches, l'Hospitalité se recrutant dans toutes les classes, ils étaient
parvenus, en versant chacun trois francs par jour, à faire
trois bons repas ; et il leur restait même de la nourriture,
qu'ils distribuaient aux pauvres. Mais ils administraient
tout eux-mêmes, achetaient les provisions, recrutaient
un cuisinier, des aides, ne reculaient pas devant la
nécessité de donner en personne un coup de main, pour
la bonne tenue du local.

— Ça doit être très intéressant! s'écria M. de Guersaint. Allons donc voir ça, si nous ne sommes pas de trop!

La petite madame Désagneaux, dès lors, consentit.

— Ah! du moment qu'on y va en bande, je veux bien!
Je craignais que ce ne fût pas convenable.

Et, comme elle riait, tous se mirent à rire. Elle avait accepté le bras de M. de Guersaint, tandis que Pierre marchait à sa gauche, pris de sympathie pour cette gaie petite femme, si vivante, si charmante, avec ses cheveux blonds ébouriffés et son teint de lait.

Derrière, Raymonde venait au bras de Gérard, qu'elle entretenait de sa voix posée, en demoiselle très sage, sous son air de jeunesse insoucieuse. Et, puisqu'elle tenait enfin le mari tant rêvé, elle se promettait bien de le conquérir cette fois. Aussi le grisait-elle de son parfum de belle fille saine, tout en l'émerveillant par son entente du ménage, de l'économie sur les petites choses ; car elle se faisait donner des explications au sujet de leurs achats, elle lui démontrait qu'ils auraient pu réduire encore leur dépense.

— Vous devez être horriblement fatiguée? demanda M. de Guersaint à madame Désagneaux.

Elle eut une révolte, un cri de véritable colère.

— Mais non! Imaginez-vous que la fatigue m'a terrassée dans un fauteuil, hier, dès minuit, à l'Hôpital. Et, alors, ces dames ont eu le cœur de me laisser dormir.

De nouveau, on se mit à rire. Mais elle restait hors d'elle.

— De façon que j'ai dormi pendant huit heures, comme une souche. Moi qui avais juré de passer la nuit!

Le rire finissait par la gagner ; et elle éclata, à belles dents blanches.

— Hein? une jolie garde-malade!... C'est cette pauvre madame de Jonquière qui a veillé jusqu'au jour. J'ai tâché en vain de la débaucher, de l'emmener avec nous, tout à l'heure.

Raymonde, qui avait entendu, éleva la voix.

— Oh! oui, cette pauvre maman, elle ne tenait plus sur ses jambes. Je l'ai forcée à se mettre au lit, en lui jurant qu'elle pouvait dormir tranquille, que tout marcherait très bien.

Et elle eut, pour Gérard, un clair regard rieur. Il crut même sentir une pression imperceptible du bras frais et rond qu'il avait sous le sien, comme si elle s'était montrée heureuse d'être ainsi seule avec lui, pouvant régler ensemble, sans personne, leurs petites affaires. Cela le ravissait ; et il expliqua que, s'il n'avait pas mangé avec ses camarades, ce jour-là, c'était qu'une famille amie, qui partait, l'avait invité, dès dix heures, au buffet de la gare, et rendu à sa liberté, après le départ du train de onze heures trente.

— Ah ! les gaillards ! reprit-il. Vous les entendez?

On arrivait, on entendait en effet tout un vacarme de jeunesse, qui sortait d'un bouquet d'arbres, sous lequel se cachait le vieux bâtiment de plâtre et de zinc, où « la popote » s'était installée. D'abord, il leur fit traverser la cuisine, une vaste pièce, fort bien aménagée, occupée par un grand fourneau et une vaste table, sans compter des marmites immenses; et il leur montra que le cuisinier, un gros homme réjoui, portait lui-même la croix rouge sur sa veste blanche, car il faisait partie du pèlerinage. Ensuite, il poussa une porte, il les introduisit dans la salle commune.

C'était une longue salle, où un double rang de simples tables de sapin était aligné. Il n'y avait pas d'autres meubles, rien qu'une autre table pour la desserte, et des chaises de cabaret, au siège de paille. Mais les murs passés à la chaux, le carreau d'un rouge luisant, tout paraissait très propre, dans ce dénuement voulu de réfectoire monacal. Et, surtout, ce qui faisait sourire, dès le seuil, c'était la gaieté enfantine qui régnait là, cent cinquante convives environ, de tous les âges, en train de manger avec un bel appétit, criant, chantant, applaudissant. Une fraternité extraordinaire les unissait, venus de partout, de toutes les classes, de toutes les fortunes, de toutes les provinces. Beaucoup ne se connaissaient pas, se coudoyaient chaque année pendant trois jours, vivaient en frères, puis repartaient et s'ignoraient le reste du temps. Rien n'était charmant comme de se retrouver dans la charité, de mener ces trois journées communes de grande fatigue, de joie gamine aussi; et cela tournait un peu à la partie de grands garçons lâchés ensemble, sous un beau ciel, heureux de se dévouer et de rire. Il n'était pas jusqu'à la frugalité de la table, à l'orgueil de s'administrer soi-même, de manger ce qu'on avait acheté et ce qu'on avait fait cuire, qui n'ajoutât à la belle humeur générale.

— Vous voyez, expliqua Gérard, que nous ne sommes pas tristes, malgré le dur métier que nous faisons... L'Hospitalité compte plus de trois cents membres, mais il n'y a guère là que cent cinquante convives, car on a dû organiser deux tables, pour faciliter le service, à la Grotte et dans les hôpitaux.

La vue du petit groupe de visiteurs, resté sur le seuil, semblait avoir redoublé la joie de tous. Et Berthaud, le chef des brancardiers, qui mangeait à un bout de table, se leva galamment pour recevoir ces dames.

— Mais ça sent très bon! s'écria madame Désagneaux, de son air d'étourdie. Est-ce que vous ne nous invitez pas à goûter votre cuisine, demain?

— Ah! non, pas les dames! répondit Berthaud en riant. Seulement, si ces messieurs voulaient bien être des nôtres demain, ils nous feraient le plus grand plaisir.

D'un coup d'œil, il avait remarqué la bonne intelligence qui régnait entre Gérard et Raymonde; et il semblait ravi, il souhaitait beaucoup pour son cousin ce mariage.

— N'est-ce pas le marquis de Salmon-Roquebert, demanda la jeune fille, là-bas, entre ces deux jeunes gens, qu'on prendrait pour des garçons de boutique?

— Ce sont, en effet, répondit Berthaud, les fils d'un
petit papetier de Tarbes... Et c'est bien le marquis, votre
voisin de la rue de Lille, le propriétaire de ce royal hôtel, un des hommes les plus riches et les plus nobles de
France... Voyez comme il se régale de notre ragoût de
mouton !

Et c'était vrai. Le marquis, avec ses millions, semblait
tout heureux de se nourrir pour ses trois francs par jour,
de s'attabler, démocratiquement, en compagnie de petits
bourgeois et même d'ouvriers, qui n'auraient point osé
le saluer, dans la rue. Ces convives de hasard, n'était-ce
point la communion sociale, en pleine charité? Lui, ce
matin-là, avait d'autant plus faim, qu'il avait baigné, aux
piscines, une soixantaine de malades, tous les maux abominables de la triste humanité. Et, autour de lui, il y
avait, à cette table, la réalisation de la communauté évan-
gélique ; mais elle n'existait sans doute, si charmante et
si gaie, qu'à la condition de ne durer que trois jours.

M. de Guersaint, bien qu'il sortît de déjeuner, eut la
curiosité de goûter le ragoût de mouton : il le déclara
parfait. Pendant ce temps, Pierre, qui avait aperçu le
baron Suire, le directeur de l'Hospitalité, se promenant
avec quelque importance, comme s'il se fût donné la
tâche d'avoir l'œil à tout, même à la façon dont se nourrissait son personnel, se rappela brusquement le désir
ardent que Marie lui avait exprimé de passer la nuit devant la Grotte ; et il pensa que le baron pourrait prendre
sur lui d'accorder la permission demandée.

— Certainement, répondit celui-ci, devenu grave, nous
tolérons cela parfois ; mais c'est toujours si délicat ! Vous
me certifiez bien au moins que la jeune personne n'est
pas phtisique?... Allons! puisque vous dites qu'elle y
tient si fort, j'en dirai un mot au père Fourcade et je
préviendrai madame de Jonquière, pour qu'elle vous la
laisse emmener.

Il était brave homme au fond, malgré son air d'homme indispensable, accablé des responsabilités les plus lourdes. A son tour, il retint les visiteurs, il leur donna, sur l'organisation de l'Hospitalité, des détails complets : les prières dites en commun, les deux conseils d'administration tenus par jour, où assistaient les chefs de service, ainsi que les pères et certains des aumôniers. On communiait le plus souvent possible. Puis, c'étaient des besognes compliquées, un roulement de personnel extraordinaire, tout un monde à gouverner d'une main ferme. Il parlait en général qui remporte chaque année une grande victoire sur l'esprit du siècle; et il renvoya Berthaud finir de déjeuner, il voulut absolument reconduire ces dames jusqu'à la petite cour sablée, ombragée de beaux arbres.

— Très intéressant, très intéressant! répétait madame Désagneaux. Oh! monsieur, combien nous vous remercions de votre obligeance!

— Mais du tout, du tout, madame! C'est moi qui suis enchanté d'avoir eu l'occasion de vous montrer mon petit peuple.

Gérard n'avait pas quitté Raymonde. M. de Guersaint et Pierre se consultaient déjà du regard, pour se rendre enfin à la place du Marcadal, lorsque madame Désagneaux se rappela qu'une amie l'avait chargée de lui expédier une bouteille d'eau de Lourdes. Et elle questionna Gérard sur la façon dont elle devait s'y prendre.

— Voulez-vous, dit-il, m'accepter encore pour guide? Et, tenez! si ces messieurs consentent à nous suivre, je vous ferai voir d'abord le magasin où l'on emplit les bouteilles, qui sont bouchées, mises en boîte, puis expédiées. C'est très curieux.

Tout de suite, M. de Guersaint consentit; et les cinq se remirent en marche, madame Désagneaux entre l'architecte et le prêtre, tandis que Raymonde et Gérard allaient devant. La foule grandissait au brûlant soleil, la place du Rosaire débordait d'une cohue vague et badaude, comme en un jour de réjouissance publique.

D'ailleurs, l'atelier se trouvait là, à gauche, sous une des arches. C'était une série de trois salles fort simples. Dans la première, on emplissait les bouteilles, et de la façon la plus ordinaire du monde : un petit tonneau de zinc, peint en vert, traîné par un homme, revenait plein de la Grotte, assez semblable à un tonneau d'arrosage; puis, au robinet, tout bonnement, les bouteilles de verre pâle étaient emplies, une à une, sans que l'ouvrier en bourgeron veillât toujours à ce que l'eau ne débordât pas. Il y avait une continuelle mare, par terre. Les bouteilles ne portaient pas d'étiquette; la capsule de plomb, par-dessus le bouchon de beau liège, avait seule une inscription, indiquant la provenance; et on l'enduisait d'une sorte de céruse, pour la conservation sans doute. Ensuite, les deux autres salles servaient à l'emballage, un véritable atelier d'emballeur, avec les établis, les outils, les tas de copeaux. On y fabriquait surtout des boîtes d'une et de deux bouteilles, des boîtes joliment faites, dans lesquelles les bouteilles étaient couchées sur un lit de fines rognures. Cela ressemblait assez aux magasins d'expédition, pour les fleurs, à Nice, et pour les fruits confits, à Grasse.

Gérard donna des explications, d'un air tranquille et satisfait.

— Vous le voyez, l'eau vient bien de la Grotte, ce qui met à néant les plaisanteries déplacées qui circulent. Et il n'y a pas de complications, tout est naturel, se passe au grand jour... Je vous ferai remarquer, en outre, que les pères ne vendent pas l'eau, comme on les en accuse. Ainsi, une bouteille pleine, achetée ici, se paye vingt centimes, le prix du verre. Si vous vous la faites expédier, naturellement il y aura en plus l'emballage et l'expédition : elle vous coûtera un franc soixante-dix... Vous êtes d'ailleurs

libre d'emplir à la source tous les bidons et tous les réci-
pients qu'il vous plaira d'apporter.

Pierre songeait que, là-dessus, le bénéfice des pères
ne devait pas être gros; car ils ne gagnaient guère que
sur la fabrication des boîtes et que sur les bouteilles,
qui, prises par milliers, ne leur coûtaient certainement
pas vingt centimes pièce. Mais Raymonde et madame
Désagneaux, ainsi que M. de Guersaint, à l'imagination
vive, éprouvaient une grande déception devant le petit
tonneau vert, les capsules empâtées de céruse, les tas de
copeaux autour des établis. Ils devaient s'être imaginé des
cérémonies, un certain rite pour mettre en bouteilles l'eau
miraculeuse, des prêtres en vêtements sacrés donnant des
bénédictions, tandis que des voix pures d'enfants de chœur
chantaient. Et Pierre finit par penser, en face de cet
embouteillage et de cet emballage vulgaires, à la force
active de la foi. Quand une de ces bouteilles arrive très
loin, dans la chambre d'un malade, qu'on la déballe et
qu'il tombe à genoux, quand il s'exalte à regarder, à boire
cette eau pure, jusqu'à provoquer la guérison de son mal,
il faut vraiment un saut extraordinaire dans la toute-puissante illusion.

— Ah! s'écria Gérard, comme tous sortaient, voulez-
vous voir le magasin des cierges, avant de monter à l'administration? C'est près d'ici.

Et il n'attendit même pas leur réponse, il les entraîna
de l'autre côté de la place du Rosaire, n'ayant au fond
que le désir d'amuser Raymonde. A la vérité, le spectacle
du magasin des cierges était encore moins récréatif que
celui des ateliers d'emballage, d'où ils sortaient. C'était,
sous une des arches de droite, une sorte de caveau, de
cellier profond, que des bois de charpente divisaient en
vastes cases. Au fond de ces cases, s'entassait la plus
extraordinaire provision de cierges, triés et classés par
grandeur. Le trop-plein des cierges donnés à la Grotte

dormait là ; et ils étaient, chaque jour, si nombreux, que
des chariots spéciaux, où les pèlerins les déposaient, près
de la grille, venaient se déverser plusieurs fois dans les
cases, puis retournaient s'emplir. Le principe était que
tout cierge offert devait être brûlé, aux pieds de la Vierge.
Mais ils étaient trop, deux cents de toutes les grosseurs
avaient beau flamber jour et nuit, jamais on n'arrivait à
épuiser cet effroyable approvisionnement, dont le flot
montait sans cesse. Et le bruit courait que les pères se
trouvaient forcés de revendre de la cire. Certains amis de
la Grotte avouaient eux-mêmes, avec une pointe d'orgueil,
que le rendement des cierges aurait suffi à faire marcher
toute l'affaire.

La quantité seule stupéfia Raymonde et madame Désagneaux. Que de cierges ! que de cierges ! Les petits surtout, ceux qui coûtaient de dix sous à un franc, s'empi-
laient en nombre incalculable. Et M. de Guersaint, exigeant
des chiffres, s'était lancé dans une statistique, où il se
perdit. Pierre, muet, regardait cet amas de cire offerte
pour être brûlée en plein soleil, à la gloire de Dieu ; et
bien qu'il ne fût pas utilitaire, qu'il comprît le luxe des
joies, des satisfactions illusoires qui nourrissent l'homme
autant que le pain, il ne pouvait s'empêcher de songer
aux aumônes qu'on aurait faites, avec l'argent de toute
cette cire, destinée à s'en aller en fumée.

— Eh bien ! et ma bouteille que je dois envoyer ? demanda madame Désagneaux.

— Nous allons au bureau, répondit Gérard. C'est l'affaire de cinq minutes.

Il leur fallut retraverser la place du Rosaire et monter
par l'escalier qui conduisait à la Basilique. Le bureau
se trouvait en haut, à gauche, à l'entrée du chemin du
Calvaire. Le bâtiment était tout à fait mesquin, une cahute
de plâtre, ruinée par les vents et la pluie, portant un
écriteau, une simple planche, avec ces mots : « S'adresser

ıci pour messes, dons, confréries. Intentions recomman-
dées. Envoi d'eau de Lourdes. Abonnements aux Annales
de N.-D. de Lourdes. » Et que de millions déjà avaient
passé par ce bureau misérable, qui devait dater de l'âge
d'innocence, lorsqu'on jetait à peine les fondations de la
Basilique voisine !

Tous entrèrent, curieux de voir. Mais ils ne virent qu'un
guichet. Madame Désagneaux dut se baisser, pour donner
l'adresse de son amie ; et, quand elle eut versé un franc
soixante-dix centimes, on lui tendit un mince reçu, le
bout de papier que délivre l'employé aux bagages, dans
les gares.

Dehors, Gérard reprit, en montrant un vaste bâtiment,
à deux ou trois cents mètres :

— Regardez, voici l'habitation des pères de la Grotte.

— Mais on ne les voit jamais, fit remarquer Pierre.

Le jeune homme, étonné, resta un instant sans
répondre.

— On ne les voit jamais, évidemment, puisqu'ils aban-
donnent tout, la Grotte et le reste, aux pères de l'Assomption, pendant le pèlerinage national.

Pierre regardait l'habitation, qui ressemblait à un château fort. Les fenêtres restaient closes, on aurait cru la
maison déserte. Tout sortait de là pourtant, et tout y
aboutissait. Et le jeune prêtre croyait entendre le muet
et formidable coup de râteau qui s'étendait sur la vallée
entière, ramassant le peuple accouru, ramenant chez les
pères l'or et le sang des foules.

Mais Gérard continua, à voix basse :

— Et, tenez ! vous voyez bien qu'ils se montrent. Voici
justement le révérend père directeur Capdebarthe.

Un religieux passait en effet, un paysan à peine
dégrossi, au corps noueux, avec une grosse tête, taillée
comme à coups de serpe. On ne lisait rien dans ses yeux
opaques, et son visage fruste gardait une pâleur terreuse,

23

266LES TROIS VILLES.

le reflet roux et morne de la terre. Mgr Laurence, autrefois, avait fait un choix vraiment politique, en confiant l'organisation et l'exploitation de la Grotte à ces missionnaires de Garaison, si tenaces et si âpres, presque tous fils de montagnards, amants passionnés du sol.

Alors, lentement, les cinq redescendirent par le plateau de la Merlasse, le large boulevard qui contourne la rampe de gauche et qui rejoint l'avenue de la Grotte. Il était déjà une heure passée, mais le déjeuner continuait dans toute la ville débordante de foule, les cinquante mille pèlerins et curieux n'avaient pu encore s'asseoir à la file devant les tables. Pierre, qui avait laissé, à l'hôtel, la table d'hôte pleine, qui venait de voir les hospitaliers se serrer de si bon cœur à la table de « la popote », retrouvait des tables nouvelles, toujours des tables. Partout, on mangeait, on mangeait. Mais ici, au grand air, aux deux côtés de la vaste chaussée, c'était le petit peuple qui envahissait les tables dressées sur les trottoirs, de simples planches longues, flanquées de deux bancs, couvertes d'une étroite tente de toile. On y vendait du bouillon, du lait, du café à deux sous la tasse. Les pains, dans de hautes corbeilles, coûtaient également deux sous. Pendus aux bâtons qui soutenaient la tente, se balançaient des liasses de saucissons, des jambons, des andouilles. Quelques-uns de ces restaurateurs en plein vent faisaient frire des pommes de terre, d'autres accommodaient de basses viandes à l'oignon. Une fumée âcre, des odeurs violentes montaient dans le soleil, mêlées à la poussière que soulevait le continuel piétinement des promeneurs. Et des queues patientaient devant chacune des cantines, les convives se succédaient sur les bancs, le long de la planche, garnie de toile cirée, où il y avait à peine, en largeur, la place des deux bols de soupe. Tous se hâtaient, dévoraient, dans la fringale de leur fatigue, cet appétit insatiable que donnent les grandes secousses morales.

La bête retrouvait son tour, se gorgeait, après l'épuisement des prières infinies, l'oubli du corps au ciel des
légendes. Et c'était, par ce ciel éclatant des beaux di-
manches, un véritable champ de foire, la gloutonnerie
d'un peuple en goguette, la joie de vivre, malgré les
maladies abominables et les miracles trop rares.

— Ils mangent, ils s'amusent, que voulez-vous! dit
Gérard, qui devina les réflexions de l'aimable société
qu'il promenait.

— Ah! murmura Pierre, c'est bien légitime, les
pauvres gens!

Lui, était vivement touché de cette revanche de la
nature. Mais, quand ils se retrouvèrent au bas du boulevard, sur le chemin de la Grotte, il fut blessé par l'acharnement des vendeuses de cierges et de bouquets, dont
les bandes errantes assaillaient les passants, avec une
rudesse de conquête. C'étaient pour la plupart des jeunes
femmes, les cheveux nus, ou la tête couverte d'un mouchoir, qui montraient une extraordinaire effronterie ; et
les vieilles n'étaient guère plus discrètes. Toutes, un
paquet de cierges sous le bras, brandissant celui qu'elles
offraient, poussaient leur marchandise jusque dans les
mains des promeneurs. « Monsieur, madame, achetez-
moi un cierge, ça vous portera bonheur! » Un monsieur,
entouré, secoué par trois des plus jeunes, faillit y laisser
les pans de sa redingote. Puis, l'histoire recommençait
pour les bouquets, de gros bouquets ronds, ficelés rudement, pareils à des choux. « Un bouquet, madame, un
bouquet pour la sainte Vierge! » Si la dame s'échappait,
elle entendait derrière elle de sourdes injures. Le
négoce, l'impudent négoce raccrochait ainsi les pèlerins
jusqu'aux abords de la Grotte. Non seulement il s'in-
stallait triomphant dans toutes les boutiques, serrées les
unes contre les autres, transformant chaque rue en
un bazar; mais il courait le pavé, barrait le chemin,

promenait sur des voitures à bras des chapelets, des médailles, des statuettes, des images pieuses. De toutes
parts, on achetait, on achetait presque autant qu'on mangeait, pour rapporter un souvenir de cette kermesse
sainte. Et la note vive, la gaieté de cette âpreté commer-
ciale, de cette bousculade des camelots, venait encore des
gamins, lâchés au travers de la foule, et qui criaient le
Journal de la Grotte. Leur mince voix aiguë entrait dans
les oreilles : « Le *Journal de la Grotte !* le numéro paru
ce matin ! deux sous, le *Journal de la Grotte !* »

Au milieu des poussées continuelles, dans les remous
du flot sans cesse mouvant, la société se trouva séparée.
Raymonde et Gérard restèrent en arrière. Tous deux
s'étaient mis à causer doucement, d'un air d'intimité
souriante. Il fallut que madame Désagneaux s'arrêtât,
les appelât.

— Arrivez donc, nous allons nous perdre !

Comme ils se rapprochaient, Pierre entendit la jeune
fille dire :

— Maman est si occupée ! Parlez-lui, avant notre
départ.

Et Gérard répondit :

— C'est entendu. Vous me rendez bien heureux, mademoiselle.

C'était le mariage conquis et décidé, pendant cette promenade charmante, parmi les merveilles de Lourdes.
Elle, toute seule, avait achevé de vaincre, et lui, venait
enfin de prendre une résolution, en la sentant à son bras
si gaie et si raisonnable.

Mais M. de Guersaint, les yeux en l'air, s'écria :

— Là-haut, sur ce balcon, n'est-ce pas ces gens très
riches qui ont voyagé avec nous, vous savez bien cette
jeune dame malade, accompagnée de son mari et de sa
sœur ?

Il parlait des Dieulafay ; et, en effet, c'étaient eux, au

balcon de l'appartement qu'ils avaient loué, dans une
maison neuve, dont les fenêtres donnaient sur les pelouses
du Rosaire. Ils occupaient là le premier étage, meublé
avec tout le luxe que Lourdes avait pu fournir, des
tapis, des rideaux ; sans compter le personnel de domes-
tiques envoyé à l'avance de Paris. Et, comme il faisait
beau temps, on avait roulé au plein air la malade, allongée
dans un grand fauteuil. Elle était vêtue d'un peignoir de
dentelle. Le mari, toujours en redingote correcte, se
tenait debout à sa droite ; tandis que la sœur, habillée divinement, en mauve clair, s'était assise à sa gauche, souriant et se penchant vers elle parfois, pour causer, sans
recevoir de réponse.

— Oh! raconta la petite madame Désagneaux, j'ai entendu souvent parler de madame Jousseur, cette jeune
dame en mauve. Elle est la femme d'un diplomate, qui
la délaisse, malgré sa grande beauté ; et l'on a causé
beaucoup, l'année dernière, de la passion qu'elle a eue
pour un jeune colonel bien connu du monde parisien.
Mais les salons catholiques affirment qu'elle a triomphé,
grâce à la religion.

Tous restaient la face en l'air, regardant.

— Dire, continua-t-elle, que sa sœur, la malade que
vous voyez là, était son vivant portrait. Même elle avait,
dans le visage, un air de bonté et de gaieté beaucoup
plus doux... Maintenant, regardez! c'est une morte au
soleil, une chair réduite, livide et sans os, qu'on n'ose
bouger de place. Ah! la malheureuse!

Raymonde, alors, assura que madame Dieulafay, mariée
depuis trois ans à peine, avait apporté tous les bijoux de
sa corbeille, pour en faire don à Notre-Dame de Lourdes ;
et Gérard confirma le détail, on lui avait dit, le matin,
que les bijoux venaient d'être remis au trésor de la Basilique ; sans parler d'une lanterne d'or, enchâssée de
pierreries, et d'une grosse somme d'argent, destinée aux

23.

pauvres. Mais la sainte Vierge ne devait pas s'être laissé toucher encore, car l'état de la malade semblait empirer plutôt.

Et, dès ce moment, Pierre ne vit plus que cette jeune femme, à ce balcon luxueux, cette créature pitoyable dans sa grande fortune, dominant la foule en liesse, le Lourdes en train de godailler et de rire au beau ciel du dimanche. Les deux êtres chers qui la veillaient si tendrement, la sœur qui avait quitté ses succès de femme adorée, le mari oublieux de sa banque, dont les millions roulaient aux quatre coins du monde, ajoutaient par leur correction irréprochable à la détresse du groupe qu'ils formaient, là-haut, au-dessus de toutes les têtes, en face de l'admirable vallée. Il n'y avait plus qu'eux, et ils étaient infiniment riches, infiniment misérables.

Mais les cinq promeneurs, qui s'attardaient au milieu de l'avenue, manquaient d'être écrasés, à toute minute. Sans cesse des voitures arrivaient, par les larges voies, surtout des landaus attelés à quatre, conduits grand train et dont les grelots sonnaient joyeusement. C'étaient les touristes, les baigneurs de Pau, de Barèges, de Cauterets, que la curiosité amenait, ravis du beau temps, égayés par la course vive au travers des montagnes; et ils ne devaient rester que quelques heures, ils couraient à la Grotte, à la Basilique, en toilettes de plage, puis repartaient avec des rires, contents d'avoir vu ça. Des familles vêtues de clair, des bandes de jeunes femmes, aux ombrelles éclatantes, circulaient ainsi parmi la foule grise et neutre du pèlerinage, qu'elles achevaient de changer en une cohue de fête foraine, où le beau monde daigne venir s'amuser.

Tout d'un coup, madame Désagneaux jeta un cri.

— Comment! c'est toi, Berthe?

Et elle embrassa une grande brune, charmante, qui descendait d'un landau, avec trois autres jeunes dames, très rieuses, très animées. Les voix se croisaient, de petits cris, tout un ravissement à se rencontrer de la sorte.

— Mais, ma chère, nous sommes à Cauterets. Alors, nous avons fait la partie de venir toutes les quatre, comme tout le monde. Et ton mari est ici avec toi?

Madame Désagneaux se récria.

— Eh! non, il est à Trouville, tu sais bien. J'irai le rejoindre jeudi.

— Oui, oui, c'est vrai! reprit la grande brune, qui avait aussi l'air d'une aimable étourdie. J'oubliais, tu es avec le pèlerinage... Et dis donc...

Elle baissa la voix, à cause de Raymonde, demeurée là, souriante.

— Dis donc, ce bébé en retard, l'as-tu demandé à la sainte Vierge?

Un peu rougissante, madame Désagneaux la fit taire, en lui disant à l'oreille :

— Sans doute, depuis deux ans, et bien ennuyée, je t'assure, de ne rien voir venir... Mais, cette fois, je crois que ça y est. Oh! ne ris pas, j'ai senti positivement quelque chose, ce matin, quand j'ai prié à la Grotte.

Le rire pourtant la gagna, toutes s'exclamaient, s'amusaient comme des folles. Et, immédiatement, elle s'offrit pour les piloter, promettant de leur faire tout voir, en moins de deux heures.

— Venez donc avec nous, Raymonde. Votre mère ne s'inquiétera pas.

Il y eut des saluts échangés avec Pierre et M. de Guersaint. Gérard, lui aussi, prit congé, serra la main de la jeune fille, d'une pression tendre, les yeux dans les siens, comme pour s'engager de façon définitive. Puis, ces dames s'éloignèrent, se dirigèrent vers la Grotte ; et elles étaient six, heureuses de vivre, promenant le charme délicieux de leur jeunesse.

Lorsque Gérard, à son tour, fut parti de son côté, retournant à son service, M. de Guersaint dit à Pierre :

— Et notre coiffeur de la place du Marcadal? Il faut pourtant que j'aille chez lui... Vous m'accompagnez toujours, n'est-ce pas?

— Sans doute, où vous voudrez. Je vous suis, puisque Marie n'a pas besoin de nous.

Ils gagnèrent le pont neuf, par les allées des vastes pelouses qui s'étendent devant le Rosaire. Et là, ils firent encore une rencontre, celle de l'abbé Des Hermoises, en train de guider deux jeunes dames, arrivées le matin de Tarbes. Il marchait au milieu d'elles, de son air galant de prêtre mondain, et il leur montrait, leur expliquait Lourdes, en leur en évitant les côtés fâcheux, les pauvres, les malades, toute l'odeur de basse misère humaine, qui en avait presque disparu, par cette belle journée ensoleillée.

Au premier mot de M. de Guersaint, qui lui parlait de la location de la voiture, pour l'excursion de Gavarnie, il dut avoir peur de quitter ses jolies promeneuses.

— Comme il vous plaira, cher monsieur. Chargez-vous de ces choses; et, vous avez bien raison, au plus juste prix, car j'aurai avec moi deux ecclésiastiques peu fortunés. Nous serons quatre... Ce soir, faites-moi seulement dire l'heure du départ.

Et il rejoignit ses dames, il les emmena vers la Grotte, en suivant l'allée ombreuse qui borde le Gave, une allée fraîche et discrète d'amoureux.

Pierre s'était tenu à l'écart, las, s'adossant au parapet du pont neuf. Et, pour la première fois, le pullulement extraordinaire des prêtres, parmi la foule, le frappait. Il les regarda passer, innombrables, sur le pont. Toutes les variétés défilaient devant lui : les prêtres corrects, arrivés avec le pèlerinage, que l'on reconnaissait à leur assurance et à leurs soutanes propres; les pauvres curés de campagne, plus timides, mal vêtus, ayant fait des sacrifices pour venir, marchant par les rues effarés ; enfin, la nuée des ecclésiastiques libres, tombés à Lourdes on ne savait d'où, y jouissant d'une liberté absolue, sans qu'il fût même possible de constater s'ils disaient leur messe chaque matin. Cette liberté devait leur paraître d'une telle douceur, que, certainement, le plus grand nombre, comme l'abbé Des Hermoises, se trouvaient là en vacances, délivrés de tout devoir, heureux de vivre ainsi que de simples hommes, grâce à la cohue dans laquelle ils disparaissaient. Et, depuis le jeune vicaire soigné, sentant bon, jusqu'au vieux curé en soutane sale, traînant des savates, l'espèce entière était représentée, les gros, les gras, les maigres, les grands, les petits, ceux que la foi amenait, brûlant d'ardeur, ceux qui faisaient simplement leur métier en braves gens, ceux encore qui intriguaient, qui ne venaient là que par sage politique. Pierre restait surpris de ce flot de prêtres passant devant lui, chacun avec sa passion particulière, courant tous à la Grotte, comme on va à un devoir, à une croyance, à un plaisir, à une corvée. Il en remarqua un, très petit, mince et noir, au fort accent italien, dont les yeux luisants semblaient lever le plan de Lourdes, pareil à ces espions qui battent le pays avant la conquête ; et il en vit un autre, énorme, à l'air paterne, soufflant d'avoir trop mangé, qui s'arrêta devant une vieille femme malade et finit par lui glisser cent sous dans la main.

M. de Guersaint le rejoignait.

— Nous n'avons qu'à prendre par le boulevard et par la rue Basse, dit-il.

Il le suivit, sans répondre. Lui-même venait de sentir sa soutane sur ses épaules ; et jamais il ne l'avait promenée si légère qu'au milieu de cette bousculade du pèlerinage. Il vivait dans une sorte d'étourdissement et d'inconscience, espérant toujours le coup de foudre de la foi, malgré le sourd malaise qui grandissait en lui, au spectacle des choses qu'il voyait. Et le flot croissant des prêtres ne le blessait plus, il retrouvait une fraternité pour eux : combien, sans croire, remplissaient comme lui honnêtement leur mission de guides et de consolateurs!

M. de Guersaint haussa la voix.

— Vous savez que ce boulevard est neuf. Ce qu'on a bâti de maisons, depuis vingt ans, est inimaginable! Il y a là, véritablement, toute une ville nouvelle.

Le Lapaca coulait à droite, derrière les maisons. Ils eurent la curiosité de s'engager dans une ruelle, et ils tombèrent sur de vieilles bâtisses curieuses, qui bordaient le mince ruisseau. Plusieurs anciens moulins alignaient leurs roues. On leur montra celui que Mgr Laurence avait donné aux parents de Bernadette, après les apparitions. On faisait aussi visiter là une masure, la prétendue maison de Bernadette, celle où s'étaient installés les Soubirous, en quittant la rue des Petits-Fossés, et dans laquelle la jeune fille, déjà en pension chez les sœurs de Nevers, n'avait dû coucher que rarement. Enfin, par la rue Basse, ils atteignirent la place du Marcadal.

C'était une longue place triangulaire, la plus animée et la plus luxueuse de l'ancienne ville, celle où se trouvaient les cafés, les pharmaciens, les belles boutiques. Et, entre toutes, une éclatait, peinte en vert clair, garnie de hautes glaces, surmontée d'une large enseigne portant en lettres d'or : Cazaban, coiffeur.

M. de Guersaint et Pierre étaient entrés. Mais il n'y avait personne dans le salon de coiffure, ils durent attendre. Un terrible bruit de fourchettes venait de la pièce voisine, l'ordinaire salle à manger, changée en table d'hôte, et où déjeunaient une dizaine de personnes, bien qu'il fût deux heures déjà. L'après-midi s'avançait, on mangeait toujours, d'un bout à l'autre de Lourdes. Ainsi que tous les autres propriétaires de la ville, quelles que fussent leurs opinions religieuses, Cazaban, pendant la saison des pèlerinages, louait sa propre chambre, abandonnait sa salle à manger, pour se réfugier à la cave, où il mangeait, dormait, s'empilait avec sa famille, dans un trou sans air de trois mètres carrés. C'était une rage de négoce, la population disparaissait comme celle d'une cité conquise, en livrant aux pèlerins jusqu'aux lits des femmes et des enfants, les asseyant à leurs tables, les faisant manger dans leurs assiettes.

— Il n'y a personne? cria M. de Guersaint.

Enfin, un petit homme parut, le type du Pyrénéen vif et noueux, à la face longue, aux pommettes saillantes, le teint hâlé, éclaboussé de rouge. Ses gros yeux luisants ne restaient jamais immobiles; et il y avait, dans toute sa maigre personne, un frémissement, une exubérance continue de gestes et de paroles.

— C'est pour monsieur, une barbe, n'est-ce pas?... Je demande pardon à monsieur; mais mon garçon est sorti, et j'étais là, avec mes pensionnaires... Si monsieur veut s'asseoir, je vais lui expédier ça tout de suite.

Et Cazaban, daignant opérer en personne, battait le savon, affilait le rasoir. Il avait eu un coup d'œil inquiet sur la soutane de Pierre, qui, sans dire un mot, s'était assis et avait ouvert un journal, dans lequel il semblait plongé.

Il y eut un silence. Mais Cazaban en souffrit tout de suite; et, comme il couvrait de savon le menton de son client :

— Imaginez-vous, monsieur, que mes pensionnaires se sont oubliés si tard à la Grotte, qu'ils déjeunent à peine. Vous les entendez? Je restais avec eux par politesse... Mais, n'est-ce pas? je me dois aussi à mes clients, il faut bien contenter tout le monde.

Alors, M. de Guersaint, qui aimait également à causer, le questionna.

— Vous logez des pèlerins?

— Oh ! monsieur, nous en logeons tous, répondit simplement le coiffeur. C'est le pays qui veut ça.

— Et vous les accompagnez à la Grotte?

Du coup, Cazaban se révolta, le rasoir en l'air, très digne.

— Jamais, monsieur, jamais ! Voici cinq ans que je ne suis pas descendu dans cette ville nouvelle qu'ils bâtissent.

Il se retenait encore, il regarda de nouveau la soutane de Pierre, disparu derrière le journal ; et la vue de la croix rouge, épinglée sur le veston de M. de Guersaint, le rendait prudent. Mais sa langue l'emporta.

— Écoutez, monsieur, toutes les opinions sont libres, je respecte la vôtre, mais je ne donne pas dans ces fantasmagories, moi ! Et je ne l'ai jamais caché... Sous l'empire, monsieur, j'étais déjà républicain et libre penseur. Nous n'étions pas quatre dans la ville, à cette époque. Oui ! je m'en fais gloire.

Il avait attaqué la joue gauche, il triomphait. Dès ce moment, ce fut un déluge de paroles, intarissable. D'abord, il reprit les accusations de Majesté contre les pères de la Grotte : le trafic sur les objets religieux, la concurrence déloyale faite aux marchands, aux hôteliers et aux loueurs. Ah ! les sœurs bleues de l'Immaculée-Conception, il les avait aussi en grande haine, car elles lui avaient pris deux locataires, deux vieilles dames qui passaient à Lourdes trois semaines par an. Et l'on sentait en lui, surtout, la rancune lentement amassée, aujourd'hui débordante, de la vieille ville contre la ville neuve, cette ville poussée si vite, de l'autre côté du Château, cette riche cité aux maisons grandes comme des palais, où allait toute la vie, tout le luxe, tout l'argent, de sorte qu'elle grandissait et s'enrichissait sans cesse, tandis que l'aînée, l'antique ville pauvre des montagnes, achevait d'agoniser, avec ses petites rues désertes, où l'herbe poussait. La lutte continuait pourtant, la ville ancienne ne voulait pas mourir, tâchait de forcer au partage son ingrate sœur cadette, en logeant des pèlerins, en ouvrant des boutiques, elle aussi; mais les boutiques ne s'achalandaient qu'à la condition d'être près de la Grotte, de même que les pèlerins pauvres consentaient seuls à loger au loin; et ce combat inégal aggravait la rupture, faisait deux ennemies irréconciliables de la ville haute et de la ville basse, qui se dévoraient sourdement, en continuelles intrigues.

— Ah! certes, non! ce n'est pas moi qu'on verra à leur Grotte, reprit Cazaban de son air rageur. En abusent-ils, de leur Grotte, la mettent-ils assez à toutes les sauces! Une pareille idolâtrie, une superstition si grossière, au dix-neuvième siècle!... Demandez-leur donc si, depuis vingt ans, ils ont guéri un seul malade de la ville? Nous avons pourtant assez d'estropiés dans nos rues. Au début, ce furent des gens d'ici qui bénéficièrent des premiers miracles. Mais il paraît que, depuis longtemps, leur eau miraculeuse a perdu toute vertu pour nous: nous sommes trop près, il faut venir de loin, si l'on veut que ça agisse... Vrai! c'est trop bête, vous ne me feriez pas descendre là-bas, pour cent francs!

L'immobilité de Pierre devait l'irriter. Il venait de passer à la joue droite, il concluait furieusement contre les pères de l'Immaculée-Conception, dont l'âpreté était l'unique cause du désaccord. Ces pères, qui se trouvaient chez eux, puisqu'ils avaient acheté à la commune les terrains où ils voulaient construire, ne respectaient même pas le traité signé avec la ville, car ils s'y interdisaient formellement tout commerce, la vente de l'eau et des articles de piété. Chaque jour, on aurait pu leur intenter des procès. Mais ils s'en moquaient, ils se sentaient si forts, qu'ils ne laissaient plus un seul don aller à la paroisse, et que tout l'argent récolté s'amassait, roulait en un fleuve à la Grotte et à la Basilique.

24

Cazaban eut un cri ingénu.

— Encore, s'ils étaient gentils, s'ils consentaient à partager!

Puis, lorsque M. de Guersaint, qui se lavait, se fut rassis :

— Et si je vous disais, monsieur, ce qu'ils ont fait de notre pauvre ville! Les filles y étaient très sages, je vous assure, il y a quarante ans. Je me souviens que, dans ma jeunesse, lorsqu'un garçon voulait rire, il n'y avait pas ici plus de trois ou quatre dévergondées pour le satisfaire; si bien que, les jours de foire, j'ai vu les hommes faire queue à leur porte, ma parole d'honneur!... Ah bien! les temps sont changés, les mœurs ne sont plus les mêmes. Maintenant, les filles du pays se livrent presque toutes à la vente des cierges et des bouquets; et vous les avez vues raccrocher les passants, leur mettre de force leur marchandise dans les mains. C'est une vraie honte que des effrontées pareilles! Elles gagnent beaucoup, se donnent des habitudes de paresse, ne font plus rien, l'hiver, en attendant le retour de la saison des grands pèlerinages. Et je vous assure que les garçons coureurs trouvent aujourd'hui à qui parler... Ajoutez la population flottante et louche dont nous sommes envahis, dès les premiers beaux jours : les cochers, les camelots, les cantiniers, tout un bas peuple nomade suant la grossièreté et le vice; et vous aurez l'honnête nouvelle ville qu'ils nous ont faite, avec les foules qui viennent à leur Grotte et à leur Basilique!

Pierre, très frappé, avait laissé tomber son journal. Il écoutait, il avait pour la première fois l'intuition des deux Lourdes, l'ancien Lourdes si honnête, si pieux dans sa tranquille solitude, le nouveau Lourdes gâté, démoralisé par tant de millions remués, tant de richesses provoquées et accrues, par le flot croissant d'étrangers qui traversaient la ville au galop, par la pourriture fatale de l'entassement, la contagion des mauvais exemples. Et quel résultat, lorsqu'on songeait à la candide Bernadette agenouillée devant la sauvage grotte primitive, à toute la naïve foi, toute la pureté fervente des premiers ouvriers de l'œuvre! Était-ce donc cet empoisonnement du pays par le lucre et par l'ordure humaine qu'ils avaient voulu? Il suffisait que les peuples vinssent, pour que la peste se déclarât.

Cazaban, en voyant que Pierre écoutait, avait eu un dernier geste de menace, comme pour balayer toute cette superstition empoisonneuse. Puis, silencieux, il acheva de donner un coup de peigne à M. de Guersaint.

— Voilà, monsieur!

Et ce fut alors seulement que l'architecte parla de la voiture. Le coiffeur s'excusa d'abord, prétendit qu'il fallait aller voir son frère, au Champ commun. Enfin, il consentit à prendre la commande. Un landau à deux chevaux, pour Gavarnie, coûtait cinquante francs. Mais, heureux d'avoir tant causé, et flatté d'être traité d'honnête homme, il finit par le laisser à quarante francs. On était quatre, cela ferait dix francs par personne. Et il fut entendu qu'on partirait dans la nuit, vers trois heures, de façon à être de retour le lendemain, lundi soir, d'assez bonne heure.

— La voiture sera devant l'hôtel des Apparitions à l'heure indiquée, répéta Cazaban, de son air d'emphase. Comptez sur moi, monsieur!

Il tendit l'oreille. Les bruits de vaisselle remuée ne cessaient point, au fond de la pièce voisine. On y mangeait toujours, dans ce branle de voracité qui s'élargissait d'un bout de la ville à l'autre. Une voix venait de s'élever, demandant encore du pain.

— Pardon! reprit vivement Cazaban, mes pensionnaires me réclament.

Les mains grasses du peigne, il se précipita. Comme

la porte restait une seconde ouverte, Pierre aperçut, aux murs de la salle à manger, des images pieuses, une vue de la Grotte surtout, qui le surprirent. Sans doute, le coiffeur ne les accrochait là que pendant les pèlerinages, pour faire plaisir à ses hôtes.

Il était près de trois heures. Dehors, Pierre et M. de Guersaint furent étonnés du grand bruit de cloches qui volait dans l'air. Au premier coup des vêpres, sonné à la Basilique, la paroisse venait de répondre ; et, maintenant, c'étaient les couvents, les uns après les autres, qui se joignaient aux sonneries croissantes. La cloche cristalline des Carmélites se mêlait à la cloche grave de l'Immaculée-Conception, toutes les cloches joyeuses des sœurs de Nevers et des Dominicaines tintaient à la fois. Par les beaux jours de fête, des vols de cloches passaient ainsi du matin au soir, à pleines ailes, sur les toitures de Lourdes. Et rien n'était plus gai que cette chanson sonore dans le grand ciel bleu, au-dessus de cette ville gloutonne, qui avait enfin déjeuné, promenant son heureuse digestion au soleil.

Dès la nuit tombée, Marie fut prise d'impatience, à l'Hôpital de Notre-Dame des Douleurs, car elle savait par madame de Jonquière que le baron Suire avait obtenu pour elle, du père Fourcade, l'autorisation de passer la nuit devant la Grotte. A chaque minute, elle questionnait sœur Hyacinthe.

— Ma sœur, je vous en prie, est-ce qu'il n'est pas neuf heures?

— Mais non, mon enfant, il est à peine huit heures et demie... Et tenez, voici un bon châle de laine pour vous envelopper, au lever du jour, car le Gave est tout proche, les matinées sont fraîches, dans ce pays de montagnes. ·

— Oh! ma sœur, les nuits sont si belles! et puis je dors si peu dans cette salle! Je ne peux pas être plus mal dehors... Mon Dieu! que je suis heureuse, quel enchantement, de passer toute la nuit avec la sainte Vierge!

La salle entière la jalousait. C'était la joie ineffable, la béatitude suprême, toute une nuit à prier ainsi devant la Grotte. On disait que les élues voyaient sûrement la sainte Vierge, dans la grande paix des ténèbres. Mais il fallait de hautes protections pour obtenir une telle faveur. Les pères n'aimaient plus guère à l'accorder, depuis que des malades étaient mortes de la sorte, comme endormies dans leur extase.

— N'est-ce pas? mon enfant, reprit sœur Hyacinthe,

demain matin, vous communierez à la Grotte, avant qu'on vous ramène ici.

Neuf heures sonnèrent. Est-ce que Pierre, si exact, l'aurait oubliée? On lui parlait maintenant de la procession aux flambeaux, qu'elle verrait d'un bout à l'autre, si elle partait tout de suite. Chaque soir, les cérémonies finissaient par une procession pareille; mais celle du dimanche était toujours la plus belle, et l'on annonçait que la procession de ce soir-là serait d'une splendeur extraordinaire, comme rarement on en voyait. Près de trente mille pèlerins devaient défiler, un cierge à la main. Les merveilles nocturnes du ciel allaient s'ouvrir, les étoiles descendraient sur la terre. Et les malades se plaignaient, quelle tristesse d'être cloué sur un lit, de ne rien voir de ces prodiges!

— Ma chère fille, vint dire madame de Jonquière, voici votre père et monsieur l'abbé.

Marie, radieuse, oublia son attente.

— Oh! Pierre, je vous en supplie, dépêchons-nous, dépêchons-nous!

Ils la descendirent, le prêtre s'attela au petit chariot, qui roula doucement sous le ciel criblé d'étoiles, tandis que M. de Guersaint marchait à côté. C'était une nuit sans lune, admirablement belle, un velours d'un bleu sombre, piqué de diamants; et la douceur de l'air était exquise, un bain tiède d'air pur, embaumé par l'odeur des montagnes. Beaucoup de pèlerins se pressaient dans la rue, marchant tous vers la Grotte; mais la foule restait discrète, un flot humain recueilli, n'ayant plus la badauderie foraine de la journée. Et, dès le plateau de la Merlasse, les ténèbres s'élargissaient, on entrait sous le ciel immense, dans le lac d'ombre des pelouses et des grands arbres, d'où l'on ne voyait se dresser, à gauche, que la flèche mince et pâle de la Basilique.

Pierre fut pris d'inquiétude devant la foule de plus en

plus compacte, à mesure qu'on avançait. Sur la place
du Rosaire, déjà l'on marchait avec peine.

— Il ne faut pas songer à nous approcher de la Grotte,
dit-il en s'arrêtant. Le mieux serait de gagner une allée,
derrière l'Abri des pèlerins, et d'attendre là.

Mais Marie désirait vivement voir le départ de la procession.

— Mon ami, de grâce, tâchez d'aller jusqu'au Gave. Je
verrai de loin, je ne demande pas à m'approcher.

Et M. de Guersaint, aussi curieux qu'elle, insista à son
tour.

— Ne vous inquiétez pas, je suis là derrière, et je veille
à ce que personne ne la bouscule.

Pierre dut se remettre à tirer le chariot. Il lui fallut
un quart d'heure, avant de passer sous une des arches de
la rampe de droite, tellement la foule s'y écrasait. Ensuite, il obliqua un peu, finit par se trouver sur le quai,
au bord du Gave, où de simples spectateurs occupaient le
trottoir ; et il put s'avancer encore pendant une cinquantaine de mètres, il arrêta le chariot contre le parapet
même, bien en vue de la Grotte.

— Serez-vous bien là ?

— Oh ! oui, merci ! Seulement, il faut m'asseoir, j'en
verrai davantage.

M. de Guersaint la mit sur son séant, et lui-même
monta sur le banc de pierre qui règne d'un bout à l'autre
du quai. Une cohue de curieux s'y entassaient, ainsi qu'aux
soirs de feu d'artifice. Tous se grandissaient, allongeaient
le cou. Et Pierre, comme les autres, s'intéressa, bien
qu'on ne vît encore pas grand'chose.

Il devait y avoir là trente mille personnes ; et du monde
arrivait toujours. Tous portaient à la main un cierge, enveloppé dans une sorte de cornet de papier blanc, où était
imprimée, en bleu, une image de Notre-Dame de Lourdes.
Mais ces cierges n'étaient pas allumés encore. On n'aper-

cevait, par-dessus la mer houleuse des têtes, que la Grotte braisillante, jetant une vive lueur de forge. Un grand bourdonnement montait, des souffles passaient, qui, seuls, donnaient la sensation des milliers d'êtres serrés, étouffés, perdus au fond de l'ombre, refluant comme une nappe vivante, sans cesse élargie. Il y en avait sous les arbres, au delà de la Grotte, dans des enfoncements de ténèbres, qu'on ne soupçonnait point. Enfin, cela commença par quelques cierges, çà et là, qui brillèrent : on aurait dit des étincelles brusques, trouant l'obscurité, au hasard. Le nombre s'en accrut rapidement; des îlots d'étoiles se formèrent; tandis que, sur d'autres points, des traînées, des voies lactées coulaient, au milieu des constellations. C'étaient les trente mille cierges qui s'allumaient un à un, de proche en proche, éteignant la vive lueur de la Grotte, roulant d'un bout à l'autre de la promenade les petites flammes jaunes d'un brasier immense.

— Oh! Pierre, que c'est beau! murmura Marie. On dirait la résurrection des humbles, des petites âmes pauvres qui se réveillent et qui brillent.

— Superbe! superbe! répétait M. de Guersaint, dans un élan de satisfaction artistique. Regardez donc, là-bas, ces deux ligues qui se coupent et qui forment une croix.

Mais Pierre restait touché par ce que Marie venait de dire. C'était bien cela, des flammes grêles, à peine des points lumineux, d'une modestie de menu peuple, et dont le grand nombre faisait l'éclat, un resplendissement de soleil. Il en naissait continuellement de nouvelles, plus lointaines et comme égarées.

— Ah! murmura-t-il, celle-là qui est apparue toute seule, au loin, si vacillante... La voyez-vous, Marie, comme elle flotte et comme elle vient lentement se perdre dans le grand lac de feu.

On y voyait maintenant aussi clair qu'en plein jour. Les

arbres, éclairés par-dessous, étaient d'une verdure intense, pareils aux arbres peints, tels qu'ils sont dans les décors. Des bannières, au-dessus du brasier mouvant, demeuraient immobiles, violemment distinctes, avec leurs saints brodés et leurs cordons de soie. Et le grand reflet montait le long du rocher, jusqu'à la Basilique, dont la flèche, à présent, apparaissait toute blanche, sur le ciel noir; tandis que, de l'autre côté du Gave, les coteaux s'éclairaient eux aussi, montrant les façades claires des couvents, au milieu des feuillages sombres.

Il y eut encore un moment d'incertitude. Le lac flamboyant, dont chaque mèche ardente était un petit flot, roulait son pétillement d'astres, semblait près de se rompre, pour s'écouler en fleuve. Et les bannières oscillèrent, un mouvement s'indiqua.

— Tiens! s'écria M. de Guersaint, ils ne passent donc pas par ici?

Alors, Pierre, au courant, expliqua que la procession montait d'abord par le chemin en lacets, établi à grands frais dans le coteau boisé. Puis, elle tournait derrière la Basilique, avant de redescendre par la rampe de droite et de se développer au travers des jardins.

— Regardez, on voit les premiers cierges qui montent, parmi les verdures.

Ce fut un enchantement. De petites lumières tremblantes se détachaient du vaste foyer, s'élevaient doucement, d'un vol délicat, sans qu'on pût rien distinguer qui les tînt à la terre. Cela se mouvait comme de la poussière de soleil, dans les ténèbres. Bientôt, il y en eut une raie oblique; puis, la raie se replia, d'un coude brusque, et une nouvelle raie s'indiqua, qui tourna à son tour. Enfin, tout le coteau fut sillonné d'un zigzag de flamme, pareil à ces coups de foudre qu'on voit tomber du ciel noir, dans les images. Mais la trace lumineuse ne s'effaçait pas, toujours les petites lumières marchaient du même glissement doux et ralenti. Parfois, seulement, il y avait une éclipse soudaine, la procession devait passer derrière un bouquet d'arbres. Plus loin, les cierges se rallumaient, recommençaient leur marche vers le ciel, par les lacets compliqués, sans cesse interrompus et repris. Un moment arriva où ils cessèrent de monter, arrivés en haut du coteau; et ils disparurent, au dernier coude du chemin.

Des voix s'élevaient dans la foule.

— Les voilà qui tournent derrière la Basilique.

— Oh! ils en ont encore pour vingt minutes, avant de redescendre de l'autre côté.

— Oui, madame, ils sont trente mille; et, dans une heure, les derniers partiront à peine de la Grotte.

Dès le départ, un cantique s'était dégagé du sourd grondement de la foule. C'était la complainte de Bernadette, les six dizaines de couplets, où la Salutation angélique revenait au refrain, dans un rythme obsédant. Quand on avait fini ces soixante couplets, on les recommençait. Et le bercement reprenait sans fin : *Ave, ave, ave, Maria!* stupéfiant l'esprit, brisant les membres, emportant peu à peu ces milliers d'êtres dans une sorte de songe éveillé, en pleine vision de paradis. La nuit, lorsqu'ils dormaient, le lit en gardait le balancement, ils les chantaient encore.

— Est-ce que nous restons là? demanda M. de Guersaint, qui se fatiguait vite. Maintenant, c'est toujours la même chose.

Marie, que les voix écoutées dans la foule renseignaient, dit à son tour :

— Pierre, vous aviez raison, il vaudrait mieux retourner là-bas, sous les arbres... J'ai un si grand désir de tout voir!

— Mais certainement, répondit le prêtre, nous allons chercher une place d'où vous pourrez tout voir. Le difficile est de nous tirer d'ici, à présent.

En effet, la cohue des simples curieux les avait murés.
Il fallut que Pierre s'ouvrît un passage, avec une obstination lente, en implorant un peu de place, pour une malade ;
et Marie se retournait, tâchait d'apercevoir encore, devant la Grotte, la nappe de flammes, le lac aux petits
flots étincelants, d'où coulait à l'infini la procession, sans
qu'il parût s'épuiser ; tandis que M. de Guersaint fermait
la marche, en protégeant le chariot contre les poussées
de la foule.

Enfin, ils se trouvèrent tous les trois à l'écart, hors du
monde. C'était près d'une des arches, dans un endroit
désert, où ils purent respirer un instant. On n'entendait
plus que la complainte lointaine, à l'entêté refrain ; et
l'on ne voyait que le reflet des cierges, en une sorte de
nuée lumineuse, flottant du côté de la Basilique.

— La meilleure place, déclara M. de Guersaint, ce serait de monter au Calvaire. Une servante de l'hôtel me l'a
dit encore ce matin. Il paraît que, de là-haut, la vue est
féerique.

Mais il n'y fallait pas songer. Pierre insista sur les difficultés.

— Comment voulez-vous nous hisser à cette hauteur,
avec le chariot ? Puis, il faudrait redescendre, ce serait très
dangereux, en pleine nuit, au milieu des bousculades.

Marie elle-même préférait rester dans les jardins, sous
les arbres, où il faisait si doux. Et ils repartirent, débou-
chèrent sur l'Esplanade, en face de la grande Vierge
couronnée. Elle était illuminée, à l'aide de verres de
couleur, qui la mettaient dans une gloire de fête foraine,
avec une auréole de lampions bleus et jaunes. Malgré sa
dévotion, M. de Guersaint trouva cela d'un goût exécrable.

— Tenez ! dit Marie, près de ce massif, nous serions
très bien.

Elle indiquait une touffe d'arbrisseaux, à côté de l'Abri
des pèlerins ; et la place, en effet, était excellente, car

elle permettrait de voir descendre la procession par la
rampe de gauche, et de la suivre, jusqu'au pont neuf, le
long des pelouses, dans son double mouvement parallèle
d'aller et de retour. Puis, le voisinage du Gave donnait
aux feuillages une fraîcheur exquise. Personne n'était
là, on y jouissait d'une paix infinie, dans l'ombre épaisse
des grands platanes qui bordaient l'allée.

M. de Guersaint se haussait sur la pointe des pieds,
impatient de voir reparaître les premiers cierges, au
tournant de la Basilique.

— Rien ne se montre encore, murmurait-il. Ah ! tant
pis, je vais m'asseoir un instant sur l'herbe. J'ai les
jambes rompues.

Et il s'inquiéta de sa fille.

— Veux-tu que je te couvre ? Il fait très frais par ici.

— Oh ! non, père, je n'ai pas froid. Je suis si heureuse !
Voici bien longtemps que je n'avais respiré un si bon air...
Il doit y avoir des roses, ne sens-tu pas ce parfum
délicieux ?

Puis, se tournant vers Pierre :

— Mon ami, où sont-elles donc, ces roses ? est-ce que
vous les voyez ?

Lorsque M. de Guersaint se fut assis près du chariot,
Pierre eut l'idée de chercher si quelque corbeille de
rosiers ne se trouvait pas par là. Mais, vainement, il
fouilla les pelouses obscures, il ne distingua que des
massifs de plantes vertes. Et, comme, en revenant, il
passait devant l'Abri des pèlerins, la curiosité le fit
entrer.

C'était une grande salle, très haute de plafond, que, des
deux côtés, de larges fenêtres éclairaient. Dallée de pierre,
les murs nus, elle n'avait d'autres meubles que des bancs,
poussés au hasard, dans tous les sens. Pas une table, pas
une planche ; de sorte que les pèlerins sans asile, forcés
de se réfugier là, avaient empilé leurs paniers, leurs

paquets, leurs valises, dans les embrasures des fenêtres,
qui se trouvaient ainsi changées en cases à bagages.
D'ailleurs, la salle était vide, tous les pauvres gens
qu'elle abritait devaient être à la procession. Et, malgré
la porte restée grande ouverte, une odeur insupportable
régnait, les murailles imprégnées de misère, les dalles
souillées, humides malgré la belle journée de soleil,
trempées de crachats, de graisse, de vin répandu. On y
faisait tout, on y mangeait, on y dormait sur les bancs,
dans un entassement de chair sale et de loques.

Pierre pensa que la bonne odeur de roses ne sortait pas
de là. Il achevait pourtant le tour de la salle, que quatre
lanternes fumeuses éclairaient, et qu'il croyait absolument
vide, lorsqu'il eut la surprise d'apercevoir, contre le mur
de gauche, une forme vague, une femme vêtue de noir,
qui tenait sur ses genoux un paquet blanc. Elle était toute
seule dans cette solitude, elle ne remuait pas, et elle
avait les yeux grands ouverts.

Il s'approcha, il reconnut madame Vincent, qui lui dit
d'une voix basse, brisée :

— Oui, Rose a tant souffert aujourd'hui ! elle n'a fait
que jeter une plainte, depuis le petit jour... Alors, comme
elle s'est endormie, voici bientôt deux heures, je n'ose
plus bouger, de peur qu'elle ne s'éveille et qu'elle ne
souffre encore.

Et elle gardait son immobilité de mère martyre, qui,
pendant des mois, avait déjà tenu sa fillette ainsi, avec
l'espoir entêté de la guérir. Elle l'avait amenée à Lourdes
sur ses bras, elle l'y promenait, l'y endormait sur ses
bras, n'ayant ni une chambre, ni même un lit d'hôpital.

— La pauvre petite ne va donc pas mieux ? demanda
Pierre, dont le cœur saignait.

— Non, monsieur l'abbé, non, je ne crois pas.

— Mais, reprit-il, vous êtes très mal sur ce banc. Il fal-

25

lait faire des démarches, ne pas rester ainsi dans la rue.
On aurait pris votre fille quelque part, c'est certain.

— Oh! monsieur l'abbé, à quoi bon? Elle est bien sur
mes genoux. Et puis, est-ce qu'on m'aurait permis d'être
toujours comme ça, avec elle!... Non, non! j'aime mieux
l'avoir sur moi, il me semble que ça finira par la sauver.

Deux grosses larmes coulaient sur sa face immobile.
Elle continua, de sa voix étouffée :

— Je ne suis pas sans argent. J'avais trente sous en
partant de Paris, et il m'en reste encore dix... Du pain
me suffit, et elle, la pauvre mignonne, ne peut même
plus boire du lait... J'ai bien de quoi aller jusqu'au
départ, et si elle guérit, oh! nous serons riches, riches,
riches!

Elle s'était penchée, elle regardait, à la lumière vacillante de la lanterne voisine, le blanc visage de Rose, dont
un petit souffle entr'ouvrait les lèvres.

— Voyez donc comme elle dort!... N'est-ce pas, monsieur l'abbé, que la sainte Vierge aura pitié et qu'elle la
guérira? Nous n'avons plus qu'un jour, mais je ne veux pas
désespérer; et je vais prier encore toute la nuit, sans bouger de cette place... C'est pour demain, il faut vivre
jusqu'à demain.

Une infinie pitié envahissait Pierre, qui s'en alla, craignant de pleurer, lui aussi.

— Oui, oui, ma pauvre femme, espérez.

Et il la laissa au fond de la vaste salle déserte et nau-
séabonde, parmi la débandade des bancs, immobilisée
dans sa passion douloureuse de mère, au point de retenir
son souffle, de crainte que le tumulte de sa poitrine ne
réveillât la petite malade. Crucifiée, elle priait, la bouche
close, ardemment.

Lorsque Pierre revint près de Marie, elle lui demanda
vivement :

— Eh bien! ces roses?... Est-ce qu'il y en a par ici?

Il ne voulut pas l'attrister, en racontant ce qu'il venait
de voir.

— Non, j'ai fouillé les pelouses, il n'y a pas de roses.

— C'est singulier, reprit-elle, songeuse. Ce parfum est
à la fois si doux et si pénétrant... Vous le sentez,
n'est-ce pas? En ce moment, tenez! il est d'une force
extraordinaire, comme si toutes les roses du paradis fleurissaient dans la nuit, aux alentours.

Mais une exclamation de son père l'interrompit. M. de
Guersaint s'était remis debout, en voyant des points
lumineux paraître en haut des rampes, à gauche de la
Basilique.

— Enfin, les voilà!

En effet, c'était la tête de la procession qui se montrait.
Tout de suite, les points lumineux pullulèrent, s'allongèrent en une double ligne oscillante. Les ténèbres
noyaient tout, cela semblait se produire très haut, sortir
des profondeurs noires de l'inconnu. Et, en même temps,
le chant, la complainte obsédante recommençait; mais
elle restait si lointaine, si légère, qu'elle paraissait n'être
encore que le petit bruissement de la rafale prochaine,
dans les arbres.

— Je l'avais bien dit, murmurait M. de Guersaint,
il faudrait être au Calvaire, pour tout voir.

Il revenait à son idée première, avec son obstination
d'enfant, se plaignant qu'on eût choisi la plus mauvaise
des places.

— Mais, papa, finit par dire Marie, pourquoi n'y montes-
tu pas, au Calvaire? Il est encore temps... Pierre restera
avec moi.

Et elle ajouta, avec un rire triste :

— Va, personne ne m'enlèvera.

Il refusait, puis il céda tout d'un coup, incapable de
résister à l'impulsion d'un désir. Il dut se hâter, traverser
vivement les pelouses.

— Ne bougez pas, attendez-moi sous ces arbres. Je
vous raconterai ce que j'aurai vu de là-haut.

Pierre et Marie restèrent seuls, dans ce coin d'obscure
solitude, où s'exhalait le parfum des roses, sans qu'il y
eût une seule rose aux alentours. Et ils ne parlèrent pas,
ils regardèrent la procession qui descendait, d'un glissement doux et continu.

C'était comme une double haie d'étoiles tremblantes,
qui, surgissant du coin gauche de la Basilique, suivait
maintenant la rampe monumentale, dont elle dessinait
la rondeur. A cette distance, on continuait à ne pas voir
les pèlerins qui portaient les cierges, et il n'y avait là que
des feux en voyage, disciplinés, traçant dans l'ombre des
lignes correctes. Les monuments eux-mêmes, sous la nuit
bleue, restaient vagues, à peine indiqués par un épaissis-
sement des ténèbres. Mais, peu à peu, à mesure que
grandissait le nombre des cierges, des lignes architectu-
rales s'éclairaient, les arêtes élancées de la Basilique, les
arches cyclopéennes des rampes, la façade lourde et
écrasée du Rosaire. Avec ce fleuve ininterrompu de vives
étincelles qui coulait, coulait sans hâte, de l'air obstiné du
flot débordé que rien ne barre, arrivait comme une aurore,
une nuée lumineuse naissante et envahissante, qui allait
finir par baigner tout l'horizon de sa gloire.

— Voyez donc, voyez donc, Pierre! répétait Marie,
prise d'une joie enfantine. Ça ne cesse pas, il y en a toujours!

Et, en effet, là-haut, l'apparition brusque des petites
clartés continuait avec une régularité mécanique, comme
si quelque céleste source inépuisable eût ainsi déversé
cette poussière de soleil. La tête de la procession venait
d'atteindre les jardins, à la hauteur de la Vierge couronnée; de sorte que la double ligne de flammes ne dessinait encore que la courbe des toitures du Rosaire et celle
de la grande rampe d'accès. Mais l'approche de la

multitude se faisait sentir dans une agitation de l'air, un souffle vivant, venu de loin ; et surtout les voix grossissaient, la complainte de Bernadette s'enflait, avec une clameur de marée montante qui roulait le refrain : « *Ave, ave, ave, Maria* », dans un bercement rythmique, de plus en plus haut.

— Ah ! ce refrain, murmura Pierre, il vous entre dans la peau. Il me semble que tout mon corps finit par le chanter.

De nouveau, Marie eut son léger rire d'enfant.

— C'est vrai, il me suit partout, je l'entendais en dormant, l'autre nuit. Et, ce soir, il me reprend, il me berce au-dessus de terre.

Elle s'interrompit pour dire :

— Les voilà de l'autre côté de la pelouse, en face de nous.

La procession, alors, suivit la longue allée droite ; puis, après avoir tourné à la Croix des Bretons, autour de la pelouse, elle redescendit par l'autre allée droite. Il fallut plus d'un quart d'heure pour exécuter ce mouvement. Et, à présent, la double ligne dessinait deux longs traits de flammes parallèles, que surmontait une figure de soleil triomphal. Mais le continuel émerveillement, c'était la marche ininterrompue de ce serpent de feu, dont les anneaux d'or rampaient si doucement sur la terre noire, s'allongeaient, s'allongeaient, sans que jamais l'immense corps déployé parût finir. Plusieurs fois, des poussées devaient s'être produites, les lignes fléchissaient, comme près de se rompre ; et l'ordre s'était rétabli, le glissement avait repris, d'une régularité lente. Au ciel, il semblait y avoir moins d'étoiles. Une voie lactée était tombée de là-haut, roulant son poudroiement de mondes, et qui continuait sur la terre la ronde des astres. Une clarté bleue ruisselait, il n'y avait plus que du ciel, les monuments et les arbres prenaient une apparence de rêve, dans

25.

la lueur mystérieuse des milliers de cierges, dont le
nombre croissait toujours.

Marie eut un soupir étouffé d'admiration ; et elle ne
trouvait pas de phrases, elle répétait :

— Que c'est beau, mon Dieu, que c'est beau !... Voyez
donc, Pierre, que c'est beau !

Mais, depuis que la procession défilait à quelques pas
d'eux, elle n'était plus seulement une marche rythmée
d'étoiles que nulle main ne portait. Dans la nuée lumineuse, maintenant, ils distinguaient les corps, ils reconnaissaient par moments, au passage, les pèlerins qui tenaient les cierges. D'abord, ce fut la Grivotte, qui avait
voulu être de la cérémonie, malgré l'heure tardive, exa-
gérant sa guérison, répétant qu'elle ne s'était jamais mieux
portée ; et elle gardait son allure exaltée et dansante, sous
la nuit fraîche qui lui donnait un frisson. Puis, les Vigneron
parurent, le père en tête, avec son cierge qu'il portait très
haut, suivi de madame Vigneron et de madame Chaise,
traînant leurs jambes lasses ; tandis que le petit Gustave,
exténué, tapait le sable de sa béquille, la main droite
couverte de gouttes de cire. Tous les malades valides
étaient là, Élise Rouquet, entre autres, qui passa comme
une apparition de damnée, avec sa face nue et rouge.
Beaucoup riaient, la petite miraculée de l'année précédente, Sophie Couteau, s'oubliait, jouait avec son cierge
comme avec un bâton. Des têtes, des têtes toujours se
succédaient, des femmes surtout, bassement communes,
parfois d'une expression superbe, qu'on entrevoyait une
seconde et qui se noyaient, sous l'éclairage fantastique.
Et cela ne finissait pas, et il en venait d'autres sans cesse,
et ils remarquèrent encore une petite ombre noire très
discrète, madame Maze, qu'ils n'auraient point reconnue,
si elle n'avait levé un instant sa face pâle, inondée de
larmes.

— Regardez, expliqua Pierre à Marie, voici les premières lumières de la procession qui arrivent sur la place du Rosaire, et je suis bien certain que la moitié des pèlerins est encore devant la Grotte.

Marie avait levé les yeux. Là-haut, en effet, du coin gauche de la Basilique, elle vit d'autres lumières surgir, régulières et sans relâche, dans cette sorte de mouvement mécanique, qui semblait devoir ne jamais s'arrêter.

— Ah! dit-elle, que d'âmes en peine! Chacune de ces petites flammes, n'est-ce pas? est une âme qui souffre et qui se délivre.

Pierre devait se pencher, afin de l'entendre, car le cantique, la complainte de Bernadette, les étourdissait, depuis que le flot passait si près d'eux. Les voix éclataient dans un vertige grandissant, les couplets s'étaient peu à peu mêlés, chaque tronçon de la procession chantait le sien, d'une voix de possédés qui ne s'entendaient plus eux-mêmes. C'était une immense clameur indistincte, la clameur éperdue d'une foule que l'ardeur de sa foi achevait de griser. Et, quand même, le refrain, l'*Ave, ave, ave, Maria!* revenait, dominait, avec son rythme d'obsession frénétique.

Brusquement, Pierre et Marie furent étonnés de revoir M. de Guersaint.

— Ah! mes enfants, je n'ai pas voulu m'attarder là-haut, je viens de couper la procession à deux reprises, pour passer... Mais quel spectacle! C'est à coup sûr la première très belle chose à laquelle j'assiste, depuis que je suis ici.

Et il se mit à leur décrire la procession, vue des hauteurs du Calvaire.

— Imaginez, mes enfants, un autre ciel, en bas, reflétant celui d'en haut, mais un ciel qu'une seule constellation, géante, tient tout entier. Ce fourmillement d'astres a l'air perdu, très loin, dans des profondeurs obscures; et la coulée de feu représente un ostensoir, oui ! un véritable ostensoir, dont le pied serait dessiné par les rampes, la tige par les deux allées parallèles, l'hostie par la pelouse ronde qui les couronne. C'est un ostensoir d'or brûlant, qui flambe au fond des ténèbres, avec un perpétuel scintillement d'étoiles en marche. Il n'y a que lui, il est gigantesque et souverain... En vérité, je n'ai jamais rien vu de si extraordinaire !

Il agitait les bras, il était hors de lui, débordant d'une émotion d'artiste.

— Petit père, dit Marie tendrement, puisque te voilà, tu devrais bien aller te coucher. Il est près de onze heures, et tu sais que tu dois partir à trois heures du matin.

Elle ajouta, pour le décider :

— Cela me cause tant de plaisir, que tu fasses cette excursion !... Seulement, sois de retour de bonne heure, demain soir, parce que tu verras, tu verras...

Et elle n'osa pas affirmer la certitude qu'elle avait de guérir.

— Tu as raison, je vais aller me mettre au lit, dit M. de Guersaint, calmé. Puisque Pierre est avec toi, je n'ai pas d'inquiétude.

— Mais, s'écria-t-elle, je ne veux pas que Pierre passe la nuit. Quand il m'aura conduite à la Grotte, tout à l'heure, il te rejoindra... Moi, je n'aurai plus besoin de personne, le premier brancardier venu me ramènera bien à l'Hôpital, demain matin.

Pierre se taisait. Puis, simplement :

— Non, non, Marie, je reste... Je passerai, comme vous, la nuit à la Grotte.

Elle ouvrit la bouche, pour insister, pour se fâcher. Mais il avait dit cela si doucement, elle venait d'y sentir une soif si douloureuse de bonheur, qu'elle garda le silence, remuée jusqu'au fond de l'âme.

— Enfin, mes enfants, reprit le père, arrangez-vous,

je sais que vous êtes très raisonnables tous les deux. Et bonne nuit, n'ayez aucun souci de moi.

Il embrassa longuement sa fille, serra les deux mains du jeune prêtre ; puis, il s'en alla, se perdit dans les rangs pressés de la procession, qu'il dut traverser de nouveau.

Alors, ils furent seuls, dans leur coin d'ombre et de solitude, sous les grands arbres, elle toujours assise au fond de son chariot, lui agenouillé parmi les herbes, appuyé du coude à l'une des roues. Et ce fut adorable, pendant que le défilé des cierges continuait, et qu'ils se massaient tous en tournoyant sur la place du Rosaire. Ce qui le ravissait, c'était que rien ne semblait rester, au-dessus de Lourdes, des godailles de la journée. On aurait dit qu'un vent purificateur était venu des montagnes, qui avait balayé l'odeur des fortes nourritures, les joies goulues du dimanche, toute cette poussière brûlante et empestée de fête foraine, flottant sur la ville. Il n'y avait plus qu'un ciel immense, aux étoiles pures ; et la fraîcheur du Gave était délicieuse, et les souffles errants apportaient des parfums de fleurs sauvages. L'infini du mystère se perdait dans la paix souveraine de la nuit, il ne demeurait de la matière lourde que ces petites flammes des cierges, comparées par sa compagne à des âmes souffrantes, en train de se délivrer. Cela était d'un repos exquis et d'un espoir sans limite. Depuis qu'il se trouvait là, les souvenirs blessants de l'après-midi, les appétits voraces, la simonie impudente, la vieille ville gâtée et prostituée, s'en allaient peu à peu, pour ne le laisser qu'à ce rafraî-chissement divin, à cette nuit si belle, où tout son être se baignait comme dans une eau de résurrection.

Marie, elle aussi, pénétrée d'une infinie douceur, mur-mura :

— Ah ! comme Blanche serait heureuse de voir toutes ces merveilles !

Elle songeait à sa sœur, restée à Paris, dans le tracas de son dur métier d'institutrice courant le cachet. Et ce simple mot, cette sœur dont elle n'avait pas parlé depuis son arrivée à Lourdes, et qui surgissait là, inattendue, venait de suffire pour évoquer tout le passé.

Marie et Pierre, sans parler, revécurent leur enfance, les jeux d'autrefois, dans les deux jardins mitoyens qu'une haie vive séparait. Ensuite, ce fut la séparation, le jour où il entra au séminaire et où elle le baisa sur les joues, avec des larmes brûlantes, en jurant de ne l'oublier jamais. Des années passaient, et ils se retrouvaient éternellement séparés, lui prêtre, elle clouée par la maladie, n'ayant plus l'espoir d'être femme. C'était toute leur histoire, une tendresse ardente qui s'était longtemps ignorée, puis une rupture totale, comme s'ils fussent morts, bien qu'ils vécussent l'un près de l'autre. Ils revoyaient, maintenant, le logement pauvre, où la sœur aînée, avec ses leçons, tâchait de mettre un peu de bien-être, ce logement pauvre d'où l'on était parti, pour venir à Lourdes, après tant de combats, tant de discussions, ses doutes à lui, sa foi passionnée à elle, qui avait vaincu. Et cela était vraiment délicieux, de se retrouver ainsi ensemble, tout seuls, dans ce coin de ténèbres, par cette admirable nuit, où il y avait, sur la terre, autant d'étoiles qu'au ciel.

Marie, jusque-là, avait gardé une petite âme d'enfant, une âme blanche, comme disait son père, la meilleure et la plus pure. Frappée par le mal dès l'âge de treize ans, elle n'avait plus vieilli. Aujourd'hui, à vingt-trois ans, elle avait treize ans toujours, restée enfantine, repliée sur elle-même, toute à la catastrophe qui l'anéantissait. Cela se voyait à ses yeux vides, à son expression d'absence, à son air de continuelle hantise, dans l'incapacité où elle était de vouloir autre chose. Et aucune âme de femme n'était plus simple, arrêtée en son développement, demeurée l'âme d'une grande fille sage, chez qui la passion à son éveil se contente de gros baisers sur les joues. Elle n'avait eu d'autre roman que l'adieu en larmes fait à son ami, et cela suffisait depuis dix années pour lui emplir le cœur. Pendant les interminables jours qu'elle avait passés sur sa couche de misère, elle n'était jamais allée au delà de ce rêve, que, si elle s'était bien portée, lui sans doute ne se serait pas fait prêtre, pour vivre avec elle. Jamais elle ne lisait de roman. Les livres pieux qu'on lui permettait l'entretenaient dans l'exaltation d'un amour surhumain. Même les bruits du dehors venaient expirer à la porte de la chambre où elle vivait cloîtrée; et, autrefois, quand on la promenait d'un bout de la France à l'autre, de ville d'eaux en ville d'eaux, elle traversait les foules en somnambule, qui ne voit et n'entend rien, possédée par l'idée fixe de sa déchéance, du lien qui nouait son sexe. De là, cette pureté et cet enfantillage, cette adorable fille de souffrance, grandie dans sa triste chair, tout en ne gardant au cœur que l'éveil lointain, l'amour ignoré de ses treize ans.

La main de Marie, au milieu des ténèbres, chercha celle de Pierre; et, quand elle l'eut rencontrée, qui venait au-devant de la sienne, elle la serra longuement. Ah! quelle joie! Jamais ils n'avaient goûté une joie si pure et si parfaite, à être ainsi ensemble, loin du monde, dans ce charme souverain de l'ombre et du mystère. Autour d'eux, il n'y avait plus que la ronde des étoiles. Les chants berceurs étaient comme le vertige même, si ailé, qui les emportait. Et elle savait bien qu'elle serait guérie le lendemain, quand elle aurait passé une nuit d'ivresse devant la Grotte : c'était une absolue conviction, elle se ferait entendre de la sainte Vierge, elle la fléchirait, du moment qu'elle serait seule, face à face, à l'implorer. Et elle comprenait bien ce que Pierre voulait dire, tout à l'heure, lorsqu'il avait exprimé

le désir de passer, lui aussi, devant la Grotte, la nuit
entière. N'était-ce pas qu'il était résolu à tenter un
suprême effort de croyance, qu'il allait s'agenouiller
comme un petit enfant, en suppliant la Mère toute-puissante de lui rendre la foi perdue? Maintenant encore,
sans qu'ils eussent besoin de parler davantage, leurs
mains unies se répétaient ces choses. Ils se promettaient
de prier l'un pour l'autre, ils s'oubliaient jusqu'à se
perdre l'un dans l'autre, avec un si ardent désir de leur
guérison, de leur bonheur mutuel, qu'ils touchèrent là
un instant le fond de l'amour qui se donne et qui s'immole. Ce fut une jouissance divine.

— Ah! murmura Pierre, cette nuit bleue, cet infini
d'ombre qui emporte la laideur des gens et des choses,
cette paix immense et fraîche, où je voudrais endormir
mon doute...

Sa voix s'éteignait. Marie, à son tour, dit très bas :

— Et les roses, ce parfum des roses... Ne les sentez-
vous pas, mon ami? Où sont-elles donc, que vous ne les
avez pas vues?

— Oui, oui, je les sens, mais il n'y a pas de roses. Je les
aurais vues certainement, car je les ai bien cherchées.

— Comment pouvez-vous dire qu'il n'y a pas de roses,
quand elles embaument l'air autour de nous, et que nous
baignons dans leur parfum? Tenez! à certaines minutes,
ce parfum est si puissant, que je me sens défaillir de joie,
à le respirer !.. Elles sont là, certainement, innombrables,
sous nos pieds.

— Non, je vous le jure, j'ai regardé partout, il n'y a pas
de roses. Ou bien il faut qu'elles soient invisibles, qu'elles
soient cette herbe même que nous foulons, ces grands
arbres qui nous entourent, que leur odeur sorte de la
terre, et du torrent voisin, et des bois, et des montagnes.

Ils se turent un instant. Puis, elle reprit de la même
voix très basse :

— Comme elles sentent bon, Pierre ! Il me semble que nos deux mains unies sont là ainsi qu'un bouquet.

— Oui, elles sentent adorablement bon ; et c'est de vous, Marie, que l'odeur monte à présent, comme si les roses fleurissaient de vos cheveux.

Et ils ne parlèrent plus. La procession défilait toujours, des étincelles vives apparaissaient toujours au tournant de la Basilique, jaillissant de l'obscurité, comme d'une source inépuisable. L'immense coulée des petites flammes en marche, dans son double circuit, rayait l'ombre d'un ruban de braise. Mais, surtout, le spectacle était sur la place du Rosaire, où la tête de la procession, continuant son évolution lente, se repliait sur elle-même, en un cercle de plus en plus étroit, une sorte de tournoiement obstiné, qui achevait d'étourdir les pèlerins, brisés de fatigue, et d'exaspérer leurs chants. Bientôt, la ronde ne fut plus qu'une masse brûlante, un noyau de nébuleuse, autour duquel venait s'enrouler le ruban de braise, dont le bout semblait ne devoir jamais finir ; et le noyau s'élargissait, il y eut une mare, puis un lac. Toute la vaste place du Rosaire se changeait en une mer incendiée roulant ses petits flots étincelants, dans le vertige de ce tourbillon sans fin. Un reflet d'aurore blanchissait la Basilique. Le reste de l'horizon tombait à une obscurité profonde. On ne voyait, à l'écart, que quelques cierges perdus cheminer seuls, ainsi que des lucioles cherchant leur route, à l'aide de leur petite lanterne. Sur le mont du Calvaire, pourtant, une queue vagabonde de la procession devait être montée, car des étoiles voyageaient aussi là-haut, en plein ciel. Enfin, un moment arriva où les derniers cierges parurent, firent le tour des pelouses, coulèrent et se noyèrent dans la mer de flammes. Trente mille cierges y brûlaient, tournant toujours, attisant leur braisillement, sous le grand ciel calme, où pâlissaient les astres. Une nuée lumineuse s'envolait

26

avec le cantique, dont l'obsession n'avait pas cessé. Et le grondement des voix, les *Ave, ave, ave, Maria!* étaient comme le crépitement même de ces cœurs de feu, qui se consumaient en prières, pour guérir les corps et sauver les âmes.

Un à un, les cierges venaient de s'éteindre, la nuit retombait souveraine, très noire et très douce, lorsque Pierre et Marie s'aperçurent qu'ils étaient encore là, cachés sous le mystère des arbres, la main dans la main. Au loin, par les rues obscures de Lourdes, il n'y avait plus que des pèlerins égarés, demandant la route, pour retrouver leur lit. Des frôlements traversaient l'ombre tout ce qui rôde et s'endort, à la fin des jours de fête. Et eux s'oubliaient, ne bougeaient toujours pas, délicieusement heureux, dans l'odeur des roses invisibles.

IV

Pierre roula le chariot de Marie devant la Grotte, et il
l'installa le plus près possible de la grille. Il était minuit
passé, une centaine de personnes se trouvaient encore là,
quelques-unes assises sur les bancs, la plupart agenouillées, comme anéanties dans la prière. Du dehors, la
Grotte flamboyait, braisillante de cierges, pareille à une
chapelle ardente, sans qu'on pût y distinguer autre chose
que cette poussière d'étoiles, d'où émergeait, dans sa
niche, la statue de la Vierge, d'une blancheur de rêve.
Les verdures tombantes prenaient un éclat d'émeraude,
le millier de béquilles qui tapissaient la voûte ressemblaient à un inextricable lacis de bois mort, près de
refleurir. Et la nuit était rendue plus noire par un si vif
éclat, les alentours se noyaient d'une ombre épaissie, où
rien n'était plus, ni les murs, ni les arbres ; tandis que,
seule, montait la voix grondante et continue du Gave,
sous le grand ciel ténébreux, alourdi d'une pesanteur
d'orage.

— Êtes-vous bien, Marie? demanda doucement Pierre.
N'avez-vous pas froid?

Elle avait eu un frisson. Mais ce n'était que le petit vent
de l'au-delà, qui lui semblait souffler de la Grotte.

— Non, non, je suis si bien ! Mettez seulement le châle
sur mes genoux... Et merci, Pierre, ne vous inquiétez pas
de moi, je n'ai plus besoin de personne, puisque me voici
avec elle...

Sa voix défaillait, elle tombait déjà à l'extase, les mains jointes, les yeux levés vers la statue blanche, dans une transfiguration béate de tout son pauvre visage dévasté.

Pierre, pourtant, resta quelques minutes encore. Il aurait voulu l'envelopper dans le châle, car il voyait trembler ses petites mains amaigries. Mais il craignit de la contrarier, il se contenta de la border comme une enfant ; pendant que, les coudes aux deux bords du chariot, à demi soulevée, elle ne le voyait plus.

Un banc était là, et il venait de s'y asseoir, pour se recueillir lui-même, lorsque ses regards tombèrent sur une femme, agenouillée dans l'ombre. Vêtue de noir, elle était si discrète, si effacée, qu'il ne l'avait pas aperçue d'abord, tellement elle se confondait avec les ténèbres. Puis, il devina madame Maze. L'idée de la lettre qu'elle avait reçue, dans la journée, lui revint. Et elle l'apitoya, il sentit son abandon, à cette solitaire, qui n'avait pas de plaie physique à guérir, qui demandait seulement à la sainte Vierge de soulager le mal de son cœur, en convertissant son mari infidèle. La lettre devait être quelque réponse dure, car, la face baissée, elle semblait ne plus être, d'une humilité de pauvre créature battue. Elle ne s'oubliait volontiers là que la nuit, si heureuse de se perdre, de pouvoir pendant des heures pleurer, souffrir son martyre, implorer le retour des tendresses disparues, sans que personne soupçonnât son douloureux secret. Ses lèvres ne remuaient même pas, c'était son cœur meurtri qui priait, qui réclamait éperdument sa part d'amour et de bonheur.

Ah ! cette soif inextinguible du bonheur qui les amenait tous là, ces blessés du corps et de l'âme, Pierre la sentait aussi qui lui séchait la gorge, dans l'ardent besoin de se satisfaire ! Il aurait voulu se jeter à genoux, demander l'aide divine, avec la foi humble de cette femme. Mais ses membres étaient comme liés, il ne trouvait pas les paroles nécessaires. Et ce fut un soulagement pour lui, lorsqu'une main le toucha doucement à l'épaule.

— Monsieur l'abbé, venez donc avec moi, si vous ne connaissez pas la Grotte. Je vous y installerai, on y est si bien, à cette heure-ci!

Il leva la tête, reconnut le baron Suire, directeur de l'Hospitalité de Notre-Dame de Salut. Sans doute, cet homme bienveillant et simple l'avait pris en affection. Il accepta, le suivit dans la Grotte, qui était absolument vide. Même, le baron referma derrière eux la grille, dont il avait une clef.

— Voyez-vous, monsieur l'abbé, c'est l'heure où l'on est vraiment bien. Moi, lorsque je viens passer quelques jours à Lourdes, il est rare que je me couche avant le jour, parce que j'ai l'habitude de finir ici ma nuit... Il n'y a plus personne, on y est tout seul, et, n'est-ce pas? comme c'est aimable, comme on se sent chez la sainte Vierge!

Il souriait d'un air de bonhomie, il faisait les honneurs de la Grotte, en vieil habitué, un peu affaibli par l'âge, plein d'une véritable tendresse pour ce coin charmant. Du reste, malgré sa grande dévotion, il n'y était point gêné, il y causait, il y donnait des explications, avec la familiarité d'un homme qui se savait l'ami du ciel.

— Ah! vous regardez les cierges... Il y en a près de deux cents qui brûlent à la fois, nuit et jour, et cela finit tout de même par chauffer... L'hiver, on a chaud.

Pierre, en effet, étouffait un peu, dans l'odeur tiède de la cire. Ébloui par la clarté vive où il entrait, il regardait la grande herse centrale, en forme de pyramide, toute hérissée de petits cierges, pareille à un if flamboyant, constellé d'étoiles. Dans le fond, une herse droite, au ras du sol, maintenait les gros cierges, qui s'alignaient, d'inégale hauteur, ainsi que des tuyaux d'orgues, certains de la grosseur de la cuisse. Et d'autres herses

26.

encore, semblables à de lourds candélabres, étaient posées
çà et là, sur les saillies du rocher. La voûte de la·Grotte
s'abaissait vers la gauche, la pierre y était comme cuite
et noircie par ces éternelles flammes, qui la chauffaient
depuis des années. Continuellement, la cire pleuvait en
une imperceptible tombée de neige ; les plateaux des
herses en ruisselaient, blancs d'une poussière sans cesse
épaissie ; toute la roche en était enduite et grasse au
toucher ; et le sol surtout s'en trouvait tellement recouvert, que des accidents s'étaient produits, et qu'il avait
fallu étaler des sortes de paillassons, pour éviter les
chutes.

— Voyez-vous ces gros-là, continuait obligeamment le
baron Suire, ce sont les plus chers, on les paye soixante
francs, et ils mettent un mois à brûler... Les tout petits,
qui coûtent cinq sous, ne durent que trois heures... Oh!
nous ne les économisons pas, nous n'en manquons jamais.
Tenez! voici encore deux paniers qu'on n'a pas eu le
temps de porter au magasin.

Ensuite, il détailla le mobilier : un orgue-harmonium,
recouvert d'une housse ; un corps de buffet, à larges tiroirs, où l'on serrait les vêtements sacrés ; des bancs et
des chaises, réservés au petit public privilégié qu'on admettait là, pendant les cérémonies ; et enfin un très bel
autel roulant, recouvert de plaques d'argent gravé,
don d'une grande dame, que l'on ne risquait d'ailleurs
que pendant les pèlerinages riches, de crainte que l'humidité ne l'abîmât.

Pierre était gêné par ce bavardage d'homme complaisant. Son émotion religieuse y perdait de son charme. En
entrant, malgré son manque de foi, il avait éprouvé un
trouble, une sorte de vacillement d'âme, comme si le mystère allait lui être révélé. Cela était à la fois anxieux et
délicieux. Et il voyait des choses qui le touchaient infiniment, des bouquets en tas déposés aux pieds de la Vierge,

des ex-voto enfantins, des petits souliers fanés, un petit
corselet de fer, une béquille de poupée, pareille à un
joujou. En bas de l'ogive naturelle où l'apparition s'était
produite, à l'endroit où les pèlerins frottaient les chapelets et les médailles qu'ils voulaient consacrer, la roche
se trouvait usée et polie. Des millions de lèvres ardentes
s'étaient posées là, avec une telle force d'amour, que la
pierre s'était calcinée, veinée de noir, d'un brillant de
marbre.

Mais il s'arrêta, au fond, devant un creux, dans lequel
était un amas considérable de lettres, de papiers de toutes
sortes.

— Ah ! j'oubliais ! reprit vivement le baron Suire, voici
le plus intéressant. Ce sont les lettres que, journellement,
des fidèles jettent dans la Grotte, à travers la grille. Nous
les ramassons, nous les mettons là ; et, l'hiver, c'est moi
qui m'amuse à les trier... Vous comprenez, on ne peut les
brûler sans les ouvrir, car elles contiennent souvent de
l'argent, des pièces de dix sous, des pièces de vingt sous,
et surtout des timbres-poste.

Il remuait les lettres, en prenait quelques-unes au
hasard, montrait les suscriptions, les décachetait pour les
lire. Presque toutes étaient de pauvres lettres d'illettrés,
dont les adresses : A Notre-Dame de Lourdes, étalaient
de grosses écritures irrégulières. Beaucoup contenaient
des demandes ou des remerciements, en phrases incor-
rectes, d'une terrible orthographe ; et rien n'était plus
touchant parfois que la nature de ces demandes, un petit
frère à sauver, un procès à gagner, un amant à conserver,
un mariage à conclure. D'autres lettres se fâchaient, que-
rellaient la sainte Vierge, qui n'avait pas eu la politesse de
répondre à une première lettre, en comblant les vœux du
signataire. Puis, il y en avait d'autres encore, d'écriture
plus fine, de phrases soignées, des confessions, des prières
brûlantes, des âmes de femme écrivant à la Reine du Ciel

ce qu'elles n'osaient dire à un prêtre, dans l'ombre du
confessionnal. Enfin, une enveloppe, la dernière ouverte,
contenait simplement une photographie : une fillette
envoyait son portrait à Notre-Dame de Lourdes, avec cette
dédicace : « A ma bonne Mère ». C'était, en somme,
chaque jour, le courrier d'une Reine très puissante, qui
recevait des suppliques et des confidences, et qui devait
répondre en grâces, en bienfaits de toutes sortes. Les
pièces de dix sous, les pièces de vingt sous étaient, naïvement, un simple témoignage d'amour, pour la fléchir;
et, quant aux timbres-poste, ils ne devaient être qu'une
commodité, facilitant l'envoi d'argent; à moins qu'ils ne
fussent une pure innocence, comme dans la lettre d'une
paysanne, qui avait ajouté un post-scriptum, pour dire
qu'elle ajoutait un timbre et qu'elle attendait la réponse.

— Je vous assure, conclut le baron, il y en a de très
gentilles, de moins bêtes qu'on ne croirait... Pendant trois
ans, j'ai trouvé les lettres très intéressantes d'une dame
qui ne faisait rien, sans le raconter à la sainte Vierge.
C'était une dame mariée, et elle éprouvait la plus dange-
reuse passion pour un ami de son mari... Eh bien!
monsieur l'abbé, elle a triomphé, la sainte Vierge lui a
répondu, en lui envoyant l'armure de sa chasteté, la force
toute divine de résister à son cœur...

Il s'interrompit, pour dire :

— Mais venez donc vous asseoir ici, monsieur l'abbé.
Vous verrez comme on est bien !

Pierre alla se mettre près de lui, sur le banc, à gauche,
à l'endroit où le rocher s'abaissait. Il y avait là, en effet,
un coin de délicieux repos. Et ni l'un ni l'autre ne parlait
plus, un profond silence régnait, lorsqu'il entendit, derrière son dos, un murmure indistinct, une légère voix de
cristal, qui semblait venir de l'invisible. Il eut un
mouvement, que le baron Suire comprit.

— C'est la source que vous entendez. Elle est dans le sol, derrière ce grillage... Voulez-vous la voir?

Et, sans attendre que Pierre acceptât, il s'était déjà baissé, pour ouvrir un des panneaux qui la protégeait, en faisant observer que, si on la fermait ainsi, c'était de crainte que les libres penseurs ne vinssent jeter du poison dedans. Cette imagination extraordinaire stupéfia un instant le prêtre ; mais il finit par la mettre au compte du baron, qui avait en vérité beaucoup d'enfance.

Cependant, celui-ci se battait en vain avec le cadenas à lettres, qui ne voulait pas céder.

— C'est singulier, murmurait-il, le mot est *Rome*, et je suis bien certain qu'on ne l'a pas changé... L'humidité pourrit tout. Nous sommes obligés de remplacer, au bout de deux ans, les béquilles, là-haut, qui tombent en poussière... Apportez-moi donc un cierge.

Lorsque Pierre l'eut éclairé, avec un cierge, qu'il avait pris à une des herses, il réussit enfin à ouvrir le cadenas de cuivre, mangé de vert-de-gris. Et le panneau grillagé tourna, et la source apparut. C'était, dans une faille de la roche, sur un fond de graviers boueux, une eau lente, qui sortait limpide, sans bouillonnement ; mais elle paraissait venir sur une assez large étendue. Le baron expliquait que, pour la conduire aux fontaines, on l'avait canalisée dans des tuyaux recouverts de ciment. Même il avouait que, derrière les piscines, on avait dû creuser un réservoir, afin d'amasser l'eau pendant la nuit, car le faible débit de la source n'aurait pas suffi aux besoins journaliers.

— Voulez-vous la goûter? offrit-il brusquement. Elle est encore meilleure, ici, à sa sortie de terre.

Pierre ne répondait pas, regardait cette eau tranquille, cette eau innocente, qui se moirait de reflets d'or, sous la lumière vacillante du cierge. Des gouttes de cire tombaient, l'animaient d'un frémissement. Et il songeait à tout ce qu'elle apportait de mystère, du flanc lointain des montagnes.

— Buvez-en donc un verre!

Le baron avait rempli, en le plongeant, un verre qui se trouvait toujours là ; et le prêtre dut le vider. C'était de la bonne eau pure, de cette eau transparente et fraîche qui ruisselle de tous les hauts plateaux des Pyrénées.

Le cadenas remis, tous deux reprirent leur place sur le banc de chêne. Derrière lui, par moments, Pierre continuait à entendre la source, avec son petit gazouillement d'oiseau caché. Et, maintenant, le baron lui parlait de la Grotte, par toutes les saisons, par tous les temps, dans un bavardage attendri, plein de détails puérils.

L'été, ce n'était que la saison brutale, les foules foraines des grands pèlerinages, la ferveur bruyante des milliers de pèlerins accourus, priant et criant à la fois. Mais, dès l'automne, tombaient les pluies, les pluies diluviennes qui battaient le seuil de la Grotte, pendant de longs jours ; et, alors, venaient les pèlerinages lointains, des Indiens, des Malais, jusqu'à des Chinois, de petites troupes silencieuses et extatiques qui s'agenouillaient dans la boue, sur un signe des Missionnaires. En France, de toutes les anciennes provinces, la Bretagne envoyait les pèlerins les plus dévots, des paroisses entières où les hommes étaient aussi nombreux que les femmes, et dont la bonne tenue pieuse, la foi simple et décente étaient faites pour édifier le monde. Puis, c'était l'hiver, décembre avec ses froids terribles, ses épaisses tombées de neige barrant les montagnes. Des familles prenaient alors leurs quartiers au fond des hôtels déserts, des fidèles se rendaient quand même chaque matin à la Grotte, tous les amants du silence, désireux de parler à la Vierge, dans la tendre intimité de la solitude. Il en était ainsi quelques-uns que personne ne connaissait, qui se montraient dès qu'ils étaient les seuls à se prosterner et à aimer, comme des amants jaloux, puis qui repartaient, effarouchés, à la première menace de foule. Et quelle douceur, par un mauvais temps d'hiver! Par la pluie, par le vent, par la neige, la Grotte gardait son flamboiement. Même, durant les nuits d'enragée tempête, lorsque pas une âme n'était là, elle incendiait les ténèbres vides, elle brûlait comme un brasier d'amour que rien ne pouvait éteindre. Le baron racontait que, pendant les grandes neiges de l'hiver précédent, il y était venu passer des après-midi entières, à cette place, sur ce banc où il était assis. Il y régnait une chaleur douce, bien qu'elle fût tournée au nord et que jamais le soleil n'y pénétrât. Sans doute la roche continuellement chauffée par les cierges expliquait cette bonne tiédeur; mais ne pouvait-on croire, en outre, à un bienfait charmant de la Vierge, qui faisait régner là un avril éternel? Aussi les petits oiseaux ne s'y trompaient pas, tous les pinsons du voisinage, quand la neige glaçait leurs pattes, s'y réfugiaient, voletaient dans le lierre, autour de la statue sainte. Et c'était, enfin, le réveil du printemps, le Gave roulant avec un fracas de tonnerre les neiges fondues, les arbres reverdissant sous la poussée de la sève, tandis que les foules de retour envahissaient bruyamment la Grotte étincelante, dont elles chassaient les petits oiseaux du ciel.

— Oui, oui, répétait le baron Suire, d'une voix ralentie, j'ai passé ici, tout seul, des journées d'hiver adorables... Je ne voyais qu'une femme, qui s'agenouillait là, contre la grille, pour ne pas mettre ses genoux dans la neige. Elle était très jeune, vingt-cinq ans peut-être, et très jolie, une brune avec des yeux bleus magnifiques. Elle ne disait rien, elle ne paraissait même pas prier, elle restait ainsi pendant des heures, d'un air infiniment triste... Je ne sais qui elle était, jamais je ne l'ai revue.

Il cessa de parler; et, deux minutes plus tard, comme Pierre le regardait, étonné de son silence, il s'aperçut

qu'il s'était endormi. Les mains jointes sur le ventre, le
menton contre la poitrine, il dormait avec un vague sourire, d'un bon sommeil d'enfant. Sans doute, quand il
disait qu'il passait la nuit là, il voulait dire qu'il venait y
faire un premier somme de vieil homme heureux, visité
par les anges.

Et Pierre, alors, goûta la charmante solitude. C'était
bien vrai, cette douceur qui pénétrait l'âme, dans ce coin
de roche. Elle était faite de l'odeur un peu étouffante de
la cire, de l'éblouissement d'extase où l'on tombait, au
milieu de la splendeur des cierges. Il ne distinguait plus
nettement ni les béquilles de la voûte, ni les ex-voto
pendus aux parois, ni l'autel d'argent gravé, ni l'orgue-
harmonium dans sa housse. Une ivresse lente le prenait,
un anéantissement croissant de tout son être. Et il avait
surtout la sensation divine d'être loin du monde vivant,
au fond de l'incroyable et du surhumain, comme si la
simple grille de fer fût devenue la barrière même de
l'infini.

Un petit bruit, à la gauche de Pierre, l'inquiéta. C'était
la source qui coulait, coulait toujours, avec son gazouillement d'oiseau. Ah! qu'il aurait voulu tomber à genoux,
et croire au miracle, et avoir la certitude têtue que cette
eau divine n'avait jailli de la roche que pour la guérison
de l'humanité souffrante! N'était-il pas venu pour se
prosterner, pour implorer la Vierge de lui rendre la foi
des petits enfants? Pourquoi donc ne priait-il pas, ne la
suppliait-il pas de lui faire le souverain cadeau de la
grâce? Il étouffait davantage, les cierges l'éblouissaient
jusqu'au vertige. Et cette pensée le saisit que, depuis
deux jours, dans la grande liberté dont les prêtres jouissaient à Lourdes, il avait négligé de dire sa messe. Il
était en état de péché, peut-être était-ce ce poids qui lui
écrasait le cœur. Cela devint, en lui, une telle souffrance,
qu'il dut se lever et s'en aller. Il se contenta de repousser

doucement la grille, laissant le baron Suire endormi sur le banc.

Dans son chariot, Marie n'avait pas bougé, soulevée à demi sur les coudes, la face extasiée, levée vers la Vierge.

— Marie, êtes-vous bien? n'avez-vous pas froid?

Elle ne répondit point. Il lui tâta les mains, les trouva tièdes et douces, agitées pourtant d'un petit tremblement.

— Ce n'est pas le froid qui vous fait trembler, n'est-ce pas, Marie?

Et elle dit alors, d'une voix légère comme un souffle:

— Non, non! laissez-moi, je suis si heureuse! Je vais la voir, je le sens... Ah! quelles délices!

Alors, il remonta un peu le châle, et il s'éloigna, en pleine nuit, saisi d'un trouble inexprimable. Au sortir des clartés vives de la Grotte, c'était une nuit d'encre, un néant de ténèbres, dans lequel il roulait au hasard. Puis, ses yeux s'habituèrent, il se retrouva près du Gave, il en suivit le bord, une allée ombragée de grands arbres, où l'obscurité fraîche recommençait. Cela le soulageait maintenant, cette ombre, cette fraîcheur si calmantes. Et il n'éprouvait plus qu'une surprise, celle de ne s'être pas agenouillé, de n'avoir pas prié, comme Marie priait elle-même, avec tout l'abandon de son âme. Quel était donc l'obstacle en lui? D'où venait l'irrésistible révolte qui l'empêchait de se laisser glisser à la foi, même lorsque son être surmené, obsédé, souhaitait l'abandon? Il entendait bien que sa raison seule protestait; et il se trouvait dans une heure où il aurait voulu la tuer, cette raison vorace qui mangeait sa vie, qui l'empêchait d'être heureux, du bonheur des ignorants et des simples. Peut-être, s'il avait vu un miracle, aurait-il eu la volonté de croire. Par exemple, si Marie s'était levée tout d'un coup et avait marché devant lui, ne se serait-il pas prosterné, vaincu enfin? Cette image qu'il se faisait de Marie sauvée,

27

de Marie guérie, l'émotionna à un tel point, qu'il s'arrêta, les bras tremblants et levés vers le ciel criblé d'étoiles. Ah! grand Dieu! quelle belle nuit profonde et mystérieuse, embaumée et légère, et quelle joie pleuvait, dans cet espoir de l'éternelle santé revenue, de l'éternel amour, renaissant à l'infini, comme le printemps! Puis, il marcha encore, suivit l'allée jusqu'au bout. Mais ses doutes recommençaient : quand on exige un miracle pour croire, c'est qu'on est incapable de croire. Dieu n'a pas à faire la preuve de son existence. Il était aussi repris de malaise, à la pensée que, tant qu'il n'aurait pas fait son devoir de prêtre, en disant sa messe, Dieu ne l'écouterait point. Pourquoi n'allait-il pas tout de suite à l'église du Rosaire, dont les autels, de minuit à midi, restaient à la disposition des prêtres de passage? Et il redescendit par une autre allée, se retrouva sous les arbres, dans le coin de feuillages, d'où il avait vu, avec Marie, passer la procession aux flambeaux. Plus une clarté, une mer d'ombre, sans bornes.

Là, Pierre eut une nouvelle défaillance ; et il entra machinalement à l'Abri des pèlerins, comme s'il avait voulu gagner du temps. La porte restait grande ouverte, sans aérer suffisamment la vaste salle, pleine de monde. Dès les premiers pas, il fut frappé au visage par la lourde chaleur des corps entassés, par l'odeur épaisse et gâtée des haleines et des transpirations. Les lanternes fumeuses éclairaient si mal, qu'il dut prendre garde de ne pas marcher sur des membres épars ; car l'encombrement était extraordinaire, beaucoup de gens qui n'avaient pu trouver de place sur les bancs, s'étaient allongés sur les dalles humides, souillées de crachats et de détritus, depuis le matin. Et il y avait là une promiscuité sans nom, des hommes, des femmes, des prêtres, couchés pêle-mêle, roulés au hasard, culbutés dans le coup de fatigue qui les terrassait, la bouche ouverte, anéantis. Un grand nombre ronflaient assis, le dos à la muraille, la tête ballante sur la poitrine. D'autres étaient tombés, les jambes se mêlaient, une jeune fille gisait en travers d'un vieux curé de campagne, dont le calme sommeil d'enfant riait aux anges. C'était l'étable, les pauvres de la route entrés et fêtant le logis de hasard, tous ceux qui n'avaient pas de chez eux, par ce beau soir de fête, et qui étaient venus s'échouer là, fraternellement endormis aux bras les uns des autres. Quelques-uns pourtant ne trouvaient pas de repos, dans l'excitation de leur fièvre, se retournaient, se relevaient pour achever les provisions de leur panier. On en apercevait d'immobiles, les yeux grands ouverts, fixés sur l'ombre. Parmi les ronflements, des cris de rêve, des plaintes de souffrance éclataient. Et une grande pitié, une sourde pitié d'angoisse montait de ce troupeau de misérables, écroulés en tas, dans le dégoût de leurs guenilles, tandis que, sans doute, leurs petites âmes blanches voyageaient ailleurs, au pays bleu de leur rêve mystique.

Pierre se retirait, le cœur soulevé, lorsqu'un gémissement faible et continu l'arrêta. Il avait reconnu, à la même place, dans la même position, madame Vincent, qui berçait la petite Rose sur ses genoux.

—Ah ! monsieur l'abbé, murmura-t-elle, vous entendez, elle s'est réveillée voici bientôt une heure, et depuis ce moment elle crie... Je vous jure bien pourtant que je n'ai pas remué un doigt, tant ça me rendait heureuse de la regarder dormir.

Le prêtre s'était penché, examinant la petite, qui n'avait pas même la force de rouvrir les paupières. Sa plainte sortait de sa bouche comme son souffle même ; et elle était si blanche, qu'il frémit, car il sentit venir la mort.

— Mon Dieu ! qu'est-ce que je vais faire ? continua la mère martyrisée, à bout de force. Ça ne peut pas continuer comme ça, je ne peux plus l'entendre crier... Si vous saviez tout ce que je lui dis : « Mon bijou, mon trésor, mon ange, je t'en supplie, ne crie plus, sois mignonne, la sainte Vierge va te guérir! » Et elle crie toujours...

Elle sanglotait, ses grosses larmes tombaient sur le visage de l'enfant, dont le râle ne cessait pas.

— S'il faisait jour, je serais déjà partie de cette salle, d'autant plus qu'elle incommode le monde. Il y a là une vieille dame qui s'est déjà fâchée... Mais j'ai peur qu'il ne fasse froid; et puis, où aller, dans la nuit?... Ah! sainte Vierge, sainte Vierge, prenez pitié de nous!

Pierre, gagné par les larmes, mit un baiser sur les petits cheveux blonds de Rose; et il se sauva, pour ne pas éclater en sanglots avec cette mère douloureuse, et il se rendit droit au Rosaire, comme décidé à vaincre la mort.

Il avait déjà vu le Rosaire au plein jour, et elle lui avait déplu, cette église que l'architecte, gêné par l'emplacement, acculé au roc, avait dû faire ronde et trop basse, avec sa grande coupole soutenue par des piliers carrés. Le pis était que, malgré son style byzantin archaïque, elle manquait de sentiment religieux, sans mystère ni recueillement aucun, pareille à une halle au blé toute neuve, que la coupole et les larges portes vitrées éclairaient d'un jour cru. Elle n'était point finie d'ailleurs, l'ornementation manquait, les pans de mur nu où s'adossaient les autels n'avaient d'autre décoration que des roses en papier de couleur et de maigres ex-voto; et cela achevait de lui donner un air de vaste salle de passage, au sol dallé, qui, par les temps de pluie, se trempait, comme le carreau d'une salle de chemin de fer. Le maître autel provisoire était en bois peint. Des rangées de bancs, innombrables, emplissaient la rotonde centrale, des bancs de refuge public, où l'on pouvait venir s'asseoir à toute heure, car nuit et jour le Rosaire restait grand ouvert à la foule des pèlerins. De même que l'Abri, c'était l'étable, où Dieu recevait ses pauvres.

Et Pierre, en entrant, retrouva cette sensation de halle

commune que la rue traverse. Mais le jour trop vif
n'inondait plus les murs blafards, les cierges qui brûlaient sur tous les autels étoilaient seulement les ombres
vagues, endormies sous les voûtes. Il y avait eu, à minuit,
une grand'messe solennelle, célébrée avec une pompe
extraordinaire, dans l'éclat des lumières, des chants, des
vêtements d'or, des encensoirs balancés et fumants ; et,
de ce flamboiement glorieux, il n'était resté, à chacun
des quinze autels du pourtour, que les cierges réglementaires, nécessaires à la célébration des messes. Dès
minuit, les messes commençaient, ne cessaient plus jusqu'à
midi. Rien qu'au Rosaire, il s'en disait près de quatre
cents, pendant ces douze heures. Pour Lourdes entier,
où l'on comptait une cinquantaine d'autels, le nombre
des messes dites montait à plus de deux mille par jour.
Et l'affluence des prêtres était si grande, que beaucoup
remplissaient difficilement leur devoir, devaient faire
queue durant des heures, avant de trouver un autel libre.
Cette nuit-là, ce qui étonna Pierre, ce fut de voir, dans
les demi-ténèbres, les autels assiégés, des files de prêtres
qui attendaient patiemment leur tour, en bas des marches,
pendant que l'officiant dépêchait les phrases latines, avec
de grands signes de croix ; et la fatigue était si écrasante, que la plupart s'asseyaient par terre, que certains
s'endormaient sur les marches, en tas et vaincus, comptant que le bedeau les réveillerait.

Un instant, il se promena, indécis. Allait-il attendre
comme les autres? Mais le spectacle le retenait. A tous
les autels, à toutes les messes, un flot de pèlerins se pressaient, communiaient en hâte, avec une sorte de ferveur
vorace. Les ciboires se remplissaient, se vidaient sans
cesse, les mains des prêtres se fatiguaient à distribuer le
pain de vie ; et il s'étonnait de nouveau, jamais il n'avait
vu un coin de terre arrosé à ce point du sang divin, et
d'où la foi s'exhalât en un tel envolement des âmes.

27.

C'était comme un retour aux temps héroïques de l'Église,
lorsque les peuples s'agenouillaient sous le même vent
de crédulité, dans l'épouvante de leur ignorance, qui s'en
remettait, pour leur bonheur, aux mains du Dieu tout-
puissant. Il pouvait se croire transporté à huit ou neuf
siècles en arrière, aux époques de grande dévotion publique, quand on pensait la fin du monde prochaine.
La foule des simples, toute la cohue qui avait assisté à
la grand'messe, était restée sur les bancs, à l'aise chez
Dieu comme chez elle. Beaucoup n'avaient pas d'asile.
L'église n'était-elle pas leur maison, le refuge où jour
et nuit la consolation les attendait? Ceux qui ne savaient
où coucher, qui n'avaient même pas trouvé une place à
l'Abri, entraient au Rosaire, finissaient par se caser sur
un banc, ou bien s'allongeaient sur les dalles. Et d'autres,
que leur lit attendait, s'oubliaient pour la joie de passer
une nuit entière dans ce logis céleste, si pleine de beaux
rêves. Jusqu'au jour, l'amas, la promiscuité étaient
extraordinaires : toutes les rangées de bancs garnies, des
dormeurs épars dans tous les coins, derrière tous les
piliers; des hommes, des femmes, des enfants, adossés
les uns aux autres, la tête tombée sur l'épaule du voisin,
mêlant leurs haleines, avec une tranquille inconscience;
la débâcle d'une sainte assistance que le sommeil a foudroyée, une église transformée en une hospitalité de hasard, la porte grande ouverte à la belle nuit d'août,
laissant pénétrer tous les passants des ténèbres, les bons
et les mauvais, les las et les perdus. Et, de partout, à
chacun des quinze autels, les sonnettes de l'élévation
tintaient sans relâche; et, du pêle-mêle des dormeurs, à
chaque instant, se levaient des bandes de fidèles qui
allaient communier, puis qui revenaient se perdre parmi
le troupeau sans nom et sans gardien, roulé dans la
demi-obscurité comme dans la décence d'un voile.

Pierre continuait à errer, d'un air d'indécision inquiète,

au travers de ces groupes vagues, lorsqu'un vieux prêtre,. assis sur la marche d'un autel, l'appela d'un signe. Depuis deux heures, il attendait là, et à l'instant où son tour venait enfin, il se sentait pris d'une faiblesse telle, que, par crainte de ne pouvoir achever sa messe, il préférait céder sa place. Sans doute la vue de Pierre perdu, torturé dans l'ombre, l'avait touché. Il lui indiqua la sacristie, attendit encore jusqu'à ce qu'il revînt avec la chasuble et le calice, puis s'endormit profondément sur un des bancs voisins. Pierre alors dit sa messe, comme il la disait à Paris, en honnête homme qui remplit son devoir professionnel. Il gardait l'apparence extérieure d'une foi sincère. Mais rien ne le toucha, ne lui fondit le cœur, de ce qu'il croyait pouvoir attendre des deux jours de fièvre qu'il venait de passer, du milieu extraordinaire et bouleversant où il vivait depuis la veille. Il espérait, au moment de la communion, lorsque le divin mystère s'accomplit, qu'une grande commotion allait le terrasser, qu'il serait baigné de la grâce, devant le ciel ouvert, face à face avec Dieu ; et rien ne se produisit, son cœur glacé ne battit même pas, il prononça jusqu'au bout les paroles habituelles, fit les gestes réglementaires, avec la correction machinale du métier. Malgré son effort de ferveur, une seule idée revenait, obstinée, celle que la sacristie était bien trop petite, pour un nombre si énorme de messes. Comment les sacristains pouvaient-ils arriver à fournir les vêtements sacrés et les linges? Cela le confondait, occupait son esprit avec une persistance imbécile.

Puis, étonné, Pierre se retrouva dehors. De nouveau, il marcha dans la nuit, une nuit qui lui parut plus noire, plus muette, d'un vide immense. La ville était morte, pas une lumière ne luisait. Il ne restait que le grondement du Gave, que ses oreilles accoutumées cessaient d'entendre. Et, tout d'un coup, la Grotte flamba devant lui, incendia les ténèbres de son perpétuel brasier, brû-

lant tel qu'un amour inextinguible. Il y était revenu inconsciemment, ramené sans doute par la pensée de
Marie. Trois heures allaient sonner, les bancs se vidaient,
il n'y avait plus là qu'une vingtaine de personnes, des
formes noires et perdues, des agenouillements vagues,
des extases ensommeillées, tombées à un engourdissement divin. On aurait dit que la nuit, en s'avançant, eût
épaissi les ombres, reculé la Grotte dans un lointain de
rêve. Tout sombrait au fond d'une lassitude délicieuse,
il ne venait plus que du sommeil de l'immense campagne
obscure ; tandis que la voix des eaux invisibles était comme
le souffle même de ce pur sommeil, où souriait la sainte
Vierge toute blanche, auréolée de cierges. Et, parmi les
quelques femmes évanouies, madame Maze était toujours
à genoux, les mains jointes, la tête basse, si effacée,
qu'elle paraissait fondue dans son ardente supplication.

Mais, tout de suite, Pierre s'était approché de Marie.
Il grelottait, il s'imaginait qu'elle devait être glacée, à
l'approche du matin.

— Je vous en conjure, Marie, couvrez-vous ! Voulez-
vous donc souffrir davantage ?

Et il remonta le châle qui avait glissé, il s'efforça de
le lui nouer au menton.

— Vous avez froid, Marie. Vos mains sont glacées.

Elle ne répondait pas, elle avait la même attitude
que deux heures plus tôt, lorsqu'il s'en était allé. Les
coudes appuyés aux bords du chariot, elle se soulevait à
demi, dans le même élan vers la sainte Vierge, la face
transfigurée, rayonnante d'une joie céleste. Ses lèvres
remuaient, sans qu'il en sortît aucun son. Peut-être con-
tinuait-elle un entretien mystérieux, au pays de l'enchantement, dans le songe tout éveillé qu'elle faisait,
depuis qu'elle se trouvait là. Et il lui parla encore, et
elle ne lui répondit toujours pas. Puis, d'elle-même,
elle murmura enfin, d'une voix lointaine :

— Oh! Pierre, que je suis heureuse!... Je l'ai vue, je l'ai priée pour vous, et elle m'a souri, elle m'a fait un petit signe de la tête, pour me dire qu'elle m'entendait et qu'elle m'exauçait... Et elle ne m'a pas parlé, Pierre, mais j'ai compris ce qu'elle me disait. C'est aujourd'hui, à quatre heures du soir, que je serai guérie, lorsque le Saint-Sacrement passera.

Il l'écoutait, bouleversé. Avait-elle dormi, les yeux ouverts? N'était-ce pas en rêve qu'elle avait vu la sainte Vierge de marbre incliner la tête et sourire? Il fut pris d'un grand frisson, à cette pensée que cette pure enfant avait prié pour lui. Et il marcha jusqu'à la grille, il tomba sur les deux genoux, en bégayant : « O Marie! ô Marie! » sans savoir si ce cri de son cœur s'adressait à la Vierge ou à l'amie adorée de son enfance. Puis, il resta là, anéanti, attendant la grâce.

Des minutes interminables s'écoulèrent. Cette fois, c'était l'effort surhumain, l'attente du miracle qu'il était venu chercher pour lui-même, la brusque révélation, le coup de foudre emportant son doute, le rendant à la foi des simples, rajeuni et triomphant. Il s'abandonnait, il aurait voulu qu'une force souveraine ravageât son être et le transformât. Mais, comme tout à l'heure, pendant sa messe, il n'entendait en lui qu'un silence sans bornes, il ne sentait qu'un vide sans fond. Rien n'intervenait, son cœur désespéré semblait cesser de battre. Et il avait beau s'efforcer de prier, de fixer éperdument sa pensée sur cette Vierge puissante, si douce aux pauvres hommes : malgré tout, sa pensée s'échappait, était reconquise par le monde extérieur, s'occupait de détails puérils. De l'autre côté de la grille, dans la Grotte, il venait de revoir le baron Suire endormi, continuant son heureux somme, les mains jointes sur le ventre. D'autres choses encore l'intéressaient, les bouquets aux pieds de la Vierge, les lettres jetées là, comme à la poste du ciel, la délicate dentelle de cire qui demeurait debout autour de la flamme des gros cierges et qui l'entourait, pareille à une riche orfèvrerie d'argent découpé. Ensuite, sans lien apparent, il rêva à son enfance, la figure de son frère Guillaume s'évoqua, très distincte. Depuis la mort de leur mère, il ne l'avait pas revu. Il savait seulement qu'il vivait très à l'écart, s'occupant de science au fond de la petite maison où il s'était comme cloîtré, avec une maîtresse et deux grands chiens ; et il n'aurait plus eu de ses nouvelles, s'il n'avait lu dernièrement son nom dans un journal, à propos d'un attentat révolutionnaire. On le disait pris passionnément par des études sur les matières explosibles, fréquentant les chefs des partis les plus avancés. Pourquoi donc lui apparaissait-il ainsi, dans ce lieu d'extase, au milieu de la lumière mystique des cierges, et tel qu'il l'avait connu autrefois, si bon, si tendre frère, avec une révolte de charité pour toutes les souffrances ? Il en fut hanté un instant, plein du regret douloureux de cette bonne fraternité perdue. Puis, sans transition encore, il eut un retour sur lui-même, il comprit qu'il s'entêterait là pendant des heures, sans que la foi revînt. Pourtant, il sentait une sorte de tremblement monter en lui, un dernier espoir, l'idée que, si la sainte Vierge faisait le grand miracle de guérir Marie, il croirait sans doute. C'était comme un dernier délai qu'il se donnait, un rendez-vous avec la foi, le jour même, à quatre heures du soir, lorsque passerait le Saint-Sacrement, ainsi qu'elle l'avait dit. Tout de suite, son angoisse cessa, il resta agenouillé, brisé de fatigue, envahi d'une somnolence invincible.

Les heures passaient, la Grotte projetait toujours dans la nuit son resplendissement de chapelle ardente, dont le reflet allait, jusque sur les coteaux voisins, blanchir les façades des couvents. Mais Pierre la vit pâlir peu à peu, et il s'étonna, s'éveilla, avec un petit frisson glacé : c'était le jour qui naissait, dans un ciel trouble, brouillé de grands nuages livides. Il comprit qu'un de ces orages, si brusques dans les pays de montagnes, montait rapidement du midi. Déjà, la foudre lointaine grondait, tandis que des souffles de vent balayaient les routes. Peut-être lui aussi avait-il dormi, car il ne retrouva plus le baron Suire, qu'il ne se souvenait pas d'avoir vu s'éloigner. Il restait à peine dix personnes devant la Grotte, parmi lesquelles il reconnut encore madame Maze, la face entre les mains. Mais, quand elle remarqua qu'il faisait grand jour et qu'on la voyait, elle se leva, disparut par l'étroit sentier qui conduisait au couvent des Sœurs bleues.

Inquiet, Pierre vint dire à Marie qu'il ne fallait pas rester là davantage, si elle ne voulait pas courir le risque d'être trempée.

— Je vais vous reconduire à l'Hôpital.

Elle refusa, elle supplia.

— Non, non! j'attends la messe, j'ai promis de communier ici... Ne vous inquiétez pas de moi, rentrez vite à l'hôtel vous coucher, je vous en conjure. Vous savez bien que des voitures fermées viennent chercher les malades, quand il pleut.

Dès lors, elle s'obstina, pendant que lui-même répétait qu'il ne voulait pas se coucher. Une messe, en effet, était dite de très grand matin, à la Grotte, où c'était une joie divine, pour les pèlerins, que de pouvoir ainsi communier, après une longue nuit d'extase, dans la gloire du soleil levant. Et, comme de larges gouttes commençaient à tomber, un prêtre parut en chasuble, accompagné de deux clercs, dont l'un tenait au-dessus de l'officiant, afin de protéger le calice, un parapluie de soie blanche, brodée d'or, grand ouvert.

Pierre, qui avait poussé le chariot contre la grille, pour abriter Marie sous l'auvent de la roche, où s'étaient également réfugiés les quelques assistants, venait de regarder la jeune fille recevoir l'hostie avec une ferveur brûlante, lorsque son attention fut attirée par un spectacle pitoyable, dont son cœur resta bouleversé.

Sous la pluie diluvienne, drue et lourde, il venait d'apercevoir madame Vincent, les deux bras tendus, offrant à la sainte Vierge sa petite Rose, dont elle portait toujours le cher et douloureux fardeau. N'ayant pu rester à l'Abri, où des réclamations s'élevaient contre le continuel gémissement de la fillette, elle l'avait emportée dans la nuit noire, elle avait battu les ténèbres pendant plus de deux heures, éperdue, folle, avec cette triste chair de sa chair qu'elle serrait sur sa poitrine, sans pouvoir la soulager. Elle ignorait quelle route elle avait suivie, sous quels arbres elle s'était égarée, toute à sa révolte contre l'injuste souffrance qui frappait si durement un petit être si faible, si pur, incapable encore d'avoir péché. N'était-ce pas une abomination, ces tenailles de la maladie torturant sans relâche, depuis des semaines, ce pauvre être, dont elle ne savait comment apaiser le cri? Elle la promenait, la berçait au travers des chemins, d'une course furieuse, dans l'espoir entêté qu'elle finirait par l'endormir, qu'elle ferait taire ce cri qui lui arrachait le cœur. Et, brusquement, exténuée, agonisant de l'agonie de sa fille, elle venait de déboucher devant la Grotte, aux pieds de la Vierge du miracle, qui pardonnait et guérissait.

— O Vierge, Mère admirable, guérissez-la!... O Vierge, Mère de la divine grâce, guérissez-la!

Elle était tombée à genoux, elle tendait toujours sa fille expirante sur ses deux bras frémissants, dans une exaltation de désir et d'espérance, qui la soulevait toute. Et la pluie, qu'elle ne sentait pas sur ses talons, battait derrière elle, d'un roulement de torrent débordé; tandis que de violents coups de tonnerre ébranlaient les montagnes. Un moment, elle crut qu'elle était exaucée, Rose venait d'avoir une légère secousse, comme visitée par l'archange, les yeux ouverts, la bouche ouverte, toute

blanche; et elle avait eu un dernier petit souffle, elle ne
criait plus.

— O Vierge, Mère du Sauveur, guérissez-la!... O Vierge,
Mère toute-puissante, guérissez-la!

Mais elle sentit son enfant plus légère encore sur ses
bras tendus. Et, maintenant, elle s'effrayait de ne plus
l'entendre se plaindre, de la voir si blanche, avec ses
yeux ouverts, sa bouche ouverte, sans un souffle. Pourquoi
ne souriait-elle pas, si elle était guérie? Tout d'un coup,
il y eut un grand cri déchirant, le cri de la mère, dominant
la foudre, dans l'orage qui redoublait. Sa fille était morte.
Et elle se leva toute droite, elle tourna le dos à cette Vierge
sourde, qui laissait mourir les enfants; et elle repartit
comme une folle, sous l'averse battante, allant devant elle
sans savoir où, emportant et berçant toujours le pauvre
petit corps, qu'elle gardait sur les bras depuis tant de
jours et tant de nuits. Le tonnerre tomba, dut fendre un
des arbres voisins, d'un coup de cognée géant, dans un
grand craquement de branches tordues et brisées.

Pierre s'était élancé à la suite de madame Vincent,
pour la guider et la secourir. Mais il ne put la suivre, il
la perdit tout de suite derrière le rideau trouble de la
pluie; et, quand il revint, la messe s'achevait, l'eau tombait moins violemment, l'officiant finit par s'en aller sous
le parapluie de soie blanche, brodé d'or; pendant qu'une
sorte d'omnibus attendait les quelques malades, pour les
reconduire à l'Hôpital.

Marie serra les deux mains de Pierre.

— Oh! que je suis heureuse!... Ne venez pas me
chercher avant trois heures, cette après-midi.

Resté seul, sous la pluie qui continuait plus fine et
entêtée, Pierre entra dans la Grotte, alla s'asseoir sur le
banc, près de la source. Il ne voulait pas se coucher, le
sommeil l'inquiétait, malgré sa lassitude, dans la surex-
citation nerveuse où il était depuis la veille. La mort de

la petite Rose venait encore de l'enfiévrer davantage, il
ne pouvait chasser l'idée de cette mère crucifiée, errant
par les chemins boueux, avec le corps de son enfant.
Quelles étaient donc les raisons qui décidaient la Vierge?
Cela le stupéfiait qu'elle pût choisir, il aurait voulu savoir
comment son cœur de Mère divine pouvait se résoudre à
ne guérir que dix malades sur cent, ce dix pour cent de
miracles dont le docteur Bonamy avait établi la statistique.
Lui, déjà, la veille, s'était demandé, s'il avait eu le pouvoir
d'en sauver dix, lesquels il aurait élus. Pouvoir terrible,
choix redoutable, dont il ne se serait pas senti le courage!
Pourquoi celui-ci, pourquoi pas celui-là? Où était la justice, où était la bonté? Être la puissance infinie et les
guérir tous, n'était-ce pas le cri qui sortait des cœurs?
Et la Vierge lui apparaissait cruelle, mal renseignée,
aussi dure et indifférente que l'impassible nature, distribuant la vie et la mort comme au hasard, selon des lois
ignorées de l'homme.

La pluie cessait, Pierre était là depuis deux heures,
lorsqu'il se sentit les pieds mouillés. Il regarda, il fut très
surpris : c'était la source qui débordait, à travers les gril-
lages des panneaux. Déjà, le sol de la Grotte se trouvait
inondé, une nappe coulait au dehors, sous les bancs,
jusqu'au parapet du Gave. Les derniers orages avaient
gonflé les eaux d'alentour. Et il songeait que la source,
toute miraculeuse qu'elle fût, était soumise aux lois des
autres sources, car elle communiquait sûrement avec des
réservoirs naturels, où les eaux de pluie pénétraient et
s'amassaient. Il s'en alla, pour ne pas avoir les chevilles
trempées.

V

Pierre marcha, dans un besoin d'air pur, la tête si lourde, qu'il s'était découvert, pour rafraîchir son front brûlant. Malgré la fatigue de cette terrible nuit de veille, il ne songeait point à dormir, tenu debout par la révolte de tout son être, qui ne se calmait pas. Huit heures sonnaient, et il allait au hasard sous le glorieux soleil matinal, resplendissant dans un ciel sans tache, que l'orage semblait avoir lavé des poussières du dimanche.

Mais, brusquement, il leva la tête, avec l'inquiétude de savoir où il était ; et il s'étonna, car il avait fait déjà du chemin, il se trouvait en bas de la gare, près de l'Hospice municipal. Il hésitait, à la bifurcation de deux routes, ne sachant laquelle prendre, lorsqu'une main amie se posa sur son épaule.

— Où donc allez-vous, à cette heure ?

C'était le docteur Chassaigne, redressant sa haute taille, serré dans sa redingote, tout vêtu de noir.

— Êtes-vous donc perdu, avez-vous besoin de quelque renseignement ?

— Non, non, merci, répondit Pierre troublé. J'ai passé la nuit à la Grotte, avec cette jeune malade qui m'est chère, et je me suis senti le cœur brouillé d'un tel malaise, que je me promène pour me remettre, avant de rentrer me coucher un instant à l'hôtel.

Le docteur continuait à le regarder, lisait clairement en lui son affreuse lutte, son désespoir de ne pouvoir s'en-

dormir dans la foi, toute la souffrance de son effort inutile.

— Ah! mon pauvre enfant! murmura-t-il.

Puis, paternellement :

— Eh bien ! puisque vous vous promenez, voulez-vous
que nous nous promenions ensemble? Je descendais justement de ce côté, au bord du Gave... Venez donc, et vous
verrez, au retour, quel horizon merveilleux !

Lui, chaque matin, marchait ainsi pendant deux heures,
toujours seul, fatiguant son deuil. Il allait d'abord, dès
son lever, s'agenouiller au cimetière sur la tombe de sa
femme et de sa fille, qu'il garnissait de fleurs, en toutes
saisons. Et il battait ensuite les chemins, emportait ses
larmes, ne rentrait déjeuner que brisé de fatigue.

D'un geste, Pierre avait accepté. Tous deux descendirent la route en pente, côte à côte, sans une parole.
Longtemps, ils se turent. Ce matin-là, le docteur paraissait plus accablé que de coutume, comme si la cause-
rie avec ses chères mortes lui eût fait saigner le cœur
davantage. Dans son visage pâle, encadré de cheveux
blancs, son nez d'aigle s'abaissait, tandis que des larmes
noyaient encore ses yeux. Et il faisait si bon, si doux, au
grand soleil, par cette admirable matinée ! Maintenant, la
route suivait le bord du Gave, sur la rive droite, de l'autre
côté de la ville nouvelle. On apercevait les jardins, les
rampes, la Basilique. Puis, ce fut la Grotte qui apparut,
en face, avec le braisillement continu de ses cierges, que
le grand jour pâlissait.

Le docteur Chassaigne, qui avait tourné la tête, fit un
signe de croix. Pierre ne comprit pas d'abord. Puis, quand
il eut vu la Grotte à son tour, il regarda avec surprise son
vieil ami, il retomba à son étonnement de l'avant-veille,
devant cet homme de science, athée et matérialiste, que
la douleur avait foudroyé et qui croyait à présent, pour
l'unique joie de revoir dans une autre vie ses chères

mortes tant pleurées. Le cœur avait emporté la raison, l'homme vieux et seul ne vivait plus que de l'illusion de revivre, au paradis, où l'on se retrouve. Et le malaise du jeune prêtre en fut accru. Devrait-il donc attendre de vieillir et d'endurer une souffrance égale, pour trouver enfin un refuge dans la foi?

Ils continuèrent à marcher, à s'éloigner de la ville, le long du Gave. Ils étaient comme bercés par ces eaux claires, roulant sur des cailloux, entre des berges plantées d'arbres. Et ils se taisaient toujours, allant d'un pas égal, perdu chacun dans sa tristesse.

— Et Bernadette, demanda tout d'un coup Pierre, l'avez-vous connue?

Le docteur leva le front.

— Bernadette... Oui, oui, je l'ai vue une fois, plus tard.

Il retomba un instant dans son silence, puis il causa.

— Vous comprenez, en 1858, au moment des apparitions, j'avais trente ans, j'étais à Paris, jeune médecin, ennemi de tout surnaturel, et je ne songeais guère à revenir dans mes montagnes, pour voir une hallucinée... Mais, cinq ou six ans plus tard, vers 1864, j'ai passé par ici, et j'ai eu la curiosité de rendre une visite à Bernadette, qui était encore à l'Hospice, chez les sœurs de Nevers.

Pierre se rappela que son désir de compléter son enquête sur Bernadette, était une des raisons de son voyage à Lourdes. Et qui savait si la grâce ne lui viendrait pas de l'humble et adorable fille, le jour où il serait convaincu de la mission de pardon divin qu'elle avait remplie sur la terre? Il lui suffirait peut-être de la mieux connaître, de se persuader qu'elle était bien la sainte et l'élue.

— Parlez-moi d'elle, je vous en prie. Dites-moi tout ce que vous savez.

28.

Un faible sourire monta aux lèvres du docteur. Il comprenait, il aurait voulu calmer cette âme de prêtre, torturée par le doute.

— Oh! bien volontiers, mon pauvre enfant. Je serais si heureux de vous aider à faire la lumière en vous!... Vous avez raison d'aimer Bernadette, cela peut vous sauver; car j'ai réfléchi, depuis ces choses déjà anciennes, et je déclare que je n'ai jamais rencontré de créature si bonne et si charmante.

Alors, au rythme lent de leur marche, par la belle route ensoleillée, et dans la fraîcheur exquise du matin, le docteur conta sa visite à Bernadette, en 1864. Elle venait d'avoir vingt ans, il y avait six ans déjà que les apparitions s'étaient produites; et elle le surprit par son air simple et raisonnable, sa modestie parfaite. Les sœurs de Nevers, qui lui avaient appris à lire, la gardaient avec elles à l'Hospice, pour la défendre contre la curiosité publique. Elle s'y occupait, les aidait dans des besognes infimes, était d'ailleurs si souvent malade, qu'elle passait des semaines au lit. Ce qui le frappa surtout en elle, ce furent ses yeux admirables, d'une pureté d'enfance, ingénus et francs. Le reste du visage s'était un peu gâté, le teint se brouillait, les traits avaient grossi; et, à la voir, elle n'était guère qu'une fille de service comme les autres, petite, effacée et chétive. Sa dévotion restait vive, mais elle ne lui avait pas paru l'extatique, l'exaltée qu'on aurait pu croire; au contraire, elle montrait plutôt un esprit positif, sans envolée aucune, ayant toujours à la main un petit travail, un tricot, une broderie. En un mot, elle était dans la voie commune, elle ne ressemblait en rien aux grandes passionnées du Christ. Jamais plus elle n'avait eu de visions, et jamais, d'elle-même, elle ne causait des dix-huit apparitions, qui avaient décidé de sa vie. Il fallait qu'on l'interrogeât, qu'on lui posât une question précise. Brièvement, elle répondait, tâchait ensuite de rompre l'entretien, n'aimant pas à parler de ces choses. Lorsqu'on voulait pousser plus avant, qu'on lui demandait la nature des trois secrets dont elle avait reçu la divine confidence, elle se taisait, détournait les yeux. Et il était impossible de la mettre en contradiction avec elle-même, toujours les détails qu'elle donnait demeuraient conformes à sa version première, elle semblait en être venue à répéter strictement les mêmes mots, avec les mêmes sons de voix.

— Je l'ai tenue pendant toute une après-midi, continua le docteur, et elle n'a pas varié d'une syllabe. C'était déconcertant... Je jure bien qu'elle ne mentait pas, qu'elle n'a jamais menti, incapable de mensonge.

Pierre osa discuter.

— Mais, docteur, ne croyez-vous pas à une maladie possible de la volonté ? N'est-il pas acquis, aujourd'hui, que certaines dégénérées, les enfantines, frappées d'un rêve, d'une hallucination, d'une imagination quelconque, ne peuvent s'en dégager, surtout lorsqu'elles sont maintenues dans le milieu où le phénomène s'est produit ?... Bernadette cloîtrée, Bernadette ne vivant qu'avec son idée fixe, s'y entêtait naturellement.

Le docteur retrouva son faible sourire, et avec un grand geste vague :

— Ah ! mon enfant, vous m'en demandez trop long ! Vous savez que je ne suis plus qu'un pauvre vieil homme, très peu fier de sa science, et qui n'a plus la prétention de rien expliquer... Oui, je connais le fameux exemple de clinique, la jeune fille qui se laissait mourir de faim chez ses parents, en se croyant atteinte d'une grave maladie de l'estomac, et qui mangea, lorsqu'on l'eut déplacée... Seulement, que voulez-vous ? ce n'est qu'un fait, et il y a tant d'autres faits contradictoires !

Un instant, ils se turent. On n'entendait, sur la route, que le bruit cadencé de leurs pas. Puis, le docteur reprit :

— D'ailleurs, il est bien vrai que Bernadette fuyait le
monde, n'était heureuse que dans son petit coin de solitude. On ne lui a jamais connu une amie intime, une
tendresse humaine particulière. Elle était également
douce et bonne envers tous, ne montrait d'affection vive
que pour les enfants... Et, comme le médecin, quand
même, n'est pas mort complètement en moi, vous avouerai-je que je me suis parfois inquiété de savoir si elle
était restée vierge d'esprit, ainsi qu'elle l'a été sûrement
de corps ? C'est fort possible, car remarquez qu'elle était
d'un tempérament lent et chétif, malade presque toujours;
sans parler du milieu innocent où elle a grandi, Bartrès
d'abord, le couvent ensuite. Pourtant, un doute m'est
venu, lorsque j'ai appris le tendre intérêt qu'elle portait
à l'Orphelinat, bâti par les sœurs de Nevers sur cette
route même. On y reçoit les petites filles pauvres, on les
y sauve des périls de la rue. Et, si elle le voulait très
grand, pouvant contenir toutes les brebis en danger,
n'était-ce pas qu'elle se souvenait d'avoir battu les chemins pieds nus, tremblante encore à l'idée de ce qu'elle
aurait pu devenir, sans le secours de la sainte Vierge ?

Il continua, il dit les foules accourues, qui venaient
contempler et vénérer Bernadette. C'était, pour elle, une
fatigue considérable. Pas une journée ne se passait sans
qu'un flot de visiteurs se présentât. Il en débarquait de
tous les points de la France, de l'étranger même ; et il
fallait bien écarter les simples curieux, on n'admettait
près d'elle que les vrais fidèles, les membres du clergé,
les gens de marque, qu'on ne pouvait décemment laisser
à la porte. Une religieuse était toujours présente, pour
la protéger contre les indiscrétions trop vives, car les
questions pleuvaient, on l'épuisait à lui faire raconter son
histoire. Des grandes dames se jetaient à genoux, baisaient sa robe, auraient voulu en emporter un lambeau,
comme une relique. Elle devait défendre son chapelet,

que toutes, exaltées, la suppliaient de leur vendre, très cher. Une marquise tenta de le conquérir, en lui en donnant un autre qu'elle avait apporté, à la croix d'or, aux grains de perles fines. Beaucoup espéraient qu'elle consentirait à faire devant elles un miracle ; et on lui amenait des enfants à toucher, on la consultait sur des maladies, on tâchait d'acheter son influence certaine sur la sainte Vierge. De grosses sommes lui furent offertes, on l'aurait comblée de présents royaux, au moindre signe, si elle avait témoigné le désir d'être une reine, ornée de pierreries et couronnée d'or. Les humbles restaient à genoux sur le seuil, les grands de la terre se pressaient à son entour, se seraient fait gloire de lui servir d'escorte. Même on raconta qu'il y en eut un, le plus beau et le plus riche des princes, qui vint, par un clair soleil d'avril, la demander en mariage.

— Mais, interrompit Pierre, ce qui m'a toujours frappé et déplu, c'est ce départ de Lourdes, à vingt-deux ans, c'est cette disparition brusque, cet emprisonnement dans le couvent de Saint-Gildard, à Nevers, d'où elle n'est jamais ressortie... Cela ne donnait-il pas prise aux bruits de folie qui ont faussement couru ? Ne s'exposait-on pas à ce qu'on supposât qu'on l'enfermait, qu'on la faisait disparaître, par crainte d'une indiscrétion de sa part, d'une parole naïve qui aurait livré le secret d'une longue supercherie ?... Et, pour dire le mot brutal, vous l'avouerai-je, moi-même je crois encore qu'on l'a escamotée.

Le docteur Chassaigne hocha la tête doucement.

— Non, non, en toute cette affaire, il n'y a jamais eu d'histoire arrêtée à l'avance, de gros mélodrame réglé dans l'ombre, joué ensuite par des acteurs plus ou moins conscients. Les choses se sont produites d'elles-mêmes, par la seule force des faits ; et elles ont toujours été très complexes, d'une analyse fort délicate... Ainsi, il est certain que Bernadette fut la première à désirer quitter Lourdes. Les continuelles visites la fatiguaient, elle était mal à l'aise au milieu de ces adorations bruyantes. Elle ne souhaitait qu'un coin d'ombre où elle pût vivre en paix, et son désintéressement, parfois, devenait si farouche, qu'elle jetait par terre l'argent qu'on lui remettait, dans le but pieux d'une messe à dire ou simplement d'un cierge à faire brûler. Jamais elle n'accepta rien pour elle, ni pour sa famille, qui resta pauvre. Avec une telle fierté, une telle simplicité naturelle, si désireuse d'effacement, on comprend très bien qu'elle ait voulu disparaître, se cloîtrer à l'écart, afin de se préparer à une bonne mort... Son œuvre était faite, cet extraordinaire mouvement qu'elle avait mis en branle, sans trop savoir pourquoi ni comment; et elle n'était vraiment plus utile, d'autres allaient conduire l'affaire et assurer le triomphe de la Grotte.

— Mettons qu'elle soit partie d'elle-même, dit Pierre. Mais quel soulagement pour les gens dont vous parlez, ceux qui, dès lors, ont été les seuls maîtres, sous la pluie des millions tombant du monde entier!

— Ah! certes, je ne prétends pas qu'on l'ait retenue! s'écria le docteur. Franchement, je crois même qu'on l'a un peu poussée. Elle finissait par être embarrassante; non pas qu'on redoutât de sa part des confidences fâcheuses; mais songez qu'elle n'était guère décorative, timide à l'excès, très souvent alitée. Et puis, si peu de place qu'elle tînt à Lourdes, si obéissante qu'elle se montrât, elle était une puissance, elle attirait les foules, ce qui faisait d'elle comme une concurrence à la Grotte. Pour que la Grotte restât seule, resplendissante dans sa gloire, il était bon que Bernadette s'effaçât, ne fût plus qu'une légende... Telles furent sans doute les raisons qui déterminèrent l'évêque de Tarbes, Mgr Laurence, à hâter le départ. On eut seulement le tort de dire qu'il s'agissait de l'arracher aux entreprises du monde, comme

si l'on eût redouté qu'elle pût commettre le péché
d'orgueil, en s'abandonnant à la vanité de cette renom-
mée sainte dont la chrétienté entière retentissait. Et cela
était lui faire une grave injure, car elle était incapable
d'orgueil, comme de mensonge, jamais il n'y a eu d'enfant plus simple ni plus modeste.

Il se passionnait, s'exaltait. Brusquement, il se calma,.
eut de nouveau son pâle sourire.

— C'est vrai, je l'aime ; plus j'ai songé à elle, plus je
l'ai aimée... Mais voyez-vous, Pierre, il ne faut pas que
vous me jugiez complètement abêti par la croyance. Si je
fais aujourd'hui la part de l'au-delà, si j'ai le besoin de
croire à une autre vie meilleure et plus juste, je sais
qu'il reste les hommes en ce bas monde ; et, même lorsqu'ils portent le froc ou la soutane, leur besogne y est
parfois abominable.

Il y eut encore un silence. Chacun rêvait de son côté.
Et il reprit :

— Je veux vous dire une imagination qui m'a hanté
souvent... Admettez que Bernadette ne fût pas cette enfant simple et farouche, donnez-lui un esprit d'intrigue et
de domination, faites d'elle une conquérante, une directrice de peuples ; et tâchez d'évoquer ce qui se serait passé
alors... Évidemment, la Grotte serait à elle, la Basilique
serait à elle. Nous la verrions trôner dans les cérémonies,
sous un dais, avec une mitre d'or. Ce serait elle qui distribuerait les miracles, dont la petite main conduirait les
foules au ciel, d'un geste souverain. Elle rayonnerait,
étant la sainte, l'élue, celle qui seule a contemplé la divinité face à face. Et, en somme, rien ne paraîtrait plus
juste, elle serait au succès après avoir été à la peine, elle
jouirait glorieusement de son œuvre... Tandis que, vous
le voyez, elle est frustrée, dévalisée. Les moissons merveilleuses qu'elle a semées, ce sont d'autres qui les
coupent. Pendant les douze années qu'elle a vécu à Saint-

Gildard, agenouillée dans l'ombre, il y avait ici des victorieux, des prêtres en habits d'or, chantant des actions de
grâce, bénissant des églises et des monuments, bâtis à
coups de millions. Elle seule a manqué au triomphe de
la foi nouvelle dont elle a été l'ouvrière... Vous dites
qu'elle a rêvé. Ah! quel beau rêve qui a remué tout un
monde, et dont elle, la chère créature, ne s'est éveillée
jamais!

Ils s'arrêtèrent, ils s'assirent un instant sur une roche,
au bord de la route, avant de revenir vers la ville. Devant
eux, le Gave, profond à cet endroit, roulait des eaux
bleues, moirées de reflets sombres ; tandis que, plus loin,
coulant largement sur un lit de gros cailloux, il n'était
plus qu'une écume, une mousse blanche, d'une légèreté
de neige. Un air frais descendait des montagnes, dans la
pluie d'or du soleil.

Pierre n'avait trouvé qu'un nouveau sujet de révolte,
en écoutant cette histoire de Bernadette, exploitée et
supprimée ; et, les yeux à terre, il songeait à l'injuste
nature, à cette loi qui veut que le fort mange le faible.

Puis, relevant la tête :

— Et l'abbé Peyramale, vous l'avez connu aussi?

Les yeux du docteur se rallumèrent, il répondit vivement :

— Certes ! un homme droit et fort, un saint, un apôtre!
Il a été, avec Bernadette, le grand ouvrier de Notre-Dame
de Lourdes. Comme elle, il en a souffert affreusement,
et comme elle il en est mort... On ne sait rien, on ne
comprend rien au drame qui s'est passé ici, si l'on ne
connaît pas cette histoire.

Longuement, alors, il la conta. L'abbé Peyramale était
curé de Lourdes, au moment des apparitions. C'était un
homme grand, aux fortes épaules, à la puissante tête
léonine, un enfant du pays d'une intelligence vive,
très honnête, très bon, mais violent parfois et domina-

teur. Il semblait fait pour la lutte, ennemi de toute exagération dévote, remplissant son ministère en esprit large. Aussi se méfia-t-il d'abord : il refusa de croire aux récits de Bernadette, la questionna, exigea des preuves. Ce fut plus tard seulement, lorsque le vent de la foi devint irrésistible, bouleversant les plus rebelles, emportant les foules, qu'il finit par s'incliner ; et encore fut-il surtout conquis par son amour des humbles et des opprimés, le jour où il vit Bernadette menacée d'être conduite en prison : les autorités civiles persécutaient une de ses ouailles, son cœur de pasteur s'éveilla, il mit à la défendre son ardente passion de la justice. Puis, le charme de l'enfant avait opéré sur lui, il la sentait si ingénue, si véridique, qu'il se prit à croire aveuglément en elle, à l'aimer, comme tout le monde l'aimait. Pourquoi écarter le miracle, quand il est partout dans les livres saints ? Ce n'était pas à un ministre de la religion, si prudent fût-il, qu'il appartenait de faire l'esprit fort, lorsque des populations entières s'agenouillaient et que l'Église semblait à la veille d'un nouveau et grand triomphe. Sans compter que le conducteur d'hommes qui était en lui, le remueur de foules et le bâtisseur, avait enfin trouvé sa voie, le vaste champ où il pourrait agir, la grande cause à laquelle il se donnerait tout entier, avec sa fougue et son besoin de victoire.

Dès ce moment, l'abbé Peyramale n'eut plus qu'une pensée, exécuter les ordres que la Vierge avait chargé Bernadette de lui transmettre. Il veilla à l'aménagement de la Grotte : une grille fut posée, on canalisa l'eau de la source, on fit des travaux de terrassement pour dégager les abords. Mais, surtout, la Vierge avait demandé qu'on construisît une chapelle ; et lui voulut une église, toute une basilique triomphale. Il voyait grand, bousculant les architectes, exigeant d'eux des palais dignes de la Reine du ciel, plein d'une sereine confiance dans l'aide enthousiaste de la chrétienté entière. D'ailleurs, les dons affluaient, l'or pleuvait des diocèses les plus lointains, une pluie d'or qui devait grandir et ne jamais cesser. Ce furent alors ses années heureuses, on le rencontrait à chaque heure parmi les ouvriers, qu'il activait en brave homme aimant à rire, toujours sur le point de prendre lui-même le pic et la truelle, dans sa hâte à voir se réaliser son rêve. Mais les temps d'épreuves allaient venir, il tomba malade, il était en grand danger de mort, le 4 avril 1864, lorsque la première procession partit de son église paroissiale pour se rendre à la Grotte, une procession de soixante mille pèlerins, qui se déroulait au milieu d'un concours de foule immense.

Le jour où l'abbé Peyramale, sauvé une première fois de la mort, se releva, il était dépossédé. Déjà, pour le suppléer dans sa lourde tâche, l'évêque, Mgr Laurence, lui avait donné un aide, un de ses anciens secrétaires, le père Sempé, dont il avait fait le directeur des missionnaires de Garaison, une maison fondée par lui. Le père Sempé était un petit homme maigre et fin, d'une apparence désintéressée, très humble, brûlé au fond de toutes les soifs de l'ambition. D'abord, il s'était tenu à son rang, servant le curé de Lourdes en subordonné fidèle, s'occupant de tout pour le soulager, se mettant au courant de tout, dans le désir de se rendre indispensable. Immédiatement, il dut comprendre quelle riche ferme allait devenir la Grotte, quel revenu colossal on en pourrait tirer, avec un peu d'adresse. Il ne quittait plus l'évêché, il s'était emparé de l'évêque, très froid, très pratique, qui avait de grands besoins d'aumônes. Et ce fut ainsi qu'il réussit, lorsque l'abbé Peyramale tomba malade, à faire définitivement séparer de la cure de Lourdes le domaine entier de la Grotte, qu'il fut chargé d'administrer, à la tête de quelques pères de l'Immaculée-Conception, dont l'évêque le nomma supérieur.

La lutte bientôt commença, une de ces luttes sourdes, acharnées, mortelles, comme il y en a sous la discipline ecclésiastique. Une cause de rupture était là, un champ de bataille où l'on allait se battre à coups de millions : la construction d'une nouvelle église paroissiale, plus grande et plus digne que la vieille église existante, dont l'insuffisance était reconnue, depuis l'affluence sans cesse accrue des fidèles. C'était, d'ailleurs, une idée ancienne de l'abbé Peyramale, qui voulait être le strict exécuteur des ordres de la Vierge. Elle avait dit, en parlant de la Grotte : « On y viendra en procession. » Et il avait toujours vu les pèlerins partir en procession de la ville, où ils devaient rentrer de même le soir, comme, du reste, cela s'était fait d'abord. Il fallait donc un centre, un point de ralliement, et il rêvait une église magnifique, une cathédrale aux proportions géantes, pouvant contenir tout un peuple. Avec son tempérament de constructeur, d'ouvrier passionné du ciel, il la voyait déjà monter du sol, dresser au grand soleil son clocher, bourdonnant de cloches. C'était aussi sa maison qu'il voulait bâtir, son acte de foi et d'adoration, le temple dont il serait le pontife, où il triompherait avec le doux souvenir de Bernadette, en face de l'œuvre dont on l'avait dépossédé. Naturellement, dans la profonde amertume qu'il en ressentait, cette nouvelle église paroissiale était un peu une revanche, sa part de gloire à lui, une façon encore d'occuper son activité militante, la fièvre qui le consumait, depuis que, le cœur meurtri, il avait même cessé de descendre à la Grotte.

Au début, ce fut de nouveau une flambée d'enthousiasme. L'ancienne ville qui se sentait mise à l'écart, fit cause commune avec son curé, devant la menace de voir tout l'argent, toute la vie aller à la cité nouvelle, poussant de terre, autour de la Basilique. Le conseil municipal vota une somme de cent mille francs, qui, fâcheusement,

ne devait être versée que lorsque l'église serait couverte.
Déjà, l'abbé Peyramale avait accepté les plans de l'architecte, un projet qu'il avait voulu grandiose, et traité avec
un entrepreneur de Chartres, lequel s'engageait à finir
l'église en trois ou quatre ans, si les versements promis
se faisaient avec régularité. Les dons allaient sûrement
continuer à pleuvoir de partout, l'abbé se lançait dans
cette grosse affaire sans inquiétude, débordant d'une
vaillance insoucieuse, comptant bien que le ciel ne l'aban-
donnerait pas en route. Il se crut même certain de
l'appui du nouvel évêque, M⁰ʳ Jourdan, qui, après avoir
béni la première pierre, prononça une allocution, où il
reconnut la nécessité et le mérite de l'œuvre. Et il semblait que le père Sempé, avec son humilité habituelle, se
fût incliné, acceptant cette concurrence désastreuse, qui
devait le forcer à partager; car il affectait de se donner
entièrement à l'administration de la Grotte, il avait
même laissé mettre, dans la Basilique, un tronc pour la
nouvelle église paroissiale en construction.

Puis, la lutte sourde, la lutte enragée recommença.
L'abbé Peyramale, qui était un détestable administrateur,
exultait en voyant son église grandir rapidement. Les travaux étaient menés bon train, il ne demandait rien autre
chose, toujours convaincu que la sainte Vierge payerait.
Ce fut, chez lui, une stupeur, lorsqu'il s'aperçut enfin que
les aumônes se tarissaient, que l'argent des fidèles ne lui
arrivait plus, comme si quelqu'un, dans l'ombre, en avait
détourné la source. Et le jour vint où il lui fut impossible de faire les payements promis. Il y avait eu là tout
un étranglement savant, dont il ne se rendit compte que
plus tard. De nouveau, le père Sempé devait avoir ramené
sur la Grotte la faveur exclusive de l'évêque. On parla
même de circulaires confidentielles distribuées dans les
diocèses, pour que les envois d'argent ne fussent plus
adressés à la paroisse. La Grotte vorace, la Grotte insa-

tiable voulait tout, dévorait tout ; et les choses allèrent à
ce point, que des billets de cinq cents francs mis dans le
tronc, à la Basilique, furent gardés : on dépouillait le
tronc, on volait la paroisse. Mais le curé, dans sa passion
pour l'église grandissante, qui était sa fille, résistait avec
violence, aurait donné son sang. Il avait d'abord traité au
nom de la fabrique ; puis, quand il ne sut comment payer,
il traita en son nom personnel. Sa vie n'était plus que
là, il s'épuisa en efforts héroïques. Sur les quatre cent
mille francs promis, il n'avait pu en donner que deux
cent mille ; et le conseil municipal s'entêtait à ne pas
verser les cent mille francs votés, avant que l'église fût
couverte. C'était aller contre les intérêts évidents de la
ville. Le père Sempé, à ce qu'on racontait, agissait secrètement auprès de l'entrepreneur. Brusquement, il
triompha, les travaux furent arrêtés.

Dès lors, ce fut l'agonie. Le curé Peyramale, ce mon-
tagnard aux épaules larges, à la face léonine, frappé au
cœur, chancela et s'abattit, ainsi qu'un chêne foudroyé.
Il s'alita, il ne se releva plus. Des histoires couraient, on
disait que le père Sempé avait tâché de s'introduire à la
cure, sous un pieux prétexte, pour être certain que son
adversaire redouté était bien blessé mortellement ; et on
ajoutait qu'on avait dû le chasser de cette chambre douloureuse, où sa présence était un scandale. Puis, quand
le curé fut mort, abreuvé d'amertume, vaincu, on put
voir le père Sempé triomphant aux obsèques, dont on
n'avait point osé l'écarter. On prétendit qu'il y afficha une
joie abominable, le visage rayonnant de son triomphe.
Enfin, il était donc débarrassé du seul homme qui lui
faisait obstacle, dont il craignait la légitime autorité ! Il
ne serait plus forcé de partager avec personne, maintenant que les deux ouvriers de Notre-Dame de Lourdes se
trouvaient supprimés, Bernadette au couvent, l'abbé
Peyramale dans la terre. La Grotte n'était plus qu'à lui,

les aumônes ne viendraient plus qu'à lui, il emploierait
à son gré le budget de huit cent mille francs environ,
dont il disposait chaque année. Il achèverait les travaux
gigantesques qui feraient de la Basilique tout un monde
se suffisant à lui-même, il aiderait à l'éclat de la ville
nouvelle pour isoler davantage l'ancienne ville, la relé-
guer derrière son rocher, ainsi qu'une paroisse infime,
noyée dans la splendeur de sa voisine toute-puissante.
C'était la royauté définitive, tout l'argent et toute la domination.

Pourtant, la nouvelle église paroissiale, bien que les
travaux fussent abandonnés et qu'elle dormît dans son
enclos de planches, était plus d'à moitié construite, jusqu'aux voûtes des bas côtés. Et il restait là une menace,
si quelque jour la ville tentait de la finir. Il fallait achever de la tuer, elle aussi, en faire une ruine irréparable.
Le sourd travail continua donc, une merveille de cruauté,
de destruction lente. D'abord, le nouveau curé, une
simple créature, fut conquis, à ce point qu'il ne décachetait même plus les envois d'argent adressés à la paroisse : toutes les lettres chargées étaient portées directement chez les pères. Ensuite, on critiqua l'emplacement
choisi pour la nouvelle église, on fit rédiger, par l'architecte diocésain, un rapport qui déclarait l'église ancienne
très solide et suffisant aux besoins du culte. Mais, surtout, on pesa sur l'évêque, on dut lui représenter le côté
fâcheux des difficultés d'argent survenues avec l'entrepreneur. Ce Peyramale n'était plus qu'un homme violent,
entêté, une sorte de fou dont le zèle indiscipliné avait failli
compromettre la religion. Et l'évêque, oubliant qu'il avait
bénit la première pierre, lança une lettre pour mettre
l'église en interdit, avec défense d'y célébrer tout service
religieux, ce qui fut le coup suprême. Des procès interminables s'étaient engagés, l'entrepreneur qui n'avait
reçu que deux cent mille francs sur les cinq cent mille

francs de travaux exécutés, venait d'attaquer l'héritier du curé, la fabrique et la ville, cette dernière se refusant toujours à verser les cent mille francs votés par elle. D'abord, le Conseil de Préfecture se déclara incompétent; puis, le Conseil d'État lui ayant renvoyé l'affaire, il condamna la ville à donner les cent mille francs et l'héritier à terminer l'église, tout en mettant la fabrique hors de cause. Mais il y eut un nouveau pourvoi devant le Conseil d'État, qui cassa l'arrêt; et, cette fois, retenant l'affaire, il condamna la fabrique, ou à son défaut l'héritier, à payer l'entrepreneur. Ni l'une ni l'autre n'était solvable, la situation en resta là. Ces procès avaient duré quinze années. La ville s'étant résignée à donner ses cent mille francs, on ne devait plus à l'entrepreneur que deux cent mille francs. Seulement, les frais de toutes sortes, les intérêts accumulés avaient grossi cette somme à un tel point, qu'elle atteignait désormais le chiffre de six cent mille francs; et, comme, d'autre part, on estimait à quatre cent mille francs l'argent nécessaire à l'achèvement de l'église, c'était donc un million qu'il fallait pour en sauver la jeune ruine d'une destruction certaine. Dès ce jour, les pères de la Grotte purent dormir tranquilles : ils l'avaient assassinée, l'église à son tour était morte.

Les cloches de la Basilique sonnèrent à toute volée, le père Sempé régna victorieux, au sortir de cette lutte gigantesque, cette guerre au couteau, où l'on avait tué des pierres, après avoir tué un homme, dans l'ombre discrète des sacristies. Et le vieux Lourdes, têtu et inintelligent, porta durement la peine de ne pas avoir mieux soutenu son curé, qui était mort à la peine, pour l'amour de sa paroisse ; car, dès lors, la ville nouvelle ne cessa de grandir et de prospérer, aux dépens de l'ancienne ville. Tout l'argent allait à la première, les pères de la Grotte battaient monnaie, commanditaient des hôtelleries et des boutiques de cierges, vendaient l'eau de la source, bien qu'il leur fût défendu de se livrer à aucun négoce, d'après une clause formelle de leur contrat avec la commune. Le pays entier se pourrissait, le triomphe de la Grotte avait amené une telle rage de lucre, une fièvre si brûlante de posséder et de jouir, que, sous la pluie battante des millions, une perversion extraordinaire s'aggravait de jour en jour, changeait en Gomorrhe et en Sodome le Bethléem de Bernadette. Le père Sempé venait d'achever le triomphe de Dieu, dans l'abomination humaine, au milieu du désastre des âmes. Des constructions géantes poussaient du sol, cinq ou six millions étaient déjà dépensés, on avait sacrifié tout à cette volonté absolue de tenir la paroisse à l'écart, afin de garder la proie entière. Les rampes colossales, si coûteuses, n'étaient là que pour éluder le vœu de la Vierge, demandant qu'on vînt à la Grotte en procession. Ce n'était pas y aller en procession que de descendre de la Basilique par la rampe de gauche, puis d'y remonter par la rampe de droite : c'était tourner sur place. Mais les pères avaient réussi à ce qu'on partît de chez eux pour revenir chez eux, de façon à être les uniques propriétaires, les fermiers magnifiques engrangeant toute la moisson. Le curé Peyramale était enterré dans la crypte de son église, inachevée et en ruine ; et Bernadette avait longtemps agonisé au loin, au fond d'un couvent, où elle dormait aussi à cette heure, sous la dalle d'une chapelle.

Un grand silence tomba, lorsque le docteur Chassaigne eut terminé ce long récit. Puis, il se leva péniblement.

— Mon cher enfant, il va être dix heures, et je veux que vous vous reposiez un peu... Retournons.

Pierre, silencieux, le suivit. Ils revinrent vers la ville, d'un pas plus rapide.

— Ah ! oui, reprit le docteur, il y a eu là de grandes iniquités et de grandes douleurs. Que voulez-vous !

l'homme gâte les œuvres les plus belles... Et vous ne pouvez vous imaginer encore l'affreuse tristesse des choses que je viens de vous conter. Il faut voir, il faut toucher du doigt... Désirez-vous que je vous fasse visiter, ce soir, la chambre de Bernadette et l'église inachevée du curé Peyramale?

— Certes, très volontiers!

— Eh bien! après la procession de quatre heures, je vous retrouverai devant la Basilique, vous viendrez avec moi.

Et ils ne parlèrent plus, perdus chacun dans sa rêverie.

Sur leur droite maintenant, le Gave coulait dans une gorge profonde, une sorte d'entaille où il s'engouffrait, comme disparu, parmi des arbustes. Mais, parfois, on en revoyait une coulée claire, pareille à de l'argent mat. Plus loin, après un brusque détour, on le retrouvait élargi au travers d'une plaine, s'étalant en nappes vives qui devaient changer souvent de lit, car le sol de sable et de cailloux était raviné de toutes parts. Le soleil commençait à être brûlant, déjà haut dans le vaste ciel dont le bleu limpide se fonçait, d'un bord à l'autre de l'immense cirque des montagnes.

Ce fut à ce détour de la route que Lourdes reparut, lointain encore, aux yeux de Pierre et du docteur Chassaigne. Sous la splendide matinée, la ville blanchissait à l'horizon, dans une poussière volante d'or et de pourpre, avec ses maisons, ses monuments de plus en plus distincts, à chaque pas qui les en rapprochait. Et le docteur, sans parler, finit par montrer à son compagnon cette ville grandissante, d'un geste large et triste, comme pour la prendre à témoin des histoires qu'il avait dites. C'était l'exemple, s'évoquant dans l'éclatante lumière du jour.

Déjà, l'on apercevait le braisillement de la Grotte, affaibli à cette heure, parmi les verdures. Puis, les travaux

gigantesques s'étendaient, le quai en pierres de taille, tout
le long du Gave, dont on avait dû détourner le cours, le
pont neuf qui reliait les nouveaux jardins au boulevard
récemment ouvert, et les rampes colossales, et l'église
massive du Rosaire, et la Basilique élancée, d'une grâce
fière, dominant tout. Aux alentours, on ne voyait de la
ville neuve, à cette distance, qu'un pullulement de façades
blanches, qu'un miroitement d'ardoises neuves, les grands
couvents, les grands hôtels, la cité riche poussée comme
par miracle de l'antique sol pauvre ; tandis que, derrière
la masse rocheuse où se profilaient les murs croulants du
Château, apparaissaient, confuses et perdues, les toitures
humbles de l'ancienne ville, un pêle-mêle de petits toits
mangés par l'âge, serrés peureusement les uns contre les
autres. Et, comme fond à cette évocation de la vie d'hier
et d'aujourd'hui, sous la gloire de l'éternel soleil, le petit
Gers et le grand Gers montaient, barraient l'horizon de
leurs flancs nus, que les rayons obliques sabraient de
jaune et de rose.

Le docteur Chassaigne voulut accompagner Pierre jusqu'à l'hôtel des Apparitions ; et là seulement il le quitta,
en lui rappelant le rendez-vous qu'il lui avait donné pour
le soir. Il n'était pas onze heures encore. Pierre, que la
fatigue, tout d'un coup, venait d'anéantir, s'efforça de
manger, avant de se mettre au lit ; car il sentait bien
que le besoin était pour beaucoup dans sa défaillance. Il
trouva heureusement une place libre à la table d'hôte,
mangea en dormant, les yeux ouverts, sans savoir ce qu'on
lui servait ; puis, il monta et se jeta sur son lit, après
avoir eu le soin de dire à la servante de le réveiller à
trois heures.

Mais, dès qu'il fut allongé, la fièvre où il était l'empêcha
d'abord de fermer les yeux. Une paire de gants, oubliée
dans la chambre voisine, lui avait rappelé M. de Guersaint,
parti avant le jour pour Gavarnie, et qui devait n'être de

retour que le soir. Quel heureux don que l'insouciance !
Lui, maintenant, les membres morts de lassitude, l'esprit
éperdu, était triste à mourir. Tout semblait tourner contre
sa bonne volonté à reconquérir la foi de son enfance.
L'aventure tragique du curé Peyramale venait encore d'ag-
graver la révolte que lui avait laissée l'histoire de Bernadette, élue et martyre. La vérité qu'il était venu chercher
à Lourdes, au lieu de lui rendre la foi, allait-elle donc
aboutir à une haine plus grande de l'ignorance et de la
crédulité, à cette amère certitude que l'homme est seul en
ce monde, avec sa raison ?

Enfin, il s'endormit. Mais des images continuaient à
flotter dans son pénible sommeil. C'était Lourdes gâté
par l'argent, devenu un lieu d'abomination et de perdition, transformé en un vaste bazar, où tout se vendait,
les messes et les âmes. C'était le curé Peyramale mort et
couché au milieu des ruines de son église, parmi les orties
que l'ingratitude avait semées. Et il ne se calma, il ne
goûta la douceur du néant que lorsqu'une dernière vision,
pâle et pitoyable, se fut effacée, celle de Bernadette à
Nevers, agenouillée dans un coin d'ombre, rêvant à son
œuvre, là-bas, qu'elle ne devait jamais voir.

QUATRIÈME JOURNÉE

I

A l'hôpital de Notre-Dame des Douleurs, ce matin-là, Marie était restée assise sur son lit, le dos appuyé contre des oreillers. Ayant passé la nuit entière à la Grotte, elle avait refusé de s'y laisser conduire. Et, comme madame de Jonquière s'était approchée pour relever un des oreillers qui glissait, elle lui demanda :

— Quel jour sommes-nous donc, madame ?

— Lundi, ma chère enfant.

— Ah ! c'est vrai. On ne sait plus comment on vit n'est-ce pas ?... Et puis, je suis si heureuse ! C'est aujourd'hui que la sainte Vierge va me guérir.

Elle souriait divinement, d'un air de rêveuse éveillée, les yeux perdus, si absente, si absorbée dans l'idée fixe, qu'elle ne voyait, au loin, que la certitude de son espoir. Et la salle Sainte-Honorine venait de se vider autour d'elle, toutes les malades étaient parties à la Grotte, il ne restait là, dans le lit voisin, que madame Vêtu, agonisante. Mais elle ne l'apercevait même pas, elle était ravie de la paix brusque qui s'était faite. On avait ouvert une des fenêtres sur la cour, le soleil de la radieuse matinée entrait en un large rayon, dont la poussière d'or, précisément, dansait sur son drap, baignant ses mains pâles. Cela était si bon, cette salle lugubre la nuit, avec son

30

entassement de grabats douloureux, sa puanteur, ses gémissements de cauchemar, tout d'un coup ensoleillée ainsi, et rafraîchie par l'air matinal, et tombée à une telle douceur de silence !

— Pourquoi n'essayez-vous pas de dormir un peu? reprit maternellement madame de Jonquière. Vous devez être brisée, de toute une nuit de veille.

Marie parut surprise, si légère, si envolée, qu'elle ne sentait plus ses membres.

— Mais je ne suis pas fatiguée du tout, je n'ai pas sommeil... Dormir, oh! non, cela serait trop triste, je ne saurais plus que je vais être guérie.

Cela fit rire la directrice.

— Alors, pourquoi n'avez-vous pas voulu qu'on vous menât à la Grotte? Vous allez vous ennuyer dans ce lit, toute seule.

— Je ne suis pas seule, madame, je suis avec elle.

Elle joignait les mains, en son extase, tandis que s'évoquait sa vision.

— Vous savez que, cette nuit, je l'ai vue qui inclinait la tête, en me souriant... J'ai bien compris, j'ai bien entendu sa voix, sans qu'elle ouvrît les lèvres. A quatre heures, lorsque passera le Saint-Sacrement, je serai guérie.

Madame de Jonquière voulut la calmer, un peu inquiète de cette sorte de somnambulisme où elle la voyait. Mais la malade répétait :

— Non, non, je ne suis pas plus mal, j'attends... Seulement, vous comprenez, madame, je n'ai pas besoin d'aller ce matin à la Grotte, puisque le rendez-vous qu'elle m'a donné est pour quatre heures.

Et elle ajouta plus bas :

— A trois heures et demie, Pierre viendra me chercher... A quatre heures, je serai guérie.

Le soleil, lentement, montait le long de ses bras nus,

si transparents, d'une délicatesse maladive ; tandis que ses admirables cheveux blonds, glissés sur ses épaules, semblaient un ruissellement même de l'astre, qui l'enveloppait toute. Un chant d'oiseau vint de la cour, le silence frissonnant de la salle en fut égayé. Quelque enfant, qu'on ne voyait pas, devait jouer par là, car des rires légers par moments s'élevaient aussi, dans l'air tiède, d'une tranquillité délicieuse.

— Allons, conclut madame de Jonquière, ne dormez pas, puisque vous n'avez pas sommeil. Seulement, restez bien sage, ça vous reposera tout de même.

Mais, dans le lit voisin, madame Vêtu se mourait. On n'avait point osé la mener à la Grotte, par crainte de la voir passer en route. Depuis un instant, elle avait les yeux fermés, et sœur Hyacinthe qui l'examinait, appela d'un geste madame Désagneaux, pour lui dire sa mauvaise impression. Toutes les deux, maintenant, penchées au-dessus de la moribonde, l'épiaient avec une inquiétude croissante. Le masque avait jauni encore, couleur de boue ; les orbites s'étaient creusées, les lèvres semblaient s'amincir ; et le râle surtout, le râle commençait, un souffle lent et pestilentiel, empoisonné par le cancer qui achevait de dévorer l'estomac. Brusquement, elle souleva les paupières, elle s'effraya, en apercevant ces deux visages penchés sur le sien. Est-ce que sa mort était prochaine, qu'on la regardait ainsi ? Une tristesse immense parut dans ses yeux, un regret désespéré de la vie. Cela n'allait pas jusqu'à la révolte violente, car elle n'avait plus la force de se débattre ; mais quel affreux sort, quitter sa boutique, quitter ses habitudes, son mari, pour venir mourir si loin ! braver le supplice abominable d'un tel voyage, prier le jour, prier la nuit, et ne pas être exaucée, et mourir, lorsque d'autres guérissaient !

Elle ne put que bégayer :

— Ah ! que je souffre, ah ! que je souffre... Je vous en

supplie, faites quelque chose, faites au moins que je ne
souffre plus.

La petite madame Désagneaux, avec son joli visage de
lait, noyé dans l'ébouriffement de ses cheveux blonds,
était bouleversée. Elle n'avait pas l'habitude des agonies,
elle aurait donné la moitié de son cœur, comme elle le
disait, pour sauver cette pauvre femme. Et elle se releva,
elle prit à partie sœur Hyacinthe, touchée aux larmes
elle aussi, mais résignée déjà au salut par une bonne
mort. Est-ce que vraiment il n'y avait rien à faire? est-ce
qu'on ne pouvait pas tenter quelque chose, ainsi que la
mourante le demandait? Le matin même, deux heures
plus tôt, l'abbé Judaine était venu l'administrer, en lui
donnant la communion. Elle avait le secours du ciel,
c'était le seul sur lequel elle pût compter, puisque,
depuis longtemps, elle n'attendait plus rien des hommes.

— Non, non! il faut nous remuer, s'écria madame
Désagneaux.

Et elle alla chercher madame de Jonquière, près du lit
de Marie.

— Entendez-vous, madame, cette malheureuse qui
souffre? Sœur Hyacinthe prétend qu'elle n'en a plus que
pour quelques heures. Mais nous ne pouvons la laisser
gémir ainsi... Il y a des choses pour calmer. Ce jeune
médecin qui est ici, pourquoi ne pas le faire venir?

— Certainement, répondit la directrice. Tout de suite!

On ne pensait jamais au médecin, dans les salles. L'idée
n'en venait à ces dames qu'au moment des crises terribles,
lorsqu'une de leurs malades hurlait de douleur.

Sœur Hyacinthe elle-même, étonnée de n'avoir pas
songé à Ferrand, qu'elle savait dans une pièce voisine,
demanda :

— Voulez-vous, madame, que j'aille chercher monsieur
Ferrand?

— Mais sans doute! ramenez-le vite.

Et, lorsque la sœur fut partie, madame de Jonquière se
fit aider par madame Désagneaux, pour relever un peu la
tête de la moribonde, pensant que cela la soulagerait. Ces
dames se trouvaient justement seules, ce matin-là, toutes
les autres dames hospitalières étant allées à leurs affaires
ou à leurs dévotions. Au fond de la grande salle vide,
d'une paix si douce, où le soleil mettait son tiède frisson,
on n'entendait toujours, par moments, que les rires légers
de l'enfant qu'on ne voyait pas.

— Est-ce que c'est Sophie qui fait tout ce bruit? dit
soudain la directrice, un peu énervée, dans le gros ennui
de la catastrophe qu'elle prévoyait.

Elle marcha vivement, alla jusqu'au bout de la salle;
et c'était en effet Sophie Couteau, la petite miraculée de
l'année précédente, assise par terre, derrière un lit, qui,
malgré ses quatorze ans, s'amusait à faire une poupée avec
des chiffons. Elle lui parlait, elle était si heureuse, si
perdue dans son jeu, qu'elle en riait d'aise.

— Tenez-vous droite, mademoiselle! Dansez un peu la
polka, pour voir! Une! deux! dansez, tournez, embrassez
celle que vous voudrez!

Mais madame de Jonquière arrivait.

— Ma petite fille, nous avons là une de nos malades
qui souffre beaucoup et qui est au plus mal... Il ne faut
pas rire si fort.

— Ah! madame, je ne savais pas.

Elle s'était relevée, elle gardait sa poupée à la main,
devenue très sérieuse.

— Madame, est-ce qu'elle va mourir?

— J'en ai peur, ma pauvre enfant.

Alors, Sophie ne souffla plus. Elle avait suivi la directrice,
elle s'était assise sur un lit voisin; et, de ses grands yeux,
avec une curiosité ardente, sans peur aucune, elle regardait madame Vêtu agoniser. Nerveuse, madame Désagneaux s'impatientait de ne pas voir le médecin venir;

30.

tandis que Marie, extasiée, ensoleillée, semblait rester
étrangère à tout ce qui se passait autour d'elle, dans
l'attente ravie du miracle.

Sœur Hyacinthe n'avait pas trouvé Ferrand, dans la
petite pièce où il se tenait d'habitude, près de la lingerie;
et elle le cherchait par toute la maison. Depuis deux
jours, le jeune médecin s'effarait de plus en plus, au
milieu de ce singulier hôpital, où l'on ne réclamait jamais
son aide que pour des agonies. La petite boîte de pharmacie qu'il avait apportée, se trouvait même inutile; car
il ne fallait pas songer à instituer un traitement quelconque, puisque les malades n'étaient pas là pour se
soigner, mais simplement pour guérir, dans le coup de
foudre d'un prodige; aussi ne distribuait-il guère que
des pilules d'opium, qui endormaient les trop grosses
souffrances. Il avait eu la stupeur d'assister à une tournée
du docteur Bonamy, au travers des salles. C'était une
simple promenade, le médecin venait en curieux, ne
s'intéressait pas aux malades, qu'il n'examinait ni n'interrogeait. Il se préoccupait uniquement des prétendues
guérisons, s'arrêtait devant les femmes qu'il reconnaissait,
pour les avoir vues à son bureau, où les miracles étaient
constatés. Une d'entre elles avait trois maladies; et la
sainte Vierge, jusque-là, n'avait daigné en guérir qu'une;
mais on avait bon espoir pour les deux autres. Parfois,
une malheureuse, guérie la veille, questionnée sur son
état, répondait que les douleurs étaient revenues, ce qui
n'entamait point la sérénité du docteur, toujours conci-
liant, s'en remettant au ciel pour achever ce que le ciel
avait commencé. Quand il y avait un commencement de
santé meilleure, n'était-ce pas déjà bien beau? Aussi
était-ce son mot habituel : il y a un commencement,
patientez! Mais ce qu'il redoutait surtout, c'étaient les
obsessions des dames directrices, qui toutes auraient
voulu le retenir, pour lui montrer des sujets extraor-

dinaires. Chacune avait la vanité de compter, dans
son service, les maladies les plus graves, des cas excep-
tionnels, affreux; de sorte qu'elle brûlait de les faire
constater, afin d'en triompher ensuite. Celle-ci l'arrêtait par le bras, lui affirmait qu'elle croyait bien avoir
une lèpre. Celle-là le suppliait, lui parlait d'une jeune
fille dont les reins étaient couverts d'écailles de pois-
son. Une troisième chuchotait à son oreille, lui donnait
des détails épouvantables sur une dame mariée, du
meilleur monde. Il s'échappait, refusait d'en visiter une
seule, finissait par promettre de revenir, plus tard, quand
il aurait le temps. Comme il le disait, si l'on avait écouté
ces dames, la journée se serait passée à donner des
consultations inutiles. Puis, tout d'un coup, il s'arrêtait
devant une miraculée, appelait Ferrand d'un signe, en
s'écriant : « Ah! voici une guérison intéressante! » Et
Ferrand, ahuri, devait l'entendre reconstituer la maladie,
qui avait totalement disparu, à la première immersion
dans la piscine.

Enfin, l'abbé Judaine qu'elle rencontra, apprit à sœur
Hyacinthe qu'on venait d'appeler le jeune médecin à la
salle des ménages. C'était la quatrième fois qu'il y descendait, pour le frère Isidore, dont les tortures ne cessaient pas. Il ne pouvait que le bourrer d'opium. Dans
son martyre, le frère demandait seulement à être calmé
un peu, afin de trouver la force de se rendre, l'après-
midi encore, à la Grotte, où il n'avait pu aller le matin.
Mais la douleur augmentait, il perdit connaissance.

Lorsque la sœur entra, elle trouva le médecin assis au
chevet du missionnaire.

— Monsieur Ferrand, montez vite avec moi à la salle
Sainte-Honorine, où nous avons une malade en train de
mourir.

Il lui avait souri, il ne la voyait jamais sans être égayé
et réconforté.

— Je vais avec vous, ma sœur. Mais une minute, n'est-ce pas? Je voudrais ranimer ce malheureux.

Elle prit patience, elle se rendit utile. La salle des ménages, au rez-de-chaussée, était elle aussi tout ensoleillée, baignée d'air par ses trois grandes fenêtres, qui donnaient sur un étroit jardin. Seul avec le frère Isidore, M. Sabathier était resté au lit, ce matin-là, pour se reposer un peu, pendant que madame Sabathier, profitant de l'occasion, allait faire quelques achats, des médailles et des images, destinées à des cadeaux. Béatement assis sur son séant, le dos appuyé contre des coussins, il roulait entre ses doigts les grains d'un chapelet; mais il ne priait plus, il continuait par une sorte de distraction machinale, les yeux sur son voisin, dont il suivait la crise avec un intérêt douloureux.

— Ah! ma sœur, dit-il à sœur Hyacinthe, qui s'était approchée, ce pauvre frère, il m'emplit d'admiration. Hier, j'ai douté un instant de la sainte Vierge, en voyant qu'elle ne daignait pas m'entendre, depuis sept ans que je viens ici; et c'est l'exemple de ce martyr, si résigné dans sa torture, qui m'a fait honte de mon peu de foi... Vous ne vous doutez pas de ce qu'il souffre, et il faut le voir devant la Grotte, avec ses yeux brûlants d'une espérance sublime!... C'est vraiment très beau. Je ne connais, au Louvre, qu'un tableau d'un maître italien inconnu, où il y ait une tête de moine divinisée par une foi pareille.

L'intellectuel reparaissait, l'ancien universitaire nourri de littérature et d'art, chez ce foudroyé de la vie, qui avait voulu se faire hospitaliser, n'être plus qu'un pauvre, pour toucher le ciel. Il eut un retour sur lui-même, il ajouta, dans la ténacité de son espoir, que l'inutilité de sept voyages à Lourdes n'avait pu abattre :

— Enfin, j'ai encore l'après-midi, puisque nous ne partons que demain. L'eau est bien froide, mais je me

ferai tremper une dernière fois ; et, depuis ce matin, je
prie, je demande pardon de ma révolte d'hier... N'est-ce
pas ? ma sœur, il suffit à la sainte Vierge d'une seconde,
quand elle veut bien guérir un de ses enfants... Que sa
volonté soit faite et que son nom soit béni !

Il s'était remis à dire les *Ave* et les *Pater*, en roulant
les grains du chapelet d'une main plus lente, tandis que ses
paupières se fermaient à demi, dans sa face molle, où
revenait une expression d'enfance, depuis tant d'années
qu'il était comme retranché du monde.

Mais Ferrand avait appelé d'un signe Marthe, la sœur
du frère Isidore. Elle était là, debout au pied du lit, les
bras ballants, regardant le moribond qu'elle adorait, sans
une larme, avec sa résignation de pauvre fille, à la cervelle étroite. Elle n'était qu'un chien dévoué, elle avait
suivi son frère, dépensant ses quatre sous d'économies,
ne servant à rien qu'à le voir souffrir. Aussi, quand le
médecin lui dit de prendre dans ses bras le malade et de
le soulever un peu, fut-elle bien heureuse d'être enfin
utile à quelque chose. Sa face épaisse et morne, tachée
de rousseurs, s'éclaira.

— Tenez-le, pendant que je vais tâcher de lui faire
prendre ceci.

Elle le souleva, et Ferrand parvint, avec une petite
cuiller, à introduire, entre ses dents serrées, quelques
gouttes de liquide. Presque aussitôt le malade rouvrit les
yeux, soupira profondément. Il était plus calme, l'opium
faisait son effet, endormait la douleur qu'il sentait dans
son flanc droit, comme un fer rouge. Mais il restait si
faible, que, lorsqu'il voulut parler, on dut approcher
l'oreille de sa bouche, pour entendre.

D'un petit geste de la main, il avait prié Ferrand de se
pencher.

— Monsieur, vous êtes le médecin, n'est-ce pas ? Donnez-moi des forces pour que j'aille encore à la Grotte,

cette après-midi... Je suis certain que, si je puis y aller, la sainte Vierge me guérira.

— Mais, certainement, vous irez, répondit le jeune homme. Est-ce que vous ne vous sentez pas beaucoup mieux?

— Oh! beaucoup mieux, non!... Je sais très bien ce que j'ai, parce que j'ai vu mourir plusieurs de nos frères, là-bas, au Sénégal. Quand le foie est pris, et que l'abcès se fait jour au dehors, c'est fini. Les sueurs arrivent, la fièvre, le délire... Mais la sainte Vierge touchera le mal de son petit doigt, et il sera guéri. Oh! je vous en supplie tous, qu'on me porte à la Grotte, même si je n'ai plus ma connaissance!

Sœur Hyacinthe, elle aussi, était venue se pencher.

— Soyez sans crainte, mon cher frère. Vous irez à la Grotte après le déjeuner, et nous prierons tous pour vous.

Enfin, elle put emmener Ferrand, désespérée de ces retards, très inquiète de madame Vêtu. Cependant, le sort du frère l'apitoyait; et, tout en montant, elle questionnait le médecin, lui demandait s'il n'y avait vraiment plus d'espérance. Celui-ci eut un geste d'absolue condamnation. C'était folie que de venir à Lourdes dans un état pareil.

Il se reprit, avec un sourire.

— Je vous demande pardon, ma sœur. Vous savez que j'ai le malheur de ne pas croire.

Mais elle sourit à son tour, indulgente, en amie qui tolère les imperfections de ceux qu'elle aime.

— Oh! ça ne fait rien, je vous connais, vous êtes quand même un brave garçon... Et puis, nous voyons tant de monde, nous allons chez de tels païens, que nous aurions fort à faire, de nous scandaliser.

En haut, dans la salle Sainte-Honorine, ils trouvèrent madame Vêtu gémissant toujours, en proie à des souf-

frances intolérables. Près du lit, madame de Jonquière
et madame Désagneaux étaient restées, pâlissantes, bouleversées d'entendre ce cri de mort qui ne cessait plus.
Et, lorsqu'elles eurent questionné Ferrand, à voix basse,
il répondit simplement d'un léger haussement d'épaules :
c'était une femme perdue, il n'y avait plus là qu'une
question d'heures, de minutes peut-être. Tout ce qu'il
pouvait faire, c'était de la stupéfier, elle aussi, pour lui
faciliter l'atroce agonie qu'il prévoyait. Elle le regardait,
elle gardait encore sa connaissance, très obéissante d'ailleurs, ne refusant aucun médicament. Comme les autres,
elle n'avait plus qu'un ardent désir, celui de retourner
à la Grotte.

Elle le balbutia, d'une voix d'enfant qui tremble de
n'être pas écoutée.

— A la Grotte, n'est-ce pas? à la Grotte...

— On va vous y porter tout à l'heure, je vous le pro-
mets, dit sœur Hyacinthe. Seulement, il faut être sage.
Tâchez de dormir un peu, pour prendre des forces.

La malade parut s'assoupir, et madame de Jonquière
crut pouvoir emmener madame Désagneaux à l'autre bout
de la salle, où elles se mirent à compter du linge, toute
une comptabilité dans laquelle elles ne se retrouvaient
pas, des serviettes ayant disparu. Sophie n'avait pas bougé,
assise sur le lit d'en face. Elle venait de poser sa poupée
sur ses genoux, attendant que la dame mourût, puisqu'on
lui avait dit qu'elle allait mourir.

D'ailleurs, sœur Hyacinthe était demeurée près de la
mourante ; et, ne voulant pas perdre son temps, elle avait
pris une aiguille et du fil, pour raccommoder le corsage
d'une de ses malades, que l'usure faisait craquer aux
manches.

— Vous restez un moment avec nous, n'est-ce pas?
demanda-t-elle à Ferrand.

Celui-ci continuait à étudier madame Vêtu.

— Oui, oui... Elle peut être emportée d'une minute à l'autre. Je crains une hémorragie.

Puis, ayant aperçu Marie dans le lit voisin, baissant la voix :

— Comment va-t-elle? A-t-elle éprouvé un soulagement?

— Non, pas encore. Ah! la chère enfant, nous faisons tous pour elle des vœux bien sincères! Si jeune, si charmante et si affligée!... Regardez-la donc en ce moment. Est-elle jolie! On dirait une sainte, dans tout ce soleil, avec ses grands yeux d'extase et sa chevelure d'or, qui luit pareille à une auréole.

Ferrand, intéressé, l'examina un instant. Elle le surprenait par son air d'absence, son insouciance de tout ce qui l'entourait, l'ardente foi, l'ardente joie intérieure qui la repliaient sur elle-même.

— Elle guérira, murmura-t-il, comme s'il eût porté tout bas un pronostic. Elle guérira.

Puis, il se rapprocha de sœur Hyacinthe, qui s'était assise dans l'embrasure de la haute fenêtre, grande ouverte à l'air tiède de la cour. Le soleil commençait à tourner, ne glissait plus qu'en une étroite barre d'or sur la coiffe blanche et la guimpe blanche. Et lui demeura debout devant elle, à la regarder coudre, adossé contre la barre d'appui.

— Vous savez, ma sœur, que ce voyage à Lourdes, dont j'ai accepté la corvée pour rendre service à un ami, va être un des rares bonheurs de mon existence.

Elle ne comprit pas, demanda naïvement :

— Comment ça?

— Mais parce que je vous ai retrouvée, parce que je suis ici avec vous, à vous aider un peu dans vos œuvres admirables. Et si vous saviez comme je vous ai de la reconnaissance, comme je vous aime, comme je vous vénère !

Elle leva la tête pour le regarder en face, elle se mit à plaisanter, sans embarras aucun. Elle était délicieuse, avec son teint de lis candide, sa bouche petite et gaie, ses adorables yeux bleus qui souriaient toujours. Et on la sentait si fine, si souple, sans plus de poitrine qu'une fillette, toute poussée en innocence et en dévouement.

— Vous m'aimez tant que ça! pourquoi donc?

— Pourquoi je vous aime?... Vous êtes la créature la meilleure, la plus consolante, la plus fraternelle. Vous êtes, jusqu'ici, dans ma vie, le souvenir le plus profond, le plus doux, celui que j'évoque, lorsque j'ai besoin d'être soutenu et encouragé... Vous ne vous souvenez donc pas du mois que nous avons passé tous les deux, dans ma pauvre chambre, lorsque j'ai été si malade, et que vous m'avez si affectueusement soigné?

— Mais si, mais si!... Même, je n'ai jamais eu de malade si gentil que vous. Tout ce que je vous donnais, vous le preniez; et, quand je vous bordais, après vous avoir changé de linge, vous ne bougiez pas plus qu'un enfant.

Et elle continuait à le regarder, avec son rire ingénu. Il était très beau, très robuste, le nez un peu fort, les yeux superbes, la bouche rouge, sous les moustaches noires, dans tout l'éclat de sa virile jeunesse. Mais elle semblait simplement heureuse de le voir ainsi devant elle, touché aux larmes.

— Ah! ma sœur, je serais mort sans vous. C'est de vous avoir qui m'a guéri.

Alors, tandis qu'ils se regardaient avec cette gaieté attendrie, le mois adorable s'évoqua. Ils n'entendaient plus le râle de madame Vêtu, ils ne voyaient plus la salle encombrée de lits, pareille, dans son désordre, à une ambulance improvisée, après une catastrophe publique. C'était en haut d'une maison noire qu'ils se retrouvaient, dans une mansarde étroite du vieux Paris, où l'air et le jour ne leur arrivaient que par une petite fenêtre, ouverte

31

sur un océan de toitures. Et quel charme d'être seuls,
lui terrassé par la fièvre, elle tombée là comme un bon
ange, venue tranquillement de son couvent, en camarade
qui ne redoutait rien ! Elle soignait ainsi les femmes, les
enfants, les hommes, au petit bonheur de la rencontre,
parfaitement heureuse, pourvu qu'elle se remuât et qu'elle
soulageât quelque souffrance, sans que jamais l'idée même
de son sexe apparût en elle. Lui, non plus, ne semblait
pas s'être douté qu'elle pouvait être une femme, si ce
n'était qu'elle avait les mains très douces, la voix cares-
sante, l'approche bienfaisante ; et il émanait d'elle, pourtant, toute la tendresse de la mère, toute l'affection de la
sœur. Pendant trois semaines, ainsi qu'elle le disait, elle
l'avait soigné comme un enfant, le levant et le couchant,
lui rendant les soins intimes, sans gêne, sans répugnance,
sauvés tous les deux par la pureté sainte de la souffrance
et de la charité. Cela se passait au-dessus de la vie. Puis,
quand la convalescence était venue, quelle bonne intimité, quels rires de vieux amis ! Elle le veillait encore, le
grondait, lui donnait des tapes sur les bras, lorsqu'il
s'obstinait à les tenir hors de la couverture. Il la regardait faire de petits savonnages dans la cuvette, lui laver
une chemise, pour lui éviter les cinq sous du blanchissage. Jamais personne ne montait, ils étaient seuls, à
mille lieues du monde, ravis de cette solitude, où
s'égayait si fraternellement leur jeunesse.

— Vous souvenez-vous, ma sœur, du matin où j'ai marché pour la première fois ? Vous m'avez levé, vous m'avez
soutenu, pendant que je trébuchais, maladroit, ne sachant
plus me servir de mes jambes... Cela nous faisait rire.

— Oui, oui, vous étiez sauvé, j'étais bien contente.

— Et le jour où vous m'avez apporté des cerises... Je
nous vois encore, moi contre mes oreillers, vous assise au
bord du lit, avec les cerises entre nous deux, dans un
grand papier blanc. Je n'avais pas voulu y toucher, si

vous n'en mangiez pas avec moi... Alors, chacun son tour, nous en avons pris une ; et le papier s'est vidé, et elles étaient très bonnes.

— Oui, oui, très bonnes... C'était comme pour le sirop de groseilles : vous ne vous décidiez à en prendre, que lorsque j'en prenais moi-même.

Ils riaient plus haut, ces souvenirs les enchantaient. Mais un soupir douloureux de madame Vêtu les ramena à l'heure présente. Il se pencha, jeta un coup d'œil sur la malade, qui n'avait pas bougé. La salle gardait sa grande paix frissonnante, troublée seulement par la voix claire de madame Désagneaux, en train de compter le linge.

Étouffé d'émotion, il reprit, plus bas :

— Ah ! ma sœur, je puis vivre cent ans, je puis connaître toutes les joies, toutes les tendresses, jamais je n'aimerai une autre femme comme je vous aime !

Alors, sœur Hyacinthe, sans confusion pourtant, baissa la tête, se remit à coudre. Une imperceptible rougeur avait teinté de rose son teint de lis.

— Moi aussi, monsieur Ferrand, je vous aime bien... Seulement, il ne faut pas me rendre orgueilleuse. J'ai fait pour vous ce que je fais pour tant d'autres. C'est mon métier, à moi, vous savez. Et, là dedans, il n'y a eu qu'une chose d'agréable, c'est que le bon Dieu vous a guéri.

De nouveau, ils furent interrompus. La Grivotte et Élise Rouquet revenaient de la Grotte, avant les autres. Tout de suite, la Grivotte s'accroupit sur son matelas, par terre, au pied du lit de madame Vêtu ; et elle tira de sa poche un morceau de pain, qu'elle se mit à dévorer. Ferrand, depuis la veille, s'était intéressé à cette phtisique, qui traversait une si curieuse période d'agitation, prise d'un appétit exagéré, d'un besoin fébrile de mouvement. Mais, à cette minute, le cas d'Élise Rouquet le frappa davantage encore ; car il devenait certain maintenant que le lupus, dont la plaie lui mangeait la face, s'était amendé.

Elle continuait les lotions à la fontaine miraculeuse, elle sortait justement du bureau des constatations, où le docteur Bonamy avait triomphé. Surpris, Ferrand s'avança, examina cette plaie, pâlie déjà, un peu séchée, qui était loin d'être guérie, mais où commençait tout un travail sourd de guérison. Et le cas lui parut si curieux, qu'il se promit de prendre quelques notes pour un de ses anciens maîtres de l'École, en train d'étudier l'origine nerveuse de certaines maladies de la peau, que détermine un trouble de la nutrition.

— Vous n'avez pas senti de picotements? demanda-t-il.

— Non, non, monsieur. Je me lave et je dis mon chapelet de toute mon âme, voilà tout!

La Grivotte, vaniteuse et jalouse, qui depuis la veille triomphait au milieu des foules, appela le médecin.

— Moi, monsieur, je suis guérie, guérie, guérie complètement!

Il eut un geste amical, en refusant de l'examiner.

— Je sais, ma fille. Vous n'avez plus rien du tout.

Mais, à ce moment, sœur Hyacinthe le rappela. Elle venait de lâcher sa couture, en voyant madame Vêtu se soulever, dans une nausée atroce. Malgré sa hâte, elle n'eut pas le temps d'arriver avec la cuvette : la malade avait rendu encore un flot de déjections noires, pareilles à de la suie; et, cette fois, du sang s'y trouvait mêlé, des filets de sang violâtre. C'était l'hémorragie, la fin prochaine que Ferrand redoutait.

— Prévenez madame la directrice, dit-il à demi-voix, en s'installant, pour rester lui-même près du lit.

Sœur Hyacinthe courut chercher madame de Jonquière. Le linge était compté, et elle la trouva en grande conversation avec sa fille Raymonde, à l'écart, pendant que madame Désagneaux se lavait les mains.

Raymonde venait de s'échapper un instant du réfectoire, où elle se trouvait de service. C'était, pour elle, la corvée la plus rude : cette longue salle étroite, avec ses deux rangées de tables graisseuses, son odeur écœurante de graillon et de misère, lui retournait le cœur. Et elle était montée très vite, profitant de la demi-heure qui lui restait, avant la rentrée des malades. Essoufflée, très rose, les yeux luisants, elle se jeta au cou de sa mère.

— Ah! maman, quel bonheur!... C'est fait!

Étonnée, la tête pleine et bourdonnante de la direction de sa salle, madame de Jonquière ne comprenait pas.

— Quoi donc, mon enfant?

Alors, Raymonde baissa la voix ; et, rougissante un peu :

— Mon mariage!

Ce fut le tour de la mère à se réjouir. Une satisfaction vive éclata sur son gras visage de femme mûre, belle et agréable encore. Tout de suite, elle avait revu leur petit logement de la rue Vaneau, où, depuis la mort de son mari, elle élevait si étroitement sa fille, avec les quelques milliers de francs qu'il lui laissait. Le mariage, c'était la vie recommencée, les salons rouverts, la belle situation d'autrefois reconquise.

— Ah! mon enfant, que je suis contente!

Mais une gêne, brusquement, l'embarrassa. Dieu lui était témoin que, depuis trois ans, elle venait à Lourdes par un besoin de charité, pour la seule grande joie de soigner ses chers malades. Peut-être, dans son dévouement, si elle avait fait son examen de conscience, eût-elle trouvé aussi un peu de sa nature autoritaire, qui lui rendait très doux l'exercice du commandement. Et l'espoir de trouver un mari pour sa fille, parmi les jeunes gens de son monde qui pullulaient à la Grotte, ne serait sincèrement arrivé qu'en dernier. Elle y pensait bien, simplement comme à une chose possible, dont elle ne parlait pas.

Cependant, le bonheur lui arracha un aveu.

— Ah! mon enfant, la réussite ne m'étonne pas, je l'avais demandée ce matin à la sainte Vierge.

31.

Puis, elle voulut une certitude, elle se fit donner des détails. Raymonde ne lui avait pas encore conté sa longue promenade de la veille, au bras de Gérard, désireuse de ne lui parler de ces choses que triomphante, certaine d'avoir conquis enfin un mari. Et c'était fait, comme elle le criait si gaiement : le matin même, elle avait revu à la Grotte le jeune homme, qui s'était engagé d'une façon formelle. Certainement, M. Berthaud ferait la demande pour son cousin, avant leur départ de Lourdes.

— Allons, déclara madame de Jonquière qui se remettait de son scrupule, souriante, ravie au fond, j'espère que tu seras heureuse, puisque tu es si raisonnable et que tu n'as pas besoin de moi pour mener à bien tes affaires... Embrasse-moi !

Ce fut alors que sœur Hyacinthe arriva, pour dire la mort imminente de madame Vêtu. Déjà, Raymonde s'en était allée en courant. Et madame Désagneaux, qui s'essuyait les mains, se fâchait contre ces dames auxiliaires qui avaient toutes disparu, précisément le matin où l'on aurait eu besoin d'elles.

— Ainsi, ajouta-t-elle, madame Volmar... Je vous demande un peu où elle a pu passer ! On ne l'a pas vue une heure seulement, depuis que nous sommes ici.

— Laissez donc madame Volmar tranquille ! répondit madame de Jonquière avec quelque impatience. Je vous ai dit qu'elle était malade.

D'ailleurs, toutes deux coururent auprès de madame Vêtu. Ferrand, debout, attendait ; et sœur Hyacinthe lui ayant demandé s'il n'y avait rien à faire, il répondit non, d'un signe de tête. La mourante, comme soulagée par son premier vomissement, était restée inerte, les yeux fermés. Mais, une seconde fois, la nausée affreuse revint, elle vomit un nouveau flot de déjections noires, mêlées à du sang violâtre. Puis, elle eut encore un moment de calme, elle ouvrit les yeux, aperçut la Grivotte, qui man-

geait goulûment son pain, par terre, sur le matelas.
Et se sentant mourir :

— Elle est guérie, n'est-ce pas? demanda-t-elle.

La Grivotte l'entendit, s'exalta.

— Oh! oui, madame, guérie, guérie, guérie tout à fait!

Un instant, madame Vêtu parut en proie à une tristesse
abominable, à la révolte de l'être qui ne veut pas finir,
quand les autres continuent à vivre. Mais déjà elle se
résignait. On l'entendit qui ajoutait très bas :

— Ce sont les jeunes qui doivent rester.

Et ses yeux, qui restaient grands ouverts, faisaient le
tour, semblaient dire adieu à tout ce monde, qu'elle
était surprise de trouver là. Elle s'efforça de sourire, en
rencontrant le regard d'avide curiosité que la petite Sophie
Couteau continuait à fixer sur elle : cette enfant si gentille était venue l'embrasser, le matin même, dans son lit.
Élise Rouquet, ne s'occupant plus de personne, avait pris
son miroir, s'était absorbée dans la contemplation de sa
face, qu'elle croyait voir s'embellir à vue d'œil, depuis
que la plaie séchait. Mais ce fut surtout le spectacle de
Marie, si charmante dans son extase, qui parut ravir la
mourante. Elle la regarda longuement, ramenée toujours
à elle, comme à une vision de lumière et de joie. Peut-
être croyait-elle déjà apercevoir les saintes du paradis,
dans la gloire du soleil.

Brusquement, les vomissements recommencèrent; et,
désormais, il n'y avait plus que du sang, ce sang gâté,
d'une couleur vineuse. Le flot en était si fort, qu'il éclaboussait le drap, souillait tout le lit. Vainement, madame
de Jonquière et madame Désagneaux apportaient des
serviettes, l'une et l'autre très pâles, les jambes défail-
lantes. Et Ferrand, dans son impuissance, s'était reculé
jusqu'à la fenêtre, à la place où il venait d'avoir une
si délicieuse émotion; tandis que, d'un mouvement instinctif, dont elle n'avait sûrement pas conscience, sœur

Hyacinthe, elle aussi, était revenue à cette fenêtre heureuse, comme pour se serrer contre lui.

— Mon Dieu! répéta-t-elle, vous ne pouvez donc rien?

— Non, rien! Elle va s'éteindre ainsi, pareille à une lampe qui se vide.

Maintenant, épuisée, avec un filet rouge qui lui coulait encore de la bouche, madame Vêtu regardait fixement madame de Jonquière, en remuant les lèvres. La directrice se pencha, entendit des phrases lentes.

— C'est pour mon mari, madame... La boutique est rue Mouffetard, oh! toute petite, pas loin des Gobelins... Il est horloger, il n'a pas pu me suivre, naturellement, à cause de la clientèle; et il va être bien embarrassé, quand il verra que je ne reviens pas... Oui, je nettoyais les bijoux, je faisais les courses...

La voix s'affaiblissait, les mots s'espaçaient dans un râle.

— Alors, madame, c'est pour vous prier de lui écrire, parce que, moi, je ne l'ai pas fait, et que c'est fini... Dites-lui que mon corps reste à Lourdes, ça ferait trop de frais... Et qu'il se remarie, il faut ça dans le commerce... La cousine, dites-lui la cousine...

Il n'y eut plus qu'un murmure confus. La faiblesse était trop grande, le souffle s'arrêtait. Pourtant, les yeux demeuraient ouverts et vivants encore, dans la face jaune, d'une pâleur de cire. Et ces yeux semblaient s'attacher désespérément au passé, à tout ce qui allait ne plus être, la petite boutique d'horlogerie au fond d'un quartier populeux, le train uniforme et doux du ménage avec un mari travailleur, toujours penché sur des montres, les grands plaisirs du dimanche, qui étaient de voir, aux fortifications, partir des cerfs-volants. Puis, les yeux élargis cherchèrent en vain dans l'affreuse nuit qui montait.

Une dernière fois, madame de Jonquière s'était penchée, en voyant de nouveau les lèvres remuer. Ce ne fut plus qu'un léger frisson de l'air, une voix de l'au-delà qui balbutiait, lointaine, avec une désolation immense.

— Elle ne m'a pas guérie.

Et madame Vêtu expira, très doucement.

Comme si elle n'attendait que cela, la petite Sophie Couteau, satisfaite, sauta du lit, retourna jouer avec sa poupée, au bout de la salle. Ni la Grivotte, occupée à finir son pain, ni Élise Rouquet, tout entière à son miroir, ne s'aperçurent de la catastrophe. Mais, dans le souffle froid qui passait, aux chuchotements éperdus de madame de Jonquière et de madame Désagneaux, à qui manquait l'habitude de la mort, Marie parut s'éveiller, sortit du ravissement d'attente, où la jetait l'oraison continue de tout son être, sans paroles, bouche close. Et, quand elle eut compris, un apitoiement fraternel de compagne de douleur, certaine de sa guérison, la mit en larmes.

— Ah! la pauvre femme, morte si loin, si seule, à l'heure de renaître!

Ferrand, remué profondément, lui aussi, malgré l'indifférence professionnelle, s'était avancé pour constater la mort; et ce fut sur un signe de lui, que sœur Hyacinthe rejeta le drap, couvrant la face de la morte, car il ne fallait pas songer à enlever le corps en ce moment. Les malades revenaient par bandes de la Grotte, la salle si calme, si ensoleillée, s'emplissait de son tumulte habituel de misère et de souffrance, des toux profondes, des jambes traînantes, l'odeur fade, le pitoyable étalage de toutes les infirmités humaines.

II

Ce jour-là, le lundi, l'affluence fut énorme à la Grotte.
C'était le dernier jour que le pèlerinage national devait
passer à Lourdes ; et le père Fourcade, dans son instruc-
tion du matin, avait dit qu'il fallait faire un suprême
effort d'amour et de foi, pour obtenir du ciel tout ce
qu'il voudrait bien donner de grâces, de guérisons prodigieuses. Aussi, dès deux heures de l'après-midi, vingt
mille pèlerins étaient là, fiévreux, agités des plus ardents
espoirs. De minute en minute, le flot croissait toujours,
à tel point que le baron Suire, effrayé, sortit de la Grotte,
pour répéter à Berthaud :

— Mon ami, nous allons être débordés, c'est certain...
Doublez vos équipes, rapprochez vos hommes.

L'Hospitalité de Notre-Dame de Salut se trouvait seule
chargée du bon ordre, car il n'y avait là ni gardiens ni
policiers d'aucune sorte ; et c'était pourquoi le président
de l'association s'inquiétait ainsi. Mais Berthaud, dans
les circonstances graves, était un chef écouté, d'une
énergie rassurante.

— Soyez sans crainte, je réponds de tout... Je ne bougerai pas d'ici, tant que la procession de quatre heures
n'aura pas défilé.

Cependant, il appela Gérard d'un signe.

— Donne à tes hommes la consigne la plus sévère.
Qu'ils laissent passer les seules personnes munies d'une

carte... Et rapproche-les, dis-leur de tenir la corde fortement.

Là-bas, sous les lierres qui drapaient le roc, la Grotte
s'ouvrait, avec l'éternel braisillement de ses cierges. De
loin, elle apparaissait un peu écrasée, irrégulière, bien
étroite et modeste pour le souffle d'infini qui en sortait,
pâlissant et courbant toutes les têtes. La statue de la
Vierge n'était plus qu'une tache blanche, qui semblait
mouvante, dans le frisson de l'air, chauffé par les petites
flammes jaunes. Il fallait se hausser, on distinguait mal,
derrière la grille, l'autel d'argent, l'orgue-harmonium
tiré de sa housse, le tas des bouquets jetés, les ex-voto
bariolant les parois fumeuses. Et la journée était admirable, jamais encore un ciel plus pur ne s'était élargi
au-dessus de l'immense foule, la douceur de la brise
surtout paraissait délicieuse, après l'orage de la nuit,
qui avait fait tomber la chaleur trop pesante des deux
premiers jours.

Gérard dut jouer des coudes pour répéter les ordres.
Des poussées se produisaient déjà.

— Encore deux hommes ici ! Mettez-vous quatre, s'il
le faut, et tendez bien la corde !

C'était instinctif, invincible : les vingt mille personnes
qui étaient là, se trouvaient comme attirées par la Grotte,
allaient à elle, par une irrésistible attraction, où une
brûlante curiosité se mêlait à la soif du mystère. Tous
les yeux convergeaient, toutes les bouches, toutes les
mains, tous les corps étaient emportés vers le flamboiement pâle des cierges, vers la tache blanche, mouvante de la Vierge de marbre. Et, pour que le large
espace réservé aux malades, devant la grille, ne fût pas
envahi par la cohue croissante, il avait fallu l'entourer
d'une grosse corde, que les brancardiers tenaient des
deux mains, à des intervalles de deux ou trois mètres.
Ceux-ci avaient l'ordre de ne laisser passer que les

malades, portant la carte qui les hospitalisait, ou bien
les quelques personnes munies d'une autorisation spéciale.
Ils se contentaient de soulever la corde, puis la tendaient
de nouveau derrière les élus, sans écouter aucune supplication. Même ils se montraient un peu rudes, glissant
au plaisir d'user de cette autorité, dont ils étaient in-
vestis pour un jour. A la vérité, on les bousculait fort, et
ils devaient se soutenir les uns les autres, résister de
toute la solidité de leurs reins, pour ne pas être emportés.

Alors, pendant que les bancs, devant la Grotte, et le
vaste espace réservé se remplissaient de malades, de
petites voitures, de brancards, la foule, la foule immense
roula aux alentours. Elle partait de la place du Rosaire,
elle se perdait au fond de la promenade, le long du Gave;
et, sur toute la longueur, le trottoir était noir de monde,
une vague humaine si dense, que la circulation s'y trouvait arrêtée. Sur le parapet, une ligne interminable de
femmes assises, quelques-unes même debout, afin de
mieux voir, faisaient miroiter au soleil la soie de leurs
ombrelles, des soies claires, d'une gaieté de fête. On
avait voulu conserver une allée libre, pour amener les
malades; mais, continuellement, elle était envahie,
obstruée, de sorte que les voitures et les brancards restaient en chemin, noyés, perdus, jusqu'à ce qu'un brancardier les dégageât. C'était, cependant, un grand piétinement de troupeau docile, une foule d'une innocence,
d'une douceur d'agneaux, dont on n'avait à combattre
que l'involontaire poussée, l'aveugle masse roulant vers
la clarté des cierges. Jamais aucun accident n'était
arrivé, malgré l'excitation qui peu à peu montait et la
jetait au délire déréglé de la foi.

Mais, de nouveau, le baron Suire se fraya un passage.

— Berthaud! Berthaud! veillez donc à ce que le défilé
soit plus lent!... Il y a des femmes et des enfants qu'on
étouffe.

Cette fois, Berthaud eut un geste d'impatience.

— Ah ! dame, je ne puis pas être partout... Fermez la grille un instant, s'il le faut.

Il s'agissait du défilé qu'on organisait dans la Grotte, pendant l'après-midi entière. On laissait entrer les fidèles par la porte de gauche, et ils sortaient par la porte de droite.

— Fermer la grille ! s'écria le baron. Mais ce sera pis, tous viendront s'y écraser !

Justement, Gérard était là, qui s'oubliait à causer un instant avec Raymonde, debout de l'autre côté de la corde, tenant un bol de lait qu'elle portait à une vieille femme paralytique. Et Berthaud commanda au jeune homme de poster deux brancardiers à la porte d'entrée de la grille, avec la consigne de ne plus laisser passer les pèlerins que dix par dix. Puis, quand Gérard eut exécuté cet ordre, et qu'il revint, il retrouva Berthaud avec Raymonde, riant, plaisantant. Elle s'éloigna, les deux cousins la regardèrent, pendant qu'elle faisait boire la paralytique.

— Elle est charmante, et c'est décidé, tu l'épouses, n'est-ce pas?

— Je ferai ce soir ma demande à la mère. Je compte que tu m'accompagneras.

— Mais sans doute... Tu sais ce que je t'ai dit. Rien n'est plus raisonnable. L'oncle te casera avant six mois.

Une poussée les sépara. Berthaud alla s'assurer par lui-même, à la Grotte, si le défilé, maintenant, s'opérait avec méthode, sans bousculade. C'était, pendant des heures, le même flot ininterrompu de femmes, d'hommes, d'enfants, tous ceux qui voulaient, tous ceux qui passaient, venus du monde entier. Aussi les classes se trouvaient-elles singulièrement mêlées, des mendiants en loques à côté de bourgeois cossus, des paysannes, des dames bien mises, des servantes en cheveux, des fillettes pieds nus, des fillettes pommadées, le front ceint d'un

32

ruban. L'entrée était libre, le mystère s'ouvrait pour
tous, aux incroyants comme aux fidèles, à ceux que
l'unique curiosité poussait comme à ceux qui pénétraient
là, le cœur défaillant d'amour. Et il fallait les voir, tous
presque aussi émus, dans l'odeur tiède de la cire, un peu
étouffés par cet air lourd de tabernacle qui s'amassait
sous la roche, regardant à leurs pieds, par crainte de glisser
sur les grilles de fonte. Beaucoup restaient ahuris, ne
s'inclinaient même pas, examinaient les choses, avec
la sourde inquiétude des indifférents égarés dans l'inconnu
redoutable d'un sanctuaire. Mais les dévots se signaient,
jetaient parfois des lettres, déposaient des cierges et des
bouquets, baisaient le roc, au-dessous de la Vierge, ou
bien frottaient à cette place des chapelets, des médailles,
les menus objets de piété, que ce contact suffisait à bénir.
Et le défilé continuait, continuait sans fin, pendant des
jours, pendant des mois, depuis des années ; et il semblait
que toute la terre vînt passer là, au fond de ce coin de
rocher, toutes les misères et toutes les souffrances humaines à la file, dans cette sorte de ronde hypnotisée et
contagieuse, en quête du bonheur.

Lorsque Berthaud eut constaté que les choses, partout,
s'organisaient le mieux du monde, il se promena en
simple spectateur, surveillant ses hommes. Son inquiétude
unique restait la procession du Saint-Sacrement, pendant laquelle une telle frénésie se déclarait, que des accidents étaient toujours à craindre. Cette dernière journée
s'annonçait fervente, par le frisson de foi exaltée qu'il
sentait déjà monter de la foule. L'entraînement s'achevait, la fièvre du voyage, l'obsession des mêmes cantiques
répétés sans fin, la hantise entêtée des mêmes exercices
religieux, et toujours les conversations sur les miracles,
et toujours l'idée fixée sur le flamboiement divin de
la Grotte. Beaucoup ne dormaient pas depuis trois nuits,
en arrivaient à un état de veille hallucinée, marchant

dans un rêve qui s'exaspérait. Aucun repos ne leur était laissé, les continuelles prières étaient comme un fouet cinglant leurs âmes. Jamais les appels à la sainte Vierge ne cessaient, des prêtres se succédaient dans la chaire, criant la douleur universelle, dirigeant les supplications désespérées de la foule, pendant tout le temps que les malades demeuraient là, devant la pâle statue de marbre, qui souriait, les mains jointes, les yeux au ciel.

A ce moment, la chaire de pierre blanche, à droite de la Grotte, contre le roc, se trouvait occupée par un prêtre de Toulouse, que Berthaud connaissait et qu'il écouta un instant, d'un air approbateur. C'était un gros homme, à la parole grasse, célèbre par ses succès oratoires. D'ailleurs, toute l'éloquence consistait ici en des poumons solides, en une façon violente de lancer la phrase, le cri, que la foule entière devait répéter; car ce n'était guère qu'une vociération, coupée d'*Ave* et de *Pater*.

Le prêtre, qui venait d'achever le chapelet, tâcha de se grandir sur ses courtes jambes, jeta le premier appel des litanies qu'il inventait, qu'il conduisait à sa guise, selon l'inspiration dont il était possédé.

— Marie, nous vous aimons!

Et la foule répéta, d'un souffle plus bas, confus et brisé :

— Marie, nous vous aimons!

Dès lors, cela ne s'arrêta plus. La voix du prêtre sonnait à toute volée, la voix de la foule reprenait, dans un balbutiement de douleur :

— Marie, vous êtes notre seul espoir!
— Marie, vous êtes notre seul espoir!
— Vierge pure, faites-nous plus purs, parmi les purs!
— Vierge pure, faites-nous plus purs, parmi les purs!
— Vierge puissante, sauvez nos malades!
— Vierge puissante, sauvez nos malades!

Souvent, lorsque son imagination restait à court, ou

lorsqu'il voulait enfoncer davantage un cri, jusqu'à
trois fois il le répétait; tandis que la foule, docile, le
répétait également trois fois, frémissante sous l'énervement de cette lamentation obstinée, qui augmentait sa
fièvre.

Les litanies continuèrent, et Berthaud retourna vers la
Grotte. Ceux qui défilaient à l'intérieur, avaient, en
faisant face aux malades, un spectacle extraordinaire.
Tout le vaste espace, entre les cordes, était empli par les
mille à douze cents malades que le pèlerinage national
avait amenés; et c'était, sous le grand ciel pur, dans la
journée radieuse, le plus navrant pêle-mêle qu'on pût voir.
Les trois hôpitaux avaient vidé là leurs salles d'épouvante.
Au plus loin, d'abord, sur les bancs, on venait d'entasser
les valides, ceux qui pouvaient encore se tenir assis.
Beaucoup étaient pourtant calés avec des coussins;
d'autres s'épaulaient entre eux, les forts soutenaient les
faibles. Puis, en avant, devant la Grotte même, les grands
malades restaient allongés, les dalles disparaissaient sous
ce pitoyable flot, une mare d'horreur élargie et stagnante.
Il s'était produit un enchevêtrement de voitures, de
brancards, de matelas, inexprimable. Certains, dans des
chariots, des gouttières, des sortes de cercueils, se soulevaient, dominaient; tandis que les plus nombreux, au
ras de terre, semblaient couchés sur le sol. Il y en avait
de vêtus, étendus simplement sur les toiles à carreaux
des matelas. On avait apporté les autres avec leur literie,
on ne voyait que leur tête et leurs mains pâles, en dehors
des draps. Peu de ces grabats étaient propres. Seuls,
quelques oreillers éblouissants de blancheur, ornés d'une
broderie par une coquetterie dernière, éclataient parmi
la misère crasseuse des autres, un déballage de loques,
des couvertures fripées, des linges éclaboussés de souil-
lures. Cela poussé, serré, empilé au petit bonheur de
l'arrivée, des femmes, des hommes, des enfants, des

prêtres, les gens déshabillés avec les gens vêtus, sous le plein jour aveuglant.

Et toutes les maladies y étaient, l'affreux défilé qui, deux fois par jour, sortait des hôpitaux pour traverser Lourdes épouvanté. Des têtes mangées par l'eczéma, des fronts couronnés de roséole, des nez et des bouches dont l'éléphantiasis avait fait des groins informes. Puis, des hydropiques, gonflées comme des outres, des rhumatisantes aux mains tordues, aux pieds enflés, pareils à des sacs bourrés de chiffons, une hydrocéphale dont le crâne énorme, trop lourd, se renversait en arrière. Puis, des phtisiques, tremblant la fièvre, épuisées de dysenterie, la peau livide, d'une maigreur de squelette. Puis, les difformités des contractures, les tailles déjetées, les bras retournés, les cous plantés de travers, les pauvres êtres cassés et broyés, immobilisés en des postures de pantins tragiques. Puis, de tristes filles rachitiques étalant leur teint de cire, leur nuque frêle, rongée d'humeurs froides; des femmes jaunes, hébétées, dans la stupeur douloureuse des misérables que le cancer dévore; d'autres blémissantes, n'osant bouger, redoutant le choc des tumeurs, dont la pesante angoisse les étouffait. Sur les bancs, des sourdes ahuries n'entendaient rien, chantaient quand même; des aveugles, la tête haute et droite, restaient, pendant des heures, tournées vers la statue de la Vierge, qu'elles ne pouvaient voir. Et il y avait encore la folle, frappée d'imbécillité, le nez emporté par quelque chancre, qui riait d'un rire terrifiant, avec sa bouche vide et noire; et il y avait l'épileptique qu'une récente crise avait laissée d'une pâleur de mort, l'écume aux coins des lèvres.

Mais la maladie, la souffrance n'importaient plus, depuis que tous étaient là, assis ou couchés, les yeux fixés sur la Grotte. Les pauvres visages décharnés, couleur de terre, se transfiguraient, se mettaient à brûler d'espoir. Des

32.

mains ankylosées se joignaient, des paupières trop lourdes trouvaient la force de se soulever, des voix éteintes se ranimaient, aux appels du prêtre. D'abord, ce n'étaient que des balbutiements indistincts, pareils à des petits souffles de vent qui se levaient, épars au-dessus de la foule. Ensuite, le cri montait, s'étendait, gagnait la foule elle-même, d'un bout à l'autre de l'immense place.

— Marie conçue sans péché, priez pour nous ! criait le prêtre de sa voix tonnante.

Et les malades, et les pèlerins répétaient de plus en plus haut :

— Marie conçue sans péché, priez pour nous !

Ensuite, cela se dévidait, s'accélérait encore.

— Mère très pure, Mère très chaste, vos enfants sont à vos pieds !

— Mère très pure, Mère très chaste, vos enfants sont à vos pieds !

— Reine des Anges, dites un mot, et nos malades seront guéris !

— Reine des Anges, dites un mot, et nos malades seront guéris !

Cependant, du côté de la chaire, M. Sabathier se trouvait au second rang. Il s'était fait amener de bonne heure, voulant choisir sa place, en vieil habitué qui connaissait les bons coins. Puis, il lui semblait qu'il y avait un intérêt capital à être le plus près possible, sous les yeux mêmes de la Vierge, comme si elle avait eu besoin de voir ses fidèles, pour ne pas les oublier. Depuis les sept années qu'il venait, il ne nourrissait d'ailleurs que cet espoir : se faire remarquer d'elle un jour, la toucher enfin, obtenir sa guérison, sinon au choix, du moins à l'ancienneté. Cela ne lui demandait que de la patience, sans que la solidité de sa foi en fût ébranlée le moins du monde. Seulement, en pauvre homme résigné, un peu las d'être ajourné toujours, il se permettait parfois des dis-

tractions. Il avait obtenu de garder près de lui sa femme,
assise sur un pliant, et il aimait à causer, à lui faire part
de ses réflexions.

— Chère amie, relève-moi un peu... Je glisse, je
suis très mal.

Il était vêtu, en pantalon et en veston de grosse laine,
assis sur son matelas, le dos appuyé contre une chaise
renversée.

— Es-tu mieux ? demanda madame Sabathier.

— Oui, oui...

Puis, s'intéressant au frère Isidore, qu'on avait fini par
amener quand même, et qui occupait un matelas voisin,
couché, le drap au menton, les mains seules dehors,
jointes sur la couverture :

— Ah! le pauvre homme... C'est bien imprudent, mais
la sainte Vierge est si puissante, quand elle veut bien!

Il reprenait son chapelet, lorsqu'il s'interrompit de
nouveau, en apercevant madame Maze qui venait de se
glisser dans l'enceinte réservée, si mince, si discrète,
qu'elle avait sans doute passé par-dessous les cordes, sans
qu'on la remarquât. Elle s'était assise à l'extrémité d'un
banc, elle n'y tenait pas plus de place qu'une fillette, bien
sage, immobile. Et sa face longue aux traits lassés, ses
trente-deux ans de blonde flétrie, fanée avant l'âge, respi-
raient une tristesse sans bornes, un abandon infini.

— Alors, reprit tout bas M. Sabathier, en s'adressant à
sa femme, avec un petit signe du menton, c'est pour la
conversion de son mari qu'elle prie, cette dame... Tu t'es
rencontrée avec elle, ce matin, dans une boutique.

— Oui, oui, répondit madame Sabathier. Et puis, j'ai
causé d'elle avec une autre dame qui la connaît... Son mari
est voyageur de commerce. Il la quitte pendant des six
mois, s'en va avec des créatures. Oh! un garçon très gai,
très gentil, qui ne la laisse pas manquer d'argent.
Seulement, elle l'adore, elle ne peut se faire à son

abandon et vient demander à la sainte Vierge de le lui
rendre... En ce moment, paraît-il, il est justement à
Luchon avec deux dames, les deux sœurs...

D'un geste, M. Sabathier interrompit sa femme. Il
regardait la Grotte, il redevenait l'intellectuel, l'ancien
professeur que les questions d'art avaient passionné autrefois.

— Vois-tu, ils ont gâté la Grotte, en voulant trop la
faire belle. Je suis certain qu'elle était beaucoup mieux,
dans sa sauvagerie d'autrefois. Elle a perdu de son caractère... Et quelle affreuse boutique ils ont collée là, à
gauche !

Mais il eut le brusque remords de sa distraction. Pendant ce temps-là, la sainte Vierge ne distinguait-elle pas
un de ses voisins, plus fervent, d'une meilleure tenue
que lui ? Inquiet, il retomba dans sa modestie, dans sa
patience, l'œil éteint et sans pensée, attendant le bon
plaisir du ciel.

D'ailleurs, l'éclat d'une voix nouvelle le ramenait à cet
anéantissement, à cette mort du raisonneur lettré qu'il
avait jadis été. C'était un autre prédicateur qui venait de
monter en chaire, un capucin cette fois, et dont le cri
guttural, répété avec insistance, secouait la foule d'un
frisson.

— Sainte Vierge des vierges, soyez bénie !

— Sainte Vierge des vierges, soyez bénie !

— Sainte Vierge des vierges, ne détournez pas la face
de vos enfants !

— Sainte Vierge des vierges, ne détournez pas la face
de vos enfants !

— Sainte Vierge des vierges, soufflez sur nos plaies, et
nos plaies sécheront !

— Sainte Vierge des vierges, soufflez sur nos plaies, et
nos plaies sécheront !

Occupant le bout du premier banc, au bord de l'allée

centrale qui s'encombrait, la famille Vigneron avait réussi à se caser. Ils étaient tous là : le petit Gustave, assis et affaissé, sa béquille entre les jambes ; la mère, à côté de lui, suivant les prières en bourgeoise correcte ; la tante, madame Chaise, de l'autre côté, gênée par la foule, suffoquée ; et M. Vigneron, silencieux, qui examinait depuis un moment cette dernière avec attention.

— Qu'avez-vous donc, ma chère ? Est-ce que vous vous trouvez mal ?

Elle respirait avec peine.

— Mais je ne sais pas... Je ne sens plus mes membres, et l'air me manque tout à fait.

A l'instant, il venait de songer que cette agitation, ces fièvres, ces bousculades d'un pèlerinage ne devaient guère être bonnes pour une maladie de cœur. Certes, il ne souhaitait la mort de personne, il n'avait jamais demandé à la sainte Vierge une chose pareille. Si, déjà, elle avait exaucé son vœu d'avancement, grâce à la mort subite de son chef, c'était que celui-ci, certainement, devait être condamné, dans les desseins du ciel. Et, de même, si madame Chaise mourait la première, en laissant sa fortune à Gustave, il n'aurait qu'à s'incliner devant la volonté de Dieu, qui veut d'ordinaire que les gens âgés partent avant les jeunes. Son espoir, inconsciemment, n'en fut pas moins si vif, qu'il ne put s'empêcher d'échanger un regard avec sa femme, envahie par la même pensée involontaire.

— Gustave, recule-toi, s'écria-t-il. Tu gênes ta tante.

Et, comme Raymonde passait :

— Mademoiselle, vous n'auriez pas un verre d'eau ? Nous avons là une de nos parentes qui perd connaissance.

Mais madame Chaise refusa du geste. Elle se remettait, elle reprit haleine avec effort.

— Non, rien, merci... Me voilà mieux... Ah ! j'ai bien cru que, cette fois, j'étouffais !

La peur la laissait tremblante, avec des yeux hagards, dans sa face blême. Elle joignit de nouveau les mains, elle supplia la sainte Vierge de la sauver des autres crises, de la guérir; tandis que les Vigneron, l'homme et la femme, braves gens, retombaient au vœu sourd de bonheur qu'ils venaient faire à Lourdes : une vieillesse heureuse, bien méritée par vingt ans d'honnêteté, une fortune solide qu'ils iraient sur le tard manger à la campagne, en cultivant les fleurs. Le petit Gustave, qui avait tout vu, tout remarqué, de ses yeux vifs, avec son intelligence affinée par la souffrance, ne priait pas, souriait au vide, de son sourire perdu et énigmatique. A quoi bon prier? il savait que la sainte Vierge ne le guérirait pas, et qu'il mourrait.

Mais M. Vigneron ne pouvait rester longtemps sans s'occuper de ses voisins. Au milieu de l'allée centrale, encombrée, on avait déposé madame Dieulafay, venue en retard; et il s'émerveillait de ce luxe, de cette sorte de cercueil capitonné de soie blanche, où la jeune femme gisait, vêtue elle-même d'un peignoir rose, garni de valenciennes. Le mari, en redingote, et la sœur, en toilette noire, d'une simple et merveilleuse élégance, restaient debout; tandis que l'abbé Judaine, agenouillé près de la malade, achevait une fervente prière.

Lorsque le prêtre se releva, M. Vigneron lui fit une petite place sur le banc, à côté de lui. Il se permit ensuite de l'interroger.

— Eh bien! monsieur le curé, cette pauvre jeune femme éprouve-t-elle un peu de mieux?

L'abbé Judaine eut un geste d'infinie tristesse.

— Hélas! non... J'étais plein d'un si grand espoir! C'est moi qui ai décidé la famille à venir. La sainte Vierge m'avait fait, il y a deux ans, une grâce tellement extraordinaire en guérissant mes pauvres yeux perdus, que je comptais obtenir d'elle encore une faveur...

Enfin, je ne veux pas désespérer. Nous avons jusqu'à demain.

M. Vigneron examinait ce visage de femme, dont on retrouvait l'ovale pur, les yeux admirables, maintenant anéanti, couleur de plomb, pareil au masque de la mort, parmi les dentelles.

— C'est vraiment bien triste, murmura-t-il.

— Et si vous l'aviez vue, l'été dernier ! reprit le prêtre. Ils ont leur château à Saligny, ma paroisse, et je dînais souvent chez eux... Je ne puis regarder sans tristesse sa sœur aînée, madame Jousseur, cette dame en noir qui est là; car elle lui ressemble beaucoup, et la malade était plus jolie encore, une des beautés de Paris. Comparez, voyez cet éclat, cette grâce souveraine, à côté de cette pauvre créature pitoyable... Cela serre le cœur, quelle leçon affreuse !

Il se tut un instant. Le saint homme qu'il était si naturellement, sans passions aucunes, sans intelligence vive qui le dérangeât dans sa foi, montrait une admiration naïve pour la beauté, la richesse, la puissance, qu'il n'avait jamais enviées. Cependant, il osa exprimer un doute, un scrupule qui troublait sa sérénité habituelle.

— Moi, j'aurais voulu qu'elle vînt ici plus simplement, sans tout cet appareil de luxe, parce que la sainte Vierge préfère les humbles... Mais je comprends très bien qu'il y a des nécessités sociales. Et puis, son mari et sa sœur l'aiment tant ! Songez qu'ils se sont résignés à quitter, lui ses affaires, elle ses plaisirs, si bouleversés à l'idée de la perdre, qu'ils ont toujours ces yeux humides, cet air éperdu que vous leur voyez. Aussi faut-il les excuser de lui donner la joie d'être belle jusqu'à la dernière heure.

D'un hochement de tête, M. Vigneron approuvait. Ah ! ce n'étaient pas les gens riches qui avaient le plus de chance, à la Grotte ! Des servantes, des paysannes, des

pauvresses guérissaient, lorsque les dames s'en retournaient avec leurs maladies, sans soulagement, en dépit
de leurs cadeaux et des gros cierges qu'elles faisaient brûler. Et, malgré lui, il regarda madame Chaise, qui, remise, se reposait d'un air béat.

Mais un souffle courut dans la foule, et l'abbé Judaine
dit encore :

— Voici le père Massias qui monte en chaire. C'est un
saint, écoutez-le.

On le connaissait, il ne pouvait paraître, sans que
toutes les âmes fussent agitées d'une soudaine espérance,
car on racontait que sa grande ferveur aidait aux miracles.
Il passait pour avoir une voix de tendresse et de force,
aimée de la Vierge.

Toutes les têtes s'étaient levées, l'émotion grandit encore, lorsqu'on aperçut le père Fourcade, venu jusqu'au
pied de la chaire, en s'appuyant sur l'épaule de son frère
bien-aimé, préféré entre tous ; et il restait là, afin de
l'entendre lui aussi. Son pied goutteux le faisait souffrir
davantage depuis le matin, il lui fallait un grand courage
pour demeurer ainsi debout, souriant. L'exaltation croissante de la foule le rendait heureux, il prévoyait des
prodiges, des guérisons éclatantes, à la gloire de Marie
et de Jésus.

Dans la chaire, le père Massias ne parla pas tout de
suite. Il semblait très grand, maigre et pâle, avec une face
d'ascète, que sa barbe décolorée allongeait encore. Ses
yeux étincelaient, sa grande bouche éloquente se gonflait
passionnément.

— Seigneur, sauvez-nous, nous périssons !

Et la foule, emportée, répéta, dans une fièvre qui augmentait de minute en minute :

— Seigneur, sauvez-nous, nous périssons !

Il ouvrait les bras, il lançait son cri de flamme, comme
s'il l'eût arraché de son cœur embrasé.

— Seigneur, si vous le voulez, vous pouvez me guérir !

— Seigneur, si vous le voulez, vous pouvez me guérir !

— Seigneur, je ne suis pas digne que vous entriez dans ma maison, mais dites seulement une parole, et je serai guéri !

— Seigneur, je ne suis pas digne que vous entriez dans ma maison, mais dites seulement une parole, et je serai guéri !

Marthe, la sœur du frère Isidore, s'était mise à causer tout bas avec madame Sabathier, près de qui elle venait enfin de s'asseoir. Toutes deux avaient fait connaissance à l'Hôpital; et, dans le rapprochement de tant de souffrance, la servante disait familièrement à la bourgeoise combien elle était inquiète de son frère; car, elle le voyait bien, il n'avait plus qu'un souffle. La sainte Vierge pouvait se dépêcher, si elle voulait le guérir. C'était déjà un miracle qu'on l'eût amené vivant, jusqu'à la Grotte.

Dans sa résignation de pauvre créature simple, elle ne pleurait pas. Mais elle avait le cœur si gros, que ses rares paroles s'étouffaient. Puis, un flot du passé lui revint; et, la bouche empâtée de ses longs silences, elle soulagea son cœur.

— Nous étions quatorze à la maison, à Saint-Jacut, près de Vannes... Lui, tout grand qu'il était, a toujours été chétif; et c'est pour ça qu'il est resté avec notre curé, lequel a fini par le mettre dans les Écoles chrétiennes... Les aînés ont pris le bien, et moi, j'ai préféré entrer en condition. Oui, c'est une dame qui m'a ramenée avec elle à Paris, voici cinq ans déjà... Ah! que de peine dans la vie! Tout le monde a tant de peine!

— Vous avez bien raison, ma fille, répondit madame Sabathier, en regardant son mari, qui répétait avec dévotion chaque phrase du père Massias.

— Alors, continua Marthe, voilà que j'ai su, le mois dernier, qu'Isidore, revenu des pays chauds, où il était

33

en mission, avait rapporté de là-bas une mauvaise maladie... Alors, quand j'ai couru le voir, il m'a dit qu'il allait
mourir, s'il ne partait pas pour Lourdes, mais que ça lui
était impossible de faire le voyage, parce qu'il n'avait personne pour l'accompagner... Alors, j'avais quatre-vingts
francs d'économies, et j'ai quitté ma place, et nous
sommes partis ensemble... Voyez-vous, madame, si je
l'aime bien, c'est que, lorsque j'étais petite, il m'apportait
des groseilles de la cure, tandis que mes autres frères
me battaient.

Elle retomba dans son silence, le visage gonflé de
chagrin, sans que les larmes pussent couler de ses tristes
yeux brûlés par les veilles. Et elle ne bégaya plus que des
mots sans suite.

— Regardez-le donc, madame... Ça fait pitié... Ah!
mon Dieu, ses pauvres joues, son pauvre menton, sa
pauvre figure...

C'était, en effet, un spectacle lamentable. Madame Sabathier avait le cœur retourné, à voir le frère Isidore si
jaune, si terreux, glacé d'une sueur d'agonie. Il ne
montrait toujours hors du drap que ses mains jointes et
son visage encadré de cheveux rares ; mais, si les mains
de cire semblaient mortes, si la longue face douloureuse n'avait plus un trait qui remuât, les yeux vivaient
encore, des yeux d'amour inextinguible, dont la flamme
suffisait à éclairer tout son visage expirant de Christ
en croix. Et jamais le contraste ne s'était accusé si
nettement, entre le front bas, l'air borné, bestial du
paysan, et la splendeur divine qui sortait de ce pauvre
masque humain, dévasté, sanctifié par la souffrance, devenu sublime à l'heure dernière, dans le flamboiement
passionné de la foi. La chair s'était comme fondue, il
n'était plus même un souffle, il n'était qu'un regard,
une lumière.

Depuis qu'on l'avait déposé là, le frère Isidore ne quittait pas des yeux la statue de la Vierge. Rien d'autre n'existait autour de lui. Il ne voyait pas la foule énorme, il n'entendait même pas les cris éperdus des prêtres, les cris incessants qui secouaient cette foule frémissante. Ses yeux seuls lui restaient, ses yeux brûlants d'une infinie tendresse, et ils s'étaient fixés sur la Vierge, pour ne jamais plus s'en détourner. Ils la buvaient jusqu'à la mort, dans une volonté dernière de disparaître, de s'éteindre en elle. Un instant, la bouche s'entr'ouvrit, une expression de béatitude céleste détendit le visage. Puis, rien ne bougea plus, les yeux demeuraient grands ouverts, obstinément fixés sur la statue blanche.

Quelques secondes s'écoulèrent. Marthe avait senti un souffle froid, qui lui glaçait la racine des cheveux.

— Dites donc, madame, regardez !

Anxieuse, madame Sabathier feignit de ne pas comprendre.

— Quoi donc ? ma fille.

— Mon frère, regardez !.. Il ne bouge plus. Il a ouvert la bouche, et puis il n'a plus bougé.

Alors, toutes deux frémirent, dans la certitude qu'il était mort. Il venait de passer, sans un râle, sans un souffle, comme si la vie s'en fût allée dans son regard, par ses grands yeux d'amour, dévorants de passion. Il avait expiré en regardant la Vierge, et rien n'était d'une douceur comparable, et il continuait à la regarder de ses yeux morts, avec d'ineffables délices.

— Tâchez de lui fermer les yeux, murmura madame Sabathier. Nous saurons bien.

Marthe s'était levée ; et, se penchant, pour qu'on ne la vît pas, elle s'efforça de fermer les yeux, d'un doigt qui tremblait. Mais, chaque fois, les yeux se rouvraient, regardaient de nouveau la Vierge, obstinément. Il était mort, et elle dut les laisser grands ouverts, noyés d'une extase sans fin.

— Ah! c'est fini, c'est bien fini, madame! bégaya-t-elle.

Deux larmes crevèrent de ses paupières lourdes, coulèrent sur ses joues ; tandis que madame Sabathier lui
saisissait la main, pour la faire taire. Des chuchotements
avaient couru, une inquiétude déjà se propageait. Mais
quel parti prendre? Au milieu d'une telle cohue, pendant les prières, on ne pouvait emporter ce corps, sans
courir le risque de produire un effet désastreux. Le
mieux était de le laisser là, en attendant un moment
favorable. Il ne scandalisait personne, il ne semblait pas
plus mort que dix minutes auparavant, et tout le monde
pouvait croire que ses yeux de flamme vivaient toujours,
dans leur ardent appel à la divine tendresse de la sainte
Vierge.

Seules, parmi l'entourage, quelques personnes savaient.
Effaré, M. Sabathier avait questionné sa femme d'un
petit signe ; et, renseigné par une muette et longue affirmation, il s'était remis sans révolte à prier, pâlissant devant la mystérieuse toute-puissance qui envoyait la mort,
lorsqu'on lui demandait la vie. Les Vigneron, extraordi-
nairement intéressés, se penchaient, chuchotaient, comme
à la suite d'un accident de la rue, un de ces faits divers
que le père, à Paris, rapportait parfois de son bureau et
qui occupaient toute la soirée. Madame Jousseur s'était
tournée, avait murmuré un simple mot à l'oreille de
M. Dieulafay ; puis, ils étaient retombés l'un et l'autre
dans la contemplation navrée de leur chère malade ;
tandis que l'abbé Judaine, averti par M. Vigneron, s'agenouillait, disait à voix basse, très ému, les prières des
morts. N'était-ce point un saint, ce missionnaire, revenu
des pays meurtriers avec sa blessure mortelle au flanc,
pour mourir là, sous le regard souriant de la sainte Vierge?
Et madame Maze était prise du goût de la mort, résolue
à supplier le ciel de la supprimer ainsi, discrètement,
s'il ne l'exauçait pas en lui rendant son mari.

Mais le cri du père Massias monta encore, éclata avec une force de désespérance terrible, dans un déchirement de sanglot.

— Jésus, fils de David, je vais périr, sauvez-moi !

Et la foule sanglota après lui.

— Jésus, fils de David, je vais périr, sauvez-moi !

Puis, coup sur coup, les appels s'entêtèrent à crier de plus en plus haut la misère exaspérée du monde.

— Jésus, fils de David, ayez pitié de vos enfants malades !

— Jésus, fils de David, ayez pitié de vos enfants malades ! .

— Jésus, fils de David, venez, guérissez-les, et qu'ils vivent !

— Jésus, fils de David, venez, guérissez-les, et qu'ils vivent !

C'était du délire. Le père Fourcade, au pied de la chaire, gagné par l'extraordinaire passion qui débordait des cœurs, avait levé les bras, criant lui aussi de sa voix de foudre, pour violenter le ciel. Et l'exaltation croissait toujours, sous ce vent du désir, dont le souffle courbait la foule, de proche en proche, jusqu'aux jeunes dames simplement curieuses, assises là-bas sur le parapet du Gave, blêmissantes sous leurs ombrelles. La misérable humanité clamait du fond de son abîme de souffrance, et la clameur passait en un frisson sur toutes les nuques, et il n'y avait plus là qu'un peuple agonisant, se refusant à la mort, voulant forcer Dieu à décréter l'éternelle vie. Ah ! la vie, la vie ! tous ces malheureux, tous ces moribonds accourus de si loin, parmi tant d'obstacles, ils ne voulaient qu'elle, ils ne réclamaient qu'elle, dans un besoin désordonné de la vivre encore, de la vivre toujours ! Oh ! Seigneur, quelle que soit notre misère, quel que soit notre tourment de vivre, guérissez-nous, faites que nous recommencions à vivre, pour souffrir de nouveau ce que

33

nous avons souffert. Si malheureux que nous soyons, nous
voulons être. Ce n'est pas le ciel que nous vous demandons, c'est la terre, c'est de la quitter le plus tard possible,
c'est de ne la quitter jamais, si votre pouvoir daignait aller
jusque-là. Et même, lorsque nous n'implorons plus une
guérison physique, mais une faveur morale, c'est encore
le bonheur que nous vous demandons, le bonheur dont la
soif unique nous brûle. Oh! Seigneur, faites que nous
soyons heureux et bien portants, laissez-nous vivre,
laissez-nous vivre!

Ce cri fou, le cri du furieux désir de la vie, jeté par le
père Massias, se brisait, sortait en larmes de toutes les
poitrines.

— Oh! Seigneur, fils de David, guérissez nos malades!
— Oh! Seigneur, fils de David, guérissez nos malades!

Deux fois, Berthaud avait dû se précipiter, pour
empêcher que les cordes ne fussent rompues, sous les
poussées inconscientes de la foule. Désespéré, submergé,
le baron Suire faisait des gestes, suppliant qu'on vînt à
son secours; car la Grotte se trouvait envahie, le défilé
n'était plus qu'un piétinement de troupeau, se ruant à
sa passion. Vainement, Gérard quitta de nouveau Raymonde, alla se poster lui-même à la porte d'entrée de la
grille, afin de rétablir la consigne, dix personnes par dix
personnes. Il fut bousculé, balayé à l'écart. Tout le peuple
enfiévré, exalté, entrait, passait comme un torrent dans le
flamboiement des cierges, jetait des bouquets et des lettres
à la sainte Vierge, baisait la roche, que des millions de
bouches enflammées avaient polie. C'était la foi déchaînée,
la grande force, que rien n'arrêtait plus.

Et Gérard, alors, écrasé contre la grille, entendit deux
paysannes, que le défilé charriait, s'exclamer sur le spectacle des malades, gisant devant elles. L'une venait d'être
frappée par la face si pâle du frère Isidore, avec ses
grands yeux, démesurément ouverts, fixés sur la statue de

la Vierge. Elle se signa, elle murmura, envahie d'une admiration dévote :

— Oh! vois donc celui-là, comme il prie de tout son cœur, et comme il regarde Notre-Dame de Lourdes!

L'autre paysanne répondit :

— Bien sûr qu'elle va le guérir, il est trop beau!

Dans l'acte d'amour et de foi qu'il continuait du fond de son néant, le mort, avec la fixité infinie de son regard, touchait tous les cœurs, faisait l'édification profonde de ce peuple, dont le défilé ne cessait pas.

III

C'était le bon abbé Judaine qui devait porter le Saint-Sacrement à la procession de quatre heures. Depuis que la sainte Vierge l'avait guéri d'une maladie d'yeux, miracle dont les journaux catholiques retentissaient encore, il était une des gloires de Lourdes; et on l'y mettait à la première place, on l'y honorait par toutes sortes de prévenances.

A trois heures et demie, il se leva, voulut quitter la Grotte. Mais l'affluence extraordinaire de la foule l'effraya, il craignit d'être en retard, s'il ne parvenait pas à se dégager. Heureusement, une aide lui vint.

— Monsieur le curé, expliqua Berthaud, n'essayez point de passer par le Rosaire, vous resteriez en chemin. Le mieux est de monter par les lacets... Et tenez! suivez-moi, je marche devant vous.

Il joua des coudes, fendit le flot compact, ouvrant un chemin au prêtre, qui se confondait en remerciements.

— Vous êtes trop aimable... C'est de ma faute. Je me suis oublié... Mais, bon Dieu! comment allons-nous faire tout à l'heure pour passer, avec la procession?

Cette procession restait l'inquiétude de Berthaud. Les jours ordinaires, elle déterminait sur son passage une crise folle d'exaltation, qui le forçait à prendre des mesures spéciales. Qu'allait-il arriver, au travers de cette foule entassée de trente mille personnes, fouettée d'une telle fièvre de foi, déjà prête à la divine frénésie? Aussi, très raisonnable, profita-t-il de l'occasion pour faire les recommandations les plus sages.

— Ah! monsieur le curé, je vous en prie, dites bien à ces messieurs du clergé de ne pas laisser d'espace entre eux, de marcher sans hâte, les uns dans les autres... Et surtout qu'on tienne les bannières solidement, pour qu'elles ne soient pas chavirées... Quant à vous, monsieur le curé, veillez à ce que les hommes du dais soient vigoureux, et serrez le linge autour du nœud de l'ostensoir, n'ayez pas peur de le porter à deux mains, de toute votre force.

Un peu effrayé par ces recommandations, le prêtre remerciait toujours.

— Sans doute, sans doute, vous êtes bien aimable... Ah! monsieur, que de reconnaissance je vous ai, pour m'avoir aidé à sortir de tout ce monde!

Et, dégagé enfin, il se hâta de gagner la Basilique par l'étroit chemin en lacets qui monte au travers du coteau; tandis que son compagnon se replongeait dans la cohue, pour aller reprendre son poste de surveillance.

Au même moment, Pierre, qui amenait Marie dans son chariot, se heurtait, de l'autre côté, du côté de la place du Rosaire, contre le mur impénétrable de la foule. A trois heures, la servante de l'hôtel l'avait réveillé, pour qu'il allât prendre la jeune fille à l'Hôpital. Rien ne pressait, ils avaient grandement le temps d'arriver à la Grotte, avant la procession. Mais cette foule immense, ce mur résistant qu'il ne savait par où percer, commençait à lui causer quelque inquiétude. Jamais il ne passerait avec la petite voiture qu'il traînait, si les gens n'y mettaient pas un peu de complaisance.

— Allons, mesdames, allons, je vous en prie!... Vous voyez bien, c'est pour une malade!

Les dames ne bougeaient pas, hypnotisées par la vue de la Grotte braisillante au loin, se haussant sur la pointe des pieds afin de ne rien perdre du spectacle. D'ailleurs, la clameur des litanies était si forte, à ce moment-là, qu'on n'entendait même pas les supplications du jeune prêtre.

— Monsieur, écartez-vous, laissez-moi passer... Un peu de place pour une malade, voyons, écoutez-moi donc!

Et les hommes, pas plus que les femmes, ne consentaient à bouger, hors d'eux-mêmes, dans un ravissement aveugle et sourd.

Marie, du reste, souriait avec sérénité, comme ignorante de l'obstacle, certaine que rien au monde ne l'empêcherait d'aller à la guérison. Pourtant, lorsque Pierre eut trouvé une fissure et se fut engagé dans le flot mouvant, la situation s'aggrava. De toutes parts, la houle battait le frêle chariot, menaçait par moments de le submerger. A chaque pas, il fallait s'arrêter, attendre, recommencer à supplier les gens. Pierre n'avait jamais eu une sensation si anxieuse de la foule. Elle était sans menace, d'une innocence et d'une passivité de troupeau; mais il y trouvait un frisson troublant, un souffle particulier qui le bouleversait. Et, malgré son amour des humbles, la laideur des visages, les faces communes et suantes, les haleines gâtées, les vieux vêtements sentant le pauvre, le faisaient souffrir jusqu'à la nausée.

— Voyons, mesdames, voyons, messieurs, il s'agit d'une malade... Un peu de place, je vous en prie!

Le chariot, noyé, ballotté dans cette vaste mer, continuait à s'avancer par saccades, mettant des minutes à conquérir quelques mètres de terrain. Un instant, on put le croire englouti, rien ne surnageait. Puis, il reparut, arriva à la hauteur des piscines. Une tendre sympathie finissait par se faire pour cette jeune fille malade, si ravagée de souffrance, si belle encore. Quand les gens avaient dû céder sous la poussée têtue du prêtre, ils se retournaient; et ils n'osaient se fâcher, ils s'attendrissaient

devant ce maigre visage de douleur qui resplendissait dans
l'auréole des beaux cheveux blonds. Des mots de pitié et
d'admiration circulaient. Ah! la pauvre enfant! n'était-ce
pas une cruauté d'être infirme, à cet âge? Que la sainte
Vierge lui fût clémente! D'autres s'étonnaient, frappés
de l'extase où ils la voyaient, de ses yeux si clairs, ouverts
sur l'au-delà de son espoir. Elle voyait le ciel, elle serait
guérie sûrement. C'était comme un sillage d'émerveillement, de fraternelle charité, que laissait le petit chariot,
au travers du flot qu'il fendait avec tant de peine.

Pierre, cependant, se désespérait, et il était à bout de
forces, lorsque des brancardiers vinrent à son aide, en
s'efforçant de rétablir, pour la procession, un passage,
que Berthaud leur avait donné l'ordre de protéger avec
des cordes, tenues de deux mètres en deux mètres. Dès
lors, il traîna Marie assez librement, il la fit entrer enfin
dans l'enceinte réservée, où ils s'arrêtèrent en face de la
Grotte, à gauche. On ne pouvait s'y mouvoir, l'entassement semblait y croître de minute en minute. Et ce qu'il
garda de la traversée si pénible qu'il venait de faire, les
membres brisés, ce fut le sentiment d'un concours de
peuple prodigieux, comme s'il s'était trouvé au centre
d'un océan, dont il entendait sans relâche les vagues
déferler autour de lui.

Depuis l'Hôpital, Marie n'avait pas ouvert les lèvres. Il
comprit qu'elle désirait lui parler, il se pencha.

— Et mon père, demanda-t-elle, est-il là? N'est-il pas
revenu de son excursion?

Il dut lui répondre que M. de Guersaint n'était pas de
retour, qu'il s'était sans doute attardé malgré lui. Alors,
elle se contenta d'ajouter, avec son sourire:

— Ah! pauvre père, va-t-il être content, lorsqu'il me
retrouvera guérie!

Pierre la regardait, plein d'une admiration émue. Il ne
se souvenait pas de l'avoir vue si adorable, dans la destruc-

tion lente de la maladie. Ses cheveux, seuls respectés, la vêtaient d'or. Sa tête réduite, affinée, avait pris une expression de rêve, les yeux perdus dans la hantise de sa souffrance, les traits immobilisés, comme si elle eût dormi au fond d'une pensée fixe, en attendant que la secousse du bonheur attendu l'éveillât. Elle était absente d'elle-même, elle allait y rentrer, quand Dieu le voudrait. Et cette enfantine délicieuse, petite fille à vingt-trois ans, restée toujours à la minute où un accident l'avait frappée dans son sexe, l'attardant, l'empêchant d'être femme, était enfin prête à recevoir la visite de l'ange, le choc miraculeux qui devait la tirer de son engourdissement et la remettre debout. Son extase du matin continuait, ses mains s'étaient jointes, un élancement de tout son être l'avait ravie à la terre, dès qu'elle avait aperçu l'image de la sainte Vierge. Elle priait, elle s'offrait divinement.

Ce fut pour Pierre une heure de grand trouble. Il sentit que le drame de sa vie de prêtre allait se jouer, que s'il ne retrouvait pas la foi dans cette crise, jamais elle ne lui reviendrait. Et il était sans mauvaises pensées, sans résistance, souhaitant avec ferveur, lui aussi, d'être tous deux guéris ensemble. Oh! être convaincu par sa guérison à elle, croire ensemble, être sauvés ensemble! Il voulut prier comme elle, ardemment. Mais, malgré lui, la foule le préoccupait, cette foule sans bornes, où il avait tant de peine à se noyer, à disparaître, à n'être plus que la feuille de la forêt, perdue dans le frisson de toutes les feuilles. Il ne pouvait s'empêcher de l'analyser, de la juger. Il la savait entraînée, suggestionnée depuis quatre jours : la fièvre du long voyage, l'excitation des paysages nouveaux, les journées vécues devant la splendeur de la Grotte, les nuits sans sommeil, la douleur exaspérée, affamée d'illusion. Puis, c'était encore l'obsession de la prière, ces cantiques, ces litanies qui la secouaient sans relâche. Un autre prêtre avait succédé

au père Massias, et il l'entendait, celui-là, un petit abbé
maigre et noir, jeter les appels à la Vierge et à Jésus,
d'une voix cinglante, pareils à des coups de fouet; tandis
que le père Massias et le père Fourcade, demeurés au
pied de la chaire, dirigeaient les cris de la foule, dont la
lamentation montait plus haute, sous le soleil limpide.
L'exaltation avait encore grandi, c'était l'heure où les
violences faites au ciel déterminaient les miracles.

Tout d'un coup, une paralytique venait de se lever, de
marcher vers la Grotte, en tenant sa béquille en l'air; et
cette béquille toute droite au-dessus des têtes houleuses,
agitée comme un drapeau, arrachait aux fidèles des acclamations. C. guettait les prodiges, on les attendait, avec
la certitude qu'ils se produiraient, innombrables, éclatants. Des yeux croyaient les voir, des voix fébriles les
signalaient. Encore une qui était guérie! encore une
autre! encore une autre! Une sourde qui entendait,
une muette qui parlait, une phtisique qui ressuscitait!
Comment, une phtisique? Mais certainement, cela était
quotidien! Il n'y avait plus de surprise possible, on
aurait constaté sans étonner personne qu'une jambe
coupée repoussait. Le miracle devenait l'état même de
nature, la chose habituelle, banale à force d'être commune. Pour ces imaginations surchauffées, les histoires
incroyables paraissaient toutes simples, dans la logique
de ce qu'elles attendaient de la sainte Vierge. Et il fallait
entendre les récits qui circulaient, les affirmations tranquilles, les absolues certitudes, lorsqu'une malade délirante criait qu'elle était guérie. Encore une autre!
encore une autre! Parfois, pourtant, une voix désolée
s'élevait : « Ah! elle est guérie, celle-là, elle a de la
chance! »

Déjà, au bureau des constatations, Pierre avait souffert
de cette crédulité du milieu. Mais, ici, cela dépassait
tout, il s'exaspérait des extravagances qu'il entendait,

34

et si paisiblement dites, avec des sourires clairs d'enfant.
Aussi tâchait-il de s'absorber, de n'écouter rien. « Mon
Dieu! faites donc que ma raison s'anéantisse, que je ne
veuille plus comprendre, que j'accepte l'irréel et l'impossible. » Pendant un instant, il se croyait mort à l'examen,
il se laissait emporter par le cri de supplication : « Seigneur, guérissez nos malades!... Seigneur, guérissez nos
malades! » Il le répétait de toute sa charité, il joignait
les mains, regardait la statue de la Vierge fixement,
jusqu'au vertige, jusqu'à s'imaginer qu'elle bougeait.
Pourquoi donc ne redeviendrait-il pas enfant comme les
autres, puisque le bonheur était dans l'ignorance et dans
le mensonge? La contagion finirait bien par agir, il ne
serait plus que le grain de sable parmi les grains de
sable, humble parmi les humbles sous la meule, sans
s'inquiéter des forces qui les écrasaient. Et, juste à cette
seconde, lorsqu'il espérait avoir tué le vieil homme en
lui, s'être anéanti avec sa volonté et son intelligence, le
sourd travail de la pensée recommençait au fond de son
crâne, incessant, invincible. Peu à peu, malgré son effort,
l retournait à son enquête, il doutait, il cherchait. Ainsi,
quelle était donc la force inconnue qui se dégageait de
cette foule, un fluide vital assez puissant pour déterminer
les quelques guérisons qui, réellement, se produisaient?
Il y avait là un phénomène qu'aucun savant physiologiste
n'avait encore étudié. Fallait-il croire qu'une foule n'était
plus qu'un être, pouvant décupler sur lui-même la puissance de l'auto-suggestion? Pouvait-on admettre que, dans
certaines circonstances d'exaltation extrême, une foule
devînt un agent de souveraine volonté, forçant la matière
à obéir? Cela aurait expliqué comment les coups de
guérison subite frappaient, au sein même de la foule,
les sujets les plus sincèrement exaltés. Tous les souffles
se réunissaient en un souffle, et la force qui agissait
était une force de consolation, d'espoir et de vie.

Cette pensée de charité humaine émotionna Pierre. Un moment encore, il put se ressaisir, il demanda la guérison de tous, très touché par cette croyance qu'il travaillait ainsi, un peu pour sa part, à la guérison de Marie. Mais, brusquement, sans qu'il sût par quelle liaison d'idées, un souvenir lui revint, celui de la consultation qu'il avait exigée sur le cas de la jeune fille, avant le départ pour Lourdes. La scène se précisait, d'une netteté extraordinaire, il revoyait la chambre avec son papier gris, à fleurs bleues, il entendait les trois médecins discuter et conclure. Les deux qui avaient donné des certificats, diagnostiquant une paralysie de la moelle, parlaient avec la lenteur sage de praticiens connus, estimés, d'une honorabilité parfaite ; tandis qu'il avait encore dans l'oreille la voix vive et chaude de son petit-cousin Beauclair, le troisième médecin, un jeune homme d'une vaste et hardie intelligence, que ses confrères traitaient froidement, en esprit aventureux. Et Pierre était surpris de retrouver dans sa mémoire, à cette minute suprême, des choses qu'il ne savait pas y être, par ce phénomène singulier qui fait parfois que des paroles, à peine écoutées, mal entendues, emmagasinées comme malgré soi, se réveillent, éclatent, s'imposent, après de longs oublis. Il lui semblait que l'approche même du miracle évoquât les conditions dans lesquelles Beauclair lui avait annoncé qu'il s'accomplirait.

Vainement, Pierre s'efforça de chasser ce souvenir, en priant avec un redoublement de ferveur. Les images renaissaient, les paroles anciennes retentissaient, lui emplissaient les oreilles d'un éclat de trompette. C'était maintenant dans la salle à manger, où Beauclair et lui s'étaient enfermés, après le départ des deux autres. Et Beauclair faisait l'historique de la maladie : la chute de cheval, sur les pieds, à quatorze ans; la luxation de l'organe, culbuté, renversé de côté; les ligaments déchirés sans doute, et dès lors la pesanteur dans le bas-ventre et dans les reins, la faiblesse des jambes allant jusqu'à la paralysie ; puis, la lente réparation des désordres, l'organe se remettant en place de lui-même, les ligaments se cica- trisant, sans que les phénomènes douloureux pussent cesser, chez cette grande enfant nerveuse dont le cerveau, frappé de l'accident, ne parvenait pas à s'en distraire, l'attention localisée sur le point où elle souffrait, immo- bilisée, incapable d'acquérir des notions nouvelles ; de sorte que, même après la guérison, la souffrance avait persisté, un état névropathique, un épuisement nerveux consécutif, sans doute aggravé par des accidents de nutri- tion, mal connus encore. Aussi Beauclair expliquait-il aisément les diagnostics contraires et faux des nombreux médecins qui l'avaient soignée, sans se permettre la visite indispensable, marchant dès lors à tâtons, les uns croyant à une tumeur, les autres, les plus nombreux, convaincus d'une lésion de la moelle. Lui seul, après s'être enquis de l'hérédité de la malade, venait de soupçonner le simple état d'auto-suggestion où elle se maintenait obstinément, sous l'ébranlement, la violence première de la douleur ; et il donnait ses raisons, le champ visuel rétréci, les yeux fixes, le visage absorbé, distrait, la nature surtout de la souffrance qui avait quitté l'organe pour se porter vers l'ovaire gauche, où elle se manifestait par un poids écra- sant, intolérable, qui parfois remontait jusqu'à la gorge, en affreuses crises d'étouffement. Une volonté brusque de se dégager de la notion fausse de son mal, une volonté de se lever, de respirer librement, de ne plus souffrir, pouvait seule la remettre debout, guérie, transfigurée, sous le coup de fouet d'une grande exaltation.

Une dernière fois, Pierre tenta de ne plus voir, de ne plus entendre, car il sentait que c'était en lui la ruine irréparable du miracle. Et, malgré ses efforts, malgré l'ardeur qu'il mettait à crier : « Jésus, fils de David, guérissez nos malades! » il voyait, il entendait toujours Beauclair lui dire, de son air calme et souriant, comment le miracle s'accomplirait, en coup de foudre, à la seconde de l'extrême émotion, sous la circonstance décisive qui achèverait de délier les muscles. Dans un transport éperdu de joie, la malade se lèverait et marcherait, les jambes brusquement légères, soulagées de la pesanteur qui les faisait de plomb depuis si longtemps, comme si cette pesanteur se fût fondue, eût coulé en terre. Mais surtout le poids qui écrasait le ventre, qui montait, ravageait la poitrine, étranglait la gorge, s'en irait, cette fois-là, en une envolée prodigieuse, en un souffle de tempête emportant avec lui tout le mal. N'était-ce point ainsi, au moyen âge, que les possédées rendaient par la bouche le diable, dont leur chair vierge avait longuement subi la torture? Et Beauclair avait ajouté que Marie serait femme enfin, que le sang de la maternité jaillirait, dans ce sursaut d'hosanna, ce réveil d'un corps resté enfant, attardé et brisé par un si long rêve de souffrance, tout d'un coup rendu à une santé éclatante, les yeux vivants, la face radieuse.

Pierre regarda Marie, et son trouble grandit encore, à la voir si misérable, dans son chariot, si éperdument implorante, élancée toute vers Notre-Dame de Lourdes, qui donnait la vie. Ah! qu'elle fût donc sauvée, au prix même de sa damnation, à lui! Mais elle était trop malade, la science mentait comme la foi, il ne pouvait croire que cette enfant, aux jambes mortes depuis tant d'années, allait revivre. Et, dans le doute désordonné où il tombait, son cœur saignant clama plus haut, répéta sans fin avec la foule délirante :

— Seigneur, fils de David, guérissez nos malades!... Seigneur, fils de David, guérissez nos malades!

À ce moment, un tumulte courut, agita les têtes. Des gens frémissaient, des faces se tournaient, se haus-

34.

saient. C'était la procession de quatre heures, un peu en
retard ce jour-là, dont la croix débouchait, sous une
arche de la rampe monumentale. Il y eut une acclamation
telle, une poussée instinctive si violente, que Berthaud,
avec de grands gestes, commanda aux brancardiers de
refouler le monde, en tirant fortement sur les cordes.
Ceux-ci, débordés un instant, durent se rejeter en arrière,
les poings meurtris; et ils finirent par élargir un peu le
passage réservé, où la procession put dès lors s'engager
lentement. En tête, s'avançait un suisse superbe, bleu et
argent, que suivait la croix processionnelle, une haute
croix, d'un rayonnement d'étoile. Puis, venaient les délégations des différents pèlerinages, avec leurs bannières,
des étendards de velours et de satin, brodés de métal
et de soies vives, ornés de figures peintes, portant des noms
de villes : Versailles, Reims, Orléans, Poitiers, Toulouse.
Une, toute blanche, d'une richesse magnifique, étalait
en lettres rouges cette inscription : Œuvre des Cercles
catholiques d'ouvriers. Ensuite, le clergé commençait,
deux ou trois cents prêtres en simple soutane, une centaine
en surplis, une cinquantaine revêtus de chasubles d'or,
pareils à des astres. Tous portaient des cierges allumés,
tous chantaient le *Laudate Sion Salvatorem*, à voix
pleine. Et le dais arrivait royalement, de soie pourpre,
galonné d'or, tenu par quatre prêtres, qu'on avait visiblement choisis parmi les plus vigoureux. Dessous, entre
deux autres prêtres qui l'assistaient, l'abbé Judaine tenait
le Saint-Sacrement, de ses dix doigts fortement serrés,
comme le lui avait recommandé Berthaud; et les regards
un peu inquiets qu'il jetait à droite et à gauche, sur la foule
envahissante, montraient le souci où il était de conduire
à bon port ce lourd et divin ostensoir, dont il avait déjà
les poignets rompus. Quand le soleil oblique le frappait
de face, on aurait dit un autre soleil. Des enfants de chœur
balançaient des encensoirs, dans l'aveuglante poussière

de clarté qui faisait de toute la procession une splendeur. Enfin, derrière, il n'y avait plus qu'un flot confus de pèlerins, un piétinement de troupeau, des fidèles et des curieux enflammés qui se ruaient, bouchant le sillage de leur vague roulante.

Depuis un instant, le père Massias était remonté dans la chaire; et, cette fois, il avait imaginé un autre exercice. Après les cris brûlants de foi, d'espérance et d'amour qu'il jetait, il commandait tout à coup l'absolu silence, pour que chacun, les lèvres closes, pût en secret parler à Dieu, pendant deux ou trois minutes. Ce silence instantané, au milieu de la vaste foule, ces minutes de vœux muets, où toutes les âmes ouvraient leur mystère, étaient d'une grandeur saisissante, extraordinaire. La solennité en devenait redoutable, on y entendait passer le vol du désir, l'immense désir de vie. Puis, le père Massias invitait les malades seuls à parler, à supplier Dieu de leur accorder ce qu'ils réclamaient de sa toute-puissance. Alors, c'était une lamentation pitoyable, des centaines de voix chevrotantes et cassées qui s'élevaient, dans un concert de larmes. « Seigneur Jésus, si vous le voulez, vous pouvez me guérir!... Seigneur Jésus, ayez pitié de votre enfant, qui se meurt d'amour!... Seigneur Jésus, faites que je voie, faites que j'entende, faites que je marche! » Une voix aiguë de petite fille, d'une légèreté et d'une vivacité de flûte, dominait le sanglot universel, répétait au loin : « Sauvez les autres, sauvez les autres, Seigneur Jésus! » Des larmes coulaient de tous les yeux, ces supplications bouleversaient les cœurs, jetaient les plus durs à la folie de la charité, dans un sublime désordre qui leur aurait fait ouvrir à deux mains leur poitrine, pour donner au prochain leur santé et leur jeunesse. Et le père Massias, sans laisser tomber cet enthousiasme, reprenait ses cris, en fouettait de nouveau la foule délirante; pendant que le père Fourcade, sur une des marches de la chaire, sanglotait lui aussi, levant vers le ciel sa face ruisselante, pour commander à Dieu de descendre.

Mais la procession arrivait, les délégations, les prêtres s'étaient rangés à droite et à gauche; et, quand le dais entra dans l'enceinte réservée aux malades, devant la Grotte, quand ceux-ci aperçurent Jésus-Hostie, le Saint-Sacrement luisant comme un soleil, aux mains de l'abbé Judaine, il n'y eut plus de direction possible, les voix se confondirent, un vertige emporta toutes les volontés. Les cris, les appels, les prières se brisaient dans des gémissements. Des corps se soulevaient de leur grabat de misère, des bras tremblants se tendaient, des mains crispées semblaient vouloir arrêter le miracle au passage. « Seigneur Jésus, sauvez-nous, nous périssons!... Seigneur Jésus, nous vous adorons, guérissez-nous!... Seigneur Jésus, vous êtes le Christ, le fils du Dieu vivant, guérissez-nous! » Trois fois, les voix désespérées, exaspérées, jetèrent la suprême lamentation, dans une clameur qui trouait le ciel; et les larmes redoublaient, inondaient les visages brûlants, que transfigurait le désir. Un moment, la frénésie devint telle, l'élan instinctif vers le Saint-Sacrement parut si irrésistible, que Berthaud fit faire la chaîne aux brancardiers qui se trouvaient là. C'était la manœuvre de protection extrême, une haie de brancardiers se formait à droite et à gauche du dais, chacun d'eux nouant fortement un bras au cou de son voisin, de façon à construire une sorte de mur vivant. Il n'y avait plus de fissure, rien ne pouvait passer. Mais ces barrières humaines n'en fléchissaient pas moins sous la pression des malheureux affamés de vie, voulant toucher, voulant baiser Jésus; et elles oscillaient, se trouvaient rabattues contre le dais qu'elles défendaient, et le dais lui-même, sous la continuelle menace d'être emporté, roulait parmi la foule, ainsi qu'une barque sainte en péril de naufrage.

Alors, au plus fort de cette folie sacrée, dans les supplications et dans les sanglots, comme dans un orage, lorsque le ciel s'ouvre et que la foudre tombe, des miracles éclatèrent. Une paralytique se leva, jeta ses béquilles. Il y eut un cri perçant, une femme apparut, debout sur son matelas, enveloppée d'une couverture blanche, ainsi que d'un suaire; et l'on disait que c'était une phtisique à demi morte, ressuscitée. Coup sur coup, la grâce retentit deux fois encore : une aveugle qui aperçut la Grotte soudainement, dans une flamme; une muette qui tomba sur les deux genoux, en remerciant la sainte Vierge, à voix haute et claire. Et toutes se prosternaient de même aux pieds de Notre-Dame de Lourdes, éperdues de joie et de reconnaissance.

Mais Pierre n'avait pas quitté Marie des yeux, et ce qu'il voyait le bouleversait d'attendrissement. Les yeux de la malade, vides encore, s'étaient élargis, tandis que son pauvre visage blême, au masque lourd, se contractait, comme si elle eût affreusement souffert. Elle ne parlait pas, se croyant reprise par le mal sans doute, désespérée. Puis, tout d'un coup, lorsque le Saint-Sacrement passa et qu'elle en regarda l'astre flamboyer au soleil, elle eut un éblouissement, elle crut être frappée d'un éclair. Ses yeux s'étaient rallumés à cet éclat, ils retrouvaient enfin leur flamme de vie, ils brillaient pareils à des étoiles. Son visage, sous le flot de sève, s'animait, se colorait, rayonnait d'un rire d'allégresse et de santé. Et il la vit se lever brusquement, se tenir toute droite dans son chariot, chancelante, bégayante, ne trouvant que ce mot de caresse :

— Oh! mon ami... oh! mon ami...

Vivement, il s'était approché, pour la soutenir. Mais elle l'écarta d'un geste, elle se raffermissait, si touchante, si belle, dans sa robe de petite laine noire, avec les pantoufles qu'elle gardait toujours, élancée et mince, nimbée d'or par son admirable chevelure blonde, qu'une simple dentelle recouvrait. Tout son corps de vierge restait en proie à des secousses profondes, comme si une puissante fermentation l'avait régénéré. D'abord, ce furent les jambes qui se délivrèrent des chaînes qui les nouaient. Puis, tandis qu'elle sentait jaillir d'elle la source de sang, la vie de la femme, de l'épouse et de la mère, elle eut une dernière angoisse, un poids énorme qui lui remontait du ventre dans la gorge. Seulement, cette fois, il ne s'arrêta pas, ne l'étouffa pas, il jaillit de sa bouche ouverte, il s'envola en un cri de sublime joie.

— Je suis guérie !... Je suis guérie !

Alors, ce fut un spectacle extraordinaire. La couverture gisait à ses pieds, elle triomphait, elle avait une face éclatante et superbe. Et son cri de guérison venait de retentir avec une telle ivresse, que la foule entière en restait éperdue. Il n'y avait plus qu'elle, on ne voyait qu'elle, debout, grandie, si radieuse, si divine.

— Je suis guérie !... Je suis guérie !

Pierre, dans la commotion violente qu'il avait reçue au cœur, s'était mis à pleurer. De nouveau, les larmes ruisselaient de tous les yeux. Au milieu des exclamations, des gratitudes, des louanges, un frénétique enthousiasme gagnait de proche en proche, soulevait d'une émotion croissante les milliers de pèlerins qui s'écrasaient pour voir. Des applaudissements se déchaînèrent, une furie d'applaudissements dont le tonnerre roula d'un bout à l'autre de la vallée.

Le père Fourcade agitait les bras, le père Massias put enfin, du haut de la chaire, se faire entendre.

— Dieu nous a visités, mes chers frères, mes chères sœurs... *Magnificat anima mea Dominum...*

Et toutes les voix, les milliers de voix entonnèrent le chant d'adoration et de reconnaissance. La procession se trouvait arrêtée, l'abbé Judaine avait pu gagner la Grotte, avec l'ostensoir mais il patientait là, avant de donner la bénédiction. En dehors de la grille, le dais l'attendait, entouré des prêtres en surplis et en chasubles, d'un éclat de neige et d'or, aux rayons du couchant.

Cependant, Marie s'était agenouillée, sanglotante ; et, tout le temps que le chant dura, un acte brûlant de foi et d'amour monta de son être. Mais la foule voulait la voir marcher, des femmes heureuses l'appelaient, un groupe l'entoura, qui l'enleva presque, la poussa vers le bureau des constatations, pour que le miracle fût prouvé, éclatant comme la lumière du soleil. Son chariot fut oublié, Pierre la suivit, tandis que, balbutiante, hésitante, avec une maladresse adorable, elle qui depuis sept ans ne se servait plus de ses jambes, s'avançait de l'air inquiet et ravi du petit enfant qui fait ses premiers pas ; et cela était si attendrissant, si délicieux, qu'il ne songeait plus qu'à l'immense bonheur de la voir renaître à sa jeunesse. Ah ! chère amie d'enfance, chère tendresse lointaine, elle serait donc enfin la femme de beauté et de charme, que la jeune fille autrefois promettait, lorsque, dans le petit jardin de Neuilly, elle était jolie si gaiement, sous les grands-arbres criblés de soleil ! .

La foule continuait furieusement à l'acclamer, une vague énorme refluait, l'accompagnait ; et tous l'attendirent, stationnèrent avec fièvre devant la porte, lorsqu'elle fut entrée dans le bureau, où Pierre seul fut admis avec elle.

Cette après-midi-là, il y avait peu de monde au bureau des constatations. La petite salle carrée, dont les murs de bois brûlaient, avec son mobilier rudimentaire, ses chaises de paille et ses deux tables d'inégale hauteur, n'était occupée, en dehors du personnel accoutumé, que par cinq ou six médecins, assis et silencieux. Devant les tables, le chef de service des piscines et deux jeunes abbés tenaient les registres, feuilletaient les dossiers ;

tandis que le père Dargelès, à l'un des bouts, écrivait une note pour son journal. Et, justement, le docteur Bonamy était en train d'examiner le lupus d'Élise Rouquet, qui, pour la troisième fois, venait faire constater la cicatrisation croissante de sa plaie.

— Enfin, messieurs, s'écriait le docteur, avez-vous jamais vu un lupus s'amender de la sorte, si rapidement?... Je sais bien qu'un nouvel ouvrage a paru sur la foi qui guérit, où il est dit que certaines plaies peuvent être d'origine nerveuse. Seulement, rien n'est moins prouvé, dans le cas du lupus, et je défie qu'une commission de médecins s'assemble et s'entende pour expliquer, par les voies ordinaires, la guérison de mademoiselle...

Il s'interrompit, il se tourna vers le père Dargelès.

— Vous avez bien noté, mon père, que la suppuration a disparu complètement et que la peau reprend sa couleur naturelle?

Mais il n'attendit pas la réponse, Marie entrait, suivie de Pierre; et, tout de suite, il devina le coup de fortune qui lui arrivait, au rayonnement dont resplendissait la miraculée. Elle était admirable, faite pour entraîner et convertir les foules. Vivement, il renvoya Élise Rouquet, demanda le nom de la nouvelle venue, réclama le dossier à l'un des jeunes prêtres. Puis, comme elle chancelait, il voulut la faire asseoir dans le fauteuil.

— Oh! non, oh! non, s'écria-t-elle. Je suis si heureuse de me servir de mes jambes!

Pierre, d'un regard, avait cherché le docteur Chassaigne, désolé de ne pas le trouver là. Il se tint à l'écart, il attendit, pendant qu'on fouillait les tiroirs en désordre, sans pouvoir mettre la main sur le dossier.

— Voyons, répétait le docteur Bonamy, Marie de Guersaint, Marie de Guersaint... J'ai vu ce nom à coup sûr.

Enfin, Raboin découvrit le dossier, classé à une fausse lettre alphabétique; et, quand le docteur eut pris connaissance des certificats qu'il contenait, il se passionna.

— Voici qui est très intéressant, messieurs. Je vous prie d'écouter avec attention... Mademoiselle, que vous voyez là, debout, était atteinte d'une très grave lésion de la moelle. Et, si l'on avait le moindre doute, ces deux certificats suffiraient à convaincre les plus incrédules, car ils sont signés par deux médecins de la Faculté de Paris, dont les noms sont bien connus de tous nos confrères.

Il fit passer les certificats aux médecins présents, qui les lurent avec de légers hochements de tête. Cela était indéniable, les signataires avaient la réputation de praticiens honnêtes et habiles.

— Eh bien! messieurs, si le diagnostic n'est pas contesté, et ne peut pas l'être, quand une malade nous apporte des documents de cette valeur, nous allons voir maintenant les modifications qui se sont produites dans l'état de mademoiselle.

Mais, avant de l'interroger, il se tourna vers Pierre.

— Monsieur l'abbé, vous êtes venu de Paris avec mademoiselle de Guersaint, je crois. Est-ce que vous aviez pris l'avis des médecins, avant le départ?

Le prêtre sentit un frémissement, dans sa grande joie.

— J'ai assisté à la consultation, monsieur.

Et la scène, de nouveau, s'évoquait. Il revit les deux docteurs graves et raisonnables, il revit Beauclair qui souriait, pendant que ses confrères rédigeaient leurs certificats conformes. Allait-il donc mettre ceux-ci à néant, faire connaître l'autre diagnostic, celui qui permettait d'expliquer scientifiquement la guérison? Le miracle était prédit, ruiné à l'avance.

— Vous le remarquerez, messieurs, reprit le docteur Bonamy, la présence de monsieur l'abbé apporte à ces preuves une nouvelle force... Maintenant, mademoiselle va nous dire bien exactement ce qu'elle a ressenti.

Il s'était penché sur l'épaule du père Dargelès, il lui

recommandait de ne pas oublier de donner à Pierre un
rôle de témoin, dans la narration.

— Mon Dieu! messieurs, comment vous dire? s'écria
Marie de sa voix haletante, brisée de bonheur. Depuis
hier, j'étais certaine d'être guérie. Et, pourtant, tout à
l'heure encore, quand des fourmillements m'ont prise
dans les jambes, j'ai eu peur que ce ne fût une nouvelle
crise, j'ai douté un instant... Alors, les fourmillements
se sont arrêtés. Puis, ils ont recommencé, dès que je suis
retombée en prière... Oh! je priais, je priais de toute
mon âme! J'ai fini par m'abandonner comme une enfant.
« Sainte Vierge, Notre-Dame de Lourdes, faites de moi
ce que vous voudrez... » Les fourmillements ne cessaient
plus, il m'a semblé que mon sang bouillonnait, une voix
me criait : « Lève-toi! lève-toi! » Et j'ai senti le miracle,
dans un grand craquement de tous mes os, de toute ma
chair, comme si j'étais frappée de la foudre.

Pierre, très pâle, l'écoutait. Beauclair le lui avait bien
dit que la guérison viendrait en coup de foudre, lorsque,
sous l'influence de l'imagination puissamment surexcitée,
il se produirait en elle un réveil soudain de la volonté,
depuis si longtemps endormie.

— Ce sont d'abord les jambes que la sainte Vierge a
délivrées, continua-t-elle. J'ai eu la sensation très nette
que les liens de fer qui les nouaient glissaient le long de
ma peau, comme des chaînes brisées... Puis, le poids qui
m'étouffait toujours, là, dans le flanc gauche, a remonté;
et j'ai cru que j'allais mourir, tellement il me ravageait.
Mais il a dépassé ma poitrine, il a dépassé ma gorge, et
je l'ai eu dans la bouche, et je l'ai craché violemment...
C'était fini, je n'avais plus mon mal, il s'était envolé.

Elle avait fait le geste lourd de l'oiseau de nuit qui bat
des ailes, et elle se tut, en souriant à Pierre, bouleversé.
Tout cela, Beauclair l'avait dit à l'avance, en se servant
presque des mêmes mots, des mêmes images. De point

en point, le pronostic se réalisait, il n'y avait plus là
que des phénomènes prévus et naturels.

Les yeux ronds, Raboin avait suivi le récit, avec la
passion d'un dévot borné, que hante l'idée de l'enfer.

— C'est le diable, cria-t-il, c'est le diable qu'elle a craché!

Mais le docteur Bonamy, plus sage, le fit taire. Et, se
tournant vers les médecins :

— Messieurs, vous savez que nous évitons toujours ici
de prononcer le grand mot de miracle. Seulement, voici un
fait, je suis curieux de savoir comment vous l'expliqueriez
par les voies naturelles... Depuis sept ans, mademoiselle
était frappée d'une paralysie grave, due évidemment à une
lésion de la moelle. Et cela ne saurait être nié, les certificats sont là, indiscutables. Elle ne marchait plus, elle ne
pouvait plus faire un mouvement sans jeter une plainte,
elle en était arrivée à l'épuisement extrême, qui précède
de peu les terminaisons fâcheuses... Tout d'un coup, la
voici qui se lève, qui marche, qui rit et rayonne. La paralysie a complètement disparu, il ne reste aucune douleur, elle se porte aussi bien que vous et moi... Voyons,
messieurs, examinez-la, dites-moi ce qui s'est passé.

Il triomphait. Aucun des médecins ne prit la parole.
Deux, sans doute des catholiques pratiquants, avaient
approuvé, d'un branle énergique de la tête. Les autres
demeuraient immobiles, l'air gêné, peu soucieux de se
mettre dans cette histoire. Pourtant, un petit maigre, dont
les yeux luisaient derrière les verres de son binocle, finit
par se lever, pour voir Marie de plus près. Il lui prit une
main, regarda ses pupilles, sembla se préoccuper simplement de l'air de transfiguration où elle baignait. Puis,
d'une façon très courtoise, sans vouloir même discuter, il
retourna s'asseoir.

— Le cas échappe à la science, voilà tout ce que je con-
state, conclut victorieusement le docteur Bonamy. J'ajoute
que nous n'avons pas ici de convalescence, la santé se

refait d'un coup, pleine et entière... Voyez mademoiselle.
Le regard brille, le teint est rosé, la physionomie a
retrouvé sa gaieté vivante. Sans doute, la réparation
des tissus va se continuer avec quelque lenteur; mais
déjà l'on peut dire que mademoiselle vient de renaître...
N'est-ce pas, monsieur l'abbé, vous qui la voyiez souvent, vous ne la reconnaissez plus?

Pierre balbutia :

— C'est vrai, c'est vrai...

Et, en effet, elle lui apparaissait déjà forte, les joues
remplies et fraîches, d'une allégresse florissante. Mais,
encore une fois, Beauclair l'avait prévu, ce sursaut d'hosanna, ce redressement et ce resplendissement de tout ce
corps brisé, quand la vie rentrerait en lui, avec la volonté
de guérir et d'être heureuse.

De nouveau, le docteur Bonamy s'était penché sur
l'épaule du père Dargelès, qui achevait d'écrire sa note,
une sorte de petit procès-verbal complet. Tous deux
échangèrent quelques mots à demi-voix. Ils se consultaient, et le docteur finit par reprendre :-

— Monsieur l'abbé, vous avez assisté à ces merveilles,
vous ne refuserez pas de signer le récit exact que vient de
rédiger le révérend père pour le *Journal de la Grotte.*

Lui, signer cette page d'erreur et de mensonge! Une
révolte le souleva, il fut sur le point de crier la vérité.
Mais il sentit le poids de sa soutane à ses épaules ; et, surtout, la joie divine de Marie lui emplissait le cœur. Il
restait pénétré d'un bonheur si grand, à la voir sauvée!
Depuis qu'on ne l'interrogeait plus, elle était venue s'appuyer sur son bras, elle continuait de lui sourire avec
des yeux d'ivresse.

— O mon ami, dit-elle très bas, remerciez la sainte
Vierge. Elle a été si bonne, me voilà maintenant si bien
portante, si belle, si jeune!... Et que mon père, mon
pauvre père va être content!

Alors, Pierre signa. Tout croulait en lui, mais il suffisait qu'elle fût sauvée, il aurait cru être sacrilège en touchant à la foi de cette enfant, la grande foi pure qui l'avait guérie.

Dehors, lorsque Marie reparut, les acclamations recommencèrent, la foule battit des mains. Il semblait que, maintenant, le miracle fût officiel. Pourtant, des personnes charitables, craignant qu'elle ne se fatiguât et qu'elle n'eût besoin de son chariot, abandonné par elle devant la Grotte, l'avaient amené jusqu'au bureau des constatations. Quand elle le retrouva, elle eut une émotion profonde. Ah! ce chariot, où elle avait vécu tant d'années, ce cercueil roulant dans lequel elle s'imaginait parfois être enterrée vive, que de larmes, que de désespoirs, que de journées mauvaises il avait vus! Et, tout d'un coup, l'idée lui vint que, puisqu'il avait si longtemps été à la peine, il devait être, lui aussi, au triomphe. Ce fut une inspiration brusque, comme une sainte folie, qui lui fit saisir le timon.

A ce moment, la procession passait, revenant de la Grotte, où l'abbé Judaine avait donné la bénédiction. Et Marie, traînant son chariot, se plaça derrière le dais. Et, en pantoufles, la tête couverte d'une dentelle, elle marcha ainsi, la poitrine frémissante, la face haute, illuminée et superbe, traînant toujours le chariot de misère, le cercueil roulant où elle avait agonisé. Et la foule qui l'acclamait, la foule frénétique la suivit.

Pierre avait suivi Marie, et il se trouvait derrière le dais, avec elle, comme emporté dans le vent de gloire qui lui faisait traîner triomphalement son chariot. Mais de telles poussées revenaient à chaque minute, en tempête, qu'il serait tombé sûrement, si une main rude ne l'avait maintenu.

— N'ayez pas peur, donnez-moi le bras. Autrement, vous ne pourrez rester debout.

Il se tourna, il fut surpris de reconnaître le père Massias, qui avait laissé le père Fourcade dans la chaire, pour accompagner le dais. Une extraordinaire fièvre le soutenait, le jetait en avant, d'une solidité de roc, les yeux pareils à des tisons, la face exaltée, couverte de sueur.

— Prenez donc garde ! donnez-moi le bras.

Une nouvelle vague humaine avait failli les balayer. Et Pierre s'abandonna à ce terrible homme, qu'il se souvenait d'avoir eu pour condisciple au séminaire. Quelle singulière rencontre, et comme il aurait voulu posséder cette foi violente, cette folie de la foi qui le faisait haleter ainsi, la gorge pleine de sanglots, continuant à clamer l'ardente supplication :

— Seigneur Jésus, guérissez nos malades !... Seigneur Jésus, guérissez nos malades !

Derrière le dais, le cri ne cessait pas, il y avait toujours là un vociférateur, chargé de ne pas laisser en paix la trop lente bonté divine. C'était, parfois, une voix grosse, éplorée ; d'autres fois, elle était aiguë, déchirante. Celle du père, impérieuse, finissait par se briser d'émotion.

— Seigneur Jésus, guérissez nos malades !... Seigneur Jésus, guérissez nos malades !

Le bruit de la guérison foudroyante de Marie, de ce miracle dont l'éclat allait emplir la chrétienté, s'était répandu déjà d'un bout à l'autre de Lourdes ; et de là venait ce vertige accru de la foule, cette crise de contagieux délire qui la faisait se ruer vers le Saint-Sacrement, tournoyante, dans un flux déchaîné de marée haute. Chacun cédait à l'inconsciente passion de le voir, de le toucher, d'être guéri, d'être heureux. Dieu passait, et il n'y avait pas que les malades à brûler du désir de vivre, tous étaient ravagés par le besoin du bonheur, qui les soulevait, le cœur saignant et ouvert, les mains avides.

Aussi Berthaud, qui redoutait l'excès de cet amour, avait-il voulu accompagner ses hommes. Il les commandait, il veillait à ce que la double chaîne des brancardiers, aux deux côtés du dais, ne fût pas rompue.

— Serrez vos rangs, encore, encore ! et les bras solidement noués !

Ces jeunes gens, choisis parmi les plus vigoureux, avaient fort à faire. Le mur qu'ils bâtissaient ainsi, épaule contre épaule, les bras liés à la taille et au cou, pliait à chaque instant, sous les assauts involontaires. Personne ne croyait pousser, et c'étaient de continuels remous, des ondes profondes qui venaient de loin et qui menaçaient de tout engloutir.

Lorsque le dais se trouva au milieu de la place du Rosaire, l'abbé Judaine crut bien qu'il n'irait pas plus loin. Dans le vaste espace, il s'était formé plusieurs courants contraires, tourbillonnant, l'assaillant de toutes parts. Il dut s'arrêter, sous le dais balancé, flagellé comme une voile au large, par un brusque coup de vent. Il tenait le

Saint-Sacrement très haut, de ses deux mains en-
gourdies, avec la peur qu'une poussée dernière ne le
renversât ; car il sentait bien que l'ostensoir d'or, rayonnant de soleil, était la passion de tout ce peuple, le Dieu
qu'on exigeait pour le baiser, pour se perdre en lui,
quitte à l'anéantir. Alors, immobilisé, il tourna vers
Berthaud des regards inquiets.

— Ne laissez passer personne! criait celui-ci aux brancardiers, personne! l'ordre est formel, entendez-vous!

Mais des voix suppliantes s'élevaient, des misérables
sanglotaient, les bras tendus, les lèvres tendues, avec le
désir fou qu'on les laissât s'approcher et s'agenouiller aux
pieds du prêtre. Quelle grâce, d'être jeté à terre, d'être
foulé, piétiné par toute la procession! Un infirme montrait sa main desséchée, convaincu qu'elle allait refleurir
au bout de son bras, si on lui permettait de toucher
l'ostensoir. Une muette poussait de ses fortes épaules,
rageusement, pour délier sa langue dans un baiser.
D'autres, d'autres encore criaient, imploraient, finissaient par serrer les poings, contre les cruels qui refusaient la guérison aux souffrances de leur corps, aux misères de leur âme. La consigne était absolue, on redoutait les accidents les plus graves.

— Personne, personne! répétait Berthaud, ne laissez
passer personne!

Cependant, il y avait là une femme, dont la vue touchait tous les cœurs. Misérablement vêtue, elle était nu-
tête, le visage en larmes, et elle tenait sur les bras un
petit garçon d'une dizaine d'années, dont les deux jambes,
paralysées et molles, pendaient. C'était un poids trop
lourd pour sa faiblesse; mais elle ne paraissait pas le
sentir. Elle avait apporté son garçon, elle conjurait les
brancardiers, avec un entêtement sourd, dont ni les paroles ni les bousculades ne triomphaient.

D'un signe, enfin, l'abbé Judaine, très ému, l'appela. Obéissant à cette pitié de l'officiant, malgré le danger d'ouvrir une brèche, deux des brancardiers s'écartèrent; et la femme se précipita, avec son fardeau, s'abattit devant le prêtre. Celui-ci, un instant, posa le pied du Saint-Sacrement sur la tête du petit garçon. La mère elle-même y colla ses lèvres avides. Puis, comme on se remettait en marche, elle voulut rester derrière le dais, elle suivit la procession, les cheveux au vent, haletante, chancelante sous le poids trop lourd qui lui cassait les épaules.

A grand'peine, on acheva de traverser ainsi la place du Rosaire. Et la montée alors commença, la montée glorieuse par la rampe monumentale; tandis que, très haut, au bord du ciel, la Basilique dressait sa flèche mince, d'où s'envolait un carillon de cloches, sonnant le triomphe de Notre-Dame de Lourdes. C'était, maintenant, vers cette apothéose que le dais lentement s'élevait, vers cette porte haute du sanctuaire, qui semblait ouverte sur l'infini, au-dessus de la foule immense, dont la mer, en bas, par les places et par les avenues, continuait à gronder. Déjà, le suisse magnifique, bleu et argent, arrivait avec la croix processionnelle à la hauteur de la coupole du Rosaire, sur la vaste esplanade des toitures. Les délégations du pèlerinage s'y déroulaient, les bannières de soie et de velours, aux couleurs vives, flottaient dans l'incendie du couchant. Puis, le clergé resplendissait, les prêtres en surplis de neige, les prêtres en chasubles d'or, pareils à un défilé d'astres. Et les encensoirs se balançaient, et le dais montait toujours, sans qu'on distinguât les porteurs, comme si une force mystérieuse, des anges invisibles l'eussent emporté, dans cette ascension de gloire, vers la porte du ciel grande ouverte.

Des chants avaient éclaté, les voix ne réclamaient plus la guérison des malades, à présent qu'on s'était dégagé de la foule. Le miracle s'était produit, on le célébrait à pleine

gorge, dans le branle des cloches, dans la gaieté vibrante
de l'air.

— *Magnificat anima mea Dominum...*

C'était le cantique de gratitude, déjà chanté à la Grotte,
qui, de nouveau, sortait des cœurs.

— *Et exsultavit spiritus meus in Deo salutari meo...*

Et cette montée rayonnante, cette ascension par les
rampes colossales, vers la Basilique de lumière, Marie
la faisait avec un débordement de croissante allégresse.
A mesure qu'elle s'élevait, il lui semblait qu'elle devenait
plus forte, plus solide sur ses jambes ressuscitées, mortes
si longtemps. Ce chariot qu'elle traînait victorieusement,
c'était comme la dépouille de son mal, l'enfer d'où la
sainte Vierge l'avait tirée ; et, bien que le timon lui en
meurtrît les mains, elle voulait le mener là-haut avec
elle, pour le jeter aux pieds de Dieu. Aucun obstacle
ne l'arrêtait, elle riait au milieu de grosses larmes, la
poitrine haute, l'allure guerrière. Dans sa course, une de
ses pantoufles s'était détachée, tandis que la dentelle avait
glissé de ses cheveux sur ses épaules. Mais elle marchait
quand même, elle allait toujours, casquée de son admirable chevelure blonde, la face éclatante, dans un tel
réveil de volonté et de force, qu'on entendait, derrière
elle, le lourd chariot bondir en gravissant la pente rude
des dalles, ainsi qu'un petit chariot d'enfant.

Pierre, près de Marie, restait au bras du père Massias,
qui ne l'avait point lâché. Il était incapable de réfléchir,
perdu dans cette émotion énorme. La voix de son compagnon, sonore, l'assourdissait.

— *Deposuit potentes de sede et exaltavit humiles...*

De l'autre côté, à sa droite, Berthaud suivait aussi le
dais, rassuré maintenant. Il avait donné l'ordre à ses
brancardiers de cesser la chaîne, il considérait d'un air
ravi cette mer humaine, que venait de traverser la procession. Plus on montait le long des rampes, et plus la

place du Rosaire, les avenues, les allées des jardins s'élargissaient en dessous, se développaient aux regards, noires de monde. C'était tout un peuple à vol d'oiseau, une fourmilière de plus en plus étalée et lointaine.

— Regardez donc! finit-il par dire à Pierre. Est-ce grand! est-ce beau!... Allons, l'année ne sera pas mauvaise.

Lui, pour qui Lourdes était surtout un foyer de propagande, où il contentait ses rancunes politiques, se réjouissait des pèlerinages nombreux, qu'il croyait être désagréables au gouvernement. Ah! si l'on avait pu amener les ouvriers des villes, créer une démocratie catholique!

— L'année dernière, continua-t-il, on est à peine arrivé à deux cent mille pèlerins. Cette année, j'espère qu'on dépassera ce chiffre.

Et, de son air gai de bon vivant, malgré sa passion de sectaire :

— Ma foi, tout à l'heure, quand on s'écrasait, j'étais content... Je me disais : Ça marche, ça marche!

Mais Pierre n'écoutait pas, était frappé par la grandeur du spectacle. Cette foule qui s'étendait davantage à mesure qu'il s'élevait au-dessus d'elle, cette vallée magnifique qui se creusait sous lui, qui s'agrandissait sans cesse, déroulant l'horizon fastueux des montagnes, l'emplissaient d'une admiration frémissante. Son trouble en était accru, il chercha le regard de Marie, il lui indiqua le cirque immense d'un geste large. Et ce geste la trompa, elle ne vit pas la matérialité du spectacle, dans l'exaltation toute spirituelle où elle se trouvait; elle crut qu'il prenait la terre à témoin des faveurs prodigieuses dont la sainte Vierge venait de les combler tous les deux; car elle s'imaginait qu'il avait eu sa part du miracle, que dans le coup de grâce qui l'avait mise debout, la chair guérie, lui, si voisin d'elle, cœur à cœur, s'était senti enveloppé, soulevé par la même force divine, l'âme sauvée du doute,

reconquise par la foi. Comment aurait-il pu assister à son
extraordinaire guérison, sans être convaincu? Elle avait
tant prié, d'ailleurs, la nuit précédente, devant la Grotte!
Elle l'apercevait, à travers l'excès de sa joie, transfiguré
lui aussi, pleurant et riant, rendu à Dieu. Et cela fouettait
sa fièvre heureuse, elle traînait son chariot d'une main
qui ne se lassait pas, elle aurait voulu le traîner pendant
des lieues, des lieues encore, toujours plus haut, jusqu'à
des sommets inaccessibles, jusque dans l'éblouissement
du paradis, comme si elle eût porté leur double croix
sur cette montée retentissante, son propre rachat et le
rachat de son ami.

— Oh! Pierre, Pierre, balbutia-t-elle, que cela est bon
d'avoir eu ce grand bonheur ensemble, ensemble! Je le
lui avais si ardemment demandé, et elle a bien voulu, et
elle vous a sauvé en me sauvant!... Oui, j'ai senti votre
âme qui se fondait dans mon âme. Dites-moi que nos
mutuelles prières ont été exaucées, que j'ai obtenu votre
salut comme vous avez obtenu le mien!

Il comprit son erreur, il frémit.

— Si vous saviez, continua-t-elle, quel serait mon mortel
chagrin, de monter ainsi toute seule dans la clarté. Oh!
être élue sans vous, m'en aller là-haut sans vous! Mais,
avec vous, Pierre, c'est un ravissement... Sauvés ensemble, heureux à jamais! Je me sens des forces pour être
heureuse, oh! des forces à soulever le monde!

Et il dut pourtant lui répondre, il mentit, révolté à
l'idée de gâter, de ternir cette grande félicité si pure.

— Oui, oui! soyez heureuse, Marie, car je suis bien
heureux moi-même, et toutes nos peines sont rachetées.

Mais il se fit en son être une déchirure profonde,
comme si, brusquement, il avait senti qu'un brutal coup
de hache les séparait l'un de l'autre. Jusque-là, dans leurs
souffrances communes, elle était demeurée la petite amie
d'enfance, la première femme ingénument désirée, qu'il

savait toujours sienne, puisqu'elle ne pouvait être à personne. Et elle était guérie, et il restait seul, dans son enfer, à se dire qu'elle ne serait jamais plus à lui. Cette pensée soudaine le bouleversa tellement, qu'il détourna les yeux, désespéré de souffrir ainsi du bonheur prodigieux dont elle exultait.

Le chant continuait, le père Massias, sans rien entendre, sans rien voir, tout à la brûlante gratitude envers Dieu, lançait le dernier verset d'une voix tonnante :

— *Sicut locutus est ad patres nostros, Abraham et semini ejus in sæcula.*

Encore cette rampe à gravir, encore un effort à faire sur cette montée rude, aux larges dalles glissantes ! Et la procession s'élevait encore, et l'ascension s'achevait, en pleine lumière vive. Il y avait là un dernier détour, les roues du chariot sonnèrent contre la bordure de granit. Toujours plus haut, toujours plus haut ! Il roulait plus haut, il débouchait au bord du ciel.

Alors, tout d'un coup, le dais apparut au sommet des rampes géantes, devant la porte de la Basilique, sur le balcon de pierre qui dominait l'étendue. L'abbé Judaine s'avança, tenant à deux mains, en l'air, le Saint-Sacrement. Près de lui, Marie avait hissé le chariot, le cœur battant de la course, la face enflammée, dans l'or dénoué de ses cheveux. Puis, derrière, tout le clergé s'était rangé, les surplis neigeux, les chasubles éclatantes ; tandis que les bannières flottaient, ainsi que des drapeaux, pavoisant la blancheur des balustrades. Et il y eut une minute solennelle.

De là-haut, rien n'était plus grand. D'abord, en bas, c'était la foule, la mer humaine au flot sombre, à la houle sans cesse mouvante, immobilisée un instant, où l'on ne distinguait que les petites taches pâles des visages, levés vers la Basilique, dans l'attente de la bénédiction ; et aussi loin que le regard s'étendait, de la place du Rosaire

36

au Gave, par les allées, par les avenues, par les carrefours, jusqu'à la vieille ville lointaine, les petits visages
pâles se multipliaient, innombrables, sans fin, tous
béants, les yeux fixés sur l'auguste seuil, où le ciel allait
s'ouvrir. Puis, l'immense amphithéâtre de coteaux, de
collines et de montagnes surgissait, montait de toutes
parts, des cimes à l'infini, qui se perdaient dans l'air
bleu. Au nord, au delà du torrent, sur les premières
pentes, parmi les arbres, les nombreux couvents, les
Carmélites, les Assomptionnistes, les Dominicaines, les
Sœurs de Nevers, se doraient d'un reflet rose, sous l'incendie du couchant. Des masses boisées s'étageaient
ensuite, gagnaient les hauteurs du Buala, que dépassait
la serre de Julos, dominée elle-même par le Miramont.
Au sud, s'ouvraient d'autres vallées profondes, des gorges
étroites entre des entassements de rocs géants, dont la
base trempait déjà dans des mares d'ombre bleuâtre,
lorsque les sommets étincelaient de l'adieu souriant
du soleil. De ce côté, les collines de Visens étaient de
pourpre, un promontoire de corail qui barrait le lac dormant de l'éther, d'une transparence de saphir. Mais à
l'est, en face, l'horizon s'élargissait encore, au carrefour
même des sept vallées. Le Château, qui les avait gardées
autrefois, restait debout sur le rocher que baignait le
Gave, avec son donjon, ses hautes murailles, son profil
noir d'antique forteresse farouche. En deçà, la ville nouvelle était toute gaie au milieu de ses jardins, un pullulement de façades blanches, les grands hôtels, les maisons
garnies, les beaux magasins, dont les vitres s'allumaient,
pareilles à des braises ; pendant que, derrière le Château,
le vieux Lourdes étalait confusément ses toitures décolo-
rées dans un poudroiement de lumière rousse. A cette
heure tardive, le petit Gers et le grand Gers, les deux
croupes énormes de roche nue, tachetée d'herbe rase,
derrière lesquelles descendait royalement l'astre à son

déclin, n'étaient plus qu'un fond neutre, violâtre, deux rideaux sévères tirés au bord de l'horizon.

Et l'abbé Judaine, en face de cette immensité, éleva de ses deux mains, plus haut, plus haut encore, le Saint-Sacrement. Il le promena lentement d'un bout de l'horizon à l'autre, il lui fit décrire un grand signe de croix, en plein ciel. A gauche, il salua les couvents, les hauteurs du Buala, la serre de Julos, le Miramont; à droite, il salua les grands blocs foudroyés des vallées obscures, les collines empourprées de Visens; en face, il salua les deux villes, le Château baigné par le Gave, le petit Gers et le grand Gers, déjà ensommeillés; et il salua les bois, les torrents, les monts, les chaînes indéterminées des pics lointains, la terre entière, par delà l'horizon visible. Paix à la terre, espérance et consolation aux hommes! En bas, la foule avait frémi, sous ce grand signe de croix qui l'enveloppait toute. Il sembla qu'un souffle divin passait, roulant la houle des petits visages pâles, aussi nombreux que les flots d'un océan. Une rumeur d'adoration monta, toutes les bouches ouvertes clamèrent la gloire de Dieu, lorsque l'ostensoir, que le soleil couchant frappait en plein, apparut de nouveau comme un autre soleil, un pur soleil d'or traçant le signe de la croix en traits de flamme, au seuil de l'infini.

Déjà, les bannières, le clergé, l'abbé Judaine sous le dais, rentraient dans la Basilique, lorsque Marie, au moment où elle y pénétrait, elle aussi, sans lâcher le timon de son chariot, fut arrêtée un instant par deux dames, qui l'embrassèrent en pleurant. C'étaient madame de Jonquière et sa fille Raymonde, montées là pour assister à la bénédiction, et qui avaient appris le miracle.

— Ah! chère enfant, quelle joie! répétait la dame hospitalière, et combien je suis fière de vous avoir dans ma salle! C'est, pour nous toutes, une faveur si précieuse, que la sainte Vierge vous ait choisie.

La jeune fille avait gardé entre les siennes une main
de la miraculée.

— Me permettez-vous de vous appeler mon amie,
mademoiselle? Je vous plaignais tant, j'ai tant de plaisir
à vous voir marcher, si forte, si belle déjà!... Laissez-
moi vous embrasser encore. Ça me portera bonheur.

Marie balbutiait de ravissement.

— Merci, merci bien, de tout mon cœur... Je suis si
heureuse, si heureuse!

— Oh! nous ne vous quittons plus! reprit madame de
Jonquière. Tu entends, Raymonde? suivons-la, allons
nous agenouiller avec elle. Et c'est nous qui la ramène-
rons, après la cérémonie.

En effet, ces dames se joignirent au cortège, marchèrent à côté de Pierre et du père Massias, derrière le
dais, jusqu'au milieu du chœur, entre les rangées de
chaises, déjà occupées par les délégations. Seules, les
bannières furent admises, aux deux côtés du maître autel.
Et Marie aussi s'avança, ne s'arrêta qu'en bas des marches,
avec son chariot, dont les fortes roues sonnaient sur les
dalles. Elle l'avait amené où la sainte folie de son désir
rêvait de le monter, lui si douloureux et si pauvre, dans
la splendeur de la maison de Dieu, pour qu'il y fût la
preuve du miracle. Dès l'entrée, les orgues avaient éclaté
en un chant triomphal, une acclamation tonitruante de
peuple heureux, d'où se dégagea bientôt une céleste voix
d'ange, d'une allégresse aiguë, pure comme le cristal.
L'abbé Judaine venait de poser le Saint-Sacrement sur
l'autel, la foule achevait d'emplir la nef, chacun prenait
sa place, se tassait, en attendant que la cérémonie com-
mençât. Tout de suite, Marie était tombée à genoux, entre
madame de Jonquière et Raymonde, dont les yeux
restaient humides d'attendrissement; pendant que le père
Massias, à bout de force, après la crise d'extraordinaire
tension nerveuse qui le soulevait depuis la Grotte, san-

glotait, effondré à terre, la face dans les mains. Derrière,
Pierre et Berthaud demeuraient debout, ce dernier toujours en surveillance, l'œil aux aguets, veillant au bon
ordre, même au milieu des plus fortes émotions.

Alors, dans son trouble, étourdi par le chant des orgues,
Pierre leva la tête, regarda l'intérieur de la Basilique.
C'était une nef étroite, haute, bariolée de couleurs vives,
que des baies nombreuses inondaient de lumière. Les bas
côtés existaient à peine, se trouvaient réduits à un simple
couloir filant entre les faisceaux des piliers et les chapelles latérales; ce qui semblait augmenter encore l'élancement de la nef, cet envolement de la pierre en lignes
minces, d'une gracilité enfantine. Une grille toute dorée,
transparente comme une dentelle, fermait le chœur, où
le maître autel, de marbre blanc, couvert de sculptures,
avait une somptuosité de candeur virginale. Mais ce qui
étonnait, c'était l'extraordinaire ornementation dont
l'amas transformait l'église entière en un étalage débordant de broderies et de joailleries, des bannières, des
ex-voto innombrables, tout un fleuve de dons, de cadeaux, qui avait coulé et s'était amassé sur les murs, tout
un ruissellement d'or, d'argent, de velours, de soie, qui
la tapissait du haut en bas. Elle était le sanctuaire sans
cesse embrasé de la reconnaissance, elle chantait par ses
mille richesses un continuel cantique de foi et de gratitude.

Les bannières, surtout, foisonnaient, se multipliaient
comme les feuilles des arbres, sans nombre. Une trentaine étaient suspendues à la voûte. En haut, garnissant
tout le pourtour du triforium, d'autres faisaient tableau,
encadrées dans des colonnettes. Elles s'étalaient le long
des murailles, elles flottaient au fond des chapelles, elles
entouraient le chœur d'un ciel de soie, de satin et de
velours. On en comptait des centaines, le regard se
fatiguait à les admirer. Beaucoup étaient célèbres, d'un
travail si habile, que de grandes brodeuses se déran-

geaient pour les voir : celle de Notre-Dame de Fourvières, aux armes de la ville de Lyon ; celle de l'Alsace, en velours noir, brodé d'or ; celle de la Lorraine, où l'on remarquait une Vierge couvrant deux enfants de son manteau ; celle de la Bretagne, bleue et blanche, où saignait un Sacré-Cœur au sein d'une gloire. Tous les empires, tous les royaumes de la terre se trouvaient représentés. Les pays les plus lointains, le Canada, le Brésil, le Chili, Haïti, avaient là leur drapeau, dont ils étaient venus dévotement faire hommage à la Reine du ciel.

Puis, après les bannières, il y avait encore une merveille, les milliers et les milliers de cœurs d'or et d'argent, accrochés partout, luisant aux murs comme les étoiles au firmament. Ils dessinaient des roses mystiques, ils traçaient des festons, des guirlandes, qui montaient le long des piliers, entouraient les fenêtres, constellaient les chapelles profondes. Au-dessous du triforium, on avait eu l'idée ingénieuse d'écrire, en lettres hautes, à l'aide de ces cœurs, les diverses paroles que la sainte Vierge avait adressées à Bernadette ; et une longue frise se déroulait ainsi, autour de la nef, qui faisait la joie des âmes enfantines, très occupées à en épeler les mots. C'était un pullulement, un braisillement de cœurs prodigieux, dont le nombre infini accablait, quand on songeait à toutes les mains tremblantes de reconnaissance, qui les avaient donnés. D'ailleurs, beaucoup d'autres ex-voto, et des plus imprévus, entraient aussi dans la décoration. On voyait, encadrés sous verre, des bouquets de mariées, des croix d'honneur, des bijoux, des photographies, des chapelets, jusqu'à des éperons. Et il y avait des épaulettes d'officier, ainsi que des épées, parmi lesquelles un superbe sabre, laissé là en souvenir d'une conversion miraculeuse.

Mais ce n'était point assez, d'autres richesses, des richesses de toutes sortes rayonnaient de toutes parts : des statues de marbre, des diadèmes enrichis de diamants, un

tapis merveilleux, dessiné à Blois, brodé par les Dames
de la France entière, une palme d'or, ornée d'émaux,
envoyée par le Souverain Pontife. Les lampes qui descendaient des voûtes étaient également des cadeaux, quelques-unes d'or massif, du travail le plus délicat. Elles ne
se comptaient plus, elles étoilaient la nef, comme des
astres précieux. Devant le tabernacle, il y en avait une,
offerte par l'Irlande, un chef-d'œuvre de ciseluré. D'autres,
celle de Valence, celle de Lille, celle de Macao, envoyée
celle-ci du tond de la Chine, étaient de véritables joyaux,
étincelants de pierreries. Et quel resplendissement, lorsque
les vingt lustres du chœur étaient allumés, lorsque les
centaines de lampes, les centaines de cierges brûlaient à
la fois, aux grandes cérémonies du soir! Alors, l'église
entière s'embrasait, toutes ces petites flammes de chapelle
ardente se réflétaient en mille feux dans les milliers
de cœurs d'or et d'argent. C'était un brasier extraordinaire, les murs ruisselaient de flammèches vives, on
entrait dans la gloire aveuglante du paradis; tandis que
les bannières sans nombre déroulaient de tous côtés
leur soie, leur satin et leur velours, brodés de Cœurs
saignants, de Saints victorieux, de Vierges dont le bon
sourire enfantait des miracles.

Ah! cette Basilique, que de cérémonies déjà y avaient
développé leur pompe! Jamais le culte, jamais la prière
et les chants n'y cessaient. D'un bout de l'année à l'autre,
l'encens fumait, les orgues grondaient, les foules agenouillées priaient de toute leur âme. C'étaient les messes
continuelles, c'étaient les vêpres, et les prônes, et les
bénédictions, et les exercices journellement recommen-
cés, et les fêtes célébrées avec une magnificence sans
égale. Les moindres anniversaires devenaient des pré-
textes à solennités fastueuses. Chaque pèlerinage devait
avoir sa part d'éblouissement. Ces souffrants et ces humbles
venus de si loin, il fallait bien les renvoyer consolés, ravis,

emportant la vision du paradis entr'ouvert. Ils avaient vu le luxe de Dieu, ils en garderaient l'éternelle extase. Au fond de pauvres chambres nues, en face de grabats douloureux, dans la chrétienté entière, la Basilique s'évoquait avec son flamboiement de richesses, comme un rêve de promesse et de compensation, comme la fortune même, le trésor de la vie future, où les pauvres entreraient certainement un jour, après leur longue misère d'ici-bas.

Et Pierre n'avait aucune joie, regardait ces splendeurs sans consolation ni espérance. Son malaise affreux augmentait, il faisait noir en lui, un de ces noirs de tempête, lorsque les idées et les sentiments soufflent et hurlent. Depuis que Marie s'était levée de son chariot, criant qu'elle était guérie, depuis qu'elle marchait, si forte, si vivante, il sentait monter en lui une immense désolation. Cependant, il l'aimait en frère passionné, il avait éprouvé un bonheur sans bornes, à voir qu'elle ne souffrait plus. Pourquoi donc agonisait-il ainsi de sa félicité, à elle? Il ne pouvait plus la regarder, maintenant, agenouillée, rayonnante au milieu de ses larmes, d'une beauté reconquise et grandie, sans que son pauvre cœur saignât, comme sous une mortelle blessure. Il voulait rester pourtant, il détournait les yeux, tâchait de s'intéresser au père Massias, toujours secoué de sanglots sur les dalles, et dont il enviait l'anéantissement, dans la dévorante illusion de l'amour divin. Un instant même, il questionna Berthaud, parut admirer une bannière, sur laquelle il demanda des explications.

— Laquelle? cette bannière de dentelle, là-bas?

— Oui, à gauche.

— C'est une bannière offerte par le Puy. Les armoiries sont celles du Puy et de Lourdes, liées par le Rosaire... La dentelle en est si fine, qu'elle tiendrait dans le creux de la main.

Mais l'abbé Judaine s'avançait, la cérémonie allait com-

mencer. Les orgues de nouveau grondèrent, un cantique
fut chanté, pendant que, sur l'autel, le Saint-Sacrement
était comme l'astre-roi, parmi le scintillement des cœurs
d'or et d'argent, aussi nombreux que les étoiles. Et Pierre
n'eut pas la force de rester davantage. Puisque Marie
avait avec elle madame de Jonquière et Raymonde, qui l'ac-
compagneraient, il pouvait s'en aller, disparaître en un
coin d'ombre, où il pleurerait enfin. D'un mot, il s'excusa,
prétexta son rendez-vous avec le docteur Chassaigne.
Puis, il eut une crainte encore, celle de ne savoir
comment sortir, tellement le flot pressé des fidèles barrait
la porte. Une inspiration lui vint, il traversa la sacristie,
descendit dans la Crypte, par l'étroit escalier intérieur.

Brusquement, ce fut un silence profond, une ombre sé-
pulcrale, succédant aux voix d'allégresse, au prodigieux
éclat de là-haut. La Crypte, taillée dans le roc, était faite
de deux couloirs étroits, séparés par le massif portant la
nef, et qui conduisaient, sous l'abside, à une chapelle
souterraine, que de petites lampes éclairaient nuit et jour.
Une forêt obscure de piliers s'entre-croisait, il régnait là
une mystique terreur, dans les demi-ténèbres, où frissonnait le mystère. Les murs restaient nus, c'était la
pierre même du tombeau, au fond duquel tout homme
doit dormir son dernier sommeil. Le long des couloirs,
contre les parois que recouvraient du haut en bas les
plaques de marbre des ex-voto, on ne voyait qu'une
double rangée de confessionnaux ; car l'on confessait
dans cette paix morte de la terre, il y avait des prêtres
parlant toutes les langues, pour remettre leurs fautes aux
pêcheurs venus là, des quatre coins du monde.

A cette heure, pendant que la foule s'écrasait en haut,
la Crypte se trouvait absolument déserte, pas une âme n'y
mettait son petit frémissement ; et Pierre, dans ce grand
silence, dans cette ombre, dans cette fraîcheur de la
tombe, s'abattit sur les deux genoux. Ce n'était point par

un besoin de prière et d'adoration, c'était que tout son
être défaillait, sous la tourmente morale qui venait de le
briser. Il avait la soif torturante de voir clair en lui. Ah!
que ne pouvait-il s'enfoncer plus profondément encore
dans le néant des choses, réfléchir, comprendre, se
calmer enfin!

Et il vécut une agonie affreuse. Il tâchait de recommencer les minutes, depuis que Marie, tout d'un coup soulevée de sa couche de misère, avait jeté son cri de résurrection. Pourquoi donc, malgré sa joie fraternelle à la revoir
debout, avait-il dès lors éprouvé un atroce malaise, comme
si le plus mortel malheur le frappait? Était-il donc jaloux
de la grâce divine? Souffrait-il de ce que la Vierge, en
la guérissant, l'avait oublié, lui dont l'âme était si malade? Il se souvenait du dernier délai qu'il s'était donné,
du rendez-vous suprême qu'il avait fixé à la foi, au
moment où le Saint-Sacrement passerait, si Marie était
guérie; et elle était guérie, et il ne croyait toujours pas,
et désormais il n'avait plus d'espérance, car il ne croirait
jamais plus. Là saignait la plaie vive. Cela éclatait avec
une cruauté, une certitude aveuglante : elle était sauvée,
il était perdu. Ce prétendu miracle qui la réveillait à la
vie, venait d'achever en lui la ruine de toute croyance au
surnaturel. Ce qu'il avait rêvé un instant de chercher encore et de retrouver peut-être à Lourdes, la foi naïve, la
foi heureuse du petit enfant, n'était plus possible, ne re-
fleurirait pas, après cet écroulement du prodige, cette
guérison que Beauclair lui avait annoncée, qui s'était réa-
lisée ensuite de point en point. Jaloux, oh! non, mais
dévasté, mortellement triste, de rester ainsi tout seul,
dans le désert glacé de son intelligence, à regretter l'illusion, le mensonge, le divin amour des simples d'esprit,
dont son cœur n'était plus capable.

Un flot d'amertume étouffa Pierre, des larmes jaillirent
de ses yeux. Il avait glissé sur les dalles, anéanti d'an-

goisse. Et il se rappela cette délicieuse histoire, depuis le jour où Marie, qui avait deviné la torture de son doute, s'était passionnée pour sa conversion, lui prenant la main dans l'ombre, la gardant entre les siennes, en balbutiant qu'elle prierait pour lui, oh ! de toute son âme. Elle s'oubliait, elle suppliait la sainte Vierge de sauver son ami plutôt qu'elle, si elle n'avait qu'une grâce à obtenir de son divin Fils. Puis, ce fut un autre souvenir, les heures adorables qu'ils avaient passées ensemble sous l'épaisse nuit des arbres, pendant le défilé de la procession aux flambeaux. Là encore, ils avaient prié l'un pour l'autre, ils s'étaient perdus l'un dans l'autre, avec un si ardent désir de leur bonheur mutuel, qu'ils avaient touché un instant le fond de l'amour qui se donne et qui s'immole. Et leur longue tendresse trempée de larmes, la pure idylle de leur souffrance aboutissait à cette brutale séparation, elle sauvée, radieuse au milieu des chants de la Basilique triomphante, lui perdu, sanglotant de misère, écrasé au fond des ténèbres de la Crypte, dans une solitude glacée de tombe. C'était comme s'il venait de la perdre une seconde fois, pour toujours.

Brusquement, Pierre sentit le coup de couteau que cette pensée lui donnait en plein cœur. Il comprit enfin son mal, ce fut une clarté subite qui éclaira la crise terrible où il se débattait. Une première fois, il avait perdu Marie, le jour où il s'était fait prêtre, en se disant qu'il pouvait bien n'être plus un homme, puisqu'elle-même ne serait jamais femme, frappée dans son sexe d'une maladie incurable. Et voilà qu'elle était guérie, qu'elle redevenait femme, voilà qu'il l'avait tout d'un coup revue très forte, très belle, et vivante, et désirable, et féconde ! Lui était mort, ne pouvait redevenir un homme. Jamais plus il ne soulèverait la pierre tombale qui écrasait, qui scellait sa chair. Elle s'échappait seule, elle le laissait dans la terre froide. C'était le vaste monde qui se rouvrait devant elle,

le bonheur souriant, l'amour qui rit sur les routes ensoleillées, un mari, des enfants sans doute. Tandis que lui,
comme enseveli jusqu'aux épaules, ne gardait de libre
que son cerveau, pour souffrir davantage. Elle était encore
à lui, lorsqu'elle n'était à aucun autre, et il n'agonisait si
abominablement, depuis une heure, que de cet arrachement définitif, qui la séparait de lui, cette fois, à
jamais.

Alors, une rage secoua Pierre. Il fut tenté de remonter,
de crier la vérité à Marie. Le miracle, mensonge! la
bonté secourable d'un Dieu tout-puissant, illusion pure!
La nature seule avait agi, la vie encore une fois venait de
vaincre. Et il aurait donné des preuves, il lui aurait montré la vie unique souveraine, refaisant de la santé avec
toutes les souffrances d'ici-bas. Puis, ils seraient partis
ensemble, ils seraient allés très loin, très loin, pour être
heureux. Mais une terreur soudaine l'envahissait. Eh quoi?
toucher à cette petite âme blanche, tuer en elle la croyance,
l'emplir de ces ruines de la foi, dont lui-même était ravagé!
Cela lui apparut soudain comme un odieux sacrilège.
Ensuite, il se serait fait horreur, il aurait cru l'avoir
assassinée, s'il se reconnaissait un jour incapable de lui
rendre un bonheur égal. Peut-être ne le croirait-elle pas.
D'ailleurs, épouserait-elle jamais un prêtre parjure, elle
qui garderait l'inoubliable douceur d'avoir été guérie dans
l'extase? Tout cela lui apparut fou, monstrueux, salissant.
Déjà, sa révolte s'apaisait, il ne gardait qu'une infinie
lassitude, une sensation brûlante de plaie inguérissable,
son pauvre cœur meurtri et arraché.

Puis, dans son abandon, dans le vide où il roulait, une
lutte suprême l'angoissa. Qu'allait-il faire? Il aurait voulu
fuir, ne plus revoir Marie, devenu lâche devant la souffrance. Car il comprenait bien qu'il lui faudrait mentir
maintenant, puisqu'elle le croyait sauvé avec elle, converti,
guéri de son âme, comme elle était guérie de son corps.

Elle lui en avait dit sa joie, en traînant son chariot par les rampes colossales. Oh! avoir eu ce grand bonheur ensemble, ensemble! avoir senti leurs âmes se fondre l'une dans l'autre! Et il avait menti déjà, il serait obligé de mentir toujours, pour ne pas lui gâter cette belle illusion si pure. Il laissa s'éteindre les derniers battements de ses veines, il jura d'avoir la sublime charité de feindre la paix, le ravissement du salut. Il la voulait complètement heureuse, sans un regret, sans un doute, en pleine sérénité de la foi, convaincue que la sainte Vierge avait consenti à leur union toute mystique. Qu'importait sa torture, à lui! Plus tard peut-être, il se reprendrait. Au milieu de la solitude désolée de son intelligence, n'était-ce pas un peu de joie qui le soutiendrait, toute cette joie dont il allait lui laisser le mensonge consolateur?

Des minutes encore s'écoulèrent, et Pierre anéanti restait sur les dalles, à calmer sa fièvre. Il ne pensait plus, il n'existait plus, dans l'accablement de tout l'être qui suit les grandes crises. Mais il crut entendre un bruit de pas, il se releva péniblement, il affecta de lire les ex-voto, les inscriptions gravées sur les plaques de marbre, le long des murs. D'ailleurs, il s'était trompé, personne n'était là; et il n'en continua pas moins sa lecture, d'abord machinalement, cherchant une distraction, ensuite gagné peu à peu par une émotion nouvelle.

C'était inimaginable. La foi, l'adoration, la gratitude s'étalaient sur ces plaques de marbre, gravées en lettres d'or, par centaines, par milliers d'exemplaires. Il y en avait d'ingénus qui prêtaient à sourire. Un colonel avait fait sculpter son pied, avec ces mots : « Vous me l'avez conservé, faites qu'il vous serve. » Plus loin, on lisait : « Que sa protection s'étende sur la verrerie! » Ou c'était encore l'étrangeté des demandes que l'on devinait, à l'innocente franchise des remerciements : « A Marie Immaculée, un père de famille, santé rendue, procès gagné, avancement

37

obtenu. » Mais cela se perdait dans le concert des cris brûlants qui montaient. Le cri des amants : « Paul et Anna demandent la bénédiction de Notre-Dame de Lourdes sur leur union. » Le cri des mères : « Reconnaissance à Marie, trois fois elle m'a guéri mon enfant. — Reconnaissance pour la naissance de Marie-Antoinette, que je lui confie, ainsi que les miens et moi. — P. D. âgé de trois ans, a été conservé à l'amour des siens. » Le cri des épouses, le cri des malades soulagés, le cri des âmes rendues au bonheur : « Protégez mon mari, faites que mon mari se porte bien. — J'étais infirme des deux jambes, je suis guérie. — Nous sommes venus et nous espérons. — J'ai prié, j'ai pleuré, et elle m'a exaucée. » Et des cris encore, des cris d'une discrétion ardente faisaient rêver de longs romans : « Vous nous avez unis, protégez-nous. — A Marie, pour le plus grand des bienfaits. » Et toujours les mêmes cris, les mêmes mots revenaient, avec une ferveur passionnée : gratitude, reconnaissance, hommage, actions de grâce, remerciements. Ah ! ces centaines, ces milliers de cris, à jamais fixés dans le marbre, qui, du fond de la Crypte, clamaient à la Vierge l'éternelle dévotion des misérables humains qu'elle avait secourus !

Pierre ne se lassait pas de lire, la bouche amère, envahi d'une désolation croissante. Lui seul n'avait donc à attendre aucun secours ? Lorsque tant d'êtres souffrants étaient exaucés, lui seul n'avait pas su se faire entendre ? Et il songeait maintenant à l'extraordinaire quantité des prières qui devaient être dites à Lourdes, d'un bout de l'année à l'autre. Il tâchait d'en évaluer le nombre : les journées vécues devant la Grotte, les nuits passées dans l'église du Rosaire, et les cérémonies à la Basilique, et les processions sous le soleil et sous les étoiles. C'était incalculable, cette continuelle supplication de toutes les secondes. La volonté des fidèles était d'en fatiguer les oreilles de Dieu, de lui arracher des grâces, des pardons, par la masse même, la masse énorme des prières. Les prêtres disaient qu'il fallait donner à Dieu les expiations exigées par les péchés de la France, et que lorsque la somme de ces expiations serait assez forte, la France cesserait d'être frappée. Quelle croyance dure à la nécessité du châtiment! Quelle féroce imagination du pessimisme le plus noir! Comme la vie devait être mauvaise, pour qu'une pareille imploration, un tel cri de misère, physique et morale, montât vers le ciel!

Mais, au milieu de cette tristesse sans bornes, Pierre sentit une pitié profonde le gagner. Ah! cette humanité misérable, elle le bouleversait, réduite à cet excès de malheur, si nue, si faible, si abandonnée, qu'elle renonçait à sa raison, pour ne plus mettre le bonheur possible que dans l'ivresse hallucinée du rêve. Des larmes de nouveau emplirent ses yeux, il pleurait sur lui-même, sur les autres, sur tous les pauvres êtres torturés, qui ont le besoin de stupéfier leur mal, de l'endormir, afin d'échapper aux réalités de ce monde. Il lui semblait encore entendre la foule entassée, agenouillée devant la Grotte, jetant au ciel la supplication enflammée de sa prière, des foules de vingt et trente mille âmes d'où montait une ferveur de désir qu'on voyait fumer sous le soleil, comme un encens. Puis, en dessous de la Crypte même, dans l'église du Rosaire, s'embrasait une autre exaltation de la foi, les nuits entières passées au paradis de l'extase, les délices muettes des communions, les ardents appels sans paroles, où toute la créature se consume, brûle et s'envole. Puis, comme si les cris jetés devant la Grotte, comme si l'adoration perpétuelle au Rosaire ne devaient pas suffire, cette clameur d'ardente requête recommençait autour de lui, sur les murs de la Crypte; mais, là, elle s'éternisait dans le marbre, elle ne cesserait plus de crier la souffrance humaine, jusqu'au lointain des âges; c'était le marbre, c'étaient les murs qui priaient, envahis du frisson

d'universelle pitié qui gagnait jusqu'aux pierres. Et,
enfin, les prières montaient plus haut, toujours plus haut,
s'élançaient de la Basilique rayonnante, bourdonnante au-
dessus de lui, pleine en ce moment d'un peuple frénétique, dont il croyait sentir, au travers des dalles de la
nef, le souffle énorme éclatant en un cantique d'espoir. Il
finissait par être emporté, comme s'il s'était trouvé au
milieu du frémissement même de ce flot immense de
prières, qui, parti de la poussière du sol, gravissait les
étages des églises superposées, s'élargissait de tabernacle
en tabernacle, apitoyait les murailles au point qu'elles
sanglotaient, elles aussi, et que le cri suprême de misère
allait percer le ciel, avec l'aiguille blanche, la haute
croix dorée, au bout de la flèche. O Dieu tout-puissant,
ô Divinité, Force secourable, qui que tu sois, prends en
pitié les pauvres hommes, fais cesser la souffrance
humaine !

Soudainement, Pierre fut ébloui. Il avait suivi le couloir
de gauche, il débouchait au plein jour, en haut des
rampes. Et, tout de suite, deux bras tendres le saisirent,
l'enveloppèrent. C'était le docteur Chassaigne, dont il
oubliait le rendez-vous, qui l'attendait là, pour le mener
visiter la chambre de Bernadette et l'église du curé Peyramale.

— Oh ! mon enfant, quelle joie doit être la vôtre !... Je
viens d'apprendre la grande nouvelle, la grâce extraordinaire dont Notre-Dame de Lourdes a comblé votre amie...
Souvenez-vous de ce que je vous disais, avant-hier ! Maintenant, je suis tranquille, vous-même êtes sauvé.

Le prêtre, très pâle, eut une dernière amertume. Mais
il put sourire, il répondit avec douceur :

— Oui, nous sommes sauvés, je suis bien heureux.

C'était le mensonge qui commençait, la divine illusion
qu'il voulait donner aux autres, par charité.

Et Pierre eut encore un spectacle. La grand'porte de la

Basilique était ouverte à deux battants, la nappe rouge du
soleil enfilait la nef d'un bout à l'autre. Tout flambait
dans un faste d'incendie, la grille dorée du chœur, les ex-
voto d'or et d'argent, les lampes enrichies de pierreries,
les bannières aux broderies de lumière, les encensoirs
balancés, pareils à des joyaux qui volaient. Là-bas, au
fond de cette splendeur brûlante, parmi les surplis de
neige et les chasubles d'or, il reconnaissait Marie, avec
ses cheveux dénoués, des cheveux d'or aussi, dont le flot
la vêtait d'un manteau d'or. Et les orgues éclataient en un
chant royal, et le peuple délirant acclamait Dieu, et
l'abbé Judaine qui venait de reprendre sur l'autel le
Saint-Sacrement, le présentait une dernière fois, très
grand, très haut, resplendissant comme une gloire, dans
ce ruissellement d'or de la Basilique, dont toutes les
cloches, à la volée, sonnaient le prodigieux triomphe.

V

Tout de suite, comme ils descendaient les rampes, le docteur Chassaigne dit à Pierre :

— Vous venez de voir le triomphe, je vais vous montrer maintenant deux grandes injustices.

Et il le mena, rue des Petits-Fossés, visiter la chambre de Bernadette, cette chambre basse et obscure, d'où elle était sortie, le jour où la sainte Vierge lui apparut.

La rue des Petits-Fossés part de l'ancienne rue du Bois, aujourd'hui rue de la Grotte, et va couper la rue du Tribunal. C'est une ruelle tortueuse, légèrement en pente, d'une grande tristesse. Les passants y sont rares, elle n'est bordée que de longs murs, de maisons misérables, de façades mornes, où pas une fenêtre ne s'ouvre. Un arbre, dans une cour, en est toute la gaieté.

— Nous y sommes, dit le docteur.

La rue, à cet endroit, s'étranglait, très resserrée, et la maison se trouvait en face d'une haute muraille grise, la muraille nue d'une grange. Tous deux, levant la tête, regardaient la petite maison qui semblait morte, avec ses croisées étroites, son crépi grossier, violâtre, d'une laideur honteuse de pauvre. En bas, l'allée s'enfonçait toute noire, une mince grille ancienne seule la fermait ; et il y avait une marche à monter, que le ruisseau, par les orages, baignait.

Le docteur reprit :

— Entrez, mon ami, entrez. Vous n'avez qu'à pousser la grille.

L'allée était profonde, Pierre suivait de la main le mur humide, par crainte de quelque faux pas. Il lui semblait descendre dans une cave, en pleine obscurité, avec la sensation, sous lui, d'un sol glissant, toujours trempé d'eau. Puis, au bout, sur une nouvelle indication du docteur, il tourna à droite.

— Baissez-vous, car vous pourriez vous cogner, la porte est basse... Là, nous y sommes.

Comme celle de la rue, cette porte de la chambre était grande ouverte, dans une insouciance d'abandon. Et Pierre, qui s'était arrêté au milieu de la pièce, hésitant, les yeux emplis de la vive clarté du dehors, ne distinguait absolument rien, tombé là en pleine nuit. Une fraîcheur glacée, pareille à la sensation d'un linge mouillé, l'avait saisi aux épaules.

Mais, peu à peu, ses yeux s'habituèrent. Les deux fenêtres, de grandeur inégale, prenaient jour sur une étroite cour intérieure, où ne descendait qu'une lumière verdâtre, comme au fond d'un puits ; et, pour lire dans la chambre, en plein midi, il aurait fallu une chandelle. Cette chambre, grande de quatre mètres sur trois mètres cinquante environ, était dallée de grosses pierres raboteuses ; tandis que la maîtresse poutre et les solives du plafond, apparentes, avaient noirci à la longue, d'un ton sale de suie. En face de la porte, se trouvait la cheminée, une pauvre cheminée de plâtre, dont une vieille planche vermoulue formait la tablette. Un évier était là, entre la cheminée et l'une des fenêtres. Les murs, dont un ancien badigeon s'en allait par écailles, tachés d'humidité, couturés de cicatrices, tournaient, comme le plafond, à une saleté noire. Et il n'y avait plus de meubles, la pièce paraissait abandonnée, on n'y entrevoyait que des objets confus et extraordinaires, méconnaissables dans l'ombre lourde qui en noyait les coins.

Après un silence, le docteur parla.

— Oui, c'est la chambre, tout est parti d'ici... Rien n'a été changé, seuls les meubles n'y sont plus. J'ai essayé de les replacer, les lits se trouvaient sûrement contre ce mur, en face des fenêtres ; les trois lits au moins, car les Soubirous étaient sept, le père, la mère, deux garçons, trois filles... Songez-vous à cela ! trois lits emplissant cette pièce ! et sept personnes vivant dans ces quelques mètres carrés ! et ce tas de monde enterré vif, sans air, sans lumière, presque sans pain ! Quelle misère basse, quelle humilité de pauvres êtres pitoyables !

Mais il fut interrompu. Une ombre, que Pierre prit d'abord pour une vieille femme, entra. C'était un prêtre, le vicaire de la paroisse, qui justement occupait aujourd'hui la maison. Il connaissait le docteur.

— J'ai entendu votre voix, monsieur Chassaigne, et je suis descendu... Alors, voilà que vous faites encore visiter la chambre ?

— En effet, monsieur l'abbé, je me suis permis... Cela ne vous dérange pas ?

— Oh ! du tout, du tout !... Venez tant qu'il vous plaira, amenez du monde.

Il riait d'un air engageant, il salua Pierre, qui, étonné de sa tranquille insouciance, lui demanda :

— Pourtant, les gens qui viennent doivent parfois vous importuner ?

A son tour, le vicaire parut surpris.

— Ma foi, non ! il ne vient personne... Vous comprenez, ce n'est guère connu, ici. Tout le monde reste là-bas, à la Grotte... Je laisse la porte ouverte, pour qu'on ne me tracasse pas. Mais des journées se passent, sans que j'entende seulement le petit bruit d'une souris.

Les yeux de Pierre, de plus en plus, s'accoutumaient à l'obscurité ; et, dans les objets vagues, inquiétants, qui emplissaient les coins, il finissait par reconnaître de vieux

tonneaux, des débris de cages à poule, des outils cassés,
toutes les loques qu'on balaye, qu'on jette au fond des
caves. Puis, pendues aux solives, il aperçut des provisions, un panier à salade plein d'œufs, des liasses de
gros oignons roses.

— Et, à ce que je vois, reprit-il, avec un léger frémissement, vous avez cru devoir utiliser la chambre?

Le vicaire commençait à être gêné.

— Sans doute, c'est cela même... Que voulez-vous! la
maison est petite, j'ai si peu de place! Et puis, vous n'avez
pas idée comme cette pièce est humide, il est radicalement impossible de l'habiter... Alors, mon Dieu! petit à
petit, tout cela s'y est entassé de soi-même, sans qu'on
l'ait voulu.

— Une pièce de débarras, conclut Pierre.

— Oh! non, pourtant!... Une pièce inoccupée, et ma
foi, oui! si vous y tenez, une pièce de débarras!

Sa gêne augmentait, mêlée d'un peu de honte. Le docteur Chassaigne restait silencieux, n'intervenait pas;
mais il souriait, il était visiblement ravi de la révolte de
son compagnon contre l'ingratitude humaine.

Celui-ci, ne pouvant se maîtriser, continua :

— Vraiment, monsieur le vicaire, excusez-moi si j'in-
siste. Mais songez donc que vous devez tout à Bernadette,
que sans elle Lourdes serait encore une des villes les plus
ignorées de France... Et, en vérité, il me semble que la
reconnaissance de la paroisse aurait dû transformer cette
misérable chambre en une chapelle...

— Oh! une chapelle! interrompit le vicaire, il ne s'agit
que d'une créature, l'Église ne saurait lui rendre un
culte.

— Eh bien! ne disons pas une chapelle, disons qu'il
devrait y avoir ici des lumières, des fleurs, des gerbes de
roses, toujours renouvelées par la piété des habitants et
des pèlerins... Enfin, je voudrais un peu de tendresse, un

souvenir ému, une image de Bernadette, quelque chose
qui témoignât délicatement de la place qu'elle doit
occuper dans tous les cœurs... C'est monstrueux, cet
oubli, cet abandon, la saleté où l'on a laissé tomber cette
pièce !

Du coup, le vicaire, un pauvre homme inconscient et
inquiet, se rangea de son avis.

— Au fond, vous avez mille fois raison. Mais je n'ai
aucun pouvoir, je ne puis rien, moi !... Le jour où l'on
viendrait me demander la pièce pour l'arranger, je la
donnerais tout de même, j'enlèverais mes tonneaux, bien
que je ne sache vraiment pas où les mettre... Seulement, je le répète, ça ne dépend pas de moi, je ne puis
rien, rien du tout !

Et, sous le prétexte qu'il avait à sortir, il se hâta de
prendre congé, il se sauva, en disant de nouveau au docteur
Chassaigne :

— Restez, restez tant qu'il vous plaira. Vous ne me
gênez jamais.

Lorsqu'il se retrouva seul avec Pierre, le docteur lui
saisit les mains, débordant d'une effusion heureuse.

— Ah ! mon cher enfant, que vous venez de me faire
plaisir ! Comme vous lui avez bien dit ce qui bouillonne
dans mon cœur depuis longtemps !... J'ai eu, moi, cette
idée, d'apporter ici chaque matin des roses. J'aurais fait
simplement nettoyer la pièce, je me serais contenté de
mettre sur la cheminée deux grosses gerbes de roses ; car
vous savez que j'ai voué à Bernadette une infinie tendresse, et il me semblait que ces roses seraient ici la floraison même, l'éclat et le parfum de sa mémoire...
Seulement, seulement...

Il eut un geste désespéré.

— Le courage m'a manqué toujours... Oui, je dis le
courage, personne n'ayant osé encore se déclarer ouver-
tement contre les pères de la Grotte... On hésite, on

recule devant un scandale religieux. Songez au tapage
déplorable que cela soulèverait; et ceux qui s'indignent
comme moi, en sont réduits à se taire, à mieux aimer
faire le silence.

Et il ajouta, il conclut :

— C'est une grande tristesse, mon cher enfant, que
l'ingratitude et la rapacité des hommes. Chaque fois que
je viens ici, dans cette misère noire, j'ai le cœur si gros,
que je ne peux retenir mes larmes.

Puis, il cessa de parler, ni l'un ni l'autre ne prononça
plus un mot, envahis tous deux par la mélancolie poignante
qui se dégageait de la pièce. Les ténèbres les baignaient,
l'humidité leur donnait un frisson, au milieu du déla-
brement des murs, de la poussière des vieilles loques
entassées. Et l'idée leur était revenue que, sans Bernadette, rien n'aurait existé des prodiges qui avaient fait de
Lourdes une ville unique au monde. C'était à sa voix que
la source miraculeuse avait jailli, que la Grotte s'était
ouverte, flamboyante de cierges. Des travaux immenses
s'exécutaient, des églises nouvelles poussaient du sol, des
rampes colossales menaient jusqu'à Dieu, toute une cité
neuve se bâtissait comme par prodige, avec ses jardins,
ses promenades, ses quais, ses ponts, ses boutiques, ses
hôtels. Et les peuples les plus lointains de la terre accouraient en foule, et la pluie des millions tombait si drue,
si abondante, que la jeune cité semblait devoir grandir
indéfiniment, emplir toute la vallée, d'un bout à l'autre
des montagnes. Si l'on supprimait Bernadette, plus rien
n'existait, l'extraordinaire aventure rentrait dans le néant,
le vieux Lourdes inconnu dormait encore son sommeil
séculaire, au pied du Château. Bernadette était l'ouvrière
unique, la créatrice, et cette chambre d'où elle était partie,
le jour où elle avait vu la Vierge, ce berceau même du
miracle, de la merveilleuse fortune future, se trouvait
dédaigné, laissé en proie à la vermine, bon seulement à

faire une pièce de débarras, où l'on serrait les oignons et
les tonneaux vides.

Alors, l'opposition, dans l'esprit de Pierre, s'évoqua avec
une intensité telle, qu'il revit le triomphe auquel il venait
d'assister, l'exaltation de la Grotte et de la Basilique, tandis
que Marie, traînant son chariot, montait derrière le Saint-
Sacrement, au milieu des clameurs de la foule. Mais,
surtout, la Grotte rayonnait; non plus l'ancien creux de
roche sauvage, devant lequel l'enfant s'était agenouillée
autrefois, sur le bord désert du torrent; mais la chapelle
arrangée, enrichie, la chapelle ardente, où les nations
défilaient. Tout le bruit, toute la clarté, toute l'adoration,
tout l'argent éclataient là-bas, en une splendeur de continuelle victoire. Ici, au berceau, dans ce trou glacé et
sombre, pas une âme, pas un cierge, pas un chant, pas
une fleur. Personne ne venait, personne ne s'agenouillait
ni ne priait. Seuls, quelques visiteurs tendres avaient,
pour emporter un souvenir, émietté sous leurs doigts la
planche à demi pourrie qui servait de tablette à la cheminée. Le clergé ignorait ce lieu de misère, où les processions auraient dû se rendre, comme à une station de
gloire. C'était là que l'enfant pauvre avait commencé son
rêve, par une nuit froide, couchée entre ses deux sœurs,
prise d'un accès de son mal, pendant que toute la
famille dormait lourdement; c'était de là qu'elle était
partie, emportant ce rêve inconscient, qui allait renaître
en elle sous le plein jour, pour fleurir si joliment
en une vision de légende. Et personne ne refaisait le
chemin, la crèche était oubliée, on laissait aux ténèbres
cette crèche où avait germé la petite semence si humble,
qui poussait aujourd'hui, là-bas, en des moissons prodigieuses, que récoltaient les ouvriers de la dernière
heure, au milieu de la pompe souveraine des cérémonies.

Pierre, que la grande émotion humaine de toute cette

histoire attendrissait aux larmes, reprit enfin à demi-voix, résumant en un mot ses pensées :

— C'est Bethléem.

— Oui, dit le docteur Chassaigne à son tour, c'est le logis misérable, l'asile de rencontre, où naissent les religions nouvelles de la souffrance et de la pitié... Et, parfois, je me demande si tout ne va pas mieux ainsi, s'il n'est pas préférable que cette chambre reste dans cette indigence et dans cet abandon. Il me semble que Bernadette n'a rien à y perdre, car je l'aime davantage, lorsque je viens ici passer une heure.

Il se tut de nouveau, puis il eut un geste de révolte.

—Non, non! je ne peux pardonner, l'ingratitude me jette hors de moi... Je vous l'ai dit, je suis convaincu que Bernadette est allée se cloîtrer librement à Nevers. Mais, si personne ne l'a fait disparaître, quel soulagement pour ceux qu'elle commençait à gêner, ici!... Et ce sont les mêmes hommes, si désireux d'être les maîtres absolus, qui aujourd'hui s'efforcent par tous les moyens de faire le silence sur sa mémoire... Ah! mon cher enfant, si je vous disais tout!

Peu à peu, il parla, il se soulagea. Cette Bernadette, dont les pères de la Grotte exploitaient l'œuvre si âprement, ils la redoutaient plus encore morte que vivante. Tant qu'elle avait vécu, leur grande terreur était sûrement qu'elle ne revînt à Lourdes partager la proie ; et son humilité seule les rassurait, car elle n'était point une dominatrice, elle-même avait choisi l'ombre de renoncement où elle devait s'éteindre. Mais, à présent, ils tremblaient davantage, à l'idée qu'une volonté autre que la leur pouvait ramener les reliques de la voyante. Dès le lendemain de la mort, cette idée était bien venue au conseil municipal : la ville voulait élever un tombeau, on parlait d'ouvrir une souscription. Nettement, les sœurs de Nevers se refusèrent à livrer le corps, qui leur appar-

tenait, disaient-elles. Derrière les sœurs, tout le monde
avait alors senti les pères, très inquiets, qui agissaient,
qui s'opposaient secrètement à ce retour de cendres vé-
nérées, dans lesquelles ils flairaient une concurrence
possible à la Grotte elle-même. Imaginait-on cette chose
menaçante ? une tombe monumentale au cimetière, les
pèlerins s'y rendant en procession, les malades allant
baiser fiévreusement le marbre, des miracles s'y produi-
sant au milieu d'une sainte ferveur! C'était la concurrence certaine, désastreuse, le déplacement de la dévotion et du prodige. Et la grande, l'unique peur revenait
toujours, celle d'avoir à partager, de voir l'argent se
porter ailleurs, si la ville, instruite maintenant, savait
tirer parti du tombeau.

On prêtait même aux pères un projet plein d'une astuce
profonde. Ils auraient eu l'idée secrète de réserver pour
eux le corps de Bernadette, que les sœurs de Nevers se
seraient simplement engagées à leur garder, dans la paix
de leur chapelle. Seulement, ils attendaient, ils ne voulaient le ramener que le jour où l'affluence des pèlerins
commencerait à décroître. A quoi bon, maintenant, ce
retour solennel, puisque les foules accouraient sans cesse
plus nombreuses; tandis que, lorsque l'extraordinaire
succès de Notre-Dame de Lourdes déclinerait, comme
toutes les choses de ce monde, on devinait quel réveil de
la foi pourrait être la cérémonie solennelle et retentissante, dans laquelle la chrétienté verrait les reliques de
l'élue reprendre possession de la terre sacrée où elle
avait fait pousser tant de merveilles. Et les miracles
recommenceraient, sur le marbre de son tombeau, devant
la Grotte ou dans le chœur de la Basilique.

— Vous pouvez chercher, continua le docteur Chassaigne, vous ne trouverez pas à Lourdes, officiellement,
une seule image de Bernadette. On vend son portrait,
mais il n'est nulle part, dans aucun sanctuaire... C'est

l'oubli systématique, c'est le même sentiment de sourde inquiétude qui a fait le silence et l'abandon, dans cette triste chambre où nous sommes. De même qu'on a peur d'un culte possible sur sa tombe, on a peur que les foules ne viennent s'agenouiller ici, le jour où deux cierges brûleraient, où deux bouquets de roses fleuriraient cette cheminée. Et si une paralytique se levait en criant qu'elle est guérie, quel scandale, quel trouble dans les âmes des bons commerçants de la Grotte, qui verraient leur monopole compromis gravement!... Ils sont les maîtres, ils entendent rester les maîtres, ils ne veulent rien lâcher de la ferme magnifique qu'ils ont conquise et qu'ils exploitent. Mais ils tremblent pourtant, oui! ils tremblent devant la mémoire des ouvriers de la première heure, de cette petite fille qui est une si grande morte, dont l'héritage énorme les brûle de convoitise, à un tel point, qu'après l'avoir envoyée vivre à Nevers, ils n'osent même pas ramener son corps, laissé en prison sous la dalle d'un couvent!

Ah! cette destinée pitoyable de pauvre être retranché des vivants, dont le cadavre à son tour était frappé d'exil! Et comme Pierre la plaignait, cette créature de misère qui semblait n'avoir été choisie que pour souffrir, dans sa vie et dans sa mort! Même en admettant qu'une volonté unique, persistante, ne l'eût pas fait disparaître, puis gardée jusque dans la tombe, quelle étrange suite de circonstances, comme il semblait que quelqu'un, inquiet du pouvoir immense qu'elle pouvait prendre, se fût toujours jalousement efforcé de la tenir à l'écart! Elle restait à ses yeux l'élue, la martyre; et, s'il ne pouvait plus croire, si l'histoire de cette malheureuse suffisait pour achever de ruiner en lui la croyance, elle ne l'en bouleversait pas moins dans toute sa fraternité, en lui révélant une religion nouvelle, la seule dont son cœur fût encore plein, la religion de la vie, de la douleur humaine.

Le docteur Chassaigne, justement, avant de quitter la
chambre, s'écriait :

— Et c'est ici qu'il faut croire, mon cher enfant.
Voyez-vous ce trou obscur, songez-vous à la Grotte resplendissante, à la Basilique triomphante, à toute la ville
bâtie, à ce monde créé, à ces foules accourues ! Mais si
Bernadette n'était qu'une halluciné, une folle, est-ce que
l'aventure ne serait pas plus étonnante, plus inexplicable
encore ? Comment ! le rêve d'une folle aurait suffi pour
remuer ainsi les nations !... Non, non ! un souffle divin a
passé, qui seul peut expliquer le prodige.

Vivement, Pierre allait répondre. Oui ! c'était vrai, un
souffle avait passé, le sanglot de la douleur, le désir inextinguible vers l'infini de l'espoir. Si le rêve d'une enfant
souffrante avait suffi pour amener les peuples, pour faire
pleuvoir les millions et pousser du sol une cité nouvelle,
n'était-ce pas que ce rêve venait apaiser un peu la faim
des pauvres hommes, l'insatiable besoin qu'ils ont d'être
trompés et consolés ? Elle avait rouvert l'inconnu, sans
doute à un moment social et historique favorable ; et les
foules s'y étaient précipitées. Oh ! se réfugier dans le
mystère, quand la réalité est si dure, s'en remettre au
miracle, puisque la nature cruelle semble une longue
injustice ! Mais on a beau organiser l'inconnu, le réduire
en dogmes, en faire des religions révélées, il n'y a toujours au fond que cet appel de la souffrance, ce cri de la
vie, exigeant la santé, la joie, le bonheur fraternel, jusqu'à l'accepter dans un autre monde, s'il ne peut être
sur cette terre. A quoi bon croire aux dogmes ? Ne suffit-
il pas de pleurer et d'aimer ?

Et Pierre, cependant, ne discuta point. Il retint la
réponse qui lui montait aux lèvres, convaincu d'ailleurs
que l'éternel besoin du surnaturel ferait vivre chez
l'homme douloureux l'éternelle foi. Le miracle, qu'on
ne pouvait constater, devait être un pain nécessaire à la

désespérance humaine. Puis, ne s'était-il pas juré, charitablement, de ne plus affliger personne de son doute?

— Quel prodige, n'est-ce pas? insista le docteur.

— Certes! finit-il par dire. Tout le drame humain s'est joué, toutes les forces inconnues ont agi, dans cette pauvre chambre, si humide et si noire.

Silencieux, ils restèrent quelques minutes encore. Ils refirent le tour des murs, levèrent les yeux vers le plafond enfumé, jetèrent un dernier coup d'œil vers l'étroite cour verdâtre. C'était en vérité navrant, cette indigence tombée aux toiles d'araignée, cette saleté des vieux tonneaux, des outils hors d'usage, des débris de toutes sortes, qui se pourrissaient dans les coins, en tas. Et, sans ajouter une parole, lentement ils s'en allèrent enfin, la gorge serrée de tristesse.

Dans la rue seulement, le docteur Chassaigne parut se réveiller. Il eut un petit frisson, il pressa le pas, en disant:

— Ce n'est pas fini, mon cher enfant, suivez-moi... Nous allons voir, maintenant, l'autre grande iniquité.

C'était de l'abbé Peyramale et de son église qu'il parlait. Ils traversèrent la place du Porche, tournèrent dans la rue Saint-Pierre; quelques minutes devaient suffire. Mais la conversation était retombée sur les pères de la Grotte, sur la guerre terrible, sans merci, faite par le père Sempé à l'ancien curé de Lourdes. Celui-ci, vaincu, en était mort, dans une affreuse amertume; et, après l'avoir ainsi tué de chagrin, on avait achevé de tuer son église, qu'il laissait inachevée, sans toiture, ouverte au vent et à la pluie. Cette église monumentale, de quel rêve glorieux elle avait empli les dernières années de son existence! Depuis qu'on l'avait dépossédé de la Grotte, chassé de cette œuvre de Notre-Dame de Lourdes dont il était, avec Bernadette, le premier ouvrier, son

38.

église devenait sa revanche, sa protestation, sa part de
gloire à lui, la maison de Dieu où il triompherait en
habits sacrés, d'où il emmènerait d'interminables processions, pour réaliser le vœu formel de la sainte Vierge.
L'homme d'autorité et de domination qui était au fond de
son être, le pasteur de foules, le constructeur de temples,
goûtait une impatiente joie à hâter les travaux, avec une
imprévoyance d'homme passionné qui ne s'inquiétait pas
de la dette, se laissait voler par les entrepreneurs, pourvu
qu'il y eût toujours un peuple d'ouvriers sur les échafaudages. Et il la voyait grandir, son église, et il la voyait
finie, par un beau matin d'été, toute neuve dans le soleil
levant.

Ah ! cette vision sans cesse évoquée, elle lui donnait
le courage de la lutte, au milieu du meurtre sourd dont
il se sentait enveloppé. Son église, dominant la vaste
place, se dressait enfin dans sa majesté colossale. Il
l'avait voulue de style roman, très grande, très simple,
la nef longue de quatre-vingt-dix mètres, la flèche haute
de cent quarante. Elle resplendissait au clair soleil,
débarrassée la veille du dernier échafaudage, encore
toute fraîche de jeunesse, avec ses larges assises de pierre,
montées par rangs égaux. Et, en pensée, il tournait autour d'elle, ravi de sa nudité, de sa chasteté de vierge enfant, d'une candeur géante, sans une sculpture, sans un
ornement qui l'aurait inutilement chargée. Les toitures
de la nef, du transept et de l'abside régnaient à la même
hauteur, au-dessus de l'entablement, fait de moulures
sévères. De même, les baies des bas côtés et de la nef
n'avaient d'autre décoration que des archivoltes moulurées, continuant les pieds-droits. Il s'arrêtait devant les
grandes verrières du transept, dont les rosaces étincelaient ; il faisait le tour, en passant derrière l'abside
ronde, contre laquelle le bâtiment de la sacristie alignait
deux étages de petites fenêtres ; et il revenait, et il ne

pouvait se lasser devant cette royale ordonnance, ces grandes lignes qui se découpaient sur le bleu, ces toits superposés, cette masse énorme dont la solidité défiait les siècles. Mais, lorsqu'il fermait les yeux, il évoquait surtout la façade, le clocher, dans un ravissement d'orgueil : en bas, le porche à trois travées, la travée de droite et la travée de gauche, dont les toitures de pierre formaient terrasse, tandis que le clocher, naissant de la travée centrale, s'élançait au milieu, d'un jet puissant. Là aussi, les colonnes engagées dans les pieds-droits supportaient des archivoltes simplement moulurées. Contre le pignon, à la pointe d'un pinacle, une statue de Notre-Dame de Lourdes se trouvait sous un dais, entre les deux baies hautes de la nef. Au-dessus, d'autres baies s'ouvraient encore, que garnissaient les abat-son, fraîchement peints. Les contreforts partaient du sol, aux quatre angles, s'amincissaient en montant, d'une légèreté forte, jusqu'à la flèche, une hardie flèche de pierre, flanquée de quatre clochetons, ornée également de pinacles, envolée et perdue en plein ciel. Et il lui semblait que c'était son âme de prêtre fervent qui avait grandi, qui s'était élancée avec cette flèche, pour témoigner de sa foi au travers des âges, là-haut, tout près de Dieu.

D'autres fois, une vision l'enchantait davantage encore. Il croyait voir l'intérieur de son église, le jour de la première messe solennelle qu'il y célébrerait. Les vitraux jetaient des feux comme des pierreries, les douze chapelles des bas côtés rayonnaient de cierges. Et il était au maître autel de marbre et d'or, et les quatorze colonnes de la nef, en marbre des Pyrénées d'un seul bloc, dons magnifiques venus des quatre coins de la chrétienté, se dressaient, supportant la voûte, que les voix grondantes des orgues emplissaient d'un chant d'allégresse. Un peuple de fidèles se pressait là, agenouillé sur les dalles, en face du chœur entouré d'une grille légère ainsi qu'une dentelle, revêtu d'une admirable boiserie sculptée. La chaire à prêcher, royal cadeau d'une grande dame, était une merveille d'art, fouillée en plein chêne. Les fonts baptismaux avaient été taillés dans la pierre dure par un artiste de grand talent. Des tableaux de maître ornaient les murailles, des croix, des ciboires, des ostensoirs précieux, des vêtements sacrés, pareils à des soleils, s'entassaient au fond des armoires de la sacristie. Et quel rêve d'être le pontife d'un tel temple, d'y régner après l'avoir bâti avec passion, d'y bénir les foules accourues de toute la terre, pendant que les sonneries volantes du clocher iraient dire à la Grotte et à la Basilique qu'elles avaient là-bas, dans le vieux Lourdes, une rivale, une sœur victorieuse, chez laquelle Dieu triomphait aussi !

Après avoir suivi un instant la rue Saint-Pierre, le docteur Chassaigne et son compagnon tournèrent dans la petite rue de Langelle.

— Nous arrivons, dit le docteur.

Mais Pierre regardait, ne voyait pas d'église. Il n'y avait là que des masures misérables, tout un quartier de faubourg pauvre, obstrué de constructions lépreuses. Enfin, il aperçut, au fond d'une impasse, un pan de la vieille palissade, à demi pourrie, qui entourait encore le vaste terrain carré, compris entre les rues Saint-Pierre, de Bagnères, de Langelle et des Jardins.

— Il faut tourner à gauche, reprit le docteur, qui s'était engagé dans un couloir étroit, parmi des décombres. Nous y voilà !

Et la ruine, brusquement, apparut, au milieu des laideurs et des misères qui la masquaient.

Toute la puissante carcasse de la nef et des bas côtés, du transept et de l'abside, était debout. Les murs, partout, s'élevaient jusqu'à la naissance des voûtes. On pénétrait là

comme dans une église véritable, on pouvait s'y promener
à l'aise, en reconnaître les parties accoutumées. Seulement, lorsqu'on levait les yeux, on voyait le ciel : les toitures manquaient, la pluie tombait, le vent soufflait librement. Depuis quinze ans bientôt, les travaux étaient
abandonnés, les choses restaient dans l'état où le dernier
maçon les avait laissées. Ce qui frappait d'abord, c'étaient
les dix piliers de la nef, les quatre piliers du chœur, ces
piliers magnifiques en marbre des Pyrénées d'un seul bloc,
qu'on avait recouverts d'une chemise de planches, pour
les protéger contre tout dégât. Les bases et les chapiteaux,
encore bruts, attendaient les sculpteurs. Et ces colonnes
isolées, ainsi vêtues de bois, avaient une grande tristesse.
Puis, une mélancolie montait de l'enceinte béante, de
l'herbe qui envahissait le sol ravagé, bossué, des bas
côtés et de la nef, une herbe drue de cimetière, au travers
de laquelle les femmes du voisinage avaient fini par tracer
des sentiers. Elles entraient y étendre leurs lessives. Tout
un blanchissage de pauvre, des draps épais, des chemises
en loques, des langes d'enfant, achevaient justement d'y
sécher, aux derniers rayons du soleil qui se glissaient là,
par les larges baies vides.

Lentement, sans parler, Pierre et le docteur Chassaigne
firent le tour, à l'intérieur. Les dix chapelles des bas côtés
formaient des sortes de compartiments, pleins de gravats et de débris. On avait cimenté le sol du chœur,
sans doute pour protéger la crypte des infiltrations, en
dessous ; malheureusement, les voûtes devaient se tasser,
il existait là une dépression que l'orage de la nuit précédente avait transformée en un petit lac. Du reste,
c'étaient ces parties du transept et de l'abside qui avaient
le moins souffert. Pas une pierre ne bougeait ; les grandes
rosaces centrales, au-dessus du triforium, semblaient
attendre leurs verrières ; tandis que des madriers, oubliés en haut des murs de l'abside, auraient pu faire

croire qu'on allait commencer à la couvrir, le lendemain.
Mais, quand ils furent revenus sur leurs pas, et qu'ils sortirent, pour voir la façade, la détresse lamentable de cette
jeune ruine se montra. De ce côté, on avait beaucoup
moins poussé les travaux, le porche à triple travée
était seul construit; et quinze années d'abandon avaient
suffi aux hivers pour en ronger les sculptures, les colonnettes, les archivoltes, dans un travail de destruction
vraiment singulier, comme si la pierre, entamée profondément, détruite, s'était fondue sous des larmes. Le
cœur se serrait, à la vue de cette destruction qui s'atta-
quait à l'œuvre, avant même qu'elle fût finie. Ne pas être
encore, et déjà s'émietter ainsi sous le ciel! s'immo-
biliser dans sa croissance de colosse géant, pour semer
l'herbe de décombres!

Ils rentrèrent dans la nef, ils y retrouvèrent l'affreuse
tristesse de cet assassinat d'un monument. Le vaste terrain vague, à l'intérieur, était obstrué par les débris des
échafaudages, qu'il avait fallu abattre, pourris à moitié,
dans la crainte que leur chute n'écrasât le monde; et
c'étaient partout, au milieu des herbes hautes, des plats-
bords, des boulins, des cintres, mêlés à des paquets de
vieilles cordes, que l'humidité achevait de manger. Il y
avait aussi la carcasse efflanquée d'un treuil, se dressant
comme une potence. Des manches de pelle, des morceaux
cassés de brouettes, traînaient encore parmi des matériaux
oubliés, des tas de briques verdâtres, tachées de mousse,
où fleurissaient des liserons. Sous les nappes d'orties, on
revoyait, par places, les rails du petit chemin de fer,
installé pour les charrois, et dont un wagonnet renversé
gisait dans un coin. Mais la grande mélancolie de cette
mort des choses était surtout la locomobile, restée sous
le toit du hangar qui l'abritait. Depuis quinze ans,
elle était là, refroidie, morte. Le hangar avait fini par
s'effondrer sur elle, de larges trous laissaient la pluie

la tremper, à chaque averse. Un bout de la courroie de transmission qui actionnait le treuil, pendait, semblait la lier, pareil à un fil d'araignée géant. Et ses aciers, ses cuivres se pourrissaient eux aussi, comme rouillés de lichens, recouverts d'une végétation de vieillesse, dont les plaques jaunâtres faisaient d'elle une sorte de machine très ancienne, herbue, que les hivers avaient décharnée. Cette machine morte, cette machine froide, au foyer éteint, à la chaudière muette, c'était l'âme même du travail qui s'en était allée, dans la vaine attente du grand cœur charitable, dont la venue, à travers les églantiers et les ronces, devait réveiller l'Église-au-Bois-dormant de son lourd sommeil de ruine.

Le docteur Chassaigne, enfin, parla.

— Ah! dit-il, quand on pense que cinquante mille francs auraient suffi pour empêcher un tel désastre! Avec cinquante mille francs, on pouvait couvrir, le gros œuvre était sauvé, et l'on avait tout le temps d'attendre... Mais ils voulaient tuer l'œuvre, comme ils avaient tué l'homme.

D'un geste, il désigna, là-bas, les pères de la Grotte, qu'il évitait de nommer.

— Et dire qu'ils ont des recettes annuelles de neuf cent mille francs! Ils préfèrent envoyer des cadeaux à Rome, pour entretenir des amitiés puissantes.

Malgré lui, il repartait en campagne contre les adversaires du curé Peyramale. Toute cette histoire le hantait d'une sainte colère de justice. En face de la ruine lamentable, il reprenait les faits, le curé enthousiaste se lançant dans la construction de son église, s'endettant, se laissant voler, tandis que le père Sempé aux aguets profitait de chacune de ses fautes, le discréditait près de l'évêque, finissait par tarir les aumônes et par faire arrêter les travaux. Puis, après la mort du vaincu, venaient les procès interminables, quinze années de procès qui

avaient donné aux hivers le temps de manger l'œuvre.
Maintenant, elle était dans un si pitoyable état, la dette
montait à un chiffre si gros, que tout paraissait bien fini.
La mort lente, la mort des pierres s'achevait. Sous son
hangar effondré, la locomobile allait tomber en loques,
battue par la pluie, rongée par la mousse.

— Je le sais bien, ils chantent victoire, il n'y a plus
qu'eux. C'était ce qu'ils désiraient, être les maîtres absolus, garder pour eux seuls toute la puissance, tout l'argent... Si je vous disais que leur terreur de la concurrence les a poussés jusqu'à écarter de Lourdes les ordres
religieux qui ont tenté d'y venir. Des jésuites, des domini-
cains, des bénédictins, des capucins, des carmes ont fait
des demandes ; toujours, les pères de la Grotte sont
parvenus à les évincer. Ils ne tolèrent que les ordres
de femmes, ils ne veulent qu'un troupeau... Et la ville
leur appartient, et ils y tiennent boutique, ils y vendent
Dieu, en gros et en détail !

A pas lents, il était revenu au milieu de la nef,
parmi les décombres. D'un grand geste, il montra la dé-
vastation qui l'entourait.

— Voyez cette tristesse, cette misère affreuse... Là-bas,
le Rosaire et la Basilique leur ont coûté plus de trois millions.

Pierre, alors, comme dans la noire et froide chambre
de Bernadette, vit se dresser la Basilique, radieuse en son
triomphe. Ce n'était point ici que se réalisait le rêve du
curé Peyramale, officiant, bénissant les foules à genoux,
pendant que les orgues grondaient d'allégresse. La Basilique, là-bas, s'évoquait, toute sonnante de la volée des
cloches, toute clamante de la joie surhumaine d'un miracle, toute braisillante de flammes, avec ses bannières,
ses lampes, ses cœurs d'argent et d'or, son clergé vêtu
d'or, son ostensoir pareil à un astre d'or. Elle flambait
dans le soleil couchant, elle touchait le ciel de sa flèche,

dans l'envolement des milliards de prières dont ses murs
frémissaient. Ici, l'église morte avant de naître, l'église
interdite par un mandement de l'évêque, tombait en
poudre, ouverte aux quatre vents. Chaque orage emportait un peu des pierres, de grosses mouches bourdon-
naient seules dans les orties qui avaient envahi la nef ; et
il n'y avait d'autres dévotes que les femmes du voisinage,
venant retourner leur pauvre linge, étendu sur l'herbe.
Au milieu du morne silence, une voix sourde semblait sangloter, la voix des colonnes de marbre peut-être, pleurant
leur luxe inutile, sous leur chemise de planches. Parfois, des oiseaux traversaient l'abside déserte, en jetant
un petit cri. Des bandes de rats énormes, réfugiés sous
les pièces des échafaudages abattus, se mordaient, bondis-
saient hors de leurs trous, dans un galop d'effroi. Et
rien n'était d'une angoisse plus désespérée que cette
ruine voulue, ne face de sa triomphante rivale, la Basilique rayonnante d'or.

De nouveau, le docteur Chassaigne dit simplement :
— Venez.

Ils sortirent de l'église, ils longèrent le bas côté de
gauche, arrivèrent devant une porte, faite grossièrement
de quelques planches clouées ; et, quand ils eurent descendu un escalier de bois à demi rompu, dont les marches
branlaient sous leurs pieds, ils se trouvèrent dans la
crypte.

C'était une salle basse, aux voûtes écrasées, qui repro-
duisait exactement les dispositions du chœur. Les colonnes
trapues, laissées à l'état brut, attendaient elles aussi leurs
sculptures. Des matériaux traînaient, des bois achevaient
de pourrir sur la terre battue, toute la vaste salle restait
blanche de plâtre, dans le fruste abandon des bâtisses
qu'on ne finit pas. Au fond, trois baies, autrefois vitrées,
et dont il ne restait plus un carreau, éclairaient d'un
grand jour froid la nudité désolée des murs.

39

Et, là, au milieu, dormait le corps du curé Peyramale. Des amis fervents avaient eu l'idée touchante de l'ensevelir ainsi dans la crypte de son église inachevée. Sur une large marche, le tombeau était tout en marbre. Les inscriptions, en lettres d'or, disaient la pensée des souscripteurs, le cri de vérité et de réparation qui sortait du monument. On lisait sur la face : « De pieuses oboles venues de tout l'univers ont élevé ce tombeau à la mémoire bénie du grand serviteur de Notre-Dame de Lourdes. » On lisait à droite ces mots d'un bref de Pie IX : « Vous vous êtes dévoué tout entier à édifier un temple à la Mère de Dieu. » On lisait à gauche cette parole de l'Évangile : « Heureux ceux qui souffrent de persécution pour la justice. » N'était-ce point la plainte véridique, l'espoir légitime du vaincu, qui avait combattu si longtemps, dans l'unique désir d'exécuter strictement les ordres de la Vierge, que Bernadette lui avait transmis ? Elle se trouvait là, Notre-Dame de Lourdes, une statuette mince, placée au-dessus de l'inscription funéraire, contre la grande muraille nue, que décoraient seulement quelques couronnes de perles, pendues à des clous. Et, devant le tombeau, cinq ou six bancs étaient alignés, comme devant la Grotte, pour les fidèles qui voulaient s'asseoir.

Mais, d'un nouveau geste de pitié émue, le docteur Chassaigne, silencieusement, avait montré à Pierre une tache énorme d'humidité qui verdissait le mur du fond. Pierre se rappela le petit lac qu'il avait remarqué en haut, sur le ciment disjoint du chœur, un amas d'eau considérable laissé par l'orage de la nuit précédente. Évidemment, des infiltrations se produisaient, une source véritable coulait en bas, envahissait la crypte, par les temps de forte pluie. Tous deux eurent le cœur serré, lorsqu'ils s'aperçurent que l'eau suivait la voûte par minces filets et retombait en grosses gouttes régulières, cadencées, sur le tombeau.

Le docteur ne put retenir un gémissement.

— Il pleut maintenant, il pleut sur lui!

Pierre demeurait immobile, dans une sorte de terreur sacrée. Sous cette eau qui tombait, sous les coups de vent qui devaient entrer l'hiver, par les carreaux brisés des fenêtres, ce mort lui apparut lamentable et tragique. Il prenait une grandeur farouche, tout seul dans son riche tombeau de marbre, au milieu des gravats, au fond des ruines croulantes de son église. Il en était le gardien solitaire, le mort endormi et rêveur qui en gardait les espaces vides, ouverts à tous les oiseaux de nuit. Il y était la protestation muette, obstinée, éternelle, et il y était l'attente. Couché dans sa bière, ayant l'éternité pour prendre patience, il y attendait sans lassitude les ouvriers qui reviendraient peut-être, par un beau matin d'avril. S'ils mettaient dix ans, il serait là, et s'ils mettaient un siècle, il serait là encore. Il attendait que les échafaudages pourris, là-haut, parmi l'herbe de la nef, fussent ressuscités ainsi que des morts, dans un prodige, de nouveau debout le long des murs. Il attendait que la locomobile, sous la mousse, tout d'un coup brûlante, retrouvât son haleine, pour monter les charpentes de la toiture. Son œuvre aimée, la géante construction croulait sur sa tête, et les mains jointes, les yeux clos, il en gardait les décombres, il attendait.

A demi-voix, le docteur acheva la cruelle histoire, comment après avoir persécuté le curé Peyramale et son œuvre, on persécutait son tombeau. Anciennement, un buste du curé était là, des mains dévotes entretenaient devant lui la petite flamme d'une lampe. Mais une femme étant tombée la face contre terre, en disant qu'elle voyait l'âme du défunt, les pères de la Grotte s'émurent. Est-ce que des miracles allaient se produire? Déjà des malades passaient les journées entières, assis sur les bancs, devant le tombeau. D'autres s'agenouillaient, baisaient le marbre, imploraient leur guérison. Et ce fut une terreur : s'ils guérissaient, si la Grotte avait un concurrent dans ce martyr, couché tout seul, au milieu des vieux outils laissés par les maçons! L'évêque de Tarbes, prévenu, travaillé, publia le mandement qui interdisait l'église, en défendant tout culte, tout pèlerinage et procession au tombeau de l'ancien curé de Lourdes. Comme pour Bernadette, son souvenir était proscrit, son image ne se trouvait officiellement nulle part. De même qu'ils s'étaient acharnés contre l'homme vivant, les pères s'acharnaient contre la mémoire du grand mort. Ils le poursuivaient jusque dans la tombe. Eux seuls, aujourd'hui encore, empêchaient que les travaux de l'église ne fussent repris, créant de continuels obstacles, refusant de partager leur riche moisson d'aumônes. Et ils attendaient que la pluie des hivers tombât, achevât l'œuvre de destruction, que la voûte, les murs, toute la construction géante croulât sur le tombeau de marbre, sur le corps du vaincu, et qu'il fût enseveli, et qu'il fût broyé!

— Ah! murmura le docteur, moi qui l'ai connu si vaillant, si enthousiaste des nobles besognes! Maintenant, vous le voyez, il pleut, il pleut sur lui!

Péniblement, il se mit à genoux, il s'apaisa dans une longue prière.

Pierre, qui ne pouvait prier, restait debout. Une humanité émue débordait de son cœur. Il écoutait les pesantes gouttes de la voûte s'écraser une à une sur le tombeau, dans un rythme lent, qui semblait compter les secondes de l'éternité, au milieu du profond silence. Et il songeait à l'éternelle misère de ce monde, à cette élection de la souffrance frappant toujours les meilleurs. Les deux grands ouvriers de Notre-Dame de Lourdes, Bernadette, le curé Peyramale, revivaient devant lui, ainsi que des victimes pitoyables, torturées pendant leur vie, exilées après leur mort. Certes, cela aurait achevé de tuer en lui

la foi ; car la Bernadette qu'il venait de trouver, au bout
de son enquête, n'était qu'une sœur humaine, chargée de
toutes les douleurs. Mais il n'en gardait pas moins pour
elle un culte de fraternelle tendresse, et deux larmes
lentes roulèrent sur ses joues.

CINQUIÈME JOURNÉE

I

Cette nuit-là, à l'hôtel des Apparitions, Pierre, de nouveau, ne put fermer l'œil. Après être passé par l'Hôpital, pour prendre des nouvelles de Marie, qui dormait d'un profond sommeil d'enfant, délicieux et réparateur, depuis son retour de la procession, il s'était couché lui-même, inquiet de n'avoir pas vu reparaître M. de Guersaint. Il l'attendait au plus tard pour le dîner, un accident sans doute l'avait retenu à Gavarnie; et il songeait au tourment de la jeune fille, si son père n'allait pas l'embrasser, dès le lendemain matin. Avec cet homme si aimablement distrait, à la cervelle d'oiseau, toutes les suppositions, toutes les craintes étaient possibles.

Peut-être cette inquiétude avait-elle d'abord suffi à tenir Pierre éveillé, malgré sa grande fatigue. Mais, ensuite, le tapage nocturne, dans l'hôtel, avait vraiment pris des proportions intolérables. Le lendemain mardi était le jour du départ, le dernier jour que le pèlerinage national devait passer à Lourdes, et sans doute les pèlerins profitaient goulûment des heures, revenaient de la Grotte, y retournaient en pleine nuit, tâchaient de violenter le ciel par leur agitation, sans besoin aucun de repos. Les portes battaient, les planchers tremblaient, la maison entière vibrait comme sous le galop désordonné d'une

foule. Jamais encore les murs n'avaient résonné de toux
si opiniâtres, de si grosses voix indistinctes. Et Pierre,
gagné par l'insomnie, se retournait en sursaut, se relevait,
avec la continuelle idée que ce devait être M. de Guersaint qui rentrait. Pendant quelques minutes, il tendait
fiévreusement l'oreille, il n'entendait que les rumeurs
extraordinaires du couloir, où il ne distinguait rien de
précis. Était-ce, à gauche, le prêtre, la mère et ses
trois filles, le ménage de vieilles gens, qui se battaient
avec les meubles? ou était-ce plutôt, à droite, l'autre
famille si nombreuse, l'autre monsieur seul, la jeune
dame seule, que d'incompréhensibles événements jetaient
dans les aventures? Un instant, il sauta de son lit, il
voulut visiter la chambre vide de son compagnon absent,
certain qu'il s'y passait des choses violentes. Mais il eut
beau écouter, il ne saisit plus, derrière la cloison mince,
que le murmure tendre de deux voix, d'une légèreté
de caresse. Le brusque souvenir de madame Volmar
lui revint, et il retourna se coucher, frissonnant.

Enfin, Pierre, au grand jour, s'endormait, lorsque des
coups rudes, frappés dans sa porte, le firent sursauter.
Cette fois, il ne se trompait pas, une forte voix criait,
étranglée par l'angoisse :

— Monsieur l'abbé! monsieur l'abbé! de grâce, éveillez-
vous!

C'était décidément M. de Guersaint qu'on rapportait
mort, pour le moins. Effaré, il courut ouvrir, en chemise,
et se trouva devant M. Vigneron, son voisin.

— Oh! de grâce, monsieur l'abbé, habillez-vous vite!
On a besoin de votre saint ministère.

Alors, il raconta qu'il venait de se lever pour regarder
l'heure à sa montre, posée sur la cheminée, quand il
avait entendu des soupirs atroces sortir de la chambre
voisine, où était couchée madame Chaise. Elle avait laissé
la porte de communication ouverte, par gentillesse, afin

d'être davantage avec eux. Naturellement, il s'était précipité, poussant les persiennes, donnant du jour et de
l'air.

— Et quel spectacle, monsieur l'abbé! Notre pauvre
tante sur son lit, à moitié violette déjà, la bouche béante
sans pouvoir reprendre haleine, les mains égarées, crispées parmi les draps... Vous comprenez, c'est sa maladie
de cœur... Venez, venez vite, monsieur l'abbé, pour
l'assister, je vous en supplie!

Pierre, étourdi, ne retrouvait ni son pantalon, ni sa
soutane.

— Sans doute, sans doute, je vais avec vous. Mais je ne
puis l'administrer, je n'ai pas ce qu'il faut.

M. Vigneron l'aidait à se vêtir, s'accroupissait, en quête
des pantoufles.

— Ça ne fait rien, votre vue seule l'aidera à passer, si
Dieu nous réserve cette affliction... Tenez! chaussez-
vous d'abord, et suivez-moi, oh! tout de suite, tout de
suite!

Il repartit en coup de vent, s'engouffra dans la chambre
voisine. Toutes les portes étaient restées grandes ouvertes.
Le jeune prêtre, qui le suivait, ne remarqua dans la
première pièce, obstruée d'un incroyable désordre, que
le petit Gustave, demi-nu, assis sur le canapé où il couchait, immobile, très pâle, oublié et grelottant, au milieu
de ce drame de la mort brutale. Des valises éventrées
barraient le passage, des restes de charcuterie salissaient
la table, le lit du père et de la mère semblait ravagé par
la catastrophe, les couvertures tirées, jetées à terre. Et,
tout de suite, dans la seconde chambre, il aperçut la
mère, vêtue en hâte d'un vieux peignoir jaune, debout,
l'air terrifié.

— Eh bien, mon amie? eh bien, mon amie? répéta
M. Vigneron, bégayant.

D'un geste, sans répondre, madame Vigneron montra

madame Chaise, qui ne bougeait plus, la tête retombée sur
l'oreiller, les mains retournées et raidies. La face était
bleue, la bouche bâillait, comme dans le dernier souffle
énorme qui s'en était échappé.

Pierre s'était penché. Puis, à demi-voix :

— Elle est morte.

Morte! ce mot retentit dans la chambre, mieux tenue,
où régnait un lourd silence. Et les deux époux se regardèrent, stupéfaits, éperdus. C'était donc fini? La tante
mourait avant Gustave, le petit héritait des cinq cent mille
francs. Que de fois ils avaient fait ce rêve, dont la brusque
réalisation les hébétait! Que de fois ils avaient désespéré,
en craignant que le pauvre enfant ne partît avant elle!
Morte, mon Dieu! est-ce que c'était leur faute? est-ce
qu'ils avaient réellement demandé cela à la sainte Vierge?
Elle se montrait si bonne pour eux, qu'ils tremblaient
de n'avoir pu exprimer un souhait sans être exaucés.
Déjà, dans la mort du chef de bureau, subitement emporté
pour leur laisser la place, ils avaient reconnu le doigt
si puissant de Notre-Dame de Lourdes. Est-ce qu'elle
venait de les combler de nouveau, en écoutant jusqu'aux
songeries inconscientes de leur désir? Pourtant, ils
n'avaient jamais voulu la mort de personne, ils étaient de
braves gens, incapables d'une action mauvaise, aimant
bien leur famille, pratiquant, se confessant, communiant
comme tout le monde, sans ostentation. Quand ils pen-
saient à ces cinq cent mille francs, à leur fils qui pouvait
s'en aller le premier, à l'ennui qu'ils auraient de voir
un autre neveu, moins digne, hériter de cette fortune,
tout cela était si discret au fond d'eux, si naïf, si naturel en somme! Et ils y avaient certainement pensé
devant la Grotte, mais la sainte Vierge n'était-elle pas
la suprême sagesse, ne savait-elle pas mieux que nous-
mêmes ce qu'elle devait faire pour le bonheur des vivants
et des morts?

Alors, très sincèrement, madame Vigneron éclata en sanglots, pleurant sa sœur qu'elle adorait.

— Ah ! monsieur l'abbé, je l'ai vue s'éteindre, elle a passé sous mes yeux. Quel malheur que vous ne soyez pas venu plus tôt, pour recevoir son âme !... Elle est morte sans prêtre, votre présence l'aurait tant consolée !

Les paupières lourdes de larmes, cédant aussi à l'attendrissement, M. Vigneron consola sa femme.

— Ta sœur était une sainte, elle a communié encore hier matin, et tu peux être sans inquiétude, son âme est allée droit au ciel... Sans doute, si monsieur l'abbé était arrivé à temps, cela lui aurait fait plaisir de le voir... Que veux-tu ? la mort a été la plus prompte. J'ai couru tout de suite, nous n'aurons eu, jusqu'au bout, aucun reproche à nous faire...

Et, se tournant vers le prêtre :

— Monsieur l'abbé, c'est sa piété trop grande qui a pour sûr hâté la crise. Hier, à la Grotte, elle avait eu déjà un étouffement, dont la violence était significative. Et, malgré sa fatigue, elle s'est ensuite obstinée à suivre la procession... Je pensais bien qu'elle n'irait pas loin. Seulement, c'était si délicat, on n'osait rien lui dire, dans la crainte de l'effrayer.

Doucement, Pierre s'agenouilla, récita les prières d'usage, avec cette émotion humaine qui lui tenait lieu de croyance, devant l'éternelle vie, l'éternelle mort, si pitoyables. Puis, il demeura un instant à genoux, il entendit les voix chuchotantes du ménage.

Le petit Gustave, oublié sur son lit, dans le désordre de la chambre voisine, avait dû être pris d'impatience. Il pleurait, il criait.

— Maman ! maman ! maman !

Enfin, madame Vigneron alla le calmer. Et elle eut l'idée de l'apporter entre ses bras, pour qu'il embrassât une dernière fois sa pauvre tante. D'abord, il se débattit, refusant, pleurant plus fort. Si bien que M. Vigneron fut forcé d'intervenir en lui faisant honte. Comment! lui qui n'avait peur de rien! qui montrait, devant le mal, du courage autant qu'un homme! Et sa pauvre tante toujours si aimable, dont la dernière pensée avait dû être certainement pour lui!

— Donne-le-moi, dit-il à sa femme, il va être raisonnable.

Gustave finit par s'abandonner au cou de son père. Il arriva en chemise, grelottant, montrant la nudité de son misérable petit corps, que rongeait la scrofule. Loin de le guérir, il semblait que l'eau miraculeuse de la piscine eût avivé la plaie de ses reins; tandis que sa maigre jambe pendait inerte, pareille à un bâton desséché.

— Embrasse-la, reprit M. Vigneron.

L'enfant se pencha, baisa sa tante sur le front. Ce n'était pas la mort qui l'inquiétait et le faisait se révolter. Depuis qu'il était là, il regardait la morte d'un air de tranquillité curieuse. Il ne l'aimait pas, il avait souffert d'elle trop longtemps. C'étaient, chez lui, des idées, des sentiments de grande personne, dont le poids l'avait étouffé, à mesure qu'elles se développaient et s'aiguisaient, avec son mal. Il sentait bien qu'il était trop petit, que les enfants ne doivent pas comprendre les choses qui se passent au fond des gens.

Son père, s'étant assis à l'écart, le garda sur ses genoux, pendant que la mère refermait la fenêtre et allumait les bougies des deux flambeaux de la cheminée.

— Ah! mon pauvre mignon, murmura-t-il dans le besoin qu'il avait de parler, c'est une perte cruelle pour nous tous. Voilà notre voyage gâté complètement, car c'était notre dernier jour, on part cette après-midi... Et la sainte Vierge justement qui se montrait si bonne...

Mais, devant le regard étonné de son fils, un regard d'infinie tristesse et de reproche, il se hâta de reprendre:

— Oui, sans doute, je sais qu'elle ne t'a pas guéri encore tout à fait. Seulement, il ne faut jamais désespérer de sa bienveillance... Elle nous aime trop, elle nous comble trop de ses grâces, elle finira sûrement par te guérir, puisque, maintenant, elle n'a plus que cette grande faveur à nous accorder.

Madame Vigneron, qui avait entendu, s'approcha.

— Comme nous aurions été heureux de rentrer à Paris bien portants tous les trois! Jamais rien n'est complet.

— Dis donc! fit remarquer brusquement M. Vigneron, je ne vais pas pouvoir partir avec vous, cette après-midi, à cause des formalités... Pourvu que mon billet de retour reste valable jusqu'à demain!

Tous deux se remettaient de l'affreuse secousse, soulagés, malgré l'affection qu'ils avaient pour madame Chaise; et ils l'oubliaient déjà, ils n'éprouvaient plus que la hâte de quitter Lourdes, comme si le but principal du voyage se trouvait rempli. Une joie décente, inavouée, les inondait.

— Puis, à Paris, j'aurai tant à courir! continua-t-il. Moi qui n'aspire plus qu'au repos!... Ça ne fait rien, je resterai mes trois ans au ministère, jusqu'à ma retraite, maintenant surtout que je suis certain de la retraite de chef de bureau... Seulement, après, oh! après, je compte bien jouir un peu de la vie. Puisque cet argent nous arrive, je vais acheter, dans mon pays, le domaine des Billottes, cette terre superbe dont j'ai toujours rêvé. Et je vous réponds que je ne me ferai pas de mauvais sang, au milieu de mes chevaux, de mes chiens et de mes fleurs!

Le petit Gustave était resté sur ses genoux, frissonnant de tout son pauvre corps d'insecte avorté, dans sa chemise retroussée à demi, qui laissait voir sa maigreur d'enfant mourant. Lorsqu'il s'aperçut que son père ne le sentait même plus là, tout à son rêve d'existence riche,

40

enfin réalisable, il eut un de ses sourires énigmatiques,
d'une mélancolie aiguisée de malice.

— Eh bien! père, et moi?

M. Vigneron, réveillé comme en sursaut, s'agita, parut
d'abord ne pas comprendre.

— Toi, mon petit?... Toi, tu seras avec nous, parbleu!

Mais Gustave continuait à le regarder fixement, profondément, sans cesser de sourire, de ses lèvres fines, si
navrées.

— Oh! crois-tu?

— Certainement, je le crois!... Tu seras avec nous,
ce sera très gentil d'être avec nous...

Gêné, balbutiant, M. Vigneron, qui ne trouvait pas les
mots convenables, demeura glacé, lorsque son fils haussa
ses maigres épaules, d'un air de philosophique dédain.

— Oh! non!... Moi, je serai mort.

Et le père, terrifié, lut tout d'un coup dans le regard
profond de l'enfant, un regard d'homme très vieux, très
savant en toutes matières, qui connaissait les abominations
de la vie pour les avoir souffertes. Surtout, ce qui l'effarait, c'était la soudaine certitude que cet enfant l'avait toujours pénétré lui-même jusqu'au fond de l'âme, au delà
de ce qu'il n'osait s'avouer. Il se rappelait, dès le berceau, les yeux du petit malade fixés sur les siens, ces yeux
que la souffrance rendait si aigus, qu'elle douait sans
doute d'une force de divination extraordinaire, fouillant
les pensées inconscientes, dans l'obscurité des crânes.
Et, par un singulier contre-coup, les choses qu'il ne
s'était jamais dites, il les retrouvait toutes à cette heure
dans les yeux de son enfant, il les voyait, les lisait malgré
lui. L'histoire de sa longue cupidité se déroulait, sa
colère d'avoir un fils si chétif, son angoisse à l'idée que
la fortune de madame Chaise reposait sur une existence
si fragile, son âpre souhait qu'elle se hâtât de mourir,
pour que le petit fût encore là, de façon à lui assurer

l'héritage. C'était simplement une question de jours, ce
duel à qui partirait le premier. Puis, au bout, c'était
quand même la mort, le petit à son tour s'en allait, lui
seul empochait l'argent, vieillissait longtemps dans l'allégresse. Et ces choses affreuses sortaient si nettes des
yeux fins, mélancoliques et souriants du pauvre être
condamné, s'échangeaient entre eux avec une telle clarté
d'évidence, qu'un instant il sembla au père et au fils qu'ils
se les criaient à voix très haute.

Mais M. Vigneron se débattit, tourna la tête, protesta
violemment.

— Comment! tu seras mort?... En voilà des idées!
C'est absurde, des idées pareilles!

Madame Vigneron s'était remise à sangloter.

— Méchant enfant, peux-tu nous causer une telle peine,
au moment où nous pleurons une perte si cruelle déjà!

Il fallut que Gustave les embrassât, en leur promettant
de vivre, de faire cela pour eux. Cependant, il n'avait
pas cessé de sourire, sachant bien que le mensonge était
nécessaire, quand on voulait ne pas trop s'attrister,
résigné d'ailleurs à laisser après lui ses parents heureux,
puisque la sainte Vierge elle-même ne pouvait lui donner,
en ce monde, le petit coin de bonheur pour lequel toute
créature aurait dû naître.

Sa mère alla le recoucher, et Pierre enfin se releva, au
moment où M. Vigneron achevait de disposer la chambre
d'une façon convenable.

— Vous m'excusez, n'est-ce pas? monsieur l'abbé, dit-
il en accompagnant le jeune prêtre jusqu'à la porte. Je
n'ai pas la tête bien à moi... Enfin, c'est un mauvais
quart d'heure à passer. Il faudra tout de même que je
m'en tire.

Dans le corridor, Pierre s'arrêta une minute, écoutant
un bruit qui montait de l'escalier. Il avait songé encore à
M. de Guersaint, il croyait reconnaître sa voix. Puis,

comme il restait là, immobile, un événement se produisit, qui lui causa une gêne atroce. Avec une lenteur prudente, la porte de la chambre, occupée par le monsieur tout seul, venait de s'ouvrir; et une dame vêtue de noir était sortie, si légère, que, dans l'entre-bâillement, on avait eu à peine le temps de distinguer le monsieur, debout, les doigts sur les lèvres. Mais, quand la dame se retourna, elle se trouva soudain face à face avec Pierre. Cela fut si net, si brutal, qu'ils ne purent se détourner, en feignant de ne pas s'être reconnus.

C'était madame Volmar. Après les trois jours et les trois nuits qu'elle venait de passer là, au fond de cette chambre d'amour, dans une claustration absolue, elle s'en échappait de grand matin, avec un arrachement de tout son être. Six heures n'étaient pas sonnées, elle espérait n'être vue de personne, s'évanouir par les couloirs et l'escalier vides, d'une légèreté d'ombre; et elle avait le désir aussi de se montrer un peu à l'Hôpital, d'y passer cette matinée dernière, pour justifier sa présence à Lourdes. Quand elle aperçut Pierre, elle fut prise d'un tremblement, elle bégaya d'abord :

— Oh! monsieur l'abbé, monsieur l'abbé...

Puis, en remarquant que le prêtre avait laissé sa porte grande ouverte, elle parut céder à la fièvre qui la brûlait, à un besoin de parler de cette flamme, de s'expliquer, de s'innocenter. Le sang au visage, elle passa la première, elle entra dans la chambre, où il dut la suivre, fort troublé de l'aventure. Et, comme il laissait la porte ouverte encore, ce fut elle qui, d'un signe, le pria de la fermer, voulant se confier à lui.

— Oh! monsieur l'abbé, je vous en supplie, ne me jugez pas trop mal!

Il eut un geste, pour dire qu'il ne se permettait pas de porter un jugement sur elle.

— Si, si, je sais bien que vous connaissez mon malheur...

A Paris, vous m'avez aperçue une fois, derrière la Trinité, avec une personne. Et, l'autre jour, ici, vous m'avez reconnue, sur le balcon. N'est-ce pas? vous vous doutiez que je vivais là, près de vous, cachée avec cette personne, dans cette chambre... Seulement, si vous saviez, si vous saviez!

Ses lèvres frémissaient, des larmes montaient à ses paupières. Il la regardait, et il restait surpris de l'extraordinaire beauté qui transfigurait son visage. Cette femme, toujours en noir, très simple, sans un bijou, lui apparaissait dans un éclat de sa passion, hors de l'ombre où elle s'effaçait, s'éteignait d'habitude. Elle qui n'était point jolie au premier aspect, trop brune, trop mince, les traits tirés, la bouche grande, le nez long, prenait, à mesure qu'il l'examinait, un charme troublant, une puissance de conquête irrésistible. Ses yeux surtout, ses larges yeux magnifiques, dont elle cachait d'ordinaire le brasier sous un voile d'indifférence, brûlaient comme des torches, aux heures où elle s'abandonnait toute. Il comprit qu'on l'adorât, qu'on pût la désirer à en mourir.

— Si vous saviez, monsieur l'abbé, si je vous racontais ce que j'ai souffert!... Ce sont des choses que vous avez soupçonnées sans doute, puisque vous connaissez ma belle-mère et mon mari. Les rares fois que vous êtes venu chez nous, vous n'êtes pas sans avoir compris les abominations qui s'y passaient, malgré mon air d'être toujours contente, dans mon petit coin de silence et d'effacement... Mais vivre ainsi dix ans, mais ne jamais être, ne jamais aimer, ne jamais être aimée, non, non, je n'ai pas pu!

Alors, elle conta la douloureuse histoire, son mariage avec le marchand de diamants, désastreux dans son apparent coup de fortune, sa belle-mère une âme dure de bourreau et de geôlier, son mari un monstre de laideur physique, de vilenie morale. On l'emprisonnait, on ne la

laissait pas même se mettre seule à une fenêtre. On l'avait
battue, on s'était acharné contre ses goûts, ses envies,
ses faiblesses de femme. Elle savait qu'au dehors son
mari entretenait des filles; et, si elle souriait à un
parent, si elle avait une fleur au corsage, en un jour rare
de gaieté, il arrachait la fleur, entrait dans des
rages jalouses, lui brisait les poignets, avec d'affreuses menaces. Pendant des années, elle avait vécu
dans cet enfer, espérant quand même, ayant en elle un
tel flot de vie, un si ardent besoin de tendresse, qu'elle
attendait le bonheur, croyant toujours le voir entrer, au
moindre souffle.

— Monsieur l'abbé, je vous jure que je n'ai pas pu ne
pas faire ce que j'ai fait. J'étais trop malheureuse, tout
mon être brûlait de se donner... Quand mon ami, la première fois, m'a dit qu'il m'aimait, j'ai laissé tomber ma
tête sur son épaule; et c'était fini, j'étais sa chose pour
toujours. Il faut comprendre ces délices, être aimée, ne
trouver chez son ami que des gestes de caresse, des
paroles de douceur, la continuelle préoccupation de se
montrer prévenant et aimable; et savoir qu'il pense à vous,
qu'il y a quelque part un cœur où vous vivez; et n'être
que vous deux, n'être plus qu'un, s'oublier dans une
étreinte où tout se fond, les corps et les âmes!... Ah!
si c'est un crime, monsieur l'abbé, je ne puis en avoir le
remords. Je ne dis même pas qu'on m'y a poussée, je dis
que je l'ai commis aussi naturellement que je respire,
parce qu'il était nécessaire à ma vie.

Elle avait porté la main à ses lèvres, comme pour
donner un baiser au monde. Et Pierre se sentit bouleversé, devant cette amoureuse, qui était la passion,
l'éternel désir. Puis, une immense pitié commença à naître
en lui.

— Pauvre femme! murmura-t-il.

— Ce n'est pas au prêtre que je me confesse, reprit-elle, c'est à l'homme que je parle, à un homme dont je serais heureuse d'être comprise... Non, je ne suis pas une croyante, la religion ne m'a pas suffi. On prétend que des femmes s'y contentent, qu'elles y trouvent une protection solide contre la faute. Moi, j'ai toujours eu froid dans les églises, j'y meurs de néant... Et je sais bien que cela est mal, de feindre la religion, de paraître la mêler aux choses de mon cœur. Mais, que voulez-vous? on m'y force. Si vous m'avez rencontrée, à Paris, derrière la Trinité, c'est que cette église est le seul endroit où l'on me laisse aller seule ; et, si vous me trouvez ici, à Lourdes, c'est que, de toute l'année, je n'ai que ces trois jours de liberté absolue, d'absolu bonheur.

Un frisson la reprenait, des larmes chaudes coulèrent sur ses joues.

— Ah! ces trois jours, ces trois jours! vous ne pouvez pas savoir avec quelle ardeur je les attends, avec quelle flamme je les vis, avec quelle rage j'en emporte le souvenir!

Tout s'évoquait, devant la longue chasteté de Pierre. Ces trois jours, ces trois nuits, si âprement désirés, si goulûment vécus, il se les imaginait, au fond de cette chambre d'hôtel, les fenêtres et la porte closes, dans l'ignorance où les bonnes elles-mêmes se trouvaient qu'une femme fût enfermée là. L'étreinte sans fin, le continuel baiser, un don de tout l'être, un oubli du monde, un anéantissement dans l'inextinguible amour! Il n'y avait plus de lieu, il n'y avait plus de temps, rien ne restait que la hâte de s'appartenir, de s'appartenir encore. Et quel déchirement, à l'heure de la séparation! C'était de cette cruauté qu'elle tremblait, c'était dans la douleur d'avoir quitté son paradis qu'elle s'oubliait, elle si muette, jusqu'à crier son mal. Se prendre une dernière fois aux bras l'un de l'autre, vouloir se confondre pour demeurer l'un dans l'autre, et s'arracher comme si la moitié de votre chair s'en allait, et se dire que de longs jours, que de longues nuits se passeraient, sans qu'on pût même se voir !

Pierre, le cœur éperdu à l'évocation de ce tourment de de la chair, répéta :

— Pauvre femme !

— Et, monsieur l'abbé, continua-t-elle, songez à l'enfer dans lequel je vais rentrer. Pendant des semaines, pendant des mois, mon ciel se ferme, je vis mon martyre, sans une plainte... C'est fini encore une fois d'être heureuse, en voilà pour un an. Grand Dieu ! trois pauvres jours, trois pauvres nuits par an, n'est-ce pas à devenir folle, de ma violence à en jouir et de ma patience à attendre qu'ils reviennent ?... Je suis si malheureuse, monsieur l'abbé, ne croyez-vous pas tout de même que je suis une honnête femme ?

Il était profondément ému par ce grand élan, par cette fougue de passion et de douleur sincères. Il sentait là le souffle de l'universel désir, une flamme souveraine qui purifiait tout. Sa pitié déborda, il fut le pardon.

— Madame, je vous plains et je vous respecte infiniment.

Alors, elle ne parla plus, elle le regarda de ses grands yeux, obscurcis de larmes. Puis, d'une brusque étreinte, elle lui saisit les deux mains, les tint serrées entre ses doigts brûlants. Et elle partit, elle disparut au fond du couloir, avec sa légèreté d'ombre.

Mais, lorsqu'elle ne fut plus là, Pierre souffrit davantage de sa présence. Il ouvrit toute large la fenêtre, pour chasser l'odeur d'amour qu'elle avait laissée. Déjà, le dimanche, quand il s'était aperçu qu'une femme vivait cachée dans la chambre voisine, il avait eu cette terreur pudique, en se disant qu'elle était la revanche de la chair, au milieu de l'exaltation mystique de Lourdes l'immaculée. Et, maintenant, cette épouvante revenait, il comprenait la toute-puissance, l'invincible volonté de la vie qui veut être. L'amour était plus fort que la foi, peut-être n'y avait-il de divin que la possession. S'aimer, s'appartenir malgré tout, faire de la vie, continuer la vie, n'était-ce pas l'unique but de la nature, en dehors des polices sociales et religieuses? Un instant, il eut conscience de l'abîme : sa chasteté était son dernier soutien, la dignité même de son existence manquée de prêtre incroyant. Il comprenait qu'après avoir cédé à sa raison, s'il cédait à sa chair, il serait perdu. Tout son orgueil de pureté, toute sa force, qu'il avait mise dans son honnêteté professionnelle, lui revint; et il se jura de nouveau de n'être pas un homme, puisqu'il s'était volontairement retranché du nombre des hommes.

Sept heures sonnèrent. Pierre ne se recoucha pas, se lava à grande eau, heureux de cette eau fraîche qui achevait de calmer sa fièvre. Comme il finissait de s'habiller, la pensée de M. de Guersaint se réveilla en lui, anxieuse, à un bruit de pas qu'il entendit dans le corridor. On s'arrêta devant sa porte, on frappa; et il alla ouvrir, soulagé.

Mais il eut un cri de vive surprise.

— Comment, c'est vous! Comment, vous voilà déjà levée, à courir les rues, à monter voir les gens!

Marie était debout sur le seuil, souriante. Derrière elle, sœur Hyacinthe, qui l'accompagnait, souriait aussi de ses jolis yeux candides.

— Ah! mon ami, dit la jeune fille, je n'ai pas pu rester couchée. Dès que j'ai vu le soleil, j'ai sauté du lit, tant j'avais besoin de marcher, de courir, de sauter comme une enfant... Et j'ai tant fait, j'ai tant supplié, que ma sœur a été assez aimable pour sortir avec moi... Je crois bien que je m'en serais allée par la fenêtre, si l'on avait fermé la porte.

Pierre les avait fait entrer, et une émotion indicible le

serrait à la gorge, en l'entendant plaisanter si gaiement, en la regardant se mouvoir à l'aise, si vive, si gracieuse. Elle, mon Dieu ! elle qu'il avait vue pendant des années, les jambes mortes, la face couleur de plomb ! Depuis qu'il l'avait quittée, la veille, dans la Basilique, elle s'était épanouie en jeunesse et en beauté. Une nuit venait de suffire pour qu'il retrouvât, grandie, la chère créature de tendresse, l'enfant superbe, éclatante, embrassée si follement autrefois, derrière la haie en fleur, sous les arbres criblés de soleil.

— Comme vous voilà grande, comme vous voilà belle, Marie ! ne put-il s'empêcher de dire.

Sœur Hyacinthe, alors, intervint.

— N'est-ce pas, monsieur l'abbé, que la sainte Vierge a bien fait les choses? Quand elle s'en mêle, vous voyez, on sort de ses mains fraîche comme une rose et sentant bon.

— Ah ! reprit la jeune fille, je suis si heureuse, je me sens toute forte, toute saine, toute blanche, comme si je venais de naître !

Et cela fut délicieux pour Pierre. Il lui sembla que ce qui restait encore là de l'haleine éparse de madame Volmar, se dissipait, était purifié. Marie emplissait la chambre de sa candeur, du parfum et de l'éclat de sa jeunesse innocente. Et, cependant, cette joie de la beauté pure, de la vie qui refleurissait, n'allait pas pour lui sans une grande tristesse. Au fond, la révolte qu'il avait eue dans la Crypte, la blessure de son existence manquée devait laisser son cœur à jamais saignant. Tant de grâce ressuscitée, toute la femme adorée qui renaissait en sa fleur! et jamais il ne connaîtrait la possession, il était hors du monde, au sépulcre. Mais il ne sanglotait plus, il goûtait une mélancolie sans bornes, un néant immense, à se dire qu'il était mort, que cette aube de femme se levait sur la tombe où dormait sa virilité. C'était le renoncement, accepté, voulu, dans la grandeur désolée des existences hors nature.'

Comme l'autre, la passionnée, Marie avait pris les mains de Pierre. Mais ses petites *mains*, à elle, étaient si douces, si fraîches, si calmantes! Elle le regardait, confuse un peu, avec une grosse envie qu'elle n'osait formuler. Puis, bravement :

— Pierre, voulez-vous m'embrasser? ça me rendrait bien **contente.**

Il frémit, le cœur broyé dans une dernière torture. Ah! les baisers d'autrefois, les baisers dont il avait toujours gardé le goût aux lèvres! Jamais plus il ne l'avait embrassée, et c'était une sœur, aujourd'hui, qui sautait à son cou. Elle le baisa bruyamment sur la joue gauche, sur la joue droite, tendant les siennes, exigeant qu'il lui rendît son compte. Deux fois, à son tour, il la baisa.

— Moi aussi, je vous le jure, Marie, je suis content, bien content.

Et, brisé d'émotion, à bout de courage, pénétré en même temps de douceur et d'amertume, il éclata en sanglots, il pleura entre ses mains jointes, comme un enfant qui veut cacher ses larmes.

— Voyons, voyons, ne nous attendrissons pas trop, reprit gaiement sœur Hyacinthe. Monsieur l'abbé serait trop fier, s'il croyait que nous ne sommes venus que pour lui... Monsieur de Guersaint est là, n'est-ce pas?

Marie eut un cri de profonde tendresse.

— Ah! mon cher père! c'est encore lui qui va être le plus content!

Pierre, alors, dut raconter que M. de Guersaint n'était pas rentré de son excursion à Gavarnie. Son inquiétude croissante perçait, bien qu'il s'efforçât d'expliquer le retard, inventant des obstacles, des complications imprévues. La jeune fille, d'ailleurs, ne s'effrayait guère, se remettait à rire, en disant que jamais son père n'avait

pu être exact. Elle avait pourtant une impatience si grande
qu'il la vît marcher, qu'il la retrouvât debout, ressuscitée
dans sa jeunesse refleurie !.

Sœur Hyacinthe, qui était allée se pencher au balcon,
revint dans la chambre.

— Le voici !... Il est en bas, il descend de voiture.

— Ah ! vous ne savez pas, s'écria Marie, avec une vivacité joueuse d'écolière, il faut lui faire une surprise...
Oui, il faut nous cacher ; et, quand il sera là, nous nous
montrerons tout d'un coup.

Déjà, elle entraînait sœur Hyacinthe dans la chambre
voisine.

M. de Guersaint, presque aussitôt, entra en coup de
vent, par la porte du couloir que Pierre s'était hâté d'ouvrir ; et, lui serrant la main :

— Enfin, me voilà !... Hein ? mon ami, vous n'avez plus
su que penser, depuis hier quatre heures que vous devez
m'attendre ! Mais vous n'imaginez pas les aventures :
d'abord, une roue de notre landau qui s'est rompue, en
arrivant à Gavarnie ; puis, hier soir, comme nous avions
fini par repartir tout de même, un orage épouvantable qui
nous a retenus la nuit entière à Saint-Sauveur... Je n'ai
pas fermé l'œil.

Il s'interrompit.

— Et vous, ça va bien ?

— Je n'ai pas pu dormir non plus, dit le prêtre, tellement ils ont fait du bruit, dans cet hôtel.

Mais déjà M. de Guersaint repartait.

— N'importe, c'est délicieux. On ne peut pas s'imaginer, il faudra que je vous raconte... J'étais avec trois
ecclésiastiques charmants. L'abbé Des Hermoises est à
coup sûr l'homme le plus agréable que j'aie connu... Oh !
nous avons ri, nous avons ri !

De nouveau, il s'arrêta.

— Et ma fille ?

Alors, derrière lui, il y eut un rire clair. Il se retourna, il resta béant. Marie était là, et elle marchait, elle avait un visage de gaieté ravie, de santé resplendissante. Jamais il n'avait douté du miracle, il n'en était pas surpris le moins du monde, car il revenait avec la conviction que tout finirait très bien, qu'il la retrouverait sûrement guérie. Mais ce qui le retournait jusqu'au fond des entrailles, c'était ce spectacle prodigieux qu'il n'avait pas prévu : sa fille si belle, si divine dans sa petite robe noire! sa fille qui n'avait pas même apporté de chapeau, une dentelle simplement nouée sur son admirable chevelure blonde! sa fille vivante, florissante, triomphante, pareille à toutes les filles de tous les pères qu'il enviait depuis tant d'années!

— O mon enfant, ô mon enfant...

Et, comme elle s'était élancée entre ses bras, il l'étreignit, ils tombèrent ensemble à genoux. Et tout fut emporté, tout rayonna dans une effusion de foi et d'amour. Cet homme distrait, à la cervelle d'oiseau, qui s'endormait au lieu d'accompagner sa fille à la Grotte, qui partait pour Gavarnie le jour où la Vierge devait la guérir, déborda d'une telle tendresse paternelle, d'une croyance de chrétien si exaltée par la reconnaissance, qu'il en devint un moment sublime.

— O Jésus, ô Marie, que je vous remercie de m'avoir rendu mon enfant!... O mon enfant, nous n'aurons jamais assez de souffle, jamais assez d'âme, pour remercier Marie et Jésus du grand bonheur qu'il me donne... O mon enfant, qu'ils ont ressuscitée, ô mon enfant, qu'ils ont refaite si belle, prends mon cœur, pour le leur offrir avec le tien... Je suis à toi, je suis à eux, éternellement, ô mon enfant chérie, ô mon enfant adorée...

A genoux devant la fenêtre ouverte, tous deux, les yeux levés, regardaient ardemment le ciel. La fille avait appuyé la tête à l'épaule du père; tandis que lui la tenait

41

d'un bras à la taille. Ils ne faisaient qu'un, des larmes
lentes se mirent à ruisseler sur leurs visages extasiés,
souriant d'une félicité surhumaine; tandis qu'ils ne
bégayaient plus ensemble que des paroles désordonnées
de gratitude.

— O Jésus, merci! ô sainte Mère de Jésus, merci!...
Nous vous aimons, nous vous adorons... Vous avez rajeuni
le meilleur sang de nos veines, il est à vous, il brûle pour
vous... O Mère toute-puissante, ô divin Fils bien-aimé,
c'est une fille et c'est un père qui vous bénissent, qui
s'anéantissent de joie à vos pieds...

Cet embrassement de ces deux êtres, heureux après
tant de jours noirs, ces bégayements de leur bonheur
comme trempé de souffrance encore, toute cette scène
était si touchante, que Pierre, de nouveau, fut gagné par
les larmes. Mais c'étaient des larmes douces à présent,
qui apaisaient son cœur. Ah! la triste humanité! que
cela était bon, de la voir un peu consolée et ravie! et
qu'importait, si ses grandes félicités de quelques secondes
lui venaient de l'éternelle illusion! L'humanité entière,
l'humanité pitoyable, sauvée par l'amour, n'était-
elle pas chez ce pauvre homme, tout d'un coup sublime,
parce qu'il retrouvait sa fille ressuscitée?

Debout, un peu à l'écart, sœur Hyacinthe pleurait également, le cœur très gros, gros d'une émotion humaine
qu'elle n'avait jamais ressentie, elle qui ne s'était connu
d'autres parents que le bon Dieu et la sainte Vierge. Un
silence régna dans cette chambre frissonnante d'une telle
fraternité trempée de pleurs. Et ce fut elle qui parla la
première, lorsque le père et la fille, brisés d'attendrissement, se relevèrent enfin.

— Maintenant, mademoiselle, il faut vite, vite nous
dépêcher, pour rentrer à l'Hôpital.

Mais tous se récrièrent. M. de Guersaint voulait garder
sa fille avec lui, et Marie avait des yeux ardents de

désir, une envie de vivre, de marcher, de courir le vaste
monde.

— Oh ! non, non ! dit le père. Je ne vous la rends pas...
Nous allons prendre un bol de lait, car je meurs de
faim ; puis, nous sortirons, nous nous promènerons, oui,
oui, tous les deux ! Elle à mon bras, comme une petite
femme !

Sœur Hyacinthe riait de nouveau.

— Eh bien ! je vous la laisse, je dirai à ces dames que
vous me l'avez volée... Mais moi, je me sauve. Vous ne
vous doutez pas de la besogne que nous avons, à l'Hôpital,
si nous voulons être prêtes pour le départ : toutes nos malades, tout notre matériel, enfin une vraie bousculade !

— Alors, demanda M. de Guersaint qui retombait dans
ses distractions, c'est bien mardi aujourd'hui, nous partons ce soir ?

— Certainement, n'allez pas oublier !... Le train blanc
part à trois heures quarante... Et, si vous étiez raisonnable, vous nous ramèneriez mademoiselle de bonne
heure, pour qu'elle se repose un peu.

Marie accompagna la sœur jusqu'à la porte.

— Soyez tranquille, je serai bien sage. Puis, je veux
retourner à la Grotte, pour remercier encore la sainte
Vierge.

Lorsqu'ils se trouvèrent tous les trois seuls, dans la
petite chambre baignée de soleil, ce fut délicieux. Pierre
avait appelé la servante pour qu'elle apportât du lait, du
chocolat, des gâteaux, toutes les bonnes choses imaginables. Et, bien que Marie eût mangé déjà, elle mangea
encore, tant elle dévorait depuis la veille. Ils avaient
roulé le guéridon devant la fenêtre, ils firent un festin,
à l'air vif des montagnes, pendant que les cent cloches
de Lourdes sonnaient à la volée la gloire de cette
journée radieuse. Ils s'exclamaient, ils riaient, la jeune
fille racontait à son père le miracle, avec des détails

cent fois répétés, et comment elle avait laissé son chariot à la Basilique, et comment elle venait de dormir
douze heures, sans remuer un doigt. Puis, M. de Guersaint voulut aussi conter son excursion; mais il s'em-
brouillait, y mêlait le miracle. En somme, ce cirque de
Gavarnie, c'était quelque chose de colossal. Seulement,
de loin, on perdait le sentiment des proportions, ça semblait petit. Les trois marches gigantesques, couvertes de
neige, l'arête supérieure qui découpait sur le ciel le
profil d'une forteresse cyclopéenne, au donjon rasé, aux
courtines déchiquetées, la grande cascade, dont le jet
sans fin semblait si lent, lorsque en réalité il devait tomber avec une violence de tonnerre, toute cette immensité,
ces forêts à droite et à gauche, ces torrents, ces écroulements de montagnes, avaient l'air de tenir dans le
creux de la main, quand on les regardait de la halle du
village. Et ce qui l'avait le plus frappé, ce dont il reparlait sans cesse, c'étaient les étranges figures que dessinait la neige, restée là-haut parmi les rocs, entre autres
un crucifix immense, une croix blanche de plusieurs
milliers de mètres, qu'on aurait dite jetée en travers du
cirque, d'un bout à l'autre.

Il s'interrompit pour dire :

— A propos, que se passe-t-il, chez nos voisins? En
montant tout à l'heure, j'ai rencontré monsieur Vigneron
qui courait comme un fou; et, par la porte entr'ouverte de
leur chambre, il m'a semblé apercevoir madame Vigneron
très rouge... Est-ce que leur fils Gustave a eu encore
une crise ?

Pierre avait oublié madame Chaise, la morte qui dormait là, de l'autre côté de la cloison. Il crut sentir un
petit souffle froid.

— Non, non, l'enfant va bien...

Et il ne continua pas, il préféra se taire. A quoi bon
gâter cette heure si heureuse de résurrection, de jeunesse

reconquise, en y mêlant l'image de la mort? Mais, pour lui, dès cette minute, il ne cessa plus de penser à ce voisinage du néant ; et il songeait aussi à l'autre chambre, celle où le monsieur seul étouffait des sanglots, les lèvres collées sur une paire de gants, qu'il avait volée à son amie. Tout l'hôtel revenait, avec ses toux, ses soupirs, ses voix indistinctes, les continuels battements de ses portes, les chambres craquantes sous l'entassement des voyageurs, les corridors balayés par le vol des jupes, par le galop des familles qui s'effaraient maintenant, dans la hâte du départ.

— Parole d'honneur! tu vas te faire du mal, s'écria M. de Guersaint en riant, quand il vit que sa fille reprenait une brioche.

Marie s'égaya, elle aussi. Puis, avec deux larmes soudaines dans les yeux :

— Ah! que je suis contente! et que j'ai de peine, quand je songe que tout le monde n'est pas content comme moi!

II

Il était huit heures, Marie ne tenait plus d'impatience dans la chambre, retournant sans cesse à la fenêtre, comme si, d'une haleine, elle allait boire tout le libre espace, tout le vaste ciel. Ah ! courir par les rues, par les places, aller partout, ailleurs encore, aussi loin que son désir la mènerait ! et montrer aussi combien elle était forte, avoir cette vanité de faire des lieues devant le monde, maintenant que la sainte Vierge l'avait guérie ! C'était une poussée, un envolement de son être entier, de son sang, de son cœur, irrésistible.

Mais, au moment du départ, elle décida que sa première visite, avec son père, devait être pour la Grotte, où tous deux avaient à remercier Notre-Dame de Lourdes. Ensuite, on serait libre, on aurait deux grandes heures devant soi, on se promènerait où l'on voudrait, avant qu'elle rentrât déjeuner et faire son petit paquet à l'Hôpital.

— Voyons, y sommes-nous ? répéta M. de Guersaint. Partons-nous ?

Pierre prenait son chapeau, tous les trois descendirent, parlant très haut, riant dans l'escalier, d'une gaieté d'écoliers qui entrent en vacances. Et ils gagnaient déjà la rue, lorsque, sous le porche, madame Majesté se précipita. Elle devait guetter leur sortie.

— Ah ! mademoiselle, ah ! messieurs, permettez que je vous félicite... Nous avons su la grâce extraordinaire

qui vous a été faite, nous sommes si heureux, si flattés,
lorsque la sainte Vierge veut bien distinguer quelqu'un
de notre clientèle !

Son visage sec et dur se fondait d'amabilité, elle regardait la miraculée avec des yeux de caresse. Puis, elle
appela vivement son mari qui passait.

— Regarde donc, mon ami ! c'est mademoiselle, c'est
mademoiselle...

Le visage glabre de Majesté, bouffi de graisse jaune,
prit une expression de joie et de reconnaissance.

— En vérité, mademoiselle, je ne puis pas vous dire
combien nous sommes honorés... Nous n'oublierons
jamais que monsieur votre père est descendu chez nous.
Cela fait déjà bien des envieux.

Et madame Majesté, pendant ce temps, arrêtait les
autres voyageurs qui sortaient, appelait du geste les
familles déjà installées dans la salle à manger, aurait
fait entrer la rue, si on lui en eût laissé le loisir, pour
montrer qu'elle avait là, chez elle, le miracle dont
Lourdes tout entier s'émerveillait depuis la veille. Du
monde finissait par s'amasser, un attroupement se faisait
peu à peu, pendant qu'elle chuchotait à l'oreille de chacun :

— Regardez, c'est elle, la jeune personne, vous savez,
la jeune personne...

Tout d'un coup, elle s'écria :

— Je vais chercher Appoline au magasin, il faut
qu'Appoline voie mademoiselle.

Mais, alors, d'un air digne, Majesté la retint.

— Non, laisse Appoline, elle a déjà trois dames à
servir... Mademoiselle et ces messieurs ne quitteront certainement pas Lourdes sans faire quelques achats. Les
petits souvenirs qu'on emporte sont si agréables à
regarder, plus tard ! Et nos clients veulent bien ne jamais
rien acheter autre part que chez nous, dans le magasin
que nous avons joint à l'hôtel.

— J'ai déjà fait mes offres de service, appuya madame Majesté. Je les renouvelle, Appoline sera si heureuse de montrer à mademoiselle ce que nous avons de plus joli, et dans des conditions de bon marché vraiment incroyables ! Oh ! des choses ravissantes, ravissantes !

Marie commençait à s'impatienter d'être ainsi retenue, et Pierre souffrait de la curiosité éveillée, grandissante autour d'eux. Quant à M. de Guersaint, il jouissait délicieusement de cette popularité, de ce triomphe de sa fille. Il promit de revenir.

— Certainement, nous achèterons quelques petits bibelots. Des souvenirs pour nous, des cadeaux à faire... Mais plus tard, quand nous rentrerons.

Enfin, ils s'échappèrent, ils descendirent l'avenue de la Grotte. Le temps était de nouveau superbe, après les orages des deux nuits précédentes. Rafraîchi, l'air matinal sentait bon, sous la gaieté épandue du clair soleil. Une foule se hâtait déjà sur les trottoirs, affairée, contente de vivre. Et quel ravissement pour Marie, à qui tout semblait nouveau, charmant, inappréciable ! Le matin, elle avait dû accepter que Raymonde lui prêtât une paire de bottines, car elle s'était bien gardée d'en mettre une dans sa valise, par superstition, craignant de se porter malheur. Les bottines lui allaient à ravir, elle écoutait avec une joie d'enfant les petits talons taper gaillardement sur les dalles. Elle ne se souvenait pas d'avoir vu des maisons si blanches, des arbres si verts, des passants si joyeux. Tous les sens, chez elle, semblaient en fête, d'une délicatesse merveilleuse : elle entendait des musiques, sentait des parfums lointains, elle goûtait l'air avec gourmandise, ainsi qu'un fruit suave. Mais, surtout, ce qu'elle trouvait de très gentil, de délicieux, c'était de se promener de la sorte au bras de son père. Jamais encore cela ne lui était arrivé, elle en faisait le rêve depuis des années comme d'un de ces grands bonheurs

impossibles dont on occupe sa souffrance. Le rêve se
réalisait, son cœur battait d'allégresse. Elle se serrait
contre son père, elle s'efforçait de marcher bien droite,
bien belle, pour lui faire honneur. Et lui était très fier,
heureux autant qu'elle, la montrant, l'affichant, débordant
de la joie de la sentir à lui, son sang, sa chair, sa fille,
désormais rayonnante de jeunesse et de santé.

Comme tous trois traversaient le plateau de la Merlasse,
déjà barré par la bande des marchandes de cierges et de
bouquets, lancées à la poursuite des pèlerins, M. de
Guersaint s'écria :

— Nous n'allons bien sûr pas arriver à la Grotte les
mains vides !

Pierre, qui marchait de l'autre côté de Marie, gagné
par la gaieté rieuse où il la voyait, s'arrêta. Tout de suite,
ils furent entourés, envahis, par une nuée de marchandes, dont les mains rapaces leur poussaient la marchandise jusque dans la figure. « Ma belle demoiselle !
mes bons messieurs ! achetez-moi, achetez-moi, à moi, à
moi ! » Et il fallut se débattre, se dégager. M. de Guersaint finit par acheter le plus gros bouquet, un bouquet
de marguerites blanches, pommé et dur comme un chou,
à une très belle fille grasse et blonde, vingt ans au plus,
si peu vêtue dans son effronterie, qu'on sentait la rondeur libre de sa gorge sous sa camisole à demi dégrafée.
Le bouquet n'était d'ailleurs que de vingt sous, il se
fâcha pour le payer sur sa petite bourse, un peu inter-
loqué des manières de la grande fille, pensant tout bas
qu'elle faisait sûrement un autre commerce, celle-là, quand
la sainte Vierge chômait. Alors, Pierre paya de son côté
les trois cierges que Marie avait pris à une vieille femme,
des cierges de deux francs, fort raisonnables, ainsi qu'elle
disait. La vieille femme, une figure anguleuse, au nez de
proie, aux yeux de lucre, se répandait en remerciements
mielleux. « Que Notre-Dame de Lourdes vous bénisse,

ma belle demoiselle! qu'elle vous guérisse de vos
maladies, vous et les vôtres! » Et cela les égaya de nouveau, ils repartirent en riant tous les trois, amusés comme
des enfants par l'idée que c'était une chose faite, ce vœu
de la brave femme.

A la Grotte, Marie voulut défiler immédiatement, pour
donner elle-même le bouquet et les cierges, avant même
de s'agenouiller. Il n'y avait pas encore grand monde, ils
se mirent à la queue, passèrent au bout de trois ou
quatre minutes. Et de quels regards extasiés elle examina
tout, l'autel d'argent gravé, l'orgue-harmonium, les
ex-voto, les herses ruisselantes de cire, flambantes dans
le plein jour! Cette Grotte qu'elle n'avait encore vue
que de loin, de son chariot de misère, elle y entrait,
elle y respirait, comme au paradis même, baignée
dans une tiédeur et une bonne odeur, dont elle étouffait
un peu, divinement. Quand elle eut déposé les cierges, au
fond du grand panier, et qu'elle se fut grandie, pour
accrocher le bouquet à une lance de la grille, elle baisa
longuement le roc, en dessous de la sainte Vierge, à cette
place que des millions de lèvres déjà avaient polie. Et ce
fut, donné à cette pierre, un baiser d'amour où elle mit
la flamme de sa reconnaissance, un baiser où son cœur se
fondait.

Dehors, ensuite, Marie se prosterna, s'anéantit dans un
acte de remerciement sans fin. Son père s'était également
agenouillé, près d'elle, mêlant à la sienne la ferveur de sa
gratitude. Mais il ne pouvait faire longtemps la même
chose, il devint peu à peu inquiet, finit par se pencher à
l'oreille de sa fille, pour lui dire qu'il avait une course,
dont il ne s'était plus souvenu tout à l'heure. Sûrement,
le mieux était qu'elle restât là, en prière, à l'attendre.
Pendant qu'elle achèverait ses dévotions, lui se dépêche-
rait, s'acquitterait de sa corvée; et l'on se promènerait
après, à l'aise, où l'on voudrait. Elle ne le comprenait, ne

l'entendait seulement pas. Elle se contenta de hocher la tête, promettant de ne pas bouger, reprise par une telle foi attendrie, que ses yeux se mouillaient de larmes, fixés sur la statue blanche de la Vierge.

Quand M. de Guersaint eut rejoint Pierre, resté un peu à l'écart, il s'expliqua.

— Mon cher, c'est un cas de conscience, j'ai fait à notre cocher de Gavarnie la promesse formelle de voir son patron, pour lui dire les vraies causes du retard. Vous savez, le coiffeur de la place du Marcadal... Et puis, il faut que je me fasse raser, moi !

Pierre, inquiet, dut céder devant le serment qu'on serait de retour dans un quart d'heure. Seulement, comme la course lui semblait longue, il s'entêta de son côté à prendre une voiture, qui stationnait au bas du plateau de la Merlasse. C'était une sorte de cabriolet verdâtre, dont le cocher, un gros garçon d'une trentaine d'années, coiffé d'un béret, fumait une cigarette. Assis de biais sur le siège, les genoux écartés, il conduisait avec un sans-façon tranquille d'homme bien nourri, maître de la rue.

— Nous vous gardons, dit Pierre en descendant, lorsqu'ils furent arrivés place du Marcadal.

— Bien, bien, monsieur l'abbé ! Je vous attends.

Et, laissant son maigre cheval au grand soleil, il alla rire avec une forte servante, échevelée, dépoitraillée, qui lavait un chien dans le bassin de la fontaine voisine.

Cazaban était justement sur le seuil de sa boutique, dont les hautes glaces et la claire couleur verte égayaient la place morne, déserte en semaine. Quand la besogne ne pressait pas, il aimait à triompher ainsi, entre ses deux vitrines, que des pots de pommade et des flacons de parfumerie décoraient de nuances vives.

Tout de suite, il reconnut ces messieurs.

— Très flatté, très honoré... Veuillez entrer, je vous prie.

Puis, dès les premiers mots que M. de Guersaint voulut lui dire, pour excuser l'homme qui l'avait conduit à Gavarnie, il se montra bienveillant. Sans doute, ce n'était pas de sa faute, à cet homme, il n'avait pas le pouvoir d'empêcher les roues de se rompre, ni les orages de tomber. Du moment que les voyageurs ne se plaignaient pas, tout allait pour le mieux.

— Oh ! s'écria M. de Guersaint, un pays admirable, inoubliable !

— Eh bien ! monsieur, puisque notre pays vous plaît, vous reviendrez nous voir, et nous n'en demandons pas davantage.

Ensuite, il s'empressa, lorsque l'architecte s'assit sur un des fauteuils, demandant à être rasé. Son garçon était encore absent, en course pour les pèlerins qu'il hébergeait, toute une famille qui emportait une caisse de chapelets, de saintes Vierges de plâtre, de gravures sous verre. On entendait venir du premier étage des piétinements éperdus, des voix violentes, une bousculade de gens que l'approche du départ affolait, au milieu d'un écroulement d'achats à emballer. Dans la salle à manger voisine, dont la porte était restée ouverte, deux enfants égouttaient les tasses de chocolat, traînant parmi la débandade du couvert. Et c'était la maison entière louée, livrée, les dernières heures de cette invasion de l'étranger, qui forçait le coiffeur et sa femme à se réfugier dans le sous-sol, une cave étroite où ils couchaient sur un lit de sangle.

Tandis que Cazaban lui frottait les joues de mousse savonneuse, M. de Guersaint le questionna.

— Eh bien ! êtes-vous content de la saison ?

— Certainement, monsieur, je n'ai pas à me plaindre. Vous entendez, mes voyageurs partent aujourd'hui ; mais j'en attends d'autres demain matin, à peine le temps de donner un coup de balai... Ce sera de même jusqu'en octobre.

Puis, comme Pierre demeurait debout, allant et venant par la boutique, regardant les murs d'un air d'impatience, il se tourna poliment.

— Asseyez-vous donc, monsieur l'abbé, prenez un journal... Ça ne sera pas long.

D'un geste, le prêtre ayant remercié, en refusant de s'asseoir, le coiffeur reprit, dans sa continuelle démangeaison de parler :

— Oh! moi, ça marche toujours, ma maison est connue pour la propreté des lits et pour la bonté de la cuisine... Seulement, la ville n'est pas contente, ah! non! Je puis même dire que je n'y ai jamais vu un pareil mécontentement.

Il se tut une minute, rasa la joue gauche ; et, s'interrompant de nouveau, il déclara soudain, dans un cri que la vérité lui arrachait :

— Monsieur, les pères de la Grotte jouent avec le feu, voilà tout ce que j'ai à dire.

Dès lors, la bonde était lâchée, il parla, il parla, il parla encore. Ses gros yeux roulaient dans sa face longue, aux pommettes saillantes, au teint hâlé, éclaboussé de rouge ; pendant que tout son petit corps nerveux tressautait, secoué par son exubérance de paroles et de gestes. Il revenait à son acte d'accusation, il disait les griefs sans nombre que l'ancienne ville avait contre les pères. Les hôteliers s'y plaignaient, les marchands d'objets religieux n'y faisaient pas la moitié des recettes qu'ils auraient dû réaliser ; enfin, la ville nouvelle accaparait les pèlerins et l'argent, il n'y avait plus de gain possible que pour les maisons garnies, les hôtels, les magasins ouverts dans les environs de la Grotte. C'était la lutte sans merci, l'hostilité meurtrière grandissant de jour en jour, la vieille cité perdant un peu de sa

42

vie à chaque saison, destinée sûrement à disparaître, à être étouffée, assassinée par la cité jeune. Ah! leur sale Grotte! il se serait plutôt fait couper les pieds que de les y mettre. N'était-ce pas écœurant, la boutique de bibelots qu'ils avaient collée à côté? Une vraie honte, dont un évêque s'était montré si indigné, qu'il en avait, disait-on, écrit au pape! Lui, qui se flattait d'être un libre penseur et un républicain de l'avant-veillle, qui déjà sous l'empire votait pour les candidats de l'opposition, avait bien le droit de déclarer qu'il n'y croyait pas, à leur sale Grotte, et qu'il s'en fichait!

— Tenez! monsieur, je vais vous raconter un fait. Mon frère est du conseil municipal, c'est par lui que je sais la chose... Il faut vous dire d'abord que nous avons maintenant un conseil municipal républicain, qui s'afflige beaucoup de la démoralisation de la ville. Le soir, on ne peut plus sortir, sans rencontrer des filles dans les rues, vous savez, ces marchandes de cierges. Elles se perdent avec les cochers que la saison nous amène, une population louche et flottante, venue on ne sait d'où... Et il faut aussi que je vous explique la situation des pères vis-à-vis de la ville. Quand ils lui ont acheté les terrains de la Grotte, ils ont signé un acte par lequel ils s'y interdisaient formellement tout commerce. Or, ils y ont ouvert une boutique, au mépris de leur signature. N'est-ce pas là une concurrence déloyale, indigne de gens honnêtes?... Aussi le nouveau conseil s'est-il décidé à leur envoyer une délégation pour exiger d'eux le respect du traité, en leur enjoignant d'avoir à fermer leur boutique immédiatement. Savez-vous, monsieur, ce qu'ils ont répondu?... Oh! ce qu'ils ont répondu vingt fois, ce qu'ils répondent toujours, quand on leur rappelle leurs engagements : « C'est bien, nous consentons à les tenir, mais nous sommes les maîtres chez nous, et nous fermons la Grotte. »

Il s'était soulevé, son rasoir en l'air, et il répéta, en scandant les mots, les yeux arrondis par cette énormité :

— « Nous fermons la Grotte. »

Pierre, qui continuait sa promenade lente, s'arrêta brusquement, lui dit dans la face :

— Eh bien! le conseil municipal n'avait qu'à répondre : « Fermez-la! »

Du coup, Cazaban faillit suffoquer, le sang au visage, hors de lui. Il bégayait :

— Fermer la Grotte!... Fermer la Grotte!

— Mais certainement! Puisqu'elle vous irrite et vous écœure, cette Grotte! Puisqu'elle est une cause continuelle de guerre, d'injustice, de corruption! Ce serait fini, on n'en entendrait plus parler... En vérité, il y aurait là une solution excellente, et si l'on avait quelque pouvoir, on vous rendrait service, en forçant les pères à exécuter leur menace.

A mesure que Pierre parlait, Cazaban perdait de sa colère. Il devint très calme, un peu pâle. Et, au fond de ses gros yeux, le prêtre voyait grandir une inquiétude. N'était-il pas allé trop loin, dans sa passion contre les pères? Beaucoup d'ecclésiastiques ne les aimaient pas, peut-être ce jeune prêtre ne se trouvait-il à Lourdes que pour mener une campagne contre eux. Alors, qui pouvait savoir? C'était la fermeture possible de la Grotte, plus tard. On ne vivait que d'elle. Si la vieille ville criait, par rage de ne ramasser que les miettes, elle était heureuse encore de cette aubaine; et les libres penseurs eux-mêmes, qui battaient monnaie avec les pèlerins, comme tout le monde, se taisaient, mal à l'aise, effrayés, dès qu'on était trop de leur avis sur les côtés fâcheux du nouveau Lourdes. Il fallait être prudent.

Cazaban revint à M. de Guersaint. Il se mit à raser l'autre joue, en murmurant d'un air détaché :

— Oh! moi, ce que j'en dis, de leur Grotte, ce n'est

pas qu'elle me gêne, au fond. Et puis, il faut bien que
tout le monde vive.

Dans la salle à manger, les enfants venaient de casser
un des bols, au milieu de cris assourdissants. Et Pierre
remarquait de nouveau les gravures de sainteté, la
sainte Vierge de plâtre, dont le coiffeur avait décoré la
pièce, pour être agréable à ses locataires. Une voix
cria, du premier étage, que la malle était fermée et que le
garçon serait bien gentil de la ficeler, quand il rentrerait.

Mais Cazaban, devant ces deux messieurs qu'il ne connaissait point en somme, restait méfiant, gêné, la cervelle
hantée d'hypothèses inquiétantes. Cela le désespérait de
les laisser partir ainsi, sans savoir rien d'eux, après s'être
compromis lui-même. Si encore il avait pu rattraper
ses paroles trop vives contre les pères ! Aussi, lorsque
M. de Guersaint se leva pour se laver le menton, céda-t-il
à son besoin de renouer l'entretien.

— Avez-vous entendu parler du miracle d'hier? La ville
en est bouleversée, plus de vingt personnes me l'ont
raconté déjà... Oui, il paraît qu'ils ont obtenu un miracle
extraordinaire, une jeune demoiselle paralytique qui s'est
levée et qui a traîné son chariot jusque dans le chœur
de la Basilique.

M. de Guersaint, en train de se rasseoir après s'être
essuyé, eut un rire complaisant.

— Cette jeune demoiselle est ma fille.

Alors, sous ce brusque coup de lumière heureuse, Cazaban rayonna. Rassuré, il acheva de donner un coup de
peigne magistral, au milieu de l'exubérance de gestes et
de paroles qui lui revenait.

— Ah ! monsieur, je vous félicite, je suis flatté de vous
avoir eu entre les mains... Du moment que mademoiselle
votre fille est guérie, n'est-ce pas ? cela suffit à votre
cœur de père.

Et il trouva aussi pour Pierre un mot aimable. Puis, lorsqu'il se décida à les laisser partir, il regarda le prêtre d'un air pénétré, il dit en homme de bon sens, désireux de conclure sur les miracles :

— Il y en a, monsieur l'abbé, d'heureux pour tout le monde. De temps à autre, il nous en faut un de cette qualité.

Dehors, M. de Guersaint dut aller chercher le cocher, qui continuait à rire avec la servante, dont le chien, trempé d'eau, se secouait au soleil. En cinq minutes, d'ailleurs, la voiture les ramena en bas du plateau de la Merlasse. La course leur avait pris une grande demi-heure ; et Pierre voulut garder la voiture, dans l'idée de montrer la ville à Marie, sans la fatiguer trop. Pendant que le père courait à la Grotte, pour y reprendre sa fille, il attendit là, sous les arbres.

Tout de suite, le cocher lia conversation avec le prêtre. Il avait allumé une autre cigarette, il se montrait très familier. Lui, était d'un village des environs de Toulouse, et il ne se plaignait pas, il gagnait de grasses journées, à Lourdes. On y mangeait bien, on s'y amusait, c'était ce qu'on pouvait appeler un bon pays. Il disait ces choses avec un abandon d'homme que ses scrupules religieux ne gênaient pas, sans oublier pourtant le respect qu'il devait à un ecclésiastique.

Enfin, du haut de son siège, à demi couché, l'une de ses jambes pendantes, il laissa lentement tomber cette parole :

— Ah ! oui, monsieur l'abbé, Lourdes a bien pris, mais le tout est de savoir si ça continuera longtemps.

Pierre, très frappé du mot, en sondait l'involontaire profondeur, lorsque M. de Guersaint reparut, ramenant Marie. Il l'avait trouvée agenouillée à la même place, dans le même acte de foi et de remerciement, aux pieds de la sainte Vierge ; et il semblait qu'elle eût emporté dans ses yeux tout le flamboiement de la Grotte, tellement ils luisaient de la divine joie de sa guérison. Jamais elle ne consentit à garder la voiture. Non, non ! elle préférait marcher, peu lui importait de voir la ville, pourvu que, pendant une heure encore, elle marchât au bras de son père, par les jardins, par les rues, par les places, où l'on voudrait ! Et, quand Pierre eut payé le cocher, ce fut elle qui s'engagea dans une allée du jardin de l'Esplanade, ravie de se promener ainsi à petits pas, le long des gazons fleuris de corbeilles, sous les grands arbres. Cela était si doux, si frais, toutes ces herbes, toutes ces feuilles, ces allées ombreuses, solitaires, d'où l'on entendait l'éternel ruissellement du Gave ! Puis, elle désira retourner dans les rues, parmi la foule, pour y retrouver l'agitation, le bruit, la vie, dont le besoin débordait de son être.

Rue Saint-Joseph, en apercevant le Panorama, où l'on voyait l'ancienne Grotte, avec Bernadette agenouillée, le jour du miracle du cierge, Pierre eut l'idée d'entrer. Marie en fut heureuse, comme une enfant ; et M. de Guersaint lui-même témoigna la plus innocente joie, surtout lorsqu'il remarqua que, parmi la fournée des pèlerins qui s'engouffraient avec eux au fond du couloir obscur, plusieurs venaient de reconnaître, en sa fille, la jeune miraculée de la veille, déjà glorieuse, dont le nom volait de bouche en bouche. En haut, sur l'estrade ronde, quand on déboucha dans la lumière diffuse que tamisait un velum, il y eut une sorte d'ovation autour de Marie, des chuchotements tendres, des regards béats, un ravissement d'extase à la voir, à la suivre, à la toucher. Maintenant, c'était la gloire, elle serait aimée ainsi, partout où elle irait. Et il fallut, pour qu'on l'oubliât un peu, que l'employé chargé des explications se mît à la tête de la petite troupe des visiteurs, faisant le tour, racontant l'épisode que représentait l'immense toile circulaire,

de cent vingt-six mètres de longueur. Il s'agissait de la
dix-septième apparition de la sainte Vierge à Bernadette,
le jour où, agenouillée devant la Grotte, elle avait par
mégarde, pendant la vision, laissé la main sur la flamme
de son cierge, sans la brûler; et tout l'ancien paysage
de la Grotte primitive se trouvait rétabli, toute la scène
était reconstituée, avec les personnages historiques, le
médecin en train de constater le miracle, sa montre à
la main, le maire, le commissaire de police, le procureur impérial, dont l'employé disait les noms, au milieu
de l'ébahissement du public qui le suivait.

Alors, par une inconsciente liaison d'idées, Pierre se
rappela le mot que le cocher venait de lui dire : « Lourdes
a bien pris, mais le tout est de savoir si ça durera longtemps. » En effet, là était la question. Que de sanctuaires
vénérés avaient ainsi été bâtis déjà, à la voix d'enfants
innocentes, élues entre toutes, auxquelles la sainte Vierge
s'était montrée! Toujours la même histoire recommençait : une apparition, une bergère qu'on persécutait, qu'on
traitait de menteuse, puis une sourde poussée de la misère
humaine affamée d'illusion, et alors la propagande, le
triomphe du sanctuaire rayonnant comme un phare, et
ensuite le déclin, l'oubli, quand un autre sanctuaire
naissait ailleurs du rêve extasié d'une autre voyante. Il
semblait que le pouvoir de l'illusion s'usait, qu'il fallait,
au travers des siècles, la déplacer, la remettre dans de
nouveaux décors, dans une nouvelle aventure, pour en
renouveler la puissance. La Salette avait détrôné les
antiques Vierges de bois ou de pierre qui guérissaient,
Lourdes venait de détrôner la Salette, en attendant
d'être détrônée elle-même par la Notre-Dame de
demain, celle dont le doux visage consolateur se mon-
trera à une pure enfant encore à naître. Seulement, si
Lourdes avait eu une fortune si rapide, si prodigieuse,
il la devait sûrement à la petite âme sincère, au charme

délicieux de Bernadette. Ici, aucune supercherie, aucun mensonge, la seule floraison de la souffrance, une chétive fillette malade qui apportait au peuple des souffrants son rêve de justice, d'égalité dans le miracle. Elle n'était que l'éternel espoir, l'éternelle consolation. En outre, toutes les circonstances historiques et sociales paraissaient s'être rencontrées pour exaspérer le besoin de cette envolée mystique, à la fin d'un terrible siècle d'enquête positive; et c'était pourquoi Lourdes sans doute durerait longtemps encore, dans son triomphe, avant de n'être plus qu'une légende, une de ces religions mortes, au puissant parfum évaporé.

Ah! cet ancien Lourdes, cette ville de paix et de croyance, le seul berceau possible où la légende pouvait naître, comme Pierre le reconstituait aisément, en faisant le tour de la vaste toile du Panorama! Cette toile disait tout, constituait la meilleure leçon de choses qu'on pût voir. Les explications monotones de l'employé ne s'entendaient pas, le paysage parlait lui-même. D'abord, c'était la Grotte, le trou de roche au bord du Gave, un lieu sauvage de rêverie, des pentes buissonneuses, des écroulements de pierres, sans un chemin frayé; et rien encore, pas d'embellissements, pas de quai monumental, pas d'allées de jardin anglais serpentant parmi des arbustes taillés à la serpe, pas de Grotte arrangée, déformée, fermée d'une grille, surtout pas de boutique d'objets religieux, cette boutique de simonie qui était le scandale des âmes pieuses. La Vierge n'avait pu choisir au désert un coin plus charmant pour se montrer à l'élue de son cœur, la fillette pauvre, promenant là le songe de ses nuits pénibles, en ramassant du bois mort. Puis, c'était, de l'autre côté du Gave, derrière le rocher du Château, le vieux Lourdes confiant et endormi. Un autre âge s'évoquait, une petite ville, avec ses rues étroites, pavées de cailloux, ses maisons noires, aux encadrements

de marbre, son antique église à demi espagnole, pleine
d'anciennes sculptures, peuplée de visions d'or et de
chairs peintes. Deux fois par jour, il n'y avait que les diligences de Bagnères et de Cauterets qui traversaient à gué
le Lapaca, pour monter ensuite la raide chaussée de la
rue Basse. L'esprit du siècle n'avait pas soufflé sur ces
toits paisibles, qui abritaient une population attardée,
restée enfant, toute serrée dans le lien étroit d'une forte
discipline religieuse. Aucune débauche, un lent commerce séculaire suffisant à la vie quotidienne, une vie
pauvre dont la rudesse sauvegardait les mœurs. Et
jamais Pierre n'avait mieux compris comment Bernadette, née de cette terre de foi et d'honnêteté, y avait
fleuri telle qu'une rose naturelle, éclose sur les églantiers
du chemin.

— C'est tout de même curieux, déclara M. de Guersaint,
quand on se retrouva dans la rue. Je ne suis pas fâché
d'avoir vu ça.

Marie également riait d'aise.

— Père, n'est-ce pas? on dirait qu'on y est. Par moments, il semble que les personnages vont bouger... Et
comme elle est charmante, Bernadette, à genoux, en extase, pendant que la flamme du cierge lèche ses doigts,
sans laisser de brûlure.

— Voyons, reprit l'architecte, nous n'avons plus qu'une
heure, il faudrait pourtant songer à faire nos emplettes,
si nous désirons acheter quelque chose... Voulez-vous que
nous fassions le tour des boutiques? Nous avons bien promis à Majesté de lui donner la préférence; seulement, ça
ne nous empêche pas de nous renseigner un peu... Hein?
Pierre, qu'en dites-vous?

— Mais certainement, comme vous voudrez, répondit
le prêtre. D'ailleurs, cela nous promènera.

Et il suivit la jeune fille et son père, qui revinrent
sur le plateau de la Merlasse. Depuis qu'il était sorti du

Panorama, il éprouvait une sensation singulière de
dépaysement. C'était comme si, tout d'un coup, on l'avait
transporté d'une ville dans une autre, à des siècles de
distance. Il quittait la solitude, la paix endormie de
l'ancien Lourdes, augmentée encore par la lumière morte
du velum, pour tomber brusquement dans le Lourdes
nouveau, éclatant de lumière, bruyant de foule. Dix
heures venaient de sonner, l'animation était extraordinaire sur les trottoirs, tout un peuple qui, avant le
déjeuner, se hâtait de finir ses achats, pour ne plus
songer ensuite qu'au départ. Les milliers de pèlerins du
pèlerinage national, en une bousculade dernière, ruisselaient par les rues, assiégeaient les boutiques. On aurait
dit les cris, les coups de coude, les galops brusques d'une
foire qui s'achève, au milieu du roulement ininterrompu
des voitures. Beaucoup se munissaient de provisions de
route, dévalisaient les échoppes en plein air, où l'on
vendait des pains, du saucisson, du jambon. On achetait
des fruits, on achetait du vin, les paniers se remplissaient
de bouteilles, de papiers gras, jusqu'à en éclater. Un
marchand ambulant qui promenait des fromages sur
une petite voiture, voyait sa marchandise enlevée, comme
balayée par le vent. Mais, surtout, la foule achetait des
objets religieux ; et d'autres marchands ambulants, dont
les petites voitures étaient chargées de statuettes et de
gravures pieuses, réalisaient des affaires d'or. La clientèle
des boutiques faisait queue sur la chaussée, les femmes
étaient enveloppées de chapelets immenses, avaient des
saintes Vierges sous les bras, emportaient des bidons
pour les remplir à la fontaine miraculeuse. Ces bidons,
d'un à dix litres, les uns sans image, les autres pein-
turlurés d'une Notre-Dame de Lourdes en bleu, ajoutaient
une gaieté à la cohue, avec leur éclat de ferblanterie
neuve, leur clair tintement de casserole, portés à la main,
pendus en sautoir. Et la fièvre du négoce, le plaisir de

dépenser son argent, de repartir les poches bourrées
de photographies et de médailles, allumait les visages
d'un air de fête, changeait cette foule épanouie en
une foule de kermesse, aux appétits débordants et satisfaits.

Sur le plateau de la Merlasse, M. de Guersaint fut
tenté un instant d'entrer dans une des boutiques les plus
belles et les plus achalandées, dont l'enseigne portait
en lettres hautes ces mots : Soubirous, frère de Bernadette.

— Hein ? si nous faisions nos emplettes là ? Ce serait
plus local, nos petits souvenirs auraient un intérêt de
plus.

Puis, il passa, en répétant qu'il fallait tout voir
d'abord.

Pierre avait regardé la boutique du frère de Bernadette,
avec un serrement de cœur. Cela le chagrinait, le frère
vendant la sainte Vierge que la sœur avait vue. Mais il
fallait bien vivre, et il croyait savoir que la famille de la
voyante, à côté de la Basilique triomphale dans son resplendissement d'or, ne faisait pas fortune, tellement la
concurrence était terrible. Si les pèlerins laissaient à
Lourdes des millions, les marchands d'articles de sainteté
y étaient plus de deux cents, sans compter les hôteliers
et les logeurs qui prenaient la grosse part ; de sorte
que les gains, si âprement disputés, finissaient par être
assez médiocres. Le long du plateau, à droite et à gauche
du frère de Bernadette, d'autres boutiques s'ouvraient,
une file ininterrompue de boutiques, serrées les unes
contre les autres, qui occupaient les cases du baraque-
ment de bois, une sorte de galerie construite par la ville,
et dont elle tirait une soixantaine de mille francs.
C'étaient de véritables bazars, des étalages ouverts,
empiétant sur le trottoir, raccrochant le monde au passage. Sur près de trois cents mètres, il n'y avait pas

d'autre commerce : un fleuve de chapelets, de médailles, de statuettes, coulant sans fin au travers des vitrines. Et les enseignes affichaient en lettres énormes des noms vénérés, saint Roch, saint Joseph, Jérusalem, la Vierge Immaculée, le Sacré-Cœur de Marie, tout ce que le paradis contenait de mieux pour toucher et attirer la clientèle.

— Ma foi, déclara M. de Guersaint, je crois bien que c'est partout la même chose. Entrons n'importe où.

Il en avait assez, cette file interminable d'étalages lui cassait les jambes.

— Puisque tu as promis d'acheter là-bas, dit Marie qui ne se lassait point, le mieux est d'y retourner.

— C'est cela, retournons chez Majesté.

Mais les boutiques recommencèrent avenue de la Grotte. Aux deux bords, elles se pressaient de nouveau ; et il s'y mêlait des bijoutiers, des marchands de nouveautés, des marchands de parapluies tenant l'article religieux ; même il y avait là un confiseur qui vendait des boîtes de pastilles à l'eau de Lourdes, dont le couvercle portait une image de la Vierge. Les vitrines d'un photographe débordaient de vues de la Grotte et de la Basilique, de portraits d'évêques, de révérends pères de tous les ordres, mêlés aux sites célèbres des montagnes voisines. Une librairie étalait les dernières publications catholiques, des volumes aux titres dévots, parmi les nombreux ouvrages publiés sur Lourdes depuis vingt ans, quelques-uns avec un succès prodigieux, dont le retentissement durait encore. Dans cette grande voie populeuse, la foule coulait en un flot élargi, les bidons sonnaient, c'était une joie de vie intense, au clair soleil qui enfilait la chaussée d'un bout à l'autre. Et les statuettes, les médailles, les chapelets ne semblaient devoir cesser jamais, un étalage continuait l'autre étalage, des kilomètres allaient ainsi s'étendre, dévidant les rues de la ville entière, occupée par le même bazar vendant les mêmes articles.

Devant l'hôtel des Apparitions, M. de Guersaint eut une hésitation encore.

— Alors, c'est bien décidé, nous faisons nos emplettes là?

— Mais certainement, dit Marie. Vois donc comme la boutique est belle!

Et elle entra la première dans le magasin, un des plus vastes de la rue en effet, et qui occupait le rez-de-chaussée de l'hôtel, à gauche. M. de Guersaint et Pierre la suivirent.

Appoline, la nièce des Majesté, chargée de la vente, se trouvait debout sur un escabeau, en train de prendre des bénitiers dans une vitrine haute, pour les montrer à un jeune homme, un brancardier élégant, porteur d'admirables guêtres jaunes. Elle riait d'un roucoulement de tourterelle, charmante, avec d'épais cheveux noirs, des yeux superbes dans une face un peu carrée, au front droit, aux joues larges, aux fortes lèvres rouges. Et Pierre vit très nettement la main du jeune homme au bord de la jupe, chatouillant le bas d'une jambe qui semblait s'être offerte là volontiers. Ce ne fut d'ailleurs que la vision d'une seconde. Déjà la jeune fille était lestement sautée à terre, en demandant :

— Alors, vous ne croyez pas que ce modèle de bénitier conviendrait à madame votre tante?

— Non, non! répondit le brancardier en s'en allant. Procurez-vous l'autre modèle. Je ne pars que demain, je reviendrai.

Lorsque Appoline sut que Marie était la miraculée dont madame Majesté parlait depuis la veille, elle montra beaucoup d'empressement. Elle la regardait avec son gai sourire, où il y avait une pointe de surprise, d'incrédulité discrète, comme la sourde moquerie d'une belle

43

fille, folle de son corps, en présence d'une virginité si
enfantine et attardée. Mais la vendeuse adroite qu'elle
était se répandit en paroles aimables.

— Ah! mademoiselle, je serai si heureuse de vous
vendre! c'est tellement beau, votre miracle!... Voyez,
tout le magasin est à vous. Nous avons le plus grand
choix.

Marie était gênée.

— Je vous remercie, vous êtes bien aimable... Nous
ne venons vous acheter que des petites choses.

— Si vous le permettez, dit M. de Guersaint, nous
allons faire notre choix nous-mêmes.

— Eh bien! c'est cela, choisissez, monsieur. Ensuite,
nous verrons.

Et, comme d'autres clients entraient, Appoline les
oublia, reprit son métier de jolie vendeuse, avec des
mots de caresse, des gestes de séduction, surtout pour les
hommes, qu'elle ne laissait partir que les poches pleines
d'achats.

Il restait deux francs à M. de Guersaint sur le louis
que Blanche, sa fille aînée, lui avait glissé, au départ,
comme argent de poche. Aussi n'osait-il trop se lancer
dans son choix. Mais Pierre déclara qu'on lui causerait
beaucoup de peine, si on ne lui permettait pas d'offrir à
ses amis les quelques objets qu'ils emporteraient de
Lourdes. Dès lors, il fut convenu qu'on choisirait d'abord
un cadeau pour Blanche, puis que Marie et son père
prendraient chacun le souvenir qui lui plairait le
mieux.

— Ne nous pressons pas, répétait M. de Guersaint
très égayé. Voyons, Marie, cherche bien... Qu'est-ce qui
ferait le plus de plaisir à Blanche?

Tous les trois regardaient, furetaient, fouillaient. Seulement, leur indécision augmentait à mesure qu'ils passaient d'un objet à un autre. Le vaste magasin, avec ses

comptoirs, ses vitrines, ses cases, qui le garnissaient du haut en bas, était une mer aux flots sans nombre, en débordement de tous les articles religieux imaginables. Il y avait les chapelets, des liasses de chapelets pendus le long des murs, des tas de chapelets dans les tiroirs, depuis les humbles chapelets à vingt sous la douzaine, jusqu'aux chapelets de bois odorant, d'agate, de lapis, chaînés d'or ou d'argent; et certains, immenses, faits pour ceindre à double tour le cou et la taille, montraient des grains travaillés, gros comme des noix, espacés par des têtes de mort. Il y avait les médailles, une pluie de médailles, des médailles à pleines boîtes, de toutes les grandeurs, de toutes les matières, les plus humbles et les plus précieuses, portant des inscriptions diverses, représentant la Basilique, la Grotte, l'Immaculée-Conception, gravées, repoussées, émaillées, soignées ou fabriquées à la grosse, selon les bourses. Il y avait les saintes Vierges, les petites, les grandes, en zinc, en bois, en ivoire, en plâtre surtout, les unes d'une blancheur nue, les autres peintes de couleurs vives, reproduisant à l'infini la description faite par Bernadette, le visage aimable et souriant, le voile très long, l'écharpe bleue, les roses d'or sur les pieds, mais avec des modifications légères pour chaque modèle, de façon à garantir la propriété de l'éditeur. Et c'était un autre flot d'articles religieux, les cent variétés de scapulaires, les mille clichés de l'imagerie dévote, des gravures fines, des chromolithographies violentes, que noyait un pullulement de petites images coloriées, dorées, vernies, fleuries de bouquets, ornées de dentelles. Et c'était aussi de la bijouterie, des bagues, des broches, des bracelets, chargés d'étoiles et de croix, décorés de figures saintes. Et c'était enfin l'article Paris qui dominait, qui submergeait le reste : des porte crayons, des porte-monnaie, des porte-cigares, des presse-papiers, des couteaux à papier, jusqu'à des tabatières, des objets

innombrables sur lesquels revenaient sans cesse la Basilique, la Grotte, la sainte Vierge, reproduites de toutes
les façons, par tous les procédés connus. Dans une case
à cinquante centimes l'article, s'entassait un pêle-mêle
de ronds de serviette, de coquetiers et de pipes de bois,
où l'apparition de Notre-Dame de Lourdes était sculptée,
rayonnante.

Peu à peu. M. de Guersaint s'était dégoûté, envahi
d'une tristesse, d'un agacement d'homme qui se piquait
d'être un artiste.

— Mais c'est affreux, c'est affreux, tout cela ! répétait-il
à chaque nouvel article qu'il examinait.

Il se soulagea, en rappelant à Pierre la tentative rui-
neuse qu'il avait faite pour rénover l'imagerie religieuse.
Les débris de sa fortune y étaient restés, ce qui le
rendait plus sévère encore, devant les pauvres choses
dont le magasin débordait. Avait-on jamais vu des objets
d'une laideur si sotte, si prétentieuse, si compliquée ? La
vulgarité de l'idée, la niaiserie de l'expression le dispu-
taient à l'habileté banale de la facture. Cela tenait de
la gravure de mode, du couvercle de boîte à bonbons, des
poupées de cire qui tournent chez les coiffeurs : un art
faussement joli, péniblement enfantin, sans humanité
réelle, sans accent, sans sincérité aucune. Et l'architecte,
lancé, ne s'arrêta plus, dit aussi son dégoût des constructions du nouveau Lourdes, le pitoyable enlaidissement de
la Grotte, la monstruosité colossale des rampes, les désas-
treuses disproportions de l'église du Rosaire et de la
Basilique, celle-là trop lourde, pareille à une halle au
blé, celle-ci d'une maigreur de bâtisse anémique, sans
style et bâtarde.

— Ah! vraiment, finit-il par conclure, il faut bien
aimer le bon Dieu, pour avoir le courage de venir l'adorer au milieu de pareilles horreurs! Ils ont tout raté, ils
ont tout gâché, comme à plaisir, sans qu'un seul ait eu

la minute d'émotion, de naïveté vraie, de foi sincère, qui enfante les chefs-d'œuvre. Tous des malins, tous des copistes, pas un n'a donné sa chair et son âme. Et que faut-il donc pour les inspirer, s'ils n'ont rien fait pousser de grand, sur cette terre du miracle !

Pierre ne répondit pas. Mais il était singulièrement frappé par ces réflexions, il s'expliquait enfin la cause d'un malaise qu'il éprouvait depuis son arrivée à Lourdes. Ce malaise venait du désaccord entre le milieu tout moderne et la foi des siècles passés, dont on essayait la résurrection. Il évoquait les vieilles cathédrales où frissonnait cette foi des peuples, il revoyait les anciens objets du culte, l'imagerie, l'orfèvrerie, les saints de pierre et de bois, d'une force, d'une beauté d'expression admirables. C'était qu'en ces temps lointains, les ouvriers croyaient, donnaient leur chair, donnaient leur âme, dans toute la naïveté de leur émotion, comme disait M. de Guersaint. Et, aujourd'hui, les architectes bâtissaient les églises avec la science tranquille qu'ils mettaient à bâtir les maisons à cinq étages, de même que les objets religieux, les chapelets, les médailles, les statuettes, étaient fabriqués à la grosse, dans les quartiers populeux de Paris, par des ouvriers noceurs qui ne pratiquaient même pas. Aussi quelle bimbeloterie, quelle quincaillerie de pacotille, d'un joli à faire pleurer, d'une sentimentalité niaise à soulever le cœur ! Lourdes en était inondé, ravagé, enlaidi, au point d'incommoder les personnes de goût un peu délicat, égarées dans ses rues. Tout cela, brutalement, jurait avec la résurrection tentée, avec les légendes, les cérémonies, les processions des âges morts; et Pierre, tout d'un coup, pensa que la condamnation historique et sociale de Lourdes était là, que la foi est morte à jamais chez un peuple, quand il ne la met plus dans les églises qu'il construit, ni dans les chapelets qu'il fabrique.

43.

Marie avait continué à fouiller les étalages avec une impatience d'enfant, hésitant, ne trouvant rien qui lui parût digne du grand rêve d'extase qu'elle allait garder en elle.

— Père, l'heure s'avance, il faut que tu me reconduises à l'Hôpital... Et, pour en finir, vois-tu, je donnerai à Blanche cette médaille, avec cette chaîne d'argent. C'est encore ce qu'il y a de plus simple et de plus joli. Elle la portera, ça lui fera un petit bijou... Moi, je prends cette statuette de Notre-Dame de Lourdes, le petit modèle, qui est assez gentiment peint. Je la mettrai dans ma chambre, je l'entourerai de fleurs fraîches... N'est-ce pas? ce sera très bien.

M. de Guersaint l'approuva. Puis, revenant à son propre choix :

— Mon Dieu ! mon Dieu ! que je suis embarrassé !

Il examinait des porte-plume en ivoire, terminés par des boules pareilles à des pois, dans lesquelles se trouvaient des photographies microscopiques. Et, comme il appliquait l'œil à un des minces trous, pour voir, il eut un cri d'émerveillement.

— Tiens ! le cirque de Gavarnie !... Ah ! c'est prodigieux, tout y est bien, comment le colosse peut-il tenir là dedans ?... Ma foi, je prends ce porte-plume, moi. Il est drôle, il me rappellera mon excursion.

Pierre avait simplement choisi un portrait de Bernadette, la grande photographie qui la représente à genoux, en robe noire, un foulard noué sur les cheveux, la seule, dit-on, qu'on ait faite d'après nature. Il se hâtait de payer, tous trois partaient, lorsque madame Majesté entra, se récria, voulut absolument faire un petit cadeau à Marie, en disant que ça porterait bonheur à sa maison.

— Mademoiselle, je vous en prie, prenez un scapulaire, tenez ! parmi ceux-ci. La sainte Vierge, qui vous a élue, me le payera en bonne chance.

Elle haussait la voix, elle faisait tant, que les acheteurs, dont la boutique se trouvait pleine, s'intéressèrent, regardèrent dès lors la jeune fille avec des yeux avides. C'était la popularité qui recommençait autour d'elle, qui finit même par gagner la rue, lorsque l'hôtelière alla sur le seuil de la boutique, faisant des signes aux marchands d'en face, ameutant le voisinage.

— Partons-nous ? répétait Marie, de plus en plus gênée.

Mais son père la retint encore, en voyant un prêtre qui entrait.

— Ah ! monsieur l'abbé Des Hermoises !

C'était en effet le bel abbé, en soutane fine, sentant bon, le visage frais, d'une gaieté tendre. Il n'avait pas vu son compagnon de la veille, il s'était vivement approché d'Appoline, la prenant à l'écart.

Et Pierre l'entendit qui disait à demi-voix :

— Pourquoi ne m'avez-vous pas apporté mes trois douzaines de chapelets, ce matin ?

Appoline s'était remise à rire de son roucoulement de tourterelle, en le regardant en dessous, avec malice, sans répondre.

— C'est pour mes petites pénitentes de Toulouse, je voulais les mettre au fond de ma malle, et vous m'aviez offert de m'aider à serrer mon linge.

Elle riait toujours, elle l'excitait du coin de ses jolis yeux.

— Maintenant, je ne partirai que demain. Apportez-les-moi ce soir, n'est-ce pas ? quand vous serez libre... C'est au bout de la rue, chez la Duchêne, la chambre meublée du rez-de-chaussée... Soyez gentille, venez vous-même.

Du bout de ses lèvres rouges, elle dit enfin en plaisantant, sans qu'il pût savoir si elle tiendrait sa promesse :

— Certainement, monsieur l'abbé, j'irai.

Ils furent interrompus, M. de Guersaint s'était avancé
pour serrer la main au prêtre. Tout de suite, ils re-
parlèrent du cirque de Gavarnie : une partie délicieuse,
des heures charmantes qu'ils n'oublieraient jamais. Puis,
ils s'égayèrent sur le compte de leurs deux compagnons,
des ecclésiastiques peu fortunés, des braves gens dont
les naïvetés les avaient amusés énormément. L'architecte finit par rappeler à son nouvel ami qu'il avait bien
voulu lui promettre d'intéresser un personnage de Toulouse, dix fois millionnaire, à ses études sur la direction des ballons.

— Une première avance de cent mille francs suffirait,
dit-il.

— Comptez sur moi, déclara l'abbé Des Hermoises.
Vous n'aurez pas prié la sainte Vierge en vain.

Mais Pierre, qui avait gardé à la main le portrait de
Bernadette, venait d'être frappé de l'extraordinaire ressemblance d'Appoline avec la voyante. C'était la même
face un peu massive, la même bouche trop forte, les
mêmes yeux magnifiques; et il se souvint que madame
Majesté lui avait déjà signalé cette ressemblance singulière, d'autant plus qu'Appoline avait eu la même enfance
pauvre, à Bartrès, avant que sa tante la prît chez elle,
pour l'aider à tenir la boutique. Bernadette! Appoline!
Quel étrange rapprochement, quelle réincarnation inattendue, à trente années de distance! Et, tout d'un coup,
avec cette Appoline si galamment rieuse, qui acceptait
des rendez-vous, sur laquelle couraient les bruits
les plus aimables, le nouveau Lourdes se dressa devant
ses yeux : les cochers, les marchandes de cierges, les
loueuses de chambres raccrochant le client à la gare, les
cent maisons meublées aux petits logements discrets, la
cohue des prêtres libres, des hospitalières passionnées,
des simples passants venus là pour satisfaire leurs appétits. Puis, il y avait la rage du négoce déchaînée par la

pluie des millions, la ville entière livrée au lucre, les boutiques changeant les rues en bazars, se dévorant entre elles, les hôtels vivant goulûment des pèlerins, jusqu'aux Sœurs bleues qui tenaient table d'hôte, jusqu'aux pères de la Grotte qui battaient monnaie avec leur Dieu! Quelle aventure triste et effrayante, la vision d'une Bernadette si pure passionnant les foules, les faisant se ruer à l'illusion du bonheur, amenant un fleuve d'or, et dès ce jour pourrissant tout! Il avait suffi que la superstition soufflât, que de l'humanité s'entassât, que de l'argent fût apporté, pour que cet honnête coin de terre se corrompît à jamais. Où le lis candide fleurissait autrefois, poussait maintenant la rose charnelle, dans le nouveau terreau de cupidité et de jouissance. Sodome était née de Bethléem, depuis qu'une enfant innocente avait vu la Vierge.

— Hein? que vous ai-je dit? s'écria madame Majesté, en s'apercevant que Pierre comparait sa nièce au portrait. Appoline, c'est Bernadette tout craché.

La jeune fille s'approcha, avec son aimable sourire, flattée d'abord de la comparaison.

— Voyons, voyons! dit l'abbé Des Hermoises, d'un air de vif intérêt.

Il prit la photographie, compara à son tour, s'émerveilla.

— C'est prodigieux, les mêmes traits... Je n'avais pas remarqué encore, je suis ravi en vérité...

— Pourtant, finit par déclarer Appoline, je crois bien qu'elle avait le nez plus gros.

L'abbé, alors, eut un cri d'irrésistible admiration.

— Oh! vous êtes plus jolie, beaucoup plus jolie, c'est évident... Mais ça ne fait rien, on vous prendrait pour les deux sœurs.

Pierre ne put s'empêcher de rire, tant il trouva le mot singulier. Ah! la pauvre Bernadette était bien morte, et elle n'avait pas de sœur. Elle n'aurait pu renaître, elle

n'était plus possible, dans ce pays de cohue et de passion
qu'elle avait fait.

Marie, enfin, partit au bras de son père, et il fut entendu qu'ils iraient tous deux la prendre à l'Hôpital, pour
se rendre ensemble à la gare. Dans la rue, plus de cinquante personnes l'attendaient, comme en extase. On la
salua, on la suivit, une femme fit toucher la robe de la
miraculée à son enfant infirme, qu'elle rapportait de la
Grotte.

III

Dès deux heures et demie, le train blanc, qui allait quitter Lourdes à trois heures quarante, se trouva en gare, le long du deuxième quai. Il avait attendu trois jours, sur une voie de garage, tout formé, tel qu'il était arrivé de Paris ; et, depuis qu'on venait de l'amener là, des drapeaux blancs flottaient sur les wagons de tête et de queue, pour l'indiquer aux pèlerins, dont l'embarquement d'ordinaire était très long et fort laborieux. Les quatorze trains du pèlerinage national, d'ailleurs, devaient repartir ce jour-là. A dix heures du matin, le train vert était parti, puis le train rose, puis le train jaune ; et, après le train blanc, les autres, l'orangé, le gris, le bleu suivraient. C'était encore, pour le personnel de la gare, une journée terrible, un tumulte, une bousculade, qui affolaient les employés.

Mais le départ du train blanc était toujours le vif intérêt, la grosse émotion de la journée, car il emportait les grands malades qu'il avait apportés, et parmi lesquels se trouvaient naturellement les bien-aimés de la sainte Vierge, les élus du miracle. Aussi une foule se pressait-elle sous la marquise, obstruant le vaste promenoir couvert, long d'une centaine de mètres. Tous les bancs étaient occupés, encombrés de pèlerins et de paquets, qui attendaient déjà. A l'un des bouts, on avait pris d'assaut les petites tables du buffet, des hommes buvaient de la bière, des femmes se faisaient servir de la limonade gazeuse ; tandis que,

devant la porte des Messageries, à l'autre bout, des
brancardiers maintenaient le passage libre, pour assurer
le rapide transport des malades, qu'on allait amener. Et
c'était, le long du large trottoir, une incessante promenade, un va-et-vient continu de pauvres gens effarés, de
prêtres courant, se prodiguant, de messieurs en redingote, curieux et paisibles, tout un entassement de cohue,
la plus mêlée, la plus bariolée qui se fût jamais coudoyée
dans une gare.

A trois heures, le baron Suire se désespéra, plein
d'inquiétude, parce que les chevaux manquaient, un grand
arrivage inattendu de touristes ayant loué les voitures pour
Barèges, Cauterets, Gavarnie. nfin, il se précipita vers
Berthaud et Gérard qui accouraient après avoir battu la
ville; mais tout marchait à merveille, affirmaient-ils : ils
avaient raccolé les chevaux nécessaires, le transport des
malades s'opérerait en d'excellentes conditions. Déjà, dans
la cour, des équipes de brancardiers, avec leurs brancards
et leurs petites voitures, guettaient les fourgons, les tapissières, les véhicules de toutes sortes, recrutés pour le
déménagement de l'Hôpital. Une réserve de matelas et de
coussins s'entassait au pied d'un bec de gaz. Et, comme les
premiers malades arrivaient, le baron Suire perdit de
nouveau la tête, tandis que Berthaud et Gérard se hâtaient
de gagner le quai d'embarquement. Ils surveillaient, ils
donnaient des ordres, au milieu de la bousculade croissante.

Alors, sur ce quai, le père Fourcade qui se promenait
le long du train, au bras du père Massias, s'arrêta, en
voyant venir le docteur Bonamy.

— Ah! docteur, je suis heureux... Le père Massias, qui
va partir, me parlait encore à l'instant de la faveur extraordinaire dont la sainte Vierge a comblé cette jeune fille
si intéressante, mademoiselle Marie de Guersaint. Voilà
des années qu'un miracle si éclatant n'avait eu lieu. C'est
une insigne fortune pour nous tous, c'est une bénédiction

qui doit féconder le fruit de nos efforts... Toute la chrétienté en sera illuminée, réconfortée, enrichie.

Il rayonnait d'aise, et le docteur, immédiatement,
exulta lui aussi, avec sa face rasée, aux gros traits paisibles, aux yeux las d'habitude.

— C'est prodigieux, prodigieux, mon révérend père !
J'écrirai une brochure, jamais guérison ne s'est produite
par les voies surnaturelles d'une façon plus authentique...
Oh ! quel tapage cela va faire !

Puis, comme tous les trois s'étaient remis à marcher, il
s'aperçut que le père Fourcade traînait la jambe davantage, en s'appuyant fortement au bras de son compagnon.

— Est-ce que votre accès de goutte s'est aggravé, mon
révérend père ? demanda-t-il. Vous paraissez beaucoup
souffrir.

— Oh ! ne m'en parlez pas, je n'ai pu fermer l'œil de la
nuit. Est-ce ennuyeux, cette crise qui m'a pris, le jour de
mon arrivée ici ? Elle aurait bien dû attendre... Mais il
n'y a rien à faire, n'en parlons pas. Je suis trop content
des résultats de cette année.

— Ah ! oui, oui ! dit à son tour le père Massias, d'une
voix tremblante de ferveur, nous pouvons être fiers, nous
pouvons nous en aller le cœur débordant d'enthousiasme
et de reconnaissance. En dehors de cette jeune fille, que
d'autres prodiges ! Les miracles ne se comptent plus, des
sourdes et des muettes guéries, des faces rongées de plaies
redevenues lisses comme la main, des phtisiques mori-
bondes qui mangent, qui dansent, ressuscitées ! Ce n'est
plus un train de malades, c'est un train de résurrection, un
train de gloire que j'emmène avec moi !

Il avait cessé de voir les malades autour de lui, il s'en
allait en plein triomphe divin, dans l'aveuglement de sa
foi. Et tous les trois continuèrent leur lente promenade,
le long des wagons dont les compartiments commençaient
à se remplir, souriant aux pèlerins qui les saluaient,

s'arrêtant de nouveau parfois pour dire une bonne parole
à quelque triste femme qui passait, pâle et grelottante,
sur un brancard. Ils déclaraient qu'elle avait bien meilleure
mine, qu'elle s'en tirerait sûrement.

Mais le chef de gare, très affairé, passa, en criant d'une
voix aiguë :

— N'encombrez pas le quai ! n'encombrez pas le quai!

Puis, comme Berthaud lui faisait observer qu'il fallait
pourtant poser les brancards, avant de monter les malades, il se fâcha.

— Voyons, est-ce raisonnable? Regardez, là-bas, la
petite voiture qui est restée en travers de cette voie...
J'attends dans quelques minutes le train de Toulouse.
Voulez-vous donc qu'on vous écrase votre monde?

Et il repartit en courant, pour poster des hommes
d'équipe, qui écarteraient des voies le troupeau effaré des
pèlerins, piétinant au hasard. Beaucoup, des vieux, des
simples, ne reconnaissaient même pas la couleur de leur
train ; et c'était pourquoi tous portaient au cou une carte
de couleur appareillée, afin qu'on les dirigeât, qu'on les
embarquât, comme du bétail marqué et parqué. Mais
quelle alerte continue, ces quatorze départs de trains sup-
plémentaires, sans que la circulation des trains habituels
s'arrêtât !

Pierre, sa valise à la main, arriva, eut déjà de la peine
à gagner le quai. Il était seul, Marie avait témoigné l'ardent désir de s'agenouiller une fois encore à la Grotte,
pour que, jusqu'aux minutes dernières, son âme brûlât
de reconnaissance, devant la sainte Vierge ; et il avait
laissé M. de Guersaint l'y conduire, pendant que lui réglait à l'hôtel. D'ailleurs, il leur avait fait promettre de
prendre ensuite une voiture, ils allaient être sûrement là
avant un quart d'heure. En les attendant, sa première
idée fut de chercher leur wagon et de s'y débarrasser de
sa valise. Mais ce n'était pas une besogne facile, il ne le

reconnut enfin qu'à la pancarte qui s'y balançait depuis
trois jours, sous le soleil et les orages, un carré de papier
fort, portant les noms de madame de Jonquière, de sœur
Hyacinthe et de sœur Claire des Anges. C'était bien lui : il
revoyait en souvenir les compartiments pleins de ses
compagnons de route ; des coussins marquaient déjà le
coin de M. Sabathier ; et il retrouvait même, sur la banquette où Marie avait tant souffert, une entaille laissée
dans le bois par une ferrure du chariot. Puis, lorsqu'il
eut posé sa valise à sa place, il resta sur le quai, patientant,
regardant, un peu surpris de ne pas apercevoir le docteur
Chassaigne, qui lui avait promis de venir l'embrasser, au
départ.

Maintenant que Marie était debout, Pierre avait abandonné ses bretelles de brancardier, et il ne portait plus
sur sa soutane que la croix rouge des pèlerins. Cette
gare, entrevue seulement sous le petit jour livide, dans
l'angoisse du terrible matin de l'arrivée, le surprenait par
ses vastes trottoirs, ses larges dégagements, sa gaieté
claire. On ne voyait pas les montagnes ; mais, de l'autre
côté, en face des salles d'attente, montaient des coteaux
verdoyants, d'un charme délicieux. Et, cette après-midi-là,
le temps était d'une infinie douceur, un fin duvet de nuages
avait voilé le soleil, dans un ciel d'une blancheur de lait,
d'où ne tombait qu'une grande lumière diffuse, comme une
poussière nacrée de perles. Un temps de demoiselle, ainsi
que disent les bonnes gens.

Trois heures venaient de sonner, et Pierre regardait
la grande horloge, lorsqu'il vit arriver madame Désagneaux
et madame Volmar, que suivaient madame de Jonquière
et sa fille. Ces dames, qu'un landau amenait de l'Hôpital,
cherchèrent, elles aussi, leur wagon tout de suite. Ce fut
Raymonde qui reconnut le compartiment de première
classe, dans lequel elle était venue.

— Maman, maman ! par ici, le voilà !... Reste un peu

avec nous, tu as le temps d'aller t'installer avec tes malades, puisqu'ils ne sont pas là encore.

Et Pierre, alors, se retrouva en face de madame Volmar.
Leurs regards se rencontrèrent. Mais il ne la reconnaissait pas, elle eut à peine un léger battement de cils.
C'était de nouveau la femme vêtue de noir, lente, indolente,
d'une modestie effacée, heureuse de disparaître. Le brasier de ses larges yeux était mort, se ravivant par instants
d'une étincelle sous leur voile d'indifférence, une moire
d'ombre qui semblait les éteindre.

— Oh! une migraine atroce! répétait-elle à madame
Désagneaux. Vous voyez, je n'ai pas encore ma pauvre tête
à moi... C'est le voyage qui me donne ça. Tous les ans, je
suis sûre de mon affaire.

Plus vive, plus rose, plus ébouriffée que jamais, l'autre
s'agitait.

— Ma chère, pour le moment, j'en ai autant à votre
service. Oui, ça m'a prise ce matin, une névralgie à tout
casser... Seulement...

Elle se pencha, poursuivit à voix basse :

— Seulement, je crois que ça y est. Oui! ce bébé, que je
désire tant, qui ne veut pas pousser... J'ai supplié la
sainte Vierge, et j'ai été malade, oh! malade, à mon
réveil! Enfin, tous les signes !... Voyez-vous la tête de
mon mari, qui m'attend à Trouville! Sera-t-il heureux !

Très sérieuse, madame Volmar écoutait. Puis, de son
air tranquille :

— Eh bien ! moi, ma chère, je connais une personne
qui ne voulait plus avoir d'enfants... Elle est venue ici,
elle n'en a plus fait.

Mais Gérard et Berthaud, ayant aperçu ces dames, se
hâtèrent d'accourir. Le matin, à l'Hôpital de Notre-Dame
des Douleurs, les deux hommes s'étaient présentés, et
madame de Jonquière les avait reçus dans un petit bureau,
voisin de la lingerie. Là, très correctement, en s'excusant

avec une bonhomie souriante de cette démarche un peu
bousculée, Berthaud avait demandé la main de mademoiselle Raymonde pour son cousin Gérard. Tout de suite, on
s'était senti à l'aise, la mère avait eu un attendrissement,
en disant que Lourdes porterait bonheur au jeune ménage.
De sorte que le mariage se trouva ainsi conclu en quelques paroles, au milieu de la satisfaction générale. Même
on prit rendez-vous, le quinze septembre, au château
de Berneville, près de Caen, une propriété de l'oncle, le
diplomate, que Berthaud connaissait et chez lequel il
promit de mener Gérard. Puis, Raymonde, appelée, avait
rougi de plaisir, en mettant ses deux petites mains dans
celles de son fiancé.

Ce dernier s'empressait, demandait à la jeune fille :

— Voulez-vous des oreillers pour la nuit ? Ne vous
gênez pas, je puis vous en donner, ainsi qu'à ces dames
qui vous accompagnent.

Raymonde refusa gaiement.

— Non, non ! nous ne sommes pas si douillettes. Il faut
réserver ça aux pauvres malades.

D'ailleurs, ces dames parlaient toutes à la fois. Madame
de Jonquière déclarait qu'elle était si fatiguée, si fatiguée,
qu'elle ne se sentait plus vivre ; et elle se montrait pourtant
bien heureuse, ses regards riaient en couvant sa fille et
le jeune homme, pendant qu'ils causaient ensemble. Mais
Berthaud ne pouvait rester là, son service le réclamait,
ainsi que Gérard. Tous deux prirent congé, après avoir
rappelé le rendez-vous. N'est-ce pas, le quinze septembre,
au château de Berneville? Oui, oui, c'était chose en-
tendue! Et il y eut encore des rires, des poignées de
main, tandis que les yeux, des yeux de caresse et de
ravissement, achevaient ce qu'on n'osait dire tout haut, au
milieu de cette foule.

— Comment! s'écria la petite madame Désagneaux,
vous allez le quinze à Berneville. Mais si nous restons à

44.

Trouville jusqu'au vingt, comme mon mari le désire, nous irons vous voir !

Et elle se tourna vers madame Volmar, silencieuse.

— Venez donc aussi, vous. Ce serait si drôle de se retrouver toutes là-bas !

La jeune femme eut un geste lent, en répondant de son air d'indifférence lasse :

— Oh ! moi, c'est fini, le plaisir. Je rentre.

Ses yeux, de nouveau, se rencontrèrent avec ceux de Pierre, qui était resté près de ces dames ; et il crut la voir se troubler une seconde, tandis qu'une expression d'indicible souffrance passait sur sa face morte.

Les sœurs de l'Assomption arrivaient, ces dames les rejoignirent devant le fourgon de la cantine. Ferrand, venu en voiture avec les religieuses, y monta d'abord, puis aida sœur Saint-François à franchir le haut marchepied ; et il resta debout, au seuil de ce fourgon, transformé en cuisine, où se trouvaient les provisions pour le voyage, du pain, du bouillon, du lait, du chocolat ; pendant que sœur Hyacinthe et sœur Claire des Anges, demeurées sur le trottoir, lui passaient sa petite pharmacie, ainsi que d'autres paquets, de menus bagages.

— Vous avez bien tout ? lui demanda sœur Hyacinthe. Bon ! maintenant, vous n'avez qu'à vous coucher dans votre coin et à dormir, puisque vous vous plaignez qu'on ne vous utilise pas.

Ferrand se mit à rire doucement.

— Ma sœur, je vais aider sœur Saint-François... J'allumerai le fourneau à pétrole, je laverai les tasses, je porterai les portions aux heures d'arrêt, marquées sur le tableau qui est là... Et, tout de même, si vous avez besoin de médecin, vous viendrez me chercher.

Sœur Hyacinthe s'était aussi mise à rire.

— Mais nous n'avons plus besoin de médecin, puisque toutes nos malades sont guéries !

Et, les yeux dans les siens, de son air calme et fraternel :

— Adieu, monsieur Ferrand.

Il sourit encore, tandis qu'une émotion infinie mouillait ses yeux. Le son tremblé de sa voix dit l'inoubliable voyage, la joie de l'avoir revue, le souvenir d'éternelle et divine tendresse qu'il emportait.

— Adieu, ma sœur.

Madame de Jonquière parlait d'aller à son wagon avec sœur Claire des Anges et sœur Hyacinthe. Mais celle-ci lui assura que rien ne pressait, puisqu'on amenait à peine les malades. Elle la quitta, emmena l'autre sœur, promit de veiller à tout; et même elle voulut absolument la débarrasser de son petit sac, en lui disant qu'elle le retrouverait à sa place. De sorte que ces dames continuèrent à se promener, à causer gaiement entre elles, sur le large trottoir, où il faisait si doux.

Cependant, Pierre, qui, les yeux sur la grande horloge, regardait marcher les minutes, commençait à être surpris de ne pas voir Marie arriver avec son père. Pourvu que M. de Guersaint ne se perdît pas en route! Et il guettait, lorsqu'il aperçut M. Vigneron exaspéré, poussant furieusement devant lui sa femme et le petit Gustave.

— Oh! monsieur l'abbé, je vous en prie, dites-moi où est notre wagon, aidez-moi à y fourrer mes bagages et cet enfant... Je perds la tête, ils m'ont jeté hors de mon caractère...

Puis, devant le compartiment de seconde classe, il éclata, saisissant les mains du prêtre, au moment où celui-ci allait monter le petit malade.

— Vous imaginez-vous cela! ils veulent que je parte, ils m'ont répondu que, si j'attendais à demain, mon billet de retour ne serait plus valable!... J'ai eu beau leur conter l'accident. N'est-ce pas? ce n'est déjà pas si drôle de rester avec cette morte, pour la veiller, la mettre en bière, l'emmener demain, dans les délais voulus... Eh bien! ils pré-

tendent que ça ne les regarde pas, qu'ils font déjà d'assez
grosses réductions sur les billets de pèlerinage, sans
entrer dans les histoires des gens qui meurent.

Madame Vigneron, tremblante, l'écoutait, pendant que
Gustave, oublié, chancelant de fatigue sur sa béquille,
levait sa pauvre face d'agonisant curieux.

— Enfin, je le leur ai crié sur tous les tons, il y a cas de
force majeure... Que veulent-ils que je fasse de ce corps?
Je ne puis pas le prendre sous mon bras et le leur
apporter aujourd'hui comme bagage. Je suis donc bien
forcé de rester... Non! ce qu'il y a des gens bêtes et
méchants!

— Est-ce que vous avez parlé au chef de gare? demanda
Pierre.

— Ah! oui, le chef de gare! Il est par là, dans la bousculade. On n'a jamais pu me le trouver. Comment voulez-
vous que les choses se fassent proprement, au milieu d'une
pétaudière pareille?... Mais il faut que je le déterre, il
faut que je lui dise ma façon de penser!

Et, avisant sa femme figée, immobile :

— Qu'est-ce que tu fais là? Monte donc, pour qu'on te
passe les bagages et le petit.

Alors, ce fut un engouffrement, il la poussa, il lui jeta
des paquets, pendant que le prêtre soulevait Gustave dans
ses bras. Le pauvre être, d'une légèreté d'oiseau, semblait
avoir maigri encore, dévoré de plaies, si douloureux,
qu'il eut un faible cri.

— Oh! mon mignon! est-ce que je t'ai fait du mal?

— Non, non! monsieur l'abbé, on m'a remué beaucoup,
je suis très fatigué, ce soir.

Il souriait, de son air fin et si triste. Il s'enfonça dans
son coin, ferma les yeux, achevé par ce mortel voyage.

— Vous comprenez, reprit M. Vigneron, ça ne m'amuse
guère de me morfondre ici, tandis que ma femme et mon
fils vont rentrer à Paris sans moi. Il le faut bien, la vie

n'est plus tenable à l'hôtel ; et, d'ailleurs, me voyez-vous forcé de repayer trois places, s'ils ne veulent pas entendre raison... Avec ça, ma femme n'a pas beaucoup de tête. Jamais elle ne saura se débrouiller.

Alors, dans un dernier essoufflement, il accabla madame Vigneron des observations les plus minutieuses, et ce qu'elle devait faire pendant le voyage, et de quelle façon elle rentrerait dans leur appartement, et comment elle soignerait Gustave, s'il avait une crise. Docile, un peu effarée, elle répondait à chaque phrase :

— Oui, oui, mon ami... Sans doute, mon ami...

Mais il fut repris d'une brusque colère.

— Définitivement, oui ou non, sera-t-il valable, mon billet de retour ? Je veux le savoir pourtant... Il faut qu'on me le trouve, ce chef de gare !

Il se lançait de nouveau parmi la foule, lorsqu'il aperçut, sur le quai, restée à terre, la béquille de Gustave. Ce fut un désastre, qui lui fit lever les bras au ciel, pour prendre Dieu à témoin que jamais il ne sortirait de tant de complications. Et il la jeta à sa femme, il s'éloigna, éperdu, en criant :

— Tiens ! tu oublies tout !

Maintenant, les malades affluaient ; et, ainsi qu'à l'arrivée, dans la bousculade, c'était un charriage sans fin, le long des trottoirs, au travers des voies. Tous les maux abominables, toutes les plaies, toutes les difformités défilaient une fois encore, sans que la gravité ni le nombre en parussent moindres, comme si les quelques guérisons fussent l'humble clarté inappréciable au milieu du deuil immense. On les remportait tels qu'on les avait apportés. Les petites voitures, chargées de vieilles femmes impotentes, avec leurs cabas à leurs pieds, sonnaient sur les rails. Les brancards, où gisaient des corps ballonnés, des faces pâles aux yeux luisants, se balançaient, parmi les poussées de la cohue. C'était une hâte folle, sans rai-

son, une confusion inexprimable, des demandes, des
appels, des courses brusques, le tournoiement sur place
d'un troupeau qui ne trouve plus la porte de la bergerie.
Et les brancardiers finissaient par perdre la tête, ne
sachant quel chemin suivre, devant les cris d'alerte des
hommes d'équipe, qui, chaque fois, épouvantaient les
gens, les égaraient d'angoisse.

— Attention ! attention, là-bas !... Dépêchez-vous donc!
Non, non, ne traversez plus !... Le train de Toulouse ! le
train de Toulouse !

Pierre, revenu sur ses pas, aperçut encore ces dames,
madame de Jonquière et les autres, qui continuaient à
causer gaiement. Près d'elles, il écouta Berthaud que le
père Fourcade avait arrêté, pour le féliciter du bon ordre,
pendant tout le pèlerinage. L'ancien magistrat s'inclinait,
flatté.

— N'est-ce pas ? mon révérend père, c'est une leçon
donnée à leur république. On se tue, à Paris, quand des
foules pareilles célèbrent quelque date sanglante de leur
exécrable histoire... Qu'ils viennent donc ici s'instruire!

La pensée d'être désagréable au gouvernement qui
l'avait forcé de se démettre, le ravissait. Il n'était jamais
si heureux, à Lourdes, qu'au milieu des grandes affluences
de fidèles, lorsque des femmes manquaient d'être écrasées. Pourtant, il ne paraissait pas satisfait du résultat
de la propagande politique qu'il y venait faire chaque
année, pendant trois jours. Des impatiences le prenaient,
ça ne marchait pas assez vite. Quand donc Notre-Dame de
Lourdes ramènerait-elle la monarchie?

— Voyez-vous, mon révérend père, l'unique moyen, le
vrai triomphe, ce serait d'amener ici en masse les ouvriers
des villes. Moi, je ne vais plus songer, je ne vais plus
m'employer qu'à cela. Ah ! si l'on pouvait créer une démocratie catholique !

Le père Fourcade était devenu très grave. Ses beaux

yeux d'intelligence s'emplirent de rêve, se perdirent au loin. Que de fois il avait donné pour but à ses efforts la création de ce nouveau peuple! Mais n'y fallait-il pas le souffle d'un autre Messie?

— Oui, oui, murmura-t-il, une démocratie catholique, ah! l'histoire de l'humanité recommencerait!

Le père Massias l'interrompit passionnément, en disant que toutes les nations de la terre finiraient par venir; tandis que le docteur Bonamy, qui sentait poindre déjà un léger refroidissement dans la ferveur des pèlerins, hochait la tête, était d'avis que les fidèles de la Grotte devaient redoubler de zèle. Lui, mettait surtout le succès dans la plus grande publicité possible, donnée aux miracles. Et il affectait de rayonner, il riait complaisamment, en montrant le défilé tumultueux des malades.

— Voyez-les donc! Est-ce qu'ils ne partent pas avec une mine meilleure? Beaucoup n'ont pas l'air guéri, qui emportent le germe de la guérison, soyez-en sûrs!... Ah! les braves gens! ils font plus que nous tous pour la gloire de Notre-Dame de Lourdes.

Mais il dut se taire. Madame Dieulafay passait devant eux, dans sa caisse capitonnée de soie. Et on la déposa devant la portière du wagon de première classe, où une femme de chambre, déjà, rangeait les bagages. Une pitié serrait les cœurs, la misérable femme ne paraissait pas s'être éveillée de son anéantissement, pendant les trois jours vécus à Lourdes. Telle qu'ils l'avaient descendue au milieu de son luxe, le matin de l'arrivée, telle les brancardiers allaient la remonter, vêtue de dentelle, couverte de bijoux, avec sa face morte et imbécile de momie, qui se liquéfiait; et on aurait dit même qu'elle s'était réduite encore, qu'on la remportait diminuée, de plus en plus rapetissée à la taille d'une enfant, dans cet horrible mal qui, après avoir détruit les os, achevait de fondre la guenille molle des muscles. Son mari et sa sœur inconsolables, les yeux rougis, écrasés par la perte de leur dernier espoir, la suivaient avec l'abbé Judaine, comme on suit un corps au cimetière.

— Non, non ! pas tout de suite ! dit le prêtre aux porteurs, en les empêchant de la monter. Elle a le temps de rouler là dedans. Qu'elle garde au moins sur elle la douceur de ce beau ciel, jusqu'à la dernière minute !

Puis, voyant Pierre près de lui, il l'emmena à quelques pas, reprit, la voix brisée de chagrin :

— Ah ! je suis navré... Ce matin encore, j'espérais. Je l'ai fait porter à la Grotte, j'ai dit ma messe pour elle, je suis revenu prier jusqu'à onze heures. Et rien, la sainte Vierge ne m'a pas entendu... Moi qu'elle a guéri, moi un pauvre vieil homme inutile, je n'ai pu obtenir d'elle la guérison de cette femme si belle, si jeune, si riche, dont la vie devrait être une continuelle fête !... Certes, la sainte Vierge sait mieux que nous autres ce qu'elle doit faire, et je m'incline, je bénis son nom. Mais, en vérité, mon âme est pleine d'une tristesse affreuse.

Il ne disait pas tout, il n'avouait pas la pensée qui le bouleversait ainsi, dans sa simplicité de brave homme enfant, que jamais n'avaient visité la passion ni le doute. C'était que ces pauvres gens qui pleuraient, le mari, la sœur, avaient trop de millions ; c'était qu'ils avaient apporté de trop beaux cadeaux, qu'ils avaient donné trop d'argent à la Basilique. On n'achète pas le miracle, les richesses de ce monde nuisent plutôt, devant Dieu. Sûrement, la sainte Vierge n'était restée sourde pour eux, ne leur avait montré un cœur froid et sévère, que pour mieux écouter la voix faible des misérables venus à elle les mains vides, riches de leur seul amour, les comblant ceux-là de sa grâce, les inondant de sa tendresse brûlante de Mère divine. Et ces pauvres riches inexaucés, cette sœur, ce mari si malheureux près du triste corps qu'ils remportaient, ils se sentaient eux-mêmes des parias, au milieu de la foule des humbles consolés ou guéris, ils semblaient embarrassés de leur luxe, ils se reculaient, pris de gêne et de malaise, avec la honte de voir que Notre-Dame de Lourdes avait soulagé des mendiantes, tandis qu'elle était restée dédaigneuse, sans un regard, pour la belle et puissante dame, agonisant dans ses dentelles.

Pierre eut l'idée brusque qu'il avait pu ne pas voir M. de Guersaint et Marie arriver, et que peut-être ils étaient déjà au wagon. Il y retourna, il n'y aperçut toujours que sa valise, sur la banquette. Sœur Hyacinthe et sœur Claire des Anges commençaient à s'y installer, en attendant leurs malades ; et, comme Gérard amenait M. Sabathier dans une petite voiture, Pierre donna un coup de main pour le monter, rude besogne qui les mit en nage. L'ancien professeur, l'air abattu, très calme et résigné pourtant, se tassa aussitôt, reprit possession de son coin.

— Merci, messieurs... Enfin, ça y est, ce n'est pas malheureux ! Maintenant, on n'aura plus qu'à me déballer, à Paris.

Madame Sabathier, après lui avoir enveloppé les jambes dans une couverture, redescendit, resta debout près de la portière ouverte du wagon. Et elle causait avec Pierre, lorsqu'elle s'interrompit pour dire :

— Tiens ! voilà madame Maze qui vient reprendre sa place... Elle m'a fait des confidences, l'autre jour. Une petite femme bien malheureuse !

Obligeamment, elle l'interpella, lui offrit de veiller sur ses affaires. Mais la nouvelle venue se récriait, riait, s'agitait d'un air fou.

— Non, non ! je ne pars pas.

— Comment ! vous ne partez pas ?

— Non, non ! je ne pars pas... C'est-à-dire, je pars, mais pas avec vous, pas avec vous !

Et elle était si extraordinaire, si ensoleillée, que tous les deux avaient peine à la reconnaître. Son visage de

45

blonde fanée avant l'âge rayonnait, elle semblait rajeunie de dix ans, tout à coup tirée de l'infinie tristesse
de son abandon.

Elle eut un cri, une joie qui débordait.

— Je pars avec lui... Oui, il est venu me chercher, il
m'emmène... Oui, oui, nous partons à Luchon, ensemble,
ensemble !

Puis, indiquant d'un regard extasié un gros garçon brun,
l'air gai, la lèvre en fleur, en train d'acheter des journaux:

— Tenez ! le voilà, mon mari, ce bel homme qui rit là-
bas avec la marchande... Il est tombé chez moi, ce matin,
et il m'enlève, nous prenons le train de Toulouse, dans
deux minutes... Ah ! chère madame, vous à qui j'ai dit
mes peines, vous comprenez mon bonheur, n'est-ce pas ?

Mais elle ne pouvait se taire, elle reparla de l'affreuse
lettre qu'elle avait reçue le dimanche, une lettre où il lui
signifiait que, si elle profitait de son séjour à Lourdes,
pour le relancer à Luchon, il lui refuserait sa porte. Un
homme épousé par amour ! un homme qui la négligeait
depuis dix ans, qui profitait de ses continuels déplacements
de voyageur de commerce pour promener des créatures
d'un bout de la France à l'autre ! Cette fois, c'était fini,
elle avait demandé au ciel de la faire mourir ; car elle
n'ignorait pas que l'infidèle était en ce moment même à
Luchon avec deux dames, les deux sœurs, ses maîtresses.
Et que s'était-il donc passé, mon Dieu ? Un coup de
foudre, certainement ! Les deux dames avaient dû recevoir un avertissement d'en haut, la brusque conscience
de leur péché, un rêve peut-être où elles s'étaient vues en
enfer. Sans explication, un soir, elles s'étaient sauvées
de l'hôtel, elles l'avaient planté là ; tandis que lui, qui
ne pouvait vivre seul, s'était senti puni à un tel point,
qu'il avait eu l'idée soudaine d'aller chercher sa femme,
pour la ramener, la garder huit jours. Il ne le disait pas,
mais la grâce l'avait sûrement frappé, elle le trouvait

trop gentil pour ne pas croire à un vrai commencement
de conversion.

— Ah ! quelle reconnaissance j'ai à la sainte Vierge !
continua-t-elle. Elle seule a dû agir, et je l'ai bien compris, hier soir. Il m'a semblé qu'elle me faisait un petit
signe, juste au moment où mon mari prenait la décision
de venir me chercher. Je lui ai demandé l'heure exacte,
ça concorde parfaitement... Voyez-vous, il n'y a pas eu
de plus grand miracle, les autres me font sourire, ces
jambes remises, ces plaies disparues. Ah ! que Notre-Dame
de Lourdes soit bénie, elle qui a guéri mon cœur !

Le gros garçon brun se retournait, et elle s'élança pour
le rejoindre, elle en oublia de faire ses adieux. Cette
aubaine inespérée d'amour, ce regain tardif de lune de
miel, toute une semaine passée à Luchon avec l'homme
tant regretté, la rendait réellement folle de joie. Lui, bon
prince, après l'avoir reprise dans une heure de dépit et de
solitude, finissait par s'attendrir, amusé de l'aventure, en
la trouvant beaucoup mieux qu'il n'aurait cru.

A ce moment, dans le flot croissant des malades qu'on
apportait, le train de Toulouse arriva enfin. Ce fut un
redoublement de tumulte, une confusion extraordinaire. Des sonneries tintaient, des signaux manœuvraient.
On vit le chef de gare qui accourait, qui criait de tous
ses poumons :

— Attention là-bas !... Déblayez donc la voie !

Et il fallut qu'un employé se précipitât pour pousser
hors des rails une petite voiture oubliée là, avec une
vieille femme dedans. Une bande effarée de pèlerins traversa encore, à trente mètres de la locomotive, qui
s'avançait, lente, grondante, fumante. D'autres, perdant
la tête, allaient retourner sous les roues, si les hommes
d'équipe ne les avaient saisis brutalement par les
épaules. Enfin, le train s'arrêta, sans avoir écrasé personne, au milieu des matelas, des oreillers, des cous-

sins qui traînaient, des groupes ahuris qui continuaient
à tournoyer. Et les portières s'ouvrirent, un flot de voyageurs descendit, tandis qu'un autre flot montait, dans
un double courant contraire, d'une obstination qui acheva
de mettre le tumulte à son comble. Aux fenêtres des portières fermées, des têtes avaient paru, d'abord curieuses,
puis frappées de stupeur devant l'étonnant spectacle, deux
têtes de jeunes filles surtout, adorablement jolies, dont
les grands yeux candides finirent par exprimer la plus
douloureuse pitié.

Mais madame Maze était montée dans un wagon, suivie
de son mari, si heureuse, si légère, qu'elle avait vingt
ans, comme au soir déjà lointain de son voyage de noce.
Et les portières furent refermées, la locomotive lâcha
un grand coup de sifflet, puis s'ébranla, repartit lentement, lourdement, parmi la cohue qui, derrière le train,
reflua sur les voies en un dégorgement d'écluse lâchée,
de nouveau envahissante.

— Barrez donc le quai! criait le chef de gare à ses
hommes. Et veillez, quand on amènera la machine!

Au milieu de cette alerte, les pèlerins et les malades
en retard venaient d'arriver. La Grivotte passa, avec ses
yeux de fièvre, son excitation dansante, suivie d'Élise
Rouquet et de Sophie Couteau, très gaies, essoufflées
d'avoir couru. Toutes trois se hâtèrent de gagner le wagon, où sœur Hyacinthe les gronda. Elles avaient failli
rester à la Grotte, où parfois des pèlerins s'oubliaient,
ne pouvant s'en arracher, implorant, remerciant encore
la sainte Vierge, lorsque le train les attendait à la
gare.

Tout d'un coup, Pierre, inquiet lui aussi, ne sachant plus que penser, aperçut M. de Guersaint et Marie,
tranquillement arrêtés sous la marquise, en train de
causer avec l'abbé Judaine. Il courut les rejoindre, il
dit son impatience.

— Qu'avez-vous donc fait? Je commençais à perdre espoir.

— Comment, ce que nous avons fait? répondit M. de Guersaint étonné, l'air paisible. Mais nous étions à la Grotte, vous le savez bien... Un prêtre se trouvait là, qui prêchait d'une façon remarquable. Nous y serions encore, si je ne m'étais pas rappelé que nous partions... Et nous avons même pris une voiture, comme nous vous l'avions promis...

Il s'interrompit, pour regarder la grande horloge.

— Rien ne presse, que diable! Le train ne partira pas avant un quart d'heure.

C'était vrai, et Marie eut un sourire de joie divine.

— Oh! Pierre, si vous saviez quel bonheur j'emporte de cette dernière visite à la sainte Vierge! Je l'ai vue qui me souriait, je l'ai sentie qui me donnait la force de vivre... Vraiment, ce sont des adieux délicieux, et il ne faut pas nous gronder, Pierre!

Lui-même s'était mis à sourire, un peu gêné de son énervement anxieux. Avait-il donc un si vif désir d'être loin de Lourdes? Craignait-il que Marie, gardée par la Grotte, ne revînt plus? Maintenant qu'elle était là, il s'étonnait, il se sentait très calme.

Comme il leur conseillait pourtant d'aller s'installer dans le wagon, il reconnut le docteur Chassaigne, qui accourait vers eux.

— Ah! mon bon docteur, je vous attendais. Cela m'aurait fait un si gros chagrin, de ne pas vous embrasser avant de partir!

Mais le vieux médecin, tremblant d'émotion, l'interrompit.

— Oui, oui, je me suis attardé... Il y a dix minutes, imaginez-vous, en arrivant ici, je causais là-bas avec le Commandeur, vous savez cet original. Il ricanait de voir vos malades reprendre le train, comme il disait, pour

45.

rentrer mourir chez eux, ce qu'ils auraient dû commencer par faire. Et voilà, subitement, qu'il est tombé devant moi, foudroyé... C'était sa troisième attaque de paralysie, celle qu'il attendait...

— Oh! mon Dieu! murmura l'abbé Judaine qui avait entendu, il blasphémait, le ciel l'a puni!

M. de Guersaint et Marie écoutaient très intéressés, très émus.

— Je l'ai fait porter là, sous un coin de hangar, continua le docteur. C'est bien fini, je ne puis rien, il sera mort avant un quart d'heure sans doute... Alors, j'ai songé à un prêtre, je me suis hâté de courir...

Et, se tournant :

— Monsieur le curé, vous qui le connaissiez, venez donc avec moi. On ne peut pas laisser un chrétien s'en aller ainsi. Peut-être va-t-il s'attendrir, reconnaître son erreur, se réconcilier avec Dieu.

Vivement, l'abbé Judaine le suivit; et, derrière eux, M. de Guersaint emmena Marie et Pierre, se passionnant à l'idée de ce drame. Tous les cinq arrivèrent sous le hangar des messageries, à vingt pas de la foule, qui grondait, sans que personne soupçonnât qu'un homme était si voisin, en train d'agoniser.

Là, dans un coin de solitude, entre deux tas de sacs d'avoine, le Commandeur gisait sur un matelas de l'Hospitalité, qu'on avait pris à la réserve. Il était vêtu de son éternelle redingote, la boutonnière garnie de son large ruban rouge; et quelqu'un, ayant eu la précaution de ramasser sa canne à pomme d'argent, l'avait soigneusement posée près du matelas, par terre.

Tout de suite, l'abbé Judaine s'était penché.

— Mon pauvre ami, vous nous reconnaissez, vous nous entendez, n'est-ce pas?

Le Commandeur ne paraissait plus avoir que les yeux de vivants; mais ils vivaient, ils luisaient encore avec une

flamme d'énergie obstinée. En frappant cette fois le côté
droit, l'attaque devait avoir aboli la parole. Pourtant, il
bégayait quelques mots, il parvint à faire comprendre qu'il
voulait finir là, sans qu'on le bougeât, sans qu'on l'ennuyât
davantage. N'ayant aucun parent à Lourdes, où personne ne
savait rien de son passé ni de sa famille, y vivant depuis
trois années de son petit emploi à la gare, l'air parfaitement
heureux, il voyait enfin son ardent désir, son désir unique
se réaliser, celui de s'en aller, de tomber à l'éternel sommeil, au néant réparateur. Et ses yeux, en effet, disaient
toute sa grande joie.

— Avez-vous quelque vœu à exprimer ? reprit l'abbé
Judaine. Ne pouvons-nous pas vous être utiles en quelque
chose ?

Non, non ! ses yeux répondaient qu'il était bien, qu'il
était content. Depuis trois années déjà, il ne s'était pas levé
un matin, sans espérer qu'il coucherait le soir au cimetière.
Quand le soleil brillait, il avait coutume de dire d'un air
d'envie : « Ah ! quel beau jour pour partir ! » Et elle était
la bien reçue, la mort qui venait le délivrer de cette exécrable existence.

Le docteur Chassaigne, amèrement, répéta tout bas au
vieux prêtre, qui le suppliait de tenter quelque chose :

— Je ne puis rien, la science est impuissante... Il
est condamné.

Mais, à ce moment, une vieille femme, une pèlerine
de quatre-vingts ans, égarée, ne sachant où elle allait,
entra sous le hangar. Elle se traînait sur une canne,
bancale et bossue, revenue à la taille d'une enfant, affligée
de tous les maux de l'extrême vieillesse ; et elle emportait,
pendu en sautoir, un bidon plein d'eau de Lourdes, pour
prolonger cette vieillesse encore, dans l'effroyable état
de ruine où elle était. Un instant, son imbécillité
sénile s'effara. Elle regarda cet homme étendu, raidi, qui
se mourait. Puis, une bonté d'aïeule reparut au fond de

ses yeux troubles, une fraternité de créature très vieille et très souffrante la fit s'approcher davantage. Et, de ses mains agitées d'un continuel tremblement, elle prit son bidon, elle le tendit à l'homme.

Ce fut, pour l'abbé Judaine, une clarté brusque, comme une inspiration d'en haut. Lui, qui avait tant prié pour la guérison de madame Dieulafay, et que la sainte Vierge n'avait pas écouté, se sentit embrasé d'une foi nouvelle, convaincu que, si le Commandeur buvait, il serait guéri. Il tomba sur les genoux, au bord du matelas.

— O mon frère, c'est Dieu qui vous envoie cette femme... Réconciliez-vous avec Dieu, buvez et priez, pendant que nous-mêmes allons implorer de toute notre âme la miséricorde divine... Dieu voudra vous prouver sa puissance, Dieu va faire le grand miracle de vous remettre debout, pour que vous passiez encore de longues années sur cette terre, à l'aimer et à le glorifier.

Non, non! les yeux étincelants du Commandeur criaient non! Lui être aussi lâche que ces troupeaux de pèlerins, venus de si loin, à travers tant de fatigues, pour se traîner par terre et sangloter, en supliant le ciel de les laisser vivre un mois, une année, dix années encore! C'était si bon, c'était si simple de mourir tranquillement dans son lit! On se tourne contre le mur, et l'on meurt.

— Buvez, ô mon frère, je vous en conjure... C'est la vie que vous allez boire, la force, la santé; et c'est aussi la joie de vivre... Buvez pour redevenir jeune, pour recommencer une existence pieuse! buvez pour chanter les louanges de la divine Mère qui aura sauvé votre corps et votre âme!... Elle me parle, votre résurrection est certaine.

Non, non! les yeux refusaient, repoussaient la vie avec une obstination croissante; et il s'y mêlait maintenant une sourde crainte du miracle. Le Commandeur ne croyait pas, haussait depuis trois ans les épaules devant

leurs prétendues guérisons. Mais savait-on jamais, dans
ce drôle de monde ? Il arrivait parfois des choses tellement extraordinaires ! Et si, par hasard, leur eau avait eu
réellement une vertu surnaturelle, et si, de force, ils lui
en faisaient boire, ce serait terrible de revivre, de recommencer son temps de bagne, l'abomination que Lazare,
l'élu pitoyable du grand miracle, avait soufferte deux fois !
Non, non ! il ne voulait pas boire, il ne voulait pas
tenter l'affreuse chance de la résurrection.

— Buvez, buvez, mon frère, répétait le vieux prêtre,
gagné par les larmes, ne vous endurcissez pas dans votre
refus des grâces célestes !

Et l'on vit alors cette chose terrible, cet homme à
demi mort déjà se soulever, secouer les liens étouffants
de la paralysie, dégager pour une seconde sa langue
nouée, bégayant, grondant d'une voix rauque :

— Non, non, non !

Il fallut que Pierre emmenât, remît dans son chemin
la vieille pèlerine hébétée. Elle n'avait pas compris ce
refus de l'eau qu'elle emportait comme un trésor inesti-
mable, le cadeau même de l'éternité de Dieu aux pauvres
gens qui ne veulent pas mourir. Bancale, bossue, traînant
sur sa canne le triste reste de ses quatre-vingts ans, elle
disparut parmi la foule piétinante, dévorée de la passion d'être, avide de grand air, de soleil et de bruit.

Marie et son père venaient de frémir devant cet appétit
de la mort, cette faim goulue du néant, que montrait le
Commandeur. Ah ! dormir, dormir sans rêve, dans l'infini
des ténèbres, éternellement, rien ne pouvait être si doux
au monde ! Ce n'était point l'espoir d'une autre vie meilleure, le désir d'être heureux enfin, dans un paradis
d'égalité et de justice ; c'était le seul besoin de la nuit
noire, du sommeil sans fin, la joie de ne plus être, à
jamais. Et le docteur Chassaigne avait eu un frisson, car
lui aussi ne nourrissait qu'une pensée, la félicité de la

minute où il partirait. Mais, par delà cette existence, ses
chères mortes, sa femme et sa fille l'attendaient au rendez-vous de la vie éternelle, et quel froid de glace, s'il
s'était dit un seul moment qu'il ne les y retrouverait pas!

Péniblement, l'abbé Judaine se releva. Il avait cru
remarquer que le Commandeur fixait à présent ses yeux
vifs sur Marie. Désolé de ses supplications inutiles, il
voulut lui montrer un exemple de cette bonté de Dieu,
qu'il repoussait.

— Vous la reconnaissez, n'est-ce pas? Oui, c'est la
jeune fille qui est arrivée samedi, si malade, paralysée
des deux jambes. Et vous la voyez à cette heure, si bien
portante, si forte, si belle... Le ciel lui a fait grâce, la
voilà qui renaît à sa jeunesse, à la longue vie qu'elle est
née pour vivre... N'avez-vous aucun regret à la regarder?
La voudriez-vous donc morte aussi, cette enfant, et lui
auriez-vous conseillé de ne pas boire?

Le Commandeur ne pouvait répondre; mais ses yeux
ne quittaient plus le jeune visage de Marie, où se lisait
un si grand bonheur de la résurrection, une si vaste
espérance aux lendemains sans nombre; et des larmes
parurent, grossirent sous ses paupières, roulèrent le long
de ses joues déjà froides. Il pleurait certainement sur
elle, il songeait à l'autre miracle qu'il avait souhaité pour
elle, si elle guérissait, celui d'être heureuse. C'était
l'attendrissement d'un vieil homme, connaissant la misère
de ce monde, s'apitoyant sur toutes les douleurs qui
attendaient cette créature. Ah! la triste femme, que de
fois peut-être regretterait-elle de n'être pas morte à ses
vingt ans!

Puis, les yeux du Commandeur s'obscurcirent, comme
si ces larmes de pitié dernière les avaient fondus. C'était
la fin, le coma arrivait, l'intelligence s'en allait avec
le souffle. Il se tourna, et il mourut.

Tout de suite, le docteur Chassaigne écarta Marie.

— Le train part, dépêchez-vous, dépêchez-vous!

En effet, une volée de cloche leur arrivait distinctement, au milieu du tumulte grandi de la foule. Et le docteur, ayant chargé deux brancardiers de veiller le corps, qu'on enlèverait plus tard, quand le train ne serait plus là, voulut accompagner ses amis jusqu'à leur wagon.

Tous se hâtaient. L'abbé Judaine, désespéré, les avait rejoints, après avoir dit une courte prière pour le repos de cette âme révoltée. Mais, comme Marie, suivie de Pierre et de M. de Guersaint, courait le long du quai, elle fut arrêtée encore par le docteur Bonamy, qui triompha en la présentant au père Fourcade.

— Mon révérend père, voici mademoiselle de Guersaint, la jeune fille qui a été guérie si miraculeusement hier lundi.

Le père eut un sourire rayonnant de général auquel on rappelle sa victoire la plus décisive.

— Je sais, je sais, j'étais là... Ma chère fille, Dieu vous a bénie entre toutes, allez et faites adorer son nom.

Puis, il félicita M. de Guersaint, dont l'orgueil paternel jouissait divinement. C'était l'ovation qui recommençait, ce concert de paroles tendres, de regards émerveillés, qui avaient suivi la jeune fille, le matin, au travers des rues de Lourdes, et qui, de nouveau, l'entouraient, à la dernière minute du départ. La cloche avait beau sonner encore, un cercle de pèlerins ravis s'était formé, il semblait qu'elle emportât dans sa personne la gloire du pèlerinage, le triomphe de la religion, désormais retentissant aux quatre coins de la terre.

Et Pierre, à ce moment, fut ému, en remarquant le groupe douloureux que formaient, près de là, M. Dieulafay et madame Jousseur. Leurs regards s'étaient fixés sur Marie, ils s'étonnaient comme les autres de la résurrection extraordinaire de cette jeune fille, si belle, qu'ils

avaient vue inerte, maigrie, la face terreuse. Pourquoi
donc cette enfant? Pourquoi pas la jeune femme, la chère
femme qu'ils remportaient mourante? Leur confusion,
leur honte semblait avoir grandi; et ils se reculaient,
dans leur malaise de parias trop riches; et ce fut un soulagement pour eux, lorsque, trois brancardiers ayant à
grand'peine monté madame Dieulafay dans le compartiment de première classe, ils purent y disparaître à leur
tour, en compagnie de l'abbé Judaine.

Mais déjà les employés criaient : « En voiture! en voiture! » Le père Massias, chargé de la direction pieuse
du train, avait repris sa place, laissant sur le trottoir le père Fourcade, appuyé à l'épaule du docteur
Bonamy. Vivement, Gérard et Berthaud saluèrent encore
ces dames, pendant que Raymonde montait rejoindre
madame Désagneaux et madame Volmar, installées dans
leur coin; et madame de Jonquière, enfin, courut à son
wagon, où elle arriva en même temps que les Guersaint. On se bousculait, il y avait des cris, des courses
effarées, d'un bout à l'autre du train interminable,
auquel on venait d'attacher la locomotive, une machine
toute en cuivre, luisante comme un astre.

Pierre faisait passer Marie devant lui, lorsque M. Vigneron, qui revenait au galop, lui cria :

— Il est valable! il est valable!

Très rouge, il montrait, il agitait son billet. Et il ga-
lopa jusqu'au compartiment où se trouvaient sa femme
et son fils, pour leur annoncer la bonne nouvelle.

Quand Marie et son père furent installés, Pierre resta
une minute encore sur le quai, avec le docteur Chassaigne,
qui l'embrassa paternellement. Il voulait lui faire promettre de revenir à Paris, de se reprendre un peu à
l'existence. Mais le vieux médecin hochait la tête.

— Non, non, mon cher enfant, je reste... Elles sont ici,
elles me gardent.

Il parlait de ses chères mortes. Puis, doucement, très attendri :

— Adieu !

— Pas adieu, mon bon docteur, au revoir !

— Si, si, adieu... Le Commandeur avait raison, voyez-vous. Il n'y a rien d'aussi bon que de mourir, mais pour revivre.

Le baron Suire donnait l'ordre d'enlever les drapeaux blancs, en tête et en queue du train. Plus impérieux, les cris des employés continuaient : « En voiture ! en voiture ! » Et c'était la bousculade suprême, le flot des attardés s'affolant, arrivant en nage, hors d'haleine. Dans le wagon, madame de Jonquière et sœur Hyacinthe comptaient leur monde. La Grivotte, Élise Rouquet, Sophie Couteau étaient bien là. Madame Sabathier s'était assise à sa place, en face de son mari, qui, les yeux à demi clos, attendait patiemment le départ.

Mais une voix demanda :

— Et madame Vincent, elle ne repart donc pas avec nous ?

Sœur Hyacinthe, qui se penchait, échangeant encore un sourire avec Ferrand, debout au seuil du fourgon, s'écria :

— La voici !

Madame Vincent traversait les voies, accourait, la dernière, essoufflée, hagarde. Et, tout de suite, d'un coup d'œil involontaire, Pierre regarda ses bras. Ils étaient vides.

Toutes les portières se refermaient maintenant, claquaient les unes après les autres. Les wagons étaient pleins, il n'y avait plus que le signal à donner. Soufflante, fumante, la machine jeta un premier coup de sifflet, d'une allégresse aiguë ; et, à cette minute, le soleil, voilé jusque-là, dissipa la nuée légère, fit resplendir le train, avec cette machine toute en or, qui semblait partir

46

pour le paradis des légendes. C'était un départ d'une
gaieté enfantine, divine, sans amertume aucune. Tous les
malades semblaient guéris. On avait beau les emporter tels
qu'on les avait apportés, ils partaient soulagés, heureux,
pour une heure au moins. Et pas la moindre jalousie
ne gâtait leur fraternité, ceux qui n'étaient pas guéris
s'égayaient, triomphaient avec la guérison des autres.
Leur tour viendrait sûrement, le miracle d'hier leur était
la formelle promesse du miracle de demain. Au bout de
ces trois journées de supplications ardentes, la fièvre du
désir continuait, la foi des oubliés demeurait aussi vive,
dans la certitude que la sainte Vierge les avait simplement
remis à plus tard, pour le salut de leur âme. En eux
tous, chez tous ces misérables affamés de vie, brûlaient
l'inextinguible amour, l'invincible espérance. Aussi
était-ce, débordant des wagons pleins, un dernier
éclat de joie, une turbulence d'extraordinaire bonheur,
des rires, des cris. « A l'année prochaine! nous
reviendrons, nous reviendrons! » Et les petites sœurs de
l'Assomption, si gaies, tapèrent dans leurs mains, et le
chant de reconnaissance, le *Magnificat*, chanté par les
huit cents pèlerins, s'éleva.

— *Magnificat anima mea Dominum...*

Alors, le chef de gare, enfin rassuré, les bras ballants,
fit donner le signal. De nouveau, la machine siffla,
puis s'ébranla, roula dans l'éclatant soleil, comme dans
une gloire. Sur le quai, le père Fourcade était resté,
appuyé à l'épaule du docteur Bonamy, souffrant beaucoup de sa jambe, saluant quand même d'un sourire le
départ de ses chers enfants; tandis que Berthaud, Gérard,
le baron Suire formaient un autre groupe, et que, près
d'eux, le docteur Chassaigne et M. Vigneron agitaient
leur mouchoir. Aux portières des wagons qui fuyaient,
des têtes se penchaient joyeuses, des mouchoirs volaient
aussi, dans le vent de la course. Madame Vigneron forçait

le petit Gustave à montrer sa figure pâle. Longtemps, on put suivre la main potelée de Raymonde envoyant des saluts. Et Marie demeura la dernière, à regarder Lourdes décroître parmi les verdures.

Triomphal, au travers de la campagne claire, le train disparut, resplendissant, grondant, chantant à pleine voix.

— *Et exsultavit spiritus meus in Deo salutari meo.*

IV

De nouveau, vers Paris, en route pour le retour, le
train blanc roulait. Et, dans le wagon de troisième classe,
où le *Magnificat*, à toute volée des voix aiguës, couvrait
le grondement des roues, c'était la même chambrée, la
même salle d'hôpital mouvante et commune, qu'on enfilait d'un regard par-dessus les cloisons basses, en son
désordre, en son pêle-mêle d'ambulance improvisée. A
demi cachés sous la banquette, les vases, les bassins, les
balais, les éponges traînaient. Un peu partout, s'empi-
laient les colis, le pitoyable amas de pauvres choses
usées, dont l'encombrement recommençait en l'air, des
paquets, des paniers, des sacs, pendus aux patères de
cuivre, où ils se balançaient sans repos. Les mêmes
sœurs de l'Assomption, les mêmes dames hospitalières
étaient là, avec leurs malades, parmi l'entassement des
pèlerins valides, souffrant déjà de la chaleur accablante,
de l'insupportable odeur. Et il y avait toujours, au fond,
le compartiment entier de femmes, les dix pèlerines serrées les unes contre les autres, des jeunes, des vieilles,
toutes de la même laideur triste, qui chantaient violemment, sur un ton lamentable et faux.

— A quelle heure serons-nous donc à Paris? demanda
M. de Guersaint à Pierre.

— Demain, vers deux heures de l'après-midi, je crois,
répondit le prêtre.

Depuis le départ, Marie regardait ce dernier d'un air

d'inquiète préoccupation, comme hantée par un brusque chagrin qu'elle ne disait pas. Elle retrouva pourtant son *sourire de belle santé reconquise.*

— Vingt-deux heures de voyage, ah! ce sera moins long et moins dur que pour venir!

— Et puis, reprit son père, nous avons semé du monde là-bas, nous sommes très à l'aise.

En effet, l'absence de madame Maze laissait un coin libre, au bout de la banquette, que Marie, assise maintenant, n'encombrait plus de son chariot; et l'on avait même fait passer la petite Sophie dans le compartiment voisin, où ne se trouvait plus le frère Isidore, ni sa sœur Marthe, restée en service à Lourdes, disait-on, chez une dame pieuse. De l'autre côté, madame de Jonquière et sœur Hyacinthe bénéficiaient également d'une place, celle de madame Vêtu. Elles avaient d'ailleurs eu l'idée de se débarrasser aussi d'Élise Rouquet, en l'installant avec Sophie, de façon à ne garder que le ménage Sabathier et la Grivotte. Grâce à cette organisation nouvelle, on étouffait moins, on pourrait peut-être dormir un peu.

Le dernier verset du *Magnificat* venait d'être chanté, ces dames achevèrent de s'installer le plus confortablement possible, en faisant leur petit ménage. Il fallut surtout caser les brocs de zinc, pleins d'eau, qui gênaient leurs jambes. On avait tiré les stores de toutes les portières de gauche, car le soleil oblique frappait le train, entrait en nappes ardentes. Mais les derniers orages devaient avoir abattu la poussière, et la nuit serait certainement fraîche. Puis, la souffrance était moindre, la mort avait emporté les plus malades, il ne restait là que des maux stupéfiés, engourdis de fatigue, glissant à une torpeur lente. Bientôt allait se produire la réaction d'anéantissement dont les grandes secousses morales sont toujours suivies. Les âmes avaient donné leur effort, les miracles étaient faits, et la détente commençait, dans l'hébétude d'un soulagement profond.

Jusqu'à Tarbes, on fut ainsi très occupé, chacun s'arrangea, reprit possession de sa place. Et, comme on quittait cette station, sœur Hyacinthe se leva, tapa dans ses mains.

— Mes enfants, il ne faut pas oublier la sainte Vierge, qui a été si bonne... Commençons le rosaire.

Tout le wagon dit avec elle le premier chapelet, les cinq mystères joyeux, l'Annonciation, la Visitation, la Nativité, la Purification et Jésus retrouvé. Puis, on entonna le cantique : « Contemplons le céleste archange... », d'une voix si haute, que les paysans, dans les cultures, levaient la tête, regardaient passer ce train qui chantait.

Marie admirait, au dehors, la campagne vaste, le ciel immense, peu à peu entièrement dégagé de sa brume de chaleur, devenu d'un bleu éclatant. C'était la fin délicieuse d'un beau jour. Et ses regards se reportaient, s'attachaient sur Pierre avec cette muette tristesse qui les avait voilés déjà, lorsque, devant elle, éclatèrent de furieux sanglots. Le cantique était fini, madame Vincent criait, bégayait des paroles confuses, étranglées par les larmes.

— Ah! ma pauvre petite... Ah! mon bijou, mon trésor, ma vie...

Elle était, jusque-là, restée dans son coin, s'enfonçant, disparaissant. Farouche, elle n'avait pas dit un mot, les lèvres serrées, les paupières closes, comme pour s'isoler davantage, au fond de son abominable douleur. Mais, ayant rouvert les yeux, elle venait d'apercevoir la bretelle de cuir qui pendait près de la portière; et la vue de cette bretelle que son enfant avait touchée, avec laquelle son enfant avait joué, la bouleversait d'un désespoir dont la frénésie emportait toute sa volonté de silence.

— Ah! ma pauvre petite Rose... Sa petite main avait

pris ça, et elle tournait ça, elle regardait ça, et c'est bien
sûr son dernier joujou... Ah! nous étions là toutes les
deux, elle vivait encore, je l'avais encore sur mes genoux, dans mes bras. C'était encore si bon, si bon!... Et je
ne l'ai plus, et je ne l'aurai jamais plus, ma pauvre
petite Rose, ma pauvre petite Rose!

Égarée, sanglotante, elle regardait ses genoux vides,
ses bras vides, dont elle ne savait plus que faire. Elle y
avait si longtemps bercé, si longtemps porté sa fille, que,
maintenant, c'était comme une amputation dans son être,
une fonction de moins, qui la laissait diminuée, inoccupée, affolée de les sentir inutiles. Et ses bras, ses genoux la gênaient.

Pierre et Marie, très émus, s'étaient empressés, cherchant de bonnes paroles, tâchant de consoler la misérable
mère. Peu à peu, par les phrases décousues qui se mêlaient à ses larmes, ils surent le calvaire qu'elle venait
de monter, depuis la mort de sa fille. La veille au matin, lorsqu'elle l'avait emportée morte dans ses bras, sous
l'orage, elle devait avoir longtemps marché de la sorte,
aveugle, sourde, battue par la pluie torrentielle. Elle ne
se souvenait plus des places qu'elle avait traversées, des
rues qu'elle avait suivies, au travers de ce Lourdes
infâme, de ce Lourdes tueur d'enfants, qu'elle maudissait.

— Ah! je ne sais plus, je ne sais plus... Oui, des gens
m'ont recueillie, ont eu pitié de moi, des gens que je ne
connais pas, qui habitent quelque part... Ah! je ne sais
plus, quelque part, là-haut, très loin, à l'autre bout de la
ville... Mais sûrement ce sont des gens très pauvres, parce
que je me revois dans une chambre pauvre, avec ma chère
petite, toute froide, qu'ils avaient couchée sur leur lit...

À ce souvenir, une nouvelle crise de sanglots la secoua,
l'étouffa.

— Non, non! je ne voulais pas me séparer de son cher
petit corps, en le laissant dans cette ville abominable...

Et, je ne peux pas dire au juste, mais ça doit être les pauvres gens qui m'ont conduite. Nous avons fait des courses, oh! des courses, nous avons vu tous ces messieurs du pèlerinage et du chemin de fer... Je leur répétais : « Qu'est-ce que ça vous fait? Permettez-moi de la ramener à Paris dans mes bras. Je l'ai apportée comme ça vivante, je puis bien la remporter morte. Personne ne s'apercevra de rien, on croira qu'elle dort... » Et tout ce monde, toutes ces autorités ont crié, m'ont renvoyée, comme si je leur demandais des choses vilaines. Alors, j'ai fini par leur dire des sottises. N'est-ce pas? quand on fait tant d'histoires, quand on amène tant de malades à l'agonie, on devrait bien se charger de ramener les morts... Et, à la gare, savez-vous ce qu'ils ont fini par me demander? trois cents francs! oui, il paraît que c'est le prix. Seigneur! trois cents francs, à moi qui suis venue avec trente sous dans ma poche et qui n'en ai plus que cinq! Je ne les gagne pas en six mois de couture. Ils auraient dû me demander ma vie, je l'aurais donnée si volontiers... Trois cents francs! trois cents francs pour ce pauvre petit corps d'oiseau que j'aurais été si consolée d'emporter sur mes genoux!

Puis, elle ne balbutia plus que des plaintes sourdes.

— Ah! si vous saviez tout ce que les pauvres gens m'ont dit de raisonnable, pour me décider à partir!... Une ouvrière comme moi, que son travail attendait, devait retourner à Paris; et puis, je n'avais pas le moyen de perdre mon billet de retour, il me fallait reprendre le train à trois heures quarante... Ils ont dit aussi qu'on est bien forcé d'accepter les choses, quand on n'est pas riche. Il n'y a que les riches, n'est-ce pas? qui gardent leurs morts, qui font de leurs morts ce qu'ils veulent... Et je ne me rappelle plus, je ne me rappelle plus encore une fois! Je ne savais même pas l'heure, jamais je n'aurais été capable de retrouver la gare. Après l'enterrement, là-bas, dans un endroit où il y avait deux arbres, ce sont ces pauvres gens qui ont dû m'emmener de là, à moitié folle, qui m'ont conduite et poussée dans le wagon, juste au moment où le train partait... Mais quel arrachement, comme si mon cœur était resté sous la terre ! et c'est affreux, cela, c'est affreux, mon Dieu !

— Pauvre femme ! murmura Marie. Ayez du courage, demandez à la sainte Vierge le secours qu'elle ne refuse jamais aux affligés.

Alors, une rage la secoua.

— Ce n'est pas vrai ! la sainte Vierge se moque bien de moi, la sainte Vierge est une menteuse !... Pourquoi m'a-t-elle trompée ? Jamais je ne serais allée à Lourdes, si je n'avais entendu cette voix dans une église. Ma fillette vivrait encore, peut-être les médecins me la sauveraient-ils... Moi qui pour rien au monde n'aurais mis les pieds chez les curés ! Ah ! que j'avais raison ! Il n'y a pas de sainte Vierge ! il n'y a pas de bon Dieu !

Et elle continua, sans résignation, sans illusion ni espérance, celle-là, blasphémant avec sa furieuse grossièreté de peuple, clamant la souffrance de sa chair si rudement, que sœur Hyacinthe dut intervenir.

— Malheureuse, taisez-vous ! C'est le bon Dieu qui vous punit en faisant saigner votre plaie.

La scène avait duré longtemps, et comme on passait à toute vapeur devant Riscle, elle tapa de nouveau dans ses mains, donnant le signal pour qu'on chantât le *Laudate, laudate Mariam*.

— Allons, allons, mes enfants, toutes ensemble et de tout votre cœur.

Au ciel et sur terre,
Que toutes les voix
Pour vous, ô ma Mère,
Chantent à la fois.
Laudate, laudate, laudate Mariam.

La voix couverte par ce cantique d'amour, madame Vincent ne sanglotait plus qu'entre ses deux mains, à bout de révolte, sans force, d'une faiblesse balbutiante de pauvre femme hébétée de douleur et de lassitude.

Dans le wagon, après le cantique, la fatigue se fit aussi sentir pour toutes. Il n'y avait guère que sœur Hyacinthe, si vive, et sœur Claire des Anges, douce, sérieuse et menue, qui fussent comme au départ de Paris, comme pendant le séjour à Lourdes, d'une sérénité profession- nelle accoutumée à tout, victorieuse de tout, dans la gaieté claire de leur guimpe et de leur cornette blanches. Madame de Jonquière, qui n'avait presque pas dormi depuis cinq jours, faisait des efforts pour tenir ouverts ses pauvres yeux, ravie du voyage cependant, rentrant avec la grande joie au cœur d'avoir marié sa fille et de ramener avec elle le plus beau miracle, une miraculée dont tout le monde parlait. Elle se promettait bien de dormir cette nuit-là, malgré les durs cahots, reprise pourtant d'une sourde crainte au sujet de la Grivotte, qui lui paraissait singulière, excitée, hagarde, avec des yeux troubles, des joues enfiévrées de taches violâtres. A dix reprises, elle avait voulu la faire tenir tranquille, sans obtenir d'elle qu'elle ne remuât plus, les mains jointes, les paupières closes. Heureusement, les autres malades ne lui donnaient aucune inquiétude, toutes soulagées ou si lasses, qu'elles sommeillaient déjà. Élise Rouquet s'était acheté un miroir de poche, un grand miroir rond, dans lequel elle ne se lassait pas de se regarder, se trou- vant belle, constatant de minute en minute les progrès de sa guérison, avec une coquetterie qui lui faisait pincer les lèvres, essayer des sourires, maintenant que sa face de monstre redevenait humaine. Quant à Sophie Couteau, elle jouait gentiment, elle s'était déchaussée d'elle- même en voyant que personne ne demandait à examiner son pied, elle répétait que bien sûr elle devait avoir un caillou dans son bas; et, comme on ne faisait toujours aucune attention à ce petit pied visité par la sainte Vierge, elle le gardait entre ses mains, le caressait, semblait ravie de le toucher et de faire joujou avec.

M. de Guersaint s'était mis debout, accoudé à la cloison, regardant M. Sabathier.

— Oh! père, père, dit soudain Marie, vois donc cette entaille dans le bois! C'est la ferrure de mon chariot qui a fait ça!

Ce vestige retrouvé la rendit si heureuse, qu'un instant elle oublia le secret chagrin qu'elle semblait vouloir taire. De même que madame Vincent avait sangloté en apercevant la bretelle de cuir, touchée par sa fillette, elle, brusquement, éclatait de joie, à la vue de cette écorchure qui lui rappelait son long martyre, à cette place, toute cette abomination disparue, évanouie comme un cauchemar.

— Dire qu'il y a quatre jours à peine! J'étais couchée là, je ne pouvais pas bouger, et maintenant, maintenant je vais, je viens, je suis si à l'aise, mon Dieu!

Pierre et M. de Guersaint lui souriaient. Puis, M. Sabathier, qui avait entendu, dit lentement:

— C'est bien vrai, on laisse un peu de soi dans les choses, de ses souffrances, de ses espérances, et quand on les retrouve, elles vous parlent, elles vous redisent ces choses, qui vous attristent ou vous égayent.

De son air résigné, il était resté silencieux dans son coin, depuis le départ de Lourdes; et sa femme elle-même, quand elle lui enveloppait les jambes, en lui demandant s'il souffrait, n'en tirait que des hochements de tête. Il ne souffrait pas, mais il était envahi d'un accablement invincible.

— Ainsi, moi, tenez! continua-t-il, pendant le long voyage, en venant, je m'étais distrait à compter les frises, au plafond, là-haut. Il y en avait treize, de la lampe à la portière. Je viens de les recompter, et il y en a toujours treize, naturellement... C'est comme ce bouton de cuivre, à côté de moi. Vous ne vous imaginez pas les rêves que j'ai faits, en le regardant briller, pendant la nuit où monsieur l'abbé nous a lu l'histoire de Bernadette. Oui, je me voyais guéri, je faisais à Rome le voyage dont je parle depuis vingt ans, je marchais, je courais le monde; enfin, des rêves fous et délicieux... Et puis, voilà que nous retournons à Paris, il y a là-haut treize frises, le bouton brille, tout ça me dit que je me trouve de nouveau sur cette banquette avec mes jambes mortes... Allons, c'est entendu, je suis et je resterai une pauvre vieille bête finie.

Deux grosses larmes parurent dans ses yeux, il devait traverser une heure d'amertume affreuse. Mais il releva sa grosse tête carrée, à la mâchoire de patiente obstination.

— C'était la septième année que j'allais à Lourdes, et la sainte Vierge ne m'a pas écouté. N'importe, ça ne m'empêchera pas d'y retourner l'année prochaine. Peut-être daignera-t-elle enfin m'entendre.

Lui, ne se révoltait pas. Et Pierre, en causant, resta stupéfait de la crédulité persistante, vivace, repoussant quand même, dans ce cerveau cultivé d'intellectuel. De quel ardent désir de guérison et de vie étaient faits ce refus de l'évidence, cette volonté d'aveuglement? Il s'entêtait à être sauvé, en dehors de toutes les probabilités naturelles, quand l'expérience du miracle avait elle-même échoué tant de fois; et il en était à expliquer son nouvel échec, des distractions qu'il avait eues devant la Grotte, une contrition sans doute insuffisante, toutes sortes de petits péchés qui devaient avoir mécontenté la sainte Vierge. Il se promettait déjà, l'année prochaine, de faire une neuvaine quelque part, avant de se rendre à Lourdes.

— A propos, reprit-il, vous savez la chance qu'a eue mon remplaçant, oui ! vous vous rappelez, ce tuberculeux pour lequel j'ai donné les cinquante francs du voyage, en me faisant hospitaliser... Eh bien ! il a été radicalement guéri.

— En vérité, un tuberculeux ! s'écria M. de Guersaint.

— Parfaitement, monsieur, guéri comme avec la main !... Je l'avais vu si bas, si jaune, si efflanqué, et il est venu me rendre visite à l'Hôpital, tout ragaillardi. Ma foi, je lui ai donné cent sous.

Pierre dut réprimer un sourire, car il savait l'histoire, il la tenait du docteur Chassaigne. Le miraculé en question était un simulateur, qu'on avait fini par reconnaître au bureau médical des constatations. Ce devait être au moins la troisième année qu'il s'y présentait, une première fois pour une paralysie, la seconde pour une tumeur, toutes deux guéries de même complètement. Chaque fois, il se faisait promener, héberger, nourrir, et il ne partait que comblé d'aumônes. Ancien infirmier des hôpitaux, il se grimait, se transformait, se donnait la tête de son mal, avec un art si extraordinaire, qu'il avait fallu un hasard pour que le docteur Bonamy se rendît compte de la supercherie. D'ailleurs, tout de suite les pères avaient exigé le silence sur l'aventure. A quoi bon livrer ce scandale aux plaisanteries des journaux ? Quand ils découvraient de la sorte des escroqueries au miracle, ils se contentaient de faire disparaître les coupables. Les simulateurs étaient, du reste, assez rares, malgré les joyeuses histoires répandues sur Lourdes par les esprits voltairiens. Hélas! en dehors de la foi, la bêtise et l'ignorance suffisaient.

M. Sabathier était très remué par cette idée que le ciel avait guéri cet homme venu à ses frais, tandis que lui rentrait impotent, réduit au même état lamentable. Il soupira, il ne put s'empêcher de conclure, avec une pointe d'envie, dans sa résignation :

— Enfin, que voulez-vous? la sainte Vierge doit bien
savoir ce qu'elle fait. Ce n'est ni vous ni moi, n'est-ce
pas? qui irons lui demander compte de ses actions...
Quand il lui plaira de jeter sur moi un regard, elle me
trouvera toujours à ses pieds.

A Mont-de-Marsan, après l'Angélus, sœur Hyacinthe fit
dire le second chapelet, les cinq mystères douloureux :
Jésus au Jardin des Oliviers, Jésus flagellé, Jésus couronné d'épines, Jésus portant sa croix, Jésus mourant sur
la croix. Et l'on dîna ensuite dans le wagon, car il n'y
avait pas d'arrêt avant Bordeaux, où l'on devait arriver
seulement à onze heures du soir. Tous les paniers des
pèlerins étaient bourrés de provisions, sans compter le
lait, le bouillon, le chocolat, les fruits que sœur Saint-
François avait envoyés de la cantine. Puis, des partages
fraternels se faisaient : on mangeait sur ses genoux, on
voisinait, chaque compartiment n'était plus qu'une tablée
de hasard, une dînette où chacun apportait son écot. Et
l'on avait fini, on remballait le reste du pain et les papiers
gras, lorsqu'on passa devant Morcenx.

— Mes enfants, dit sœur Hyacinthe en se levant, la
prière du soir !

Alors, il y eut un bourdonnement confus, des *Pater*,
des *Ave*, un examen de conscience, un acte de contrition, un abandon de soi-même à Dieu, à la sainte Vierge
et aux saints, tout un remerciement de l'heureuse journée, que termina une prière pour les vivants et pour les
fidèles trépassés.

— A dix heures, quand nous serons à Lamothe, reprit
la religieuse, je vous préviens que je ferai faire le silence.
Mais je crois que vous allez être bien sages et qu'on n'aura
pas besoin de vous bercer.

Cela fit rire. Il était huit heures et demie, une nuit
lente avait submergé la campagne. Seuls, les coteaux
gardaient l'adieu vague du crépuscule, tandis que la

nappe épaissie des ténèbres noyait les terres basses. Le
train, à toute vapeur, déboucha dans une immense
plaine; et il n'y eut plus que cette mer d'ombre où il
roulait sans fin, sous un ciel d'un bleu noir, criblé
d'étoiles.

Depuis un instant, Pierre s'étonnait des allures de la
Grivotte. Pendant que les pèlerins et les malades s'assou-
pissaient déjà, affaissés parmi les bagages, que balançaient
les continuelles secousses, elle s'était levée toute droite,
elle se cramponnait à la cloison, dans une angoisse
brusque. Et, sous la lampe, dont la pâle lueur jaune dansait, elle apparaissait comme- amaigrie de nouveau, la
face livide et torturée.

— Madame, prenez garde, elle va tomber! cria le
prêtre à madame de Jonquière, qui, les paupières closes,
cédait au sommeil.

Celle-ci se hâta. Mais sœur Hyacinthe s'était retournée
d'un mouvement plus vif. Et elle reçut dans les bras la
Grivotte, qu'un furieux accès de toux abattait sur la banquette. Pendant cinq minutes, la misérable étouffa, secouée d'une telle quinte que son pauvre corps en craquait.
Puis, des filets rouges coulèrent, elle cracha le sang à
pleine gorge.

— Mon Dieu! mon Dieu! ça la reprend! répétait madame de Jonquière désespérée. Et je m'en doutais, je
n'étais pas tranquille, à la voir si singulière... Attendez,
je vais m'asseoir près d'elle.

La religieuse n'y consentit pas.

— Non, non, madame, dormez un peu, je veillerai...
Vous n'avez pas l'habitude, vous finiriez par vous rendre
malade, vous aussi.

Et elle s'installa, elle garda contre son épaule la tête
de la Grivotte, dont elle essuyait les lèvres sanglantes.
La crise se calma, mais la faiblesse revenait si grande,
que la malheureuse eut à peine la force de bégayer :

— Oh ! ce n'est rien, ce n'est rien du tout... Je suis guérie, je suis guérie, guérie complètement !

Pierre restait bouleversé. Cette foudroyante rechute avait glacé le wagon. Beaucoup se soulevaient, regardaient avec terreur. Puis, tous se renfoncèrent dans leur coin, personne ne parla, personne ne bougea plus. Et Pierre songeait à l'étonnant cas médical offert par cette fille, les forces rétablies là-bas, le gros appétit, les longues courses, le visage rayonnant, les membres dansants, puis ce sang craché, cette toux, cette face plombée d'agonisante, le brutal retour de la maladie, quand même victorieuse. Était-ce donc une phtisie particulière, compliquée d'une névrose ? Était-ce même quelque autre maladie, un mal inconnu qui faisait tranquillement son œuvre, au milieu des diagnostics contradictoires ? La mer des ignorances et des erreurs commençait, ces ténèbres où se débat encore la science humaine. Et il revoyait le docteur Chassaigne hausser les épaules de dédain, tandis que le docteur Bonamy, plein de sérénité, continuait tranquillement sa besogne des constatations, dans l'absolue certitude que personne ne lui prouverait l'impossibilité de ses miracles, pas plus qu'il n'aurait pu en démontrer la possibilité lui-même.

— Oh ! je n'ai pas peur, bégayait toujours la Grivotte, ils me l'ont bien tous dit là-bas, je suis guérie, guérie complètement !

Le wagon roulait, roulait dans la nuit noire. Chacun prenait ses dispositions, s'allongeait pour dormir plus à l'aise. On força madame Vincent à s'étendre sur la banquette, on lui donna un oreiller, où elle pût reposer sa pauvre tête endolorie ; et, devenue d'une docilité d'enfant, hébétée, elle sommeillait dans une torpeur de cauchemar, avec de grosses larmes silencieuses qui continuaient à couler de ses yeux clos. Élise Rouquet, elle aussi, ayant toute une banquette à elle, s'apprêtait à s'y coucher; mais, la face toujours dans son miroir, elle faisait auparavant une grande toilette de nuit, se nouait sur la tête le fichu noir qui lui avait servi à cacher sa plaie, regardait si elle était belle ainsi, avec sa lèvre désenflée. Et, de nouveau, Pierre s'étonnait de cette plaie en voie de guérison, sinon guérie, de ce visage de monstre qu'on pouvait maintenant regarder sans horreur. La mer des incertitudes recommençait. N'était-ce même pas un vrai lupus? n'était-ce qu'une sorte inconnue d'ulcère, d'origine hystérique? Ou bien fallait-il admettre que certains lupus mal étudiés, provenant de la mauvaise nutrition de la peau, pouvaient être amendés par une grande secousse morale? C'était un miracle, à moins que, dans trois semaines, dans trois mois ou dans trois ans, il ne reparût, comme la phtisie de la Grivotte.

Il était dix heures, tout le wagon s'ensommeillait, quand on quitta Lamothe. Sœur Hyacinthe, qui avait gardé sur ses genoux la tête de la Grivotte assoupie, ne put se lever; et elle se contenta de dire, pour la forme, d'une voix légère, qui se perdit dans le grondement des roues :

— Le silence, le silence, mes enfants!

Mais quelque chose continua de remuer, au fond d'un compartiment voisin, un bruit qui l'agaçait et qu'elle finit par comprendre.

— Sophie, qu'est-ce que vous avez donc à donner des coups de pied dans la banquette? Il faut dormir, mon enfant.

— Je ne donne pas de coups de pied, ma sœur. C'est une clef qui roulait sous mon soulier.

— Comment, une clef? Passez-la-moi.

Elle l'examina : une très pauvre, une très vieille clef, noirâtre, amincie et polie par l'usage, dont l'anneau, ressoudé, gardait la cicatrice. Tout le monde s'était fouillé, personne n'avait perdu de clef.

47.

— J'ai trouvé ça dans le coin, reprit Sophie. Ça doit être à l'homme.

— Quel homme? demanda la religieuse.

— Mais l'homme qui est mort là.

On l'avait déjà oublié. Sœur Hyacinthe se rappela : oui, oui, c'était sûrement à l'homme, car elle avait entendu tomber quelque chose, pendant qu'elle lui épongeait le front. Et elle retournait la clef, elle continuait à la regarder, dans sa laideur de pauvre clef lamentable, de clef désormais inutile, qui n'ouvrirait jamais plus la serrure inconnue, quelque part, au fond du vaste monde. Un instant, elle voulut la mettre dans sa poche, par une sorte de pitié pour ce petit morceau de fer si humble, si mystérieux, tout ce qui restait de l'homme. Puis, la pensée dévote lui vint qu'il ne fallait s'attacher à rien sur cette terre ; et, par la glace baissée à demi, elle lança la clef, qui alla tomber dans la nuit noire.

— Sophie, il ne faut plus jouer, il faut dormir, reprit-elle. Allons, allons, mes enfants, le silence!

Ce fut seulement après le court arrêt à Bordeaux, vers onze heures et demie, que le sommeil reprit et accabla le wagon entier. Madame de Jonquière n'avait pu lutter davantage, la tête contre le bois de la cloison, la face heureuse dans sa fatigue. Les Sabathier dormaient de même, sans un souffle; tandis que pas un bruit non plus ne venait de l'autre compartiment, celui que Sophie Couteau et Élise Rouquet occupaient, allongées face à face sur les banquettes. De temps à autre, une plainte sourde s'élevait, un cri étranglé de douleur ou d'épouvante, qui s'échappait des lèvres de madame Vincent assoupie, torturée de mauvais rêves. Et il ne restait guère que sœur Hyacinthe les yeux grands ouverts, très préoccupée de l'état de la Grivotte, immobile maintenant, comme assommée, respirant avec effort, d'un râle continu. D'un bout à l'autre de ce dortoir mouvant, secoué par la trépidation du train lancé à toute vapeur, les pèlerins et les malades s'abandonnaient, des membres pendaient, des têtes roulaient, sous la pâle lueur dansante des lampes. Au fond, dans le compartiment des dix pèlerines, c'était un pêle-mêle lamentable de pauvres figures laides, les vieilles, les jeunes, que le sommeil semblait avoir foudroyées à la fin d'un cantique, la bouche ouverte. Et une grande pitié montait de ces tristes gens, las, écrasés par cinq journées d'espoirs fous, d'extases infinies, qui allaient, le lendemain, se réveiller à la dure réalité de l'existence.

Alors, Pierre se sentit comme seul avec Marie. Elle n'avait pas voulu s'allonger sur la banquette, disant qu'elle était restée trop longtemps couchée, pendant sept ans; et lui, pour donner de l'aise à M. de Guersaint, qui, depuis Bordeaux, avait repris son profond sommeil d'enfant, était venu s'asseoir près d'elle. La clarté de la lampe la gênait, il tira l'écran, ils se trouvèrent dans l'ombre, une ombre transparente, infiniment douce. A ce moment, le train devait rouler en plaine, il glissait dans la nuit, comme en un vol sans fin, avec un bruit d'ailes énorme et régulier. Par la glace qu'ils avaient baissée, une fraîcheur exquise venait des champs noirs, des champs insondables, où ne luisait même pas la petite lueur perdue d'un village. Un instant, il s'était tourné vers elle, il avait vu qu'elle tenait ses yeux fermés. Mais il devinait qu'elle ne dormait pas, goûtant ce grand calme, dans ce grondement de foudre, dans cette fuite à toute vapeur au fond des ténèbres; et, comme elle, il ferma les paupières, il rêva longuement.

Une fois encore, le passé s'évoquait, la petite maison de Neuilly, le baiser qu'ils avaient échangé près de la haie en fleur, sous les arbres criblés de soleil. Comme cela était loin déjà, et quel parfum en avait gardé sa vie entière! Ensuite, l'amertume lui revenait du jour où il

s'était fait prêtre. Jamais elle ne devait être femme, il
avait consenti à n'être plus un homme, et ce serait leur
éternel malheur, puisque la nature ironique allait refaire
d'elle une épouse et une mère. Encore s'il avait conservé
la foi, il y aurait trouvé l'éternelle consolation. Mais,
vainement, il avait tout tenté pour la reconquérir : son
voyage à Lourdes, ses efforts devant la Grotte, son espoir,
un instant, qu'il finirait par croire, si Marie était miraculeusement guérie; puis la ruine totale, irrémédiable,
lorsque la guérison annoncée s'était scientifiquement
produite. Et leur idylle si pure et si douloureuse, la longue
histoire de leur tendresse trempée de larmes, se déroulait aussi. Elle-même, ayant pénétré son triste secret,
n'était venue à Lourdes que pour demander au ciel le
miracle de sa conversion. Pendant la procession aux
flambeaux, lorsqu'ils étaient restés seuls sous les arbres,
dans le parfum des roses invisibles, ils avaient prié l'un
pour l'autre, perdus l'un dans l'autre, avec l'ardent
désir de leur mutuel bonheur. Devant la Grotte encore,
elle avait supplié la sainte Vierge de l'oublier, elle, et
de le sauver, lui, si elle ne pouvait obtenir qu'une
grâce de son divin Fils. Puis, guérie, hors d'elle, soulevée d'amour et de reconnaissance, emportée par les
rampes avec son chariot, jusqu'à la Basilique, elle s'était
crue exaucée, elle lui avait crié sa joie d'être tous les
deux sauvés ensemble, ensemble! Ah! ce mensonge, ce
mensonge d'affection et de charité, l'erreur où il la laissait depuis ce moment, de quel poids il lui écrasait le
cœur! C'était la dalle pesante qui, maintenant, le murait
au fond de son sépulcre volontaire. Il se rappelait l'affreuse crise dont il avait failli mourir, dans l'ombre
de la Crypte, ses sanglots, sa brutale révolte d'abord,
son besoin de la garder pour lui seul, de la posséder,
puisqu'il la savait sienne, toute cette passion grondante
de sa virilité réveillée, qui peu à peu, ensuite, s'était

rendormie, noyée sous le ruissellement de ses pleurs; et, pour ne pas détruire en elle la divine illusion, cédant à une fraternelle pitié, il avait fait cet héroïque serment de lui mentir, dont il agonisait.

Pierre, dans sa rêverie, frémit alors. Aurait-il la force de le tenir toujours, ce serment? A la gare, lorsqu'il l'attendait, ne venait-il pas de surprendre en son cœur une impatience, un besoin jaloux de quitter ce Lourdes trop aimé, avec le vague espoir qu'elle redeviendrait à lui, au loin? S'il n'avait pas été prêtre pourtant, il l'aurait épousée. Quel ravissement, quelle existence de félicité adorable, se donner tout à elle, la prendre toute, revivre dans le cher enfant qui naîtrait! Il n'y avait sûrement de divin que la possession, la vie qui se complète et qui enfante. Et son rêve dévia, il se vit marié, cela l'emplit d'une joie si vive, qu'il se demanda pourquoi ce rêve était irréalisable. Elle avait l'ignorance d'une fillette de dix ans, il l'instruirait, il lui referait une âme. Cette guérison qu'elle croyait devoir à la sainte Vierge, elle comprendrait qu'elle lui venait de la Mère unique, de l'impassible et sereine nature. Mais, à mesure qu'il arrangeait ainsi les choses, une sorte de terreur sacrée grandissait en lui, remontant de son éducation religieuse. Grand Dieu! ce bonheur humain dont il la voulait combler, savait-il s'il vaudrait jamais la sainte ignorance, l'enfantine naïveté où elle vivait? Quels reproches plus tard, si elle n'était pas heureuse! Puis, quel drame de conscience, jeter la soutane, épouser cette miraculée d'hier, dévaster assez sa foi pour l'amener au consentement de ce sacrilège! Et, cependant, là était la bravoure, là était la raison, la vie, le vrai homme, la vraie femme, l'union nécessaire et grande. Pourquoi donc, mon Dieu! n'osait-il pas? Une horrible tristesse égarait sa songerie, il n'entendait plus que son pauvre cœur souffrir.

Le train roulait avec son énorme battement d'ailes, il

n'y avait toujours d'éveillée que sœur Hyacinthe, dans le
sommeil accablé du wagon; et, à ce moment, Marie, se
penchant vers Pierre, lui dit doucement :

— C'est singulier, mon ami, je tombe de sommeil, et
je ne puis dormir.

Puis, avec un léger rire :

— J'ai Paris dans la tête.

— Comment, Paris?

— Oui, oui, je songe qu'il m'attend, que je vais y rentrer... Ah! ce Paris dont je ne connais rien, il va falloir
y vivre !

Ce fut pour Pierre une angoisse. Il l'avait bien prévu,
elle ne pouvait plus être à lui, elle serait aux autres.
Paris allait la lui prendre, si Lourdes la lui rendait. Et
il s'imaginait cette ignorante faisant fatalement son éducation de femme. La petite âme toute blanche, restée
candide, chez la grande fille de vingt-trois ans, l'âme que
la maladie avait mise à l'écart, loin de la vie, loin des
romans même, serait bien vite mûre, maintenant qu'elle
reprenait son libre vol. Il voyait la jeune fille rieuse, bien
portante, courant partout, regardant, apprenant, rencontrant un jour le mari qui achèverait de l'instruire.

— Alors, vous vous promettez de vous amuser, à Paris?

— Moi! mon ami, oh! que dites-vous là?... Est-ce que
nous sommes assez riches pour nous amuser !... Non, je
songeais à ma pauvre sœur Blanche, je me demandais ce
que j'allais pouvoir faire, à Paris, afin de la soulager un
peu. Elle est si bonne, elle se donne tant de mal,
je ne veux pas qu'elle continue à gagner seule tout
l'argent.

Et, après un nouveau silence, comme lui-même se
taisait, très ému :

— Autrefois, avant de souffrir trop, je peignais assez
bien la miniature. Vous vous souvenez, j'avais fait un
portrait de papa très ressemblant, que tout le monde

trouvait très joli... Vous m'aiderez, n'est-ce pas? Vous
me chercherez des portraits..

Puis, elle parla de cette vie nouvelle qu'elle allait
mener. Elle voulait arranger sa chambre, la faire tendre
d'une cretonne à petites fleurs bleues, sur ses premières
économies., Blanche lui avait parlé des grands magasins,
où l'on achetait tout à bon compte. Ce serait si amusant,
de sortir avec Blanche, de galoper un peu, elle qui ne
connaissait rien, qui n'avait jamais rien vu, clouée dans
un lit depuis son enfance. Et Pierre, calmé un instant,
souffrait de nouveau, en sentant chez elle cette envie
brûlante de vivre, cette ardeur à tout voir, tout connaître,
tout goûter. C'était enfin l'éveil de la femme qu'elle devait
devenir, qu'il avait autrefois devinée, adorée dans l'enfant, une chère créature de gaieté et de passion, avec
sa bouche fleurie, ses yeux d'étoiles, son teint de lait,
ses cheveux d'or, toute resplendissante de la joie d'être.

— Oh! je travaillerai, je travaillerai! et puis, vous
avez raison, Pierre, je m'amuserai aussi, parce que ce
n'est point un mal, n'est-ce pas? que d'être joyeuse.

—·Non, non, sûrement, Marie.

— Le dimanche, nous irons à la campagne, oh! très
loin, dans les bois, où il y aura de beaux arbres... Nous
irons également au théâtre, si papa nous y mène. On m'a
dit qu'il y a beaucoup de pièces qu'on peut entendre...
Mais ce n'est pas tout ça, d'ailleurs. Pourvu que je sorte,
que j'aille dans les rues, que je voie des choses, je serai
si heureuse, je rentrerai si gaie!... C'est si bon de vivre,
n'est-ce pas, Pierre?

— Oui, oui, Marie, c'est très bon.

Un petit froid de mort l'envahissait, il agonisait du
regret de n'être plus un homme. Pourquoi donc, puisqu'elle le tentait ainsi, avec sa candeur irritante, ne lui
disait-il pas la vérité qui le ravageait? Il l'aurait prise, il
l'aurait conquise. Jamais débat plus affreux ne s'était

livré dans son cœur et dans sa volonté. Un moment, il fut sur le point de prononcer les mots irréparables.

Mais, déjà, elle reprenait de sa voix d'enfant joueuse :

— Oh! voyez donc ce pauvre papa, est-il content de dormir si fort !

En effet, sur la banquette, en face d'eux, M. de Guersaint dormait d'un air béat, comme dans son lit, sans paraître avoir conscience des continuelles secousses. Ce roulis, ce tangage monotones semblaient du reste n'être plus que le bercement qui alourdissait le sommeil du wagon entier. C'était l'abandon complet, l'anéantissement des corps, au milieu du désordre des bagages, écroulés eux aussi, comme assoupis sous la lueur fumeuse des lampes. Et le grondement rythmé des roues ne cessait pas, dans l'inconnu des ténèbres où le train roulait toujours. Parfois seulement, devant une gare, sous un pont, le vent de la course s'engouffrait, une tempête soufflait brusquement. Puis, le grondement berceur recommençait, uniforme, à l'infini.

Marie prit doucement la main de Pierre. Ils étaient si perdus, si seuls, parmi tout ce monde anéanti, dans cette grande paix grondante du train lancé au travers de la nuit noire. Une tristesse, la tristesse qu'elle avait jusque-là cachée, venait de reparaître, noyant d'ombre ses grands yeux bleus.

— Mon bon Pierre, vous viendrez souvent avec nous, n'est-ce pas?

Il avait tressailli, en sentant sa petite main serrer la sienne. Son cœur était sur ses lèvres, il se décidait à parler. Pourtant, il se retint encore, il balbutia :

— Marie, je ne suis pas toujours libre, un prêtre ne peut aller partout.

— Un prêtre, répéta-t-elle, oui, oui, un prêtre, je comprends...

Alors, ce fut elle qui parla, qui confessa le secret mor-

tel dont son cœur étouffait depuis le départ. Elle se
pencha encore, reprit à voix plus basse :

— Écoutez, mon bon Pierre, je suis affreusement triste.
J'ai l'air d'être contente, mais la mort est dans mon
âme... Vous m'avez menti, hier.

Il s'effara, il ne comprit pas d'abord.

— Je vous ai menti, comment?

Une sorte de honte la retenait, elle hésita encore, au
moment de descendre dans ce mystère d'une conscience
qui n'était pas la sienne. Puis, en amie, en sœur :

— Oui, vous m'avez laissé croire que vous étiez sauvé
avec moi, et ce n'était pas vrai, Pierre, vous n'avez pas
retrouvé la foi perdue.

Grand Dieu! elle savait. Ce fut pour lui une désolation,
une telle catastrophe, qu'il en oublia son tourment.
D'abord, il voulut s'entêter dans son mensonge de fraternelle charité.

— Mais je vous assure, Marie! D'où peut vous venir
une idée si vilaine?

— Oh! mon ami, taisez-vous, par pitié! Ça me ferait
trop de peine, si vous me mentiez davantage... Tenez!
c'est là-bas, à la gare, au moment de partir, quand le
malheureux homme a été mort. Le bon abbé Judaine
s'est agenouillé, a dit des prières pour le repos de cette
âme révoltée. Et j'ai tout senti, j'ai tout compris, lorsque
j'ai vu que vous ne vous mettiez pas à genoux, que la
prière ne montait pas également à vos lèvres.

— En vérité, Marie, je vous assure...

— Non, non, vous n'avez pas prié pour le mort, vous
ne croyez plus... Et puis, c'est autre chose aussi, c'est tout
ce que je devine, tout ce qui me vient de vous, un désespoir que vous ne pouvez cacher, une mélancolie de vos
pauvres yeux, dès qu'ils rencontrent les miens... La sainte
Vierge ne m'a pas exaucée, ne vous a pas rendu la foi, et
je suis bien malheureuse!

48

Elle pleurait, une larme chaude tomba sur la main du prêtre, qu'elle tenait toujours. Cela le bouleversa, il cessa de lutter, avouant, laissant à son tour couler ses larmes, tandis qu'il bégayait à voix très basse :

— Oh! Marie, je suis bien malheureux aussi, oh! bien malheureux!

Un instant, ils se turent, dans leur cruel chagrin de sentir entre eux l'abîme de leurs croyances. Ils ne seraient jamais plus étroitement l'un à l'autre, ils se désespéraient surtout de leur impuissance à se rapprocher, définitive désormais, puisque le ciel lui-même avait refusé de renouer le lien. Côte à côte, ils pleuraient sur leur séparation.

— Moi, reprit-elle douloureusement, moi qui avais tant prié pour votre conversion, moi qui étais si heureuse!... Il m'avait semblé que votre âme se fondait dans mon âme, et cela était si délicieux d'avoir été sauvés ensemble, ensemble! Je me sentais des forces pour vivre, oh! des forces à soulever le monde.

Il ne répondait pas, ses pleurs continuaient à couler sans fin.

— Et dire, reprit-elle, que j'ai été guérie seule, que j'ai eu ce grand bonheur sans vous! C'est de vous voir si abandonné, si désolé, qui me déchire le cœur, lorsque, moi, je suis comblée de grâce et de joie... Ah! que la sainte Vierge a été sévère! Pourquoi n'a-t-elle pas guéri votre âme, en même temps qu'elle guérissait mon corps?

L'occasion dernière se présentait, il aurait dû parler, faire enfin chez cette innocente la clarté de la raison, lui expliquer le miracle, pour que la vie, après avoir accompli en elle son œuvre de santé, achevât son triomphe en les jetant aux bras l'un de l'autre. Lui aussi était guéri, l'intelligence saine désormais, et ce n'était point d'avoir perdu la foi, c'était de la perdre elle-même qu'il pleurait. Mais une invincible pitié l'en-

vahissait, dans son grand chagrin. Non, non! il ne trou-
blerait pas cette âme, il ne lui enlèverait pas sa croyance,
qui, peut-être un jour, serait son unique soutien, au
milieu des douleurs de ce monde. On ne peut demander encore ni aux enfants ni aux femmes l'héroïsme amer
de la raison. Il n'en avait pas la force, il pensait même
n'en avoir pas le droit. Cela lui aurait paru un viol, un
meurtre abominable. Et il ne parla point, ses larmes
coulèrent plus brûlantes, dans cette immolation de son
amour, le sacrifice désespéré de son bonheur à lui,
pour qu'elle restât candide, ignorante et joyeuse.

— Oh! Marie, que je suis malheureux! Il n'y a pas sur
les routes, il n'y a pas dans les bagnes de malheureux qui
soient plus malheureux que moi!... Oh! Marie, si vous
saviez, si vous saviez comme je suis malheureux!

Elle fut éperdue, elle le saisit entre ses bras tremblants,
voulut le consoler d'une fraternelle étreinte. A ce moment, la femme qui s'éveillait en elle devina tout, sanglota elle aussi de toutes les volontés humaines et divines
qui les séparaient. Elle n'avait jamais encore songé à ces
choses, elle entrevoyait soudain la vie avec ses passions,
ses luttes, ses souffrances; et elle cherchait ce qu'elle
allait dire pour apaiser un peu ce cœur saignant, et elle
balbutiait très bas, navrée de ne rien trouver d'assez
doux :

— Je sais, je sais...

Puis, elle trouva; et, comme si ce qu'elle avait à dire
ne pouvait être entendu que des anges, elle s'inquiéta,
elle regarda autour d'elle, dans le wagon. Mais il semblait que le sommeil s'y fût alourdi encore. Son père dormait toujours, avec son innocence de grand enfant. Pas un
des pèlerins, pas un des malades n'avait bougé, dans le
rude bercement qui les emportait. Sœur Hyacinthe elle-
même, cédant à l'écrasante fatigue, venait de fermer les
paupières, après avoir, à son tour, tiré l'écran, sur la

lampe de son compartiment. Il n'y avait plus là qu'une
ombre vague, des corps indistincts parmi des objets sans
nom, à peine des apparences, qu'un souffle de tempête,
une fuite furieuse charriait sans fin au fond des ténèbres.
Et elle se méfia aussi de cette campagne noire, dont l'inconnu défilait aux deux côtés du train, sans qu'on pût
même savoir quelles forêts, quelles rivières, quelles collines on traversait. Tout à l'heure, des étincelles vives
avaient paru, peut-être des forges lointaines, des lampes
tristes de travailleurs ou de malades; mais, de nouveau,
la nuit coulait profonde, la mer obscure, infinie, inno-
mée, où l'on était toujours plus loin, ailleurs et nulle
part.

Marie, alors, prise d'une pudique confusion, rougissante au milieu de ses pleurs, mit ses lèvres à l'oreille de
Pierre.

— Écoutez, mon ami... Il y a un grand secret entre la
sainte Vierge et moi. Je lui avais juré de ne le dire à
personne. Mais vous êtes trop malheureux, vous souffrez
trop, et elle me pardonnera, je vais vous le confier.

Puis, dans un souffle :

— Pendant la nuit d'amour, vous savez, la nuit d'extase
brûlante que j'ai passée devant la Grotte, je me suis en-
gagée par un vœu, j'ai promis à la sainte Vierge de lui
faire le don de ma virginité, si elle me guérissait... Elle
m'a guérie, et jamais, vous entendez, Pierre! jamais
je n'épouserai personne.

Ah! quelle douceur inespérée! il crut qu'une rosée
tombait sur son pauvre cœur meurtri. Ce fut un charme
divin, un soulagement délicieux. Si elle n'était à aucun
autre, elle serait donc un peu à lui toujours. Comme elle
avait compris son mal, et ce qu'il fallait dire, pour lui
rendre l'existence possible encore !

Il voulut, à son tour, trouver des paroles heureuses, la
remercier, promettre que, lui aussi, ne serait jamais qu'à

elle, l'aimerait sans fin, ainsi qu'il l'aimait depuis l'enfance, en chère créature dont l'unique baiser, autrefois, avait suffi pour parfumer toute sa vie. Mais elle le fit taire, inquiète déjà, craignant de gâter cette minute si pure.

— Non, non! mon ami, ne disons rien de plus. Ce serait mal peut-être... Je suis très lasse, je vais dormir tranquille maintenant.

Et elle resta la tête contre son épaule, elle s'endormit tout de suite, en sœur confiante. Lui, un instant, se tint éveillé, dans ce douloureux bonheur du renoncement qu'ils venaient de goûter ensemble. Cette fois, c'était bien fini, le sacrifice était consommé. Il vivrait solitaire, en dehors de la vie des autres hommes. Jamais il ne connaîtrait la femme, jamais un être vivant ne naîtrait de lui. Il n'avait plus que l'orgueil consolateur de ce suicide accepté, voulu, dans la grandeur désolée des existences hors nature.

Mais la fatigue l'accabla lui-même, ses paupières se fermèrent, il s'endormit à son tour. Puis, sa tête glissa, sa joue vint toucher la joue de son amie, qui dormait très douce, le front contre son épaule. Alors, leurs chevelures se mêlèrent. Elle avait ses cheveux d'or, ses cheveux royaux dénoués à demi; et il en eut la face baignée, il rêva dans l'odeur de ses cheveux. Sans doute, le même songe de béatitude les visitait à la fois, car leurs figures tendres avaient pris la même expression de ravissement, ils riaient tous les deux aux anges. C'était l'abandon chaste et passionné, l'innocence de ce sommeil de hasard, qui les mettait ainsi aux bras l'un de l'autre, les membres joints, les lèvres tièdes et rapprochées, confondant les haleines, comme des enfants nus couchés dans le même berceau. Et telle fut la nuit de leurs noces, la consommation du mariage spirituel où ils devaient vivre, un anéantissement délicieux de lassitude, à peine un rêve

48.

fuyant de possession mystique, au milieu de ce wagon de
misère et de souffrance, qui roulait, roulait toujours dans
la nuit noire. Des heures, des heures coulèrent, les roues
grondaient, les bagages se balançaient aux patères ; tandis
que, des corps entassés, écrasés, ne montait que la fatigue
énorme, la grande courbature physique du pays des
miracles, au retour du surmenage des âmes.

A cinq heures, enfin, comme le soleil se levait, il y eut
un réveil brusque, l'entrée retentissante dans une grande
gare, des appels d'employés, des portières qui s'ouvraient,
du monde qui se bousculait. On était à Poitiers, et tout
le wagon se trouva debout, au milieu d'un bruit de voix,
d'exclamations et de rires.

C'était la petite Sophie Couteau qui descendait là et
qui faisait ses adieux. Elle embrassa toutes ces dames,
elle passa même par-dessus la cloison, pour aller prendre
congé de sœur Claire des Anges, que personne n'avait
revue depuis la veille, disparue dans son coin, menue et
silencieuse, avec ses yeux de mystère. Puis, l'enfant
revint, prit son petit paquet, se montra gentille surtout
pour sœur Hyacinthe et pour madame de Jonquière.

— Au revoir, ma sœur! au revoir, madame!... Je vous
remercie de toutes vos bontés.

— Il faudra revenir l'année prochaine, mon enfant.

— Oh! ma sœur, je n'y manquerai pas! C'est mon
devoir.

— Et, chère petite, conduisez-vous bien, portez-vous
bien, pour que la sainte Vierge soit fière de vous.

— Bien sûr, madame, elle a été si bonne, ça m'amuse
tant de retourner la voir!

Quand elle fut sur le quai, tous les pèlerins du wagon
se penchèrent, la suivirent avec des visages heureux,
des saluts, des cris.

— A l'année prochaine! à l'année prochaine!

— Oui, oui, merci bien! A l'année prochaine!

On ne devait dire la prière du matin qu'à Châtellerault.
Après l'arrêt à Poitiers, lorsque, de nouveau, le train roula,
dans le petit frisson frais du matin, M. de Guersaint déclara de son air gai qu'il avait supérieurement dormi,
malgré la dureté de la banquette. Madame de Jonquière,
elle aussi, se félicitait de ce bon repos dont elle avait
tant besoin, un peu confuse pourtant d'avoir laissé sœur
Hyacinthe veiller seule sur la Grivotte, qui maintenant
grelottait d'une fièvre intense, reprise de son horrible
toux. Les autres pèlerines faisaient un bout de toilette,
les dix femmes du fond rattachaient leurs fichus, re-
nouaient les brides de leurs bonnets, avec une sorte
d'inquiétude pudique, dans leur laideur pauvre et triste.
Attentive, le visage sur son miroir, Élise Rouquet n'en
finissait pas de s'examiner le nez, la bouche, les joues,
s'admirant, se buvant, trouvant qu'elle redevenait décidément très bien.

Et ce fut alors que Pierre et Marie eurent encore
une grande pitié, en regardant madame Vincent que
rien n'avait pu tirer de la torpeur où elle était, ni
l'arrêt tumultueux à Poitiers, ni le bruit des voix
depuis qu'on roulait de nouveau. Anéantie sur la banquette, elle n'avait pas rouvert les yeux, elle sommeillait toujours, tourmentée de rêves atroces. Et, tandis
que de grosses larmes continuaient à couler de ses
paupières closes, elle venait de saisir l'oreiller qu'on
l'avait forcée de prendre, elle le serrait sur sa poitrine, étroitement, dans quelque cauchemar de sa
maternité souffrante. Ses pauvres bras de mère si
longtemps chargés de sa fillette moribonde, ses bras
inoccupés, vides à jamais, avaient trouvé ce coussin, dans
son sommeil, et ils s'y étaient noués comme sur un fan-
tôme, d'une étreinte aveugle.

Mais M. Sabathier avait le réveil joyeux. Pendant que
madame Sabathier remontait la couverture, en envelop-

pait soigneusement ses jambes mortes, il se mit à causer, l'œil brillant, rendu à la grâce de l'illusion. Il disait qu'il avait rêvé de Lourdes, que la sainte Vierge s'était penchée vers lui, avec un sourire de bienveillante promesse. Et, devant madame Vincent, cette mère dont elle avait laissé mourir la fille, devant la Grivotte, la misérable femme guérie par elle, retombée si rudement à son mal mortel, il se réjouissait, il répétait à M. de Guersaint, d'un air d'absolue certitude :

— Oh! monsieur, je vais rentrer chez moi bien tranquille... L'année prochaine, je serai guéri... Oui, oui! comme le criait tout à l'heure cette chère mignonne : à l'année prochaine! à l'année prochaine!

C'était l'illusion indestructible, victorieuse même de la certitude, l'éternelle espérance qui ne voulait pas mourir, qui repoussait plus vivace, après chaque défaite, sur les ruines de tout.

A Châtellerault, sœur Hyacinthe fit dire la prière du matin, le *Pater* et l'*Ave*, le *Credo*, un appel à Dieu pour lui demander le bonheur d'une journée glorieuse. O mon Dieu! donnez-moi assez de force pour éviter tout le mal, pour pratiquer tout le bien, pour souffrir toutes les peines !

V

Et le voyage continua, le train roula, roula toujours. A Sainte-Maure, on dit les prières de la messe, et l'on chanta le Credo, à Saint-Pierre-des-Corps. Mais les exercices de piété n'étaient plus si goûtés, le zèle se ralentissait un peu, dans la fatigue croissante de ce retour, après une si longue exaltation des âmes. Aussi sœur Hyacinthe comprit-elle qu'une lecture serait une récréation heureuse, pour tous ces pauvres gens surmenés; et elle promit qu'elle permettrait à monsieur l'abbé de leur lire la fin de la vie de Bernadette, dont il leur avait déjà, à deux reprises, conté de si merveilleux épisodes. Mais on attendrait les Aubrais, on aurait près de deux heures des Aubrais à Étampes, tout le temps nécessaire d'achever l'histoire sans être dérangé.

Les stations, alors, se succédèrent de nouveau, dans la répétition monotone de ce qu'on avait fait en allant à Lourdes, au travers des mêmes plaines. On recommença le rosaire à Amboise, on dit le premier chapelet, les cinq mystères joyeux; puis, après avoir chanté à Blois le cantique « Bénis, ô tendre Mère », on récita à Beaugency le deuxième chapelet, les cinq mystères douloureux. Le soleil, dès le matin, s'était voilé d'un fin duvet de nuages, la campagne fuyait très douce et un peu triste, dans son continuel mouvement d'éventail. Aux deux bords de la voie, sous la lumière grise, les arbres, les maisons disparaissaient avec une légèreté vague de rêve; tandis que les

coteaux, au loin, noyés de brume, s'en allaient plus lents,
d'un balancement apaisé de houle. Entre Beaugency et
les Aubrais, le train parut diminuer sa vitesse, roulant
sans fin, avec le grondement rythmique, entêté des roues,
que les pèlerins étourdis n'entendaient même plus.

Enfin, dès qu'on eut quitté les Aubrais, on se mit à
déjeuner dans le wagon. Il était midi moins un quart. Et,
quand on eut dit l'Angélus, les trois *Ave* répétés trois
fois, Pierre tira, de la valise de Marie, le petit livre dont
la couverture bleue était ornée d'une naïve image de Notre-
Dame de Lourdes. Sœur Hyacinthe avait tapé dans ses
mains, pour obtenir le silence. Le prêtre put alors commencer sa lecture, de sa belle voix pénétrante, au milieu
du réveil de tous, de la curiosité de ces grands enfants
que ce conte prodigieux passionnait. Maintenant, c'était
le séjour à Nevers, et c'était la mort de Bernadette. Mais,
comme il avait fait les deux premières fois, il cessa vite
de s'en tenir au texte du petit livre, il y mêla des récits
charmants, ce qu'il savait, ce qu'il devinait ; et, pour lui
encore, s'évoquait l'histoire vraie, l'humaine, la pitoyable,
celle que personne n'avait contée et qui lui bouleversait
le cœur.

Ce fut le 8 juillet 1866 que Bernadette quitta Lourdes.
Elle partait pour se cloîtrer, à Nevers, au couvent de Saint-
Gildard, la maison mère des Sœurs qui desservaient
l'Hospice, où elle avait appris à lire, où elle vivait depuis
huit ans. Elle avait alors vingt-deux ans, il y avait huit
ans déjà que la sainte Vierge lui était apparue. Et ses
adieux à la Grotte, à la Basilique, à toute la ville qu'elle
aimait, furent trempés de larmes. Mais elle ne pouvait
plus y vivre, dans la persécution continuelle de la curiosité publique, des visites, des hommages, des adorations.
Sa santé débile finissait par en souffrir cruellement. Une
humilité sincère, un amour timide de l'ombre et du silence avaient fini par lui donner l'ardent désir de dispa-

raître, d'aller cacher au fond de ténèbres ignorées sa
gloire retentissante d'élue, que le monde ne voulait pas
laisser en paix ; et elle ne rêvait que de simplicité d'esprit,
que de vie tranquille, commune, donnée à la prière et
aux menues occupations quotidiennes. Ce départ fut ainsi
un soulagement pour elle et pour la Grotte, qu'elle commençait à gêner, avec sa trop grande innocence et ses
maux trop lourds.

A Nevers, Saint-Gildard aurait dû être un paradis. Elle
y trouva de l'air, du soleil, de vastes pièces, un grand
jardin planté de beaux arbres. Et elle n'y goûta point
cependant la paix, l'oubli total du monde au désert
lointain. Vingt jours à peine après son arrivée, elle avait
pris le saint habit, sous le nom de sœur Marie-Bernard,
ne s'engageant encore que par des vœux partiels. Et quand
même, le monde l'avait accompagnée, la persécution de la
foule autour d'elle recommença. On la poursuivait jusque
dans le cloître d'un inextinguible besoin de tirer des
grâces de sa personne sainte. Ah! la voir, la toucher, se
porter bonheur en la contemplant, en frottant à son insu
quelque médaille contre sa robe ! C'était la crédule passion pour le fétiche, des fidèles se ruant, traquant ce
pauvre être devenu bon Dieu, voulant chacun en emporter
sa part d'espoir et de divine illusion. Elle en pleurait de
lassitude, de révolte impatiente, répétant : « Qu'ont-ils
donc à me tourmenter ainsi ? qu'ai-je de plus que les
autres ? » A la longue, une réelle douleur la prenait à
être de la sorte « la bête curieuse », ainsi qu'elle avait
fini par se nommer, avec un triste sourire de souffrance.
Elle se défendait bien le plus qu'elle pouvait, refusant de
voir personne. On la défendait aussi, et très étroitement
dans certaines circonstances, ne la montrant qu'aux visiteurs autorisés par l'évêque. Les portes du couvent restaient closes, les ecclésiastiques presque seuls forçaient
la consigne. Mais c'était trop encore pour son désir de

solitude, elle dut souvent s'entêter, faire renvoyer des prêtres, brisée à l'avance de toujours raconter la même aventure, de subir éternellement les mêmes questions. Elle en était outrée, blessée pour la sainte Vierge elle-même. Mais parfois elle devait céder, monseigneur en personne amenait de grands personnages, des dignitaires, des prélats ; et elle se montrait alors de son air grave, elle répondait avec politesse, le plus brièvement possible, elle n'était à l'aise que lorsqu'on la laissait retourner dans son coin d'ombre. Jamais la divinité n'avait pesé davantage à une créature. Un jour, comme on lui demandait si elle n'était pas fière de ces continuelles visites de son évêque, elle répondit doucement : « Monseigneur ne vient pas me voir, il vient me faire voir. » Des princes de l'Église, de grands catholiques de combat voulurent la voir, s'attendrirent, sanglotèrent devant elle ; et, dans son horreur d'être en spectacle, dans l'ennui qu'ils causaient à sa simplicité, elle les quittait sans avoir compris, très lasse et très triste.

Cependant, elle s'était fait sa vie à Saint-Gildard, elle y menait une existence monotone, installée maintenant dans des habitudes qui lui devenaient chères. Elle était si chétive, si fréquemment malade, qu'on l'employait à l'infirmerie. En dehors des quelques soins qu'elle y donnait, elle travaillait, elle avait fini par être une assez habile ouvrière, brodant finement des aubes, des devants d'autel. Mais, souvent, toute force venait à lui manquer, elle ne pouvait même se livrer à ses légers travaux. Lorsqu'elle n'était pas au lit, elle passait de longues journées dans un fauteuil, n'ayant plus que la distraction de dire son rosaire ou de faire de pieuses lectures. Depuis qu'elle savait lire, les livres l'intéressaient, les belles histoires de conversion, les belles légendes où passaient les saints et les saintes, les beaux et effroyables drames aussi où l'on voyait le diable bafoué, replongé dans son enfer. Seulement, sa grande tendresse, son émerveillement continuel restait la Bible, ce Nouveau Testament prodigieux, dont le perpétuel miracle ne la lassait jamais. Elle se souvenait de la Bible de Bartrès, de ce vieux livre jauni, depuis cent ans dans la famille; elle revoyait son père nourricier, à chaque veillée, piquer une épingle au hasard, puis commencer la lecture en haut de la page de droite; et, en ce temps-là, elle les connaissait déjà si bien, ces contes admirables, qu'elle aurait pu continuer par cœur, après n'importe quelle phrase. Maintenant qu'elle les lisait elle-même, elle y trouvait une éternelle surprise, un ravissement toujours nouveau. Le récit de la Passion surtout la bouleversait, comme un événement extraordinaire et tragique, arrivé la veille. Elle sanglotait de pitié, tout son pauvre corps de souffrance en gardait un frisson pendant des heures. Peut-être, dans ses larmes, y avait-il l'inconsciente douleur de sa passion à elle, le désolé calvaire qu'elle montait, elle aussi, depuis sa jeunesse.

Quand elle ne souffrait pas, qu'elle pouvait s'occuper à l'infirmerie, Bernadette allait, venait, emplissait la maison de sa vive gaieté d'enfant. Jusqu'à sa mort, elle demeura l'innocente, l'enfantine, qui aimait à rire, à sauter, à jouer. Elle était très petite, la plus petite de la communauté, ce qui la faisait toujours traiter un peu en gamine par ses compagnes. Le visage s'allongeait, se creusait, perdait l'éclat de la jeunesse; mais les yeux gardaient leur pure et divine clarté, les beaux yeux de visionnaire, où, comme dans un ciel limpide, passait le vol des rêves. En vieillissant, en souffrant, elle devenait un peu âpre et violente, son caractère se gâtait, inquiet, rude parfois; et c'étaient de petites imperfections, dont elle avait, après les crises, de mortels remords. Elle s'humiliait, se croyait damnée, demandait pardon à tout le monde. Mais, le plus souvent, quelle bonne fille du bon Dieu! Elle était

49

vive, alerte, trouvait des réparties, des réflexions excitant
le rire, avait une grâce à elle, qui la faisait adorer.
Malgré sa grande dévotion, bien qu'elle passât des journées en prière, elle n'affichait pas une religion revêche,
sans outrance de zèle pour les autres, tolérante et pitoyable. Aucune sainte fille, en somme, n'était plus
femme, avec des traits propres, une personnalité bien
nette, charmante dans sa puérilité même. Et ce don de
l'enfance qu'elle conservait, cette innocence simple de
l'enfant qu'elle était restée, faisait encore que les enfants
la chérissaient, en reconnaissant toujours en elle une
des leurs : tous couraient à elle, sautaient sur ses genoux,
lui prenaient le cou entre leurs petits bras; et le jardin
retentissait alors de parties folles, de courses, de cris;
et ce n'était pas elle qui courait le moins, qui criait le
moins, si heureuse de redevenir une fillette pauvre,
ignorée, comme aux jours lointains de Bartrès! Plus
tard, on raconta qu'une mère avait amené au couvent son
enfant paralytique, pour que la sainte le touchât et le
guérît. Elle sanglota si fort, que la supérieure finit par
consentir à la tentative. Mais, comme Bernadette se révoltait, indignée, quand on lui demandait des miracles, on
ne la prévint pas, on l'appela seulement pour porter à
l'infirmerie l'enfant malade. Et elle porta l'enfant, et
quand elle le posa par terre, l'enfant marcha. Il était
guéri.

Ah! que de fois Bartrès, et son enfance libre, derrière
ses agneaux, et les années vécues par les collines, par les
grandes herbes, par les bois touffus, durent revivre en
elle, aux heures où elle rêvait, lasse d'avoir prié pour les
pécheurs! Nul ne descendit alors dans son âme, nul ne
peut dire si d'involontaires regrets ne firent pas saigner
son cœur meurtri. Elle eut, un jour, une parole que ses
historiens rapportent, dans le but de rendre sa passion
plus touchante. Cloîtrée loin de ses montagnes, clouée

sur un lit de douleur, elle s'écriait : « Il me semble que j'étais faite pour vivre, pour agir, pour toujours remuer, et le Seigneur me veut immobile. » Quelle parole révélatrice, d'un témoignage terrible, d'une tristesse immense ! Pourquoi donc le Seigneur la voulait-il immobile, cette chère créature de gaieté et de grâce? Ne l'aurait-elle pas honoré autant, en vivant la vie libre, la vie saine, qu'elle était née pour vivre? Et, au lieu de prier pour les pêcheurs, sa continuelle et vaine occupation, n'aurait-elle pas travaillé davantage à accroître le bonheur du monde et le sien, si elle avait donné sa part d'amour au mari qui l'attendait, aux enfants qui seraient nés de sa chair? Certains soirs, dit-on, elle si gaie, si agissante, tombait à un grand accablement. Elle devenait sombre, se repliait sur elle-même, comme anéantie par l'excès de la douleur. Sans doute, le calice finissait par être trop amer, elle entrait en agonie, à l'idée du continuel renoncement de son existence.

A Saint-Gildard, Bernadette songeait-elle souvent à Lourdes? Que savait-elle du triomphe de la Grotte, des prodiges qui, journellement, transformaient cette terre du miracle? La question ne fut jamais résolue nettement. On avait défendu à ses compagnes de l'entretenir de ces choses, on l'entourait d'un absolu et continuel silence. Elle-même n'aimait point à en parler, se taisait sur le passé mystérieux, ne semblait aucunement désireuse de connaître le présent, si triomphal qu'il pût être. Mais, pourtant, son cœur n'y volait-il pas, en imagination, à ce pays enchanté de son enfance, où vivaient les siens, où tous les liens de sa vie s'étaient noués, où elle avait laissé le rêve le plus extraordinaire qu'une créature eût jamais fait? Sûrement, elle refit souvent en pensée le beau voyage de ses souvenirs, elle dut connaître, en gros, tous les grands événements de Lourdes. Ce qui la terrifiait, c'était de s'y rendre en personne, et elle s'y refusa toujours, sachant bien qu'elle ne pouvait y passer inaperçue, reculant devant les foules dont l'adoration l'y attendait. Quelle gloire, s'il y avait eu en elle une volontaire, une ambitieuse, une dominatrice ! Elle serait retournée au lieu saint de ses visions, elle y aurait fait des miracles, prêtresse, papesse, d'une infaillibilité, d'une souveraineté d'élue et d'amie de la sainte Vierge. Les pères n'en eurent jamais sérieusement la crainte, bien que l'ordre formel fût de la retrancher du monde, pour son salut. Ils étaient tranquilles, ils la connaissaient, si douce, si humble, dans sa terreur d'être divine, dans son ignorance de la colossale machine qu'elle avait mise en branle, et dont l'exploitation l'aurait fait reculer d'épouvante, si elle avait compris. Non, non ! ce n'était plus à elle, ce pays de foule, de violence et de négoce. Elle y aurait trop souffert, dépaysée, étourdie, honteuse. Et, lorsque des pèlerins qui s'y rendaient, lui demandaient avec un sourire : « Voulez-vous venir avec nous ? » elle avait un léger frisson, puis elle se hâtait de répondre : « Non, non ! mais comme je le voudrais, si j'étais petit oiseau ! »

Sa rêverie seule fut ce petit oiseau voyageur, au vol rapide, aux ailes muettes, qui, continuellement, faisait son pèlerinage à la Grotte. Elle qui n'était point allée à Lourdes, ni pour la mort de son père, ni pour celle de sa mère, devait y vivre continuellement en songe. Elle aimait les siens cependant; elle se préoccupait d'assurer du travail à sa famille restée pauvre, elle avait voulu recevoir son frère aîné, tombé à Nevers pour se plaindre, et qu'on laissait à la porte du couvent. Mais il la trouva lasse et résignée, elle ne le questionna même pas sur le nouveau Lourdes, comme si cette ville grandissante lui eût fait peur. L'année du Couronnement de la Vierge, un prêtre qu'elle avait chargé de prier à son intention, devant la Grotte, revint lui conter les inoubliables merveilles de la cérémonie, les cent mille pèlerins accourus, les trente-cinq évêques, vêtus d'or, dans la Basilique rayonnante. Elle frémissait, elle avait son léger frisson de désir et d'inquiétude. Et, quand le prêtre s'écria : « Ah ! si vous aviez vu cette splendeur ! » elle répondit : « Moi ! j'étais bien mieux ici, à mon infirmerie, dans mon petit coin. » On lui avait volé sa gloire, son œuvre resplendissait dans un continuel hosanna, et elle ne goûtait de joie qu'au fond de l'oubli, de cette ombre du cloître, où l'oubliaient les opulents fermiers de la Grotte. Les solennités retentissantes n'étaient point les occasions de ses mystérieux voyages, le petit oiseau de son âme ne volait tout seul, là-bas, que les jours de solitude, aux heures paisibles, lorsque personne n'y pouvait troubler ses dévotions. C'était devant la sauvage Grotte primitive qu'elle retournait s'agenouiller, parmi .les buissons d'églantiers, aux temps où le Gave n'était pas encore muré d'un quai monumental. Puis, c'était la vieille ville qu'elle visitait au déclin du jour, dans la fraîcheur odorante des montagnes, la vieille église peinte et dorée, à demi espagnole, où elle avait fait sa première communion, le vieil Hospice, d'une si tiède souffrance, où elle s'était pendant huit ans habituée à la retraite, toute cette vieille cité pauvre et innocente, dont chaque pavé éveillait d'anciennes tendresses au fond de sa mémoire.

Et Bernadette ne poussait-elle jamais jusqu'à Bartrès le pèlerinage de ses rêves? Il faut croire que, parfois, dans son fauteuil de malade, lorsqu'elle laissait glisser quelque livre pieux de ses mains lasses, et qu'elle fermait les paupières, Bartrès apparaissait, éclairait la nuit de ses yeux. L'antique petite église romane, avec sa nef couleur du ciel, avec ses retables saignants, était là, au milieu des tombes de l'étroit cimetière. Ensuite, elle se retrouvait dans la maison des Lagües, dans la vaste pièce de gauche, où il y avait du feu, où l'on contait l'hiver de si belles histoires, pendant que la grosse horloge battait

49.

gravement l'heure. Ensuite, toute la campagne s'étendait,
des prairies sans fin, des châtaigniers géants sous lesquels
on était perdu, des plateaux déserts d'où l'on découvrait
les montagnes lointaines, le pic du Midi, le pic de Viscos,
légers et roses comme des songes, envolés en plein
paradis des légendes. Ensuite, ensuite, c'était sa jeunesse
libre, galopant où il lui plaisait, au grand air, c'étaient
ses treize ans solitaires et rêveurs, promenant par la
vaste nature leur joie de vivre. Et, à cette heure, peut-
être, ne se revoyait-elle pas, le long des ruisseaux, au
travers des buissons d'aubépine, lâchée dans les hautes
herbes, par un chaud soleil de juin? ne s'y revoyait-elle
pas grandie, avec un amoureux de son âge qu'elle aurait
aimé, dans toute la simplicité et la tendresse de son
cœur? Ah! redevenir jeune, être libre encore, inconnue, heureuse, et aimer de nouveau, aimer autrement!
La vision passait confuse, un mari qui l'adorait, des enfants qui poussaient gaiement autour d'elle, l'existence de
tout le monde, les joies et les tristesses que ses parents
avaient connues, que ses enfants auraient dû connaître
à leur tour. Et tout s'effaçait peu à peu, et elle se retrouvait dans son fauteuil de douleur, emprisonnée entre
quatre murs froids, n'ayant plus que le violent désir
d'une mort prompte, puisqu'il n'y avait pas eu, pour elle,
de place au pauvre bonheur commun de cette terre.

Les maux de Bernadette augmentaient chaque année.
C'était enfin la passion qui commençait, la passion de ce
nouveau Messie enfant, venu pour le soulagement des
misérables, chargé d'annoncer aux hommes la religion
de divine justice, l'égalité devant les miracles, bafouant
les lois de l'impassible nature. Elle ne se levait plus que
pour se traîner de chaise en chaise, pendant quelques
jours; et elle retombait, elle était forcée de reprendre le
lit. Ses souffrances devenaient épouvantables. Son hérédité nerveuse, son asthme, aggravé par le cloître, avait

dû dégénérer en phtisie. Elle toussait affreusement, des quintes qui déchiraient sa poitrine en feu, qui la laissaient à demi morte. Pour comble de misère, une carie des os du genou droit s'était déclarée, un mal rongeur dont les élancements lui arrachaient des cris. Son pauvre corps, sous les continuels pansements, n'offrait plus qu'une plaie vive, sans cesse irritée par la chaleur du lit, ce continuel séjour entre les draps dont le frottement finissait par lui user la peau. Tous la prenaient en pitié, les témoins de son martyre disaient qu'on ne pouvait souffrir ni plus ni mieux. Elle essayait de l'eau de Lourdes, qui ne lui apportait aucun soulagement. Seigneur, roi tout-puissant, pourquoi donc la guérison des autres et pas la sienne? Pour sauver son âme? mais alors vous ne sauvez donc pas les âmes des autres? Quel choix inexplicable, quelle nécessité absurde des tortures de ce pauvre être, dans l'évolution éternelle des mondes! Elle sanglotait, elle répétait, pour s'encourager : « Le ciel est au bout, mais que le bout est long à venir! » C'était toujours l'idée que la souffrance est le creuset, qu'il faut souffrir sur la terre pour triompher ailleurs, que souffrir est indispensable, enviable et béni. N'est-ce pas un blasphème, ô Seigneur? n'avez-vous fait ni la jeunesse ni la joie? voulez-vous donc que vos créatures ne jouissent ni de votre soleil, ni de votre nature en fête, ni des tendresses humaines dont vous avez fleuri leur chair? Elle craignait la révolte qui l'enrageait parfois, elle voulait aussi se raidir contre le mal dont criait son corps, et elle se crucifiait en pensée, elle étendait ses bras en croix pour s'unir à Jésus, les membres contre ses membres, la bouche contre sa bouche, ruisselante de sang comme lui, abreuvée comme lui d'amertume. Jésus était mort en trois heures, son agonie était encore plus longue, à elle qui renouvelait la rédemption par la souffrance, qui mourait aussi pour apporter la vie aux autres. Lorsque ses os craquaient d'angoisse, elle poussait des plaintes souvent, puis elle se les reprochait aussitôt. « Oh ! que je souffre, oh ! que je souffre ! mais je suis si heureuse de souffrir ! » Il n'est pas de parole plus effroyable, d'un pessimisme plus noir. Heureuse de souffrir, ô Seigneur ! et pourquoi, et dans quel but ignoré et imbécile ? A quoi bon cette inutile cruauté, cette révoltante glorification de la souffrance, lorsqu'il ne monte de l'humanité entière qu'un désir éperdu de santé et de bonheur ?

Au milieu de son affreux supplice, sœur Marie-Bernard prononça ses vœux perpétuels, le 22 septembre 1878. Il y avait vingt ans que la sainte Vierge lui était apparue, la visitant comme l'Ange l'avait visitée elle-même, la choisissant comme elle-même avait été choisie, parmi les plus humbles et les plus candides, pour cacher en elle le secret du roi Jésus. C'était l'explication mystique de l'élection de la souffrance, la raison d'être de cette créature séparée si durement des autres, accablée de maux, devenue le pitoyable champ de toutes les afflictions humaines. Elle était le jardin fermé qui plaît tant aux regards de l'Époux, il l'avait choisie, puis ensevelie dans la mort de sa vie cachée. Aussi, lorsque la misérable chancelait sous le poids de sa croix, ses compagnes lui disaient-elles : « L'oubliez-vous donc ? la sainte Vierge vous a promis que vous seriez heureuse, non pas dans ce monde, mais dans l'autre. » Elle répondait, ranimée, en se frappant le front : « L'oublier, non, non ! c'est là ! » Elle ne retrouvait des forces que dans cette illusion d'un paradis de gloire, où elle entrerait, escortée par les séraphins, bienheureuse éternellement. Les trois secrets personnels que la sainte Vierge lui avait confiés, pour l'armer contre le mal, devaient être des promesses de beauté, de félicité, d'immortalité au ciel. Quelle monstrueuse duperie, s'il n'y avait eu que la nuit de la terre au delà du tombeau, si la sainte Vierge de son rêve ne s'était pas trouvée au rendez-vous, parmi les prodigieuses récompenses promises ! Mais Bernadette n'avait pas un doute, elle acceptait volontiers toutes les petites commissions que ses compagnes, naïvement, lui donnaient pour le ciel : « Sœur Marie-Bernard, vous direz ceci, vous direz cela au bon Dieu... Sœur Marie-Bernard, vous embrasserez mon frère, si vous le rencontrez au paradis... Sœur Marie-Bernard, vous me garderez une petite place près de vous, pour quand je mourrai. » Et elle répondait à chacune, complaisante : « N'ayez aucune crainte, votre commission sera faite. » Ah ! toute-puissante illusion, repos délicieux, force toujours rajeunie et consolatrice !

Et ce fut l'agonie, ce fut la mort. Le vendredi 28 mars 1879, on crut qu'elle ne passerait pas la nuit. Elle avait un appétit désespéré de la tombe, pour ne plus souffrir, pour ressusciter au ciel. Aussi se refusait-elle obstinément à recevoir l'extrême-onction, disant que, deux fois déjà, l'extrême-onction l'avait guérie. Elle voulait que Dieu, enfin, la laissât mourir, car c'était trop, Dieu n'aurait pas été sage en exigeant d'elle de la douleur encore. Pourtant, elle finit par consentir à être administrée, et son agonie en fut prolongée près de trois semaines. Le prêtre qui l'assistait lui répétait souvent : « Ma fille, il faut faire le sacrifice de sa vie. » Un jour, impatientée, elle lui répondit vivement : « Mais, mon père, ce n'est pas un sacrifice. » Parole terrible aussi, celle-là, dégoût de l'être, mépris furieux de l'existence, fin immédiate de l'humanité, si elle avait le pouvoir de se supprimer d'un geste. Il est vrai que la pauvre fille n'avait rien à regretter : on lui avait fait tout mettre en dehors de la vie, sa santé, sa joie, son amour, pour qu'elle la quittât comme on quitte un linge en lambeaux, usé et sali. Et elle avait raison, elle condamnait sa vie inutile, sa vie cruelle, lorsqu'elle disait : « Ma passion ne finira qu'à ma mort et durera pour moi jusqu'à mon entrée dans l'éternité. »

Et cette idée de sa passion la poursuivait, l'attachait plus étroitement sur la croix avec son divin Maître. Elle s'était fait donner un grand crucifix, elle le pressait violemment sur sa triste poitrine de vierge, en criant qu'elle aurait voulu l'enfoncer dans sa gorge, et qu'il y restât. Vers la fin, ses forces l'abandonnèrent, elle ne pouvait plus le tenir de ses mains tremblantes. « Qu'on l'attache à moi, qu'on le serre bien fort, pour que je le sente jusqu'à mon dernier souffle ! » C'était le seul homme que sa virginité devait connaître, le seul baiser sanglant donné à sa maternité inutile, déviée et pervertie. Les religieuses prirent des cordes, les passèrent sous ses reins douloureux, en entourèrent ses misérables flancs inféconds, attachèrent le crucifix sur sa gorge, si rudement, qu'il y entra.

Enfin, la mort eut pitié. Le lundi de Pâques, elle fut prise d'un grand frisson. Des hallucinations la troublaient, elle grelottait de peur, elle voyait le démon ricaner, rôder autour d'elle. « Va-t'en, va-t'en, Satan ! ne me touche pas, ne m'emporte pas ! » Elle racontait ensuite, dans son délire, que le diable avait voulu se jeter sur elle, qu'elle avait senti sa bouche lui souffler toutes les flammes de l'enfer. Le diable dans cette vie si pure, dans cette âme sans péché, pourquoi donc, ô Seigneur ! et encore un coup, pourquoi cette souffrance sans pardon, exaspérée jusqu'au bout, pourquoi cette fin de cauchemar, cette mort troublée d'imaginations affreuses, après une si belle vie de candeur, de pureté et d'innocence ? Ne pouvait-elle s'endormir sereine, dans la paix de son âme chaste ? Sans doute, tant qu'elle avait un souffle, il fallait lui laisser la haine et la peur de la vie, qui est le diable. C'était la vie qui la menaçait, c'était la vie qu'elle chassait, de même qu'elle avait nié la vie en réservant à l'Époux céleste sa virginité torturée, clouée sur la croix. Ce dogme de l'Immaculée Conception, que son rêve de fillette souffrante était venu consolider, souffletait la femme, épouse et mère. Décréter que la femme n'est digne d'un culte qu'à la condition d'être vierge, en imaginer une qui reste vierge en devenant mère, qui elle-même est née sans tache, n'est-ce pas la nature bafouée, la vie condamnée, la femme niée, jetée à la perversion, elle qui n'est grande que fécondée, perpétuant la vie ? « Va-t'en, va-t'en, Satan ! laisse-moi mourir stérile. » Et elle chassait le soleil de la salle, et elle chassait l'air libre entrant par la fenêtre, l'air embaumé d'une odeur de fleurs, chargé des germes errants qui charrient l'amour à travers le vaste monde.

Le mercredi de Pâques, le 16 avril, l'agonie dernière commença. On raconte que, le matin de ce jour, une compagne de Bernadette, une religieuse atteinte d'une maladie mortelle, couchée à l'infirmerie, dans un lit voisin, fut subitement guérie, après avoir bu un verre d'eau de Lourdes. Mais elle, privilégiée, en avait bu inutilement. Dieu lui faisait enfin l'insigne faveur de combler ses vœux, en l'endormant du bon sommeil de la terre, où l'on ne souffre plus. Elle demanda pardon à tout le monde. Sa passion était consommée, elle avait, comme le Sauveur, les clous et la couronne d'épines, les membres flagellés, le flanc ouvert. Comme lui, elle leva les yeux au ciel, elle étendit les bras en croix, en jetant un grand cri : « Mon Dieu ! » Et, comme lui, vers trois heures, elle dit : « J'ai soif. » Elle trempa les lèvres dans le verre, elle pencha la tête, et mourut.

Ainsi mourut, très glorieuse et très sainte, la voyante de Lourdes, Bernadette Soubirous, sœur Marie-Bernard, des Sœurs de la charité de Nevers. Son corps resta exposé pendant trois jours, et des foules énormes défilèrent, tout un peuple accouru, l'interminable queue des dévots affamés d'espoir qui frottaient à la robe de la morte des médailles, des chapelets, des images, des livres de messe, pour tirer d'elle encore une grâce, un fétiche portant

bonheur. Même dans la mort on ne pouvait la laisser à
son rêve de solitude, la cohue des misérables de ce monde
se ruait, buvait l'illusion autour de son cercueil. Et l'on
remarqua que son œil gauche était resté obstinément
ouvert, l'œil qui, pendant les apparitions, se trouvait du
côté de la sainte Vierge. Un dernier miracle émerveilla
le couvent, le corps ne changea pas, on l'ensevelit au
troisième jour, souple, tiède, les lèvres roses, la peau
très blanche, comme rajeuni et sentant bon. Aujourd'hui,
Bernadette Soubirous, la grande exilée de Lourdes, pendant que la Grotte resplendit en son triomphe, dort
obscurément son dernier sommeil à Saint-Gildard, sous
la dalle d'une petite chapelle, dans l'ombre et dans le
silence des vieux arbres du jardin.

Pierre cessa de parler, le beau conte merveilleux était
fini. Et tout le wagon l'écoutait encore, dans le saisissement passionné de cette fin si tragique et si touchante.
Des larmes tendres coulaient des yeux de Marie, tandis
que les autres, Élise Rouquet, la Grivotte elle-même, un
peu calmée, joignaient les mains, priaient celle qui était
chez le bon Dieu, d'intercéder pour l'achèvement de leur
guérison. M. Sabathier fit un grand signe de croix, puis
mangea le gâteau que sa femme lui avait acheté à Poitiers.
Au milieu de l'histoire, M. de Guersaint, que les choses
tristes incommodaient, s'était rendormi. Et il n'y avait
que madame Vincent, la face enfoncée dans l'oreiller,
qui n'eût pas bougé, comme sourde et aveugle, ne
voulant plus rien voir ni rien entendre.

Mais le train roulait, roulait toujours. Madame de Jonquière, la tête au dehors, annonça qu'on approchait
d'Étampes. Et, quand on eut quitté cette station, sœur
Hyacinthe donna le signal, on récita le troisième chapelet, les cinq mystères glorieux, la Résurrection de Notre-
Seigneur, l'Ascension de Notre-Seigneur, la Mission du
Saint-Esprit, l'Assomption de la Très Sainte Vierge, le

Couronnement de la Très Sainte Vierge. Ensuite, on chanta le cantique : « Je mets ma confiance, Vierge, en votre secours... »

Pierre, alors, tomba dans une profonde rêverie. Ses regards s'étaient portés sur la campagne, ensoleillée maintenant, dont la continuelle fuite semblait bercer ses pensées. Le grondement des roues l'étourdissait, il finissait par ne plus distinguer nettement les horizons familiers de cette grande banlieue, qu'il avait connue autrefois. Encore Brétigny, encore Juvisy, et ce serait Paris enfin, dans une heure et demie à peine. C'était donc fini, ce grand voyage! elles étaient donc faites, cette enquête tant désirée, cette expérience tentée si passionnément! Il avait voulu se donner une certitude, étudier sur place le cas de Bernadette, voir si la grâce ne lui reviendrait pas dans un coup de foudre, en lui rendant la foi. Et, maintenant, il était fixé, Bernadette avait rêvé dans le continuel tourment de sa chair, et lui-même ne croirait jamais plus. Cela s'imposait avec la brutalité d'un fait : la foi naïve de l'enfant qui s'agenouille et qui prie, la primitive foi des peuples jeunes, courbé sous la terreur sacrée de leur ignorance, était morte. Des milliers de pèlerins avaient beau se rendre chaque année à Lourdes, les peuples n'étaient plus avec eux, la tentative de cette résurrection de la foi totale, de la foi des siècles morts, sans révolte ni examen, devait échouer fatalement. L'histoire ne retourne pas en arrière, l'humanité ne peut revenir à l'enfance, les temps sont trop changés, trop de souffles nouveaux ont semé de nouvelles moissons, pour que les hommes d'aujourd'hui repoussent tels que les hommes d'autrefois. C'était décisif, Lourdes n'était qu'un accident explicable, dont la violence de réaction apportait même une preuve de l'agonie suprême où se débattait la croyance, sous l'antique forme du catholicisme. Jamais plus la nation entière ne se prosternerait, comme l'ancienne nation croyante, dans les cathédrales du douzième siècle, pareille à un troupeau docile sous les mains du Maître. S'entêter en aveugle à vouloir cela, ce serait se briser contre l'impossible et courir peut-être aux grandes catastrophes morales.

Et, de son voyage, il ne restait déjà plus à Pierre qu'une immense pitié. Ah! son cœur en débordait, son pauvre cœur en revenait meurtri. Il se rappelait les paroles du bon abbé Judaine; et il avait vu ces milliers de misérables prier, sangloter, supplier Dieu de prendre leur torture en miséricorde; et il avait sangloté avec eux, il gardait en lui, comme une plaie vive, la fraternité lamentable de tous leurs maux. Aussi ne pouvait-il songer à ces pauvres gens sans brûler du désir de les soulager. Si la foi des simples ne suffisait plus, si l'on courait le risque de s'égarer en voulant retourner en arrière, allait-il donc falloir fermer la Grotte, prêcher un autre effort, une autre patience? Mais sa pitié se révoltait. Non, non! ce serait un crime que de fermer le rêve de leur ciel à ces souffrants du corps et de l'âme, dont l'unique apaisement était de s'agenouiller, là-bas, dans la splendeur des cierges, dans l'entêtement berceur des cantiques. Lui-même n'avait pas commis le meurtre de détromper Marie, il s'était immolé pour lui laisser la joie de sa chimère, le divin soutien d'avoir été guérie par la Vierge. Où était donc l'homme dur qui aurait eu la cruauté d'empêcher les humbles de croire, de tuer en eux la consolation du surnaturel, l'espoir que Dieu s'occupait d'eux, qu'il leur réservait une vie meilleure dans son paradis? L'humanité entière pleurait, éperdue d'angoisse, pareille à une malade désespérée, condamnée, que seul pouvait sauver le miracle. Il la sentait si malheureuse, il frémissait d'une maternelle tendresse devant ce christianisme pitoyable, l'humilité, l'ignorance, la pauvreté avec ses haillons, la maladie avec ses plaies et son

odeur fétide, tout ce bas petit peuple des souffrants, à
l'hôpital, au couvent, dans les bouges, et la vermine, et la
saleté, et la laideur, et l'imbécillité des faces, une immense
protestation contre la santé, contre la vie, contre la
nature, au nom triomphal de la justice, de l'égalité et
de la bonté. Non, non! il ne fallait désespérer personne,
il fallait tolérer Lourdes, ainsi qu'on tolère le mensonge
qui aide à vivre. Et, comme il l'avait dit dans la chambre
de Bernadette, elle restait la martyre, elle lui révélait
la seule religion dont son cœur fût encore plein, la religion de la souffrance humaine. Ah! être bon, panser
tous les maux, endormir la douleur dans un rêve, mentir
même pour que personne ne souffre plus!

A toute vapeur on traversa un village, et Pierre aperçut
confusément une église, au milieu de grands pommiers.
Tous les pèlerins du wagon se signèrent. Mais lui, maintenant, était envahi d'une inquiétude, des scrupules rendaient sa rêverie anxieuse. Cette religion de la souffrance
humaine, ce rachat par la souffrance, n'était-ce pas encore
un leurre, une aggravation continue de la douleur et de
la misère? Il est lâche et dangereux de laisser vivre la
superstition. La tolérer, l'accepter, c'est recommencer
éternellement les siècles mauvais. Elle affaiblit, elle
abêtit, les tares dévotes que l'hérédité lègue font des
générations humiliées et craintives, des peuples dégé-
nérés et dociles, toute une proie aisée aux puissants de
ce monde. On exploite les peuples, on les vole, on les
mange, quand ils ont mis l'effort de leur volonté dans la
seule conquête de l'autre vie. Dès lors ne vaudrait-il pas
mieux avoir tout de suite l'audace d'opérer l'humanité
brutalement, en fermant les Grottes miraculeuses où elle
va sangloter, et de lui rendre ainsi le courage de vivre la
vie réelle, même dans les larmes? Et c'était comme la
prière, ce flot de prières incessantes qui montait de
Lourdes, dont la supplication sans fin l'avait baigné et

attendri : n'était-ce autre chose qu'un bercement puéril,
un abâtardissement de toutes les énergies ? La volonté
s'y endormait, l'être s'y dissolvait, y prenait la vie, l'action
en dégoût. A quoi bon vouloir, à quoi bon agir, lorsqu'on
s'en remet totalement au caprice d'une toute-puissance inconnue ? D'autre part, quelle étrange chose que ce désir
fou de prodiges, ce besoin de pousser Dieu à transgresser
les lois de la nature qu'il a établies lui-même, dans son
infinie sagesse ! Il y avait évidemment là péril et déraison,
il n'aurait fallu développer, chez l'homme et surtout chez
l'enfant, que l'habitude de l'effort personnel et le courage
de la vérité, au risque d'y perdre l'illusion, la divine
consolatrice.

Alors, toute une grande clarté monta, éblouit Pierre.
Il était la raison, il protestait contre la glorification de
l'absurde et la déchéance du sens commun. Ah ! la raison,
il souffrait par elle, il n'était heureux que par elle. Comme
il l'avait dit au docteur Chassaigne, il ne brûlait que
de l'envie de la contenter toujours davantage, quitte à y
laisser le bonheur. C'était elle, il le comprenait bien
maintenant, c'était elle dont la continuelle révolte, à la
Grotte, à la Basilique, dans Lourdes entier, l'avait empêché de croire. Il n'avait pu la tuer, s'humilier et s'anéantir, ainsi que son vieil ami, le grand vieillard foudroyé,
à la sénilité douloureuse, redevenu enfant dans le désastre
de son cœur. Elle était sa maîtresse souveraine, elle le
tenait debout, même au milieu des obscurités et des
avortements de la science. Quand il ne s'expliquait pas une
chose, elle lui soufflait : « Il y a certainement une explication naturelle qui m'échappe. » Il répétait qu'on ne
saurait avoir sainement un idéal, en dehors de la marche
à l'inconnu pour le connaître, de la victoire lente de la
raison, au travers des misères du corps et de l'intelligence.
Lui, prêtre, était capable de ravager sa vie pour tenir son
serment, dans le combat de sa double hérédité, son père

tout cerveau, sa mère toute foi. Il avait eu la force de
mater la chair, de renoncer à la femme, mais il sentait
bien que son père l'emportait définitivement, car le sacrifice de sa raison lui était désormais impossible : il n'y
renoncerait pas, il ne la materait pas. Non, non ! la souffrance humaine elle-même, la souffrance sacrée des
pauvres ne devait pas être un obstacle, une nécessité
d'ignorance et de folie. La raison avant tout, il n'y avait
de salut que dans la raison. Si, baigné de larmes, amolli
par tant de maux, il avait dit à Lourdes qu'il suffisait de
pleurer et d'aimer, il s'était trompé dangereusement. La
pitié n'était qu'un expédient commode. Il fallait vivre,
il fallait agir, il fallait que la raison combattît la souffrance, à moins qu'on ne voulût l'éterniser.

Mais, de nouveau, dans la fuite rapide de la campagne,
une église apparut, cette fois au bord du ciel, sur une
colline, quelque chapelle votive, que surmontait une
haute statue de la sainte Vierge. Et, une fois de plus,
tous les pèlerins firent le signe de la croix. Et la rêverie
de Pierre s'égara encore, un autre flot de réflexions le
rendit à son angoisse. Quel était donc cet impérieux
besoin d'au-delà qui torturait l'humanité souffrante? D'où
venait-il? Pourquoi voulait-on de l'égalité, de la justice,
lorsque ces choses semblaient absentes de l'impassible
nature? L'homme les avait mises dans l'inconnu du mystère, dans le surnaturel des paradis religieux, et là il
contentait son ardente soif. Toujours la soif inextinguible
du bonheur l'avait brûlé, toujours elle le brûlerait. Si les
pères de la Grotte faisaient de si glorieuses affaires,
c'était qu'ils vendaient du divin. Cette soif du divin, que
rien n'a pu étancher au travers des siècles, semblait
renaître avec une violence nouvelle, au bout de notre
siècle de science. Lourdes était l'exemple éclatant, indéniable, que jamais peut-être l'homme ne pourrait se
passer du rêve d'un Dieu souverain, rétablissant l'égalité,

50.

refaisant du bonheur, à coups de miracles. Quand l'homme
a touché le fond du malheur de vivre, il en revient à l'illusion divine ; et l'origine de toutes les religions est là,
l'homme faible et nu n'ayant pas la force de vivre sa
misère terrestre sans l'éternel mensonge d'un paradis.
Aujourd'hui l'expérience était faite, rien que la science
ne semblait pouvoir suffire, et on allait être forcé de
laisser une porte ouverte sur le mystère.

Brusquement, le mot sonna dans le crâne de Pierre
profondément absorbé. Une religion nouvelle! Cette
porte qu'il fallait laisser ouverte sur le mystère, c'était
en somme une religion nouvelle. Opérer brutalement
l'humanité de son rêve, lui enlever de force le merveilleux dont elle a besoin autant que de pain pour vivre, ce
serait la tuer peut-être. Aurait-elle jamais le courage
philosophique de la vie telle qu'elle est, vécue pour elle-
même, sans l'idée future des peines et des récompenses?
Il semblait bien que des siècles passeraient avant qu'une
société assez sage pût vivre honnêtement, sans la police
morale d'un culte quelconque, sans la consolation d'une
égalité et d'une justice surhumaines. Oui! une religion
nouvelle, cela éclatait, cela retentissait en lui, comme le
cri même des peuples, le besoin avide et désespéré de
l'âme moderne. La consolation, l'espoir que le catholicisme avait apportés au monde semblait épuisé, après dix-
huit siècles d'histoire, tant de larmes, tant de sang, tant
d'agitations vaines et barbares. C'était une illusion qui
s'en allait, et il fallait au moins changer d'illusion. Si,
jadis, on s'était jeté dans le paradis chrétien, cela venait
de ce qu'il s'ouvrait alors comme la jeune espérance.
Une religion nouvelle, une espérance nouvelle, un
paradis nouveau, oui! le monde en avait soif, dans le
malaise où il se débattait. Et le père Fourcade le sentait
bien, il ne voulait pas dire autre chose, lorsqu'il s'inquiétait, suppliant qu'on amenât à Lourdes le peuple

des grandes villes, la masse profonde du petit peuple qui fait la nation. Cent mille, deux cent mille pèlerins par an, à Lourdes, ce n'était encore que le grain de sable. Il aurait fallu le peuple, le peuple tout entier. Mais le peuple a déserté les églises à jamais, il ne met même plus son âme dans les saintes Vierges qu'il fabrique, rien désormais ne saurait lui rendre la foi perdue. Une démocratie catholique, ah! l'histoire recommencerait. Seulement, était-ce possible, cette création d'un nouveau peuple chrétien? et n'aurait-il pas fallu la venue d'un nouveau Sauveur, le souffle prodigieux d'un autre Messie?

Cela sonnait toujours, grandissait comme une volée de cloche, dans la songerie de Pierre. Une religion nouvelle! une religion nouvelle! Il la faudrait sans doute plus près de la vie, faisant à la terre une part plus large, s'accommodant des vérités conquises. Et surtout une religion qui ne fût pas un appétit de la mort. Bernadette ne vivant que pour mourir, le docteur Chassaigne aspirant à la tombe comme à l'unique bonheur, tout cet abandon spiritualiste était une désorganisation continue de la volonté de vivre. Au bout, il y avait la haine de la vie, le dégoût et la paralysie de l'action. Toute religion, il est vrai, n'est qu'une promesse d'immortalité, un embellissement de l'au-delà, le jardin enchanté du lendemain de la mort. Une religion nouvelle pourrait-elle jamais mettre sur la terre ce jardin de l'éternel bonheur? Où donc était la formule, où donc était le dogme qui comblerait l'espoir des hommes d'aujourd'hui? Quelle croyance semer pour qu'elle poussât en une moisson de force et de paix? Comment féconder le doute universel pour qu'il accouchât d'une nouvelle foi, et quelle sorte d'illusion, quel mensonge divin pouvait germer encore dans la terre contemporaine, ravagée de toutes parts, défoncée par un siècle de science?

A ce moment, sans transition apparente, sur le fond trouble de ses pensées, Pierre vit s'évoquer la figure de

son frère Guillaume. Il n'en fut pas surpris pourtant, un
lien secret devait l'amener. Comme ils s'étaient aimés
autrefois, et quel bon frère, ce grand frère si droit et si
doux! Désormais, la rupture était complète, il ne le
revoyait plus, depuis qu'il s'était cloîtré dans ses études
de chimiste, habitant en sauvage une petite maison de
faubourg, avec une maîtresse et deux grands chiens.
Puis, sa rêverie tourna encore, il songea à ce procès dans
lequel on avait prononcé le nom de Guillaume, soupçonné
d'avoir des amitiés compromettantes parmi les révolutionnaires les plus violents. On racontait qu'à la suite de
longues recherches, il venait de découvrir la formule
d'un explosif terrible, dont une livre seulement aurait
fait sauter une cathédrale. Et Pierre, maintenant, songeait à ces anarchistes qui voulaient renouveler et sauver
le monde en le détruisant. Ce n'étaient que des rêveurs,
et des rêveurs atroces, mais des rêveurs comme les inno-
cents pèlerins, dont il avait vu le troupeau extatique
agenouillé devant la Grotte. Si les anarchistes, les socia-
listes extrêmes demandaient violemment l'égalité dans la
richesse, la mise en commun des jouissances de ce monde,
les pèlerins réclamaient avec des larmes l'égalité dans la
santé, le partage équitable de la paix morale et physique.
Ceux-ci comptaient sur le miracle, les autres s'adressaient
à l'action brutale. Au fond, c'était le même rêve exaspéré
de fraternité et de justice, l'éternel besoin du bonheur,
plus de pauvres, plus de malades, tous heureux. Anciennement, les premiers chrétiens n'ont-ils pas été des révolutionnaires redoutables pour le monde païen, qu'ils
menaçaient, et qu'ils ont en effet détruit? Eux qu'on a
persécutés, qu'on a tâché d'exterminer, sont aujourd'hui
inoffensifs, parce qu'ils sont devenus le passé. L'avenir
effrayant, c'est toujours l'homme qui rêve la société future,
c'est aujourd'hui l'affolé de rénovation sociale qui fait le
grand rêve noir de tout purifier par la flamme des incen-

dies. Cela était monstrueux. Qui savait pourtant ? là était peut-être le monde rajeuni de demain.

Et, perdu, incertain, Pierre, dans son horreur de la violence, faisait cause commune avec la vieille société qui se défendait, sans pouvoir dire d'où viendrait le Messie de douceur, aux mains duquel il aurait voulu remettre la pauvre humanité malade. Une religion nouvelle, oui ! une religion nouvelle. Mais il n'est pas facile d'en inventer une, il ne savait comment conclure, entre l'antique foi qui était morte et la jeune foi de demain encore à naître. Lui, désolé, n'était sûr que de tenir son serment, prêtre sans croyance veillant sur la croyance des autres, faisant chastement, honnêtement son métier, dans la tristesse hautaine de n'avoir pu renoncer à sa raison, comme il avait renoncé à sa chair. Et il attendrait.

Mais le train roula parmi de grands parcs, la locomotive siffla longuement, toute une fanfare d'allégresse, qui tira Pierre de ses réflexions. Autour de lui, le wagon s'émotionnait, s'agitait. On venait de quitter Juvisy, c'était Paris enfin, dans une demi-heure à peine. Et chacun rangeait ses affaires, les Sabathier refaisaient leurs petits paquets, Élise Rouquet donnait un dernier coup d'œil à son miroir. Un instant, madame de Jonquière s'inquiéta de la Grivotte, décida de la faire conduire directement à un hôpital, dans l'état pitoyable où elle était ; tandis que Marie tâchait de tirer madame Vincent de la torpeur dont elle semblait ne pas vouloir sortir. Il fallut réveiller M. de Guersaint, qui avait fait un bout de sieste. Et, sœur Hyacinthe ayant tapé dans ses mains, tout le wagon entonna le *Te Deum*, le cantique d'actions de grâces : « *Te Deum laudamus, te Dominum confitemur...* » Les voix montaient au milieu d'une ferveur dernière, toutes ces âmes brûlantes remerciaient Dieu de l'admirable voyage, des faveurs merveilleuses dont il les avait comblées et dont il les comblerait encore.

Les fortifications. Dans le grand ciel pur, d'une sérénité chaude, le soleil de deux heures descendait lentement. Au-dessus de Paris immense, des fumées lointaines, des fumées rousses s'élevaient en nuées légères, une haleine épu e et volante de colosse au travail. C'était Paris dans sa forge, Paris avec ses passions, ses combats, son tonnerre toujours grondant, sa vie ardente toujours en enfantement de la vie de demain. Et le train blanc, le train lamentable de toutes les misères et de toutes les douleurs y rentrait à grande vitesse, en sonnant plus haut la fa are déchirante de ses coups de sifflet. Les cinq cents pèlerins, les trois cents malades allaient s'y perdre et retomber sur le dur pavé de leur existence, au sortir du rêve prodigieux qu'ils venaient de faire, jusqu'au jour où le besoin consolateur d'un rêve nouveau les forcerait à recommencer l'éternel pèlerinage du mystère et de l'oubli.

Ah ! tristes hommes, pauvre humanité malade, affamée d'illusion, qui, dans la lassitude de ce siècle finissant, éperdue et meurtrie d'avoir acquis goulûment trop de science, se croit abandonnée des médecins de l'âme et du corps, en grand danger de succomber au mal incurable, et retourne en arrière, et demande le miracle de sa guérison aux Lourdes mystiques d'un passé mort à jamais! Là-bas, Bernadette, le nouveau Messie de la souffrance, si touchante dans sa réalité humaine, est la leçon terrible, l'holocauste retranché du monde, la victime condamnée à l'abandon, à la solitude et à la mort, frappée de la déchéance de n'avoir pas été femme, ni épouse ni mère, parce qu'elle avait vu la sainte Vierge.

FIN

14673. — Imprimeries réunies, rue Mignon, 2, Paris.

Original en couleur

NF Z 43-120-8